UN OUTRAGE MORTEL

UNE ENQUÊTE DE L'INSPECTEUR-CHEF
ARMAND GAMACHE

roman traduit de l'anglais (Canada)
par Lori Saint-Martin et Paul Gagné

BABEL NOIR

Pour Michael.

Quand les vers d'un homme ne sont pas compris, et que l'esprit d'un homme n'est pas secondé par l'intelligence, enfant précoce, c'est un coup plus mortel que de voir arriver le long mémoire d'un maigre écot dans un petit cabaret.

WILLIAM SHAKESPEARE,
Comme il vous plaira.

1

Assis dans la petite pièce, Armand Gamache referma le dossier avec soin, appuya dessus comme pour y emprisonner les mots.

Il n'était pas très épais, ce dossier. À peine quelques pages. Semblable à tous ceux qui l'entouraient sur les lattes antiques du plancher de son bureau. Et pourtant, différent des autres.

Armand Gamache examina les vies ténues qui reposaient à ses pieds. Attendant qu'il décide de leur sort.

Il était là depuis un moment. À revoir les dossiers. À considérer les minuscules points collés dans le coin supérieur droit des onglets. Rouges pour les refus, verts pour les acceptations.

Ces points étaient l'œuvre de son prédécesseur, pas la sienne.

Armand posa le dossier par terre et se pencha vers l'avant dans son fauteuil confortable, les coudes sur les genoux. Ses grandes mains jointes, ses doigts entremêlés. Il se faisait l'effet de voyager à bord d'un vol transcontinental et de contempler les champs en contrebas. Certains fertiles, d'autres en jachère, mais riches de promesses. Et d'autres stériles. Une mince couche de terre arable masquant à peine le roc.

Mais comment les distinguer entre eux ?

Il avait lu et analysé chacun des dossiers, tenté d'aller au-delà des maigres informations qu'ils renfermaient. Il s'interrogeait sur ces vies, sur les décisions de son prédécesseur.

Pendant des années, des décennies, à titre de directeur de la section des homicides de la Sûreté du Québec, il avait eu pour tâche de creuser. De recueillir des preuves. D'interroger des faits, de se méfier des intuitions. D'user de son jugement, sans jamais juger.

Et voilà qu'il était à la fois juge et jury. Qu'il avait le premier et le dernier mot.

Et Armand Gamache s'aperçut, sans grande surprise, que ce rôle lui convenait. Lui plaisait même. Le pouvoir, bien sûr. Il avait l'honnêteté de l'admettre. Mais ce qu'il appréciait par-dessus tout, c'était la possibilité qu'il avait désormais de façonner l'avenir au lieu de simplement réagir au présent.

Et, à ses pieds, se déployait l'avenir.

Se rencognant dans son fauteuil, Gamache croisa les jambes. Minuit avait sonné depuis un moment déjà, mais il n'était pas fatigué. Sur sa table de travail étaient posés une tasse de thé et deux biscuits aux pépites de chocolat. Il n'y avait pas touché.

Les rideaux de son bureau voletèrent et il sentit un courant d'air frais s'infiltrer par la fenêtre entrouverte. Et s'il les ouvrait et allumait la lumière de la galerie, comprit-il, il verrait les premiers flocons de la saison tourbillonner dans la lueur. Tomber doucement et se poser sur les toits des maisons du minuscule village de Three Pines.

La neige recouvrirait les plantes vivaces du jardin, formerait une fine couche sur les voitures et les galeries, sur le banc installé au centre du parc du village. Elle tomberait, lentement, sur les forêts, les montagnes et la rivière Bella Bella qui coulait tout près.

Début novembre. La neige venait tôt, même pour le Québec. Un avant-goût, un présage. Insuffisante, cependant, pour que les enfants y jouent.

Mais bientôt. Elle viendrait bientôt. Et ce novembre gris se métamorphoserait en un paysage hivernal féerique, étincelant, resplendissant, peuplé de skieurs et de patineurs. De forts et de bonshommes de neige, d'anges creusés dans la neige tombée des cieux.

Pour l'heure, les enfants dormaient, leurs parents dormaient. Tout le monde dormait dans le petit village du Québec, tandis que la neige tombait et qu'Armand Gamache considérait les jeunes vies éparpillées à ses pieds.

Par la porte entrebâillée de son bureau, il distinguait le salon de la maison qu'il habitait avec sa femme, Reine-Marie.

Des tapis de Perse étaient disposés sur les larges lattes. D'un côté de la vaste cheminée en pierre se trouvait un imposant canapé, de l'autre, deux fauteuils défraîchis. Des magazines et des livres s'empilaient sur les tables basses. Des bibliothèques tapissaient les murs et des lampes baignaient la pièce dans une agréable lumière.

C'était une pièce invitante et Gamache se leva, s'étira et y entra, Henri, leur berger, sur les talons. Armand tisonna le feu et s'assit dans l'un des fauteuils. Il n'avait pas encore terminé. À présent, il devait réfléchir.

À propos de tous les dossiers, sa décision était prise. Sauf celui-ci.

La première fois, il l'avait parcouru avant de le mettre de côté, dans la pile des rejets. Confirmant le point rouge attribué par son prédécesseur.

Un détail, toutefois, le tracassait et il revenait sans cesse à ce dossier. Il le lisait et le relisait. S'efforçant de comprendre pourquoi celui-là, qui concernait cette jeune femme parmi tant d'autres, le troublait tellement.

Gamache avait pris le dossier avec lui. Il l'ouvrit de nouveau.

Le visage de la jeune femme le fixa résolument. Arrogant, provocateur. Blême. Cheveux noir de jais rasés ici, hérissés là. Perçages bien visibles au nez, aux arcades sourcilières, à la joue.

Elle prétendait lire le grec ancien et le latin, bien que, au secondaire, elle ait réussi de justesse ses examens et qu'elle ait passé les dernières années, pour autant qu'Armand puisse en juger, à ne rien faire.

D'où le point rouge.

Pourquoi revenait-il inlassablement vers lui ? Vers elle ? Pas à cause de sa tête, en tout cas. Il savait regarder au-delà des apparences.

Son prénom, peut-être ? Amelia.

"Oui, songea-t-il. C'est possible." C'était celui de la mère de Gamache, nommée d'après l'aviatrice qui s'était égarée avant de disparaître.

Amelia.

Et pourtant, au contact de ce dossier, il n'éprouvait aucune sensation de chaleur. Le cas lui inspirait plutôt un vague dégoût.

Enfin, Gamache retira ses lunettes de lecture et se frotta les yeux avant d'emmener Henri faire sa dernière promenade de la journée dans la première neige de la saison.

Puis ils montèrent tous deux se coucher.

Le lendemain matin, Reine-Marie invita son mari à déjeuner au bistro. Henri, qui les avait accompagnés, s'allongea tranquillement sous la table, pendant qu'eux sirotaient leurs bols de café au lait en attendant leur bacon fumé à l'érable servi avec des œufs brouillés et du brie.

De part et d'autre de la longue salle aux poutres apparentes, des feux brûlaient gaiement dans les âtres, et l'odeur de la fumée des bûches se mêlait aux conversations. On entendait le martèlement familier des clients qui, en entrant, secouaient leurs bottes.

Pendant la nuit, la neige avait cessé et une fine couche recouvrait à peine les feuilles mortes. On se serait cru aux enfers. Ni automne ni hiver. Les collines qui encerclaient le village et semblaient le mettre à l'abri du monde hostile avaient elles-mêmes l'air hostiles. Ou, à tout le moins, inhospitalières. Devant, une forêt de squelettes. Les arbres brandissaient leurs branches grises et dénudées : on aurait dit qu'ils imploraient une clémence impossible.

Dans le parc, toutefois, se dressaient les trois grands pins d'où le village tirait son nom. Énergiques, droits et forts. Verts. Éternels. Ils tenaient le ciel en joue. Le mettaient au défi de se déchaîner. Il en avait bien l'intention, du reste.

Le pire se préparait. Le meilleur aussi. Bientôt, on verrait des anges dans la neige.

— Voilà, dit Olivier en posant sur leur table un panier

de croissants aux amandes bien chauds. Pour vous aider à patienter.

Une étiquette était accrochée au panier. Et au chandelier qui pendait au-dessus de leurs têtes. Et aux fauteuils à oreillettes qu'ils occupaient. Dans le bistro d'Olivier, tout était à vendre. Y compris, avait plus d'une fois laissé entendre ce dernier, son partenaire, Gabri.

— Je vous l'échange contre un sac de bonbons, avait-il coutume de dire aux clients quand Gabri apparaissait vêtu de son tablier à froufrous.

— C'est d'ailleurs comme ça qu'il m'a séduit, admettait Gabri en lissant le tablier qu'il portait à seule fin d'irriter Olivier, ainsi qu'ils le savaient tous. Il faut dire que c'étaient des bonbons assortis.

Dès qu'ils furent seuls, Armand fit glisser un dossier sur la table.

— Tu veux bien lire ceci ? demanda-t-il.

— Bien sûr, répondit Reine-Marie en chaussant ses lunettes. Un problème ?

— Non, je ne crois pas.

— Alors pourquoi… ?

Elle désigna le dossier.

Il arrivait souvent à Armand de discuter avec elle des affaires dont il s'occupait, même avant son départ prématuré de la Sûreté. Il avait moins de soixante ans et il s'agissait bel et bien d'une retraite, dans le double sens du mot. Il s'était retiré dans ce village où, à l'abri des collines, il se remettait du monde qui se trouvait au-delà.

Il observa Reine-Marie au-dessus de son bol de café fort et parfumé, qu'il tenait à deux mains. Des mains qui ne tremblaient plus, remarqua-t-elle. De moins en moins souvent, en tout cas. Elle vérifiait toujours, juste au cas.

Et la profonde cicatrice près de sa tempe n'était plus si profonde, justement. Peut-être l'habitude et le soulagement l'avaient-ils comblée.

Il boitait encore parfois dans ses moments de fatigue. Hormis le boitillement intermittent et la cicatrice, on n'observait plus aucun signe des événements. Reine-Marie n'avait pas besoin de rappels. Jamais elle n'oublierait.

Qu'elle avait failli le perdre.

Ils s'étaient plutôt retrouvés, ici. Dans ce village qui, même aux jours les plus ternes, réussissait à se montrer accueillant.

Ils avaient acheté la maison et déballé leurs affaires, mais Reine-Marie savait que, tôt ou tard, Armand souhaiterait se remettre au travail, en éprouverait le besoin. Pour faire quoi ? Quelle serait la suite ? Telle était la seule question qui se posait. Que choisirait l'inspecteur-chef Armand Gamache, directeur de la section des homicides la plus accomplie du pays ?

Les propositions avaient fusé de toutes parts. Le bureau était rempli d'enveloppes portant la mention "Confidentiel". Armand avait eu toutes sortes de rencontres. Avec des patrons de grandes entreprises, des représentants de partis politiques désireux de le voir porter leurs couleurs ou de services de police nationaux et internationaux. Des voitures discrètes s'étaient garées devant leur maison en bardeaux blancs, puis des hommes et des femmes à la mise tout aussi discrète avaient cogné à leur porte. S'étaient assis dans le salon pour discuter avec lui de "la suite".

Armand les avait écoutés poliment. Parfois, il les avait gardés à dîner ou à souper. S'il était tard, il les avait même hébergés pour la nuit. Sans jamais rien laisser voir de ses intentions.

Après avoir quitté son poste de bibliothécaire en chef à Bibliothèque et Archives nationales du Québec, Reine-Marie avait trouvé son emploi rêvé : classer, à titre de bénévole, les dons faits à la société historique régionale au fil des ans.

Poste que ses ex-collègues auraient sans doute considéré comme un déclassement. Reine-Marie, cependant, se souciait peu des grades. Elle était arrivée là où elle le voulait. La course folle, c'était terminé. Elle s'était arrêtée. À Three Pines, elle s'était trouvé un chez-elle. En Armand aussi. Et, à présent, elle s'était déniché un chez-elle intellectuel : étudier la collection, riche et désordonnée, de documents, de meubles, de vêtements et d'objets de curiosité que des gens avaient légués à la région.

Pour Reine-Marie Gamache, qui vidait des boîtes, une succession sans fin de boîtes, c'était chaque jour Noël.

Et puis, après de nombreuses discussions, Armand avait fini par se décider.

Pendant des semaines, tandis qu'elle examinait de près des piles de lettres et de vieux documents, lui scruta ses vieux dossiers, étudia des rapports confidentiels, des schémas, des curriculums vitæ. Installés face à face dans leur confortable salon, ils triaient le contenu de leurs boîtes respectives, tandis que le feu marmonnait, que le café percolait goutte à goutte et que la fin de l'automne cédait la place au début de l'hiver.

Si Reine-Marie ouvrait le monde, Armand, à maints égards, le refermait. Il ciselait, effilait, rabotait, éliminait le bois mort, le superflu, l'indésirable. La pourriture. À la fin, il tenait un objet très pointu. Une lance qu'il avait créée de ses mains. Et il en aurait besoin. La question de savoir qui était aux commandes, qui exerçait le pouvoir, ne faisait aucun doute. Et il n'hésiterait pas à s'en servir.

Il y était presque, savait Reine-Marie. Mais un mince obstacle persistait.

Ils baissèrent les yeux sur le dossier, reposant innocemment sur la table au milieu des miettes de croissants.

Armand ouvrit la bouche, comme pour prendre la parole, puis il la referma en exhalant bruyamment, avec irritation.

— Il y a un détail qui me trouble, mais je n'arrive pas à mettre le doigt dessus.

Reine-Marie saisit le dossier et le lut. Il lui fallut très peu de temps. Au bout de quelques minutes à peine, elle le referma et posa doucement la main dessus, comme l'aurait fait une mère sur la poitrine de son enfant malade. Pour s'assurer que son cœur battait toujours.

— Elle est bizarre. Je te le concède.

Elle scruta le point rouge dans le coin.

— Je constate que tu as l'intention de la rejeter, dit-elle.

Armand souleva les mains dans un geste évasif.

— Tu envisages de l'admettre ? s'étonna-t-elle. Même s'il est vrai qu'elle lit le grec ancien et le latin, ces compétences ne sont pas d'une grande utilité, compte tenu du travail. Ce sont des langues mortes. Il se pourrait très bien qu'elle mente, d'ailleurs.

— C'est vrai, acquiesça-t-il. Mais à quoi bon mentir à propos d'une chose pareille ? Drôle de fabrication, je trouve.

— Elle n'est pas qualifiée, déclara Reine-Marie. Ses notes au secondaire sont catastrophiques. Je sais qu'il est difficile de choisir, mais je suis certaine qu'il y a des candidats plus méritants.

On leur apporta leurs assiettes et Armand posa le dossier sur le sol, à côté d'Henri.

— Si tu savais combien de fois j'ai changé ce point, avoua-t-il en souriant. Rouge, vert. Vert, rouge.

Reine-Marie prit une bouchée d'œufs brouillés bien moelleux. Un long filament de brie s'accrochait à l'assiette et, par jeu, elle souleva sa fourchette pour voir jusqu'où il s'étirerait avant de se rompre.

Son bras n'était pas assez long pour lui permettre une conclusion définitive.

Armand, avec un sourire, le brisa du doigt en secouant la tête.

— Vous voilà libérée, gente dame, dit-il.

— Du joug du fromage, fit-elle. Oh ! Merci, messire. Mais je crains que mon attachement ait des racines plus profondes.

Il rit.

— Tu crois que c'est vraiment son prénom ? demanda Reine-Marie.

Son mari était rarement aussi indécis, même si, elle le savait, il prenait le temps de réfléchir à fond. Ses décisions auraient des effets sur les personnes touchées jusqu'à la fin de leurs jours.

— Amelia ? lança-t-il en fronçant les sourcils. Je me

suis posé la question. Mais ma réaction est excessive, tu ne trouves pas ? Ma mère est morte depuis près de cinquante ans. J'ai rencontré d'autres Amelia…

— Pas beaucoup.

— Non, c'est vrai. Mais quelques-unes quand même. Et même si le prénom me fera toujours penser à elle, pour moi, elle était "maman" et non "Amelia".

Il avait raison, bien sûr. Et lui, homme d'âge mûr, n'avait pas du tout semblé gêné d'utiliser le mot "maman". Il avait simplement fait référence à la dernière fois qu'il avait vu sa mère et son père. Quand il avait neuf ans. Quand ils étaient maman et papa et non Amelia et Honoré. Qui sortaient manger au restaurant avec des amis. Qui devaient bientôt rentrer. Il avait attendu qu'ils viennent l'embrasser pour lui souhaiter bonne nuit.

— J'hésite peut-être à cause de son prénom, dit Armand.

— Mais tu as des doutes. Tu as une autre explication.

— Mon Dieu ! s'écria Olivier qui, venu voir s'ils ne manquaient de rien, se tourna vers la fenêtre. Je ne suis pas prêt, on dirait.

— Nous non plus, avoua Reine-Marie en suivant son regard jusqu'au parc du village, recouvert de neige. On a beau avoir l'habitude, c'est chaque fois une surprise. Une surprise désagréable.

— Et qui arrive de plus en plus tôt, déclara Armand.

— Exactement, confirma Olivier. D'où une amertume grandissante.

— Il ne faut tout de même pas oublier la beauté, risqua Armand.

Olivier le regarda d'un air dubitatif.

— C'est une plaisanterie, n'est-ce pas ?

— Non, bien que, évidemment, il lui arrive de s'éterniser, concéda Armand.

— À qui le dites-vous…

— Par chance, ça ne fait pas de vieux os, dit Reine-Marie.

— Ah non ? s'étonna Olivier.

— Mais quand on a de bons pneus…, ajouta Reine-Marie.

— Je ne vous suis plus, dit Olivier en reposant le panier vide sur la table. De quoi parlez-vous ?

— De l'hiver, bien sûr, répondit Reine-Marie. De la première neige.

— Et vous ? demanda Armand.

— De Ruth.

Olivier montra par la fenêtre la vieille femme qui, avec sa canne et sa cane, s'avançait vers le bistro. Vieille, froide et amère.

Aussitôt entrée, elle balaya la salle des yeux.

— Oui, convint Olivier. C'est effectivement un problème qui pourrait se régler avec de bons pneus.

— Homo, bredouilla Ruth, qui passait devant lui en boitillant.

— Chameau, bredouilla Olivier.

Ils virent la vieille poète s'asseoir à sa place habituelle près de l'âtre. Elle ouvrit le coffre en pin qui servait de table basse et en sortit une liasse de documents.

— Elle m'aide à passer en revue les vieux papiers que nous avons découverts au moment des rénovations, expliqua Olivier. Vous vous souvenez ?

Armand hocha la tête. De nombreuses années plus tôt, Olivier et son partenaire, Gabri, avaient converti une quincaillerie abandonnée en bistro. Au moment d'ouvrir les murs pour refaire l'électricité et la plomberie, ils avaient exhumé toutes sortes d'objets. Des écureuils momifiés, des vêtements. Mais surtout des documents. Journaux, magazines, annonces publicitaires et catalogues avaient servi d'isolation, comme si les mots pouvaient tenir l'hiver en respect.

L'hiver québécois avait suscité sa large part de mots enflammés, mais aucun n'avait encore réussi à arrêter la neige.

Dans le chaos des rénovations, les documents avaient simplement été jetés dans le coffre à linge en pin, puis oubliés. Pendant des années, le coffre, intouché, était resté devant l'âtre. D'innombrables cafés au lait, verres de vin et assiettes de fromages régionaux, de pâté et de bouts de baguette, sans oublier les pieds, avaient été posés dessus, jusqu'à ce que, quelques mois plus tôt, on songe à exhumer les documents.

— Je doute qu'on y trouve quoi que ce soit de précieux, déclara Olivier après avoir apporté à Ruth son déjeuner, composé d'un café irlandais et de bacon.

— Comment se fait-il que cette femme soit encore en vie ? demanda Reine-Marie.

— La bile. Elle est entièrement constituée de bile. Et la bile ne meurt jamais, répondit Olivier en se tournant vers Reine-Marie. Vous ne voudriez pas lui donner un coup de main, je suppose ?

— Qui ne rêve pas de travailler avec de la bile à l'état pur ? répondit Reine-Marie.

— Dès qu'elle a descendu quelques verres, elle devient carrément vile. S'il vous plaît, s'il vous plaît, implora Olivier. Après deux mois, à peine si la pile a baissé de deux ou trois centimètres. Le problème, c'est qu'elle ne se contente pas de parcourir les documents. Elle les lit d'un bout à l'autre. Hier, elle a passé toute la journée à dévorer un numéro du *National Geographic* datant de 1920.

— Je ferais pareil, mon beau, avoua Reine-Marie. Mais vous savez quoi ? Si Ruth est d'accord, je veux bien donner un coup de main.

Après le déjeuner, Reine-Marie alla trouver Ruth sur le canapé et se plongea dans le coffre à linge, tandis qu'Armand rentrait à la maison avec Henri.

— Armand ! cria Olivier.

En se retournant, Gamache vit le propriétaire du bistro qui, debout devant la porte, agitait un objet.

C'était le dossier.

Armand vint le récupérer au pas de course.

— Vous l'avez lu ? demanda-t-il d'un ton juste assez brusque pour qu'Olivier hésite.

— Non.

Sous le regard implacable de Gamache, Olivier eut tôt fait de craquer.

— Peut-être. D'accord. J'y ai jeté un bref coup d'œil. J'ai seulement vu sa photo. Et son nom. Et quelques renseignements sur elle.

— Merci, dit Armand avant de reprendre le dossier et de faire demi-tour.

Chemin faisant, il se demanda pourquoi il avait parlé si sèchement à Olivier. Le dossier portait la mention "Confidentiel", mais il l'avait montré à Reine-Marie. Il ne s'agissait d'ailleurs pas exactement d'un secret d'État. Et qui n'aurait pas été tenté de jeter un coup d'œil à un document portant cette mention ?

S'il y avait une chose que tous savaient à propos d'Olivier, c'est qu'il résistait mal à la tentation.

Gamache se demanda aussi pourquoi il l'avait laissé derrière. Un oubli, vraiment ?

Erreur ou geste volontaire ?

La neige, de retour dans l'après-midi, souffla sur les collines et se mit à tourbillonner, cloîtrée. Three Pines se transforma en un de ces petits globes qu'on secoue pour y faire danser la neige.

Reine-Marie téléphona pour lui dire qu'elle dînerait au bistro. Clara et Myrna s'étaient jointes aux travaux d'excavation dans le coffre en pin et elles projetaient de passer l'après-midi à manger et à lire.

Aux oreilles d'Armand, le projet semblait presque parfait. Il décida de le reproduire chez lui.

Avec le tisonnier, il retourna la bûche de bouleau qu'il venait de déposer dans le foyer du salon et vit l'écorce s'enflammer, crépiter, s'enrouler sur elle-même. Il s'assit avec un sandwich, un livre et Henri recroquevillé à côté de lui sur le canapé.

Les yeux d'Armand étaient toutefois aimantés par le bureau, où s'entassaient de jeunes femmes et de jeunes hommes impatients qui, collés les uns aux autres, l'observaient. Attendaient que le vieil homme décide de leur sort, ainsi que les vieillards décidaient du sort des jeunes depuis des millénaires.

Il n'était pas vieux, en fait, mais il se rendait bien compte que, à leurs yeux, il passerait pour âgé, voire antique. Les jeunes hommes et femmes verraient en lui un type vers la fin de la cinquantaine. Mesurant un peu plus d'un mètre quatre-vingts, il était plus substantiel que corpulent. C'est du moins ce qu'il se plaisait à croire. Ses cheveux, plus gris que bruns désormais, bouclaient légèrement autour de ses oreilles. S'il avait, à l'occasion, arboré la barbe ou la moustache, il était glabre à présent, les rides de son visage offertes à la vue de tous. C'était un visage accablé de soucis. Mais la plupart de ces rides, si on les suivait à la façon d'un sentier, remontaient vers le bonheur. Vers les expressions d'un visage qui rit, sourit ou profite tranquillement de la journée.

Malgré tout, certaines rides menaient ailleurs. Vers la cambrousse, vers la nature sauvage. Où de terribles événements s'étaient produits. Certaines des rides de son visage débouchaient sur des événements inhumains et abominables. Des scènes d'horreur. Des actes innommables.

Dont certains commis par lui.

Les rides de son visage indiquaient la longitude et la latitude de sa vie.

Les jeunes femmes et les jeunes hommes verraient aussi une profonde cicatrice sur sa tempe. Preuve qu'il avait failli mourir. Les plus doués d'entre eux distingueraient non seulement la blessure, mais aussi la guérison. Et ils découvriraient, au-delà de la cicatrice, au-delà de la souffrance et même du bonheur, quelque chose d'inattendu.

La bonté.

Et peut-être, lorsqu'ils seraient pareillement cartographiés, la bonté se lirait-elle sur leurs visages à eux aussi.

Voilà ce qu'Armand cherchait dans les dossiers. Et sur les photos.

N'importe qui pouvait être futé. N'importe qui pouvait être intelligent. N'importe qui pouvait se perfectionner.

Mais la bonté n'était pas à la portée de tous.

Armand Gamache jeta un coup d'œil vers le bureau, où étaient assemblés les jeunes hommes et femmes. En attente.

Il connaissait leurs visages, du moins leurs photographies. Il connaissait leur histoire personnelle, en tout cas la partie qu'ils avaient bien voulu révéler. Il connaissait leur parcours scolaire, leurs notes, leurs centres d'intérêt.

Dans cette foule, il l'avait remarquée. Amelia. Qui attendait avec les autres.

Le cœur d'Armand fit un bond dans sa poitrine et il se leva.

Amelia Choquet.

Il comprit alors sa réaction. Comprit pourquoi il avait laissé Amelia au bistro, pourquoi il était revenu vers elle en courant.

Et pourquoi elle lui inspirait des sentiments si forts.

Il avait montré le dossier à Reine-Marie dans l'espoir qu'elle lui donnerait la permission qu'il souhaitait. Celle de faire ce que sa raison lui dictait. Rejeter cette jeune femme. Lui tourner le dos. S'éloigner d'elle pendant qu'il était encore temps.

Et il s'expliquait enfin pourquoi.

Henri ronflait et bavait sur le canapé, le feu murmurait et crépitait dans la cheminée, la neige cliquetait sur les carreaux.

Il n'avait pas réagi à son prénom. Il avait réagi à son nom. Son nom de famille.

Choquet.

Inhabituel, mais pas unique. Le patronyme s'écrivait normalement "Choquette".

Fonçant à grandes enjambées vers son bureau, il reprit le dossier sur le sol, l'ouvrit. Parcourut les informations d'une navrante concision. Puis le referma d'une main tremblante.

Il jeta un coup d'œil au feu, envisagea pendant un moment d'y jeter Amelia. De la laisser s'y consumer. Telle une sorcière sur le bûcher.

Il descendit plutôt au sous-sol.

Puis il déverrouilla la porte de la petite pièce du fond. Celle où il conservait ses anciens dossiers. Et tout au fond de cette petite pièce du fond, il déverrouilla un petit coffret.

Et l'y trouva.

La confirmation.

Choquet.

Logiquement, il avait des chances de se tromper. Quelles étaient les probabilités, après tout ? Dans son cœur, il était toutefois sûr d'avoir raison.

Il remonta, ses pas résonnant lourdement sur les marches. Devant la fenêtre, il regarda la neige tomber.

Les enfants, vêtus de leurs habits de neige qui, récupérés en hâte, sentaient le cèdre, se pourchassaient dans le parc, se faisaient tomber dans la poudreuse. Bombardaient les passants de boules de neige. Fabriquaient des bonshommes. Poussaient des cris stridents et riaient.

Gamache rentra dans son bureau, où il consacra les deux heures suivantes à des recherches. Quand Reine-Marie revint, il l'accueillit avec un grand verre de scotch et la nouvelle.

Il partait pour la Gaspésie.

— La Gaspésie ? répéta-t-elle, doutant d'avoir bien compris.

C'était pour le moins inattendu. Aller à la salle de bains, aller au magasin, aller à Montréal pour un rendez-vous ? Passe encore. Mais la Gaspésie ? À des centaines et des centaines de kilomètres, là où l'eau salée et la terre du Québec se rencontraient.

— Tu vas aller le voir ?

Il hocha la tête.

— Alors je t'accompagne.

Il retourna dans son bureau. Par les fenêtres à meneaux, il vit les enfants épuisés se laisser tomber sur le dos, l'un après l'autre, agiter leurs bras et leurs jambes dans la neige.

Puis ils se décidèrent à rentrer chez eux en poussant des cris à cause de la neige qui fondait dans leur cou, descendait en rigoles le long de leur dos, ou s'accrochait à leurs mitaines, à leurs tuques. Ils avaient les joues rouge vif, le nez morveux.

Ils avaient laissé des anges dans la neige.

Et, dans son bureau, Armand, d'une main légèrement tremblante, changea le point sur le dossier d'Amelia. Vert.

2

Michel Brébeuf vit la voiture venir d'assez loin sur la route qui suivait le bord de la falaise. D'abord à l'aide de son télescope, puis à l'œil nu. Rien n'obstruait la vue qu'il en avait. Ni arbre ni maison.

À force de friction, le vent avait réduit la terre à son essence. Herbes âpres et roc. Tel un grain de chapelet. La région était inondée, en été, de touristes et de villégiateurs que sa beauté fruste attirait, mais qui rentraient chez eux bien avant les premières neiges. Rares étaient ceux qui savaient apprécier les gloires de la Gaspésie hors saison.

Ceux-là s'attachaient à la péninsule parce qu'ils n'avaient aucune envie de partir ou encore nulle part où aller.

Michel Brébeuf appartenait au deuxième groupe.

La voiture ralentit et, à sa grande surprise, s'immobilisa sur l'accotement meuble de la route provinciale, au pied de son entrée.

Il est vrai qu'il bénéficiait d'une vue spectaculaire sur le rocher Percé au loin, dans la baie, mais il y avait des endroits plus opportuns et plus sûrs où s'arrêter pour prendre une photo.

Brébeuf s'empara de ses jumelles, posées sur le rebord de la fenêtre, et les braqua sur les intrus. C'était une voiture de location, comprit-il à la vue de la plaque d'immatriculation. Avec deux occupants. Un homme et une femme. Caucasiens. D'âge mûr, sans doute dans la cinquantaine.

À l'aise, mais sans ostentation.

Bien que leurs visages lui soient cachés, il l'avait déduit, de façon rapide et instinctive, à partir de leurs vêtements et de la voiture de location qu'ils avaient choisie.

L'homme assis derrière le volant se tourna alors vers la femme pour lui dire quelques mots.

Et Michel Brébeuf baissa lentement les jumelles et contempla la mer.

La veille, la neige qui avait frappé le centre du Québec était arrivée sur la péninsule gaspésienne sous forme de lourdes pluies. Le genre de déluges fréquents dans les Maritimes en novembre. Si le chagrin avait une forme reconnaissable, ce serait celle d'une tempête de novembre.

Comme le chagrin aussi, la tempête était passée et la nouvelle journée était d'une limpidité presque impossible, le ciel d'un bleu sans tache. Seul l'océan portait encore des signes d'affliction. Bouillonnant, il se fracassait contre les rochers du rivage. Au centre de la baie se dressait, seul, le magnifique rocher Percé, soumis aux assauts de l'Atlantique.

Le temps de s'arracher à la contemplation de ce spectacle, Brébeuf constata que le couple s'était engagé dans son entrée et s'approchait de la maison. Sous son regard, ils sortirent de la voiture. Et restèrent plantés là.

L'homme, tournant le dos à la maison, admira la mer. L'immense rocher au grand trou creusé par l'érosion.

S'avançant vers lui, la femme lui prit la main. Puis, ensemble, ils franchirent les quelques pas qui les séparaient encore de la maison. Lentement. Aussi réticents, aurait-on dit, à l'idée de voir leur hôte que lui à celle de les voir, eux.

Son cœur battait à se rompre, à présent, et Michel se demanda s'il ne risquait pas de mourir avant que le couple ait gravi les marches de la galerie.

Il l'espérait.

Ses yeux exercés se posèrent sur les mains d'Armand. Aucune arme. Son manteau ensuite. Était-ce une protubérance, là, sur son épaule ? Il n'était sûrement pas venu pour le tuer. S'il en avait eu l'intention, il l'aurait déjà fait. Sans Reine-Marie comme témoin.

Ce serait un assassinat privé. Michel, en secret, s'y préparait depuis des années.

Ce qu'il n'avait pas prévu, en revanche, c'était une visite de courtoisie.

Après s'être assurée que pas une goutte de sang ne serait versée, Reine-Marie était entrée, laissant Armand et Michel sur la galerie, emmitouflés dans des chandails et des blousons, assis sur des chaises de cèdre qui, sous l'effet conjugué du temps et des intempéries, avaient pris une teinte argentée. Comme eux deux, du reste.

— Que fais-tu ici, Armand ?

— J'ai pris ma retraite de la Sûreté.

— Oui, j'ai entendu la nouvelle.

Brébeuf scruta l'homme qui avait été son ami, son témoin de mariage, son confident, son collègue et son adjoint le plus précieux. Il avait eu confiance en Armand et Armand avait eu confiance en lui.

La confiance de Michel avait été bien placée. Au contraire de celle d'Armand.

Armand contemplait le majestueux rocher, au loin, avec son centre creusé, érodé au fil des âges par la mer implacable, jusqu'à n'être qu'un halo de pierre. Son cœur rongé.

Il se tourna ensuite vers Michel Brébeuf. Le parrain de sa fille. Comme il était, lui, le parrain du premier-né de Michel.

Combien de fois, à l'époque où ils étaient inspecteurs, s'étaient-ils assis côte à côte pour discuter d'une affaire ? Ou, quand l'étoile d'Armand pâlissait alors que celle de Michel brillait de tout son éclat, l'un en face de l'autre ? Le patron et son subordonné étaient pourtant restés les meilleurs amis du monde.

Jusqu'au jour où…

— J'ai réfléchi pendant le trajet, dit Armand.

— Aux événements ? demanda Michel.

— Non. À la Grande Muraille de Chine.

Michel éclata de rire. Réaction involontaire et sincère. Pendant ce bref intermède, tout le mal fut oublié.

Mais alors le rire s'interrompit, et Michel se demanda une fois de plus si Armand était venu dans l'intention de le tuer.

— La Grande Muraille de Chine ? Sans blague ?

Michel s'efforça de se montrer indifférent, voire irrité. Encore une de ces foutaises d'intello dont Gamache avait le secret. La vérité, c'est qu'Armand avait réussi à piquer la curiosité de Brébeuf, comme chaque fois qu'il proférait des paroles en apparence hors de propos.

— Hum, fit Armand, et les rides autour de sa bouche se creusèrent, signe qu'il souriait légèrement. À bord de l'avion, j'étais peut-être le seul à y penser.

Brébeuf se ferait couper en petits morceaux plutôt que de poser une question sur la Grande Muraille.

— Pourquoi ?

— Tu savais que sa construction s'était étirée sur des siècles ? demanda Armand. Elle a débuté vers 200 avant Jésus-Christ. C'est une réalisation qui dépasse presque l'entendement. Au-dessus des montagnes et des gorges, sur des milliers de kilomètres. Et ce n'est pas un mur quelconque. On a fait de gros efforts pour que ces fortifications soient aussi un objet de beauté. La muraille a mis la Chine à l'abri pendant des siècles. Aucun envahisseur n'a réussi à la franchir. C'est un exploit absolument stupéfiant.

— C'est ce que je me suis laissé dire.

— Enfin, au XVIe siècle, plus de mille cinq cents ans après le début des travaux, les Mandchous ont réussi à passer. Tu sais comment ?

— Mon petit doigt me dit que tu vas me l'apprendre.

Seulement, le vernis de lassitude et d'ennui s'était écaillé, et Michel détectait la curiosité dans sa propre voix. Pas seulement parce qu'il souhaitait en apprendre plus sur la Grande Muraille, sujet auquel il n'avait jamais consacré une seconde de réflexion. Plutôt parce qu'il se demandait pourquoi Armand y avait pensé, lui.

— Des millions de vies ont été sacrifiées pour assurer sa construction et sa défense. Des dynasties ont été acculées à la faillite par les coûts liés à son érection et à son entretien, précisa Armand en regardant la mer et en sentant le vivifiant air salin sur son visage. Puis, après plus de mille ans, un ennemi a enfin trouvé un moyen de la franchir. Pas parce que les Mandchous possédaient une puissance de feu supérieure. Ni parce qu'ils étaient des combattants ou des stratèges d'exception. Les Mandchous ont franchi le mur et pris Pékin parce que quelqu'un de l'intérieur a ouvert une porte. Aussi simple que ça. Un général, un traître, les a laissés entrer et l'Empire est tombé.

Malgré tout l'air frais qui les entourait, Michel Brébeuf eut le souffle coupé. Les paroles d'Armand, leur signification, obstruaient ses voies respiratoires.

Armand, avec une patience en apparence infinie, attendait. Que Michel aille mieux ou tombe dans les pommes. Il ne ferait pas de mal à son ancien ami, du moins pas dans l'immédiat, mais il ne lui viendrait pas en aide non plus.

Au bout de quelques minutes, Michel recouvra la voix.

— "Et l'homme aura pour ennemis les gens de sa maison." N'est-ce pas, Armand ?

— Je doute que les Mandchous aient cité la Bible, mais tout indique qu'il s'agit d'une réalité universelle. La trahison.

— Tu as fait tout ce chemin pour me narguer ?

— Non.

— Que veux-tu, alors ?

— Je veux que tu viennes travailler pour moi.

Les mots étaient si ridicules que Brébeuf ne les comprit pas. Il dévisagea Armand sans prendre la peine de cacher sa confusion.

— Quoi ? Où ça ? demanda-t-il enfin.

En réalité, ainsi qu'ils en étaient tous deux conscients, la véritable question était plutôt : pourquoi ?

— Je viens d'être nommé à la tête de l'école de la Sûreté, expliqua Armand. La nouvelle session débute après Noël. J'aimerais que tu deviennes un de nos professeurs.

Brébeuf continuait de regarder Armand fixement. S'efforçant de comprendre le sens de ses propos.

Ce n'était pas une simple offre d'emploi. Ni, supposait-il, une proposition de paix. La guerre avait trop duré, fait trop de dégâts. Et pourtant…

C'était autre chose.

— Pourquoi ?

Armand ne répondit pas. Il soutint plutôt le regard de Brébeuf jusqu'à ce que celui-ci baisse les yeux. Puis Gamache se tourna du côté du paysage. Du vaste océan et de l'énorme rocher qu'il avait érodé peu à peu.

— Es-tu sûr de pouvoir me faire confiance ? demanda Michel au profil d'Armand.

— Non.

— Pas sûr de pouvoir ou pas sûr que je le mérite ?

Armand se tourna alors et regarda Michel d'un air que celui-ci ne lui connaissait pas. Ce n'était pas de la haine, du moins pas tout à fait. Ce n'était pas du mépris non plus. Mais presque.

Il y avait de la certitude, en tout cas. Gamache voyait clair en lui.

Un homme faible, voilà ce qu'il était. Percé, comme le rocher. Creusé par le temps et les intempéries. Usé et déformé.

— Tu as ouvert la porte, Michel. Tu aurais pu tout arrêter, mais tu as préféré ne rien faire. La corruption a frappé à la porte et tu l'as laissée entrer. Tu as trahi tous ceux qui avaient confiance en toi. La Sûreté était forte et courageuse et tu en as fait un cloaque. Il a fallu bien des vies et bien des années pour la purifier.

— Pourquoi m'inviter à y revenir, dans ce cas ?

Armand se leva et Brébeuf l'imita.

— La faiblesse de la muraille n'était pas structurelle. Elle était humaine, répondit Gamache. La force ou la faiblesse de toute chose est d'abord et avant tout humaine. La Sûreté y comprise. Et tout commence par l'école de police.

Brébeuf hocha la tête.

— Raison de plus, alors. Pourquoi moi ? Tu n'as pas peur que je contamine les recrues ?

Il étudia Gamache. Puis sourit.

— L'infection est déjà là, n'est-ce pas, Armand ? Tu es venu jusqu'ici dans l'espoir de trouver l'antidote ? C'est pour ça que tu as besoin de moi ? Je suis l'antivirus. L'infection plus forte utilisée pour guérir la maladie. C'est un jeu dangereux, Armand.

Gamache posa sur lui un regard dur, inquisiteur, puis entra chercher Reine-Marie.

Michel les raccompagna jusqu'à leur voiture. Les vit s'éloigner en direction de l'aéroport.

Il rentra ensuite. Seul. Plus de femme. Plus d'enfants. Pas de petits-enfants. Qu'une vue splendide sur la mer.

À bord de l'avion, Gamache contempla les champs, les forêts, la neige et les lacs en réfléchissant à ce qu'il venait de faire.

Michel avait raison, bien sûr. C'était dangereux. Mais ce n'était pas un jeu.

Et s'il se révélait incapable de maîtriser la situation et que le virus, l'antibiotique, devenait viral ?

Quelle force avait-il mise en mouvement ? Quelle porte avait-il ouverte ?

Au lieu de rentrer à Three Pines dès l'atterrissage, Armand se dirigea vers le quartier général de la Sûreté. Mais d'abord, il déposa Reine-Marie chez leur fille. Annie attendait son premier enfant et, à quatre mois de grossesse, son état commençait à se voir.

— Tu entres, papa ? demanda-t-elle du pas de la porte. Jean-Guy sera bientôt là.

— Plus tard, répondit-il en l'embrassant sur les joues.

— Ne te dépêche surtout pas, lança Reine-Marie en refermant.

Au quartier général, Armand appuya sur le dernier bouton de l'ascenseur et monta jusqu'au bureau de la directrice générale.

Thérèse Brunel leva les yeux de sa table de travail. Derrière elle s'étalaient les lumières de Montréal. Gamache distingua les trois ponts et les phares des voitures remplies de banlieusards qui rentraient chez eux. Vue imposante pour une femme qui, derrière sa table de travail, ne l'était pas moins.

— Armand, fit-elle en se levant pour offrir l'accolade à son vieil ami. Merci d'être venu.

La directrice désigna le "coin salon" et ils s'assirent ensemble. Âgée de plus de soixante-dix ans à présent, cette femme délicate et élégante était entrée sur le tard dans la police et y avait vite pris goût, comme si elle était née pour combattre le crime.

Elle avait rapidement gravi les échelons et dépassé son ancien professeur et ami, l'inspecteur-chef Gamache, pour aboutir au sommet de la hiérarchie.

On avait refait la décoration du bureau, désormais tout en tons pastel, depuis que l'ancien directeur général avait été… Quoi ? "Remplacé" n'était pas le bon mot.

Certes, elle occupait un rang plus élevé que lui, mais ils savaient l'un et l'autre que cette situation était une affaire de politique interne plutôt que de compétence. Quand même, elle occupait la fonction et dirigeait la force policière avec confiance.

Armand lui passa les dossiers et l'observa pendant qu'elle lisait. Puis il se leva et leur servit à boire avant de se diriger vers le mur de verre.

Son amour du Québec était si grand que cette vue ne cessait jamais de l'émouvoir.

— Ça va barder, Armand, dit-elle enfin.

Sans quitter son poste d'observation, il se tourna vers elle et vit que son visage, bien que grave, voire sévère, ne trahissait aucune critique. C'était, tout bonnement, un énoncé de fait.

— Oui, convint-il en se tournant de nouveau vers la ville, tandis qu'elle reprenait sa lecture.

— Je constate que vous avez apporté certains changements à la liste des étudiants. Ça ne me surprend pas, remarquez. Ce sont les professeurs qui vont ruer dans les brancards. Vous remplacez au moins la moitié d'entre eux.

Il regagna son fauteuil et s'assit. Il hocha la tête après avoir déposé son verre à peine entamé.

— Comment réaliser des changements en profondeur si les têtes dirigeantes restent les mêmes ?

— Je ne conteste pas votre décision et je ne la discute pas. Mais êtes-vous prêt à faire face aux contrecoups ? Ces personnes vont perdre leur fonds de retraite et leurs assurances. Sans compter qu'elles seront humiliées.

— Pas par moi. Elles sont responsables de leur propre malheur. Et si l'envie leur prend d'intenter des poursuites, j'ai les preuves.

Il ne semblait ni préoccupé ni triomphant. C'était l'aboutissement d'une tragédie. Et il y aurait des pleurs et des grincements de dents.

— Je doute que ceux que vous avez visés s'adressent aux tribunaux, dit-elle en replaçant le dernier dossier sur la pile. Mais ils ne partiront pas non plus sans se défendre. Seulement, ils ne le feront ni publiquement ni devant les tribunaux.

— On verra, dit-il en se rencognant dans son fauteuil, le visage dur, déterminé.

Armand la vit tourner son attention vers la dernière pile de dossiers. Ceux des hommes et des femmes qu'il comptait inviter comme professeurs à l'école de police. Pour remplacer les personnes qu'il s'apprêtait à congédier.

Simple courtoisie de sa part. La directrice générale Brunel n'exerçait aucun pouvoir sur l'école de police. Celle-ci et la Sûreté étaient des entités distinctes, unies en théorie par une croyance commune en la devise de la force : *Service, intégrité, justice*.

Seulement, l'ex-directeur de l'école n'était qu'un pantin. Dans les faits, il avait été soumis, corrompu et finalement détruit par l'ancien directeur général de la Sûreté, qui avait fait de l'établissement son centre de formation personnel.

Le directeur général Francœur n'était plus à la tête de la Sûreté. Il ne faisait plus partie de la force. Il n'était même plus de ce monde. Gamache y avait veillé personnellement.

À présent, Gamache s'employait à nettoyer la merde que cet homme avait laissée derrière.

La première étape consistait à rétablir l'autonomie de l'établissement tout en instaurant une collaboration harmonieuse avec son homologue de la Sûreté.

Le commandant Gamache vit la directrice générale Brunel parcourir jusqu'au dernier les dossiers des professeurs retenus, prendre quelques notes et formuler de brefs commentaires pour elle-même. Arrivée au dernier, elle le regarda fixement et, sans même l'ouvrir, leva les yeux sur Gamache, dont elle soutint le regard.

— C'est une plaisanterie ?

— Non.

Elle baissa le regard sur le dossier en évitant de toucher la chemise en papier kraft. Le nom suffisait.

Michel Brébeuf.

Lorsqu'elle releva la tête, son visage trahissait la colère, presque la rage.

— C'est de la folie, Armand.

3

Serge Leduc attendait.

Il était prêt. Toute la matinée, son iPhone avait bourdonné. Ses collègues, les autres professeurs de l'école de police, l'inondaient de textos pour annoncer la visite du nouveau commandant.

À huit heures, tous supposaient avoir affaire à une simple visite de courtoisie. Armand Gamache faisait une tournée pour se présenter et, peut-être, solliciter des conseils et des opinions.

À neuf heures, la lueur d'un doute s'installa et le ton se fit plus prudent.

À onze heures, le flot d'informations n'était plus qu'un mince filet. La boîte de réception du professeur Leduc accueillait de moins en moins de messages. Pour la plupart laconiques.

"Des nouvelles de Roland ?"

"Du nouveau, quelqu'un ?"

"Je l'entends venir dans le corridor."

Et, vers midi, l'iPhone de Leduc avait enfin été réduit au silence.

Assis dans son vaste bureau, il contempla les livres qui tapissaient ses murs. Sur les armes à feu. La réglementation fédérale et provinciale. La common law et le Code Napoléon. Il y avait aussi des histoires de cas et des manuels pédagogiques. Les seuls espaces non envahis par les livres étaient consacrés à ses distinctions et à une vieille gravure représentant les composantes d'un mousquet.

Petit mais puissamment bâti, Serge Leduc, à un peu plus de quarante ans, avait été muté à l'école de police après avoir été surpris avec des drogues volées dans le casier renfermant les pièces à conviction.

Leduc s'était toujours douté que le coup avait été monté par l'inspecteur-chef Francœur. Leduc était coupable, bien sûr. Depuis des années, il prélevait, sur les montagnes de drogues saisies, de petites quantités qu'il revendait à des bandes criminelles. Ses soupçons venaient plutôt du fait qu'il avait été pris en flagrant délit au moment précis où le poste de second au sein de l'école de police s'était libéré.

Francœur avait donné le choix à l'inspecteur Leduc : accepter ce poste ou se voir congédié.

Grâce à son pragmatisme, Serge Leduc avait toujours su naviguer dans les méandres de la realpolitik. Si tel était le souhait du directeur général, qu'il en soit ainsi. Il était futile et malsain de garder rancune ou de se battre contre l'inévitable. En particulier quand on avait affaire à Sylvain Francœur. Leduc était lui-même un dur à cuire depuis assez longtemps pour savoir ce qu'un congédiement par Francœur pouvait vouloir dire.

Près d'une décennie s'était écoulée depuis et cette mutation avait marqué le début d'une nouvelle ère. Mais pas exactement d'une période de Lumières.

Sous les ordres de Francœur, Leduc avait transformé l'école de police. Trié et choisi les recrues. Modifié les programmes. Guidé, influencé et façonné de jeunes hommes et femmes. Il en avait fait des Serge Leduc.

Toute recrue qui refusait de rentrer dans le rang ou semblait remettre les procédures en question avait droit à un traitement particulier. Lequel provoquait à tous coups un changement d'attitude.

Le véritable directeur de l'école avait protesté faiblement, mais seulement pour la forme. Le commandant était d'ailleurs beaucoup plus doué pour la forme que pour la fonction. C'était une potiche imposante, une relique qu'on gardait à seule fin de rassurer les pères et les mères qui, naturellement, craignaient par-dessus tout pour leurs enfants les périls physiques. Ils ne pouvaient pas savoir que le véritable danger résidait ailleurs.

Avec ses cheveux blancs, son dos bien droit et son uniforme d'apparat, le commandant inspirait la confiance quand il souriait aux recrues enthousiastes. Lors de la collation des grades, c'était à leur tour de lui sourire d'un air suffisant, entendu. Le reste du temps, il se terrait dans son bureau, effrayé par les sonneries du téléphone, effrayé par les coups frappés à sa porte, effrayé par la nuit et par l'aube.

Et voilà qu'il avait tiré sa révérence. Et voilà que Francœur était parti, lui aussi. "Viré", en quelque sorte. Ironie qui ne lui échappa pas.

Le professeur Leduc attendait qu'on cogne à sa porte.

Il ne se faisait pas de souci. Il était le Duc. Cette école était son royaume.

Armand Gamache suivait le long corridor. Quelques années plus tôt, on avait rasé l'ancienne école de police, où lui-même avait été formé, et on l'avait déplacée sur la Rive-Sud, dans cet immeuble fait de verre, de béton et d'acier.

Gamache, qui appréciait l'histoire et respectait la tradition, n'avait pas pleuré la disparition de l'ancienne école pour autant. Ce n'était que des briques et du mortier, après tout. Ce qui comptait, c'était moins l'apparence du bâtiment que ce qui s'y tramait.

Deux agents de la Sûreté, prêtés par la directrice générale et spécialement choisis pour cette tâche, le suivaient pas à pas.

Il s'arrêta devant la porte. La dernière sur sa liste. Sans hésitation, il frappa.

Leduc entendit et, malgré lui, tressaillit légèrement. Et il s'aperçut qu'une petite partie de lui-même n'avait jamais cru qu'on finirait par frapper.

Quand même, il n'était pas inquiet.

Il se leva, tourna le dos à la porte, croisa les bras sur sa large poitrine et contempla par le mur de verre le terrain de sport en contrebas, recouvert d'une couche de neige vierge.

Gamache attendit.

Il entendit les agents danser d'un pied sur l'autre et s'impatienter derrière lui. Il pouvait presque les entendre échanger des regards et froncer les sourcils.

Il attendit quand même, ses grandes mains jointes derrière son dos. Inutile de frapper de nouveau. L'homme avait entendu et jouait un petit jeu. Une patience, en quelque sorte.

Gamache refusa de se laisser entraîner. Il profita de l'intermède pour réfléchir à la mise en œuvre de son plan.

Serge Leduc ne posait pas de problème. Il ne représentait même pas un obstacle. En fait, il faisait partie du plan.

Leduc, regardant par la fenêtre, attendit de nouveaux coups frappés à la porte. Plus fort. Un impatient petit roulement de tambour, peut-être. En vain.

Gamache était-il parti ?

Sylvain Francœur avait toujours soutenu que l'inspecteur-chef Gamache était un faible dissimulé derrière une façade qu'on prenait souvent, à tort, pour de la sagesse.

"Son seul vrai talent consiste à laisser croire qu'il a du talent, avait plus d'une fois proclamé le directeur général de la Sûreté. Armand Gamache, un homme intègre et courageux ? Foutaises ! Vous savez pourquoi il me déteste ? Parce que je l'ai percé à jour, moi."

Après quelques scotchs, Francœur devenait volubile et plus agressif encore qu'à son ordinaire. La plupart de ses subordonnés étaient assez futés pour s'excuser et filer en vitesse dès qu'il avait terminé son troisième verre. Serge Leduc, qu'excitait ce jeu du plus fort, restait là. Sans compter qu'il n'avait nulle part où aller.

Francœur se penchait sur sa table de travail et, au-delà de la bouteille de Ballantine's, considérait les attardés. Le visage empourpré, rageur.

"C'est un lâche. Faible, faible, faible. Il embauche des zéros, vous savez. Les agents dont personne ne veut. Ceux que des hommes bien meilleurs ont rejetés. Gamache ramasse les déchets. Vous savez pourquoi ?"

Leduc savait. Il l'avait déjà entendue, cette histoire. Les mots, s'ils étaient portés par des miasmes de scotch et de malveillance, n'en étaient pas moins vrais.

"Parce qu'il n'aime pas la compétition. Il s'entoure de lèche-bottes et de ratés qui le font bien paraître. Il a horreur des armes à feu. Il en a peur. Maudit peureux. Il en a trompé plusieurs, mais je ne suis pas dupe, moi."

Francœur secouait la tête et sa main se posait sur le revolver qu'il portait dans un étui fixé à sa ceinture. L'arme dont Armand Gamache se servirait pour l'abattre.

"Nous ne sommes pas là pour faire des « mamours », se plaisait à dire Francœur au moment de la cérémonie qui marquait le passage du statut d'étudiants à celui d'agents qui s'infiltraient dans la Sûreté comme l'eau dans la coque fissurée d'un navire. Nous ne sommes pas là pour faire des « câlins ». Nous formons une force de police. Pas de quoi s'étonner. Justement, nous avons recours à la force. Nous constituons une force. Une force qu'on ne doit pas prendre à la légère."

La remarque, qui lui valait toujours des applaudissements nourris de la part des étudiants, suscitait un léger malaise au sein des familles présentes dans l'auditorium.

Le directeur général Francœur s'en moquait. Ses paroles n'étaient pas destinées aux parents et aux grands-parents.

Pendant la session, Francœur se rendait à l'école une fois par mois et passait la nuit dans les luxueux appartements qui lui étaient réservés. Après le souper, il invitait quelques personnes triées sur le volet à boire un verre dans son vaste salon dominant le terrain de sport. Il régalait des étudiants ébahis de récits angoissants : dangers immenses, enquêtes invraisemblablement périlleuses, le tout entremêlé d'anecdotes où figuraient des criminels ridicules et des gaffes amusantes.

Puis, au moment jugé opportun, Francœur énonçait à mots couverts le véritable message qui se cachait derrière toutes ces histoires. La Sûreté du Québec n'avait pas pour mission de protéger la population. Elle devait plutôt se méfier d'elle. Les citoyens étaient l'ennemi.

Les recrues ne pouvaient faire confiance qu'à leurs confrères de la Sûreté. Et encore là, elles devaient se montrer prudentes. Certains s'étaient donné pour tâche d'affaiblir la force de l'intérieur.

Serge Leduc observait les visages lisses et les yeux écarquillés. Au fil des mois et des années, il les voyait se transformer. Et il s'émerveillait de l'habileté du directeur général, qui parvenait sans mal à créer de parfaits petits monstres.

Le directeur général Francœur n'était plus là, mais son héritage persistait dans la chair et le sang, dans le verre et l'acier. Dans les surfaces froides et dures, les arêtes tranchantes des murs de l'école et des agents qu'elle produisait.

Le nouvel immeuble paraissait simple, voire classique. On l'avait érigé sur des terrains acquis par expropriation dans la petite municipalité de Saint-Alphonse, les besoins de la Sûreté ayant été jugés plus importants que ceux de la population.

C'était une structure quadrangulaire composée de bâtiments étincelants construits autour d'un terrain de sport. Un seul portail donnait accès au complexe.

Il se dégageait de l'ensemble une impression à la fois de transparence et de force. Mais, en réalité, c'était une forteresse. Un fief.

Serge Leduc examina le quadrilatère. C'était, se dit-il, sa dernière journée au bureau. La dernière fois qu'il voyait ces terrains.

Les coups frappés à sa porte l'avaient confirmé.

Il n'avait toutefois pas l'intention de se laisser faire. S'il croyait pouvoir s'approprier le territoire de Leduc sans résistance, le nouveau commandant était non seulement faible, mais aussi stupide. Et les idiots n'ont jamais que ce qu'ils méritent.

Après avoir rajusté l'étui de son revolver sur sa ceinture et enfilé son veston, Leduc alla ouvrir. Il se trouva nez à nez avec Armand Gamache. Si proche que Leduc dut pencher la tête vers l'arrière.

— Vous désirez ?

Il n'avait jamais rencontré l'homme en personne, bien qu'il l'ait souvent vu de loin ou au téléjournal. Leduc fut surpris de le trouver si solide, même si, au contraire de Francœur, il ne dégageait pas une impression de force physique.

Mais il y avait chez lui autre chose, un détail inhabituel. “Sans doute la cicatrice sur la tempe”, songea Leduc. Elle donnait une impression de force, même si elle ne signifiait qu'une chose : l'homme, à cause de sa balourdise, ne s'était pas esquivé à temps.

— Armand Gamache, dit le nouveau commandant, qui tendait la main en souriant. Vous avez un moment ?

Obéissant à un signal subtil, les deux imposants agents de la Sûreté reculèrent d'un pas ; l'homme, lui, ne bougea pas, ne s'introduisit pas d'office dans le bureau de Leduc pour en prendre possession.

Il resta là où il était, attendant poliment d'être invité à entrer.

Leduc faillit sourire. Tout allait s'arranger, après tout.

Le nouveau commandant ne valait donc pas mieux que le précédent. Une potiche remplacée par une autre. En grand uniforme, Gamache en imposerait. Mais il suffirait qu'on lui souffle dessus pour qu'il s'écroule comme un château de cartes.

C'est alors que Serge Leduc croisa le regard de Gamache et comprit aussitôt à quel manège celui-ci se livrait.

Le nouveau commandant aurait pu pénétrer de force dans le bureau de Leduc, surtout avec le concours des deux colosses de la Sûreté. L'attitude de Gamache était à la fois beaucoup plus rusée et infiniment plus insidieuse. Et, pour la première fois, Leduc se demanda si Francœur ne s'était pas trompé.

Gamache avait tué Francœur avec sa propre arme de service. Geste à la fois définitif et symbolique.

Scrutant les yeux calmes, confiants et intelligents de Gamache, Leduc comprit que ce dernier lui faisait subir le même sort. Il n'était pas en train de le tuer. Du moins pas physiquement. Armand Gamache attendait que Leduc l'invite à entrer. Qu'il lui cède volontairement la place, en somme.

Parce que, alors, sa défaite serait totale.

N'importe qui pouvait recourir à la force pour parvenir à ses fins. Rares étaient ceux qui pouvaient contraindre un ennemi à capituler sans se battre.

Jusque-là, Gamache avait conquis l'école de police sans engager de combat. Il lui restait à prendre une dernière colline.

Le professeur Leduc déplaça son bras gauche afin que son poignet frôle la crosse de son revolver sous son veston au moment où il soulevait la main droite pour serrer celle de Gamache. Il la garda dans la sienne en soutenant le regard de l'autre. Les yeux du commandant, assurés, ne trahissaient ni colère ni défi.

Attitude, comprit Leduc, beaucoup plus menaçante qu'une manifestation de force.

— Entrez donc, dit-il. Je vous attendais. Je sais ce qui vous amène.

— J'en doute, répondit le nouveau commandant en fermant la porte, laissant les deux agents dans le couloir.

Bien que perplexe, Leduc restait confiant. Gamache avait beau avoir des idées bien arrêtées, du charme et même une certaine dose de courage, Serge Leduc, lui, avait une arme. Et le courage, si grand fût-il, ne peut rien contre une balle de revolver.

Serge Leduc avait conscience de ne pas beaucoup tenir à l'école de police. Par contre, il ne supportait pas d'être dépossédé d'un bien qui lui revenait de droit. Ce bureau, cette école lui appartenaient.

Leduc désigna d'un geste le fauteuil destiné aux visiteurs et, pendant que Gamache s'installait, revint derrière sa table de travail. Il allait prendre la parole. Sa main, cachée aux regards de l'autre, avait sorti le revolver de son étui.

Il serait appréhendé. Il serait traduit en justice. Il serait déclaré coupable puisqu'il l'était. Leduc savait toutefois que de nombreux anciens étudiants verraient en lui un martyr. C'était tout de même mieux que de se laisser faire comme les autres. Et d'ailleurs, il n'avait nulle part où aller, sinon vers l'inconnu.

Avant que Leduc ait pu ouvrir la bouche, Gamache posa sur la grande table de travail une chemise en papier kraft. Sa main resta dessus pendant un moment, comme pour marquer une ultime hésitation, puis, sans un mot, il la poussa vers le professeur.

Malgré lui, Leduc était curieux. Plaçant l'arme sur ses genoux, il saisit le dossier et l'ouvrit. La première page était simple, limpide. La liste de ses transgressions, énumérées point par point.

Leduc ne fut pas surpris d'y voir celles qui dataient de l'époque de la Sûreté. De l'histoire ancienne. Francœur avait promis de détruire les preuves, mais Leduc n'y avait pas cru un seul instant. Les autres, en revanche, l'étonnèrent. Elles concernaient l'école de police. Les expropriations. Les contrats de construction. Des négociations dont, en principe, personne ne savait rien.

C'était clair, concis, facile à lire et à comprendre. Et Serge Leduc comprit.

Refermant le dossier, il posa de nouveau une main sur ses genoux.

— Vous êtes prévisible, monsieur, dit-il. C'est exactement ce à quoi je m'attendais.

Gamache hocha la tête sans un mot. Son silence était désarçonnant, mais Leduc s'efforça de rester imperturbable.

— Vous êtes venu me mettre à la porte.

Et Gamache eut alors un geste complètement inattendu. Il sourit. Ni largement ni avec suffisance. Avec un certain amusement, plutôt.

— C'est une conclusion logique, d'accord, dit-il. Mais, en fait, je suis venu vous demander de rester.

Le revolver heurta le sol avec un son mat.

— Je crois que vous avez laissé tomber quelque chose, déclara Gamache en se levant. Vous ne serez pas mon second, bien sûr, mais je vous garde à titre de professeur titulaire. Je vous confie le cours de prévention de la criminalité et de relations avec la collectivité. Vous avez jusqu'à la fin de la semaine pour me soumettre votre plan de cours.

Serge Leduc resta planté là, tétanisé, longtemps après que les pas du commandant Gamache eurent cessé de résonner dans le couloir.

Et, dans le silence, Leduc comprit ce que dégageait Gamache. Pas la force, non. La puissance.

4

— Vous avez trouvé quelque chose ?

— Foutez-moi la paix, répondit Ruth en tournant son dos osseux pour cacher l'objet qu'elle tenait.

Elle jeta un coup d'œil rusé par-dessus son épaule.

— Oh, c'est vous. Pardon.

— Qui attendiez-vous ? demanda Reine-Marie, plus amusée que vexée.

Depuis presque deux mois, elle passait tous ses après-midi assise à côté de Ruth à examiner le contenu du coffre en pin, ainsi qu'Olivier le lui avait demandé. Le plus souvent, comme ce jour-là, Clara et Myrna venaient leur donner un coup de main. Ainsi, ce n'était jamais une corvée.

Assises autour de la cheminée, les quatre femmes sirotaient des cafés au lait et du scotch, grignotaient des chocolatines et passaient en revue la montagne de documents qu'Olivier et Gabri avaient exhumés des murs au moment des rénovations, vingt ans plus tôt.

Reine-Marie, Ruth et Rose, sa cane, partageaient le canapé, tandis que Clara et Myrna s'installaient dans des fauteuils opposés.

Ces fouilles permettaient à Clara de se reposer de son autoportrait. En effet, elle disait se peindre, et

Reine-Marie se demandait si les mots devaient s'entendre au sens propre. Tous les après-midi, Clara débarquait avec des fragments de nourriture dans les cheveux et des taches de peinture sur le visage. Ce jour-là, orange vif et sauce marinara.

En face de Clara trônait sa meilleure amie, Myrna, qui exploitait la librairie de livres neufs et d'occasion voisine du bistro. Cette dernière se calait dans l'ample fauteuil et savourait le moindre mot qu'elle lisait et la moindre miette de chocolatine qu'elle avalait.

À l'époque où on avait fourré tous ces papiers dans les murs pour les isoler contre le froid mordant de l'hiver québécois, cent ans plus tôt, les femmes du village se réunissaient sans doute pour entreprendre des marathons de couture.

Et voici le pendant moderne : un marathon de lecture.

Clara, Myrna et Reine-Marie lisaient, en tout cas. Reine-Marie n'aurait su dire ce que fabriquait Ruth.

La vieille poète avait passé la journée de la veille et celle-ci à étudier une seule feuille de papier. Ignorant les autres documents. Ignorant ses amies. Ignorant le scotch qui scintillait dans le verre devant elle. Ce dernier détail était particulièrement alarmant.

— Que regardez-vous ? insista Reine-Marie.

Clara et Myrna baissèrent les pages qu'elles examinaient pour étudier Ruth. Même Rose observait la vieille femme d'un air perplexe. Reine-Marie, cependant, avait remarqué que les canards avaient presque toujours cet air-là.

Reine-Marie s'était installée dans une agréable routine : elle consacrait ses matinées à l'analyse des archives du canton, puis elle passait ses après-midi au bistro.

Les week-ends, Armand se joignait à elle. Assis dans un fauteuil confortable, il sirotait une bière, perdu dans ses propres documents.

Le coffre en pin avait beau ressembler à un coffre aux trésors, aucun des objets fascinants qu'elle en avait exhumés ne pouvait être considéré comme un trésor, loin s'en fallait, même pas par une archiviste qui voyait de l'or là où les autres ne voyaient que de l'isolant.

Quand Ruth s'était lancée dans ce projet, les feuilles des arbres commençaient à peine à se teinter d'ambre, de rouge et de jaune. À présent, Noël n'était qu'un souvenir et les arbres étaient chargés de neige. Un épais manteau recouvrait le village et le seul moyen de se déplacer consistait à emprunter les tranchées creusées par Billy Williams.

On était début janvier. Période paisible de l'année où les lumières joyeuses et les couronnes ornent encore les lieux, mais où on ne sent plus les pressions de la saison. Les réfrigérateurs et les congélateurs débordent de sablés au beurre, de gâteaux aux fruits et de mijotés de dinde. Isolants des villageois contre l'hiver.

Assise devant la cheminée du bistro, où ses regards allaient de la neige à la pile de vieux documents, Reine-Marie éprouvait une paix et un contentement profonds, que seule ternissait l'expression qu'elle surprenait parfois sur le visage d'Armand.

Sa première session à titre de directeur général de l'école de police commencerait sous peu. Les changements qu'il avait apportés étaient, elle le savait, controversés, voire révolutionnaires.

Contre toute logique et contre l'avis de ses conseillers, il avait gardé Serge Leduc, le professeur le plus ancien et le plus corrompu. Il était allé jusqu'en Gaspésie retrouver Michel Brébeuf, qui avait pactisé avec l'ennemi. Il avait revu les programmes de fond en comble et révisé personnellement chacune des candidatures, remplaçant plusieurs points verts par des rouges, et vice versa.

Il avait institué une politique autorisant la collectivité à se prévaloir des magnifiques installations de la nouvelle école de police et obligeant aussi bien les étudiants que les membres du personnel à donner de leur temps à titre d'entraîneurs ou de chauffeurs. À rendre visite aux personnes seules ou à faire la lecture aux aveugles. À devenir Grands Frères ou Grandes Sœurs. Ils livreraient des repas, au besoin, et déneigeraient les entrées après chaque tempête. Ils seraient à la disposition du maire de Saint-Alphonse chaque fois que celui-ci aurait besoin d'eux. Le maire et le nouveau commandant travailleraient main dans la main.

Le maire avait accueilli ces suggestions avec un manque d'enthousiasme frôlant le dédain.

Après tout, quelques années plus tôt, la collectivité avait accueilli l'école de la Sûreté avec une joie sans mélange, l'avait aidée à trouver un emplacement idéal en périphérie de la ville.

Le maire et le conseil avaient travaillé en étroite collaboration avec Serge Leduc. Jusqu'au jour où le maire avait été informé que l'école ne s'établirait pas juste à l'extérieur, comme prévu. Elle s'approprierait plutôt des terrains au beau milieu de la petite localité. Des terrains que la municipalité, ainsi que Serge Leduc le savait pertinemment, destinait au centre de loisirs attendu depuis des lustres.

Le maire était tombé des nues.

Trahison difficilement excusable et jamais oubliée. Et le maire, qui n'avait rien d'un idiot, était bien décidé à ne plus se laisser avoir.

La collectivité ne voulait pas entendre parler de l'école de police, peuplée de salauds à deux visages. Les professeurs ne voulaient pas entendre parler de l'immonde populace.

Sur ce point, ils étaient tous d'accord.

— Raison de plus pour tendre la main à ces gens, non ? avait demandé Gamache à Jean-Guy Beauvoir, son ancien adjoint devenu son gendre.

Ils étaient assis dans le salon des Gamache, à Three Pines.

— Je trouve que vous faites de longs détours pour trouver des montagnes à escalader, avait répondu Beauvoir, plongé dans la lecture du compte rendu d'une tentative d'ascension de l'Everest qui avait très mal tourné.

Gamache s'était esclaffé.

— Si seulement c'était vrai… Les montagnes sont majestueuses, au moins. Les conquérir procure un sentiment de triomphe. L'école de la Sûreté me fait plutôt penser à un grand trou de merde. Et je suis tombé dedans.

— Tombé, patron ? Si mes souvenirs sont bons, vous avez sauté dedans à pieds joints.

Gamache avait ri de nouveau et penché la tête sur son carnet de notes.

Beauvoir observa le manège et attendit. Il attendait depuis des mois, depuis que Gamache les avait informés, Annie et lui, de sa décision d'assumer le commandement de l'école de police.

Si certains avaient été surpris, Jean-Guy, qui connaissait son ancien patron mieux que quiconque, avait estimé qu'il s'agissait d'un arrimage parfait. Même chose pour Annie, soulagée à l'idée que son père serait enfin en sécurité.

Jean-Guy n'avait pas jugé utile de dire à sa femme que l'école de police était en réalité l'ultime bourbier de la Sûreté. Et que son père était enlisé dans la merde jusqu'au cou.

Jean-Guy Beauvoir, paisiblement installé dans le bureau, avait fini par se retirer dans le salon avec son livre sur l'Everest. Devant le feu guilleret, il avait lu le récit d'expéditions périlleuses, où il était question du mal des hauteurs, des avalanches et d'immenses saillies de glace, hautes de dix étages, qui se détachaient parfois sans crier gare et écrasaient tout sous leur poids, les bêtes comme les hommes.

À son aise dans le confortable salon, Jean-Guy frissonna en lisant que la montagne était jonchée de cadavres abandonnés là où ils étaient tombés. Gelés alors qu'ils tendaient le bras pour appeler à l'aide ou s'approcher encore un peu du sommet.

À quoi avaient-ils pensé, ces hommes et ces femmes de glace, pendant leur dernier instant de lucidité ?

S'étaient-ils demandé pourquoi ? Pourquoi ils avaient cru que cette aventure était une bonne idée ?

Et Jean-Guy s'était demandé si l'homme dans le bureau se poserait un jour la même question.

L'inspecteur Jean-Guy Beauvoir savait que l'analogie de la montagne ne s'appliquait pas à Gamache. Mourir sur le flanc d'une montagne, c'était la conséquence d'un acte égoïste, insignifiant. Un exploit où force et narcissisme se mêlaient à une bonne dose de bravade.

Non, l'école de police n'avait rien d'une montagne. C'était, comme l'avait dit Gamache, un cloaque. Il fallait y faire le ménage. Ainsi va l'école de police, ainsi va la Sûreté. Si la première était pourrie, la seconde le serait aussi.

L'inspecteur-chef Gamache avait nettoyé la Sûreté, mais il était conscient de n'avoir accompli que la moitié du travail. À présent, il s'attaquerait à l'école de police.

Jusque-là, il avait congédié d'anciens professeurs et il en avait engagé de nouveaux, mais il n'avait toujours pas désigné son second. Tout le monde était sûr qu'il offrirait le poste à Jean-Guy. Celui-ci, aussi certain que les autres de sa nomination, avait attendu. Il attendait encore. Et il commençait à avoir des doutes.

— Tu accepterais ? lui avait un jour demandé Annie pendant le déjeuner.

Jamais mince, elle s'était épanouie pendant sa grossesse. Façon de voir, disons. Le bébé et elle étaient en bonne santé : voilà tout ce qui comptait pour Jean-Guy. S'il le fallait, il tuerait pour lui procurer le dernier pot de Häagen-Dazs.

— Je devrais, à ton avis ? avait répondu Jean-Guy.

Annie avait souri.

— Tu rigoles ? Renoncer à ton poste d'inspecteur au sein de la section des homicides, l'un des plus élevés dans la hiérarchie de la Sûreté, pour travailler à l'école de police ? Toi ?

— Qu'est-ce que je devrais faire, alors ?

Elle avait ri de bon cœur, comme à son habitude, et répondu :

— “Devrais” ? Là n’est pas la question. Je pense que tu vas accepter.

— Pourquoi donc ?

— Par amour pour mon père.

C’était la vérité.

Il franchirait les portes de l’Enfer avec Armand Gamache. Et, au Québec, rien ne ressemblait plus à l’Hadès que l’école de la Sûreté.

Au bistro, Reine-Marie contemplait les ténèbres et les trois grands pins, qu’elle distinguait seulement grâce aux lumières de Noël dont on les avait ornés. Les lumières rouges, bleues et vertes, visibles sous une couche de neige fraîche, semblaient flotter dans les airs.

Il était dix-sept heures, mais il aurait tout aussi bien pu être minuit.

Les clients avaient commencé à entrer au bistro, où ils retrouveraient des amis pour le cinq à sept.

Armand ne s’était pas joint à elle, préférant, à l’approche de la rentrée, le calme et la tranquillité de son bureau. Au-delà du parc et des arbres aux couleurs gaies, elle vit leur maison. Une lumière brillait à la fenêtre du bureau.

Reine-Marie avait été soulagée en apprenant qu’Armand avait décidé d’assumer la direction de l’école de police. Arrimage à première vue parfait pour un homme plus enclin à pourchasser un livre rare qu’un meurtrier. Des tueurs, il en avait trouvé, pourtant, pendant trente ans. Il s'était même montré étonnamment doué pour ce travail. Il avait traqué des tueurs en série, des tueurs n'ayant fait qu'une victime, des tueurs de masse. Ceux qui avaient agi avec préméditation et ceux qui avaient explosé sans réfléchir. Tous avaient pris des vies et tous avaient été découverts par son mari, à quelques rares exceptions près.

Oui, elle avait été soulagée d'apprendre qu'Armand, après avoir soupesé toutes les offres reçues et en avoir discuté avec elle, avait décidé d'accepter le commandement de l'école de la Sûreté. Pour nettoyer le gâchis laissé par des années de brutalité et de corruption.

Elle avait été soulagée… jusqu'au jour où elle avait surpris cet air sombre sur le visage d'Armand.

Et alors elle avait senti un frisson la parcourir. Non pas un froid mortel, mais bien plutôt un avertissement : le pire restait à venir.

Myrna la tira de ses réflexions.

— Tu as passé la journée à fixer ce truc, lança-t-elle en désignant la feuille que Ruth avait à la main.

La vieille poète la tenait avec délicatesse par les côtés.

— Je peux voir ? demanda doucement Reine-Marie en tendant la main, comme pour inciter un chien perdu à monter dans sa voiture.

Si Reine-Marie avait eu une bouteille de scotch, Ruth, à présent, agiterait la queue sur la banquette avant.

Ruth les regarda tour à tour, puis elle céda le document. Mais pas à Reine-Marie.

Elle le remit plutôt à Clara.

5

— C'est une carte, déclara Armand, penché sur le document.

— Comment avez-vous deviné, Miss Marple ? demanda Ruth. Ces lignes ? C'est ce qu'on appelle des routes. Et là, ajouta-t-elle en posant un doigt noueux sur le papier, c'est une rivière.

Elle avait prononcé les derniers mots lentement, avec une infinie patience.

Armand se redressa et la regarda par-dessus ses lunettes de lecture, puis se remit à étudier la carte éclairée par la lampe posée sur la table.

En cette soirée venteuse, ils s'étaient réunis chez Clara pour partager un repas composé de bouillabaisse et de baguettes achetées à la boulangerie de Sarah.

Dans la cuisine, Clara et Gabri ajoutaient les derniers ingrédients au bouillon. Des pétoncles, des crevettes, des moules et des morceaux de saumon rose, tandis que Myrna tranchait le pain et le faisait griller.

De délicats arômes d'ail et de fenouil s'infiltrèrent dans le salon, où ils se mêlèrent au parfum de la fumée de bois venu du foyer. Dehors, la nuit était froide et le ciel dépourvu d'étoiles. Les nuages s'amoncelaient, annonçant encore de la neige.

À l'intérieur, cependant, il faisait chaud et le calme régnait.

— Imbécile, dit Ruth à voix basse.

Malgré les remarques acerbes de la vieille poète, la nature du document ne sautait pas aux yeux.

À première vue, on n'aurait pas du tout dit qu'il s'agissait d'une carte. Usée et légèrement déchirée, elle était couverte d'illustrations magnifiques et complexes, des ours, des cerfs et des oies étant disposés autour des montagnes et des forêts. Dans une riche confusion saisonnière, les lilas printaniers et les pivoines épanouies côtoyaient des érables parés de leur beau feuillage d'automne. Dans le coin supérieur droit, un bonhomme de neige, affublé d'une tuque et d'une ceinture fléchée d'habitant nouée autour de son ventre rebondi, brandissait un bâton de hockey d'un air triomphal.

Il se dégageait de l'ensemble une impression de joie débridée. De frivolité à la fois agréable et très émouvante.

On n'avait pas affaire à un dessin primitif exécuté par un rustaud plus enthousiaste que talentueux. C'était l'œuvre d'une personne qui connaissait les grands maîtres, assez douée pour savoir les imiter. Hormis le bonhomme de neige, motif qui, à la connaissance de Gamache, n'était jamais apparu dans un tableau de Constable, de Monet, ni même dans un chef-d'œuvre du Groupe des sept.

Au-delà de tous ces artifices, oui, il fallait un certain temps pour reconnaître l'objet pour ce qu'il était au fond.

Une carte.

Comprenant les courbes de niveau et les points de repère. Trois petits pins, semblables à des enfants enjoués, avaient clairement pour but d'indiquer l'emplacement du village. On y voyait les sentiers, les murs en pierre des champs et même le rocher de Larsen, ainsi nommé à cause de la vache de Sven Larsen qui s'était échouée dessus et qu'on avait dû secourir.

Gamache se pencha un peu plus. Oui, la vache était là.

On voyait même, aussi délicates que des fils de soie, les lignes de latitude et de longitude. Comme si une œuvre d'art avait été avalée par une carte d'état-major.

— Vous voyez quelque chose de bizarre ? demanda Ruth.

— Oui, répondit-il en se tournant vers la vieille poète.

Elle rit.

— Sur la carte, je veux dire, précisa-t-elle. Mais merci pour le compliment.

Ce fut au tour de Gamache de sourire en se replongeant dans l'étude de la carte.

Il aurait pu employer plusieurs mots pour la décrire. Magnifique. Détaillée. Délicate mais audacieuse. Inusitée, bien sûr, car elle se trouvait au carrefour du pragmatisme et de l'art.

Mais bizarre ? Non, ce mot ne lui serait pas venu à l'esprit. Et pourtant, il connaissait bien la vieille poète. Ruth aimait les mots et les utilisait à bon escient. Même ses mots irréfléchis étaient employés après mûre réflexion.

Ce n'était donc pas par hasard qu'elle avait choisi "bizarre".

Cela dit, il fallait bien reconnaître que Ruth ne se faisait pas la même idée que tout le monde de la bizarrerie. Elle trouvait les légumes bizarres. L'eau aussi. Sans parler du règlement des factures.

Il plissa le front en constatant que le bonhomme de neige semblait montrer quelque chose. Là. Il regarda de plus près. Là.

— Il y a une pyramide.

Le doigt d'Armand s'attardait au-dessus du dessin.

— Oui, oui, confirma Ruth avec impatience, comme si on trouvait une pyramide à tous les coins de rue. Mais vous ne remarquez pas un détail bizarre ?

Il fit une nouvelle tentative.

— La carte n'est pas signée.

— Vous connaissez beaucoup de cartes qui le sont, vous ? demanda-t-elle. Forcez-vous un peu, crétin.

En entendant le ton grincheux de Ruth, Reine-Marie leva les yeux, croisa le regard d'Armand et lui sourit avec commisération avant de se replonger dans sa propre conversation.

Olivier et elle discutaient des objets découverts dans le coffre à linge, ce jour-là. Une couche de magazines *Vogue* datant des années 1900.

— Lecture fascinante.

— En effet.

Depuis longtemps, Reine-Marie s'émerveillait de ce que les objets sur les murs révélaient d'une personne. Les œuvres d'art, les livres, les décorations. Jusque-là, cependant, elle ne s'était jamais doutée des informations que recelait l'intérieur des murs.

— De toute évidence, une femme qui se passionnait pour la mode a habité ici, dit-elle.

— Peut-être, concéda Olivier. Ou encore un homme gay.

Il jeta un coup d'œil dans la cuisine, où Gabri gesticulait avec une louche, comme s'il dansait. Voguait, en fait.

— L'arrière-grand-père de Gabri, peut-être ? demanda Reine-Marie.

— S'il est possible de descendre d'une longue lignée d'hommes gays, c'est le cas de Gabri, déclara Olivier.

Reine-Marie rit.

— Bon, fit-elle, si on parlait maintenant de la véritable découverte…

Ils se tournèrent vers l'endroit où Armand et Ruth se concertaient.

— La carte, fit Olivier. Il y a des taches dessus. Causées par l'eau, peut-être. Et de la saleté, mais c'est inévitable. Sa cachette l'a préservée aussi. Pas d'exposition à la lumière. Les couleurs sont encore vives. Elle doit dater de la même époque que les autres objets. Une centaine d'années, plus ou moins. Elle vaut quelque chose, à votre avis ?

— Je ne suis qu'une archiviste. L'antiquaire, c'est vous.

Il secoua la tête.

— Je n'en tirerai sans doute que quelques dollars. Elle est amusante et bien faite, mais, en gros, c'est un objet de curiosité, rien de plus. Une fine plaisanterie. Beaucoup trop "couleur locale" pour intéresser quelqu'un d'autre que nous.

Reine-Marie lui donna raison. L'objet n'était certes pas dénué de beauté, mais il était en même temps empreint de frivolité. Une vache ? Une pyramide, pour l'amour du ciel. Et les trois pins pleins d'entrain.

On annonça que le repas était servi, à condition que les mots "Grouillez-vous, je meurs de faim", claironnés par Gabri, puissent être considérés comme une annonce. Ce n'était pas une nouveauté, en tout cas.

Au-dessus des pétoncles, des crevettes et des morceaux de saumon imprégnés du goût du bouillon, ils discutèrent des Canadiens de Montréal et de leur saison victorieuse, de la politique internationale et de la portée totalement imprévue qu'avait eue la golden retriever de Mme Legault.

— Je songe à prendre un chiot, dit Clara en plongeant dans la bouillabaisse un bout de baguette tartiné d'aïoli au safran. Je m'ennuie de Lucy. J'aimerais bien qu'il y ait un autre cœur qui batte à la maison.

Elle se tourna vers Henri, recroquevillé dans un coin. Rose, oubliant son inimitié pour le chien au profit d'un peu de chaleur, s'était blottie au creux de son ventre.

— Le portrait avance ? demanda Reine-Marie.

Clara avait réussi à effacer la peinture à l'huile de son visage. Par contre, sur ses mains, on voyait des tatouages quasi permanents, faits de points correspondant à sa palette de couleurs. Clara donnait l'impression de se métamorphoser tout entière en une toile pointilliste.

— Je vous invite à y jeter un coup d'œil, dit Clara. Mais d'abord, répétez après moi : "C'est brillant, Clara."

Ils rirent, mais, devant le regard sévère qu'elle continua de promener sur eux, ils s'écrièrent à l'unisson : "C'est brillant, Clara."

Sauf Ruth, qui maugréa :

— Bête, inquiet, emmerdeur, névrosé.

— Je m'en contenterai, dit Clara en riant. À défaut de "brillant", BIEN. Mais je dois avouer que ce foutu coffre à linge nuit à ma concentration. J'en rêve la nuit.

— Y avez-vous trouvé quelque chose de précieux ? demanda Gabri. Votre humble serviteur a envie d'une nouvelle voiture et espère bien convertir ce vieux coffre en Porsche.

— Une Porsche ? s'étonna Myrna. Tu réussirais peut-être à y entrer, mais certainement pas à en sortir. Tu aurais l'air de Fred Caillou.

— Fred Caillou ? répéta Armand. C'est à lui que vous…

Il s'interrompit en voyant la mise en garde sur le visage d'Olivier.

— De la baguette ? fit Armand en tendant le panier à Gabri.

— Cette carte…, reprit Gabri. Elle semble tous vous fasciner. Elle doit bien valoir quelque chose. Laissez-moi aller la chercher.

Il bondit et revint avec l'objet, qu'il lissa sur la table en pin.

— Je ne l'avais jamais bien regardée, dit-il. C'est quelque chose.

Mais quoi ? Telle était la question.

— Il s'agit à la fois d'une carte et d'une œuvre d'art, affirma Clara. Ça n'augmenterait pas sa valeur ?

— Les deux, mais aussi ni l'une ni l'autre. Voilà justement le hic, répondit Olivier. Les collectionneurs préfèrent les cartes qui se rapportent à une région précise, souvent la leur, ou encore celles qui ont une importance historique. Ici, on a affaire à un tout petit coin du Québec. Sans signification historique. Que des villages et des maisons, sans oublier ce ridicule bonhomme de neige. Elle nous semble charmante parce que nous habitons ici. Pour les autres, ce serait un objet de curiosité, rien de plus.

— Je vous en donne cinquante, dit Ruth.

Médusés, ils se tournèrent vers elle. De mémoire, elle n'avait jamais proposé de payer quoi que ce soit.

— Cinquante quoi ? demandèrent Myrna et Olivier d'une même voix.

— Dollars, têtes de nœud.

— La dernière fois qu'elle a acheté quelque chose, elle a payé avec des pipes en réglisse, expliqua Myrna.

— Volées au bistro, ajouta Olivier.

— Pourquoi voulez-vous cette carte ? demanda Reine-Marie.

— Suis-je donc la seule à comprendre ? s'écria Ruth. Personne n'a donc les yeux en face des trous ? Même pas vous, Clouseau ?

— Miss Marple, je vous prie, répondit Armand. Qu'y a-t-il à voir, au juste ? J'ai sous les yeux un objet magnifique, mais je suis d'accord avec Olivier : il n'a sans doute de valeur que pour nous.

— Vous savez pourquoi ? insista Ruth.

— Pourquoi ? risqua Myrna.

— Débrouillez-vous pour comprendre, répondit-elle en se tournant vers Myrna, qu'elle étudia avec attention. Qui êtes-vous ? On se connaît ?

Se tournant vers Clara, Ruth lâcha à haute voix :

— Elle ne devrait pas être en train de laver la vaisselle ?

— Parce que la femme noire est toujours la bonne à tout faire ? demanda Clara.

— Chuuut ! fit Ruth. Tu vas l'insulter.

— L'insulter, moi ? s'exclama Clara. En passant, dire à une femme qu'elle est noire, ce n'est pas l'insulter.

— Qu'est-ce que tu en sais, toi ? demanda Ruth avant de se tourner vers Myrna. Ne vous faites pas de souci : si Mme Morrow ne veut plus de vous, je vous engage. Vous aimez la réglisse ?

— Pour l'amour du ciel, espèce de vieille épave aux trois quarts démente ! Je suis ta voisine. On se connaît depuis des années. Tu viens tous les jours dans ma librairie. Tu prends des livres sans jamais payer.

— Ce n'est pas une librairie, c'est une bibliothèque, répliqua Ruth. Laquelle de nous deux est démente, hein ?

Prenant Clara à témoin, Ruth chuchota de nouveau :

— Je ne crois pas qu'elle sache lire. Tu peux lui apprendre ou ce serait chercher les ennuis ?

— C'est marqué "Librairie" ! s'écria Myrna en prononçant le mot français avec application. Et tu le sais très bien. Ton français est impeccable.

— Inutile de m'insulter.

— Je t'insulte en te disant que ton français est impeccable ?

— Je pense que nous tournons en rond, dit Armand en se levant pour débarrasser la table.

Quelques années plus tôt, il aurait été consterné par des échanges comme celui-là, mais, maintenant qu'il avait appris à connaître les autres villageois, il n'était plus dupe : c'était simplement une sorte de pas de deux verbal.

Leur façon de se témoigner de l'affection, en somme.

Il éprouvait malgré tout un certain malaise, mais, soupçonnait-il, c'était justement le but visé. Une forme de théâtre de guérilla. Peut-être aussi les deux femmes prenaient-elles plaisir à s'insulter.

Se penchant pour prendre d'autres assiettes sales, il vit la carte. À la lueur des chandelles, elle semblait transformée.

On n'avait pas affaire à un simple gribouillage effectué par un pionnier désœuvré pour tromper l'ennui des longs mois d'hiver. L'objet avait une fonction précise.

Il y avait un autre léger changement qu'il ne remarquait qu'à présent. Ou qu'il s'imaginait, peut-être.

Le bonhomme de neige, si gai à la lumière du jour, semblait beaucoup moins joyeux dans l'éclairage tamisé des chandelles. Et plus… Quoi donc ? Angoissé ? Était-ce bien le mot ? Un bonhomme de neige pouvait-il se tracasser ? À propos de quoi, au juste ?

"De beaucoup de choses, songea Armand en faisant couler de l'eau chaude dans l'évier et en y faisant gicler du détergent. Il se soucie sans doute de ce que le reste du monde attend avec impatience. La venue du printemps."

Oui, un bonhomme de neige, si enjoué soit-il, recelait sans doute un fond d'inquiétude. Au même titre que l'œuvre d'art. La carte. Cet objet mal défini qu'ils avaient trouvé dans le mur.

Amour et inquiétude. Main dans la main. Des compagnons de voyage.

Revenant vers la table pour chercher une autre cargaison de vaisselle à laver, il constata que Ruth l'observait.

— Vous voyez, maintenant ? demanda-t-elle au moment où il se penchait sur son bol.

— Je vois un bonhomme de neige angoissé, répondit-il.

Il prit conscience du ridicule de ses paroles au moment même où il les prononçait. Et pourtant, la vieille poète ne se moqua pas de lui. Elle se contenta de hocher la tête.

— Vous brûlez.

— Je me demande pourquoi on a fabriqué cette carte, dit Armand en l'examinant de nouveau.

Il n'attendait pas de réponse et il ne fut pas déçu.

— Quoi qu'il en soit, elle n'est pas à vendre, déclara Olivier en la regardant avec mélancolie. Elle me plaît.

Pendant qu'Armand et Myrna lavaient la vaisselle, Olivier sortit le dessert du réfrigérateur.

— Vous avez hâte que la session débute ? demanda-t-il en servant la mousse au chocolat parfumée d'un soupçon de Grand Marnier, chaque portion coiffée d'une cuillérée de crème fouettée.

— Je suis un peu nerveux, concéda Armand.

— Ne vous en faites pas, les autres enfants vont vous adorer, dit Myrna.

Gamache sourit et lui tendit une autre assiette à essuyer.

— Qu'est-ce qui vous préoccupe, Armand ?

"Qu'est-ce qui me préoccupe ?" se demanda-t-il.

Naturellement, il connaissait la réponse. En voulant faire le ménage à l'école de police, il risquait d'aggraver la situation.

— J'ai peur d'échouer, avoua-t-il.

Il y eut un moment de silence, entrecoupé seulement par le tintement de la vaisselle dans l'évier et par des murmures, Clara ayant entraîné Reine-Marie dans son atelier.

— Quant à moi, j'ai peur d'avoir sous-évalué le contenu du coffre à linge, lança Olivier en déposant une cuillérée de crème fouettée sur une portion de mousse au chocolat. En fait, j'ai surtout peur de ne pas savoir de quoi je parle. D'être un imposteur, en somme.

— J'ai peur d'avoir mal conseillé mes clients, à l'époque lointaine où j'étais psychothérapeute, admit Myrna. Je me réveille encore au milieu de la nuit, certaine d'avoir induit quelqu'un en erreur. Le jour, passe encore. La plupart de mes peurs prennent naissance dans l'obscurité.

— Ou à la lueur des chandelles, dit Armand.

Myrna et Olivier l'interrogèrent du regard, incertains de ce qu'il avait voulu dire.

— Vous craignez vraiment d'échouer ? demanda Olivier en allumant le percolateur.

— J'ai le sentiment d'avoir pris des décisions très risquées, répondit Armand. Sans connaître les conséquences.

— Quand j'ai peur, j'essaie toujours d'imaginer le pire dénouement possible, leur confia Myrna.

"Oserais-je le faire ?" se demanda Armand.

Il devrait démissionner et laisser un autre prendre les rênes de l'école de police. En cas d'échec de sa part, telle serait la conséquence la plus favorable.

Mais la pire ?

Il réunissait Serge Leduc et Michel Brébeuf. À dessein. Et si cette initiative se retournait contre lui ? Il y aurait une déflagration. Et il risquait de ne pas être le seul à être emporté.

Bref, il avait mis en branle une séquence d'événements aux conséquences potentiellement très dangereuses.

— Je ne le recommanderais pas.

— Quoi donc ? demanda Reine-Marie.

Elles étaient dans l'atelier de Clara, au milieu des toiles et des pinceaux qui trempaient dans de vieilles boîtes de conserve, de l'odeur de l'huile et de la térébenthine, du café et des peaux de banane. Dans le coin se trouvait le lit où Lucy, la golden de Clara, avait eu l'habitude de dormir pendant que sa maîtresse peignait, souvent jusque tard dans la nuit. Henri, qui les avait suivies, y dormait comme une souche.

Ce qui avait retenu l'attention de Reine-Marie, comme elle aurait attiré celle de toute autre personne entrant dans cette pièce, c'était la toile posée sur le chevalet. De près, c'était une explosion de couleurs, de fougueux coups de pinceau violets, rouges, verts et bleus. En plus grands, les minuscules points qu'on voyait sur les mains de Clara éclaboussaient la toile.

Mais il suffisait de reculer d'un pas pour que, de la confusion, émerge le visage d'une femme. Celui de Clara, manifestement.

— Je ne recommanderais à personne de faire son autoportrait, dit la femme en chair et en os, confortablement assise sur le tabouret posé devant le chevalet.

— Pourquoi ? demanda Reine-Marie, dont la question sembla s'adresser à la Clara sur la toile.

— Parce que ça vous oblige à vous regarder en face pendant des heures et des heures. Vous avez déjà vu un autoportrait dont le sujet n'a pas l'air un peu cinglé ? Je comprends pourquoi, maintenant. Au début, on est souriant, on a l'air intelligent ou réfléchi. Mais plus on regarde, plus on voit. Toutes les émotions, toutes les réflexions, tous les souvenirs. Tout ce qu'on cache. Un portrait révèle la vie intérieure, la vie secrète d'une personne. C'est ce que les peintres s'efforcent de saisir. Le faire pour d'autres, c'est une chose ; retourner l'arme contre soi, c'en est une autre.

Alors seulement Reine-Marie remarqua le miroir appuyé sur le fauteuil. Il reflétait l'image de Clara.

— On se met à voir des choses, dit Clara. Des choses bizarres.

— On croirait entendre Ruth, dit Reine-Marie dans l'intention de détendre l'atmosphère. Elle voit sur cette carte des choses qui échappent aux autres.

Assise sur le canapé, elle sentait la présence de ressorts à des endroits incongrus. Le portrait qui lui avait paru sévère, la première fois qu'elle l'avait vu, lui semblait désormais exprimer la curiosité.

L'effet était des plus singuliers. Le portrait, en effet, donnait l'impression de calquer l'humeur de la femme réelle. Clara paraissait curieuse, elle aussi. Et amusée.

— Elle a vu W. B. Yeats à une de ses lectures de poésie, l'année dernière, se souvint Clara. Et à Noël, il n'y a pas si longtemps, elle a vu le visage du Christ dans la dinde. C'était chez vous, ça.

Reine-Marie se souvenait très bien de l'incident. Ruth avait fait des histoires, exigé qu'on évite de découper la volaille. Non pas parce qu'elle jugeait la dinde divine, mais bien parce qu'elle aurait voulu la mettre aux enchères sur eBay.

— Je pense que "bizarre" et Ruth sont des synonymes, dit Clara.

Reine-Marie acquiesça. La femme, après tout, avait une cane comme animal de compagnie.

L'expression du portrait changea de nouveau.

— Qu'est-ce qui vous inquiète ? demanda Reine-Marie.

— J'ai peur que ce que je vois existe pour de vrai, répondit-elle en désignant le miroir.

— Le portrait est brillant, Clara.

— Vous n'étiez pas obligée de dire ça, dit-elle. Je plaisantais.

— Pas moi. Il est réellement brillant. Différent de tout ce que vous avez fait jusqu'ici. Les autres portraits sont inspirés, mais celui-ci…

Reine-Marie étudia une fois de plus la toile et la femme d'âge mûr à la fois forte, vulnérable, amusée et effrayée qu'elle représentait.

— C'est génial.

— *Thank you.* Et vous ?

— Moi ?

Clara rit et l'imita :

— Moi ? Oui, madame. Vous. De quoi avez-vous peur ?

— Des trucs habituels. Je me fais du souci pour Annie et le bébé, et aussi pour Daniel et nos petits-enfants à Paris. Je m'inquiète également pour Armand, admit-elle.

— À la tête de l'école de la Sûreté ? s'étonna Clara. Après tout ce qu'il a enduré, ce sera une sinécure. Au pire, il risque de recevoir des boulettes de papier sur le nez et de se couper le doigt avec des feuilles. Il s'en tirera très bien.

Naturellement, Reine-Marie en savait plus long que Clara. Elle avait fait le voyage jusqu'en Gaspésie. Et elle avait surpris l'expression sur le visage d'Armand.

Pendant le repas, le front froid était arrivé, entraînant avec lui la neige. Pas une tempête, mais une chute constante de flocons lourds qu'il faudrait pelleter, le matin venu.

Devant la porte, Olivier enfila son veston et le ferma par-dessus la carte.

Après avoir souhaité bonne nuit à Clara, les amis marchèrent sous les épais flocons en suivant l'un des sentiers creusés dans le parc du village, leurs pieds s'enfonçant dans la neige fraîche. Gabri, qui marchait à côté de Ruth, tenait Rose blottie contre sa poitrine.

— Tu sais que tu ferais un bon duvet, toi, murmura-t-il dans ce qu'il supposa être l'oreille de la cane. Elle devient lourde, cette petite. Pas étonnant que les canards se dandinent.

Derrière, Myrna chuchota à l'intention de Reine-Marie :

— J'ai toujours eu un faible pour les hommes avec un gros… canard.

Reine-Marie pouffa de rire avant de heurter Armand, qui s'était immobilisé à un tournant. Myrna bifurqua en direction de son loft au-dessus de la librairie.

Ils se dirent bonne nuit, mais Armand resta à contempler les pins, où les lumières de Noël oscillaient sous la brise légère. Henri leva les yeux sur lui en agitant sa queue de berger, attendant qu'on lui lance une boule de neige.

Reine-Marie obtempéra et le chien s'enfonça tête première dans un banc de neige.

— Viens, dit-elle en prenant Armand par le bras. Il fait froid, il est tard et tu commences à ressembler à un bonhomme de neige. Tu n'auras qu'à fixer les arbres de la fenêtre du salon.

En route vers la maison, ils se séparèrent des autres, mais Armand s'immobilisa une fois de plus.

— Olivier ! lança-t-il dans le noir en se dirigeant vers celui-ci au pas de course. Je peux emprunter la carte ?

— Bien sûr. Pour quoi faire ?

— Juste un détail à vérifier.

Olivier la prit sous son veston.

— Merci, dit Armand. Bonne nuit.

Reine-Marie et Henri l'attendaient. Plus loin, Gabri, d'un pas lent, raccompagnait Ruth et Rose jusque chez elles. Devant son sentier, Ruth se tourna vers Armand. Dans la lumière qui éclairait sa galerie, elle semblait amusée.

— Vous avez demandé pourquoi la carte avait été fabriquée, cria-t-elle. Mais il y a une question plus pertinente. Pourquoi a-t-elle été emmurée ?

Le lendemain matin, Armand téléphona à Jean-Guy et lui demanda s'il accepterait d'être son second à l'école de police.

— J'ai déjà aiguisé mes crayons, patron, répondit Jean-Guy. J'ai aussi quelques carnets de notes tout neufs et des balles pour mon revolver.

— Tu n'as pas idée du plaisir que tu me fais, dit Gamache. J'en ai touché un mot à l'inspectrice-chef Lacoste. Isabelle te libère pour une session. C'est tout le temps dont nous disposons.

— Hum, fit Jean-Guy d'une voix subitement dénuée d'humour. Je vais venir à Three Pines cet après-midi et nous pourrons discuter de vos projets.

Quand Jean-Guy arriva, après avoir secoué la neige de son chapeau et de son manteau, il trouva Gamache dans son bureau. Il se servit un café et alla rejoindre son beau-père. Au lieu d'étudier les programmes, le curriculum vitæ des professeurs ou la liste des nouveaux étudiants, Gamache était penché sur une vieille carte.

— Pourquoi avez-vous attendu si longtemps avant de me proposer d'être votre adjoint ? demanda Beauvoir.

Gamache retira ses lunettes et examina son cadet.

— Parce que j'étais convaincu que tu accepterais et que je ne suis pas certain de te faire une faveur. L'école de police est sens dessus dessous, Jean-Guy. Tu as ta propre carrière. Je ne crois pas que le fait d'être mon second à l'école de la Sûreté va t'aider à avancer.

— Et vous pensez que je me soucie à ce point de mon avancement, patron ? demanda Jean-Guy avec un soupçon de colère dans la voix. Me connaîtriez-vous donc si mal ?

— Je tiens à toi, c'est tout.

Beauvoir inspira et exhala d'un air agacé.

— Pourquoi me le proposer maintenant, alors ?

— Parce que j'ai besoin d'aide. J'ai besoin de toi. Je n'y arriverai pas tout seul. Je dois pouvoir compter sur quelqu'un en qui j'ai pleinement confiance. Sans compter que, en cas d'échec, j'aurai besoin de quelqu'un à qui faire porter le chapeau.

Jean-Guy s'esclaffa.

— À votre service, dit-il en baissant les yeux sur la carte. Qu'est-ce que c'est ? Une carte aux trésors ?

— Non, mais c'est un objet entouré de mystère.

Il tendit la carte à Jean-Guy.

— Vois si quelque chose te semble bizarre.

— Vous connaissez la réponse, je présume. C'est un test ? Si j'élucide l'énigme, le poste est à moi ?

— Le poste n'a rien d'une récompense, crois-moi, souligna Gamache en laissant Jean-Guy scruter le vieil objet usé, déchiré et sali. Et il est à toi, que ça te plaise ou non.

Un peu plus tard, Jean-Guy rejoignit Armand et Reine-Marie dans le salon, où il trouva, sur le canapé, un autre objet usé, déchiré et sali.

— Tiens, mais c'est couille molle. Il paraît que Clouseau s'est enfin décidé à te proposer d'être son second, dit Ruth. J'ai toujours su que tu étais né pour être numéro deux.

— Madame Zardo, dit Jean-Guy, comme s'il s'adressait à une médium de l'époque victorienne. Il m'a effectivement offert le poste et je l'ai accepté.

Il s'assit à côté d'elle sur le canapé et Rose grimpa sur ses genoux.

— Tu as démêlé l'écheveau ? demanda Gamache. Qu'a-t-elle de bizarre, cette carte ?

— Ici. Three Pines, je veux dire, répondit Jean-Guy en faisant tourner son index au-dessus de la représentation des pins. Three Pines. Le village ne figure sur aucune carte officielle, mais il est ici.

Il avait vu juste. Et un autre détail, dès qu'on avait détecté celui-là, sautait aux yeux. Les routes, les pistes et les sentiers y conduisaient tous. Dans certains cas, ils passaient par d'autres localités, mais ils aboutissaient tous au pied des trois pins.

Armand hocha la tête. Grâce à son esprit vif, Jean-Guy avait éliminé le superflu pour aller droit au plus extraordinaire.

Ce n'était pas une carte de Three Pines. C'était une carte des chemins qui y menaient.

— Comme c'est bizarre, soupira Reine-Marie.

— Le plus bizarre, ce n'est pas que le village figure sur cette carte, dit Jean-Guy. C'est qu'il ne se trouve sur aucune autre. Même pas les cartes officielles du Québec. Pourquoi ? Pourquoi a-t-il disparu ?

— *Damnatio memoriae*, fit Reine-Marie.

— Pardon ? demanda son gendre.

— Je n'ai rencontré cette locution qu'une seule fois, expliqua-t-elle. En parcourant de vieux documents. Elle était si extraordinaire que je m'en souviens encore. C'est assez ironique, quand on y pense.

Ils l'observaient. De toute évidence, l'ironie leur échappait.

— *Damnatio memoriae* se traduit par "banni de la mémoire". Pas juste oublié, mais banni.

Tous les quatre, ils baissèrent les yeux sur la première et la dernière carte sur laquelle avait figuré leur petit village avant de disparaître. D'être banni.

6

À son pupitre, Amelia Choquet croisa les bras sur sa poitrine et se pencha vers l'arrière. Elle eut soin de remonter les manches de son uniforme pour laisser voir ses tatouages, tout en jouant avec le clou qui perçait sa langue, qu'elle faisait monter et descendre. Monter et descendre. Expression ostensible de son ennui profond.

Puis elle s'avachit sur sa chaise et regarda autour d'elle. C'était ce qu'elle faisait le mieux. Ne jamais participer, mais tout épier. De près.

Pour l'heure, elle étudiait l'homme qui se tenait à l'avant de la classe. Imposant, mais pas gras. "Costaud", se dit-elle. Robuste. Et assez vieux pour être son père, même si son père à elle était encore plus vieux.

Le professeur portait un veston, une cravate et un pantalon de flanelle. Bien mis, mais sans affectation.

Soigné, en somme.

Contrairement à beaucoup d'autres professeurs, il ne donnait pas l'impression de faire la leçon à des étudiants de première année. Il leur parlait, tout simplement, et son attitude laissait entendre qu'ils pouvaient ou non tenir compte de ce qu'il racontait. À eux de décider.

Elle fit claquer le clou de sa langue contre ses dents et la fille assise devant elle se retourna pour lui lancer un regard irrité.

Amelia ricana et sourit. La fille recommença à prendre des notes. On aurait dit qu'elle transcrivait mot pour mot tout ce que disait le professeur.

La session avait débuté depuis une semaine et Amelia avait noté seulement quelques phrases dans son cahier tout neuf. À vrai dire, elle n'en revenait pas d'être là.

Le premier jour, elle s'était présentée à l'école de la Sûreté avec la certitude d'être renvoyée aussitôt. On lui dirait qu'une erreur avait été commise et qu'elle n'avait pas sa place en ce lieu. Au mieux, sur le seuil de la porte, on l'obligerait à retirer les bijoux de ses perçages. Celui de la langue, bien sûr, mais aussi ceux de la lèvre, de l'arcade sourcilière, de la joue et des oreilles, où ils faisaient comme une chenille. S'ils avaient été au courant de l'existence des autres, ceux qui ne se voyaient pas, les responsables l'auraient sûrement obligée à les retirer, eux aussi.

Elle s'attendait à ce qu'on envoie, quelques semaines avant le début des cours, un avis informant les futurs étudiants que ni les cheveux teints ni l'art corporel ne seraient tolérés.

Elle avait seulement reçu une liste de livres à acheter et une boîte.

Dans la chambre de la pension où elle logeait, Amelia s'était enfermée à double tour avec la lettre et la boîte. Après avoir parcouru la liste, elle avait arraché le couvercle.

À l'intérieur se trouvait un uniforme, plié avec soin. Flambant neuf. Personne ne l'avait encore porté. Amelia l'approcha de son visage et inspira à fond.

Il sentait le coton et le carton. Propre et frais. Et il était d'une douceur inattendue.

Il y avait même un couvre-chef portant l'insigne de l'école de la Sûreté et des mots en latin.

Velut arbor aevo.

Amelia avait lentement posé la casquette sur ses cheveux noirs hérissés de pointes. Elle s'interrogea sur la signification des mots. En fait, elle les avait aussitôt traduits, mais elle s'interrogeait sur leur sens profond.

Elle se déshabilla pour enfiler l'uniforme. Il lui allait. Ensuite, elle se jeta un regard furtif dans la glace. Une jeune personne s'y trouvait, une jeune femme qui vivait dans un monde totalement différent de celui d'Amelia. Un monde qui aurait pu être le sien si elle avait tourné à gauche plutôt qu'à droite. À droite plutôt qu'à gauche.

Si elle avait ouvert la bouche ou gardé le silence. Ouvert ou fermé la porte.

Elle aurait pu être la fille dans le miroir. Scintillante, soignée et souriante. Mais elle ne l'était pas.

En lançant la casquette sur son lit, Amelia entendit des pas dans le couloir et ses yeux se posèrent aussitôt sur la serrure, juste au cas.

Un cognement sec, suivi d'une voix suave.

— Je voulais juste m'assurer que tu avais bien reçu le paquet, ma belle.

— Fous le camp.

Après une courte pause, elle entendit des bruits de pas qui s'éloignaient et un léger ricanement.

Lors de la première nuit qu'Amelia avait passée dans la pension, la propriétaire avait brusquement ouvert sa porte et balayé la chambre des yeux. Amelia avait tout juste eu le temps de jeter sous le lit l'objet qu'elle tenait à la main. Mais pas avant d'avoir piqué la curiosité de la femme aux chairs flasques qui empestait la cigarette, la bière et la sueur.

— J'ai entendu du bruit et j'ai cru que tu étais malade, ma petite, avait-elle lancé, des bouffées de la puanteur d'urine qui imprégnait la moquette du couloir accompagnant chacun de ses mots.

Les yeux mesquins de la femme avaient fait le tour de la pièce.

Amelia, en lui claquant la porte au nez, avait eu le temps de voir les lèvres charnues et gercées, le nez bulbeux parcouru de veinules, la peau tavelée. Et les yeux chassieux. Rusés et calculateurs.

Depuis, Amelia avait soin de verrouiller sa porte en entrant et en sortant, même pour aller aux toilettes ou prendre sa douche, au bout du couloir.

Amelia méprisait sa propriétaire. Et elle savait pourquoi. En franchissant la porte de la pension, Amelia avait eu la certitude, accablante et immédiate, qu'elle n'en sortirait jamais.

La propriétaire, c'était elle.

Et elle était la propriétaire.

Amelia supposait que cette femme avait été jeune et mince, elle aussi. Venue de la campagne chercher du travail à Montréal. Un certificat de dactylographie dans une main et une petite valise dans l'autre.

Elle avait loué une chambre dans cette maison, sans se douter qu'elle avait franchi un seuil. Plus moyen de revenir en arrière.

Elle n'était jamais partie. Elle avait pourri sur place.

Le même sort attendait Amelia. C'était déjà commencé.

Pendant quatre mois, elle avait posé sa candidature à toutes sortes d'emplois non qualifiés, en vain. Elle s'était ensuite résignée à accepter n'importe quel boulot, sans aller jusqu'à tailler des pipes rue Sainte-Catherine, mais presque. Un jour, elle avait enfin accepté le seau que lui tendait la propriétaire.

C'était son travail, désormais. Récurer les toilettes. Et les douches. Déboucher les conduites, en retirer de longs filaments de cheveux et d'autres saloperies.

Certains soirs, à genoux dans la douche des hommes, elle laissait des larmes tomber dans la canalisation. Sa vie, comprenait-elle alors, ne s'améliorerait jamais. Elle avait vingt ans, et le meilleur était derrière elle.

Elle prit l'habitude de s'engourdir avec de l'herbe, que l'homme débraillé qui habitait au bout du couloir lui procurait en échange de fellations. Elle s'était pourtant juré de ne jamais tomber si bas. Désormais, elle se demandait plutôt jusqu'où elle s'abaisserait encore, où se trouvait le fond du baril.

Jusque-là, elle avait résisté au crack et à l'héroïne, mais uniquement parce qu'elle n'avait pas les moyens d'en acheter et qu'elle n'était pas encore disposée à faire ce qu'il fallait pour en obtenir.

Finalement, le besoin d'engourdissement eut raison de ses dernières réticences. L'herbe ne lui suffisait plus. Dans ce qu'elle savait être une ultime manifestation de respect de soi, elle avait, bien que consciente du ridicule de ses efforts, pris une douche et enfilé des sous-vêtements propres avant de sortir. Le point de non-retour se profilait à l'horizon. Au moins, elle franchirait la limite en sentant le savon et la poudre pour bébés, même s'il lui semblait que la puanteur de l'urine lui collait au train, à la façon d'une queue résiduelle.

Elle descendit les marches qu'elle venait de laver.

Elles étaient plus propres qu'à son arrivée. Au même titre que les toilettes, les douches et la moquette. Les autres résidants l'avaient remarqué et certains avaient même pris l'habitude de nettoyer leurs dégâts.

Mais ce serait toujours une bataille perdue d'avance. La crasse ne se limitait pas à la surface. Impossible de désinfecter les lieux. La pourriture était trop incrustée.

— Où tu vas ? demanda la propriétaire par sa porte entrebâillée.

— Mêle-toi de tes maudites affaires, répondit Amelia.

— Surtout, avale pas, ajouta la propriétaire, ses jambes luisantes de sueur écartées dans son fauteuil inclinable. Mais ça, tu le sais déjà, hein, petite ?

Son téléviseur était allumé et, aux nouvelles, il était question d'un meurtre commis dans un village, au sud de Montréal. On avait découvert le cadavre d'un garçon et conclu qu'il s'agissait d'un accident avant de se raviser et d'affirmer que l'enfant avait plutôt été assassiné. Et voilà qu'on déplorait une seconde victime.

Amelia s'était immobilisée et avait jeté un coup d'œil par l'entrebâillement de la porte. On interrogeait une femme plutôt jeune, présentée comme la cheffe de la section des homicides de la Sûreté du Québec.

Amelia avança d'un pas.

La femme portait un costume élégant. Une jupe et un haut bleu clair, un veston qui tombait bien. Pas masculin pour deux sous. Une coupe féminine. Pratique, mais séduisant. Simple.

Un badge était accroché au cordon qu'elle portait au cou et on voyait sur sa hanche un étui à revolver.

Des hommes à la forte carrure se tenaient derrière elle. Dans une attitude de respect.

La propriétaire se tortilla dans son fauteuil, ses jambes nues crissant sur le faux cuir.

— À ton avis, qu'est-ce qu'elle a dû faire pour décrocher un poste comme ça ? demanda-t-elle, ses lèvres charnues luisantes de bave.

Son rire poursuivit Amelia jusqu'à la porte.

Amelia trouva la réponse à cette question le soir même.

Pas rue Sainte-Catherine, mais plutôt chez son unique ami, un homme gay qui venait du même village qu'elle. Débarqué à Montréal un an plus tôt, il dansait dans une boîte de striptease pour hommes. C'était un boulot bien payé et il avait les moyens de louer un petit appartement.

— Veux-tu bien me dire ce que tu fous ? demanda-t-il en lui tendant un joint et en se penchant pour voir les mots qu'elle venait de taper sur son ordinateur portable. Tu cherches la police sur Google ?

Amelia ne répondit pas.

Elle rentra dans sa chambre avec une liasse de papiers sur lesquels figuraient les critères d'admission de diverses écoles de police. Le lendemain, elle composa sa lettre dans sa tête en récurant le sol. Prépara mentalement le curriculum vitæ qu'elle enverrait.

Il n'était pas, bien sûr, entièrement véridique.

— On ne va jamais te prendre, tu sais, lui avait dit son ami. Regarde-toi. Tu es du mauvais côté des barreaux de la prison. Ils vont plutôt vouloir t'arrêter.

Ils avaient ri, certains que c'était la plus stricte vérité. Malgré les blagues de son ami, Amelia se dit qu'elle réussirait peut-être à passer de l'autre côté. Et que, un jour, elle serait celle qui avait un joli costume et des cheveux tout propres. Avec, derrière elle, des hommes à la forte carrure qui, au lieu de lui reluquer le cul, suivraient ses ordres.

Une femme avec du pouvoir, peut-être. Et une arme à feu.

Puis les lettres de refus commencèrent à affluer. Le collège de la police de Montréal avait été le premier. Suivi de la police de Sherbrooke. Puis de celle de Québec. Et même le minuscule collège privé, établi dans la grange d'un agriculteur de Rivière-du-Loup, n'avait pas voulu d'elle.

L'école de police de la Sûreté ne s'était même pas donné la peine de répondre. Évidemment.

Elle s'était remise à ses sols et à ses canalisations. Et, par une froide soirée, elle avait abouti rue Sainte-Catherine. Là, derrière une boîte de striptease, elle avait fait des choses qu'elle s'était juré de ne jamais faire, et pire encore.

Avec l'argent, elle avait acheté de la cocaïne. Et de l'héroïne.

Elle avait pris deux doses en deux jours. La drogue lui avait foutu la trouille, mais son but était de s'insensibiliser, et non de se faire plaisir.

Une fois de plus, soupçonnait-elle, et il n'y aurait pas de retour possible. Rien derrière, rien devant.

Et alors, au moment où tombait la première neige, la lettre était arrivée.

On l'invitait à s'inscrire à l'école de police de la Sûreté pour le trimestre d'hiver. On lui proposait une bourse d'études. En raison de sa connaissance du latin. Toutes ses dépenses seraient payées.

— *Futuis*-moi, fit-elle, assise au bord de son lit, en serrant la lettre contre sa poitrine et en regardant dans le vide.

Elle l'avait glissée dans sa poche et gardée près d'elle pendant son ménage. Sans oser la regarder de nouveau, au cas où elle aurait mal compris. Mais, enfin, dans la douche des hommes, elle avait fini par la relire. À genoux, elle avait laissé tomber des larmes dans la canalisation.

Et elle était là. Fin janvier. Assise dans une salle de classe, à faire monter et descendre le clou qui perçait sa langue, à le faire claquer contre ses dents. Les bras bien serrés contre sa poitrine. Observant le professeur à travers ses paupières mi-closes.

Feignant l'ennui, mais, en réalité, assimilant tout. Chaque mot et chaque geste. Absolument tout.

Puis le jeune homme grave assis à côté d'elle, le jeune homme aux cheveux rouge vif qui dégageait de telles ondes que même le tableau noir les recevait cinq sur cinq, avait fait tss-tss.

— Quoi ? T'es jaloux de mon clou ? avait-elle sifflé en anglais.

Il était devenu écarlate et elle s'était demandé de quoi il avait le plus honte. D'être gay ou anglophone ?

Elle l'aimait bien. Il était différent, malgré les vaillants efforts qu'il déployait pour ne pas l'être.

— Sois un peu attentif, fit-elle en indiquant l'avant de la classe.

Elle le vit soupirer.

Le commandant de l'école de police lui-même donnait ce cours, bien qu'il soit difficile de déterminer quel en était le sujet.

Pas le tir à la cible, en tout cas. Ils n'avaient pas encore mis la main sur une arme à feu, même si le commandant Gamache avait fait référence au "mot décoché".

— *Je n'ai pas senti le mot décoché frapper…*, avait-il déclamé en réponse à la question d'un étudiant qui avait voulu savoir à quel moment ils auraient accès aux armes.

La voix du professeur était à la fois grave, calme et apaisante.

— … *et s'enfoncer comme une balle molle.*

Avec un sourire, il s'était retourné pour écrire quelques mots au tableau noir.

C'était le premier jour. Et, chaque jour depuis, il avait écrit une nouvelle phrase, effaçant la précédente. Sauf la première. Celle-là se trouvait toujours en haut du tableau.

Amelia se demanda si cet homme aux cheveux grisonnants et aux yeux réfléchis se doutait qu'il avait cité des vers d'une de ses poètes préférées.

> *On m'a pendue pour avoir vécu seule,*
> *parce que j'avais des yeux bleus et une peau brûlée par le soleil.*

Amelia aurait pu réciter le poème par cœur. Allongée sur son lit, elle l'avait mémorisé. Et quand l'affreuse propriétaire l'avait prise sur le fait en ouvrant brusquement sa porte, le premier soir, Amelia avait vite glissé le livre sous le lit.

Ce n'était ni une friandise, ni de la drogue, ni un portefeuille volé.

C'était quelque chose de beaucoup plus précieux, de beaucoup plus dangereux.

Le recueil de poèmes était allé rejoindre les autres livres cachés à cet endroit. Des ouvrages en grec et en latin. Des recueils de poésie et des traités de philosophie. Elle avait appris seule ces langues mortes et avait mémorisé les poèmes. Dans la fange. Se coupant de la rumeur des coïts, des grommellements, des cris et des hurlements des autres pensionnaires. Des chasses d'eau qu'on tirait, des obscénités et de la puanteur.

La poésie effaçait tout.

Ah oui, et des seins,
et une poire sucrée cachée dans mon corps.
C'est pratique,
quand il est question de démons.

La propriétaire avait peur des rats et des policiers.

Elle aurait plutôt dû craindre les mots, les idées. Amelia le savait, elle. Et elle savait aussi que c'était ce qui rendait les drogues si dangereuses. Elles faisaient éclater l'esprit et non le cœur. L'esprit d'abord. Ensuite, le cœur. Enfin, l'âme.

Amelia se pencha et, pendant que le professeur avait le dos tourné, elle transcrivit en hâte la phrase de la journée.

"Le bonheur, gribouilla-t-elle à toute vitesse pour éviter que le commandant la voie, consiste principalement à être content de soi-même."

Amelia scruta les mots et, sentant des yeux peser sur elle, leva la tête et le vit qui la regardait.

Elle tira la langue, exposant le clou, qu'elle fit monter et descendre. Pour qu'il sache bien à qui il avait affaire.

Il hocha la tête et sourit. Puis il se tourna vers les autres.

— L'un de vous connaît-il la devise de l'école ?

— Les armes, c'est pour quand ? cria un garçon, au fond.

Voyant la mine du commandant, il ajouta :

— Monsieur.

Amelia grogna pour elle-même. "Sois insolent ou ne le sois pas. Ne change pas d'idée au milieu d'une phrase impertinente. C'est minable. Va jusqu'au bout ou retiens-toi."

— Je suis justement en train de vous armer, dit le commandant.

Amelia grogna de nouveau, plus fort qu'elle ne l'avait voulu.

Le professeur tourna vers elle toute son attention.

On aurait dit un navire puissant dans la tempête. Constant, solide, calme. Il survivrait non pas parce qu'il était ancré quelque part, mais bien parce qu'il ne l'était pas. Au besoin, il rectifierait son cours. Ce calme était signe d'une immense maîtrise de soi. Signe de pouvoir, comprit-elle.

Il était plus fort que tous ceux qu'elle avait connus jusque-là, du simple fait qu'il n'était pas à la merci des éléments.

Il la dévisagea et attendit, et elle comprit qu'il était capable d'attendre jusqu'à la fin des temps.

— *Velut arbor aevo*, bredouilla Amelia.

— Précisément, madame Choquet. Vous savez ce que les mots signifient ?

— “Comme un arbre au fil du temps.”

Pas une seule fois depuis son arrivée elle n’avait autant parlé.

— Oui, exactement. Mais pouvez-vous me donner le sens de l’expression ?

Elle était sur le point d’inventer quelque chose. De donner une réponse intelligente ou, à défaut, grossière. La vérité, c’est qu’elle n’en savait rien et qu’elle était curieuse.

Amelia scruta le tableau derrière le commandant et les mots qu’il y avait écrits. Au sujet du bonheur.

Elle secoua la tête.

— Non, je l’ignore.

— Vous aimeriez le savoir ?

Amelia hésita. Elle avait le sentiment qu’on lui tendait un piège.

Elle eut un mouvement sec du menton.

— Prévenez-moi lorsque vous saurez, dit-il. Et passez me voir après le cours, je vous prie.

“Qu’il aille se faire foutre”, songea-t-elle en se calant sur sa chaise, les yeux des autres étudiants rivés sur elle. Elle s’était dévoilée, avait donné une preuve d’ignorance, et pire encore : elle avait laissé voir de l’intérêt.

Et il lui avait demandé de trouver la réponse toute seule.

Il n’avait qu’à aller se faire foutre, lui et son école de police.

Il s’apprêtait à l’expulser. À cause de son insolence. À cause de ses tatouages, de ses perçages, du clou dans sa langue.

C'est pratique,
quand il est question de démons.

Il s'apprêtait à la jeter par-dessus bord.

Et, en le voyant devant la classe, où il écoutait avec attention les radotages de quelque étudiant, elle se rendit compte qu'il n'était pas le navire. Cet homme en apparence calme était la tempête. Et elle était sur le point de se noyer.

Après la classe, Amelia Choquet ramassa ses livres. Lorsque les autres étudiants furent sortis, elle se dirigea vers l'avant, où le commandant Gamache l'attendait, campé derrière son bureau.

— *Mundus, mutatio ; vita, opinio*, énonça-t-il lentement.

Inclinant la tête, elle cessa de triturer la bague en forme de tête de mort sur son index.

— Mon latin n'est pas très au point, avoua-t-il.

— Il est suffisant, dit-elle.

Elle avait parfaitement compris.

— "Le monde n'est qu'une transformation perpétuelle ; la vie n'est qu'une idée et une opinion."

— Ah bon ? fit-il. Ce n'est pas ce que j'ai voulu dire. Je croyais que c'était : "Notre vie est ce qu'en font nos pensées."

Il sortit un petit livre de sa mallette. Après l'avoir examiné un moment, il tendit la main pour lui offrir le volume tout racorni.

— Ce que nous disons ne correspond pas toujours à ce que nous voulons dire, affirma-t-il. Tout dépend de ce que nous voulons entendre.

— Ouais, évidemment.

— La citation vient d'ici, expliqua-t-il. J'aimerais vous offrir le livre.

Elle regarda l'objet dans la main du commandant. Marc Aurèle, lut-elle sur la couverture cornée. *Pensées.*

— Non, merci. J'ai déjà compris le message.

— Prenez-le, insista-t-il. Je vous en prie. C'est un cadeau.

— Un cadeau d'adieu ?

— Vous partez ?

— Je ne pars pas ?

— Je vous ai demandé de venir me voir pour vous inviter. Je reçois quelques personnes chez moi, ce soir.

C'était donc ça. Elle pouvait rester, mais à un prix. Amelia se doutait bien de l'identité de ces "quelques personnes".

Sa bourse, elle la rembourserait, d'une manière ou d'une autre. Elle laissa tomber le livre sur le bureau. Elle ne voulait rien devoir de plus à cet homme.

Le commandant Gamache saisit le livre et le remit dans sa mallette. En sortant de la classe, il montra du doigt la toute première citation qu'il avait transcrite sur le tableau noir.

Celle-là était restée, tandis que les autres n'avaient fait que passer.

On l'attribuait à une religieuse bouddhiste. Les autres étudiants s'en étaient moqués, mais Amelia l'avait recopiée dans son cahier. C'étaient les tout premiers mots de son tout premier cahier de notes.

"Ne croyez pas tout ce que vous pensez."

7

Un feu était allumé dans l'appartement qu'occupait le commandant Gamache à l'école de police.

Presque tous les soirs, il rentrait à Three Pines, à seulement une heure de route. Une agréable balade. Mais comme on annonçait une tempête, il avait décidé de passer la nuit sur place. Reine-Marie avait fait le voyage avec lui, apportant une boîte de documents à traiter et un objet emballé dans du papier kraft.

Lorsqu'ils furent chez lui, il montra le paquet et demanda :

— Un nouveau fauteuil ?

— Brillante déduction, monsieur le détective ! s'écria-t-elle avec une admiration exagérée. En fait, il s'agit d'un poney.

— Zut, fit-il en secouant la tête, frustré. J'allais justement le dire !

Elle rit en le voyant s'engager dans le corridor pour amorcer sa journée.

Reine-Marie passa la sienne à examiner de vieux documents provenant des archives, tandis que lui se consacrait à ses cours et à ses lourdes tâches administratives. L'ex-commandant avait négligé la plupart des formalités, tandis que son second, Serge Leduc, poursuivait ses propres objectifs, dont le bon fonctionnement de l'école de la Sûreté ne faisait apparemment pas partie.

Surtout, Armand devait composer avec les personnalités des autres professeurs et des étudiants dont la formation était plus avancée. Dire qu'ils résistaient aux changements qu'il avait instaurés constituerait un grossier euphémisme.

Même ceux qui s'étaient réjouis du départ de la vieille garde semblaient dépassés par l'ampleur des bouleversements.

— Vous devriez peut-être y aller par étapes, proposa Jean-Guy.

— Non, rétorqua le professeur Charpentier. "Communiquez vite les mauvaises nouvelles et répandez lentement les bonnes." *Dixit* Machiavel, plus ou moins.

Charpentier, l'une des recrues de Gamache, donnait le cours de stratégie. La lecture du *Prince* y était obligatoire. Dans les faits, il s'agissait moins de stratégie que de manipulation.

Beauvoir dévisagea l'homme au visage d'enfant avec une profonde méfiance.

Charpentier transpirait abondamment, comme si chaque mot qu'il prononçait lui coûtait une peine extrême. Jeune, mince et fragile, il se déplaçait fréquemment en fauteuil roulant.

— Tous les changements d'un coup, avait décidé le commandant Gamache. Vite.

Il avait convoqué une assemblée du personnel pour en faire l'annonce.

Ainsi avaient débuté le trimestre et la bataille rangée.

Au bout d'une semaine, un certain rythme et une certaine routine s'étaient installés, mais à chaque heure de chaque jour, l'autorité du nouveau commandant était contestée. On voyait en Gamache non pas une bouffée d'air frais, mais bien plutôt un enfant têtu et ignorant qui s'amusait à renverser ses blocs de construction. Même ceux qui convenaient que les blocs étaient pourris partageaient ce point de vue.

— Donne-leur du temps, conseilla-t-il à Jean-Guy, au terme d'une journée particulièrement éprouvante.

— Le temps, c'est justement ce qui nous fait défaut, patron, répondit Beauvoir en fourrant des livres dans sa mallette.

"C'est vrai, se dit Gamache. Et Jean-Guy ne connaît qu'une partie de l'histoire."

Mais cette soirée, visant à marquer la fin de la première semaine, avait des chances de détendre l'atmosphère. Il l'espérait, du moins.

En rentrant chez lui, Armand abandonna son costume au profit d'un pantalon, d'une chemise en oxford au col ouvert et d'un cardigan. Reine-Marie portait un chandail en cachemire, un foulard de soie et une jupe qui s'arrêtait juste sous les genoux.

Après avoir pris place dans le fauteuil Eames et posé sa tasse de thé, Armand tendit la main vers le paquet.

— Tu sais de quoi il s'agit ?

— Non, répondit Reine-Marie. Olivier me l'a remis ce matin, juste avant notre départ. Il a dit que c'était pour toi. Ne le secoue pas, s'il te plaît.

Pour une raison qu'il ne s'expliquait pas, Armand avait coutume de secouer les colis avant de les ouvrir.

Pas pour s'assurer qu'il ne s'agissait pas d'une bombe, car le mouvement aurait provoqué l'explosion.

Il secoua le paquet. Le renifla. Posa l'oreille dessus.

À ce stade, Reine-Marie était relativement certaine qu'il faisait le clown pour l'amuser.

— Ce n'est pas un poney, annonça-t-il à regret.

— Si seulement tes étudiants se doutaient de la finesse du cerveau de leur commandant…

— Je pense qu'ils s'en doutent.

Ayant enfin ouvert le paquet, il examina son contenu.

— Qu'est-ce que c'est ? demanda-t-elle.

Il retourna l'objet et elle sourit.

— Quel homme adorable, déclara Reine-Marie.

— Oui, confirma Armand.

C'était la vieille carte bizarre qu'ils avaient découverte dans un des murs du bistro. Olivier l'avait fait encadrer. Un mot l'accompagnait.

"Pour que vous retrouviez toujours le chemin de la maison."

Signé Olivier, Gabri, Clara et Myrna. Tout en bas, Ruth avait griffonné quelques mots. "Jusqu'à ce que, inévitablement, vous foiriez une fois de plus."

Armand sourit et, prenant une profonde inspiration, se propulsa hors du fauteuil confortable pour poser le dessin sur une table basse. Il se dirigea vers le mur de verre.

Son appartement, situé au dernier étage du bâtiment, lui offrait une vue spectaculaire sur les environs. Elle l'aurait été, du moins, sans la tempête et l'obscurité, tombée entre-temps.

En réalité, il ne voyait que son propre reflet dans la vitre. Le blizzard avait avalé Saint-Alphonse, les lumières et le reste.

Saint-Alphonse avait été l'un des tout premiers lieux colonisés par les Français, des siècles auparavant : la terre y était plate et fertile. Ces qualités, si attrayantes en été, n'empêchaient pas des hivers particulièrement cruels.

Rien, absolument rien ne freinait le vent et la neige qui descendaient des montagnes en hurlant et, après avoir suivi les berges de la rivière, se ruaient sur la plaine. Seule la petite ville de Saint-Alphonse leur faisait obstacle et elle prenait tout en plein visage.

Dans les ténèbres, un poing blanc martelait l'épaisse vitre des fenêtres, comme pour se rappeler au bon souvenir de Gamache et signaler son mécontentement.

Gamache ne bronchait pas. Il était tout de même conscient d'avoir de la chance de se trouver à l'intérieur, alors que cette force restait dehors.

On cogna à la porte et Jean-Guy entra.

— Depuis quand tu frappes, mon beau ? demanda Reine-Marie en se levant pour accueillir son gendre.

— Je me demandais si les autres étaient arrivés, répondit-il en parcourant la pièce des yeux.

Jean-Guy se doutait bien que les autres membres du personnel étaient au courant de sa relation avec les Gamache. Les étudiants, en revanche, peut-être pas. Il avait la ferme intention de ne laisser voir aucun signe d'amitié ou d'intimité.

Le regard inquisiteur de Beauvoir procéda à un rapide état des lieux. Toujours à l'affût d'une menace. D'un malfrat armé ou d'un recueil de poèmes, par exemple.

Cet appartement était sensiblement différent de tous ceux que les Gamache avaient occupés jusque-là.

Cette partie du bâtiment était moderne. Elle datait du milieu du siècle, avait-il découvert. L'appartement était équipé de fauteuils de forme bizarre, visiblement inconfortables, portant des noms autres que La-Z-Boy. Il avait d'abord cru que les lieux étaient déjà meublés, selon les goûts de quelqu'un d'autre, puis il avait appris que c'étaient les Gamache eux-mêmes qui y avaient veillé.

Et ces meubles ne plaisaient pas du tout à Jean-Guy.

S'engageant sur le tapis à poils longs, il réchauffa ses mains devant le foyer avant de choisir un coca sur la table des boissons.

On frappa de nouveau à la porte et le premier invité apparut. Moins de vingt minutes plus tard, tous étaient là. Quelques étudiants et quelques professeurs triés sur le volet.

Ils bavardèrent, se servirent à boire et à manger.

L'atmosphère, au départ un peu raide, se détendit bientôt sous l'effet du feu de cheminée, de la tempête qui se déchaînait, de l'alcool et de l'aisance des hôtes, le commandant Gamache et son épouse.

Amelia Choquet n'était pas dupe.

Elle se tenait debout dans un coin, entre une bibliothèque et le mur de verre, dont elle sentait le froid à travers sa manche. De loin en loin, lorsqu'une rafale particulièrement violente heurtait les fenêtres avant de glisser vers le sol, une sorte de grattement se faisait entendre.

De là, Amelia surveillait la pièce.

Et la pièce l'épiait. Lorsqu'une paire d'yeux se détachait d'elle, une autre prenait le relais. Comme s'il s'agissait d'un combat en équipe. Ou livré dans une cage.

Amelia était venue, même si elle s'attendait à tout autre chose. Certainement pas à un cocktail.

Mme Gamache l'avait accueillie à la porte et guidée jusqu'à la table des boissons, où elle s'était servi un Canadian Club coupé de soda au gingembre.

Avec son doux chandail et son foulard de soie, la femme du commandant, qui sentait le savon et les roses, était aussi étrange pour Amelia qu'elle-même l'était pour les autres.

Elle s'en rendait bien compte. Elle révulsait les autres étudiants, les effrayait ou les amusait. Quant aux professeurs, ils la rejetaient, tout simplement.

Sauf un. Il était d'âge mûr, petit et trapu, mais pas gras. Amelia, devinant des muscles fermes sous le chandail décontracté, se demanda s'il prenait des stéroïdes.

L'homme la dévisageait sans cesse, mais pas d'un œil critique. Du moins pas après le premier regard tranchant qu'il avait posé sur elle. Puis ce regard avait changé. Elle l'intéressait, elle le sentait. Pas sexuellement, lui semblait-il. Elle savait flairer ce genre de choses.

Ce n'était pas ça. L'homme la jaugeait plutôt.

Il s'agissait, à première vue, d'une assemblée bigarrée. Au départ, Amelia avait cru que seuls les étudiants les plus prometteurs et les plus intelligents, les leaders naturels, avaient été invités. Hypothèse qui n'expliquait pas sa propre présence.

En examinant de plus près les étudiants, elle comprit qu'elle avait fait fausse route. Il y avait des hommes et des femmes. Quelques anglophones, mais surtout des francophones. Des Blancs pour la plupart, mais aussi une Asiatique et un Noir. Et l'un des invités se déplaçait en fauteuil roulant. Elle n'aurait su dire s'il s'agissait d'un étudiant ou d'un professeur.

Aucun d'eux ne semblait remarquable.

L'Asiatique s'approcha d'Amelia.

— Huifen, dit-elle.

— Quoi ?

— C'est mon prénom. Je suis en troisième année. Tu es nouvelle ?

Elle observait Amelia comme si elle attendait quelque chose. "Cette femme, songea Amelia, n'a pas le moindre instinct de survie."

— Quoi ? répéta Amelia.

— Qui es-tu ?

— Mêle-toi de tes maudites affaires.

Rien à voir avec la conversation pétillante qui, selon certaines lectures d'Amelia, était la marque de ce genre de réception.

Huifen hocha la tête, comme si Amelia venait de lui fournir une information précieuse. Amelia trouva le geste déconcertant.

— Il est nouveau, tu sais, précisa Huifen en regardant, au milieu de la foule, le commandant Gamache qui, un verre à la main, écoutait quelques étudiants.

— Il a l'air usagé, dit Amelia.

Huifen s'esclaffa.

— Cet homme, expliqua-t-elle en désignant le type qui avait scruté Amelia, est l'un des professeurs. M. Leduc. Le Duc, si tu préfères. C'est lui qui commandait, avant.

Huifen promena son regard de Leduc à Gamache, puis elle se pencha vers Amelia, qui eut un mouvement de recul, mais pas avant d'avoir entendu l'autre lui dire :

— Tiens-toi loin de lui. Il s'intéresse à toi, ça saute aux yeux. Prends garde.

Puis Huifen se redressa et éclata de rire, comme si elle venait de dire quelque chose de très spirituel.

À son tour, Amelia étudia Leduc, puis Gamache. Lequel des deux était le "il" dont avait parlé cette étudiante plus avancée qu'elle ?

— Je me demande ce qu'il fait ici, lança Huifen.

Cette fois, elle voulait clairement parler de Gamache.

— D'une façon ou d'une autre, ajouta-t-elle en se tournant de nouveau vers Amelia, ça risque d'être intéressant.

Elle haussa un sourcil et sourit avant de s'éloigner, apparemment sans but. Bientôt, cependant, Amelia remarqua la destination qu'elle avait choisie. Après avoir décrit quelques méandres, Huifen s'était garée à côté de Leduc. Du Duc.

Aux yeux d'Amelia, l'homme n'avait rien d'un duc. Rien de majestueux. Il irradiait l'énergie brute. Au sein de ce rassemblement tranquille, il y avait chez lui quelque chose de primitif.

Il était à la fois repoussant et attirant. Pas personnellement, mais grâce à la force d'attraction qu'exerce le pouvoir. Et Amelia n'était pas seule à en sentir les effets.

Les étudiants agglutinés autour de lui formaient une sorte de noyau.

Ouifenne (était-ce bien son nom ?) discutait avec lui. Puis, lentement, il tourna la tête. Pour la regarder, elle, Amelia.

C'était la deuxième fois que Leduc la scrutait. Il posa sur elle un long regard, réfléchi et inquisiteur. Comme on regarde un morceau de casse-tête.

Le morceau cadrait-il là ou pas ? Se révélerait-il utile ou pas ?

Amelia se demanda si l'autre étudiante était venue lui parler parce qu'il lui en avait donné l'ordre. Et ce qu'elle avait rapporté de leur conversation.

Puis le moment passa, le contact fut rompu et Amelia partit une fois de plus à la dérive.

Sirotant son Canadian Club coupé de soda au gingembre, elle observait les flux et reflux du rassemblement. Elle se rendit compte que quelqu'un d'autre faisait de même. Un professeur plus âgé.

Il était arrivé très tard, longtemps après les autres invités. Amelia ne l'avait encore jamais vu. Ni dans les corridors, ni dans les salles de classe, ni même dans le réfectoire.

Il était à la fois nouveau et ancien.

Seul près de la porte, il tenait un verre de scotch avec élégance et balayait la pièce des yeux. Son regard croisa celui d'Amelia et, pendant un moment, elle eut le sentiment qu'il allait sourire. Ou, pire, lui faire signe de venir lui tenir compagnie.

Ses yeux perçants, cependant, passèrent outre, la traversèrent et se perdirent au loin.

Amelia se demanda s'il était un des membres de la vieille garde ou un nouveau professeur recruté par le commandant.

La vieille garde, sûrement. Il avait l'air vieux, en tout cas. Et il semblait aux aguets.

Elle l'observa pendant un moment. Assez longtemps pour qu'il se sache épié. Amelia le fit pour le plaisir et aussi parce qu'elle aimait jouer avec les lames de rasoir, les aiguilles et les couteaux.

Puis elle se concentra sur autre chose.

Sur le commandant et sa femme. Elle vit l'homme sourire, puis rire à une remarque d'un des étudiants. Ils étaient assis près du feu, désormais, et une chaude lueur se lisait sur leurs visages. Il y avait de l'aisance chez cet homme. Dans sa façon de regarder Mme Gamache. D'écouter sans sentir le besoin de dominer.

Se retournant, elle constata que le professeur Leduc s'était détaché du petit groupe qui l'entourait pour se diriger vers le dernier arrivé. Il serra la main du vieil homme. Sourit. Les deux échangèrent quelques mots, et le Duc jeta un coup d'œil au commandant.

Un coup d'œil hostile.

Amelia resta donc sur Gamache.

Quiconque inspirait une telle haine à l'un de ses semblables méritait qu'on l'observe.

"Oui, se dit-elle en prenant une autre gorgée et en écoutant le tintement des glaçons ainsi que les grattements du blizzard. La situation à l'école de police ne serait peut-être pas amusante, mais, comme l'avait dit l'étudiante asiatique, elle serait intéressante."

Ce qu'aucun ne savait, c'est que, avant la fonte des neiges, l'un d'eux serait mort. Liquidé par l'une des personnes présentes.

"Intéressant" était un mot bien faible pour décrire les événements à venir.

8

— Ne regardez pas, dit Beauvoir en se penchant à l'oreille de Gamache, mais Brébeuf et Leduc viennent de tomber dans les bras l'un de l'autre.

Jean-Guy vit Leduc poser une main bienveillante sur le bras de son aîné. "Des confrères, songea Beauvoir. Des frères. Sortis du même moule."

Le commandant Gamache ne se retourna pas. Il désigna plutôt un fauteuil libéré depuis peu. Jean-Guy toisa l'objet en cuir noir. On aurait dit une gueule sur le point de se refermer d'un coup sec.

Résigné, il s'assit et se sentit glisser jusqu'au fond.

— Merde, murmura-t-il.

C'était, sans l'ombre d'un doute, le fauteuil le plus confortable qu'il ait jamais essayé.

L'une des nombreuses choses inattendues présentes dans cette pièce.

Quand Jean-Guy avait accepté le poste de second, tout était arrivé si vite qu'il n'avait pas eu le temps d'interroger Gamache sur sa décision de garder Leduc. Et de ramener Brébeuf.

Séparément, ces décisions étaient mauvaises. Ensemble, elles paraissaient irréfléchies, confinant presque à la folie.

Réunir ces deux hommes à l'intérieur du même établissement était un acte téméraire. Mais les inviter à la même soirée ? Mettre de l'alcool à leur disposition ?

Fugitivement, Beauvoir se demanda si l'un ou l'autre des hommes était armé. Les deux, peut-être ? Gamache avait interdit aux membres du personnel, y compris les membres de la Sûreté détachés auprès de l'école de police, de porter des armes. Jean-Guy avait donc, à contrecœur, laissé son revolver sous clé au quartier général de la Sûreté.

Sous les yeux de Beauvoir, les deux hommes donnaient des signes de plus en plus manifestes de bonne entente. Leduc, animé, Brébeuf, plus réservé, hochant la tête. Acquiesçant.

Michel Brébeuf, ex-directeur de la Sûreté, avait été l'un des officiers les plus puissants de la force, avant sa disgrâce.

Et Serge Leduc avait été le plus puissant personnage de l'école de police, lui qui avait armé des centaines de diplômés et les avait envoyés de par le vaste monde. Mais pas avant d'avoir détruit leur sens moral.

Il était profondément troublant de les voir ainsi réunis.

— Devrais-je fouiner de ce côté ? demanda Jean-Guy en se préparant mentalement à s'extirper du fauteuil au confort spectaculaire.

— Pour quoi faire ?

— Pour les arrêter, répondit Jean-Guy. Les séparer.

— S'ils ne parlent pas ici, ils parleront ailleurs, dit Gamache. Au moins, là, ils le font devant tout le monde.

— On n'a pas affaire à un adolescent qui s'initie à l'alcool, patron, répliqua Jean-Guy en s'efforçant au calme. Ces hommes sont…

Il chercha le mot juste.

— Merdiques ? risqua Gamache en souriant.

Aussitôt après, il prit une mine grave.

— Même si je crois que tu pensais plutôt à “maléfiques”.

— Pas vraiment, répondit Jean-Guy en toute sincérité.

Pour lui, il ne s'agissait pas de distinguer entre le bien et le mal. Ni même entre le bon et le mauvais.

La pensée de Jean-Guy Beauvoir était à la fois très claire et très simple. Fallait-il arrêter quelqu'un ? Le neutraliser ? Quelqu'un s'apprêtait-il à enfreindre la loi, à porter préjudice à l'un de ses semblables, intentionnellement ou non ?

Chez ces deux hommes, il n'y avait rien d'involontaire. Chacun de leurs gestes était mûrement réfléchi.

Mais, savait Beauvoir, on pouvait en dire autant d'Armand Gamache, qui s'était délibérément assis dos à la porte. Dos à Brébeuf et à Leduc.

Comme pour les inviter à passer à l'attaque. Ou pour leur transmettre un message.

Armand Gamache n'était pas seulement aux commandes. Il était maître absolu à bord. Invulnérable. Serge Leduc et Michel Brébeuf auraient beau faire tout le mal dont ils étaient capables, ils ne réussiraient pas à vaincre Gamache. Ce dernier était sans inquiétude.

Tel était sans doute le message qu'il envoyait aux deux autres. Jean-Guy, cependant, n'était pas convaincu. Et il se doutait bien que Gamache non plus.

Sa décision de tourner le dos au mal était symbolique. Rien de plus.

Serge Leduc avait accueilli l'ex-directeur de la Sûreté avec effusion, sans égard à ses agissements passés.

Et Brébeuf ? Il était parfaitement au courant de ce que Leduc avait fait, de ce dont il était capable.

Il avait salué le Duc comme un roi en exil reçoit un loyal sujet.

— Vous, ça vous est peut-être indifférent, patron, dit Jean-Guy, mais vous avez pensé à eux ?

Gamache se tourna vers les étudiants attroupés autour des deux professeurs. Dans l'attente de quelques miettes d'attention.

Le commandant Gamache fit face à Jean-Guy.

— Je n'ai pas dit que j'étais indifférent. C'est tout le contraire, en fait. D'où ma présence ici.

Son ton, bien que posé, était empreint de gravité et même d'une réprobation qui n'échappa pas à Beauvoir.

— Désolé. Vous n'êtes pas indifférent, c'est évident. Mais ne devrions-nous pas faire quelque chose ?

— Nous faisons quelque chose, Jean-Guy.

Gamache se concentra sur les étudiants venus les rejoindre auprès du feu, Reine-Marie, Jean-Guy et lui. Il s'efforça de ne rien laisser voir de son malaise.

Michel Brébeuf n'avait pas été invité à la fête. Il n'était pas attendu avant le lendemain.

Il était là, pourtant. Sorti des bras de la tempête. Pour se jeter dans ceux de Serge Leduc. Ce n'était peut-être pas surprenant. Mais c'était décevant.

Extrêmement décevant.

Gamache avait sciemment décidé de réunir ces deux hommes, mais il croyait exercer un certain contrôle sur eux. Pas autant qu'il l'avait pensé, de toute évidence.

En se tournant vers l'âtre rayonnant, Gamache sentit les poils de sa nuque se dresser.

La plupart des employés et des étudiants étaient partis. Amelia se dirigeait vers la porte lorsqu'elle remarqua le papier kraft plié sur la table basse et le dessin posé dessus. Elle le souleva.

— Qu'est-ce que vous en pensez ? demanda le commandant Gamache.

Amelia sursauta. Elle voulut remettre l'objet à sa place, mais il était trop tard.

Il l'avait prise sur le fait.

Elle haussa les épaules.

— Vous pouvez faire mieux que ça, dit-il en tendant la main.

Elle le lui remit.

— C'est une carte. D'un coin du Québec, dit-elle en montrant le bonhomme de neige armé d'un bâton de hockey. Mais pourquoi cette pyramide ?

Gamache ne la quittait pas des yeux. Amelia Choquet avait aussitôt reconnu l'objet le plus bizarre de ce dessin bizarre.

— Aucune idée.

— J'aime les cartes, dit-elle. Vos amis s'attendent à ce que vous foiriez ?

— Toujours.

L'anneau qui perçait la lèvre de la jeune femme tressaillit, trahissant son amusement.

— Une fois de plus ? s'étonna-t-elle en montrant les mots qui pendaient au bout de la phrase de Ruth.

— On n'arrive pas à l'âge des cheveux blancs sans avoir foiré à quelques reprises, dit-il. Vous comprenez ?

Il soutint son regard et, pour la deuxième fois de la journée, elle y trouva de l'intelligence.

Elle se dit qu'il n'était jamais qu'un imposant homme blanc d'âge mûr, comme il y en a beaucoup. Elle en avait eu plus que sa part, au sens propre.

— Vous avez fini par comprendre le sens de la devise de l'école ? demanda-t-il.

— *Velut arbor aevo.* "Comme un arbre au fil du temps." Ça veut dire qu'il faut s'enraciner.

Elle avait conscience de se tromper. C'est ce que signifiait la devise, mais seulement en surface. Il y avait des profondeurs cachées. Comme chez cet homme, en fait.

Elle nota autre chose dans son regard. Une perspicacité, comme s'il la connaissait mieux qu'elle ne se connaissait elle-même. Comme s'il voyait en elle quelque chose qu'il n'était pas certain d'apprécier, se dit-elle.

— Bon, eh bien, c'était intéressant, déclara Reine-Marie lorsque, après avoir nettoyé, ils s'assirent devant le feu de cheminée. Aurais-tu décelé une légère tension, par hasard ?

Elle avait posé la question avec un air candide, comme si la réponse n'était pas évidente.

— Une toute petite tension, peut-être, concéda son mari en la rejoignant sur le canapé.

— Vous en voulez ? demanda Beauvoir.

Il était allé chercher le plateau de sandwichs à la cuisine. Le tenant dans une main, il se servait avec l'autre.

Il le tendit vers Reine-Marie et Armand, qui prirent un sandwich chacun.

— Ça ne me plaît pas, dit Jean-Guy en s'installant dans le fauteuil Barcelona, qu'il s'était approprié d'office.

— Quoi donc ? demanda Reine-Marie.

— Tout ça, répondit Jean-Guy. Frayer avec les étudiants.

— Les basses classes ? s'étonna Reine-Marie. Il m'a pourtant semblé que tu t'amusais bien.

— Hum. Peut-être un peu, admit-il. C'est qui, la fille gothique ? Comment est-elle entrée ici ? On ne dirait même pas qu'elle a envie d'être là. Certains étudiants sont peut-être un peu mollassons, mais, au moins, ils montrent de l'enthousiasme. Elle, elle est seulement…

Il chercha le mot juste avant de se tourner vers son beau-père.

— Non, pas maléfique, dit Beauvoir, prenant l'autre de vitesse.

— Ce n'est pas ce que j'allais dire.

— Comment la décririez-vous, dans ce cas ?

— Je dirais qu'elle est à la dérive, répondit Gamache. En train de se noyer, plutôt, nuança-t-il après un moment d'hésitation.

— Troublée, sans aucun doute, déclara Reine-Marie. Pourquoi l'as-tu admise, Armand ? La dernière fois que j'ai entendu parler d'elle, elle avait été rejetée.

— Quoi ? s'écria Beauvoir en essayant tant bien que mal de se redresser dans le fauteuil. Vous avez renversé cette décision ? Pourquoi ?

— J'ai revu toutes les candidatures des étudiants de première année, répondit Armand. S'ils sont ici, c'est parce que j'ai décelé quelque chose en eux.

— Et qu'as-tu vu en elle, au juste ? insista Reine-Marie.

Elle avait devancé Beauvoir, qui s'apprêtait à poser la même question, mais pas sur le même ton.

— Une dernière chance, répondit-il. Une planche de salut.

On cogna à la porte et il se leva.

— Ce n'est pas une école de réforme, ici, lança Beauvoir dans son sillage. L'école de la Sûreté n'est pas un organisme de bienfaisance.

À la porte, Gamache se retourna, une main sur la poignée.

— Qui a dit que la planche de salut était pour elle ?

Armand ouvrit et se retrouva nez à nez avec Michel Brébeuf.

Reine-Marie se leva et se campa à côté de son mari.

— Armand, dit Brébeuf avant de se tourner vers elle. Reine-Marie.

— Michel, répondit-elle d'un ton brusque, mais courtois.

L'haleine de l'homme sentait le scotch, mais il ne donnait pas l'impression d'être ivre.

— Je suis désolé d'avoir débarqué chez vous sans invitation, déclara-t-il en esquissant un sourire gêné, presque puéril. Ce n'était pas mon intention. Je suis venu une journée plus tôt que prévu, à cause de la tempête, et je me suis dit que j'allais passer te prévenir. Je suis tombé en plein cocktail. Je suis revenu m'excuser.

— Je suis un peu fatiguée, dit Reine-Marie à Armand. Je pense que je vais aller me coucher. Michel.

Elle inclina la tête et il sourit.

Pendant qu'elle se dirigeait vers la chambre, Jean-Guy vit les Gamache échanger un regard.

Elle était furieuse, livide, à cause de cette nouvelle invasion de leur intimité, de leur temps libre. Jean-Guy avait rarement vu sa belle-mère en colère. Armand s'en rendit compte, lui aussi. Il lui agrippa brièvement la main avant qu'elle entre dans la chambre et referme la porte derrière elle. Avec fermeté.

— Tu connais Jean-Guy Beauvoir, évidemment, fit Armand.

Les deux hommes se serrèrent la main.

— Oui. Comment allez-vous, inspecteur ?

— Bien, répondit Beauvoir. Vous aussi, de toute évidence.

Le directeur Brébeuf avait aussi été le patron de Beauvoir, mais si haut dans la hiérarchie qu'ils s'étaient rarement croisés. Et voilà qu'ils se retrouvaient pour ainsi dire en égaux. Comme si rien ne s'était jamais passé.

Ils jouaient tous le jeu. La mascarade.

De l'hypocrisie, en somme.

Beauvoir savait aussi que c'était beaucoup plus compliqué. Oui, les Gamache s'efforçaient de se montrer courtois. Mais il y avait du bagage entre eux. Pas seulement de la peine, mais aussi une profonde affection.

L'affection l'emporterait-elle ? Était-ce souhaitable ? "Est-ce même possible ?" se demanda Beauvoir.

Jean-Guy vit Gamache inviter Brébeuf à entrer. L'ex-directeur resta debout devant la cheminée, attendant qu'Armand l'invite à s'asseoir.

Il mit longtemps, très longtemps à le faire.

À la fin, Armand eut un geste et Michel s'installa.

Beauvoir se retira alors, l'estomac retourné.

9

— Sers-toi, dit Armand en désignant la desserte sur laquelle les bouteilles s'alignaient.

Sans attendre de voir ce que ferait Brébeuf, il entra dans la chambre et se dirigea vers Reine-Marie, qui suspendait ses vêtements.

— Ça va ? demanda-t-il en épiant ses mouvements fluides.

Elle était dos à lui. Lorsqu'elle se retourna, il comprit qu'elle avait pleuré.

— Oh.

Voilà tout ce qu'il trouva à dire en la prenant dans ses bras.

Au bout d'un moment, elle se dégagea et il lui tendit un mouchoir.

— C'est bouleversant, rien de plus, expliqua-t-elle en l'agitant, comme pour purifier l'air. Lorsque je vois Michel et que je l'entends, j'oublie, pendant un moment. Comme si rien ne s'était passé. Et puis je me souviens.

Elle soupira. Et jeta un coup d'œil à la porte close.

— Sais-tu vraiment ce que tu fais ? demanda-t-elle en essuyant le mascara sous ses yeux avec le mouchoir d'Armand.

— Michel Brébeuf ne représente pas une menace, répondit-il en serrant les mains de Reine-Marie dans les siennes et en soutenant son regard. Plus maintenant. C'est un tigre de papier.

— Tu es sûr ?

Il hocha la tête.

— Certain, ma belle. Ça va. Tu préfères que je lui demande de partir ?

— Non. Tout va bien. J'ai un peu de lecture à faire. Va divertir cette tête de nœud.

Armand la dévisagea d'un air surpris.

Elle rit.

— Ruth déteint sur moi, on dirait. C'est très libérateur.

— Façon de voir les choses. Après m'être débarrassé de Michel, j'appelle un exorciseur.

Il l'embrassa et sortit.

À une heure, Reine-Marie éteignit. Armand était encore dans le salon avec Michel. Elle les entendait rire.

— Mon Dieu, j'avais oublié, fit Michel.

La bouteille de scotch était passée de la desserte à la table basse. Le niveau du liquide avait considérablement baissé.

— Comment as-tu pu oublier le professeur Meunier ? demanda Armand en saisissant la bouteille pour les resservir.

Puis, se calant dans son fauteuil, il mit ses pantoufles sur le pouf.

— Un vrai personnage de bandes dessinées. Aboyant des ordres, nous jetant des bouts de craie à la tête. J'ai encore la cicatrice.

Il désigna l'arrière de son crâne.

— Tu aurais dû esquiver.

— Tu n'aurais pas dû le provoquer. Si mes souvenirs sont exacts, c'est toi qu'il visait.

Michel Brébeuf s'esclaffa.

— Oui. Je me souviens.

Son rire s'estompa peu à peu et il sombra dans le silence.

— J'ai passé là les trois années les plus longues de ma vie. L'école de police… Les plus heureuses aussi, peut-être. Nous étions si jeunes. Comment est-ce possible ?

— Dix-neuf ans, à l'arrivée, confirma Armand. En voyant les étudiants réunis ici, ce soir, je me suis demandé si nous avions déjà été aussi jeunes qu'eux. Et comment nous étions devenus si vieux. J'ai l'impression que c'était hier. Pourtant, c'est nous, les professeurs, maintenant. Je n'en reviens toujours pas.

— Pas seulement les professeurs, corrigea Michel en levant son verre. Tu es le commandant.

Il but, puis, les yeux au-dessus de son verre, demanda doucement :

— Pourquoi…

— Oui ? demanda Armand dans le silence qui s'étirait.

— Leduc.

— Pourquoi ai-je décidé de le garder ?

Brébeuf hocha la tête.

— Vous avez eu l'air de bien vous entendre, ce soir, tous les deux. À toi de me le dire.

— Il m'a invité chez lui après la soirée, répondit Brébeuf. C'est un idiot.

— C'est le moindre de ses défauts, dit Gamache.

— Oui, acquiesça Brébeuf en étudiant son compagnon. Qu'as-tu l'intention de faire de lui ?

— Ahhh, Michel, fit Armand en croisant les jambes et en levant son verre à la hauteur de ses yeux pour voir Brébeuf à travers le liquide ambré. Occupe-toi de tes affaires. Avec tout ce fouillis, tu as du pain sur la planche. Moi, je m'occuperai des miennes.

Brébeuf hocha la tête et mordit dans un sandwich défraîchi, perdu dans ses pensées. Il demanda enfin :

— Tu as déjà parlé aux étudiants du verset de Matthieu 10, 36 ?

— Non. Je t'en laisse le soin.

Michel essaya de se lever, mais en vain. Armand, lui, en fut capable. Imposant, solide, presque menaçant, il se campa au-dessus de Brébeuf. On aurait dit que l'alcool était sans effet sur lui.

Il tendit la main et, avec une force dont Brébeuf ne l'aurait pas cru capable, si tard dans la nuit et si tard dans la vie, Armand l'aida à se mettre debout.

— Il vaut mieux que tu y ailles. Tu as un travail à accomplir.

— Lequel, justement ? Qu'est-ce que je fais ici ? demanda Michel qui, de ses yeux vagues, chercha le regard familier d'Armand. Il faut que je le sache.

— Tu le sais.

Michel Brébeuf sortit. Une main osseuse aux doigts semblables à des serres effleurant le mur du corridor pour le maintenir d'aplomb, il se disait que plusieurs motifs avaient poussé Armand à venir le relancer au fin fond de la Gaspésie et à le ramener. Du rocher Percé. Du royaume des morts.

Armand avait toujours été le plus futé des deux. Et, en ce moment, son intelligence était en plein travail.

Dès cette première visite, Brébeuf avait compris qu'il ne serait pas un simple professeur. Il servirait de leçon de choses vivante, de mise en garde à l'intention des étudiants. Voilà ce qui arrive à ceux qui cèdent à la tentation. À ceux qui obéissent à leur nature et à ses anges déchus.

Après cette soirée, il eut l'intuition que ce n'était pas tout. Qu'Armand attendait encore plus de lui. Qu'il avait d'autres projets en tête.

Si Armand refusait de lui dire pourquoi il l'avait invité à l'école de police, Michel, lui, ne lui dirait pas ce qui l'avait décidé à accepter.

Et une autre question, tout aussi intrigante, se posait.

Que faisait Armand dans cette galère ?

Gamache ferma la porte et, en s'y adossant, porta une main à sa tête. Pour un peu, il se serait laissé glisser jusqu'au sol. Il y avait longtemps qu'il n'avait pas bu autant. Longtemps aussi qu'il n'avait pas remué tous ces vieux souvenirs.

Il éteignit les lumières et se dirigea d'un pas prudent vers la chambre en se demandant laquelle des deux gueules de bois, le matin venu, serait la plus pénible. Celle de l'alcool ou celle des émotions ?

Au cours des semaines suivantes, l'école de la Sûreté s'installa dans une agréable routine, ponctuée de cours, d'entraînements de hockey et de repas. D'exercices rigoureux et d'activités bénévoles au sein de la collectivité.

Le cerveau, le corps, l'esprit, répétait-on aux étudiants. Jusqu'à plus soif.

Vie structurée offrant juste assez de temps libre pour permettre aux fauteurs de troubles de s'attirer des ennuis.

Au bout d'un moment, les étudiants, les nouveaux comme les anciens, comprirent ce qu'on attendait d'eux.

Les premiers s'acclimatèrent plus vite que les seconds, qui eurent du mal à s'habituer aux règles et aux exigences nouvelles, à la fois plus et moins contraignantes que celles de l'ancien régime.

Le nouveau commandant montra clairement que les transgressions n'entraînaient pas de sévères punitions, mais qu'elles avaient des conséquences. On rappela aux étudiants, *ad nauseam*, que toute action produit un effet. Immédiat, décisif et proportionnel à celle-ci. Surprise désagréable pour de nombreux étudiants plus avancés, habitués à obtenir des passe-droits.

Cette nouvelle réalité valut au commandant Gamache de nombreux partisans et beaucoup plus de détracteurs.

Une fois par semaine, Reine-Marie faisait le trajet de Three Pines avec son mari. Ce soir-là, ils recevaient quelques étudiants. Occasion d'exposer les griefs au grand air. De poser des questions.

Autour du feu de cheminée, ils discutaient d'affaires anciennes, délicates. D'ambiguïtés morales, de la place de la police dans une société libre. Des moments où il convient d'intervenir ou de s'effacer.

D'enjeux auxquels la plupart de ces jeunes hommes et femmes n'avaient jamais songé. Désormais, cependant, plus moyen d'y couper.

Au fil des jours et des semaines, des amitiés se soudèrent. Des groupes se formèrent. Des allégeances se raffermirent. Des rivalités surgirent. Des inimitiés virent le jour. Des unions amoureuses se firent et se défirent.

Et Amelia Choquet resta seule. Par choix. Dans une catégorie à part.

Sauf à l'occasion des soirées données par les Gamache. Elle n'y allait pas de son plein gré. On l'invitait et sa participation, dans son esprit, n'était pas facultative.

— Qu'est-ce que c'est ? demanda Huifen, un soir.

Elle s'était campée près de la Gothique, qui contemplait un petit dessin encadré, à côté de la porte.

— À ton avis ? répondit Amelia.

Le commandant lui ordonnait d'être présente, mais elle n'était pas tenue d'apprécier ces soirées ni les autres étudiants.

— Une carte, fit Huifen. Hé, Jacques, viens voir ça.

Jacques Laurin s'avança vers elle. C'était le président des aspirants policiers, choisi par Leduc l'année précédente et reconduit dans cette fonction par Gamache.

Amelia ne lui avait jamais adressé la parole, bien qu'elle l'ait vu faire faire des manœuvres aux membres de sa brigade. Courir autour du terrain de sport gelé. Grand et beau garçon, il avait ce qu'une âme charitable appellerait peut-être de l'assurance. Aux yeux d'Amelia, c'était plutôt de l'arrogance.

Et pourtant, observa-t-elle, il n'avait que des égards pour l'Asiatique de petite taille.

— Et alors ? demanda-t-il.

— C'est super, dit Huifen.

— Insensé, oui, répliqua Jacques. Un bonhomme de neige et une rose. Les deux choses ne vont pas ensemble.

Un autre étudiant se joignit à eux, en restant légèrement en retrait. Le gay aux cheveux roux de la classe d'Amelia. Nathaniel Untel.

— C'est beau, dit-il.

Les autres se tournèrent vers lui et Jacques laissa entendre un petit grognement dédaigneux avant de tourner le dos au nouveau venu. Le garçon gay et anglophone.

Amelia, cependant, continua d'observer Nathaniel. Il avait eu le courage ou la bêtise de contredire le premier aspirant policier.

Elle se concentra de nouveau sur la carte.

Elle ne s'expliquait pas l'attrait que cet objet exerçait sur elle. Le premier soir, elle l'avait trouvé ridicule, comme Jacques. Cependant, chaque semaine, à l'occasion du cocktail, elle se plantait devant le dessin.

Était-ce la vache ? Le bonhomme de neige ? Ces arbres qui ressemblaient à des enfants ?

C'était idiot, mais triste, aussi. Bizarre, lui semblait-il. D'où peut-être sa fascination.

Gamache, remarquant le petit attroupement, s'avança et décrocha la carte. Il la contempla et examina les regards pleins d'expectative.

— Cette carte comporte une part de mystère, déclara-t-il. Des idées ?

Il la tendit à Huifen qui, après l'avoir étudiée de plus près, la fit circuler.

— Pourquoi l'avoir accrochée ? demanda Jacques. Elle ne me semble pas particulièrement remarquable.

— Pourquoi la contemplez-vous, dans ce cas ? demanda Gamache.

Le président des aspirants policiers était aussi grand que le commandant, mais pas encore aussi costaud. Pas encore substantiel.

— Il n'y a pas de honte à se montrer curieux, affirma Gamache. C'est même essentiel pour quiconque veut devenir enquêteur. Plus vous vous intéresserez aux choses et aux gens, mieux vous ferez votre travail.

Il baissa les yeux sur la carte.

— Elle montre l'endroit où nous habitons, Mme Gamache et moi. Cadeau d'un vieil ami.

Puis, sa décision prise, il retourna le cadre et détacha la carte avec soin.

— Je vais vous confier une mission, dit-il à l'intention des quatre apprentis. Élucider le mystère de la carte.

— Mais il ne s'agit pas d'un crime, n'est-ce pas ? demanda Nathaniel.

— Les mystères ne sont pas tous des crimes, répondit le commandant. Par contre, tout crime débute par un mystère. Un secret. Une réflexion ou un sentiment cachés. Un désir. Une chose qui n'est pas encore contraire à la loi peut, avec le temps, se transformer en crime. Tous les homicides dont je me suis occupé ont commencé par un secret.

Il les dévisagea. Ils ne lui avaient jamais vu une mine aussi grave.

— Vous avez tous vos secrets. Vous seriez étonnés par ceux que je connais.

— Et vous, monsieur ? demanda Huifen. Vous en avez ?

Gamache sourit.

— Beaucoup. Je suis le dépositaire des indiscrétions d'autrui.

— Elle voulait parler de vos propres secrets, dit Amelia.

— Il y a des choses que je garde pour moi, aucun doute là-dessus. Et, oui, j'en ai quelques-uns.

Il se tourna vers les trois autres.

— La plupart de nos secrets sont relativement inoffensifs. Des trucs honteux dont nous ne parlons pas parce qu'ils nous font mal paraître. Mais quelques-uns suppurent et finissent par nous consumer. Ce sont ceux que nous cherchons, nous, les policiers. Nous enquêtons sur des crimes, mais d'abord sur des personnes. Sur ce qu'elles nous cachent. Les secrets ne sont pas des trésors, vous savez. Ils ne vous confèrent pas de pouvoirs. Ils vous affaiblissent. Ils vous rendent vulnérables.

Il examina la carte qu'il tenait dans ses mains.

— Les habiletés dont vous aurez besoin pour enquêter sur un crime sont celles qui vous aideront à percer le mystère de la carte. Je veux que vous travailliez ensemble, en unité, et que vous trouviez des réponses.

— Ensemble ? demanda Jacques.

— Nous pourrions nous diviser en deux équipes, proposa Huifen. Les nouveaux contre les anciens.

— Un instant, dit Nathaniel. Ce n'est pas juste, ça.

— Pourquoi ? demanda Amelia, même si elle connaissait déjà la réponse.

— Garçons contre filles ? risqua Nathaniel.

— Il n'y a pas de "contre" qui tienne, déclara Gamache. Vous travaillerez ensemble. En unité. Dans la Sûreté, on ne choisit pas ses collègues. On vous les attribue. Autant vous y habituer.

— Il y a quelque chose à gagner ? demanda Jacques.

— Non, seulement de l'expérience. Si vous préférez ne pas participer, vous pouvez vous retirer. Ça ne me fait ni chaud ni froid.

Jacques examina la carte. Malgré lui, il avait envie de savoir.

— J'en suis.

— Bon. Je vais en faire faire des copies. Vous les aurez demain, avant la fin des cours.

Les étudiants passèrent le reste de la soirée à élaborer des stratégies, en conciliabule.

Le lendemain après-midi, une copie de la carte atterrit sur le pupitre de chacun des quatre aspirants policiers. Le surlendemain, on frappa à la porte du bureau du commandant.

— Oui ? lança-t-il en levant les yeux de sa table de travail.

Huifen, Jacques, Nathaniel et Amelia entrèrent. Gamache retira ses lunettes de lecture et les invita à passer au coin salon.

— Nous avons élucidé le mystère, déclara Jacques.

— Tu n'as pas fait grand-chose, en fait, précisa Amelia.

— J'ai été très occupé.

— Oui, à titre de président. On le saura.

— C'est moi qui ai tout fait, ou presque, déclara Nathaniel.

— Comment peux-tu…, commença Huifen avant que le commandant lève la main.

Le silence se fit.

Il se tourna vers Jacques.

— Et alors ? demanda-t-il.

— Cet endroit n'existe pas, répondit celui-ci en désignant la carte d'un geste dédaigneux. Vous n'y habitez pas, à moins d'avoir élu domicile dans un trou du sol ou au cœur d'un tronc d'arbre. Il n'y a pas de village à cet endroit. Rien du tout. Que des forêts et des montagnes. Nous avons vérifié avec Google Maps et un GPS.

— J'ai même déterré de vieilles cartes des Cantons-de-l'Est, enchaîna Nathaniel. Williamsburg est ici. Là, c'est Saint-Rémy. Cowansville. Mais le village, celui autour duquel la carte est élaborée, n'existe pas.

— Three Pines, dit Gamache.

— Vous avez menti, déclara Jacques d'un ton de reproche.

— Attention à vos mots, monsieur, répondit Armand doucement.

— Mais c'était justement ça, le mystère, non ? fit Huifen. Il s'agit de la carte d'un village fictif. N'est-ce pas ce que vous souhaitiez que nous découvrions ?

Gamache se leva et, d'un geste, les invita à sortir.

Dans le couloir, ils restèrent plantés devant la porte close.

— Nous avons gaffé, dit Amelia en faisant claquer le clou dans sa langue.

— Le traiter de menteur n'a rien arrangé, fit Huifen. Qu'est-ce qui t'a pris ? C'est le commandant.

— Seulement de nom, répondit Jacques.

— Ça ne suffit pas ? demanda Nathaniel.

— Tu ne comprendrais pas, répondit Jacques.

— Et si on revenait à la carte ? proposa Amelia. Nous avons eu raison, non ? Ce lieu n'existe pas.

— Et pourtant, le commandant soutient qu'il y habite, dit Huifen.

— Il se fout de nous, dit Jacques. Exactement comme l'avait prévu Leduc.

— Eh bien, je connais un moyen d'en avoir le cœur net, déclara Huifen.

Armand jeta un coup d'œil dans le rétroviseur. Ils étaient toujours là.

Il était encore tôt en soirée, mais déjà il faisait noir. Gamache les avait repérés en sortant du stationnement de l'école de police.

Au début, il crut avoir affaire à une seule voiture, mais, au bout de quelques kilomètres, il en remarqua une autre, en retrait.

Il hocha la tête en signe d'approbation. L'un d'eux avait écouté en classe.

On était début mars et l'hiver tenait encore fermement le Québec dans ses griffes. Les phares d'Armand éclairaient les arêtes inégales des bancs de neige, de part et d'autre de la route secondaire. Par cette soirée claire et froide, il roulait, deux voitures dans son sillage.

Puis il les perdit. Ou, plus précisément, elles le perdirent.

En soupirant, Gamache se rangea dans le stationnement d'un Tim Hortons à l'entrée de Cowansville. Garé sous un lampadaire, il attendit. Une des voitures passa une fois, deux fois. La troisième fois, ses occupants l'aperçurent et entrèrent à leur tour dans le stationnement, à distance respectueuse.

La seconde voiture, qui avait réussi à le suivre, s'était rangée sur l'accotement, une centaine de mètres après le Tim Hortons.

"Huifen, songea-t-il. Avec Jacques, peut-être." Il se demanda toutefois pourquoi ils n'avaient pas téléphoné aux autres pour les prévenir qu'ils s'arrêtaient.

Sans doute avaient-ils besoin d'une autre leçon sur le travail d'équipe.

Tandis que Gamache sortait du stationnement, la première voiture l'imita, résolue à ne plus se laisser déjouer. La seconde resta un peu à l'écart.

Oui. Plus de compétence, dans ce dernier cas. Plus d'assurance aussi.

Il décida de rentrer chez lui par la route panoramique.

— Où va-t-il ? demanda Huifen.

— Je ne sais pas, répondit Jacques, las de l'excursion et mort de faim. Ça n'a aucun sens.

— Il est peut-être perdu, risqua Amelia.

— Il ne retrouve peut-être pas le chemin de l'univers parallèle dans lequel il vit, risqua Nathaniel.

Difficile de savoir s'il était sérieux ou pas.

— Quelqu'un a noté le trajet ? demanda Amelia.

— C'était ton boulot, répondit Huifen.

— Mon boulot ? Je suis assise sur la banquette arrière. Je ne vois presque rien.

Ils se chamaillèrent ainsi jusqu'à ce que, devant eux, la route devienne noire. Complètement noire. Plus de feux arrière. Plus de voiture.

— Tabarnac, lâcha Jacques. Où est-il passé ?

Gamache secoua la tête.

— Je vais être un peu en retard, dit-il dans le micro du dispositif mains libres.

— Tu les as encore perdus ? répondit Reine-Marie. Bon, je vais mettre d'autres couverts. Ils auront faim, après tout ça.

— Merci.

Il mit la voiture en prise et partit à la recherche des apprentis policiers, qu'il finit par trouver dans une station-service. Il y entra à son tour et décida de faire le plein, même s'il n'avait pas besoin d'essence. Pour les voir paniquer. Et justifier sa propre présence en ce lieu.

— Merde, c'est lui ! s'écria Amelia en se calant sur la banquette arrière. Baissez-vous !

À ce stade, ils étaient si totalement immergés dans l'exercice qu'ils avaient presque réussi à se convaincre que leurs vies et d'autres dépendaient de la filature de cet homme.

Ils se baissèrent. Tellement qu'ils ne virent pas le commandant repartir.

Gamache soupira et marqua un temps d'arrêt à la sortie de la station-service, le clignotant faisant entendre son tic-tac. Pour un peu, il aurait klaxonné pour attirer leur attention.

“Demain matin à la première heure, je vais téléphoner à la professeure McKinnon pour lui suggérer d'emmener ses étudiants en excursion. Il faut leur rappeler comment on suit un suspect.”

Las de l'exercice et pressé de manger, le commandant Gamache fila droit chez lui. Un petit cortège de voitures dans son sillage.

— Ne le perds surtout pas, dit Jacques.

— Je noterai ça dans mon agenda, répondit Huifen.

Elle crevait de faim et ils devraient encore trouver le moyen de rentrer à l'école de police après leur déconvenue. Déjà, ils avaient raté le souper et ils devraient s'introduire en douce dans les cuisines ou se satisfaire des craquelins qu'ils avaient dans leur chambre.

Devant, la voiture du commandant disparut, comme si elle était tombée du haut d'une falaise.

— Que s'est-il passé ? demanda Jacques.

Huifen ralentit et s'approcha prudemment. Puis s'immobilisa.

— Merde, murmura-t-elle.

Derrière, Amelia et Nathaniel se redressèrent.

En contrebas, au milieu de la forêt dense, un village étincelait.

Huifen coupa le moteur et les étudiants sortirent de la voiture. Leurs bottes crissaient sur la neige et leurs souffles tièdes formaient des bouffées de vapeur.

Ils s'arrêtèrent à la limite du monde.

Amelia renversa la tête en arrière, sentit sur ses joues l'air froid et vif.

Au-dessus d'eux, une profusion d'étoiles formait des chevaux, des oiseaux et des créatures fantastiques.

Sous les étoiles, le village.

— Il existe, souffla Nathaniel.

La voiture de Gamache roulait lentement devant de vieilles maisons en briques, en pierres des champs et en bardeaux.

La lumière, déversée par des fenêtres à meneaux, se réfléchissait sur la neige.

De loin, les apprentis policiers virent des gens aller et venir dans ce qui avait toutes les apparences d'une brasserie, bien que leur vue soit obstruée par les trois énormes pins qui se dressaient en plein cœur de Three Pines.

— Nous devrions partir, dit Nathaniel en tirant Huifen par son manteau.

Son aînée, cependant, resta plantée là.

— Pas encore. Nous devons être sûrs.

— Sûrs de quoi ? demanda-t-il. Nous l'avons suivi et nous avons trouvé le village. C'est ça, le mystère : il existe bel et bien. Allons-nous-en avant d'avoir des ennuis.

— Tu n'es donc pas curieux ? demanda Amelia.

Sous leurs yeux, la voiture s'immobilisa devant une maison à deux étages recouverte de bardeaux blancs, tout illuminée. Par la cheminée, de la fumée s'élevait dans l'air glacé de la nuit. Par bouffées. Comme si la maison respirait.

Le commandant sortit de sa voiture, mais, plutôt que de suivre le sentier creusé dans la neige jusqu'à la galerie qui faisait le tour de la maison, il tourna dans l'autre sens. S'éloigna de chez lui. Et vint vers eux.

— Merde ! fit Nathaniel. Surtout, pas un geste. Il risque de détecter nos mouvements. D'entendre nos voix.

Au pied de la colline, le commandant s'arrêta et leva les yeux.

— Chut, dit Nathaniel, tout bas. Chut.

— Chut toi-même, répliqua Amelia.

— Le repas est servi, lança Gamache dans les ténèbres. Bœuf bourguignon, si ça vous intéresse.

Il rebroussa chemin. Suivi de peu par le crissement de pneus sur la neige. Il s'arrêta et vit une voiture s'engager dans la côte et contourner le parc du village. Une seule voiture. Levant les yeux, il vit ensuite une faible lueur s'approcher du sommet de la colline. Puis s'estomper. Jusqu'à ce que, là-haut, les ténèbres se referment.

Armand Gamache suivit lentement le sentier jusque chez lui. Perdu dans ses pensées. Il se rendit alors compte qu'il s'était trompé.

Les étudiants s'étaient entassés dans une seule voiture.

Qui était au volant de l'autre, dans ce cas ?

10

— Vous êtes fâché contre nous ? demanda Nathaniel.

— Fâché ? répéta Armand en lui tendant le panier. Non, pourquoi ?

— Eh bien, nous vous avons suivi, répondit-il en prenant un petit pain entre ses mains encore glacées.

— Façon de parler, oui. Je ne vous en veux pas de ce que vous avez fait. Quant à la façon dont vous vous y êtes pris, c'est une autre paire de manches.

— Et nous avons douté de vous, ajouta Huifen. Nous avons cru que vous aviez menti en affirmant vivre ici.

Sa voix s'affaiblit, tandis que Mme Gamache déposait d'énormes louchées de bœuf bourguignon sur des platées de nouilles aux œufs.

Les jeunes convives observaient ses gestes comme s'ils voyaient de la nourriture pour la première fois.

Sauf Amelia, engagée dans un duel de regards avec la seule autre invitée.

Une vieille épave décrépite. Et son canard.

Le commandant Gamache sourit.

— Pour les agents de la Sûreté du Québec, le doute n'est jamais une mauvaise chose. Vous avez fait exactement ce que j'espérais. Plutôt que de me croire sur parole, vous avez cherché des preuves.

— Mais pourquoi cet endroit ne figure-t-il sur aucune carte ? demanda Jacques en donnant l'impression de s'adresser au bœuf bourguignon sur sa fourchette.

— On voit sur des cartes des villages beaucoup plus petits que celui-ci, insista Huifen en osant lever les yeux sur Gamache. Si nous n'avons pas cru que vous habitiez ici, c'est parce qu'il n'y a pas d'ici, ici.

La remarque fit naître un sourire sur le visage de Reine-Marie, qui tendit la main vers l'assiette de Nathaniel. Comme il avait avalé sa première portion à une vitesse que même Henri n'aurait pu égaler, elle le resservit de morceaux de bœuf tendre, d'oignons et de carottes baignant dans un bouillon riche et parfumé.

L'ordinaire du réfectoire de l'école de police avait beau s'être beaucoup amélioré depuis qu'on avait retiré le contrat à une chaîne nationale au profit d'un chef du coin, on était quand même loin des prouesses culinaires de Reine-Marie.

Amelia avait fini son repas rapidement. Tête penchée, elle avait engouffré son ragoût presque sans prendre le temps de mâcher. Elle épongea la sauce avec son petit pain et se rencogna sur sa chaise, les bras croisés sur la poitrine.

La vieille femme assise en face se rencogna à son tour et croisa les bras sur sa poitrine. Si le canard démoniaque avait eu la possibilité de croiser ses ailes, sentit Amelia, il l'aurait fait.

Cette femme, qu'on leur avait présentée comme la voisine des Gamache, une certaine Ruth, donnait l'impression de singer volontairement les gestes d'Amelia. Quand celle-ci tendait la main vers son verre, la vieille dame louche l'imitait.

Seule différence, Amelia buvait du coca ; la vieille femme, elle, du scotch.

Quand Amelia mangeait, elle mangeait. Quand Amelia se redressait, elle se redressait.

Et voilà qu'elles jouaient à qui détournerait les yeux la première.

— En tout cas, reprit Gamache, vous avez trouvé le village. Et élucidé la première énigme. Maintenant, vous devez vous attaquer à la deuxième. Pourquoi ne figure-t-il sur aucune carte, sauf celle-ci ?

— Il n'apparaît même pas dans Google Maps, dit Huifen. Quant au GPS, il nous assure que nous avons atterri au beau milieu d'une forêt.

— Au milieu de nulle part, renchérit Jacques.

— Il refait ses calculs, dit Nathaniel. La dame qui parle se faisait du souci pour nous.

Huifen reprit la vieille carte sur la table en pin et l'étudia de nouveau.

— Et vous ne connaissez pas la réponse ? demanda-t-elle en promenant son regard du commandant à Mme Gamache. Vous ne savez pas pourquoi le village apparaît sur ce document et nulle part ailleurs ?

Ils secouèrent la tête.

— Ce qui me trouble, c'est qu'on y voit des détails qui n'apparaissent pas sur une carte normale, dit Huifen.

— Le bonhomme de neige et la vache, par exemple, enchaîna Jacques en se penchant vers elle. Pourquoi un bonhomme de neige ? Ce n'est tout de même pas un monument – les bonshommes de neige ont la mauvaise habitude de fondre.

— Il ne faut pas non plus oublier la pyramide, dit Nathaniel.

— C'était peut-être un simple exercice, un passe-temps, risqua Huifen. Comme ces vieilles broderies. Comment les appelle-t-on, déjà ?

— Des abécédaires, répondit Mme Gamache.

— Ce n'est pas un abécédaire, déclara Amelia sans quitter des yeux la vieille épave devant elle. Ces petits traits… Ce sont des courbes de niveau. Elles indiquent le relief. On a affaire à une vraie carte.

— Pourquoi l'a-t-on créée ? demanda Huifen.

— Tel est le troisième secret qu'elle renferme, dit Gamache. À quoi sert-elle ?

La première fois qu'ils l'avaient vue accrochée sur le mur du logement des Gamache, elle leur avait semblé presque risible. À présent, elle les intriguait.

— Il est plutôt avantageux que Three Pines ne figure sur aucune carte officielle, avoua Reine-Marie. On risque moins de troubler notre quiétude.

— Trop tard, dit Amelia en désignant Ruth d'un geste.

Armand, qui songeait à la lueur qu'il avait entrevue au sommet de la colline, ne dit rien.

Quelqu'un les avait trouvés.

— D'où vient la carte ? demanda Amelia en rompant le contact visuel avec la vieille folle.

Pendant tout le repas, la cuisine avait été inondée des parfums de la cannelle et de la cassonade, mêlés aux robustes arômes du bœuf bourguignon et des petits pains.

Armand alla sortir un plat du four, et l'odeur devint encore plus prononcée.

Retirant les gants de cuisine, il se tourna vers Amelia.

— Elle m'a été offerte par l'homme qui l'a trouvée. Il s'est rendu compte que j'appréciais beaucoup cet objet.

— Ce n'est pas Olivier qui l'a trouvée, déclara sèchement Ruth. C'est moi.

C'étaient ses premiers mots, exception faite du "va te faire foutre" dont elle avait gratifié Huifen lorsque celle-ci avait voulu l'aider à passer à table, tant elle paraissait vieille et frêle.

— En effet, confirma Reine-Marie. Mais elle appartient à Olivier. Vous avez remarqué le bistro en arrivant ? Lui et son conjoint, Gabri, en sont les propriétaires.

— Oui, mais où la carte était-elle ? insista Amelia. Elle ne date pas d'hier. Elle a dû rester dans l'oubli pendant des années.

— Dans un mur, répondit Ruth.

Ayant rompu le contact visuel, elle aussi, elle se concentrait sur la copie posée sur la table en pin.

Le canard, cependant, les yeux toujours rivés sur Amelia, remporta le concours haut la patte.

— Elle avait été emmurée, expliqua Ruth.

— Quoi ? s'étonna Nathaniel. Pourquoi ?

— Pourquoi ? répéta le commandant en posant devant chacun des invités un bol de croustade aux pommes et aux framboises bien chaude sur laquelle fondait de la crème glacée à la vanille Coaticook. Très bonne question.

Comme leurs visages le lui révélèrent, les apprentis policiers commençaient à comprendre que le travail d'enquête n'était pas linéaire. Il faisait penser à une carte parcourue de courbes de niveau et de routes sinueuses. D'obstacles aussi. Et, de loin en loin, on tombait sur des trucs complètement inattendus.

— Pourquoi cacher une carte dans un mur ? demanda Gamache.

— Elle attendait, répondit Ruth.

— Voyons, Ruth, lança Reine-Marie. Ne jouez pas à la plus fine avec nos jeunes invités, je vous prie.

— Il n'y a pas de jeu qui tienne. Elle a quelque chose de bizarre, cette carte. Je le sens. Et je sais que c'est pareil pour vous.

Elle s'était adressée à Armand, qui hocha la tête. Ensuite, la vieille femme, se tournant de nouveau vers Amelia, réengagea le duel de regards.

— Comme toi, d'ailleurs.

— Je ne sens rien du tout. C'est un simple exercice, dit Amelia. Un devoir. Rien de plus. Un devoir pas très intéressant, par-dessus le marché.

— Dans ce cas, qu'est-ce que tu fous ici ? demanda Ruth en se levant avec difficulté.

Cette fois, personne ne fit le geste de l'aider. Elle s'avança vers la porte, Armand sur ses talons.

— Certaines choses ne disparaissent pas sans raison, Armand, dit-elle.

Elle se tourna alors vers les étudiants attablés. Ils étaient si jeunes. Ils avaient beau affecter une grande indifférence envers cette vieille femme effrayante, leurs regards médusés les trahissaient.

— Vous avez demandé ce que cette carte attendait. Vous, peut-être, déclara Ruth. Vous avez découvert le village, et c'est peut-être assez. Vous devriez peut-être en rester là. *Filez chez vous et priez de ne jamais connaître / L'enfer où s'en vont rire et jeunesse.*

— Ça, c'est ce qui s'appelle une sortie réussie ! s'écria Huifen au moment où Ruth prenait congé. Quelle réplique finale !

Amelia s'esclaffa avec les autres. Même si elle s'attendait à voir son souffle dans l'air soudain glacial.

Par la fenêtre de la cuisine, ils virent le commandant Gamache soutenir Ruth, l'aider à garder son équilibre sur la route glacée. Il serrait le canard contre sa poitrine pour le garder au chaud.

— Alzheimer ? demanda Huifen.

Reine-Marie secoua la tête.

— Poésie.

— *Good night*, dit Armand.

Ruth venait d'ouvrir sa porte, qui n'était pas verrouillée. Il lui tendit Rose.

— Ouais, c'est ça, dit Ruth en s'apprêtant à lui claquer la porte au nez.

— Attendez, fit Armand en avançant une main gantée. Pourquoi avez-vous cité Siegfried Sassoon ?

— Allez savoir ce qui va sortir de ma bouche. Je ne le sais pas plus que vous.

Sur ces mots, elle referma la porte et il rentra chez lui en s'arrêtant pour admirer les étoiles, émerveillé. Plusieurs d'entre elles avaient cessé d'exister. Seule leur lumière persistait.

Il baissa les yeux sur le village. Qui existait et n'existait pas.

La carte avait été emmurée. Elle avait fait partie du bâtiment. Elle avait servi d'isolant, de protection. Elle avait aidé à tenir l'hiver en respect.

Mais on l'avait tirée de sa cachette et les vents froids hurlaient, se déchaînaient de nouveau.

Il serra son pardessus autour de lui et, en passant devant la fenêtre de la cuisine, s'arrêta pour jeter un coup d'œil à l'intérieur. Reine-Marie, le menton posé sur la main, écoutait les étudiants. Elle était si belle. Et eux si jeunes.

Les Gamache invitèrent les étudiants à passer la nuit chez eux. Pendant que Reine-Marie leur trouvait des pyjamas et des brosses à dents, Armand téléphona à l'école de police pour prévenir de leur absence.

Il passa quelques heures dans son bureau à revoir ses cours et à prendre des notes en prévision de rencontres avec des professeurs et des représentants de la collectivité, tandis que, dans le salon, Reine-Marie examinait d'autres pièces d'archives.

Les étudiants, après être restés en silence dans le salon pendant une nanoseconde, décidèrent de se rendre au bistro.

Peu après minuit, Armand entendit la porte s'ouvrir. Reine-Marie s'était couchée, alors que lui les attendait.

Ils passèrent devant la porte du bureau où il était assis, les jambes croisées, ses lunettes de lecture sur le nez, devant un dossier ouvert.

— Bonne nuit, monsieur, dit Nathaniel.

— Merci pour le repas, ajouta Huifen. Et merci de nous héberger pour la nuit.

— Vous vous êtes bien amusés au bistro ? demanda-t-il.

— Le propriétaire nous a montré l'endroit où il a trouvé la carte, répondit Jacques. Mais il n'a rien pu nous apprendre de plus.

Amelia s'était contentée d'avancer et de gravir les marches d'un pas lourd. Les autres la suivirent. Sa lecture terminée, Gamache verrouilla la porte de devant, vérifia la porte de derrière et les fenêtres. Pourtant, il savait que le danger, si danger il y avait, ne se tapissait pas dans le jardin couvert de neige. Comme le montrait l'exemple de la Grande Muraille de Chine, la plupart des menaces venaient de l'intérieur.

Au milieu de la nuit, Armand fut tiré du sommeil par un craquement du vieux bois.

Il s'assit, aux aguets. Tendit l'oreille.

Puis, après avoir enfilé une robe de chambre, il sortit furtivement sur le palier et se pencha.

De son poste d'observation, il vit une silhouette venue de la cuisine entrer dans le salon.

Cette personne se trouvait-elle dans la deuxième voiture ? Celle qui les avait suivis avant de s'éclipser ? Était-elle réapparue à deux heures du matin ?

La silhouette traversa le salon. Les braises du foyer étaient presque éteintes. La lumière ambiante suffisait à révéler la présence de cette personne, mais pas son identité.

Jusqu'à ce que les lumières s'allument. Gamache faillit tomber sur son séant. Debout dans le salon, rongeant une cuisse de poulet, se trouvait le résultat, aurait-on dit, d'une expérience ratée. L'œuvre d'un savant fou.

Une tête gothique, tatouée et percée, greffée à un corps rose et froufroutant. Amelia, vêtue d'une chemise de nuit en flanelle appartenant à Reine-Marie, fouinait dans leurs affaires.

Gamache nota mentalement autre chose : suggérer à la professeure McKinnon de revoir avec les étudiants les conditions d'une fouille clandestine efficace.

Premièrement : se procurer un mandat.

Deuxièmement : ne pas allumer de lampe.

Il secoua la tête avant de se rappeler les bêtises que Michel Brébeuf et lui avaient faites. On ne les avait toutefois jamais surpris en train de perquisitionner au domicile du commandant.

Amelia étudia les livres sur les tablettes et les photographies de la famille du commandant. Ses doigts encore enduits de graisse de poulet laissèrent des taches sur les vitres. Elle tomba enfin sur une photo de noces. Une femme, de toute évidence la fille du commandant, en robe de mariée, se tenait à côté de son nouveau mari.

Amelia fit tinter le clou de sa langue contre ses dents.

Armand comprit ce qu'elle regardait, même s'il ne pouvait pas voir l'expression de la jeune femme. À l'arrivée des étudiants, il s'était demandé s'il devait cacher ses photos, mais il avait décidé que non. Elles étaient privées, mais pas secrètes.

Et il était curieux de savoir si l'un d'eux les remarquerait.

Le salon fut replongé dans les ténèbres et Armand se prépara à battre en retraite dans sa chambre dès qu'il entendrait grincer la première marche. Le grincement, cependant, ne vint pas. Il vit plutôt une autre lumière s'allumer. Dans son bureau.

Cette fois, c'en était trop. Il descendit et trouva Amelia assise dans son fauteuil, en train de scruter une autre photo.

— Posez ça, ordonna-t-il.

Il la vit tressaillir sous l'effet de la surprise. Il était dans l'embrasure de la porte, en robe de chambre et en pantoufles.

Elle déposa la photo en noir et blanc.

— Exactement où vous l'avez prise.

Elle corrigea la position de l'objet en notant l'homme qui souriait en manteau et couvre-chef démodés et la femme vêtue d'un manteau de drap, de gants et d'un chapeau. Elle serrait dans ses bras un enfant, si bien emmitouflé contre les rigueurs de l'hiver qu'on aurait dit un panier à linge. Seule dépassait une petite main agrippée au doigt de la femme.

Pendant un moment, Amelia crut qu'il s'agissait de M. et Mme Gamache, puis elle se rendit compte que la photo était trop ancienne.

— Vos parents ? demanda-t-elle.

— Vous abusez de notre hospitalité, affirma Gamache.

— Je cherchais juste quelque chose à lire.

— Vous n'aviez qu'à demander.

— À deux heures du matin ? Je ne voulais pas vous déranger.

— Cette pièce est privée. Les objets qui s'y trouvent sont personnels, comme vous le savez très bien.

— Personnels, répéta-t-elle. Ou secrets ?

— Sortez, s'il vous plaît.

Dans sa chambre, sous la couette, Amelia prit le livre qu'elle avait déniché sur une tablette, au rez-de-chaussée. *Je vais BIEN*, de l'une de ses poètes favorites, Ruth Zardo.

Elle lut le sous-titre et rit.

Bête, inquiet, emmerdeur, névrosé.

Se calant dans le lit, elle mangea les biscuits qu'elle avait pris dans la cuisine et parcourut les poèmes. Elle en connaissait certains, d'autres non.

Tu étais un papillon de nuit
et tu m'as frôlé la joue
dans l'obscurité.
Je t'ai tuée,
sans savoir
que tu n'étais qu'un papillon de nuit,
sans dard.

Elle ouvrit le livre sur ses genoux et se demanda à quoi ressemblait l'école de police avant l'entrée en fonction de Gamache. Quand M. Leduc était aux commandes.

C'était beaucoup mieux, selon Jacques, qui soutenait que Gamache minait l'école et affaiblissait la Sûreté. Elle savait qu'il ne faisait que répéter les propos du Duc, mais elle se demanda s'il n'y avait pas un peu de vrai dans cette affirmation. Quant à Huifen, elle ne donnait pas raison à Jacques, mais elle ne lui donnait pas tort non plus.

Pas de décorations de la police dans le bureau de Gamache. Pas de photographies de lui en uniforme. Leduc affirmait qu'il était tombé en disgrâce, qu'il avait été forcé de prendre sa "retraite". Et, à l'école de police, on entendait des rumeurs de corruption.

Amelia avait du mal à concilier de tels bruits avec l'homme lui-même. En revanche, elle savait que les apparences sont parfois trompeuses.

Saisissant son iPhone, elle chercha Armand Gamache dans Google. Elle se proposait de le faire depuis son arrivée à l'école, mais elle avait été distraite par des choses plus pressantes. Comme aller jusqu'au bout de chaque journée.

Pas de connexion. Frustrée, elle lança son iPhone sur le lit. Elle avait oublié. Pas d'accès à internet ici. Il n'y avait pas que les cartographes qui avaient oublié cet endroit. Le temps aussi. Et la technologie.

Elle remonta la couette en se demandant qui était vraiment Armand Gamache. Et s'il savait que, en douce, Jacques, Huifen et même Nathaniel rendaient fréquemment visite à Leduc.

Le Duc rencontrait quelques étudiants qu'il avait choisis avec soin. Et elle se demanda si Gamache savait qu'elle comptait au nombre des élus.

Les étudiants avaient pris parti, choisi leur camp. Bref, on avait fini de jouer à cache-cache.

Enfin, les yeux lourds de sommeil, elle alla éteindre. C'est alors seulement qu'Amelia vit l'inscription dans le livre abondamment consulté.

"Pour Clouseau, qui ira BIEN un jour. Ruth."

Ruth ?

Ruth ?

Elle se redressa dans le lit et regarda le livre, puis le village découpé par la fenêtre. Qui apparaissait et disparaissait tour à tour et, à l'intérieur de ses murs épais, recelait toutes sortes de secrets.

11

Une autre semaine s'écoula. Déjà, le trimestre était bien avancé.

Certains étudiants plus anciens maugréaient encore, mais de moins en moins. Pas nécessairement parce qu'ils s'adaptaient aux réalités du nouveau régime, mais bien, savait Gamache, parce qu'ils n'avaient pas le temps de se plaindre.

De ses appartements, tôt un matin, il téléphona à Reine-Marie. Ayant eu des rendez-vous jusque tard dans la soirée, il avait décidé de passer la nuit à l'école.

— Tu savais que Clara avait adopté un chiot, hier ? demanda-t-elle.

— De la portée dont elle nous a parlé ? Ça fait un moment déjà.

— Non, ceux-ci, Billy Williams les a trouvés dans une poubelle.

Il inspira à fond et, en expirant, laissa échapper : "Les gens." Moins en signe de condamnation que de stupéfaction. Comment la cruauté et la bonté pouvaient-elles cohabiter à l'intérieur de la même espèce ?

— Clara en a pris un. Un petit mâle appelé Leo. Adorable. Mais ce n'est pas tout…

Elle n'alla pas plus loin. Elle entendit les cris, à l'autre bout du fil. Reine-Marie ne distingua pas les mots, mais la panique ne lui échappa pas.

— Il faut que j'y aille, dit son mari.

La communication fut coupée.

Gamache passa une robe de chambre sur son pyjama et, quelques instants plus tard, s'engagea dans le couloir en courant. Les cris le heurtèrent en plein visage.

Une voix. La voix d'un homme. Jeune. Effrayé. Les sols et les murs répercutaient la terreur, l'amplifiaient.

— Au secours ! criait la voix. Au secours !

La dernière syllabe s'étirait.

— Au secooours !

Des bruits plus que des mots.

D'autres professeurs sortirent de leur chambre, emboîtant le pas à Gamache. En passant devant la porte de Jean-Guy Beauvoir, Gamache, sans s'arrêter, frappa un seul coup.

Derrière lui, on ouvrit et la voix familière, groggy, fit :

— Voulez-vous bien me… Jésus-Christ.

Devant, les cris avaient cessé. Le couloir, cependant, restait englué dans la peur.

Au coin, Gamache vit, adossé au mur, Nathaniel Smythe. À ses pieds, il y avait un plateau avec des éclats de verre et de porcelaine, des morceaux de nourriture.

Se plantant devant le garçon pour obstruer sa vue, Gamache l'examina rapidement, d'un œil exercé.

— Vous êtes blessé ? demanda-t-il.

Nathaniel, les yeux exorbités et vagues, secoua la tête.

— Occupez-vous de lui, ordonna Gamache à la personne arrivée derrière lui, sans vérifier qui c'était. Emmenez-le chez moi. Ne le perdez pas de vue.

— Que s'est-il passé ? demanda Beauvoir en s'arrêtant à la hauteur de Gamache.

D'autres professeurs qui s'étaient précipités en entendant les cris étiraient le cou dans l'espoir de voir quelque chose. Le commandant, cependant, bloquait la porte ouverte et les en empêchait.

Lui-même n'avait encore rien vu. Pendant qu'on entraînait Nathaniel à l'écart, il se retourna.

— Appelle la police, dit-il en s'adressant à Beauvoir sans détourner les yeux de la pièce.

Puis il se tourna vers Jean-Guy.

— Préviens Isabelle Lacoste.

— Oui, patron, répondit Beauvoir sans que sa voix trahisse son étonnement ou, plus justement, sa stupeur.

Il avait compris. Ce que Gamache voyait.

Jean-Guy courut chez lui pour téléphoner. Il croisa des visages inquiets et énervés.

— Que s'est-il passé ? lui demandait-on.

D'autres professeurs arrivaient sur les lieux, d'autres membres du personnel aussi. Puis, derrière eux, les premiers étudiants.

— Fermez les portes de l'école, ordonna Gamache à deux professeurs. Personne n'entre, personne ne sort.

Ils détalèrent dans le couloir.

Les autres professeurs formaient un attroupement, s'efforçaient de jeter des coups d'œil dans la pièce. Gamache, cependant, les tenait à distance.

— Les responsables de chaque année ? fit-il en balayant des yeux le couloir, à présent encombré.

Trois personnes s'avancèrent.

— Ici, commandant.

— Assurez-vous que les étudiants sont en sécurité. Réunissez-les dans le réfectoire et comptez-les. Gardez-les là. Qu'on leur serve à déjeuner. Personne ne sort sans ma permission.

Il soutint leur regard.

— Compris ?

— Compris.

— Pas une minute à perdre. Si quelqu'un est blessé ou manque à l'appel, nous devons être au courant.

Les professeurs rompirent les rangs, obligeant les étudiants récalcitrants à les suivre.

Le commandant Gamache n'était toujours pas entré dans la pièce.

— Madame McKinnon, demandez l'aide de deux assistants d'enseignement et réunissez les membres du personnel. Secrétariat, jardins, entretien, cuisine. Tout le monde. Emmenez-les aussi au réfectoire. Demandez au chef des opérations de confirmer l'identité de tous les employés. Assurez-vous qu'il ne manque personne.

— *Yes, sir.*

Elle se hâta à son tour dans le couloir.

Seul un autre professeur était encore sur place.

— Qu'est-ce que je fais, Armand ?

— Rien, répondit sèchement Gamache.

Michel Brébeuf fit un pas de côté et vit Gamache regarder dans la pièce.

— En fait, dit Armand en se tournant vers Brébeuf, tu pourrais aller chercher le médecin.

— Bien sûr.

Brébeuf marcha rapidement, bien qu'il soit conscient de s'être vu confier la tâche la moins urgente, la moins importante. Les ordres donnés par Gamache et les mesures qu'il avait prises montraient qu'on n'avait pas besoin d'un médecin.

— Isabelle est en route, annonça Beauvoir en s'avançant vers Gamache, surpris de trouver le corridor désert.

Il consulta sa montre en même temps que Gamache.

Il était six heures vingt-trois.

Le silence se fit, uniquement interrompu par un tout petit bruit, semblable à un grincement. Gamache et Beauvoir balayèrent le couloir des yeux. Toujours vide. Le son, cependant, se rapprochait.

Apparut alors, au coin, Hugo Charpentier dans son fauteuil roulant.

— Que s'est-il passé ?

À la vue du visage de Gamache, Charpentier interrompit sa progression.

— C'est grave ?

Gamache ne broncha pas.

— Où sont les autres ? demanda Charpentier.

— Ils bouclent l'immeuble et emmènent les étudiants et les membres du personnel au réfectoire.

— Et ils m'ont oublié, constata Charpentier en recommençant à s'avancer. Je peux faire quelque chose ?

— Non, merci. Allez plutôt rejoindre les autres, s'il vous plaît.

Pendant que Charpentier rebroussait chemin, Gamache s'étonna à son tour que personne n'ait songé au professeur. Bien qu'un peu honteux, il se contenta de stocker l'information dans son cerveau. Cet homme était décidément facile à oublier. "Et un homme invisible, songea-t-il, peut agir en toute impunité."

Il remarqua aussi le grincement du fauteuil de Charpentier. Ce détail, jusque-là, lui avait échappé.

Ensuite seulement, il tourna son attention vers la porte et ce qui l'attendait de l'autre côté.

La personne qui l'attendait de l'autre côté.

Serge Leduc, gisant sur le sol.

Les circonstances se passaient d'explication. Étant donné le cadavre, étant donné le sang. Une balle dans la tête. L'arme se trouvait encore à côté de Leduc.

Même s'il était tout aussi évident que l'homme – les yeux fixes, la bouche entrouverte, la peau blafarde, sans parler de la blessure – était mort, Gamache se pencha et chercha son pouls. Un peu de sang tacha sa main, qu'il essuya avec un mouchoir.

De son œil exercé, Jean-Guy examina la scène, puis se tourna vers la chambre à coucher.

Sur un geste de Gamache, il s'y dirigea à grandes enjambées.

— Rien, dit Jean-Guy un moment plus tard.

— Assez, dit Gamache de la porte de la chambre en voyant Beauvoir ouvrir un tiroir. Je doute que l'assassin se cache dans la table de chevet. Attendons Lacoste et l'équipe médicolégale.

Beauvoir referma le tiroir, mais pas avant que Gamache ait remarqué un détail qui avait échappé à Jean-Guy.

Le contenu du tiroir. Impossible à rater, même de loin.

— Il est tentant d'amorcer l'enquête, mais nous devons attendre. Rappelle Isabelle, Jean-Guy, et fournis-lui plus de détails. Elle devrait être bientôt là avec l'équipe de la section des homicides. Tu veux bien aller l'attendre à la porte ?

— Maintenant ?

— C'est le moment, non ?

— Vous ne voulez pas plutôt que je vous donne un coup de main ?

— On ne peut rien faire. Seulement attendre que le médecin confirme le décès. Tu connais la chanson. Ensuite, je verrouille la porte et j'attends que tu reviennes avec l'inspectrice-chef Lacoste.

Beauvoir baissa les yeux sur le cadavre.

— Suicide ?

— Possible, répondit Gamache. Mais un détail cloche, non ?

Beauvoir examina la scène de plus près.

— Oui. L'arme. Elle est du mauvais côté. S'il s'était tué, elle serait du même bord que la plaie d'entrée.

Gamache hocha la tête, perdu dans ses pensées.

Beauvoir rentra chez lui pour s'habiller en vitesse.

En ressortant dans le couloir, il constata que la porte de Leduc était fermée et que Gamache n'était nulle part en vue.

Armand se campa au-dessus du cadavre de Serge Leduc en s'efforçant de ne pas compromettre la scène du crime plus qu'elle ne l'avait déjà été.

Il prit note de la position des meubles, des rideaux et des livres. Des cendres dans le foyer.

Ses yeux, cependant, revenaient sans cesse vers le cadavre et l'arme. Dans l'hypothèse d'un suicide, elle était du mauvais côté, ainsi que Jean-Guy l'avait observé.

Oui, la présence de l'arme était bizarre. Le plus bizarre, toutefois, c'était que le meurtrier l'ait posée là.

Car, Gamache en était convaincu, il s'agissait bel et bien d'un meurtre. Il y avait donc un meurtrier. Et au lieu de mettre en scène un suicide, comme l'aurait fait tout assassin raisonnable, celui-ci s'était arrangé pour ne laisser aucun doute.

Serge Leduc avait bel et bien été assassiné.

Détail que l'ex-chef de la section des homicides jugea bizarre. Voire très bizarre. Pas le cadavre. Ni même le fait que Serge Leduc ait été tué. Mais le comportement du tueur…

Gamache continua de regarder. Après le cadavre, il avait tourné son attention vers la chambre. Sachant qu'il ne devrait pas, il y entra rapidement et ouvrit le tiroir de la table de chevet.

Il baissa les yeux et son expression devint aussi sombre qu'au moment où il avait contemplé le mort.

Après un bourdonnement électronique suivi d'un fracas métallique, la porte de l'école de police s'ouvrit. L'inspectrice-chef Lacoste entra rapidement. Pas parce qu'il y avait péril en la demeure, mais parce qu'il faisait un froid de canard.

Un vent soufflait sur la plaine, charriant, sur des centaines de kilomètres et jusque dans leurs os, l'humidité de la neige et de la glace fondantes.

Le message initial de l'inspecteur Beauvoir avait été succinct. Un décès à l'école de police. Pas de qui. Ni de comment. Il n'avait même pas précisé qu'il s'agissait d'un meurtre, mais le fait qu'on s'était adressé à elle, cheffe de la section des homicides, constituait déjà un bon indice.

Elle savait aussi que la victime n'était pas le commandant Gamache. Les mots, mais aussi le ton de Beauvoir, auraient été tout différents.

Une fois dans la voiture conduite par un agent, une fourgonnette de l'unité des scènes de crime dans son sillage, Lacoste avait reçu un deuxième coup de fil de Beauvoir.

— Racontez-moi tout, avait-elle dit.

À l'autre bout du fil, Jean-Guy esquissa un sourire. Il se demanda si Isabelle Lacoste se rendait compte que c'était ainsi que l'inspecteur-chef Gamache amorçait invariablement ses enquêtes.

"Racontez-moi tout."

Il lui relata les événements et elle prit des notes sur sa tablette. Puis elle s'interrompit et se contenta d'écouter.

— Le meurtrier ? demanda-t-elle quand il eut fini son rapport.

— Aucun signe de lui, répondit Beauvoir. Les étudiants et les membres du personnel sont réunis au réfectoire. L'école est bouclée et on prend les présences.

— Et le cadavre ?

— Le commandant Gamache attend le médecin auprès de lui. Il va verrouiller la porte et, une fois le décès confirmé, attendre votre arrivée.

— J'ai déjà prévenu la légiste. Elle sera bientôt là.

— Bon. À première vue, il ne manque personne et aucun suspect ne saute aux yeux. Pas de mains tachées de sang.

Ce n'était pas une plaisanterie. Quelqu'un aurait eu du sang sur les mains, beaucoup de sang. Poser une arme contre la tempe de Leduc et faire feu…

Beauvoir avait interrogé les gardiens de nuit et les membres du personnel, mais pas en détail. Seulement pour établir s'ils avaient noté une anomalie exigeant une intervention immédiate.

Rien.

La conclusion était donc évidente.

Le tueur n'était pas sorti et il n'était pas entré. Pour la simple et bonne raison qu'il était déjà là, tapi entre ces murs.

Isabelle Lacoste suivit Jean-Guy Beauvoir dans les couloirs déserts. Les techniciens de l'équipe chargée de l'analyse des scènes de crime les suivaient, leurs talons résonnant sur le marbre.

N'ayant encore jamais mis les pieds dans la nouvelle école de police, Isabelle était curieuse. Elle avait eu vent de rumeurs… Extravagances pharaoniques. Dépassements de coûts astronomiques.

Et aussi, à mots plus couverts : dessous-de-table, pots-de-vin et contrats truqués. Rien, cependant, n'avait jamais été prouvé. Sans doute parce que la Sûreté et le gouvernement du Québec devaient s'occuper de gâchis plus urgents.

Ces merdiers-là avaient été traités. Les personnes mêlées au scandale de corruption au sein de la Sûreté et du gouvernement étaient mortes ou derrière les barreaux. Sinon, elles avaient été congédiées. Et lentement, soupçonnait-elle, ce serait l'école de police qui passerait sous le feu des projecteurs.

Était-ce pour cette raison qu'Armand Gamache avait accepté de prendre la tête de l'établissement ?

Était-ce pour cette raison qu'un meurtre avait été commis ?

Se rendant compte qu'elle créait un lien dans son esprit, elle s'ordonna d'arrêter. Il était beaucoup trop tôt pour se lancer dans de telles spéculations.

Après un virage, ils virent un homme debout devant une porte. À ses pieds, un plateau, des éclats de verre et de porcelaine.

De plus près, Isabelle le reconnut.

Ce n'était pas Gamache. Voilà le directeur Brébeuf. Elle se corrigea une fois de plus. Désormais, Brébeuf tout court. Le titre de directeur lui avait été retiré. Elle l'avait si souvent vu dans ce rôle qu'elle avait réagi instinctivement. "La force de l'habitude", songea-t-elle. C'était très dangereux. Comme cet homme, du reste.

Brébeuf se tenait seul au milieu du large couloir, l'air perdu ou abandonné.

Isabelle sentit son dégoût s'intensifier à chaque pas. Il ne se lisait pas sur son visage, se dit-elle. À moins que… L'homme eut un léger mouvement de recul. Il la salua d'un geste de la tête, mais il ne lui tendit pas la main. Par crainte, se dit-elle, de voir cette offrande refusée devant de nombreux témoins.

— Triste histoire, inspectrice-chef Lacoste, dit-il.

— En effet.

Il avait pris un coup de vieux depuis la dernière fois qu'elle l'avait vu, quelques années plus tôt.

Lacoste savait que l'ex-directeur de la Sûreté avait le même âge que Gamache, mais on lui aurait donné dix, voire quinze années de plus. Bien qu'il n'ait jamais été de constitution robuste, il avait possédé une sorte de vitalité nerveuse que plusieurs admiraient. À commencer par elle.

À présent, il avait l'air desséché. Ratatiné.

— Le commandant Gamache est à l'intérieur, avec le cadavre.

— C'est ce que je me suis laissé dire, répondit l'inspectrice-chef Lacoste. Et vous, que faites-vous là ?

Il se hérissa, mais seulement un peu. Réaction instinctive d'un homme autrefois puissant, et désormais diminué.

— M. Gamache m'a demandé d'aller chercher le médecin de l'école à l'infirmerie. Il a confirmé le décès de M. Leduc.

— Le médecin est encore là ?

— Non. Il est parti tout de suite après avoir fait son constat.

Isabelle Lacoste continua de dévisager Brébeuf, tandis que les membres de son équipe restaient derrière elle, armés de leurs trousses.

Ceux qui connaissaient cet homme et savaient qui il avait été l'observaient avec une curiosité non dissimulée.

Brébeuf carra les épaules, mais le geste le fit paraître encore plus pathétique. Et une pensée s'infiltra alors dans l'esprit de Lacoste. Elle se demanda s'il était conscient de l'effet produit. Et s'il l'avait fait exprès.

Le but de la manœuvre était on ne peut plus clair.

Il est facile, naturel même, d'écarter les êtres pathétiques. De ne pas les prendre au sérieux, de ne pas les percevoir comme une menace. On éprouvait le désir instinctif de fuir leur compagnie. Les êtres pathétiques étaient la cible toute désignée des vicissitudes de la vie. Quiconque se trouvait près d'eux risquait d'être éclaboussé au passage. Dommages collatéraux.

— Je suis resté au cas où il aurait besoin d'autre chose, déclara Brébeuf.

Et là, devant Lacoste, Michel Brébeuf se métamorphosa. Il était non plus un homme disgracié, mais bien un vieux chien bâtard autrefois chéri, en quête d'un peu d'attention de la part de son maître. D'un sourire, d'une caresse. Voire d'un coup de pied.

N'importe quoi.

De façon très subtile, Brébeuf se mettait dans la peau d'un serviteur loyal. Gamache, lui, incarnait la brute. Isabelle Lacoste ne fut pas dupe. Elle connaissait la vérité. Néanmoins, elle supposa que certains se seraient laissé prendre au jeu.

— Et ça ? demanda-t-elle en désignant le plateau, le pain grillé et les éclats de verre.

— Un étudiant a découvert le cadavre, expliqua Beauvoir en s'avançant. Il a laissé échapper le plateau. Nous n'y avons pas touché.

— Je prélève des échantillons, dit un technicien de l'équipe médicolégale.

Il s'exécuta, tandis qu'un de ses collègues cherchait des empreintes digitales ou des traces d'ADN sur la poignée de la porte. Un autre encore prit des photos. Lacoste, elle, s'interrogea sur la transformation de Michel Brébeuf.

Les taches du léopard sont immuables, mais l'ancien directeur de la Sûreté n'avait jamais été un prédateur de ce genre-là. Il avait été et serait toujours un caméléon.

Dès que le technicien eut signifié qu'il avait terminé, elle franchit le seuil pour s'éloigner de lui. Un cadavre valait encore mieux que Michel Brébeuf vivant.

Bien que préparée, Isabelle Lacoste était chaque fois prise au dépourvu par le spectacle de la mort violente, délibérée. Et, visiblement, Serge Leduc, lui, avait été surpris.

12

— Le médecin de l'école a confirmé le décès, dit Gamache en se rangeant de côté pour laisser les techniciens se mettre au travail.

— La cause ne fait aucun doute, j'imagine, dit Lacoste.

Elle se tenait tout près de son ancien supérieur, Beauvoir de l'autre côté de celui-ci. Il leur semblait encore naturel de se placer de part et d'autre de Gamache. Naturel et sûr. Même s'ils éprouvaient désormais un sentiment de nostalgie. Comme quand on revient dans sa maison d'enfance.

Gamache se contenta de hocher la tête.

— Nous allons devoir attendre le verdict officiel de la légiste, mais oui, dit Beauvoir en baissant les yeux sur Serge Leduc. Ce serait difficile à rater.

— Quand l'a-t-on vu vivant pour la dernière fois ? demanda l'inspectrice-chef Lacoste.

— Il était dans le réfectoire, hier soir, répondit le commandant Gamache. Après, je ne l'ai plus revu.

— Pareil pour moi, dit Beauvoir. Il devait être environ vingt heures.

Ils regardèrent autour d'eux. Rien ne laissait croire que Leduc avait accueilli des visiteurs, la veille.

Ni Gamache ni Beauvoir n'avaient mis les pieds dans cet appartement, domaine personnel du Duc.

Le logement avait un plan d'intérieur identique à celui du commandant, dont il était l'image en miroir. Le salon débouchait sur une chambre équipée d'une salle de bains attenante. Si l'appartement de Gamache possédait un ameublement moderne adapté à l'immeuble, et malgré tout confortable, celui-ci semblait encombré, étouffant.

Les meubles, de style victorien, étaient lourds. Une desserte en bois foncé, un énorme canapé en crin de cheval recouvert de velours écrasé d'un violet très foncé. C'était un décor oppressant, en même temps que vaguement efféminé, qui faisait vivement contraste avec le monde épuré, linéaire, qui s'étendait au-delà de sa porte.

On avait l'impression de pénétrer dans un boudoir ou dans un décor de théâtre.

Et pourtant, Gamache avait le sentiment qu'il ne s'agissait pas d'une mise en scène. C'était plutôt le reflet du vrai moi de cet homme. Ou, à tout le moins, d'un volet de sa personnalité. De la même façon, se dit Gamache, que ces meubles faisaient partie d'un héritage familial, peut-être transmis de génération en génération.

Serge Leduc s'était drapé dans la tradition. En même temps qu'il transgressait toutes les règles.

Il est vrai que les victoriens avaient valorisé le modèle du Grand Homme. Un être extraordinaire à qui les règles habituelles ne s'appliquaient pas. Aux Grands Hommes de régner, aux autres de les vénérer. Leduc vivait sa vie comme s'il y croyait.

— Quel genre d'homme était-ce ? demanda Lacoste.

— À votre avis ? fit Gamache. D'après ce que vous avez sous les yeux.

— Maniaque, répondit-elle sans hésitation. Inflexible. Sans doute tatillon et zélé.

Elle baissa les yeux sur le mort, toujours en vêtements de ville. Veston et cravate. Impeccable. En contradiction totale avec ce qui dépassait du col de la chemise.

— Je brûle ? Et vous, inspecteur Beauvoir, comment décririez-vous Serge Leduc ?

— Une brute et un tyran, répondit Beauvoir. Un rusé et un idiot. Une fouine et un rat.

— Le chasseur et sa proie. Position inconfortable, s'il en est, déclara Gamache en regardant autour de lui.

— Pour ma part, ajouta Beauvoir, j'aurais parié sur la présence de nombreux fauteuils en cuir. Et de bois de cerfs sur les murs. Je ne me serais pas attendu à ça.

— Je me demande s'il était heureux ici, dit Gamache. En dehors des murs de son appartement, il ne l'était visiblement pas.

— Pas depuis votre arrivée, en tout cas, dit Beauvoir.

Isabelle Lacoste accueillit l'information avec intérêt.

— Il ne s'est pas suicidé, déclara-t-elle. Il a reçu la balle dans la tempe droite, mais l'arme est du côté gauche du cadavre. Comment l'expliquer ? Est-ce son arme ?

— Je ne sais pas, répondit Gamache. J'ai interdit les armes à feu à l'école, sauf dans l'armurerie.

— Il en a la clé ?

— Il l'avait, à l'époque où il était second. Depuis, je la lui ai réclamée et j'ai fait remplacer les serrures. J'ai une clé et l'instructeur de tir en a une. Il faut les deux pour ouvrir l'armurerie.

— Vous avez une idée de qui a pu faire le coup ?

— C'était un personnage controversé, répondit Gamache après un moment de réflexion. Admiré par certains. Chez les professeurs, la plupart de ses disciples sont partis. Beaucoup d'étudiants plus avancés voyaient en lui un modèle. Plus par crainte que par respect, me semble-t-il. Cet appartement est celui d'un gentilhomme de l'époque victorienne, mais, en réalité, le Duc était un homme du Moyen Âge. Il préconisait une justice brutale et expéditive. Pour lui, les jeunes étaient comme des fers à cheval, qu'on peut façonner à coups de marteau.

Isabelle Lacoste se tourna vers Gamache, qui était l'antithèse de celui qu'il venait de décrire.

— Vous ne l'aimiez pas ?

— Non, je ne l'aimais pas. Vous ne pensez tout de même pas que c'est moi qui…, fit-il en désignant le cadavre.

— En ce moment, je me contente de poser des questions. La réflexion viendra plus tard.

La réponse fit sourire Gamache.

— Je ne l'ai jamais aimé et je n'ai jamais eu confiance en lui.

— Dans ce cas, pourquoi l'avoir…

— … gardé ici ? Vous n'êtes pas la première à poser la question, loin s'en faut.

— Et la réponse ?

— Je voulais l'avoir à l'œil. Vous êtes au courant des rumeurs de pots-de-vin, de fixation des prix et même de blanchiment d'argent qui ont couru dans le contexte de l'octroi des contrats pour cet immeuble ?

— Oui, mais je ne connais pas tous les détails.

— Parce qu'on n'en a pas, justement. Que des soupçons, en masse. Des preuves circonstancielles, mais rien de tangible.

— Vous tentiez d'en recueillir ? demanda-t-elle. Et il était au courant ?

— Oui. J'y ai veillé personnellement. Lors de notre première rencontre, je lui ai fait voir tout ce dont je disposais.

— Pourquoi ? s'écrièrent Lacoste et Beauvoir, interloqués.

— Pour le secouer.

— Moi, en tout cas, je le suis, secoué, lança Beauvoir à l'intention de Lacoste.

— En cherchant des preuves de corruption au sein de la Sûreté, j'ai maintes fois entendu parler de tractations louches au sein de l'école de police, expliqua Gamache à voix basse. Mais il y avait autre chose de plus préoccupant encore que ces rumeurs. Je veux parler du comportement des nouveaux diplômés. Vous l'avez sûrement remarqué.

Lacoste et Beauvoir hochèrent la tête.

— On observe chez eux une grande brutalité, dit-elle. Je refuse d'en accueillir dans mon service.

— Vous devriez revenir sur votre décision, Isabelle. Ils ont besoin de modèles décents.

— Indécents, oui, répondit-elle. Voilà justement le mot qui s'applique à eux. J'y songerai. C'est la raison de votre présence ici ?

Il hocha la tête.

— Ainsi va l'école de police, ainsi va la Sûreté. J'ai voulu savoir pourquoi tant de nouveaux diplômés respiraient la cruauté. Et faire que ça cesse.

— Mission accomplie ?

Il soupira.

— Non. Pas encore. Mais je sais que Serge Leduc était au cœur de toutes sortes de manigances en coulisse.

— Vous avez parlé du Duc, en deux mots, souligna Lacoste. Pourquoi ?

— C'est le surnom que lui donnaient les étudiants, expliqua Beauvoir. D'après son nom de famille, évidemment. Il semblait l'apprécier.

— Ça ne m'étonne pas, fit Lacoste. Vous avez donc montré au Duc les éléments de preuve que vous aviez recueillis ?

— Oui. Je voulais l'ébranler. Lui montrer que je touchais au but. L'obliger à commettre une erreur stupide.

— Et il l'a fait ?

— Je pense que oui, répondit Gamache en baissant les yeux sur le cadavre. Et au moins une autre personne était du même avis.

Les yeux d'Isabelle Lacoste se posèrent sur l'arme à feu.

— Drôle de choix d'arme. Je vois bien maintenant qu'elle ne peut pas venir de l'armurerie. Vous n'auriez pas d'arme comme celle-là ici, n'est-ce pas ?

Gamache secoua la tête.

— Même pas pour un cours d'histoire. Nous avons seulement les armes dont les étudiants ont besoin pour s'entraîner. Celles qu'ils utiliseront dans le cadre de leurs fonctions. Il y a des décennies que les agents de la Sûreté ne se servent plus d'armes de ce type.

Lacoste se pencha pour mieux voir.

— Je n'en ai jamais vu de près. Un genre de revolver. C'est ce qu'on appelait un six-coups, non ?

— Oui, répondit Beauvoir en se joignant à elle.

Lacoste se rapprocha davantage.

— Il y a encore cinq balles dans le magasin, dit-elle.

Elle se tourna vers le fond de la pièce, où des membres de son équipe examinaient les éclaboussures de sang, à la recherche de la sixième.

— En venant, je me suis demandé pourquoi personne n'avait rien entendu. Maintenant, je comprends, dit-elle en pointant quelque chose du bout de son crayon. Un silencieux.

Lacoste se redressa. Beauvoir, lui, resta accroupi.

— Je ne savais pas que ces armes pouvaient être munies d'un silencieux, dit-il.

— On peut mettre des silencieux à toutes les armes, dit Gamache, mais, en général, ils ne sont pas efficaces avec les revolvers.

— L'étudiant qui a trouvé le cadavre, dit Lacoste. Où est-il ?

— Chez moi, répondit Gamache. Avec un des professeurs. C'est un nouveau. Nathaniel Smythe. Vous désirez lui parler ?

— Oui.

Elle regarda Jean-Guy Beauvoir, qui n'avait pas cessé d'examiner l'arme. Se levant enfin, il se tourna vers elle.

— Vous vous demandez si vous devez m'inviter à vous accompagner ou pas ? fit-il. Je fais partie de la liste des suspects ?

— Oui. Au même titre que le commandant Gamache. Pour le moment.

La déclaration laissa Gamache de glace. Il en était déjà arrivé à la même conclusion.

Il était encore en robe de chambre et en pantoufles. Il avait les cheveux ébouriffés, les joues et le menton en attente d'un bon rasage.

Lacoste se demanda s'il se rendait compte de l'état dans lequel il se trouvait. C'était sans doute sans importance.

— J'aimerais que vous veniez avec moi, inspecteur.

Elle se tourna ensuite vers Gamache.

— Vous m'indiquez le chemin, s'il vous plaît ?

— Volontiers, inspectrice-chef, répondit Gamache en la laissant sortir la première, Beauvoir sur ses talons.

Dans le couloir, ils se comportèrent de façon moins empesée.

Chemin faisant, Isabelle Lacoste eut la curieuse sensation de ne pas avancer. Chaque virage les conduisait dans un couloir identique au précédent.

L'ancienne école de police, où elle avait reçu sa formation, était un dédale de corridors étroits, tapissés de portraits, de fanions et de trophées parfois vieux de plusieurs générations, avec des escaliers en bois foncé et des moquettes élimées qui étouffaient les bruits, les rires et les conversations des étudiants. Selon la rumeur, les lieux avaient autrefois abrité un asile. Elle l'avait cru sans mal. Ils abritaient des fous ou conduisaient à la folie ceux qui les fréquentaient.

Elle avait mis près de trois ans à pouvoir entreprendre avec confiance le trajet jusqu'aux toilettes des femmes. Dans son for intérieur, elle restait convaincue qu'elles étaient déplacées de temps en temps. Pour protester contre la nécessité d'en avoir.

À sa façon, la nouvelle école de police, en raison de sa totale absence de caractère et de signes distinctifs, était tout aussi déroutante.

— Le professeur Leduc avait-il de la famille ? demanda-t-elle à Gamache.

— Pas que je sache, mais je vais jeter un coup d'œil dans son dossier. S'il a des proches, vous allez les contacter ou vous voulez que je m'en charge ?

Ils étaient devant la porte du commandant, identique à la vingtaine de portes devant lesquelles ils étaient passés. Lacoste constata avec intérêt que Gamache vivait le plus loin possible de Leduc.

Elle se demanda qui avait pris cette décision.

— Vous avez une préférence ? fit-elle.

— Avec votre permission, je m'en occuperai, répondit Gamache. Il travaillait pour moi. J'étais donc responsable.

Elle hocha la tête.

— Vous avez une idée de l'identité du tueur ? insista Lacoste en promenant son regard de Gamache à Beauvoir.

— Non, répondirent-ils d'une même voix.

Gamache voulut ouvrir, mais Lacoste retint son geste.

— Pourtant il y a un mais, dit-elle en l'étudiant de près.

Qu'elle les connaissait bien, le visage et les manières de cet homme ! Sa capacité à cacher ses pensées et ses sentiments derrière un calme de façade. Même en ce moment. Ce qui avait donné à réfléchir à Lacoste, c'était moins ce que révélait le visage de l'homme que ses actions antérieures.

— Pourquoi êtes-vous resté dans la pièce ? demanda-t-elle. Au lieu de ressortir et de verrouiller la porte après la confirmation du décès par le médecin ?

Jean-Guy s'était posé la même question et attendait d'être seul avec Gamache pour l'interroger à ce sujet.

Isabelle, cependant, l'avait pris de vitesse. Il fut à la fois fier et irrité.

Il avait contribué à former cette femme. Il se demanda s'il n'avait pas fait du trop bon travail.

— Je ne voulais pas qu'il reste seul. Serge Leduc n'était pas un homme bon et il n'était certainement pas mon ami, mais il a quand même le droit d'être traité avec décence.

Lacoste l'étudia pendant un moment. C'était, elle devait bien l'admettre, un geste typique d'Armand Gamache. Et pourtant…

— Et vous vous êtes dit que, s'il avait eu le choix, il aurait préféré que vous le regardiez fixement, dans cet état, plutôt que de verrouiller la porte et de le laisser en paix ?

Elle avait conscience d'aller un peu loin. Mais elle aurait posé les mêmes questions à tout autre que lui. Et elle n'aurait pas pris les réponses à la légère.

— Oui, répondit-il simplement. Et je n'ai pas regardé fixement son cadavre.

— Qu'avez-vous fait, alors ? demanda-t-elle.

Gamache inclina légèrement la tête et la dévisagea.

— J'ai pris note des détails de la pièce, dit-il en souriant. Formation et expérience.

Puis le sourire disparut et il adopta une mine sévère.

— Vous êtes la cheffe de la section des homicides et j'en suis parfaitement conscient. Mais à l'école de police, c'est moi qui commande. J'assume la responsabilité des événements qui s'y produisent comme des personnes qui s'y trouvent. Un homme est mort, assassiné par-dessus le marché. Et j'ai choisi, oui, de mettre mon expérience à profit. Ça vous pose un problème ?

— Vous savez bien que oui, monsieur. Chez n'importe qui d'autre, on n'aurait jamais toléré pareil comportement. Vous, mieux que quiconque, savez qu'il est primordial de ne pas contaminer la scène de crime.

— Absolument. Voilà pourquoi je n'ai touché à rien. Je me suis contenté de respirer et d'observer.

Son ton était sec. Il ne la réprimandait pas, du moins pas exactement, mais il ne se laissait pas faire non plus.

— Si je vous ai ennuyée, je le regrette sincèrement, inspectrice-chef. Mon intention était de vous aider.

Puis il se radoucit.

— Vous pensez vraiment que c'est moi qui ai tué Serge Leduc ?

Isabelle Lacoste se détendit visiblement.

— Non.

— Bien, fit-il en souriant. Parce que je ne voudrais surtout pas vous savoir à mes trousses.

— Je tiens à ce que vous sachiez que je ne mets absolument pas en doute l'autorité que vous exercez sur l'école, commandant. Mais c'est moi qui dirige l'enquête.

— Je sais, Isabelle. Je n'essaie pas d'usurper vos pouvoirs. Seulement, il faut que je sois associé à votre travail. Je dois aussi vous prévenir que j'ai l'intention d'informer le maire de Saint-Alphonse et le chef de police.

— Ça me paraît raisonnable, dit Isabelle.

Beauvoir écoutait et observait, à l'affût du dit et du non-dit. Il épiait surtout Gamache.

S'il avait abordé la question, Gamache, dans les faits, n'y avait pas bien répondu. Lui, Jean-Guy, se posait la même.

Pourquoi Gamache était-il resté dans la pièce avec le cadavre ? Lacoste avait raison. Dans ce cas précis, un enquêteur chevronné aurait dû ressortir, verrouiller la porte et attendre l'arrivée de l'équipe médicolégale.

Gamache avait fait tout autre chose.

— Je dois parler à l'étudiant qui a trouvé la victime, dit Lacoste. Tout de suite.

— D'accord, dit Gamache en ouvrant la porte de son appartement.

Assis au bord du canapé, Nathaniel répondait nerveusement à leurs questions. Plus l'interrogatoire avançait, plus il semblait agité, même s'il s'agissait de questions anodines, posées avec gentillesse. Il fallait admettre que les choses étaient parties du mauvais pied.

— Nom ?

— Nathaniel Smythe.

Il avait prononcé les mots à la française, alors qu'il s'agissait d'un nom anglais et qu'il était anglophone. Nathanaël Smite.

— Nathaniel Smythe ? demanda Isabelle Lacoste en prononçant les mots correctement.

Nathaniel rougit. Rouquin à la peau claire, il prit aussitôt une teinte écarlate.

"On a affaire à un jeune homme qui a désespérément besoin de s'adapter, de passer pour québécois", songea Lacoste. Mais son nom et son teint le trahissaient d'emblée. S'il n'avait pas vraiment menti dès le départ, il les avait entraînés sur une fausse piste. Avait tenté de se faire passer pour quelqu'un qu'il n'était pas.

Détail insignifiant, mais révélateur. L'inspectrice-chef Lacoste savait que les meurtres naissent de détails minimes, presque imperceptibles. Ils sont presque toujours le résultat non pas d'un seul événement grave, mais d'une accumulation d'insultes, d'affronts et de mensonges infimes. De petites lésions de rien du tout. Jusqu'à ce que la dernière plaie se révèle mortelle.

Elle dévisagea l'apprenti policier Smythe. Qui venait tout juste de laisser entendre qu'il n'était pas anglophone. Et voilà qu'elle décelait de nouvelles vibrations.

"Il est gay", songea-t-elle avec consternation.

Gay, très bien. Anglophone, très bien. Gay et anglophone, très bien aussi. Mais gay, anglophone et apprenti policier, c'était une autre paire de manches. Pas étonnant que le premier réflexe de ce jeune homme ait été de se cacher.

Elle examina Gamache, toujours en robe de chambre et en pantoufles, confortablement assis dans l'un des fauteuils Eames. Elle se demanda s'il avait fait les mêmes observations et se dit que oui, sans doute.

— M. Smythe suit mon cours, déclara le commandant. Et vous assistez parfois aux soirées que je donne ici, n'est-ce pas ?

— Oui.

— Racontez-nous ce qui s'est passé, fit Lacoste d'une voix neutre.

— J'apportais au professeur Leduc son café matinal et des toasts. J'ai frappé. N'obtenant pas de réponse, j'ai essayé la poignée. La porte n'était pas verrouillée. J'ai donc ouvert.

La déclaration soulevait de nombreuses questions, mais Lacoste décida de laisser le garçon terminer.

— Je l'ai tout de suite vu, évidemment.

Il rougit de nouveau à cause des efforts qu'il déployait pour se maîtriser. Pour retenir les larmes, les vomissements.

— Et qu'avez-vous fait ? demanda-t-elle.

— J'ai reculé et j'ai crié à l'aide, dit-il en regardant le commandant Gamache. J'ai laissé échapper le plateau.

— Naturellement, dit le commandant. Je l'aurais fait, moi aussi.

— Vous êtes entré chez lui ? demanda l'inspectrice-chef Lacoste.

— Non.

— Même pas un peu ? Quelques pas, peut-être ? insista-t-elle.

Malgré le ton de l'inspectrice-chef, qui laissait entendre que ce serait compréhensible, Smythe secoua la tête.

C'était la dernière chose que ce jeune avait été tenté de faire.

— Pourquoi montiez-vous du café à M. Leduc ? demanda Beauvoir.

— Nous le faisons tous les matins. Amelia Choquet et moi, à tour de rôle. Chacun avait sa semaine.

La réponse arracha une légère réaction à Gamache.

“Il est surpris”, songea Lacoste.

— Vous saviez que le commandant Gamache avait mis un terme à cette pratique et que plus rien n'oblige les nouveaux à servir leurs repas aux professeurs ? demanda Beauvoir.

— M. Leduc nous l'a dit, mais il a ajouté que c'était une tradition. Qu'elle contribuait à établir le respect et l'ordre, à définir la chaîne de commandement. Il a précisé que les traditions de l'école de la Sûreté avaient leur raison d'être et qu'il était important de les maintenir.

Le jeune homme avait répondu sans saisir, apparemment, l'affront fait au commandant Gamache. Autre détail insignifiant, mais révélateur. L'incident en disait long sur l'étudiant. Mais aussi sur le dédain de Serge Leduc pour le nouveau commandant.

Et sur la volonté de ce dernier d'inculquer ses vues aux apprentis policiers.

Beauvoir ne se tourna pas vers Gamache, mais il l'observa du coin de l'œil. Son visage respirait de nouveau le calme et l'attention. Mais sa posture avait changé. Il était plus tendu.

— Les traditions ne sont pas toutes bonnes, déclara Beauvoir. Celle-ci rabaisse les nouveaux. Vous êtes des agents en formation et non des domestiques. Pour ma part, j'ai détesté cet aspect de mon apprentissage. Je trouve intéressant de constater que cette situation ne semble pas vous déranger.

— M. Leduc a dit qu'Amelia et moi avions été spécialement choisis.

— Vous a-t-il expliqué ce que vous aviez de si spécial ? demanda Lacoste.

— Il a dit que nous étions les plus prometteurs.

— Je vois.

Lacoste se tourna vers Gamache, mais celui-ci secoua la tête pour indiquer qu'il n'avait pas de questions à poser, même s'il écoutait attentivement et étudiait le jeune homme de près.

— La porte de l'appartement de M. Leduc n'était pas verrouillée, reprit Lacoste.

À ce moment, son iPhone vibra. Elle l'ignora.

— Était-ce inhabituel ?

— Non. Il lui arrivait souvent de la déverrouiller en se levant pour nous permettre d'entrer.

— Et que faisiez-vous, une fois à l'intérieur ? demanda Lacoste.

— Je déposais le plateau et je ressortais.

— Et s'il était là ? fit Gamache, prenant enfin la parole.

— Il me remerciait et je sortais.

Après avoir consulté un texto, l'inspectrice-chef Lacoste se leva.

— Merci, monsieur Smythe.

Elle se tourna vers Gamache et Beauvoir.

— La docteure Harris est là. Vous m'accompagnez ?

— Je pense que je vais en profiter pour prendre une douche et m'habiller, répondit Gamache. Je vous rejoins dans quelques minutes.

Il se tourna vers Nathaniel.

— Attendez-moi ici. Prenez un café, si vous voulez.

Gamache désigna une cafetière pleine sur la desserte.

— Ce ne sera pas long.

Lacoste et Beauvoir laissèrent Nathaniel se servir, tandis que le commandant Gamache entrait dans la chambre en refermant la porte derrière lui.

Il ressortit quelques instants plus tard, rasé, douché et vêtu d'un costume et d'une cravate impeccables. En le voyant, Nathaniel se leva.

Gamache lui fit signe de se rasseoir, puis, s'étant à son tour servi de café, vint le rejoindre.

À cette heure, le soleil embrasait un morne tableau de mars. Le mur de verre révélait des plaques de neige et des broussailles grises. Un mois plus tôt, il y avait là un merveilleux paysage de neige fraîche et propre, traversé en tous sens par les traces qu'avaient laissées les skis de fond et les raquettes. Dans un mois, le territoire reprendrait vie, entre les fleurs sauvages et les arbres chargés de bourgeons vert vif.

Dans l'immédiat, cependant, on avait plutôt affaire à un paysage de zombis. De morts-vivants.

— Qu'avez-vous découvert au sujet de la carte, monsieur Smythe ?

Il avait posé la question dans un anglais irréprochable, avec juste un soupçon d'accent britannique, en désignant d'un geste le dessin encadré sur son mur.

Pris au dépourvu par la question ou par la langue dans laquelle elle avait été posée, l'étudiant rougit de nouveau.

— Pardon ? fit-il.

Gamache sourit.

— Il n'y a pas de mal à être anglophone, vous savez. Comment ferez-vous pour chercher la vérité chez les autres si vous n'acceptez pas d'être vous-même ? Je vous parlais de la carte. Celle sur laquelle vous travaillez avec vos trois camarades.

— Nous avons cessé, répondit Nathaniel. Nous sommes débordés à cause des travaux scolaires.

Situation incongrue, assez fréquente au Québec : le francophone parlait anglais, tandis que l'anglophone parlait français.

— Et qu'avez-vous fait de votre copie ? demanda le commandant.

— De la carte ? Je ne sais plus. Je l'ai quelque part, je suppose.

Le commandant se pencha légèrement vers l'avant. Juste assez pour envahir la bulle de l'étudiant.

— Il ne s'agit pas d'une conversation à bâtons rompus, jeune homme. Toutes les questions que je pose ont un but, en ce moment plus que jamais. C'est une enquête pour meurtre, et non une rencontre entre amis.

— Oui, monsieur.

Nathaniel, les yeux écarquillés, était passé à l'anglais.

— Bien. Reprenons. Qu'avez-vous fait de votre copie de la carte ?

— Je ne sais pas.

À la vue du visage du commandant, il s'empourpra de nouveau.

— C'est la vérité, je vous assure. Je ne pense pas l'avoir jetée. Elle est probablement quelque part sur ma table de travail.

— Allez la chercher, je vous prie, ordonna Gamache en se levant. Mais avant, j'ai une autre question à vous poser.

— Oui ?

— Êtes-vous déjà entré dans la chambre à coucher de M. Leduc ?

— Que voulez-vous dire ?

— Vous savez très bien ce que je veux dire, jeune homme. Vous n'êtes coupable de rien. Vous n'avez contrevenu à aucune loi, et la morale est sauve. Du moins en ce qui vous concerne. Mais j'ai besoin de savoir.

— Non, monsieur. Je n'ai jamais mis les pieds dans sa chambre.

Gamache étudia le jeune homme, dont la tête donnait l'impression d'être en flammes.

— Quel genre de relations entreteniez-vous avec M. Leduc ?

— C'est-à-dire ?

— Je sais que vous avez peur. Et vous avez raison de protéger votre vie privée, en particulier ici. Cet établissement ne s'est pas toujours montré spécialement tolérant. Je pense que vous avez fait preuve de beaucoup de courage en vous y inscrivant.

— Je ne vois pas de quoi vous voulez parler.

Gamache sourit. Et hocha la tête.

— N'oubliez pas qu'il s'agit désormais d'une enquête pour meurtre. Vos secrets vont être percés à jour. Je vous fournis une occasion de les révéler discrètement.

— Il n'y a rien à révéler.

Gamache baissa la voix, bien qu'ils soient seuls dans la pièce.

— Je comprendrais, dit-il. Faites-moi confiance. Je vous en prie.

Nathaniel Smythe regarda l'homme dans les yeux et détecta le subtil parfum de bois de santal et d'eau de rose qu'il dégageait, même s'il aurait été incapable de nommer ces odeurs. Tout ce qu'il savait, c'était qu'elles lui plaisaient. L'apaisaient. Comme les yeux du commandant, du reste.

Il se souvint alors des mises en garde de M. Leduc. À propos du commandant Gamache.

Et il se souvint du corps du professeur Leduc.

— Je fonce au dortoir ? demanda-t-il en revenant au français. Je vais chercher la carte, si vous voulez.

Gamache soutint son regard un moment de plus.

— Un instant.

Il décrocha le téléphone.

Peu de temps après, on frappa à la porte. C'était un professeur.

— Accompagnez M. Smythe jusqu'à sa chambre. Puis conduisez-le au réfectoire.

— Qu'est-ce que je raconte aux autres ? demanda Nathaniel Smythe avant de sortir. À propos de M. Leduc ? Ils voudront savoir.

— Dites-leur la vérité.

Gamache fixa pendant un moment la porte refermée avant de se tourner vers la carte encadrée fixée au mur.

Les taches brunes, traces de boue ou d'autre chose. Les ravages du temps. Les courbes de niveau, semblables aux rides d'un visage tanné. Les rivières et les vallées. La vache et la pyramide et les trois pins minuscules. Et le bonhomme de neige aux bras brandis en signe de victoire. Ou de capitulation.

Gamache laissa échapper un long soupir. Il avait retenu son souffle sans le savoir.

Ruth avait vu juste : on n'avait pas caché cette carte pour rien. On l'avait emmurée pour une raison.

Gamache apporta sa tasse jusqu'à la fenêtre.

Il réfléchit, réfléchit encore, puis il téléphona au maire et au chef de police.

Ensuite, il s'engagea de nouveau dans les couloirs déserts et se dirigea vers le cadavre de Serge Leduc, victime d'un meurtre.

On l'avait sûrement trouvé, à cette heure. L'objet que Gamache avait aperçu dans le tiroir de la table de chevet.

Une copie de la carte.

13

Dans sa carrière de médecin légiste, la docteure Sharon Harris avait vu pire. Bien pire. Des scènes horribles, terrifiantes. Celle-ci était relativement anodine. À condition de ne pas retourner la victime pour regarder sa tête en entier. Et de ne pas tourner sa propre tête afin de voir où était passé le reste de celle de l'homme.

Ce qu'elle fit, bien entendu.

La docteure Harris se releva, retira ses gants de latex et abandonna le cadavre de Serge Leduc pour s'avancer vers Jean-Guy Beauvoir et Isabelle Lacoste.

— Mort sur le coup. Avant même de toucher le sol. Un peu avant minuit, sans doute. Un seul coup de feu dans la tempe. Pas d'autres lésions. À première vue, je dirais qu'on a utilisé une balle à pointe creuse. Le genre de munition connue pour son pouvoir d'arrêt. Inutile que je vous fasse un dessin.

Ils n'avaient même pas besoin de se référer au cadavre pour connaître la cause du décès.

— Les techniciens ont retrouvé le projectile ? demanda la docteure Harris.

— Non, répondit Beauvoir en désignant le mur opposé. Ils le cherchent.

À ce moment, on frappa et Armand Gamache entra dans la pièce. La docteure Harris et lui se saluèrent en vieux amis. Ils avaient travaillé ensemble sur de nombreuses affaires.

— Je venais juste de mentionner que la cause du décès ne fait aucun doute, dit-elle. La victime a eu droit à une mort instantanée, presque miséricordieuse.

— Tout indique que M. Leduc n'a pas réagi lorsque ça s'est produit, dit Isabelle Lacoste. Il ne s'est pas du tout défendu. Comment est-ce possible ?

— Il ne pensait pas que le tueur allait appuyer sur la détente ? risqua la légiste.

— Il a pu croire que l'arme n'était pas chargée, dit Lacoste. Le meurtrier n'avait peut-être pas l'intention de tuer Leduc. Ensuite, il s'est enfui, terrifié à l'idée de ce qu'il avait fait.

Beauvoir s'avança vers les techniciens, heureux de s'éloigner de tous ces "peut-être" pour parler "faits".

Il n'ignorait rien de l'importance du mobile, mais il savait aussi qu'on ne pouvait pas toujours aller au fond des choses. On restait souvent dans l'ignorance des véritables raisons qui avaient poussé quelqu'un à enlever la vie à un semblable. Il n'était pas rare que ces raisons soient si enfouies, si complexes que le tueur lui-même avait du mal à s'y retrouver.

Mais de bonnes preuves tangibles ? C'était grâce à elles qu'on finissait par découvrir et coincer un assassin. Les mensonges et l'ADN. Les secrets révélés et les empreintes digitales.

Pourtant, après des années de collaboration, les méthodes de l'inspecteur-chef Gamache avaient commencé à déteindre sur Beauvoir. À contrecœur, il devait désormais admettre que les sentiments jouaient un rôle dans la fabrication d'un tueur. Et qu'ils pouvaient contribuer à son arrestation. Mais pas au même titre que les faits.

Isabelle Lacoste vint alors le voir pour discuter des progrès de l'équipe médicolégale avec lui et l'agent responsable, laissant la légiste et le commandant près du cadavre.

La docteure Harris regarda Gamache, puis la victime, avant de revenir au commandant. Sur le visage de la femme se peignit la surprise, suivie de la stupéfaction.

— Vous ne l'aimiez pas, n'est-ce pas ? fit-elle.

— C'est si évident ?

Elle hocha la tête. C'était moins l'expression de Gamache que ce qui en était absent. La compassion, en l'occurrence.

— Je l'ai gardé, dit Gamache presque pour lui-même. J'aurais pu le congédier.

— Vous ne le détestiez donc pas ? fit Sharon Harris, qui avait manifestement du mal à suivre.

Mieux que quiconque, toutefois, elle savait que les émotions étaient tout sauf linéaires. Elles formaient des cercles, des vagues, des points et des triangles. Il était rare qu'elles suivent une ligne droite.

Chaque jour, elle disséquait l'aboutissement final de quelque émotion indomptée.

S'agenouillant à côté du cadavre, Gamache examina la plaie sur la tempe. Et la plaie de sortie, beaucoup plus grande. Puis il suivit du regard la trajectoire des éclats de la cervelle de Serge Leduc, déployés en éventail dans la pièce, que les agents passaient au peigne fin pour retrouver le projectile.

— Je l'ai.

La voix, cependant, n'était pas celle d'un des agents de la Sûreté qu'épiait Gamache. Et il ne s'agissait pas non plus de la balle.

Ils se tournèrent vers une agente debout devant la porte de la chambre.

— Dans le dernier tiroir, sous des chemises habillées, expliqua-t-elle en entraînant l'inspectrice-chef Lacoste et les autres dans la pièce.

Là, sous des chemises blanchies et pliées avec soin, se trouvait un coffret recouvert de cuir. L'agente l'avait déjà ouvert. À l'intérieur, ils aperçurent un moulage précis, recouvert de velours rouge. Celui d'un revolver. Des compartiments étaient aussi prévus pour le silencieux et les six cartouches.

— L'arme appartenait donc à Leduc, fit Lacoste en se redressant.

Leurs yeux allèrent du coffret vide au salon, chacun s'efforçant de comprendre comment le revolver était sorti de sa cachette. Était-ce Leduc lui-même ou le tueur qui l'avait pris à cet endroit ?

— Excusez-moi, dit un agent en parcourant la pièce des yeux. Vous avez prévenu le chef de police de Saint-Alphonse, je crois, monsieur ?

L'agent s'était adressé à Gamache, qui fit signe que oui.

— J'ai aussi téléphoné au maire.

— Ils sont là tous les deux, dit l'agent. Nous les avons installés dans votre bureau.

— Merci. J'irai les rejoindre dans quelques minutes.

— Maudit Leduc, maugréa Beauvoir. Garder une arme chargée dans sa chambre… Sans verrou. Dans une école. Quel imbécile, vraiment.

— C'est soit Leduc, soit le tueur qui a sorti l'arme, raisonna Lacoste. Si c'est l'assassin, il connaissait assez bien le professeur pour savoir qu'il y avait une arme ici et où elle se trouvait.

— J'ai autre chose à vous montrer, dit Gamache.

Amelia Choquet était assise à la longue table, des chaises vides la séparant des étudiants installés de part et d'autre.

On les avait réunis dans le réfectoire pour pouvoir soumettre leur chambre à une fouille en règle. Autour d'Amelia, les conversations bourdonnaient. Loin de s'apaiser après le premier afflux de nouvelles, elles s'étaient intensifiées sous le flot des spéculations.

La rumeur flottait dans l'air,
cherchant une nuque sur laquelle se poser.

Les étudiants étaient sous le choc. Et excités. Certains avaient peur et s'efforçaient de le cacher en fanfaronnant.

De loin en loin, on jetait un coup d'œil du côté d'Amelia. Elle interprétait sans mal leurs regards. S'il y avait un tueur parmi eux, c'était forcément l'étudiante bizarroïde.

La cible la plus facile. Celle que personne ne défendrait.

Amelia remonta les manches de son uniforme jusqu'à ses coudes. Fit voir les images et les mots gravés dans sa chair, à la façon de taches de naissance.

Leurs visages roses et parfaits se froissèrent, prirent un air désapprobateur.

Elle avait conscience de prendre un risque.

M. Leduc était mort. Assassiné.

Et elle se demanda dans combien de temps ils viendraient s'en prendre à elle.

— Je peux m'asseoir ?

Levant les yeux, elle découvrit Nathaniel, une main douce et blanche posée sur le dossier de la chaise voisine.

Un "va te faire foutre" bien senti lui monta à la gorge. Se ravisant, elle hocha la tête.

— Personne d'autre ne veut s'asseoir avec moi, expliqua-t-il. Je leur ai raconté tout ce que je savais. Je crois qu'ils pensent que c'est moi qui ai fait le coup et que, en s'approchant de moi, ils risquent d'avoir l'air coupables par association.

— Ils ont peur, dit Amelia.

— Moi, j'ai peur, en tout cas, avoua Nathaniel. Pas toi ? Songe à ce qui est arrivé, aux circonstances…

— Tais-toi, ordonna-t-elle en regrettant amèrement de lui avoir permis de prendre place.

— Le commandant Gamache m'a interrogé sur la carte, chuchota-t-il en se penchant. Il m'a demandé ma copie.

Il sortit un bout de papier et le lissa sur la table, mais Amelia eut vite fait de l'escamoter.

— Dégage.

Trop tard.

Depuis qu'il l'avait rejointe, la recherche d'un coupable était terminée. C'était l'évidence même. Pas parce que les autres la regardaient, mais parce qu'ils détournaient les yeux.

Gamache tendit la main et, à l'aide d'un stylo, ouvrit le tiroir de la table de chevet.

— Vos agents ont sûrement déjà jeté un coup d'œil, dit-il en glissant le stylo dans sa poche de poitrine et en mettant les mains derrière son dos, mais ils ne pouvaient pas se douter de la signification de cet objet.

— Laquelle ? demanda Lacoste.

— J'ai déjà vu ce truc, dit Beauvoir en se penchant. C'est une carte.

Comme Gamache, il gardait ses mains derrière le dos.

Des années plus tôt, il avait adopté les manières de son aîné. Au fil des enquêtes, l'inspecteur Beauvoir avait fini par comprendre à quoi elles servaient vraiment.

En tenant ses mains ainsi, l'inspecteur-chef Gamache risquait moins de toucher par réflexe un objet dont il n'aurait pas dû s'approcher. Le geste était devenu une sorte de manie. Mais, à la base, il avait une fonction pratique.

Vers la fin de la trentaine, Beauvoir commençait à comprendre que chaque geste a sa finalité. De l'acte tonitruant qui consiste à prendre la vie d'un de ses semblables au simple et subtil fait de joindre les mains.

Beauvoir se tourna vers Gamache.

Son mentor, son patron, son beau-père. Mais toujours, à maints égards, une énigme.

— Vous avez aperçu la carte quand nous avons vu le cadavre pour la première fois, dit Jean-Guy.

Inutile de cacher la vérité, même s'il en avait eu envie.

— Quand j'ai ouvert le tiroir… Vous avez dit qu'il valait mieux nous retirer. Je l'ai donc refermé sans même jeter un coup d'œil. Mais vous aviez vu la carte, vous. C'est pour cette raison que vous m'avez pressé de sortir. Pourquoi n'avoir rien dit alors ?

— J'avais besoin de réfléchir, répondit Gamache.

— À quoi ? demanda Lacoste.

Qu'Armand Gamache pût cacher une preuve l'étonnait, elle aussi. L'affirmation était peut-être un peu exagérée, elle le savait. Il avait moins caché la carte qu'omis d'en parler dès l'instant où il l'avait entrevue.

— C'est une copie, expliqua Gamache en gesticulant. J'ai l'original ici, chez moi.

— Ah bon ? s'étonna Lacoste. Alors pourquoi… Comment ?

— Oui, fit Gamache. Pourquoi ? Comment ? Jean-Guy a raison. J'ai vu la carte lorsqu'il a ouvert le tiroir, mais de loin et seulement le temps d'un éclair. Je devais en avoir le cœur net.

— Vous l'avez touchée ? demanda Lacoste.

— Non.

— Pourquoi ne pas nous en avoir parlé tout de suite ?

— Je me suis servi de cette carte pour donner un devoir particulier à quatre de nos étudiants, expliqua-t-il. J'en ai fourni une copie à chacun. Nathaniel Smythe était l'un d'eux.

— Et vous avez pensé…, commença-t-elle.

— Je me suis demandé s'il avait cédé la sienne à Leduc, répondit Gamache, mais il affirme l'avoir toujours en sa possession. Il est allé la chercher dans son dortoir.

— On en a fait quatre copies ? demanda Lacoste.

— Cinq. J'en ai gardé une pour moi.

— Vous avez la vôtre ?

— À Three Pines.

— Three Pines, répéta Lacoste en jetant un coup d'œil au document dans le tiroir. C'est une carte du village.

Elle regarda de plus près.

— Hum. Je n'ai jamais vu de carte du village, en fait.

— C'était justement l'objet du devoir. Déterminer pourquoi celle-ci a été réalisée. Et, du même coup, pourquoi Three Pines a disparu de toutes les autres cartes de la région.

— Et ?

— Nathaniel affirme qu'ils ont mis le devoir de côté, répondit Gamache. Il n'y avait pas de gratifications à la clé. Il s'agissait simplement d'affiner leurs capacités à mener une enquête. Leurs vrais cours ne leur laissaient plus assez de temps libre.

— Et vous l'avez cru ? demanda Lacoste.

Armand Gamache les regarda tour à tour, la carte et elle, puis il soupira.

— Je ne sais pas.

— Mais vous préféreriez le croire.

— Nathaniel est l'un des étudiants dont la candidature avait été rejetée par mon prédécesseur. Je l'ai accepté, moi. Je le trouvais prometteur. Je dois avouer que j'ai été déçu d'apprendre qu'il s'était rapproché de Serge Leduc.

— La question est de savoir jusqu'à quel point, dit Lacoste.

— Oui.

Faisant signe à un technicien, elle demanda d'envoyer la carte au laboratoire et de lui accorder une attention particulière.

Ils virent celui-ci la glisser dans un sac pour pièces à conviction.

— Il ne s'agit pas uniquement de savoir qui a donné la carte à Leduc, déclara Beauvoir en sortant de la chambre. Il faut aussi déterminer pourquoi Leduc a tenu à l'avoir et a cru utile de la conserver.

— Tout près de lui, en plus, ajouta Lacoste. Une table de chevet a quelque chose d'intime.

Beauvoir ne tenait pas en place. Un autre détail le turlupinait. Une toute petite épine à son pied, mais elle le piquait quand même.

— Vous avez eu le temps de réfléchir, dit Lacoste à Gamache. Des conclusions ?

— Non, mais il s'est produit quelque chose de singulier. Peu après que j'ai remis aux étudiants leur copie de la carte, une voiture m'a suivi jusque chez moi.

— Jusqu'à Three Pines ? Pourquoi n'avez-vous rien dit ? demanda Beauvoir, aussitôt alarmé.

— Parce que je ne voulais effrayer personne, répondit Gamache en souriant. Je ne sais pas qui m'a suivi et je ne sais pas pourquoi. C'est d'ailleurs resté sans suite.

— Vous pensez que c'était Leduc ? demanda Lacoste. Et que la carte y est pour quelque chose ?

— Je ne sais pas, admit Gamache. Ce n'est pas ce que cherchait le meurtrier. Leduc ne l'avait pas vraiment cachée. D'ailleurs, rien ne laisse croire qu'on ait fouillé les lieux. Je ne pense pas que la carte soit liée au meurtre.

— Mais la question vous inquiète, dit Jean-Guy.

Armand Gamache hocha la tête, très lentement.

— Je suis inquiet parce que c'est sûrement un de mes étudiants qui lui a refilé cette carte et aussi parce que Serge Leduc a cru bon de la garder. Preuve que, pour une raison qui m'échappe, il l'a jugée précieuse.

Gamache se tourna vers Isabelle Lacoste.

— Je vous prie de me croire. Si je pensais que cette carte était pour quelque chose dans le meurtre, je vous en aurais parlé immédiatement.

— Je vous crois, patron, dit-elle. Nous allons tout de même devoir nous en assurer. Vous pouvez me fournir le nom des autres étudiants à qui vous en avez donné une copie ?

— Outre Nathaniel Smythe, deux étudiants de dernière année, Huifen Cloutier et Jacques Laurin, le président des étudiants. Et une autre étudiante de première année, Amelia Choquet.

— Celle qui lui apportait son café le matin ?

Lacoste jeta un coup d'œil au mort.

— Oui. Vous pourrez me faire part des résultats de l'analyse du document ? demanda Gamache.

— Bien sûr, répondit Lacoste.

— Avec votre permission, j'aimerais les inviter tous les quatre à Three Pines.

— Maintenant ?

— Oui, immédiatement, confirma Gamache.

— Pourquoi, si vous croyez que la carte n'a pas d'importance particulière ?

— Ce qu'elle nous apprend, c'est que l'un de ces quatre-là entretenait des rapports étroits avec M. Leduc. Assez pour lui donner la carte. Assez pour qu'il la garde près de lui. Pour une raison ou pour une autre. Cette personne sait peut-être des choses sur sa mort sans s'en rendre compte.

— Ou encore elle en est tout à fait consciente, dit Lacoste.

— Oui.

— Vous les emmenez pour les protéger ou pour protéger les autres ?

— Je les emmène parce que je suis incapable de répondre à cette question, dit Gamache. Il y a un tueur, ici. Quelqu'un a braqué un revolver sur la tête d'un homme non armé et a appuyé sur la détente. Vous pensez que cette personne hésiterait à éliminer un de nos jeunes étudiants, si elle se sentait menacée ? Plus vite nous les sortirons d'ici, mieux ça vaudra.

Isabelle Lacoste hocha la tête, malgré de profonds doutes. Et si, en déplaçant les étudiants à Three Pines, Gamache déplaçait le meurtrier ? À Three Pines, justement.

— Je leur dirai que la carte a pu jouer un rôle dans la mort de M. Leduc et je leur proposerai de reprendre leur enquête, dit Gamache. L'explication est plausible.

— Pas d'objection, fit Lacoste. Inspecteur ?

Jean-Guy Beauvoir secoua la tête.

— J'ai déjà parlé à M. Smythe, dit Lacoste. Nous allons devoir interroger les trois autres avant de les laisser partir. On fouille les chambres des étudiants en ce moment même.

— Je demanderai aux agents d'accorder une attention particulière à celles de ces quatre-là, ajouta Beauvoir.

Il alla dire quelques mots à l'un des enquêteurs, qui quitta aussitôt la pièce.

— Je vais m'adresser à l'école, dit Gamache en consultant sa montre.

Il était seulement dix heures, mais il avait l'impression d'être au milieu de l'après-midi.

— Vous pouvez réunir les étudiants et les employés dans l'auditorium ?

L'un des agents hocha la tête et sortit à son tour.

— Bon. J'en profiterai pour aller voir le maire et le chef de police dans mon bureau.

Gamache se tourna vers l'inspectrice-chef Lacoste.

— Nous devons discuter d'une autre question. Vous pourriez passer à mon bureau, dans une heure ?

— Bien sûr.

— Je vous accompagne, dit Beauvoir à Gamache.

Dans le couloir, Jean-Guy demanda :

— Vous pensez vraiment que la carte n'a rien à voir avec le meurtre de Leduc ?

— Je ne vois pas de lien possible.

Il semblait toutefois incertain. En voyant Gamache s'éloigner d'un pas résolu, Jean-Guy se tortilla légèrement et fit rouler ses épaules dans l'espoir de soulager la tension et le picotement entre ses omoplates.

14

Les étudiants se turent les uns après les autres en voyant le commandant Gamache s'avancer vers la scène.

Il se campa au centre de l'espace et attendit. Il ne commença à parler que quand il eut toute leur attention.

Il leur fit le récit des événements. Il s'exprima simplement, clairement. Sans minimiser l'horreur que représentait l'assassinat d'un professeur sur le campus, sans sombrer non plus dans le mélodrame.

Il leur fournit juste assez d'informations pour mettre un terme aux spéculations les plus macabres tout en évitant de compromettre l'enquête.

Il ne parla pas du revolver. Il se contenta de préciser que le professeur était mort d'un seul coup de feu à la tête.

Il ne dit rien de la carte.

— Des questions ? demanda-t-il.

Cent mains se levèrent.

— À part "Savons-nous qui a tué M. Leduc ?" ajouta-t-il, et la plupart des mains se baissèrent. Ou encore "Savons-nous pourquoi il a été tué ?"

Presque toutes les mains qui restaient retombèrent.

— Monsieur Thibodeau ? fit Gamache en montrant un étudiant de troisième année, qui se leva.

— Quand serons-nous autorisés à retourner dans nos chambres ?

Gamache prit un moment de réflexion.

— Ce que vous demandez, en fait, c'est si on risque de retenir contre vous les objets découverts dans les chambres, non ? De la drogue, par exemple. De l'alcool. Ou encore des examens volés.

Plusieurs se tortillèrent dans leur fauteuil.

— Ces questions seront traitées discrètement, à l'interne, à moins qu'il s'agisse de transgressions particulièrement graves ou de preuves se rapportant à l'enquête en cours.

L'étudiant hocha la tête et se rassit, visiblement inquiet, mais tout de même un peu soulagé.

On posa quelques questions concernant la procédure, les cours et les informations pouvant être rapportées aux proches et aux amis.

— Dites-leur la vérité, répondit Gamache. Certains d'entre vous seront interrogés par l'inspectrice-chef Lacoste et d'autres membres de la section des homicides. En particulier les étudiants de M. Leduc et ceux qui ont rencontré…

— Menteur !

Gamache mit la main en visière dans l'espoir d'identifier l'auteur de cette insulte. Il demeura toutefois caché dans la foule.

— Si vous avez quelque chose à dire, levez-vous et regardez-moi en face, lança Gamache d'une voix grave et calme qui porta jusqu'au fond de la salle.

Se retournant dans leur fauteuil, les étudiants balayèrent l'auditorium du regard.

Devant, Gamache attendit. Puisque personne ne se manifestait, il poursuivit comme si l'interruption n'avait jamais eu lieu.

— Vous pourrez regagner vos chambres dans moins d'une heure. Si vous possédez des informations susceptibles de se révéler utiles, si insignifiantes vous semblent-elles, gardez-les pour vous jusqu'à ce que vous puissiez les communiquer à un enquêteur. Hélas, vous allez avoir l'occasion de voir de l'intérieur comment se déroule une enquête pour meurtre. Ce n'est ni attrayant ni excitant. Des secrets seront révélés. Et je ne parle pas seulement de ce que vous cachez dans vos chambres.

Des rires nerveux fusèrent. Quand le silence se rétablit, le commandant enchaîna :

— Ne vous y trompez pas, tout se saura. Il vaut mieux vider son sac volontairement que de se faire tirer les vers du nez en public.

— Hypocrite ! cria la même voix.

Des murmures parcoururent la foule des étudiants. Certains traduisaient l'ébahissement. D'autres, un amusement nerveux.

Le commandant Gamache balaya la salle des yeux. Le silence se rétablit peu à peu. On attendait sa réaction, on se blindait en prévision de l'explosion imminente.

Au bout d'un très long moment, le commandant Gamache prit tout le monde par surprise.

Il sourit. Très, très légèrement. Puis le sourire s'estompa et il reprit la parole. Il parla doucement, mais chacun de ses mots pénétra ses auditeurs.

— Prudence. Une menace pèse sur nous. Il y a un meurtrier dans nos rangs. Il est presque certainement dans cette salle.

Il marqua une pause, puis posa sur eux un regard empreint d'une telle sollicitude que quelques-uns soupirèrent, exhalant la tension de toute une vie.

— Il est trop facile de nourrir la colère. Trop lâche d'attiser la haine. Je vous suggère de vous livrer à un examen de conscience et de décider qui vous êtes, qui vous voulez être. Les périodes comme celle-ci ne forgent pas le caractère : elles le révèlent. Prenez garde. Nous vivons des moments difficiles. Des moments éprouvants. Soyez prudents.

Sur ces mots, Armand Gamache quitta la scène.

— Lâche ! insista la voix qui le pourchassait.

Le mot heurta le dos du commandant, glissa sur lui. Il ne s'arrêta pas, n'hésita pas, ne ralentit pas sa foulée.

Amelia s'avança dans son fauteuil, tendue vers l'estrade. Même après le départ du commandant. Elle fixa l'espace qu'il avait occupé sur la scène.

Le commandant s'était adressé à tous les étudiants, elle y comprise. Ses yeux s'étaient toutefois attardés sur un jeune homme. Et c'est à ce moment que son expression s'était transformée. Son visage empreint d'une sollicitude presque douloureuse.

Il savait très bien qui lui avait crié ces mots, les lui avait tirés comme des balles. Et Gamache s'était adressé au jeune homme. Prudence !

— Hum, fit-elle.

— Quoi ? demanda l'étudiant assis à côté d'elle.

— Va chier, fit-elle.

Mais le cœur n'y était pas. Elle réfléchissait.

L'inspectrice-chef Isabelle Lacoste, debout au fond de la salle avec Jean-Guy Beauvoir, inspira à fond.

— Ils ne savent pas ? chuchota-t-elle.

— À qui ils ont affaire ? demanda Beauvoir. Ils ne savent pas ou encore ils s'en moquent. Serge Leduc a réussi à empoisonner le puits bien avant l'arrivée de Gamache. Il a profité des deux ou trois derniers mois pour y ajouter de la merde.

— Il n'aurait pas pu se défendre ? demanda Lacoste.

Autour d'eux, les spéculations allaient bon train. Au sujet du meurtrier et des insultes lancées au commandant.

— Il a décidé de s'en abstenir. Il a dit qu'on cherchait à le distraire et que livrer une guerre au nom du Duc serait une perte de temps. Nous avons trop à faire.

— Ce sont des imbéciles.

— Pas tous.

Aux yeux de Lacoste, et non sans raison, Gamache donnait l'impression de ne plus être maître de la situation au sein de l'école de police. Dans la salle, Jean-Guy Beauvoir, lui, avait observé autre chose.

Comme elle, il avait entendu Gamache se faire balancer des insultes en pleine figure. Beauvoir, cependant, nota que des poches de quiétude se formaient çà et là. Certains étudiants réfléchissaient aux événements récents. Commençaient à changer leur fusil d'épaule.

— Crétin, siffla Huifen.

— Quoi ? J'ai seulement dit tout haut ce que tout le monde pense tout bas, dit Jacques.

— Pas tout le monde. Plus maintenant.

De son regard perçant, elle prit note de l'activité autour d'eux. Ou, dans certains cas, de l'inactivité. Du calme qui semblait être descendu sur un grand nombre d'étudiants.

Elle scruta Jacques ensuite. Si beau garçon. Des traits délicats, empreints d'intelligence. Il était musclé. Escalade, aviron, hockey. Son corps débordait d'une énergie débridée qu'elle trouvait presque irrésistible. Caresser ces muscles tendus, elle en rêvait même quand elle le faisait. Serrer ses bras et ses jambes autour de lui, elle en rêvait même quand elle le faisait.

À présent, elle se demanda, une fois de plus, ce que recelait encore ce corps d'athlète. Cet esprit. Et ce qui arriverait si les vannes venaient à céder.

Dans sa chambre, Huifen trouva une femme qui l'attendait et un agent en train de fouiller dans ses affaires.

— Madame Cloutier ?

— Oui.

— Inspectrice-chef Lacoste, de la section des homicides. Asseyez-vous, je vous prie.

Huifen s'assit au bord du lit et vit l'agent inspecter le contenu des tiroirs de sa commode.

Lacoste prit place sur la chaise du pupitre et croisa confortablement les jambes.

— Où étiez-vous la nuit dernière, entre vingt-deux heures et deux heures ?

— Ici. Au lit.

— Seule ?

— Oui.

— Vous êtes-vous levée pour aller aux toilettes ? Boire un verre d'eau ?

— Non. J'ai dormi d'un trait. Les cours, les activités sportives et le reste… C'est épuisant.

Lacoste sourit.

— Je me souviens. Quels rapports entreteniez-vous avec M. Leduc ?

— J'étais une de ses étudiantes. On pourrait dire qu'il était mon mentor, je suppose.

— Votre choix ou le sien ?

Huifen examina l'inspectrice-chef. Question perspicace qui souleva en elle un malaise.

— C'est lui qui m'a choisie. Quand j'étais en première année, il m'a proposé de lui apporter son café matinal. Puis, au bout d'un certain temps, il a pris l'habitude de m'inviter chez lui, le soir.

— Pour quoi faire ?

— Discuter. Nous n'étions jamais seuls, se hâta de préciser Huifen, comme pour rassurer son interlocutrice, si c'est ce que vous croyez. Rien de tel. Il nous parlait du métier de policier, de la Sûreté. Il s'intéressait à certains étudiants.

— Sa mort a dû beaucoup vous secouer.

Et pourtant, il apparaissait clairement aux yeux de Lacoste que cette jeune femme n'était ni bouleversée ni affligée. Seulement nerveuse.

— Oui, dit-elle.

— Dans quelques mois, vous allez recevoir votre diplôme et devenir une agente de la Sûreté. Vous n'êtes plus une néophyte. Vous avez une idée de l'identité du meurtrier ?

— Je pense que vous devriez poser la question au commandant.

— Ah bon ? Pourquoi ?

— Ils se haïssaient. C'était évident.

— Comment le savez-vous ?

— Il suffisait de les entendre parler l'un de l'autre.

— Que disait M. Leduc à propos du commandant Gamache ?

— Que c'était un faible qui affaiblissait l'école et la Sûreté. Que c'était un lâche.

Lacoste serra un moment les lèvres avant de pouvoir continuer.

— Et que disait le commandant Gamache à propos de M. Leduc ?

Huifen ouvrit la bouche, puis, la refermant, se creusa les méninges. Que l'avait-elle entendu dire au sujet du Duc ?

Elle regarda l'inspectrice-chef Lacoste, qui hochait la tête.

— Rien du tout, n'est-ce pas ?

Huifen confirma d'un geste du menton.

— Si vous confondez faits et rumeurs, vous ne ferez pas une très bonne agente, madame Cloutier.

Le policier qui avait fouillé la petite pièce se pencha et dit quelques mots à l'oreille de Lacoste avant de lui tendre un objet. Elle l'examina et remercia l'homme.

— Prenez quelques affaires, ordonna Lacoste à Huifen en se levant. Un sac pour quelques nuits. Et n'oubliez pas ceci, je vous prie.

Elle tendit à la jeune femme éberluée sa copie de la carte de Three Pines et sortit.

Au bout du couloir, l'inspecteur Beauvoir émergeait de la chambre de Jacques Laurin.

— Je suis presque certain que c'est lui qui a insulté M. Gamache, dit Beauvoir en arrivant à la hauteur de Lacoste.

— Pourquoi ?

— Pourquoi j'ai ce pressentiment ou pourquoi il l'a fait ?

— Les deux.

— Parce que c'est un des disciples de Leduc, qu'il a servi pendant sa première année ici.

— Même chose pour Cloutier, dit-elle en désignant la chambre qu'elle venait de quitter. Vous avez trouvé la carte ?

— Oui, il l'avait encore.

— Pareil pour Cloutier. En voilà déjà deux de récupérées.

— Je lui ai ordonné de préparer un sac pour quelques nuits et de prendre la carte avec lui, mais je ne lui ai pas dit où il allait. Ce petit merdeux avait l'air passablement effrayé.

— Mais si Leduc était leur mentor et qu'ils le respectaient, ils ne l'ont presque certainement pas tué, dit Lacoste.

— Hum, je ne l'exclurais pas, fit Beauvoir. Chez les jeunes, l'admiration se transforme vite en haine. Si Leduc avait élu de nouveaux favoris…

— Les deux autres étudiants, par exemple. Les recrues.

— Possible, en effet.

— Occupez-vous de la jeune femme, dit Lacoste. Je vais m'entretenir de nouveau avec Nathaniel Smythe. Je suis impatiente de savoir s'il a retrouvé sa carte.

Nathaniel fit voir la carte.

— Bon.

Elle la lui rendit après y avoir jeté un coup d'œil. On en était à trois.

— Que faisiez-vous chez Serge Leduc, le soir ?

— Qui vous a dit que j'allais le voir ?

Le jeune homme avait pris une teinte improbable.

— J'ai parlé à certains de vos camarades, vous savez.

— Nous étions plusieurs, dit Nathaniel. Nous ne nous rencontrions pas souvent. Seulement quand le Duc nous convoquait.

— Il y avait toujours d'autres personnes ? Vous n'étiez jamais seul avec lui ?

— Jamais.

— Et hier soir ?

— J'ai soupé, je suis allé à mon entraînement de hockey, puis je suis revenu ici pour faire mes devoirs. Nous devons élaborer le plan détaillé d'une enquête pour entrée avec effraction.

— Vous vous êtes couché à quelle heure ?

— Vers onze heures, je suppose.

— À votre connaissance, quelqu'un en voulait-il particulièrement à M. Leduc ?

— Bon, ce n'était pas le professeur le plus populaire, répondit Nathaniel. Mais il était respecté.

— Respecté ou craint ?

Nathaniel garda le silence.

— Et vous ?

— Je le respectais.

— Pourquoi ?

— Je… Je…

— Vous aviez peur de lui, n'est-ce pas ? fit-elle doucement.

— Jamais. Je lui étais reconnaissant de m'avoir choisi.

Lacoste hocha la tête. C'était peut-être vrai. Puisqu'il avait le Duc comme mentor, peut-être les autres étudiants le laissaient-ils tranquille. Pourtant, Leduc savait sans doute que ce jeune homme était un des candidats qu'il avait rejetés et que sa décision avait été renversée par le commandant Gamache lui-même.

Était-ce justement pour cette raison que Leduc avait pris le garçon sous son aile ? Parce que Gamache l'avait choisi ? Dans l'intention de pourrir ce qui comptait pour le commandant, y compris les gens ?

— Faites vos bagages pour quelques jours, fit-elle en se levant. Et apportez la carte.

Nathaniel se leva aussi.

— Quoi ? Pour quoi faire ?

— On vous a appris à discuter les ordres ?

— Non.

— Dans ce cas, faites ce que je vous dis.

Elle sortit en secouant la tête. Elle mesurait bien le défi auquel M. Gamache faisait face dans son nouveau poste.

— Je l'ai ici quelque part, dit Amelia.

Sous les yeux de Jean-Guy Beauvoir, l'agent de la Sûreté fouilla la chambre de fond en comble, puis ce fut au tour d'Amelia.

Ce fut vite fait. Il y avait un lit pour une personne et un pupitre. Une commode et un petit placard dans lequel un uniforme était suspendu.

La commode était vide, exception faite du tiroir renfermant des chaussettes et des sous-vêtements.

Mais il y avait des livres. Empilés sur les tablettes au-dessus du bureau et, posés par terre, le long des murs. Amelia avait créé une bibliothèque de fortune à l'aide de briques et de vieux madriers.

Elle ouvrit chacun des livres, les secoua. Vainement.

— Laissez tomber, dit Beauvoir. La carte n'est pas ici.

Il indiqua le lit et elle s'assit. Il rapprocha la chaise. Une fois installé, il se pencha et demanda :

— Où est la carte ?

— Je ne sais pas.

La perplexité de la jeune femme semblait sincère.

Si Beauvoir n'appréciait pas particulièrement ce qu'il voyait en regardant Amelia Choquet, il devait bien admettre que, depuis le début du trimestre, elle n'avait jamais fait semblant d'être une autre.

C'était à la fois rafraîchissant et alarmant.

Il ne fallait toutefois pas encore conclure, savait Beauvoir, qu'elle était incapable de mentir.

— Vous l'avez donnée à M. Leduc ?

— Quoi ? fit-elle. Bien sûr que non. Pourquoi aurais-je fait une chose pareille ?

— Quand avez-vous vu la carte pour la dernière fois ? demanda Beauvoir.

— Je ne sais pas.

— Réfléchissez.

Jusque-là, ce professeur relativement attirant n'avait été rien de plus pour Amelia. Un professeur. Il enseignait la gestion des scènes de crime et les techniques s'y rapportant. C'était aussi, savait-elle, le second du commandant Gamache.

Et son gendre. La photo qu'elle avait vue chez les Gamache l'avait renseignée sur ce point. C'était un secret qu'elle gardait dans l'intention de l'utiliser au moment opportun.

Jusque-là, Amelia n'avait pas vu en lui un inspecteur accompli de la section des homicides, l'un des plus hauts gradés de la Sûreté. En fait, elle n'en avait rien su.

Jusque-là.

Devant ses yeux, le professeur s'était métamorphosé en inspecteur principal.

Amelia secoua la tête et leva les mains en signe de résignation.

— Je ne sais pas où elle est.

— M. Leduc vous a demandé de le servir, dit Beauvoir.

— Il n'a rien demandé du tout, répondit Amelia. Il s'agissait d'un ordre. Et, selon lui, il ne s'agissait pas de le "servir". C'était un honneur, une occasion en or.

— C'était aussi votre avis ?

— Franchement, je n'ai pas senti que j'avais le choix. Je l'ai fait, c'est tout.

— Vous ne l'aimiez pas beaucoup, il me semble.

— Je n'aime personne, dit-elle.

— Vous le détestiez ?

— Je ne déteste personne.

— Vraiment ? Vous êtes au-dessus de toutes ces minables considérations humaines ?

— Je suis ici pour apprendre à être une agente de la Sûreté. Pas pour me faire des amis.

— Vous vous rendez compte que les personnes que vous côtoyez ici vont être vos collègues pendant des années et des années ? Vous auriez peut-être intérêt à les aimer, peut-être même à les haïr.

— Oui, m'sieu.

Beauvoir la scruta et, dans ses yeux, il vit de l'intelligence. Ainsi que, peut-être pas de la peur, mais de l'inquiétude.

Elle avait de bonnes raisons de se faire du souci, comprenait-il. Et même d'être effrayée.

Elle n'avait plus sa carte. Elle l'avait donnée au mort. Sinon, quelqu'un l'avait volée et dissimulée chez lui. Dans un cas comme dans l'autre, l'attention se porterait sur elle. Les enquêteurs auraient Amelia Choquet dans le collimateur. Il le savait. Et, de toute évidence, elle le savait aussi.

— Mettez des affaires dans un sac, je vous prie. Vous passerez quelques nuits à l'extérieur. Un agent vous escortera.

— À cause de la carte ? lança Amelia dans le dos de Beauvoir, qui s'éloignait déjà.

La question demeura sans réponse.

— Je peux entrer ? demanda Lacoste en ouvrant après avoir frappé une fois. Vous avez rencontré le maire et le chef de police ?

Gamache se leva derrière sa table de travail pour l'accueillir et lui fit signe de s'asseoir dans l'un des fauteuils voisins du canapé. Lui-même prit place dans l'autre.

— Oui, pauvre maire. Je le plains. Depuis des mois, je m'efforce de regagner sa confiance. Contre l'avis de ses conseillers, il a fini, à la dernière assemblée du conseil municipal, par approuver le programme de bénévolat avec l'école de police. Et une affaire comme celle-là se produit…

— Mais il n'y a pas de lien entre les deux, raisonna Lacoste.

— Non, mais l'école de police n'apparaît pas sous un jour très favorable, n'est-ce pas ? Un de ses professeurs, assassiné… Comment peut-il soutenir que les enfants ne risquent rien en utilisant notre piscine ou notre patinoire ?

— Je vois, dit-elle.

Elle constata que Gamache était sincèrement attristé. Mais pas, soupçonna-t-elle, par l'assassinat brutal d'un de ses collègues. Ce qui le désolait, c'était que les enfants de la collectivité, sans parler d'un homme bon comme le maire, se soient une fois de plus fait avoir par Serge Leduc.

— Le chef de police s'est montré plus optimiste, dit-il. Il nous a proposé son aide.

Isabelle Lacoste corrigea le pli de son pantalon, puis leva les yeux sur Armand Gamache.

— Je ne savais pas qu'il s'agissait d'un environnement aussi hostile, patron.

Il sourit.

— Franchement, moi non plus. À mon arrivée, je m'attendais à me heurter à de vives résistances et Dieu sait que je n'avais pas tort. Je m'attendais à ce que Serge Leduc tente d'empoisonner l'atmosphère du campus et d'y raffermir son emprise. C'est exactement ce qu'il a fait. Je m'attendais à ce que les étudiants de troisième année forment une cohorte perdue. Et ils sont bel et bien perdus. Ou presque.

Il la regarda et réfléchit un moment.

— Vous savez pourquoi les forces armées recrutent des jeunes de dix-huit ans ?

— Parce qu'ils sont jeunes et en bonne santé ? risqua-t-elle.

— Plus que des jeunes de vingt et un ans ? Non. Parce qu'ils sont malléables. On peut faire avaler presque n'importe quoi à un jeune de dix-huit ans. Lui faire faire presque n'importe quoi.

— Même chose pour les gangs de rue et les organisations terroristes, non ? fit Lacoste. Eux aussi recrutent des jeunes.

Cette idée la déconcerta. Les mots lui étaient venus spontanément, mais elle mit un moment à prendre conscience de leur signification. Essentiellement, Serge Leduc avait transformé l'école de police en centre d'entraînement de terroristes.

Il avait mis quelques années à peine à dévoyer une noble institution. Et pas uniquement l'école de police. Les diplômés devenaient des agents de la Sûreté. Et risquaient de s'élever dans la hiérarchie. C'était déjà commencé, en fait. Certains avaient pris du galon. Ils avaient infiltré la Sûreté.

Le pire, c'était que ces jeunes hommes et femmes ne verraient sans doute pas en quoi leur conduite – présente, sinon future – était répréhensible. On leur avait appris qu'elle était au contraire acceptable.

Armand Gamache n'avait pas choisi cette affectation par hasard. Son but était de rétablir l'équilibre. Pour y parvenir, il devait stopper Serge Leduc.

Elle vit le commandant Gamache se lever et se diriger vers sa table de travail.

Elle sentit une sorte d'état d'alerte se déclencher en elle. Comme cela arrive parfois aux agents les mieux formés et les plus sensibles.

Serge Leduc avait été stoppé. Complètement et définitivement.

"M. Gamache n'y est pour rien, se dit-elle. Il n'a rien à voir avec cette affaire. Non, rien à voir. Rien du tout."

Elle vit Gamache saisir un dossier et revenir vers son fauteuil.

— Vous auriez pu le mettre à la porte, patron, lui rappela-t-elle. Vous n'auriez peut-être pas pu le faire arrêter pour corruption, mais vous auriez au moins pu l'empêcher de causer plus de dommages.

— Je n'aurais rien réglé en congédiant Leduc. Je n'aurais fait que refiler le problème à quelqu'un d'autre. Les Leduc de ce monde finissent toujours par trouver un terreau fertile. Si ce n'est à la Sûreté, dans un autre corps policier. Ou dans une entreprise de sécurité du secteur privé. Non. Assez, c'est assez. Il fallait en finir une fois pour toutes et faire comprendre à ceux qu'il avait déjà corrompus, ici et dans la Sûreté, que sa philosophie ne serait plus tolérée.

— Et comment comptiez-vous parvenir à vos fins, monsieur ?

Il la regarda attentivement, d'un air interrogateur.

— Vous ai-je bien entendue ? Seriez-vous en train

d'insinuer que je l'ai stoppé en lui tirant une balle dans la tête, la nuit dernière ?

— Je dois vous poser la question, fit-elle. Et vous devez répondre. Je ne suis pas là pour parler de la pluie et du beau temps.

— Non. Moi non plus, dit-il en se calant dans son fauteuil. Vous me croyez donc capable de commettre un meurtre de sang-froid ?

Elle marqua une pause en soutenant son regard.

— Oui.

Le mot resta en suspens entre eux pendant un très long moment.

— Ça vaut ce que ça vaut, mais je m'en crois capable, moi aussi, dit-elle.

— Dans les bonnes circonstances, fit Gamache en hochant la tête avec lenteur.

— Oui.

— La question est donc de savoir si les circonstances actuelles sont bonnes, dit Gamache.

— Vous avez bien dû vous rendre compte, patron, que Leduc était en voie de l'emporter. Il avait déjà empoisonné l'esprit des étudiants de troisième année. Vous avez dit vous-même qu'ils étaient irrécupérables…

— J'ai dit qu'ils l'étaient presque. Je n'ai pas encore renoncé.

— Pourquoi ne pas donner vous-même un cours de troisième année, dans ce cas ? Vous n'avez pris qu'une classe de première.

— C'est exact. J'ai donné aux plus vieux quelqu'un de mieux. Un professeur capable de leur inculquer des choses que j'aurais été incapable de leur enseigner.

— Jean-Guy ? dit-elle sans se donner la peine de cacher ses doutes.

— Michel Brébeuf.

Isabelle Lacoste se pétrifia. Comme si une chose horrible était entrée dans la pièce et qu'elle ne voulait surtout pas attirer son attention.

Elle recouvra enfin l'usage de la parole.

— Un traître notoire ?

— Un exemple, corrigea Gamache. Un exemple puissant des effets de la corruption. Elle a dépossédé Michel Brébeuf de tout ce qui lui était cher. Ses collègues, ses amis, son estime de soi. Sa carrière. Sa famille. Il a tout perdu. Serge Leduc promettait aux étudiants du pouvoir et des récompenses. Michel Brébeuf est le revers de la médaille. La démonstration de ce qui arrive aux agents de la Sûreté qui se laissent corrompre.

— Il est au courant ?

— Il sait que je lui ai offert une chance de se racheter. De refermer la porte.

N'ayant pas saisi l'allusion, Isabelle Lacoste pencha la tête d'un côté.

— Et s'il n'a fait aucun effort pour se racheter ? lança Lacoste. S'il y a plutôt vu une occasion de réintégrer le système ? Supposons qu'il ait repris ses bonnes vieilles habitudes et qu'il ait lui aussi trouvé un terreau fertile. Vous ne craigniez pas que la réunion de Michel Brébeuf et de Serge Leduc au sein d'une école remplie d'étudiants impressionnables puisse avoir des effets catastrophiques ?

— Bien sûr que si, répondit-il sèchement.

Il se radoucit aussitôt. Il la regarda de ses yeux perçants, la colère couvant sous la surface.

— Vous ne pouvez tout de même pas vous imaginer que cette pensée ne me préoccupe pas à chaque instant de chaque journée. Mais comment éteint-on un feu de forêt ? En en allumant un autre.

— Un brûlage dirigé, dit-elle. Au sens de maîtrisé.

— Vous pensez que je ne suis plus maître de la situation ?

— Il y a ici un cadavre qui attend qu'on le transporte à la morgue et vous avez été chahuté par les étudiants. Oui, je pense que la situation vous échappe. Mais je tiens à dire que je n'ai pour vous que du respect. Si quelqu'un avait pu mener cette entreprise à bien, c'était vous.

— Mais vous pensez que j'ai seulement jeté de l'huile sur le feu ?

Elle ouvrit la bouche et la referma aussitôt.

— Je ne vais pas prétendre que le meurtre de Serge Leduc faisait partie de mon plan de campagne, dit-il. Ou même d'une possibilité que j'avais envisagée. Mais je ne vais pas reculer. Vous n'avez jamais fui devant les difficultés, Isabelle. Même quand vous auriez pu le faire. Même quand vous auriez dû vous y résoudre pour sauver votre peau.

Il lui sourit et elle regarda ses yeux d'un brun foncé, ces yeux qu'il avait posés sur elle lorsqu'il gisait entre la vie et la mort sur le sol d'une usine et qu'elle tentait désespérément d'étancher le sang. Des balles d'armes automatiques sifflaient au-dessus de leurs têtes, des murs explosaient sous l'assaut des projectiles et l'air était saturé de poussière, des cris et des hurlements de femmes et d'hommes mortellement blessés.

Elle était restée auprès de lui. Lui avait tenu la main. Avait recueilli ce qu'ils savaient l'un et l'autre être ses dernières paroles. “Reine-Marie.”

Il avait confié ces mots à Isabelle Lacoste. En même temps que son cœur et son âme. Son bonheur et ses excuses. “Reine-Marie.”

Gamache avait survécu, évidemment. Et Isabelle n'avait pas eu à livrer son ultime message.

— Et je ne vais pas m'enfuir maintenant, dit-il. Nous restons jusqu'au bout.

— Oui, acquiesça-t-elle.

— Nous avons vu pire, n'est-ce pas, Isabelle ?

Elle sourit.

— Oui. Au moins, les étudiants ne nous tirent pas dessus, armés jusqu'aux dents. Pour le moment.

Gamache laissa entendre un gros rire.

— J'ai demandé au chef de police de sortir en douce toutes les munitions de l'armurerie. Les armes resteront là, mais on n'aura aucun moyen de les charger.

Le sourire d'Isabelle s'effaça.

— Je plaisantais. Vous vous attendez vraiment à une réaction de cette ampleur ?

— Je ne m'attendais pas à ce meurtre, répondit-il de son air grave, celui des jours les plus sombres. Les étudiants doivent être en sécurité. La seule chose plus dangereuse qu'un tueur, c'est un tueur qui se sent pris au piège. Et là, il est coincé dans l'école. Il vaut mieux qu'il n'ait pas un arsenal à portée de main.

— Ou une armée, ajouta Lacoste au souvenir des réactions dans l'auditorium. Serge Leduc avait de nombreux partisans.

— Oui, mais vous avez noté beaucoup de chagrin ?

Prise de court, Isabelle, après un moment de réflexion, secoua la tête.

— Non.

— Non, répéta Gamache. C'est tout le problème avec le souffle des rois.

— Le souffle des rois ?

— *Bulles d'air issues du souffle des rois, / Emportées par la marée de l'État.* Dommage que Jean-Guy ne soit pas là. Il aurait apprécié.

— Encore un poème ? demanda-t-elle, même si la réponse ne faisait aucun doute.

— Hum. Jonathan Swift.

Il lui tendit le dossier qu'il était allé chercher sur sa table de travail.

— Qu'est-ce que c'est ?

— L'arme que j'ai braquée sur la tête de Serge Leduc, répondit-il. Lisez et dites-moi ce que vous en pensez.

Elle le prit en se levant.

— Merci. Je n'y manquerai pas. Vous pourriez mettre un bureau à ma disposition ?

— Il y a une salle de conférences de l'autre côté du couloir.

— C'est parfait.

Bien qu'elle soit debout, Gamache, lui, était resté à sa place. Saisissant le message, elle se rassit.

— Il y a autre chose ?

— Une question de nature politique, dit-il. Rien qui permette d'élucider le meurtre, j'en ai bien peur. Certaines considérations s'appliquent à la direction d'un service. En particulier d'un service aussi en vue que la section des homicides.

— Oui ?

— Il faut qu'il y ait apparence de justice.

— Je suis d'accord.

C'était un vieil adage, voire un cliché, et Gamache n'était pas enclin à proférer des banalités. Celui-ci devait donc être particulièrement justifié.

— "Il faut non seulement que justice soit rendue, mais également qu'il y ait apparence de justice", récita-t-elle. Où voulez-vous en venir ? Je devrais donner une conférence de presse ?

— Ce ne serait peut-être pas une mauvaise idée, mais je pensais à quelque chose de plus nuancé. Nous sommes à l'école de la Sûreté. Les professeurs sont tous d'anciens agents, des agents en congé de la Sûreté, comme l'inspecteur Beauvoir, ou encore des contractuels. Je suis l'ancien chef de la section des homicides. Votre ancien supérieur.

L'inspectrice-chef Lacoste comprit alors.

— Dans les faits, la Sûreté enquête sur la Sûreté.

— Dans une affaire de meurtre, rappela Gamache.

Elle hocha la tête, absorbée dans ses réflexions.

— Vous pensez que je devrais demander à la directrice générale Brunel de confier l'enquête à une organisation de l'extérieur ?

— Non, répondit-il en secouant la tête. Il ne s'agit pas de céder la responsabilité de l'enquête. Vous devez vous y opposer. Demandez seulement qu'on vous envoie un enquêteur externe. Quelqu'un qui se porte garant de l'impartialité de votre travail.

Lacoste restait perdue dans ses pensées, toutes plus désagréables les unes que les autres.

— Vous avez déjà dû vous résigner à une telle chose ?

— Deux fois. C'est désagréable, mais nécessaire. Il vaut mieux prendre l'initiative que d'attendre qu'on vous impose quelqu'un. Je parie que la directrice générale y songe déjà.

Lacoste sortit son iPhone et composa le numéro de Thérèse Brunel.

— Faut-il que je demande une personne en particulier ?

— Non, répondit-il en se levant. La procédure serait entachée d'avance. Vous devrez composer avec la personne qu'on affectera au dossier. Je vous laisse vous en occuper.

Gamache entra dans l'antichambre de son bureau en même temps que Jean-Guy.

— Ils sont en route vers Three Pines, patron.

— Bien. Merci.

De plus près, Beauvoir constata les effets du stress sur Gamache.

— Une des cartes a disparu, précisa Jean-Guy.

— Laquelle ?

— Celle de la Gothique.

— Amelia ?

Surpris par une telle familiarité, Beauvoir haussa les sourcils.

— Mme Choquet, oui.

— Son explication ?

— Elle a semblé étonnée. Elle a nié entretenir une relation particulière avec M. Leduc. Elle se contentait de lui apporter son café, le matin, et d'assister à l'occasion à des rencontres organisées chez lui. Jamais en tête à tête.

— C'est donc vrai, fit Gamache. Elle était des leurs.

Il prit une profonde, une très profonde inspiration et exhala en balayant du regard le couloir normalement grouillant d'étudiants, désormais complètement privé de vie.

— Qu'est-ce que j'ai fait ? demanda-t-il de façon presque inaudible.

15

— Vous nous avez kidnappés.

— C'est un peu exagéré, non ? répondit Gamache en regardant les quatre étudiants réunis dans le bistro. Vous n'êtes pas exactement dans un cachot.

— Vous voyez très bien ce que je veux dire, fit Jacques.

— Oui, monsieur Laurin. Je vous ai entendu.

Amelia se demanda si Jacques avait saisi le vrai sens des mots du commandant. Laurin, cependant, semblait trop déterminé à faire passer son message pour se montrer réceptif à ceux des autres.

— Pourquoi sommes-nous ici ? demanda Huifen Cloutier d'un ton qui, bien que plus poli, trahissait un certain agacement.

C'était le milieu de l'après-midi et le bistro se remplissait peu à peu, mais leur table était à l'écart. À la demande de Gamache, Olivier leur avait réservé une place dans un coin, entre le mur et la fenêtre. Ils s'étaient levés à l'arrivée du commandant Gamache, qui leur avait fait signe de se rasseoir avant d'aller chercher une chaise à une autre table.

Amelia se sentait chez elle dans cette atmosphère vaguement familière. Pas d'odeurs d'urine et de cigarette comme à la pension. Pas d'impression de vide comme à l'école de police. Le bistro embaumait la fumée de bois et le café. Elle entendait le crépitement des bûches dans l'âtre et le murmure des conversations étouffées, pimentées de rires. Rien à voir avec les éclats de rire sonores et souvent discordants qui retentissaient dans les couloirs de l'école. C'était un bourdonnement bas sur fond de bonne humeur.

Sans lui laisser le choix, on l'avait escortée jusqu'à une voiture banalisée de la Sûreté, dont le moteur était déjà en marche. Nathaniel attendait sur la banquette arrière, tandis que deux agents en civil se tenaient à l'avant. Plus ils s'enfonçaient dans la cambrousse et s'éloignaient de l'école, plus elle avait senti croître son malaise.

La voiture avait délaissé la grand-route pour s'engager dans des routes secondaires, de plus en plus étroites. Jusqu'à une voie en gravier.

— Où nous emmenez-vous ? demanda-t-elle au moment où la voiture ralentissait au sommet d'une colline.

— En tout cas, nous ne sommes plus au Kansas, dit l'un des agents en civil en se retournant.

C'était Gabri. Et Amelia reconnut aussitôt le village.

— Three Pines, dit-elle. Mais pourquoi ?

— Franchement, dit Olivier en s'arrêtant devant le bistro, je ne sais pas pourquoi M. Gamache souhaite vous ravoir ici. Mais c'est comme ça.

On indiqua aux étudiants la table réservée pour eux. Olivier leur dit que le commandant leur demandait de l'attendre là.

Ils furent bientôt rejoints par Huifen et Jacques. Les deux femmes qui les avaient conduits, la propriétaire de la librairie et l'artiste, les laissèrent à leur table. L'artiste rentra chez elle, mais la propriétaire de la librairie trouva une table au fond, commanda une bière et un sandwich, puis surveilla le petit groupe.

Les étudiants avaient dîné, puis avalé plusieurs tasses de café. Jusqu'à ce que le commandant arrive enfin.

— Pourquoi sommes-nous de retour ici ? demanda Jacques en reprenant, mot pour mot ou presque, la question d'Huifen, dès que le commandant fut assis.

Armand commanda un expresso double à Olivier avant d'accorder toute son attention aux étudiants.

— J'ai demandé à mes amis de vous emmener ici parce que le secret est d'une importance vitale. L'inspectrice-chef Lacoste et l'inspecteur Beauvoir savent que vous êtes ici, mais personne d'autre n'est au courant. Je n'ai même pas voulu charger des agents de vous conduire. Personne ne doit savoir où vous êtes.

Ils s'avancèrent, comme aimantés par le commandant.

— Pourquoi ? demandèrent Huifen et Nathaniel à l'unisson.

Amelia et Jacques s'abstinrent. Et Gamache se demanda si c'était parce qu'ils avaient compris. Qu'ils comptaient au nombre des suspects. Ou encore que l'un ou l'autre d'entre eux risquait d'être la prochaine victime.

En examinant leurs jeunes visages troublés, il vit le village en arrière-plan et la côte qu'ils avaient descendue. Et il se souvint des phares qu'il avait aperçus à cet endroit, le soir où les étudiants étaient venus la première fois.

Les phares, tels des yeux, les avaient fixés avant de s'éloigner lentement, très lentement.

Gamache n'avait aucune idée de l'identité de l'occupant de cette voiture. Il avait cru que cette personne inconnue l'avait suivi, lui. Mais il n'en était plus si sûr. Et son inquiétude grandissait.

Et s'il n'était pas la cible ? Et si l'occupant de cette voiture avait plutôt suivi les étudiants ?

Le groupe.

Ou un seul d'entre eux.

— Pourquoi sommes-nous ici ? demanda, exigea presque de savoir Huifen.

— Je vous ai emmenés ici parce que j'ai un travail à vous confier.

— Laissez-moi deviner, dit Jacques. Vous voulez qu'on déneige votre entrée et qu'on vous fasse à manger.

Il avait parlé si fort que les clients des autres tables leur avaient aussitôt lancé des regards avant de revenir à leurs moutons.

— Je pense que vous me confondez avec quelqu'un d'autre, répondit Gamache sans se laisser démonter, à la façon d'un oiseau de proie indifférent aux assauts d'un papillon de nuit. En fait, je vais vous charger d'une mission difficile et très importante, qui doit être menée avec la plus grande discrétion. J'espère qu'elle se révélera utile pour l'enquête sur la mort de M. Leduc.

Chez ces jeunes hommes et femmes, il n'aurait pas pu toucher une corde plus sensible. Même Jacques se tut et tendit l'oreille. Amelia se pencha vers l'avant.

"Ils sont si jeunes, songea-t-il. Si jeunes qu'ils ne s'en rendent même pas compte."

— On a trouvé une copie de cette carte dans la table de chevet de M. Leduc, expliqua Gamache en posant l'objet sur la table.

Seul Nathaniel remarqua le visage exsangue d'Amelia. Pâle de nature, elle semblait, en cet instant, translucide.

— En dehors de l'équipe d'enquêteurs, personne n'est au courant, poursuivit le commandant. Nous ne savons pas encore comment il se l'est procurée. Ni pourquoi.

— À qui appartient cette carte ? demanda Huifen.

— Des agents s'emploient à répondre à cette question, fit Gamache.

Amelia le dévisagea, mais elle tint sa langue.

— C'est pour cette raison qu'on nous a demandé de trouver notre copie ? demanda Jacques.

— Oui. Et j'espère que vous l'avez apportée parce que j'aimerais que vous tiriez quelques questions au clair.

Ses yeux, comme d'habitude, se posèrent sur Amelia.

Il suivait ses progrès depuis le premier jour.

Elle était la première de sa classe. La première de tout le contingent des recrues, en fait. De très loin. Cependant, elle n'avait choisi ni affectation bénévole ni activité sportive au sein d'un club ou d'une équipe. Elle prenait tous ses repas en solitaire.

Cet après-midi, juste avant le départ de la jeune femme pour Three Pines, Gamache avait passé en revue l'inventaire des objets que contenait sa chambre. Pas de drogue. Pas d'alcool. Quelques biscuits aux brisures de chocolat piqués à la cuisine.

Pas de photos. Pas de lettres ni de cartes postales. Rien de la part de son père. Ou de sa mère.

On aurait dit qu'elle était née à l'école de police. Une nouveau-née de vingt ans, en somme. Armand

Gamache, lui, ne s'y trompait pas. Il savait exactement d'où elle était issue. Il connaissait ses origines.

Du coin de l'œil, il apercevait le sac marin d'Amelia, posé à côté de sa chaise. Bien bourré, la toile formant des angles improbables.

Il devinait sans mal son contenu. Quelques vêtements et des articles de toilette. Mais, surtout, les seuls objets auxquels Amelia Choquet tenait vraiment.

Des livres.

Il se demanda si le petit recueil de poèmes de Ruth Zardo se trouvait dans le tas. Celui qu'Amelia avait pris chez lui. Il hésitait à employer le mot "volé", puisqu'il avait bon espoir qu'elle le restituerait un jour.

Les étudiants avaient levé leurs yeux de la carte et le regardaient.

Par la fenêtre, Gamache vit s'approcher une voiture, qu'il reconnut aussitôt.

Baissant la voix, il leur dit vite, avec un sentiment d'urgence :

— Je veux que vous poursuiviez le travail que vous avez entrepris. Trouvez tout ce que vous pouvez à propos de cette carte. Qui l'a réalisée. Pourquoi. À quelle fin. Contient-elle un message qui expliquerait son importance aux yeux de M. Leduc ?

Gamache vit la voiture s'approcher de chez lui.

Il se leva sans s'arrêter de parler. Les étudiants se levèrent à leur tour.

— Pourquoi, après tous les efforts qu'a exigés sa réalisation, a-t-elle été emmurée ? demanda-t-il. Je dois y aller. Je serai de retour dans quelques minutes. Restez là.

Il empocha sa copie et prit congé.

Amelia le regarda avancer d'un pas à peine plus pressé que celui d'un homme détendu. Dehors, il allongea sa foulée dans le parc du village et se dirigea vers sa maison, où un homme et une femme, immobilisés au milieu de l'allée, l'attendaient.

Amelia ne reconnut pas l'homme. D'âge mûr, il avait les cheveux grisonnants et des traits un peu mous. Le plus frappant chez lui, c'était son uniforme. Pas celui de la Sûreté. Celui-ci était bleu foncé avec des insignes et des boutons dorés. Il portait une casquette ornée d'un large ruban couleur or. À l'approche de Gamache, cet homme se tint bien droit, presque au garde-à-vous. Sur le point de faire le salut militaire.

Une fois de plus, Amelia s'interrogea sur le commandant. Il avait sans doute été quelqu'un, autrefois. Pour commander un tel respect de la part d'un haut gradé. Elle se demanda quel acte horrible Gamache avait bien pu commettre pour être ainsi mis au rancart, loin du service actif. Dans les plaines de Saint-Alphonse et à l'école de la Sûreté.

Pendant que les deux hommes se serraient la main, Amelia étudia la femme de plus près. Elle était en civil. Blonde. Délicate sans donner l'impression d'être petite. Il y avait chez elle quelque chose d'impressionnant, même à cette distance.

Et Amelia écarquilla les yeux.

— Merde !

— Quoi ? demanda Huifen en suivant son regard par la fenêtre. Qui est-ce ?

— Comment veux-tu que je le sache ? répondit Amelia.

C'était la cheffe de la section des homicides, celle qu'elle avait vue accorder une entrevue aux nouvelles, tandis que sa propriétaire, cette soûlonne, regardait la télé, les jambes écartées sur son La-Z-Boy.

Bondissant sur ses pieds, Amelia fonça vers la porte.

— Arrête.

Tous les clients du bistro s'immobilisèrent. Y compris Amelia.

— Approche.

Amelia se retourna. Quand ils comprirent que c'était la jeune femme qu'on avait apostrophée de la sorte, les autres clients détournèrent les yeux de l'inévitable carnage.

D'un doigt crochu, Ruth désignait le fauteuil posé près de sa table.

Après un moment d'hésitation, Amelia s'y installa.

— Il ne vous a pas ordonné de rester où vous étiez ? lança Ruth.

— Vous êtes Ruth Zardo, la poète, dit-elle.

— Il paraît qu'un meurtre a été commis à l'école de police. C'est toi qui as fait le coup ?

La vieille poète dérangée posait sur elle un regard si perçant qu'Amelia s'attendait à saigner.

À côté de Ruth, le canard démoniaque dodelinait de la tête en marmottant :

— *Fuck, fuck, fuck.*

L'esprit d'Amelia était vide. Seule y subsistait une phrase du livre que le commandant lui avait proposé. Elle avait refusé son cadeau, mais, par la suite, elle avait aperçu le même livre dans la librairie d'occasion à côté du gîte et elle l'avait acheté. Marc Aurèle.

Dans le combat que nous livrons, disait-il encore, il ne s'agit pas d'une mince affaire ; il s'agit de savoir si nous serons fous, ou si nous ne le serons pas.

Amelia comprit que l'affaire était réglée : elle était entrée chez les fous.

16

En traversant le parc du village, Gamache reconnut l'insigne sur l'uniforme du visiteur. Trois étoiles rappelant l'ordre du Bain, un ancien ordre de chevalerie, surmontées d'une couronne.

Cet homme était un haut gradé de la Gendarmerie royale du Canada. Commissaire adjoint.

Isabelle Lacoste ouvrit la bouche pour faire les présentations, mais déjà l'homme s'avançait vers Gamache, la main tendue, le sourire aux lèvres.

Sourire contenu esquissé en signe de bienvenue et non de joie. Après tout, leur rencontre était due à une tragédie.

— Commandant Gamache, commença-t-il, je déplore les circonstances, mais, à vrai dire, je ne suis pas mécontent de faire enfin votre connaissance.

— Je vous présente le commissaire adjoint Gélinas, dit Isabelle Lacoste. Il va nous aider à mener notre enquête.

"Aider" était un euphémisme, bien sûr. Il avait beau se montrer courtois, le commissaire adjoint Gélinas était là à titre de chien de garde. Chargé de les surveiller. De les suivre à la trace.

— Paul Gélinas, dit le commissaire adjoint.

— Armand Gamache, dit le commandant. Heureux de vous rencontrer.

La poignée de main de l'officier de la GRC était ferme, mais elle n'avait pas pour but de broyer la main de son vis-à-vis. Pas de démonstration de force. C'était inutile. La force était implicite.

— Le commissaire adjoint, qui travaille à Ottawa, était en visite au quartier général de la GRC, à Montréal, lorsque la directrice générale Brunel a téléphoné pour demander un observateur, expliqua Lacoste.

— Le hasard fait bien les choses, constata Gamache.

— Oui, acquiesça Gélinas. J'ai voulu que nous nous rencontrions tous les trois le plus rapidement possible. Je ne m'attendais pas à ce que soit ici, dit-il en regardant autour de lui. C'est très joli.

Remarque polie, certes, mais indiquant clairement que M. Gélinas n'envisageait pas de s'installer à Three Pines dans un avenir rapproché.

— Désolé, dit Gamache. J'ai dû faire un saut ici, mais je serai de retour à l'école de police dès que possible. Je regrette que vous ayez été contraint de faire tout ce chemin.

— Franchement, je m'en réjouis, dit Gélinas en s'engageant avec Gamache dans le sentier de la maison. Je suis ravi d'échapper à la grande ville. La vérité, c'est que ce genre de situation est toujours inconfortable. M'immiscer dans l'enquête d'autres policiers... Je l'ai fait une fois. Ce n'est pas ce que je préfère, mais c'est un mal nécessaire. J'ai toujours trouvé utile d'avoir la première discussion à l'écart de la scène du crime. C'est plus discret.

Moins de distractions et d'interruptions. L'inspectrice-chef Lacoste et moi avons eu l'occasion de bavarder en cours de route.

— Et vous aimeriez maintenant vous entretenir avec moi ?

— Oui. Seul à seul, dans la mesure du possible.

Gamache fit signe à l'officier de la GRC de gravir avant lui les marches de la galerie.

— Vous avez vu la scène du crime ?

— Oui. Et j'ai parcouru le rapport préliminaire dans la voiture.

— Dans ce cas, vous en savez sans doute plus long que moi.

— Oh, permettez-moi d'en douter, commandant.

Les mots avaient été prononcés avec chaleur. Pourtant, Gamache crut déceler un sous-entendu. Peut-être même une mise en garde.

"Ne croyez pas tout ce que vous pensez", se rappela-t-il à lui-même. Et pourtant…

À la porte, un visage apparut soudain. Yeux brillants et oreilles qui, à partir du meneau, donnaient l'impression de s'étirer jusqu'au plafond.

Gamache rit. Voir Henri dressé sur ses pattes arrière, sa tête curieuse découpée par la fenêtre, sa langue pendante, son corps oscillant sous les effets du frétillement de sa queue, le rendait chaque fois heureux. Puis il entendit la voix familière et les mots familiers, toujours les mêmes.

— Recule, Henri. Éloigne-toi de la porte. Tu sais très bien qu'il ne peut pas entrer si tu t'appuies dessus. Bon chien. Assis.

Armand articula en silence les mots “Bon chien. Assis”. Indifférent à la présence de témoins.

Il entendit ensuite d’autres mots, ceux-là inédits.

— Allez, Gracie. Là, tout va bien. Tout va bien. Ne fais pas ça. Oh.

“Gracie ?” s’étonna Gamache.

Poussant la porte, il trouva Henri assis, la queue frénétique, la gueule grande ouverte sur un sourire, ses oreilles comme des antennes paraboliques tendues vers l’avant. Il semblait sur le point d’exploser de joie. Et derrière lui, Reine-Marie souriait.

D’un air contrit.

— Tu ferais peut-être mieux de…, commença-t-elle en désignant la flaque sur les larges lattes du plancher.

— Oh, fit Armand en baissant les yeux.

Pourtant, ce n’était pas le détail le plus déconcertant.

Dans les bras de Reine-Marie, quelque chose gigotait.

— Entrez, dit-il à ses invités. Mais attention à…

Il gesticula à son tour et vit Lacoste et Gélinas grimacer d’abord, puis sourire poliment, comme si la flaque était un banal paillasson.

Ils la contournèrent avec précaution.

— Prends, dit Reine-Marie en tendant à Gamache la créature qu’elle tenait dans ses bras.

Elle alla chercher de quoi éponger la flaque.

— Ohhh, fit Lacoste en s’approchant de Gamache. C’est qui, ça ?

— Aucune idée, répondit Gamache en sentant la chose trembler violemment. Mais tout indique qu’elle a pour nom Gracie.

— Elle est tellement petite, fit Gélinas en s'avançant à son tour. Je peux ?

Il tendit la main et, sur un signe de Gamache, caressa la tête de la chose.

— Et douce.

Reine-Marie était de retour, armée d'une éponge et d'un seau d'eau savonneuse. Et de désinfectant en aérosol.

— Je peux vous donner un coup de main, madame ? proposa Gélinas.

— Non, mais merci. Ce n'est pas la première fois que je fais ce genre de choses, hélas. Même pas la première fois aujourd'hui, à vrai dire.

— Devrions-nous en parler ? demanda Armand.

Dans ses bras, Gracie avait cessé de se débattre. Il la sentit se détendre peu à peu. Elle trembla moins, tandis qu'il la caressait. Du museau à la queue. Comme elle faisait à peu près la taille de sa main, les mouvements n'étaient pas très amples.

— Je t'expliquerai ma surprise, mais toi d'abord, dit-elle en désignant les invités avec son éponge.

Gélinas et Lacoste s'esclaffèrent.

— Je connais Isabelle, évidemment, dit Reine-Marie en enlevant son gant de caoutchouc et en se penchant pour l'embrasser. Bienvenue, ma belle.

— Et je te présente Paul Gélinas, dit Armand pendant que Reine-Marie et lui se serraient la main.

— Un plaisir, fit Gélinas. Désolé de débarquer à l'improviste.

— GRC, constata Reine-Marie. Les membres de la police montée sont toujours les bienvenus sous notre toit.

Elle se tourna ensuite vers Armand.

— Qu'est-ce que tu as encore fait ?

— Le commissaire adjoint Gélinas est là pour nous aider à enquêter sur la mort de M. Leduc, expliqua Isabelle.

— Je vois.

Armand avait déjà téléphoné à Reine-Marie pour la prévenir. Il n'y avait donc pas matière à surprise. Ils remarquèrent qu'elle ne proféra pas les formules usuelles de commisération, de choc et de tristesse. Inutile d'ajouter l'hypocrisie à une situation déjà complexe.

— À ton tour, dit Armand en jetant un coup d'œil à Gracie, endormie dans ses bras.

— Je t'ai parlé ce matin du chiot qu'a sauvé Clara. Tu te souviens ?

— C'est lui ? fit Armand avec soulagement.

— Eh bien, non, justement.

— Qu'est-ce que tu as fait ? lui demanda-t-il. Et qu'est-ce que c'est ?

La chose, à vrai dire, ne ressemblait pas du tout à un chiot.

— On dirait une marmotte, dit Isabelle.

— À mon avis, c'est un cochon nain, risqua Gélinas.

— Mon Dieu ! s'écria Armand. Ne me dis pas que…

— Sacrés détectives, en vérité, dit Reine-Marie qui, en souriant, reprit Gracie des mains d'Armand. Elle n'a pas de groin. Ce n'est donc pas un cochon.

— Hum, riposta son mari. Ruth n'a pas de sabots fendus, et pourtant nous savons tous qu'elle…

— Ce n'est pas un cochon nain, dit Reine-Marie.

— Qu'est-ce que c'est, alors ? Certainement pas un chiot, en tout cas.

— Hum, répéta Reine-Marie. Nous pensons que oui.

— Vous pensez ?

— Elle n'a pas encore été vue par le vétérinaire. Billy Williams a trouvé la portée dans une poubelle, du côté de Cowansville. Il a passé quelques coups de fil et…

— Ce n'est pas une mouffette, au moins ? fit Isabelle. Non ?

— Un furet ? conjectura Gélinas.

Reine-Marie déposa Gracie dans une cage posée près du feu, avec des serviettes moelleuses et de petits jouets à mordiller pour lui tenir compagnie.

Les quatre adultes et Henri se penchèrent sur elle, comme des chirurgiens examinant un cas épineux.

Elle était si minuscule qu'il était difficile de se prononcer sur sa nature. Elle avait des oreilles arrondies, une longue queue effilée et des pattes aux griffes pointues. Elle était chauve, exception faite de quelques touffes de poils noirs. Même pas de quoi lui faire une mèche rabattue. Elle ouvrit les yeux et les regarda.

— C'est un chiot, déclara Gamache en se redressant.

— Vous ne devriez pas le répéter trois fois pour que ce soit vrai, patron ? demanda Lacoste.

— Vous n'y croyez pas ? demanda-t-il.

— Disons que je réserve mon jugement.

— Sage décision, fit le commissaire adjoint Gélinas. Pour ma part, je reste sur la piste du furet. Désolé, madame.

— Pas du tout, lui dit-elle d'un ton qui se voulait rassurant. Mais je trouve admirable que vous ne reveniez pas sur votre conclusion, si erronée soit-elle.

Impossible de rater le sous-entendu ou la mise en garde.

Gélinas hocha la tête. Il comprenait. Quiconque s'en prenait à sa famille aurait affaire à elle. Et elle avait un furet à sa disposition.

— Nous devrions parler, proposa Gamache après avoir remonté la serviette sur Gracie pour la garder au chaud, sa main s'attardant un moment sur elle.

— Oui, acquiesça Lacoste. Quant à moi, je dois retourner à l'école de police. Et vous ?

Soutenant le regard de Gamache, elle détecta un infime signe d'acquiescement.

Les étudiants étaient là, au village. Quelque part. Loin des yeux. Y compris de ceux du commissaire adjoint. Et il préférait que rien ne change, du moins dans l'immédiat.

— Oui, plus tard dans le courant de l'après-midi, dit Gamache. J'emmènerai M. Gélinas après l'avoir mis au courant.

Après le départ d'Isabelle Lacoste, Mme Gamache leur proposa un dîner tardif.

— Vous n'avez sans doute pas beaucoup mangé, aujourd'hui.

— C'est vrai, répondit Gélinas. Mais je ne voudrais surtout pas vous importuner. J'ai remarqué un bistro dans le village…

— Il vaut mieux nous entretenir en privé, dit Gamache en l'entraînant vers la cuisine.

Là, il trancha du pain frais de la boulangerie de Sarah et Gélinas l'aida à préparer des sandwichs grillés avec du canard du lac Brome, du brie et des figues confites.

— Votre femme est très attentive, monsieur, dit Gélinas pendant qu'ils travaillaient côte à côte. Et je ne parle pas seulement du furet…

— … du chiot.

— Vous avez de la chance. La vie domestique me manque.

— Une flaque d'urine dans l'entrée ?

— J'irais jusque-là, dit Paul Gélinas en baissant les yeux pour trancher les sandwichs. Ma femme ressemblait beaucoup à Mme Gamache. Elle passait son temps à ramener à la maison des errants. Des animaux, mais aussi des gens.

Les mains de Gélinas s'immobilisèrent et il laissa entendre un grognement.

— Elle est morte il y a trois ans. Parfois, j'ai l'impression qu'elle est partie depuis toujours. À d'autres moments, je sens encore son parfum, j'entends ses pas et je lève les yeux, certain de la voir. Puis je me souviens…

— Je suis navré, dit Armand.

— Après sa mort, on m'a proposé un poste à l'ambassade de Paris et je l'ai accepté. J'avais besoin d'un changement de décor. D'un changement tout court. Je suis rentré il y a quelques mois.

— Ça vous a aidé ? demanda Gamache. Paris, je veux dire ?

— Ça ne m'a pas nui, répondit Gélinas en souriant.

Gamache lui rendit son sourire et hocha la tête avant de retourner le sandwich dans la poêle. Qu'ajouter, sinon une platitude ou une phrase creuse ?

Paul Gélinas, qui avait en gros le même âge que Gamache, vivait le cauchemar de celui-ci.

Mais Gamache savait autre chose.

Le commissaire adjoint Gélinas n'avait pas été détaché à Paris pour proposer des petits fours dans les soirées.

Il avait travaillé au service du renseignement. Il avait presque certainement passé les dernières années à faire de l'espionnage.

Et voilà qu'il atterrissait parmi eux. Invité à prendre part à l'enquête, à les espionner, en somme.

— Votre maison est très belle, monsieur, dit Gélinas, tandis qu'ils apportaient leurs sandwichs sur la table. Vous tirer d'un endroit pareil… L'école de la Sûreté doit exercer une drôle d'attraction.

Propos plaisants. Ceux d'un invité faisant poliment la conversation. Mais ils savaient l'un et l'autre que ces mots, bien qu'indiscutablement polis, voulaient dire davantage.

— Mon but est de faire le ménage à l'école de police, répondit Gamache. Je vous soupçonne d'être parfaitement au courant.

Gélinas prit une énorme bouchée et hocha la tête d'un air approbateur.

— Délicieux, parvint-il à articuler en mâchant.

Après avoir avalé, il ajouta :

— Pour faire le ménage, on doit parfois tout mettre sens dessus dessous, dit-il. Et la situation empire avant de s'améliorer.

Gamache posa son sandwich et regarda l'officier de la GRC assis en face de lui.

— Où voulez-vous en venir, au juste ?

— Je pense que vous seriez prêt à tout pour défendre votre famille, votre foyer.

Gélinas jeta un coup d'œil à la cuisine, puis, de l'autre côté, au poêle à bois et aux fauteuils confortables posés près de la fenêtre s'ouvrant sur le parc du village.

— Parlons-nous du meurtre de Serge Leduc ou d'autre chose ?

— Oh, nous sommes dans le vif du sujet. L'école de la Sûreté est le prolongement de votre foyer, non ? Et les étudiants le prolongement de votre famille, comme autrefois la section des homicides de la Sûreté. Vous êtes doté d'un instinct protecteur. Un tel attachement est une bénédiction. Mais, comme la plupart des bénédictions, il peut aussi être une malédiction.

Avec soin, comme à regret, Gélinas posa son sandwich sur son assiette.

— Je sais.

— Que savez-vous ?

— Je sais ce qu'on ressent quand une personne qui nous est chère meurt ou est menacée.

— Serge Leduc ne m'était pas cher du tout.

La remarque arracha un sourire au commissaire adjoint Gélinas.

— Je ne parlais pas de Leduc. D'après ce que j'entends, c'était un sacré numéro. Non. Je voulais parler de l'école de police.

— Il est vrai que l'école de police me tient à cœur, admit Gamache. Mais c'est un établissement, pas une personne. Si elle disparaissait, je serais triste, mais je ne partirais pas pour Paris.

Gélinas hocha la tête et laissa entendre un léger grognement.

— Pardonnez-moi, mais ne seriez-vous pas en train de vous montrer volontairement obtus, commandant ? Par "école de police", j'entends les étudiants. Les jeunes femmes et hommes de chair et de sang dont vous avez la responsabilité. La direction de Leduc a été marquée par des inconduites, des malversations. Peut-être même par des abus. Les rumeurs sont parvenues jusqu'à mes oreilles, vous savez. Et voilà que, quelques mois après votre entrée en fonction, un meurtre est commis.

— Lequel est le pire ? Est-ce bien là où vous voulez en venir ?

— Je pose la question, rien de plus, répondit Gélinas. J'ai suivi votre carrière, commandant Gamache. Je sais de quoi vous êtes capable. Et, croyez-moi, je n'ai que du respect pour vous et vos choix. Vous faites des prodiges dont les autres sont incapables. C'est uniquement en raison de ce respect que je me permets de vous parler avec franchise. Vous êtes sûrement au courant des raisons de ma présence.

— Tout à fait, oui, fit Gamache. Vous n'êtes pas là pour enquêter sur la mort de Serge Leduc : vous êtes venu enquêter sur moi.

— Mettez-vous à ma place. Qui avait des griefs contre cet homme, depuis le début ?

— Oui, mais je l'ai gardé. J'aurais pu le mettre à la porte.

— N'est-ce pas là, en soi, un acte louche ? demanda Gélinas en s'essuyant la bouche avec une serviette avant de la déposer avec précaution sur la table.

— Vous avez joué franc jeu avec moi, dit Gamache. Alors laissez-moi vous rendre la politesse. Je haïssais Leduc, mais je ne l'ai pas tué. Et vous êtes ici à ma demande.

Pour la première fois depuis qu'ils se connaissaient, Gélinas parut étonné.

— Moi, personnellement ?

— Oui. J'ai téléphoné à la directrice générale Brunel juste avant qu'Isabelle Lacoste passe son coup de fil. J'ai demandé que ce soit vous qu'on nous envoie.

— L'inspectrice-chef ne m'en a rien dit.

— Parce qu'elle n'est pas au courant.

L'officier de la GRC inclina légèrement la tête et étudia Gamache.

— Pourquoi moi ?

— Parce que je voulais vous rencontrer.

— Pourquoi ? Comment me connaissiez-vous ?

— Je me suis retiré pendant un moment, vous savez. J'étais en convalescence. Le temps de décider ce que j'allais faire ensuite. Ce que j'avais vraiment envie de faire.

— Oui, c'est ce que je me suis laissé dire.

— Pendant ce temps, j'ai reçu quelques propositions. Y compris de la GRC.

— Paris ?

Gamache secoua la tête.

— Commandant du détachement du Québec ?

Gamache secoua de nouveau la tête.

— Ottawa ?

Gamache resta immobile, laissant à Gélinas le temps d'arriver seul à la bonne conclusion.

— Commissaire ? On vous a proposé le poste de numéro un ? Le titulaire actuel doit prendre sa retraite dans quelques mois.

— J'ai refusé. Vous savez pourquoi ?

— Parce que vous vouliez prendre les rênes de l'école de police ?

— En grande partie, oui. Mais, avant de prendre ma décision, j'ai fait beaucoup de recherches.

— Et qu'avez-vous découvert ?

— Qu'une autre personne était plus qualifiée que moi. Vous. Ce matin, quand il m'est apparu clairement que nous aurions besoin d'un observateur indépendant, je me suis dit que c'était l'occasion de vous rencontrer. Histoire de vérifier si j'avais eu raison.

— Je ne suis pas un de vos protégés, déclara Gélinas. Et il s'agit d'une enquête pour meurtre et non d'un entretien d'embauche.

— Je le sais mieux que quiconque, dit Gamache en posant à son tour sa serviette sur la table, tel un drapeau blanc. Maintenant, laissez-moi vous parler de Serge Leduc.

17

— Oui, je comprends, dit Olivier d'un ton dubitatif. Vous êtes sûr ?

À l'autre bout du fil, Armand Gamache parlait vite et tout bas pour éviter d'être entendu. Sortant du bureau, il entra dans le salon et vit Gélinas et Reine-Marie, toujours dans la cour arrière.

Il se retourna et, par la fenêtre du bureau, regarda le bistro. Notant du mouvement par les carreaux de l'établissement, il se demanda s'il s'agissait des étudiants.

Il les adjura mentalement de rester là où ils étaient. De ne pas bouger. De ne pas sortir du bistro.

— J'aimerais bien qu'on cesse de me demander si je suis sûr, dit-il.

— Entendu, patron. Vous serez exaucé le jour où vous arrêterez de prendre des décisions presque incompréhensibles.

Imitant Gamache, Olivier murmurait lui aussi, sans raison.

— Je ferai de mon mieux. Vous pouvez garder les étudiants chez vous, Olivier ? Jusqu'à mon départ ?

— Heureusement, je possède un fouet et une chaise. Ne me demandez pas pourquoi.

— Quelque chose à voir avec Ruth, j'imagine, dit Gamache.

Olivier rit doucement avant de s'arrêter.

— Que se passe-t-il, Armand ? Sont-ils en danger ?

Il marqua une pause.

— Et nous ?

— J'essaie de prévenir quelque chose de terrible, répondit Gamache, bien que quelque chose de terrible se soit déjà produit.

En installant les étudiants à Three Pines, il essayait d'empêcher quelque chose de pire.

— OK, dit Olivier aux étudiants. M. Gamache vient de téléphoner. Il ne pourra pas venir vous rejoindre, en fin de compte.

— Génial, fit Jacques en se calant sur sa chaise. Il nous traîne jusqu'ici, loin de l'action, et il nous abandonne ? Qu'est-ce qu'il fait, au juste ? Un petit dodo ?

— Quelle mouche t'a piqué ? demanda Olivier. C'est seulement avec lui ou tu te comportes en malotru avec tout le monde ?

— Vous ne le connaissez pas, rétorqua Jacques. Vous pensez le connaître, mais c'est faux. Vous connaissez le gentil voisin, mais pas l'homme.

— Contrairement à toi ?

— M. Leduc le connaissait bien. Il nous a tout raconté à propos de Gamache.

— Ah bon ? Et qu'est-ce qu'il a dit, au juste ?

— Qu'il a été mêlé au scandale de corruption. Qu'il a démissionné avant qu'on lui montre la porte. Que

Gamache est un lâche. Qu'il a fui le gâchis qu'il a lui-même créé et qu'il s'est donné pour mission de détruire l'école de police.

— Ça suffit.

Derrière eux, la vieille poète et la propriétaire de la librairie s'étaient levées. Ce n'était pas Ruth Zardo qui avait élevé la voix. C'était Myrna.

— Laisse tomber, ma chère. Ils ne savent pas ce qu'ils disent, lança Ruth.

À côté d'elle, Myrna était si en colère qu'elle en tremblait. Son visage décomposé par la fureur était presque méconnaissable.

Jacques se leva brusquement pour lui faire face.

— Vous le défendez ? Vous savez combien d'agents ont perdu la vie pendant qu'il était inspecteur-chef ? Vous savez qu'il a assassiné son supérieur ? Vous pensez que nous ne savons pas que c'est lui qui a tué M. Leduc ? Voyons donc. Une balle dans la tête d'un homme désarmé. C'est l'œuvre d'un lâche. L'œuvre de Gamache.

— Petit homme stupide, stupide.

Voilà tout ce que Myrna parvint à articuler, tandis que Ruth la prenait par le bras. Le contact humain, sinon la force physique de Ruth, empêcha Myrna d'aller plus loin.

— Vous…, commença Jacques.

S'étant levée, Huifen avait posé sa main sur le bras du garçon dans le vain espoir de le retenir de prononcer les mots que tout le monde entendit. Ils avaient jailli de sa bouche. Traduisant ce qu'il pensait. Ce qu'il voyait.

Une grosse Noire. Pas une femme. Ni une personne. Qu'une Noire. Et il était visiblement tenté d'ajouter un autre mot.

Cette fois, Myrna s'avança d'un pas, Ruth avec elle.

Jacques Laurin la regarda avec mépris, la mettant au défi de continuer.

L'expression du visage de ce garçon, Myrna Landers l'avait souvent rencontrée. Quand on l'avait interceptée pour une infraction au Code de la route. Quand elle avait défilé dans les rues de Montréal pour la défense des droits civiques. Elle l'avait observée dans des reportages sur des émeutes et des fusillades impliquant des policiers. En couleur comme en noir et blanc. Dans des bulletins de nouvelles récents ainsi que dans de vieilles actualités filmées. Dans des documents d'archives. Du Sud profond. Et du Nord éclairé.

Et à présent ici. À Three Pines.

Il ne se contentait pas de la haïr. Il la rejetait, voyait en elle un être subhumain.

Et d'ici peu, savait Myrna, il aurait une arme à feu, une matraque et la permission de s'en servir. Sur qui bon lui semblerait.

— Eh bien, dit Olivier, ce petit contretemps ne va pas nous faciliter les choses.

— Quoi ?

— M. Gamache m'a transmis ses ordres de cantonnement.

— Nous n'allons pas loger au gîte ? demanda Huifen.

— Tous les quatre ? fit Olivier. Je ne crois pas, non.

— Où alors ?

Amelia se tourna vers Ruth Zardo.

"Faites que je loge chez elle."

Ruth éternua et s'essuya le nez sur le caftan de Myrna.

"Faites que je loge n'importe où sauf chez elle."

— Mme Cloutier restera avec nous au gîte, dit Olivier.

Huifen sourit et regarda ses camarades, qui ne se donnèrent même pas la peine de sembler heureux pour elle.

— Mme Amelia Choquet…

Ruth. Surtout pas Ruth. S'il vous plaît, s'il vous plaît, surtout pas Ruth. Ruth, s'il vous plaît.

— … ira chez Clara Morrow.

Amelia regarda Ruth. La vieille poète semblait-elle étonnée ? Peut-être même un peu déçue ?

Ruth lui fit la grimace et la gratifia d'un doigt d'honneur.

Peut-être pas, en fin de compte.

— Nathaniel Smythe s'installe chez Ruth Zardo.

— Merde, dirent-ils d'une même voix.

— Bon, monsieur Laurin, dit Olivier en se tournant vers Jacques. Vos habiletés exceptionnelles vous aideront-elles à déterminer où le commandant Gamache vous envoie ?

Jacques le dévisagea. En arrière-plan, Myrna fixait Olivier, les yeux exorbités.

— Il n'a pas fait ça ?

Olivier hocha la tête.

— M. Laurin dort chez Myrna Landers.

— Je refuse, dit Jacques.

— Voici la solution de rechange.

D'un geste, Olivier indiqua le banc du parc, luisant sous la neige mouillée.

— Je pourrais aussi m'en aller. Rien ne nous oblige à rester ici.

— Absolument, répondit Olivier. J'ai du mal à imaginer qu'on veuille vous retenir. Mais c'est une longue promenade jusqu'à Saint-Alphonse.

— Qui est le lâche, maintenant ? demanda Myrna, dont l'horreur s'était muée en satisfaction.

Il carra les épaules.

— Je n'ai pas peur, dit-il en se tournant vers Huifen. On change de place ?

Huifen secoua la tête.

— Charmant, dit Myrna.

— Ouais, comme si vous hésiteriez un seul instant à m'échanger.

— T'échanger ? J'ai d'autres projets en tête.

— Pourquoi me refile-t-il celui-là ? demanda Ruth en montrant Nathaniel d'un doigt crochu. C'est comme un trou dans la pièce.

— Hé, se récria Nathaniel. Je suis un invité modèle.

— Oui, à condition d'avoir envie de jouer une partie de cache-cache sans fin. Montre-toi, montre-toi, où que tu sois.

— Qu'est-ce que vous insinuez ? s'écria Nathaniel.

— Va te faire f…

Cette fois, ce fut au tour de Myrna de poser une main sur le bras de la vieille femme.

— Qui est Clara Morrow ? demanda Amelia.

— L'artiste, répondit Huifen en gesticulant pour simuler des cheveux en bataille. Elle nous a conduits jusqu'ici. Elle a l'air gentille.

Olivier, plus secourable, désigna Clara par la fenêtre. Elle promenait son nouveau chiot, mais, de loin, on aurait dit que, dans la fine couche de neige qui recouvrait le parc du village, il n'y avait rien au bout de la laisse.

Amelia soupira. Gentille. Dans son monde, c'était un nom de code pour lent d'esprit.

Armand Gamache salua Clara de la main. L'artiste souleva le chiot et s'approcha.

— Qui est-ce ? demanda Gélinas. Son visage me dit quelque chose.

— Il est vrai que Clara Morrow a une tête assez particulière.

— Clara Morrow, l'artiste ? La portraitiste ? Celle qui a signé la Vierge Marie, vieille et oubliée ? Une œuvre extraordinaire. J'avais peine à la regarder tout autant qu'à en détacher les yeux. Je préfère malgré tout *Les Trois Grâces*. J'ai vu son exposition au musée d'Art contemporain.

— Elle vit là, expliqua Gamache en montrant une petite maison à l'autre bout du parc.

Ils rencontrèrent Clara à mi-chemin. Après qu'elle eut déposé le chiot, Armand lui présenta Paul Gélinas, qui semblait fortement impressionné, comme on l'est en présence d'une idole.

— Vous connaissez Leo ? demanda Clara à Armand.

— Non. Bonjour, Leo, fit Armand en s'agenouillant.

Leo, il dut l'admettre, était sans doute le chiot le plus adorable qu'il ait vu de sa vie. Pelage brun clair, presque jaune, oreilles arrondies qu'on eût dites en feutre. Dressées vers l'avant. Agitant la queue, il était fermement campé sur ses pattes, bien droit. Ardent, les yeux clairs.

Comme un très, très petit lion.

Clara aurait-elle adopté un lion, alors qu'eux avaient eu droit à une fouine ?

Non, Leo était un chiot, assurément. D'une race inconnue, mais un chiot néanmoins.

— Comment va Gracie ?

Armand épia le visage de Clara, à la recherche de la moindre trace de sourire.

Il n'eut pas à pousser bien loin son investigation. L'amusement était manifeste.

— Elle se porte à merveille, répondit Armand en se relevant, tandis que Gélinas s'accroupissait pour jouer avec Leo.

— Ah bon ?

— En réalité, elle fait pipi partout. Comme Daniel et Annie, dans les premiers temps. Il est vrai que nous étions relativement sûrs d'avoir affaire à des humains. Au sujet de Gracie, nous sommes moins catégoriques.

— C'est important ? demanda Clara.

— Pas pour vous, de toute évidence. Ils sont vraiment de la même portée ?

Il avait les yeux baissés sur l'adorable Leo.

— On les a trouvés dans la même poubelle. Je suppose qu'il est possible qu'un bébé raton laveur se soit immiscé parmi les chiens. Ou un bébé mouffette.

— Hum, fit Armand. Comment avons-nous hérité de Gracie ? C'était la dernière ?

— Pas du tout. C'est Reine-Marie qui a eu le premier choix. Je soupçonne Billy Williams d'avoir un petit faible pour elle. Elle a jeté son dévolu sur Gracie.

"Évidemment, songea Armand. L'avorton du lot." Lui-même aurait fait pareil.

— Comment Henri s'adapte-t-il ? demanda Clara.

— Il la regarde à la façon d'un petit four que quelqu'un aurait laissé tomber.

Clara grimaça, puis se retourna pour prendre congé.

— Eh bien, bonne chance, alors.

— À vous aussi.

Quelque chose dans la voix de l'homme la fit se retourner.

— Qu'avez-vous fait, Armand ?

— Vous verrez.

Clara lui fit les gros yeux.

Derrière elle, dans la fenêtre du bistro, Armand voyait les quatre jeunes personnes. Elles lui faisaient aussi les gros yeux.

Une portée d'étudiants. Lequel était le lion ? Lequel était l'avorton ?

Gamache mit le cap sur l'école de police, tandis que Gélinas lisait le dossier privé du commandant sur Serge Leduc.

Ils avaient discuté des grandes lignes de la carrière du mort, de ce que le public savait. De ce qu'il ignorait.

Et de sa vie personnelle, dont peu de détails avaient transpiré.

— Ses parents sont décédés, précisa Gamache. Je me suis entretenu avec sa sœur, ce matin. Elle habite à Chicoutimi. Ils n'étaient pas proches. Elle a accusé le choc, bien sûr, mais je n'ai pas eu l'impression que la mort de Leduc allait laisser un grand vide dans sa vie.

— Pas d'amis parmi les autres professeurs ?

— Pas à ma connaissance. Leduc était à cheval sur la hiérarchie. Il n'aurait jamais songé à frayer avec des subalternes. C'est fréquent dans les cercles fermés comme l'école, dit Gamache. Où le statut est gage de pouvoir et prend une dimension presque mystique.

— Ce qui fait de vous…

Gamache sourit légèrement et décida de ne pas tomber dans le piège.

— Des chouchous parmi les étudiants ? demanda Gélinas.

— Ce que vous voulez savoir, c'est s'il couchait avec certains d'entre eux ? J'espère que non, mais, la vérité, c'est que je n'en sais rien. J'ai essayé de réduire les occasions au minimum, notamment en mettant fin à la pratique voulant que les recrues apportent leurs repas aux professeurs dans leurs appartements. Elle avait pour effet d'accroître le pouvoir exercé par les professeurs sur les étudiants. D'où des risques d'abus.

— Vous pensez qu'il a pu malgré tout avoir des relations amoureuses ?

— Il a reconduit la pratique, malgré l'interdiction. Et, le cas échéant, on ne peut pas parler de "relations amoureuses", par nature consensuelles.

— Au moins, ils avaient plus de seize ans, l'un et l'autre.

— Vous pensez vraiment que des étudiants de première année auraient librement choisi d'avoir des rapports sexuels avec Serge Leduc ? Dans n'importe quel autre contexte, ils n'auraient même pas eu un regard pour lui. Et avec raison. Non. S'ils ont couché avec lui ou, plus exactement, s'il a couché avec eux, c'est parce qu'ils y ont été forcés. Par leurs craintes et leurs insécurités personnelles. Séduits par ses promesses ou effrayés par les conséquences en cas de refus.

— De quoi constituer un mobile.

— C'est une possibilité.

— Vous pensez donc qu'un étudiant a pu le tuer ?

— Ce ne sont pas des enfants. Et je vous rappelle, à regret, que même les enfants commettent des meurtres. Nous avons affaire à de jeunes femmes et de jeunes hommes, largement capables de commettre un meurtre.

— De tuer, peut-être, dit Gélinas. Un policier doit en être capable. Mais de commettre un meurtre ? Espérons que non.

Gamache ne dit rien et Gélinas se replongea dans sa lecture. Il finit par lever les yeux et laissa le dossier se refermer sur ses genoux. Il réfléchit un moment avant de prendre la parole.

— Pourquoi ne pas avoir utilisé ces informations contre lui ? Il y a là toutes sortes d'allégations. Comptes bancaires secrets, fixation des prix. Intimidation.

— Des allégations, mais pas assez de preuves, répondit Gamache. J'avais besoin de preuves tangibles pour m'attaquer à Serge Leduc.

Gélinas contempla le dossier.

— Je ne me doutais pas de la gravité de la situation. J'étais à Paris quand le scandale a éclaté au sein du gouvernement du Québec et de la Sûreté. J'ai suivi les nouvelles, naturellement. Même là-bas, j'ai entendu des rumeurs au sujet de l'école de police. Je ne savais pas si elles étaient véridiques. Ni à quel point la situation s'était détériorée, dit-il en secouant la tête. Un second scandale.

— Non. C'est la poursuite du premier. D'où les agents corrompus sont-ils issus ? Pourquoi le directeur général Francœur a-t-il muté Leduc à l'école de police ? À la tête de la Sûreté, Francœur a été l'architecte de tous les dérapages. Il n'a pas affecté Leduc à l'école pour rien. La crise au sein de l'établissement n'était pas un scandale distinct. C'était la condition préalable au reste.

— Vous étiez au courant en prenant les commandes de l'école ?

— Disons que j'avais des doutes. De jeunes agents mal préparés et insolents apparaissaient aux plus bas échelons de la Sûreté et montaient en grade. La présence d'une ou deux pommes pourries sur le lot peut être considérée comme normale, mais il y en avait trop. L'école de police était devenue une pépinière de brutes, une usine, un terrain d'entraînement, un pipeline. Elle a engendré et nourri un environnement dans lequel ce genre de comportement, considéré comme normal, était valorisé et récompensé.

— Par Serge Leduc.

Gamache hocha la tête.

— Il était le premier modèle des étudiants. Vous saviez qu'on le surnommait le Duc, en deux mots ?

— Pas très original. Leduc. Le Duc.

— Le nom a au moins le mérite d'être exact, dit Gamache. Un prétendant au trône. Un tyran.

— Puis vous débarquez, vous remplacez la plupart des professeurs par des personnes que vous avez vous-même choisies et vous apportez des changements de fond. Mais, pour vous attaquer au cœur du problème, vous devez garder Leduc. Savait-il que vous l'aviez dans votre mire ?

— Oui. Je lui ai montré le dossier.

— Vous avez… quoi ? Pour quoi faire ?

— Pour le secouer.

Gélinas absorba la révélation.

— Et vous y êtes parvenu ?

Gamache ouvrit la bouche, la referma, se décida enfin à prendre la parole.

— Vous avez bien lu le dossier ?

— Disons plutôt que je l'ai parcouru. Mais avec assez d'attention pour savoir que Leduc empochait des pots-de-vin, à tout le moins.

— Lisez-le plus en détail et nous en reparlerons.

— Vous ne pouvez pas me mettre au courant ?

— Non. Je ne veux pas vous influencer indûment. Je veux voir si vous en arrivez aux mêmes conclusions que moi. Je me trompe peut-être.

Pendant que Gélinas rouvrait le dossier, Gamache conduisit, les yeux rivés devant lui. De la poudrerie balayait l'autoroute, laissant une fine couche de neige sous laquelle, il le savait, pouvait se cacher de la glace.

Au bout d'un moment, Gélinas leva les yeux. Il y eut un moment de silence, l'officier de la GRC étant perdu dans ses pensées.

— Ce n'est écrit nulle part, dit-il en choisissant ses mots avec soin, mais je ne crois pas que Leduc ait pu accomplir tant de choses tout seul, avec l'aide de quelques sous-fifres. Il y avait forcément quelqu'un d'autre. Quelqu'un de plus intelligent. De plus élevé dans la hiérarchie. De l'extérieur, peut-être. Je pense que c'est ce que vous croyez, vous aussi.

Loin d'être ravi que le commissaire adjoint Gélinas en soit arrivé à la même conclusion que lui, Gamache prit une mine sombre.

— Un complice tapi dans l'ombre, capable d'agir sans crainte puisque jamais personne ne songerait à regarder de son côté.

Gamache hochait la tête. C'était précisément son avis, même s'il n'avait aucune preuve.

— À en juger par ceci, poursuivit Gélinas en considérant le dossier, Leduc était par-dessus tout rusé. Une fois le ménage fait à la Sûreté, il a dû se douter que les projecteurs se braqueraient sur l'école de police. Sur lui.

Il se tourna vers Gamache.

— Si vous lui avez fait voir ce dossier, ce n'est pas la bonne personne qui est morte, non ?

— Vous pensez que c'est moi qui aurais dû y passer ? demanda Gamache.

— Pas vous ? Si ce que vous décrivez est vrai, vous représentiez une menace. L'homme qui avait arrêté ou tué la plupart des autres joueurs. D'après ce que j'entends, les personnes impliquées dans le scandale à la Sûreté n'étaient pas seulement corrompues. Elles tabassaient et tuaient à volonté. Pour Leduc et son complice, vous représentiez une menace directe. La chute était imminente. La prison.

Il regarda le profil de Gamache, concentré sur la route.

— S'ils ont menacé et tué avant, pourquoi ne s'en sont-ils pas pris à vous ?

— Ils étaient affaiblis. On avait mis hors d'état de nuire la plupart des agents de la Sûreté capables de les soutenir et de les protéger. Non, je n'ai jamais été en danger. En m'assassinant, ils se seraient seulement exposés à une enquête publique.

— Donc, vous avez montré à Leduc ce que vous saviez, dit Gélinas en tapotant le dossier. Pour lui flanquer la trouille. Vous y êtes parvenu ?

— Peut-être mieux que je le pensais, répondit Gamache.

— Vous croyez que Leduc a été descendu par son complice ? Parce que vous étiez sur la piste ?

— C'est possible. Ce complice, qui qu'il soit, a dû craindre que Leduc, une fois coincé, tente de conclure un marché.

— Et il a décidé de le faire taire ? De qui s'agit-il, dans ce cas ? Il faut que cette personne soit à l'école de police en ce moment. L'un des autres professeurs ? À supposer, à titre provisoire, que vous-même n'y êtes pour rien…

— À titre provisoire ?

— Un type répond à ce signalement. Michel Brébeuf.

Regardant droit devant lui, Gamache inclina sèchement le menton.

Gélinas l'observait, prenant la pleine mesure des implications.

— Vous avez ramené Brébeuf. Vous les avez réunis, à l'intérieur des murs de l'école. Sachant que l'un était le duc et l'autre le roi. Vous étiez au courant de tout…

— Disons plutôt que j'avais des soupçons.

— … et vous avez agi quand même. À quoi avez-vous pensé, mon vieux ? C'est de la folie !

— Possible, en effet. Ça reste à voir.

— Qu'est-ce qu'il vous faut de plus ?

Pour un peu, Gélinas aurait crié. Il fit un effort pour se calmer.

— Un meurtre a été commis à l'école de police. Parce que vous y avez réuni deux criminels notoires et que vous les avez laissés y faire leurs quatre vo…

— C'est faux.

— Disons que je ne suis pas loin de la vérité. Vous avez de la chance qu'aucun étudiant n'ait été blessé ou tué.

Ils étaient entrés dans le stationnement, mais, quand Gamache coupa le moteur, Gélinas ne broncha pas.

— Pourquoi avez-vous quitté l'école, commandant Gamache ?

— Hier soir ? J'y suis resté. Normalement, je serais rentré chez moi, mais j'ai eu des rencontres jusque tard en soirée.

— Non, aujourd'hui. L'un de vos professeurs est assassiné, vous en soupçonnez un autre d'être le coupable. Au lieu de rester sur place et de veiller à ce que tout le monde soit en sécurité, vous abandonnez le navire.

— Vous pensez que je l'ai abandonné ?

— Je trouve extrêmement bizarre qu'un homme qui assume la responsabilité de centaines de jeunes vies les fasse enfermer dans un immeuble en compagnie d'un tueur et rentre chez lui se préparer un sandwich. Que se passe-t-il, au juste ?

18

Le cadavre de Serge Leduc fut enlevé, telle une tache. Arrivé à l'école de police le nez en l'air, il en sortit les pieds devant.

Sur ordre du commandant Gamache, les étudiants et les professeurs formèrent une haie d'honneur dans le long, le très long couloir de marbre et saluèrent le mort, emmené sur une civière. Dans une attitude de calme et de respect. Et pas une larme ne fut versée.

— *Pour se pavaner et s'enorgueillir*, récita Isabelle Lacoste, *Il les fit pleurer avant de mourir.*

— Jonathan Swift est de retour, dit Gamache.

— Il s'agit d'un poème sur la mort d'un duc, expliqua Isabelle à voix basse, tandis que Leduc effectuait son dernier passage dans le couloir. Vous l'avez cité plus tôt, aujourd'hui. J'ai fait des recherches. *Vous, choses vides à qui le monde échoit, / Bulles d'air issues du souffle des rois, / Emportées par la marée de l'État, / Fétu soumis à votre sort ingrat.*

Ils saluèrent le corps à son passage.

— *Sus à l'orgueil, gloriole irritante*, récita Gamache à voix basse. *Un duc est une chose bien méchante.*

— Nous devons parler, dit Lacoste.

— Oui.

Le cadavre de M. Leduc quitta l'immeuble, forme sombre dans le flot de lumière.

— Mais avant, dit Gamache, j'ai un dernier devoir à accomplir.

Il alla, au bout du couloir, jusqu'à la porte par où Leduc était sorti et par où une bouffée d'air frais était entrée. Les étudiants saluèrent le commandant. Il n'eut pas la naïveté d'y voir une preuve de respect. Après tout, ils venaient de saluer un mort.

Il remarqua que certains le regardaient avec une déférence nouvelle. Et Gamache comprit pourquoi. Les rumeurs étaient parvenues jusqu'à lui. Ils le croyaient coupable du meurtre. Ils le voyaient comme le nouveau tyran en chef.

Dehors, Gamache, debout derrière la fourgonnette de la morgue, assista au chargement du corps.

— Tu t'assures qu'il débarrasse le plancher, Armand ?

En se retournant, Gamache découvrit Michel Brébeuf.

— Je sais que c'est un choc. En même temps, tu dois être soulagé, dit Brébeuf.

— Si tu y es pour quelque chose, Michel, je le découvrirai. Tu le sais, ça.

Brébeuf sourit.

— Et que vas-tu faire ? Me congédier de nouveau ? L'auteur de ce meurtre a passé un coup de torchon. Tu le sais mieux que quiconque. D'ailleurs, si je suis coupable, tu es mon complice. Sans toi, je ne serais même pas ici. Cette fois-ci, c'est toi qui as ouvert la porte. Tu savais à qui tu avais affaire, et pourtant, tu m'as accueilli ici.

— C'est une confession ?

Brébeuf éclata de rire et les préposés de la morgue se retournèrent. Il était rare que la vue d'un cadavre déclenche une telle hilarité.

— Simple rappel, c'est tout. Il était fini de toute façon, non ?

Se tournant, Brébeuf contempla le sac mortuaire.

— Sans se douter de rien, il n'avait plus de vrais pouvoirs. Il se pavanait comme s'il était encore aux commandes. J'ai connu des officiers comme lui. Mesquins, autoritaires, brutaux. Et pas très brillants. Il avait déjà été chassé. Il traînait sur place, c'est tout. Dommage qu'on ait dû gaspiller une balle.

Faisant demi-tour, Gamache se dirigea vers les larges portes de l'école de police.

— Prudence, Armand.

Gamache freina et pivota vers lui. Quelque chose dans la voix de Brébeuf l'avait arrêté dans ses pas. Ni la colère ni la haine. C'était plutôt la douceur avec laquelle il avait prononcé le mot qui l'avait stoppé net. Émotion beaucoup plus saisissante que la rage.

Michel Brébeuf resta là où il était, la prairie s'étirant derrière lui.

— Tu m'as fait une faveur, il y a quelques années…

— Ah bon ?

— Tu m'as permis de démissionner. Tu ne m'as pas fait emprisonner, même si, sur la foi des preuves dont tu disposais, j'aurais pu être écroué.

— Tu veux dire que tu n'as pas été en prison, pendant toutes ces années ? demanda Gamache, qui vit Brébeuf cligner des yeux. Si je t'ai fait une faveur, Michel, c'était il y a quelques mois et non il y a des années. Ne me dis pas que j'ai commis une terrible erreur. Et si je me suis trompé, admets-le, au moins.

— Je n'ai pas tué Serge Leduc.

Les deux hommes s'affrontèrent du regard, tandis qu'on emmenait le cadavre.

Puis Gamache se retourna et franchit les portes. Suivi, à quelques pas, par son ancien meilleur ami.

Puisqu'il y avait désormais trop de monde au bistro pour qu'ils puissent parler, les étudiants se retirèrent dans le gîte. Il était seize heures, en cette journée qui semblait s'étirer à l'infini.

Le soleil était bas sur l'horizon et un feu brûlait dans la cheminée. Amelia l'avait allumé, tandis qu'Huifen préparait du thé. Nathaniel avait déniché des biscuits et du gâteau dans la cuisine de Gabri. Son petit doigt lui disait qu'il n'y en aurait pas des masses dans la maison de la vieille folle.

Cette seule évocation lui donnait la chair de poule.

Assis autour de l'âtre, ils buvaient leur thé et mangeaient leur gâteau en discutant du meurtre brutal de l'homme qu'ils avaient tous connu. Mieux qu'ils ne voulaient l'admettre.

Ces circonstances semblaient si étrangères au lieu paisible où ils se trouvaient que Nathaniel devait faire un effort pour se rappeler que la découverte qu'il avait faite, le matin même, n'était pas un rêve. "Le rêve, songea-t-il en examinant les meubles confortables juste assez usés, le feu guilleret dans le foyer, les biscuits et le gâteau au chocolat, c'est ici."

L'autre chose, c'était la vraie vie.

Bercé par le village, il avait oublié, passagèrement, les événements tragiques de la matinée. Il se demanda si cette brève amnésie était un bienfait ou une malédiction.

— Gamache nous a emmenés ici pour que nous travaillions sur la carte, dit Huifen en posant la sienne sur la table. Nathaniel et Jacques l'imitèrent.

Ils se tournèrent vers Amelia.

— Je n'ai pas la mienne, avoua-t-elle.

— Où est-elle ? demanda Huifen. La consigne était de les apporter.

— Je ne sais pas où elle est passée.

Ils la dévisagèrent.

— Comment ça ? s'écria Jacques. C'est elle qu'on a retrouvée dans les affaires du Duc ?

— Je n'en sais rien, d'accord ? Je n'ai pas pensé à cette carte depuis notre premier séjour ici. Je l'ai rangée quelque part et elle a disparu.

Elle les regarda d'un air de défi.

— Je te crois, dit Nathaniel.

— Tu la crois ? s'étonna Jacques. Pourquoi ?

— Pourquoi pas ? répondit Nathaniel. Nous n'avons pas de preuve du contraire. Autant la croire sur parole.

— Tu vas faire un sacré enquêteur, lança Jacques.

— Il est nouveau, lui rappela Huifen. Il va apprendre.

— Quoi ? demanda Amelia. Qu'est-ce qu'il va apprendre, au juste ? À porter des jugements sans faits à l'appui ? À condamner sans preuves ? À se montrer cynique et méfiant ? Comme vous ?

— C'est du réalisme et non du cynisme, répondit Huifen. Nous vivons dans un monde dangereux. Bientôt, nous aurons affaire au crime organisé. À des trafiquants de drogue. À des meurtriers. On n'est pas là pour prendre le thé.

Les apparences, en ce moment précis, démentaient cette affirmation.

— On doit toujours envisager le pire, dit Jacques. Chaque personne, chaque situation représente une menace. Notre survie dépend de notre capacité à prendre les choses en main.

— Comment ? demanda Amelia.

— Leduc nous l'a expliqué, répondit Jacques. Selon lui, on ne l'apprend ni sur les bancs d'école ni dans les livres. Il suffit de trouver une cible dans une foule et d'en faire un exemple. Les autres rentrent dans le rang.

— Par “faire un exemple”, tu veux dire casser la gueule à quelqu'un ? demanda Amelia.

— Oui, au besoin.

Elle fixa Jacques d'un air dégoûté, puis se tourna vers Nathaniel.

— Merci. Pour que tout soit clair entre nous, je n'ai pas donné ma carte au Duc. Je ne sais pas si celle qu'on a retrouvée chez lui était la mienne ni comment elle y aurait abouti.

— Moi, ça me suffit comme explication, dit-il joyeusement.

À la vue de son visage ouvert et confiant, même Amelia eut le désagréable sentiment que Nathaniel ne tiendrait pas longtemps au sein de la force. Pas dans son état actuel, en tout cas.

— D'accord, fit Huifen. Supposons que tu dises la vérité. Il faut en conclure que quelqu'un a trouvé ta carte et l'a remise au Duc. Pourquoi ?

— Il y a une autre possibilité, déclara Nathaniel.

— Laquelle ? demanda Jacques, visiblement exaspéré par la recrue.

— Quelqu'un a découvert que sa carte avait disparu et a volé celle d'Amelia pour la remplacer.

— Par "quelqu'un", tu veux dire un de nous, constata Huifen.

— Oui, évidemment, répondit Nathaniel. Qui d'autre ? On peut aussi imaginer que le Duc a voulu voir la carte et que cette personne, plutôt que de lui refiler la sienne, a piqué celle d'Amelia.

— Une fois de plus, lança Huifen, tu veux parler d'un de nous.

— De Jacques ou de toi, oui. Je sais que je n'y suis pour rien. Vous aviez une carte chacun. Et vous étiez les plus proches confidents du Duc.

— Tu crois ça, toi ? répliqua Jacques en posant un regard dur sur son cadet.

Amelia révisa l'opinion qu'elle s'était faite de Nathaniel. La perspicacité du garçon la réconfortait et la déconcertait à la fois. Sans parler de la clarté de sa vision.

— Je n'accuse personne, se hâta d'ajouter Nathaniel. Tout ce que je dis, c'est qu'il y a plusieurs manières d'aborder la question.

— Bon, commençons par ce que nous savons de façon certaine, proposa Huifen. Les faits. On a trouvé une copie de la carte dans le tiroir du Duc. Pourquoi ?

Qui ? Telle était la vraie question.

Leurs yeux allèrent des trois cartes posées sur la table à Amelia.

19

Les photos de la scène du crime étaient étalées sur la longue table de la salle de conférences, devant les enquêteurs. L'inspectrice-chef Lacoste instruisit Gamache et Gélinas.

— On a interrogé la plupart des professeurs et des étudiants.

— Des résultats ? demanda le commissaire adjoint Gélinas.

— Jusqu'ici, pas grand-chose. Leduc était très secret. De manière presque compulsive. D'après nos constatations, sa journée d'hier s'est déroulée comme toutes les autres. Serge Leduc a donné ses cours, il a travaillé dans son bureau sans interruption pendant tout l'après-midi, puis il a soupé à la table des professeurs. Vous y étiez, je crois.

Gamache hocha la tête.

— M. Godbout est là, inspectrice-chef, dit une agente en passant la tête par l'entrebâillement de la porte.

— Bien, fit Isabelle en se tournant vers Gamache. Je me suis dit que vous aimeriez assister à son interrogatoire.

— Merci, dit Gamache avec juste une petite pointe de sarcasme.

— Faites entrer le professeur, s'il vous plaît, dit l'inspectrice-chef Lacoste.

Un homme corpulent apparut. Il avait peut-être été musclé, autrefois. Désormais, cependant, son ventre tremblotait à chacun de ses pas.

— Marcel Godbout, fit-il avant d'accepter la chaise qu'on avançait. C'est terrible. Je n'arrive pas à y croire.

— Selon votre dossier, vous travaillez à l'école depuis cinq ans et demi, commença l'inspectrice-chef Lacoste.

— Oui, dit-il en la regardant comme s'il avait affaire à une jeune et jolie nièce. Avant, j'étais enquêteur principal. Détachement de l'Abitibi.

— De la Sûreté, dit le commissaire adjoint Gélinas.

— Évidemment, répondit Godbout en posant sur l'officier de la GRC un regard empreint d'un léger dégoût.

— La police scientifique est votre domaine ? poursuivit Gélinas en consultant ses notes. Mais pas l'ADN et les trucs du genre. Dans vos cours, vous initiez les étudiants à l'examen des dossiers financiers, des bilans et le reste. Fraude, rançonnage. Bref, les traces documentaires plutôt que les traces de sang.

— Oui. Peu sexy, mais efficace. Nous ne pouvons pas tous pourchasser les assassins.

— Travail indispensable, dit Gamache en observant l'homme à travers ses paupières mi-closes.

Avant l'arrivée du nouveau commandant, ce type passait son temps à arpenter les couloirs en quête d'étudiants légèrement en retard, dont l'uniforme était un peu de travers, les cheveux un peu trop longs.

Et il leur faisait payer le prix de ces manquements.

Il les humiliait et les rabaissait. Sans aller jusqu'à les frapper, il les forçait à s'autoflageller, leur faisait faire des exercices dans la cour intérieure, en sous-vêtements, en plein hiver. Il leur faisait gravir des marches, effectuer un nombre quasi impossible de pompes et de redressements assis. En cas d'échec, il doublait le nombre de répétitions.

Marcel Godbout conduisait les étudiants au bord de l'effondrement. Puis il les reconstruisait, en quelque sorte.

Torture séculaire, en somme. Que certains considéraient comme une forme d'entraînement. Faire souffrir, se radoucir. Faire souffrir. Se radoucir.

On faisait des exemples de quelques étudiants. Les autres rentraient vite dans le rang. Avec enthousiasme, même. Certains, en troisième année, prenaient part aux humiliations. Ceux-là étaient considérés comme des modèles de réussite. Ils accédaient plus rapidement aux meilleurs postes au sein de la Sûreté.

Si Leduc était l'architecte, cet homme était le constructeur. Sa tâche ? Prendre des matériaux sains et s'arranger pour qu'ils pourrissent.

Le commandant avait été dégoûté par la situation qu'il avait trouvée à son arrivée. Par l'ampleur et la gravité des violations. Et Marcel Godbout n'était même pas le pire du lot. Les plus fautifs, Gamache les avait congédiés sommairement. Il en avait fait arrêter un. À propos de Godbout, il ne disposait pas de preuves suffisantes. Tout était anecdotique. M. Godbout, maître des traces documentaires, avait eu soin de ne pas en laisser.

Cependant, le commandant Gamache l'avait eu à l'œil et avait veillé à ce que l'autre soit au courant. Les abus avaient cessé.

L'irascibilité contenue produisait un effet volcanique.

Godbout était-il entré en éruption, la nuit dernière ? Avait-il assassiné Leduc ?

Pas de mobile, toutefois. Il ne suffisait pas d'affirmer qu'il avait pété les plombs.

Il devait y avoir une raison. Une poussée, si banale puisse-t-elle sembler de l'extérieur.

Pourtant, la scène du crime ne laissait pas croire à une explosion. À une exécution, plutôt. Nette, ordonnée, d'une âpre froideur.

— Parlez-nous du contrat signé pour la construction de l'école, dit Gamache.

Pivotant avec lenteur sur sa chaise, Godbout fixa le commandant.

— Je ne sais rien de tout ça.

— Vous donnez des cours sur la fraude. Vous fournissez aux étudiants les outils pour la repérer. Et pourtant, vous n'avez rien vu de ce qui se passait sous votre nez ?

— De la fraude, ici ? Vous me l'apprenez. Je suis un simple professeur. Un professeur médiocre par-dessus le marché, ainsi que vous l'avez clairement laissé entendre à votre arrivée, commandant.

— Ah bon ? Je pense au contraire que vous excellez dans ce que vous faites, riposta Gamache. La question est de savoir ce que vous faites, au juste. Quelle était votre véritable fonction, ici ?

— C'est-à-dire ?

— C'est-à-dire que Serge Leduc empochait des pots-de-vin, reprit Gélinas. Cet établissement s'est construit à grand renfort de dessous-de-table et de prix fixés.

Quelqu'un s'en est occupé pour son compte. Une personne qui possédait les connaissances requises et savait surtout éviter de se faire prendre.

— Vous avez des preuves, j'espère, commissaire. Vous lancez de graves accusations.

— Ce ne sont pas des accusations, répondit Gélinas en souriant. Une simple théorie. Quand avez-vous vu la victime pour la dernière fois ?

— Hier soir, à table. Nous avons discuté d'exercices tactiques, comme vous le savez très bien, commandant. M. Leduc et moi avons aussi parlé des Canadiens de Montréal.

Flèche clairement destinée à Gamache. Les opinions de ce dernier sur le programme scolaire ne comptaient pas plus qu'un match de hockey.

— Et après le repas ? le pressa Gamache, apparemment indifférent à la pointe.

— Je suis rentré chez moi, où j'ai corrigé des copies et travaillé à mes cours. Comme tout professeur qui se respecte.

— Vous avez vu quelqu'un ? Reçu des coups de fil ? demanda Isabelle Lacoste.

— Pas de coups de fil. Pas de visiteurs. Une soirée paisible. J'ai été tiré du sommeil par les cris de cet étudiant minable.

— Vous connaissiez M. Leduc aussi bien que quiconque, enchaîna Lacoste. Que s'est-il passé, à votre avis ?

— Je pense que vous avez en partie raison, répondit Godbout. Je pense que sa mort est liée à cet établissement. Mais ce n'est pas venu de l'intérieur. À votre place, je regarderais à l'extérieur.

Il désigna la fenêtre en verre poli et, au-delà de la cour, les flèches de l'église.

— La ville, vous croyez ? demanda Lacoste.

— Vous pensez que Serge Leduc a été assassiné par un allié ? Ou par un ennemi ? fit Godbout. Cette petite ville grouille de personnes qui le haïssaient.

Jean-Guy Beauvoir était entré en douce. Godbout et lui se saluèrent d'un signe de tête, avec une froideur manifeste.

M. Godbout se leva et prit un moment pour jeter un coup d'œil par la fenêtre. Le soleil avait commencé à descendre et le ciel immense changeait de teinte, passant du bleu au rose pâle.

Avec, en arrière-plan, les lumières de Saint-Alphonse.

— Un homme le déteste plus que les autres, dit-il en tournant le dos à la fenêtre. Moi, c'est de ce côté que je chercherais. Il est vrai, toutefois, que je suis un sous-doué.

Il s'attendait à ce que le commandant tente de l'amadouer, mais il en fut quitte pour sa peine. Gamache garda le silence. Au bout d'un moment, Godbout hocha la tête et sortit.

— Sacré numéro, fit Lacoste.

— Sacré zéro, corrigea Beauvoir.

À côté de lui, Gélinas laissa entendre un rire bourru en guise d'approbation.

— Mais il a peut-être raison, dit Lacoste. On nous en a déjà parlé. De la haine que la ville voue à l'école, je veux dire.

— Que s'est-il donc passé ? demanda Gélinas en s'asseyant pour faire face à Gamache. Qu'est-il arrivé ? Il en est question dans le dossier que vous m'avez remis, mais seulement du point de vue des contrats signés par la suite. Rien sur les tractations préalables.

— La ville voulait établir un centre de loisirs sur ce terrain, expliqua Gamache. Leduc avait promis aux autorités de les aider à l'obtenir si, en contrepartie, elles lui donnaient un coup de main pour trouver un emplacement convenable, quelque part en périphérie. Elles étaient enchantées d'accueillir l'école en raison des retombées économiques. Le maire lui faisait une confiance aveugle. Trois mois plus tard, on a annoncé l'emplacement de la nouvelle école.

— Sur le site convoité par la ville, dit Lacoste.

— Depuis des années, le maire et des citoyens faisaient pression et recueillaient des fonds pour aménager une patinoire intérieure, une piscine, un centre sportif et communautaire. C'était plus qu'un terrain, plus qu'un immeuble. Pour les habitants de Saint-Alphonse, c'était la condition *sine qua non* de la survie de la ville. En particulier pour les enfants. Le maire était dans tous ses états. Il a failli aboutir à l'hôpital.

Le silence se fit dans la pièce.

On avait tué pour beaucoup moins.

— Il aurait été capable d'une chose pareille ? demanda Lacoste.

Le commandant réfléchit un moment.

— Je ne sais pas, répondit-il.

Gélinas arqua les sourcils. Il ne se souvenait pas de la dernière fois qu'il avait entendu un haut gradé prononcer ces mots.

— Je pense que c'est possible, réfléchit Gamache à haute voix. Mais si le maire avait eu l'intention de descendre Leduc, il l'aurait fait il y a des années, au moment des événements. Je le connais un peu. Je l'aime bien. C'est un honnête homme. Il fait de son mieux.

Après un moment d'hésitation, il poursuivit :

— Mais je le crois rancunier. Chez les hommes comme lui, les souvenirs suppurent. Il a fait les frais d'une terrible trahison, il faut bien le dire. À mon arrivée, j'ai eu beaucoup de mal et j'ai mis beaucoup de temps à obtenir un entretien. J'ai fini par le convaincre de permettre à la communauté d'utiliser nos installations.

— Quoi ? s'étonna Gélinas.

— C'était la moindre des choses. Une façon de faire amende honorable, bien insuffisante. Un début, disons. Nous mettons au point un programme en vertu duquel des étudiants entraîneront quelques enfants et leur serviront de mentors. Et voilà que le ciel nous tombe sur la tête.

— Vous pensez que vous avez pu rouvrir de vieilles plaies en vous adressant au maire ? demanda Paul Gélinas. Involontairement, il va sans dire.

— Possible. D'un côté, le maire est très collet monté, pratiquement rigoriste. Un moraliste. Presque fanatique dans sa défense de la ville et dans sa conception du bien et du mal.

— Il jugerait que le meurtre est mal, je présume, dit Lacoste.

— Sans doute. En revanche, il y verrait peut-être aussi une forme de justice. La plupart des tueurs réussissent à justifier leurs actions à leurs propres yeux. Ils n'ont pas le sentiment de faire le mal.

— La victime n'a eu que ce qu'elle méritait, en somme, dit Gélinas.

— Souvent, oui.

— Et dans ce cas-ci, commandant ? Vous pensez que le tueur était en quête de justice ?

Gamache examina les photos étalées devant eux.

— Peut-être.

— Mais ? insista Lacoste.

— Vous avez interrogé les professeurs et les étudiants, dit Gamache.

Elle hocha la tête.

— Tous les professeurs sont d'anciens agents de la Sûreté. Des types aguerris. Et tous les étudiants sont initiés aux méthodes d'enquête.

— Ce que vous dites, c'est que nous sommes dans une école du meurtre, lança Gélinas. Vous leur apprenez à attraper des criminels, mais, indirectement, vous leur enseignez à violer la loi et à ne pas se faire prendre.

Gamache hochait la tête.

— Les professeurs en particulier. Ils ont une très bonne idée de ce que nous allons chercher.

— Ils savent trafiquer une scène de crime, renchérit Lacoste. Mettre en place un jeu d'écrans.

— Un unique coup de feu en pleine tempe, dit Gamache. La plupart des meurtriers auraient à tout le moins tenté de laisser croire à un suicide. Un dénouement plausible. Le récit se serait tenu. Sachant que je me rapprochais de lui, Serge Leduc se serait enlevé la vie pour éviter de finir en prison.

— Le tueur n'avait qu'à laisser tomber l'arme du bon côté du cadavre, dit Lacoste.

— Sauf qu'il ne l'a pas fait, ajouta Gélinas en scrutant les photos. Il a plutôt opté pour le contraire. Pourquoi ?

— Il voulait que nous sachions que la victime ne s'était pas suicidée, risqua Lacoste.

— Mais pourquoi ? insista Gélinas. Pourquoi vouloir éviter qu'on accepte la thèse du suicide ? Son but était que nous sachions que justice avait été faite ?

Ils examinèrent les photos. Sur certaines, Serge Leduc semblait dormir. Sur d'autres, il était méconnaissable.

Question de point de vue.

— Tu es bien silencieux, dit Gamache à Beauvoir, sur le visage duquel il reconnut une expression familière. Qu'as-tu appris ?

— Le système d'alarme était désactivé, hier soir.

L'inspectrice-chef Lacoste, le commissaire adjoint Gélinas et le commandant Gamache se penchèrent tous vers lui.

— Comment est-ce possible ? demanda Gamache. C'est un système intégré, informatisé. Les gardiens auraient remarqué quelque chose. Des voyants se seraient allumés sur le panneau de contrôle.

— Vous voulez que je vous dise sur quoi Leduc a lésiné ? demanda Beauvoir. Il paraît que les gardiens savaient que le système était merdique et qu'ils s'en sont plaints à l'ancien commandant. Leduc les a engueulés comme du poisson pourri. À votre arrivée, ils ont préféré ne rien dire.

— Merdique comment ? demanda Lacoste.

— De la camelote bon marché…

Gamache grimaça et secoua la tête.

— Ce système de sécurité a coûté des centaines de milliers de dollars.

— Selon les gardiens, on en trouve de plus efficaces dans n'importe quel Canadian Tire.

Gamache gémit en se massant les tempes dans l'espoir de chasser un début de migraine.

— Il y a une armurerie ici. Sans protection ou presque. On ne peut plus seulement parler de contrats truqués. On a affaire à une stupidité monumentale.

— Demain matin, nous avons rendez-vous avec le gardien-chef, dit Beauvoir. Question de revoir les mesures de sécurité.

— Bien, dit Gamache.

— Quand même, la personne qui a désactivé le système d'alarme savait ce qu'elle faisait, dit Lacoste.

— C'est exact, mais le système accepte plus d'un code, dit Beauvoir avant de se tourner vers Gamache. Vous en avez un…

— Je croyais que c'était le seul.

— Je soupçonne Leduc d'avoir eu le sien.

— Et il y en a d'autres qui circulent ? demanda Gamache.

Beauvoir hocha la tête, à peine capable de soutenir le regard du commandant.

— Vous pensez que c'est Leduc lui-même qui l'a désactivé ? fit Gélinas. Mais pourquoi ?

Beauvoir haussa les épaules.

— Aucune idée. C'est seulement une possibilité. Quelqu'un a tout aussi bien pu le pirater et l'éteindre.

— Sans que les gardiens s'en aperçoivent ?

Il secoua la tête.

— Même s'ils avaient vu un voyant avertisseur, ils n'auraient pas réagi. C'est un phénomène fréquent. Il y a au moins dix fausses alertes par jour.

— On peut le désactiver à distance ? demanda Gamache. De l'extérieur de l'école ?

— C'est plus difficile, répondit Beauvoir, mais faisable. À quoi pensez-vous ?

— Je pense à une conversation que nous avons eue dans mon bureau, le maire et moi, il y a quelques mois. Maire de Saint-Alphonse, ce n'est pas un emploi à temps plein, loin s'en faut. Il travaille aussi comme expert-conseil en conception de logiciels.

— Je vais prendre rendez-vous avec lui, dit Lacoste. Poursuivons. Nous avons récupéré la balle. Incrustée dans le mur d'en face. Nous la faisons analyser, bien sûr, mais tout indique qu'elle a bel et bien été tirée par l'arme du crime.

— J'ai envoyé un courriel au fabricant, enchaîna Beauvoir. Quelque part en Angleterre. Mais Leduc a pu se procurer une arme d'occasion, sur le marché noir.

— Je n'ai pas vu l'arme, dit Gélinas. Où est-elle ?

— Au labo, pour fins d'expertise, répondit Lacoste. Mais nous avons des photos.

En les étudiant, Gélinas prit une expression de plus en plus perplexe.

— À quelle hauteur a-t-on trouvé le projectile ? demanda Gamache.

— Un mètre soixante-cinq, répondit Beauvoir.

— Il était donc debout quand on l'a abattu. Je me demandais s'il n'était pas plutôt à genoux.

— Suppliant qu'on lui laisse la vie sauve ? demanda Beauvoir.

— Je songeais plutôt à une exécution, dit Gamache.

— Non, répondit Lacoste. Tout laisse croire qu'il se tenait debout sans bouger.

— Hum, se contenta de grommeler Gamache. Hum.

Les autres se faisaient la même réflexion.

"Hum." Pourquoi quelqu'un aurait-il attendu qu'on l'abatte sans même tenter de se défendre ? En particulier un type comme Serge Leduc.

Gélinas baissa les photos pour regarder Isabelle Lacoste.

— Un revolver ? Équipé d'un silencieux ?

— Oui, dit Beauvoir. Du sur-mesure. C'est pour cette raison que personne n'a entendu le coup de feu.

— Il collectionnait les armes à feu ?

— Non, répondit Gamache.

— Pourquoi, dans ce cas, avait-il en sa possession une arme ancienne ? demanda Gélinas.

Il n'eut droit qu'à des regards vides. Il déposa les photos en secouant la tête.

— Décidément, il se passe des choses étranges dans votre école, monsieur.

20

— Hou ! hou ! fit Nathaniel. Bonjour ?

La porte de devant était entrouverte. Il prit une profonde inspiration et tira dessus, juste assez pour pouvoir passer la tête dans l'entrebâillement.

— Madame Zardo ?

Il entra, remonta son sac sur son épaule voûtée.

Il était dix-huit heures passées. Nathaniel était fatigué et affamé. Assez pour se résigner à rallier son cantonnement.

La porte s'ouvrait sur le salon, plongé dans l'obscurité. Une lampe unique y brillait.

Il resta immobile.

Pas un son. Pas un grincement ni un craquement. Dans la demi-obscurité, il ne distinguait que des livres. Les murs en étaient tapissés. Ils étaient empilés sur des tables. L'unique fauteuil, éclairé, était recouvert de livres ouverts. Capitonné de récits.

Il avait retenu son souffle, certain que la maison empesterait. Le pourrissement. La fureur et la vieille femme. N'y tenant plus, il inspira. À fond.

Il régnait là une odeur familière. Pas un parfum. Ni un arôme. Rien d'exotique. Plus terreux. Certainement pas des odeurs de cuisson, en tout cas.

C'étaient les livres. Des mots musqués saturaient l'atmosphère.

— Je suis ici.

Amelia posa son sac dans la cuisine et suivit la voix.

Devant la porte du fond, elle s'arrêta.

Clara Morrow était assise sur un tabouret en bois au siège ajustable, dos à la porte. Un pinceau dans la bouche, elle fixait une toile.

Amelia ne voyait pas grand-chose de la peinture. Voilée par les cheveux de Clara.

— Qu'est-ce que je suis censée faire ? demanda Amelia. Vous ne devriez pas préparer quelque chose à manger ?

Clara grogna avant de se retourner. À ses pieds, un tout petit lion remua.

Clara dévisagea son invitée. Peau blanche lumineuse, presque transparente. Perçages au nez, à l'arcade sourcilière, à la joue. Les bijoux, cependant, n'étaient ni noirs ni rouge sang. C'étaient de minuscules faux diamants. Luisants dans la lumière. Semblables à des étoiles.

Des anneaux faisaient le tour de ses oreilles. Ses doigts donnaient l'impression d'avoir été trempés dans du métal.

Comme si cette fille avait revêtu une armure.

Là où sa peau était exposée, on voyait des tatouages.

La seule chose que la fille ne pouvait ni marquer, ni percer, ni cacher, c'étaient ses yeux. Seul vestige de celle qu'elle était. Ils scintillaient, tels des diamants.

— Quoi ? fit Huifen quand Gabri lui tendit un tablier en montrant la vaisselle sale dans la cuisine du bistro.

— Oui. Je sais. Tu es à ça, fit-il en montrant l'intervalle entre son pouce et son index, de devenir une agente de la Sûreté. Tu l'as déjà dit. Quant à moi, ajouta-t-il en rapprochant ses deux doigts, je suis à ça de te flanquer à la porte.

— Vous ne pouvez pas.

— Bien sûr que je peux. C'est à M. Gamache que je fais une faveur. Pas à toi. Ça me fait plaisir de t'héberger, mais tu dois travailler en échange. Une heure ou deux par jour ici au bistro, ou au gîte. Selon nos besoins.

— C'est de l'esclavage.

— La vie dans le vrai monde, plutôt. Vous avez passé l'après-midi à commander de la nourriture. Puis vous êtes allés au gîte et vous avez mangé tout le gâteau. Voici l'addition, dit-il en lui lançant un linge à vaisselle.

— Nous sommes partis du mauvais pied, dit Myrna en posant un coca devant Jacques.

Affalé dans un fauteuil du loft qu'elle occupait au-dessus de la librairie, il pianotait de plus en plus fort sur l'écran de son iPhone.

— Ce tabarnac de truc ne marche pas.

— Soigne ton langage, s'il te plaît, dit Myrna, assise dans un large fauteuil qui portait en permanence l'empreinte de son postérieur.

— J'ai entendu la vieille chnoque dire des choses bien pires.

— Lorsque tu seras une vieille femme, nous ferons preuve de la même tolérance envers toi. Dans l'immédiat, tu es sous mon toit, dans notre village, et tu ne diras pas de gros mots. Et tu as raison. Les portables ne marchent pas ici. Il n'y a pas de couverture satellite.

Jacques rempocha son appareil.

— Et si nous recommencions depuis le début ? proposa Myrna.

Depuis leur confrontation au bistro, elle avait eu le temps de se calmer. Par son sang-froid, Ruth lui avait servi une grande leçon d'humilité. Myrna avait passé l'après-midi à la librairie, puis elle était montée faire le lit de son invité et avait commencé le repas.

— Tu veux parler de ce qui est arrivé à l'école ? demanda-t-elle. Tu étais proche de ce professeur ?

Jacques se leva.

— Vous m'écœurez. Un homme est mort. Et tout ce qui vous intéresse, ce sont les commérages.

Myrna se leva à son tour et le regarda fixement. Ferme, inflexible.

— Je sais ce que tu vis.

— Ah bon ? fit-il en riant. Vous vous y connaissez, en meurtres ? À force de lire des livres, peut-être ? Vous n'avez aucune idée de ce qui se passe là-bas.

Il montra la fenêtre.

— Dans le vrai monde.

— Oh, j'ai ma petite idée, répondit-elle calmement. Ce village est moins paisible que tu pourrais l'imaginer.

— Quoi ? Votre voiture a été égratignée ? On vous a volé votre bac de recyclage ?

— Avant de devenir libraire, j'ai été psychologue à Montréal. Les détenus de l'USD. Tu connais ?

Myrna vit la colère du jeune homme se muer en surprise, puis en intérêt. Mais il était trop investi dans son opinion pour en changer.

— L'Unité spéciale de détention, dit-il.

— Où sont incarcérés les pires criminels.

— Vous en avez guéri ?

— Tu sais très bien que c'est peu probable, voire impossible.

— Donc, vous avez échoué. Et vous êtes venue vous enterrer ici. Comme Gamache. Un village peuplé de ratés.

Myrna n'entendait plus se laisser provoquer par ce gamin. Elle n'en sentit pas moins l'aiguillon de la colère. Elle alluma son ordinateur portable, branché à une ligne téléphonique.

— Tu peux t'en servir. N'hésite pas à faire quelques vérifications. Change les faits et tu changeras de sentiments.

— Ouah ! Merci pour cette perle de sagesse.

Il attrapa son blouson, dévala les marches deux à deux, jusqu'à la librairie de livres neufs et d'occasion de Myrna, et sortit.

Par la grande fenêtre de son loft, Myrna le vit sur la route, éclairée par les lumières du bistro.

Il se retourna et leva les yeux vers elle. Puis il s'éloigna de la librairie et du bistro à grandes enjambées. Dépassa la maison de Clara. Myrna le suivit des yeux jusqu'à ce qu'il disparaisse dans la nuit.

Et alors une petite lueur troua les ténèbres.

Après avoir cherché partout, y compris sous les lits, au cas où la vieille démente serait morte après avoir roulé sous l'un d'eux, Nathaniel se rendit au bistro.

Elle n'y était pas. Mais le gros monsieur, un des propriétaires, lui suggéra d'aller jeter un coup d'œil au bout de la rue. Chez Clara Morrow.

En s'y rendant, il tomba sur Amelia.

— Ruth Zardo ? Non, elle n'y est pas. Si seulement… Il n'y a que cette vieille femme peintre. Elle passe son temps à me regarder fixement. J'en ai la chair de poule. Il a fallu que je sorte de là.

— Si tu ne veux pas que les autres te regardent, pourquoi te fais-tu faire ce genre de choses ? demanda-t-il en indiquant les perçages et les tatouages.

— Et toi, pourquoi t'habilles-tu de cette façon ? riposta-t-elle en gesticulant devant le garçon.

— Quoi ? fit-il en baissant les yeux sur son manteau et son jean. Je m'habille comme tout le monde.

— Exactement. Pourquoi tiens-tu tellement à être comme les autres ?

— Pourquoi tiens-tu tellement à n'être personne ?

La vérité, c'était qu'Amelia n'était pas sortie à cause de Clara.

Lorsque son hôte s'était levée de son tabouret, Amelia avait vu la peinture. Un portrait intense. Un autoportrait. Sur la toile, il avait explosé, s'était rué sur elle. L'avait assaillie. Leurs regards, celui du tableau et celui de la jeune femme, s'étaient croisés.

La femme du portrait l'avait foudroyée des yeux. Comme si elle connaissait Amelia. Et savait ce qu'elle avait fait.

Et Amelia avait pris ses jambes à son cou.

Une lumière brillait et la porte était ouverte.

Amelia ne se souvenait pas de la dernière fois qu'elle avait mis les pieds dans une église. Le jour de son baptême, sans doute, même si, à la réflexion, elle n'était pas certaine d'avoir été baptisée.

C'était une église minuscule, la plus petite qu'elle ait vue de sa vie. Il faisait trop noir pour distinguer l'édifice lui-même. On ne voyait que la lumière filtrée par un vitrail.

Celui-ci ne représentait ni un crucifix, ni un saint, ni un martyr. Seuls des garçons luisaient dans la nuit. À peine des hommes. Avançant péniblement dans un champ de bataille fait de verre.

— Viens, dit Nathaniel, déjà en haut des marches. Gabri a dit que Mme Zardo, si elle n'était ni chez elle ni au bistro, serait chez l'artiste peintre ou ici. Sans doute en train de dessoûler.

— Pourquoi es-tu si pressé de la retrouver ? demanda Amelia en le suivant dans l'escalier d'un pas lourd.

— Parce que je loge chez elle. Où veux-tu que j'aille, sinon ?

Ruth Zardo était effectivement allongée sur un banc, le canard blotti contre son ventre. Comme oreiller, des livres de cantiques.

— Elle est morte ? chuchota Nathaniel.

— Non, elle n'est pas morte, couille molle, dit une voix.

Ruth se redressa, mais sans les regarder. Elle fixait la personne qui venait de prendre la parole.

Jacques Laurin était assis un peu à l'écart, ses bottes posées sur le banc de devant. Il buvait la bière qu'il avait prise dans le réfrigérateur de la femme noire et fourrée dans la poche de son blouson.

Il avait imité Ruth, presque à la perfection. Jusqu'au rythme et à l'intonation. À la fois colérique et blessée. Ayant même saisi au passage la légère vulnérabilité.

Nathaniel rit et, horrifié, vit Jacques et Ruth se tourner vers lui.

“Que Dieu me protège”, songea-t-il.

— Qu'est-ce que vous faites ici ? se demandèrent-ils tous en même temps, juste au moment où Huifen faisait son apparition.

— Je vous ai vus monter jusqu'ici. Oh, quelle merveille, dit-elle en s'asseyant à côté de Jacques avant de lui prendre la bouteille et d'avaler une gorgée de bière. Qu'est-ce qu'on fait là ?

— Je suis venue chercher la paix et la tranquillité, moi, dit Ruth en les regardant d'un air mauvais.

Jacques inclina sa bière vers elle et, après un moment d'hésitation, la vieille femme hocha la tête. Il se leva et tendit la bouteille à Ruth en prenant place à côté d'elle.

— Je vous observais, expliqua-t-il. Pourquoi regardez-vous ça ?

Il leva le menton vers le vitrail et les garçons fragiles.

— Qu'est-ce que je pourrais regarder d'autre ? demanda Ruth en lui rendant la bouteille.

Les étudiants examinèrent la chapelle. Une allée centrale avec, de part et d'autre, des bancs en bois, tous un peu différents. Ils semblaient avoir été faits à la main. Bien faits. L'autel aussi. Magnifiquement sculpté, à vrai dire, avec des feuilles et un énorme chêne aux branches tentaculaires.

— Je viens parfois ici pour écrire, avoua Ruth.

Ils virent le cahier de notes coincé derrière son dos.

— C'est paisible. Plus personne ne fréquente les églises. Dieu a quitté les lieux et erre à gauche et à droite. Ou encore il se demande où il a erré.

— Dans la cambrousse, dit Amelia.

Ruth la fusilla du regard. "Plus par habitude qu'autre chose", songea Amelia. Elle eut aussi le sentiment que la vieille poète ne venait pas ici que pour la paix et la tranquillité.

Amelia s'assit sur le banc en bois dur, de l'autre côté de l'allée, et leva les yeux sur le vitrail, derrière Ruth. Dehors, les soldats donnaient l'impression d'arriver. Ici, ils semblaient plutôt partir. Les voilà. Bientôt, on ne les verrait plus.

Sous le vitrail étaient écrits quelques mots, indéchiffrables.

Il y avait d'autres fenêtres dans la chapelle, y compris une jolie rosace au-dessus de la porte. Mais le vitrail des garçons était la seule image.

Plus qu'une image, d'ailleurs. Il y avait du sentiment. L'artiste y avait apporté beaucoup de soin. Visiblement, il avait pris son ouvrage à cœur.

La scène était détaillée. Complexe. Les chaussettes incrustées de boue qui se détricotent. Les mains sales, aux jointures éraflées, qui tiennent les carabines. Le revolver dans l'étui d'un des garçons. Les boutons en laiton.

Oui, l'artiste avait soigné son travail. Jusque dans les moindres détails.

Et c'est alors qu'Amelia vit. Se levant, elle s'approcha entre les bancs. De plus en plus près.

— Tu ne devrais pas prendre feu ? demanda Ruth à son passage.

Amelia s'avança jusqu'au vitrail et scruta un des garçons. Le garçon au revolver. De sa sacoche en cuir, à l'endroit où une boucle était brisée, dépassait un bout de papier.

En se penchant davantage, elle distingua trois pins. Et un bonhomme de neige.

21

— Bon Dieu de merde ! s'écria Myrna en s'écartant de la fenêtre.

— Votre langage, fit Jacques.

— Elle a dit "Bon Dieu", souligna Ruth. C'est bien, non ?

Myrna recula d'un pas. Clara se pencha pour mieux voir.

Ruth avait envoyé Amelia chercher Clara, Myrna et Reine-Marie tout de suite après avoir constaté ce que le garçon avait dans sa sacoche.

— La carte, murmura Reine-Marie en remplaçant Clara devant le vitrail.

À présent, ils étudiaient tous ensemble celle que Nathaniel avait sortie de son sac.

— Que fait ce soldat avec la carte ? demanda Reine-Marie, ses paroles embuant le garçon de verre. Une carte de la France, de la Belgique, à la rigueur. De Vimy ou de la Flandre, passe encore. La carte d'un champ de bataille, je comprendrais. Mais Three Pines n'a rien d'un champ de bataille.

— Où étiez-vous, ces derniers temps ? lui demanda Clara.

Reine-Marie se releva avant de se rapprocher encore de la fenêtre.

— J'ai toujours admiré ce vitrail, mais je ne l'ai jamais regardé de si près.

— Qui étaient-ils ? demanda Huifen. Il y a plusieurs noms, en dessous. Les leurs font-ils partie de la liste ?

D'un geste de la tête, elle désigna les mots écrits sous la fenêtre.

They were our children.

Et la liste. Pas de grade. Que les noms. Tous égaux devant la mort.

"Étienne Adair. Teddy Adams. Marc Beaulieu."

La voix cassante de Ruth remplit la minuscule chapelle. En se tournant de son côté, ils constatèrent que la vieille poète ne lisait pas les noms. Elle regardait l'autel, droit devant elle. Elle les récitait.

"Fred Dagenais. Stuart Davis."

— Tu les as mémorisés, Ruth ? s'étonna Myrna.

— Il faut croire que oui, répondit Ruth.

Elle se tourna vers la fenêtre, vers les mots. Vers les garçons qu'elle connaissait par cœur.

— J'ai toujours cru que le vitrail était une représentation, dit Myrna. Un tableau composite de tous les disparus de la guerre, et non de quelques garçons du village. Là, je ne suis plus si sûre.

— Qui sont-ils ? demanda Reine-Marie.

— Qui est-il ? répéta Clara en montrant le jeune homme au centre de l'œuvre.

— Il a un revolver et les autres seulement des carabines. Pourquoi ? demanda Reine-Marie.

— Je pense que les officiers avaient des revolvers, dit Myrna.

— Il ne peut pas être officier, dit Huifen. C'est un gamin. Il a notre âge. Peut-être moins. C'est comme si je disais qu'il est inspecteur-chef, ajouta-t-elle en désignant Nathaniel. Ridicule.

— Un jour, peut-être, riposta Nathaniel, sans que personne l'entende.

— Moins ridicule si tous les autres sont morts, dit Myrna. Prendre du galon sur le champ de bataille…

— Mais la vraie question, c'est ce qu'il fait avec ceci, rappela Clara en montrant la carte qui dépassait de la sacoche.

Ils baissèrent les yeux sur la carte apportée par les étudiants. Même s'il s'agissait de simples photocopies, les déchirures et les taches se voyaient clairement. Ils avaient cru qu'elles s'expliquaient par un long séjour dans le mur.

Peut-être ne s'agissait-il pas que de poussière.

— C'est incroyable, répondit Armand dans son portable en croisant les regards des autres personnes présentes dans la salle de conférences de l'école de police, comme pour s'excuser.

Ils s'étaient fait apporter des sandwichs et des boissons. Les côtés des sandwichs, faits avec du pain blanc POM, se relevaient.

Seul Jean-Guy mangeait. Si personne ne l'avait regardé, savait Gamache, il aurait aussi avalé les couverts.

— Tu es sûre qu'il s'agit de la même carte ?

Il écouta un moment.

— Le bonhomme de neige. Oui.

Beauvoir, Lacoste et Gélinas n'entendaient que la voix de Gamache. Son téléphone avait sonné pendant l'interrogatoire du dernier professeur.

Charpentier avait gardé les mains sur ses genoux. Parfaitement maître de lui-même. À part la sueur qui jaillissait de lui à torrents. Il était en nage. Son visage était si poisseux qu'il luisait et, pendant un moment, Jean-Guy avait craint qu'il perde connaissance sous l'effet de la déshydratation.

— De l'eau ?

Saisissant la carafe, il en remplit un verre et le poussa vers le professeur, qui secoua la tête.

Jusque-là, Charpentier s'était contenté de répondre par des monosyllabes. Pas, estima-t-on, parce qu'il avait des choses à cacher. En fait, les rares sons mouillés qu'ils avaient réussi à lui arracher traduisaient plutôt un vif désir de collaborer.

Avait-il vu quelque chose ?

Il secoua violemment la tête.

Avait-il entendu quelque chose ?

Même manège.

Connaissait-il bien Serge Leduc ?

Nouvelle dénégation.

— Quel cours donne-t-il ? chuchota le commissaire adjoint Gélinas à l'oreille de Beauvoir, tandis que le commandant était au téléphone. Il n'y a rien dans son dossier.

Il montra la chemise ouverte devant lui.

— Il est tacticien, répondit Beauvoir. C'est le commandant qui l'a embauché. Il a droit au titre de professeur, mais il donne un seul cours. Tactiques de pointe, à l'intention des étudiants de troisième année.

— Il devrait plutôt s'occuper des sports aquatiques.

M. Charpentier restait parfaitement immobile, telle une bête sauvage effarouchée. La seule chose qui bougeait, c'était la grosse goutte qui, s'étant avancée jusqu'au bout de son nez, y restait suspendue.

Lacoste, Beauvoir et Gélinas la fixaient, hypnotisés.

— Que fait-il ici, puisqu'il n'a pas une vraie charge d'enseignement ? demanda Gélinas après que la goutte fut tombée.

En fond sonore, ils entendaient Gamache, toujours au téléphone avec sa femme.

— Il met au point des exercices tactiques destinés aux étudiants, chuchota Beauvoir. Une série de scénarios hypothétiques. Des exemples et des tests écrits pour les nouveaux, des jeux de rôle et des simulations pour les plus avancés. Nous avons construit des maquettes pour les exercices, mais on ne s'arrête pas là : on travaille sur les différentes façons d'affronter une situation difficile. C'est nouveau.

— Une initiative du commandant Gamache ?

— Oui. La méthode, et l'homme qui va avec. Il enseigne à désamorcer des situations de manière pacifique. Mais s'il faut recourir à la force, on doit connaître les méthodes les plus efficaces.

Le commissaire adjoint Gélinas approuva d'un geste de la tête.

— Le commandant connaissait-il ce Charpentier avant de l'engager ?

— Oui, bien sûr. M. Gamache a lui-même recruté Hugo Charpentier, il y a des années.

— C'est un agent de la Sûreté ?

— Il l'a été.

— Un des protégés de M. Gamache, donc ?

— Au début, oui, mais ensuite quelqu'un d'autre l'a pris sous son aile. Lorsque Charpentier a démontré ses capacités de tacticien.

— Ah bon ? Qui donc ?

— Le directeur général Brébeuf.

Gélinas hocha la tête en consignant l'information dans sa mémoire. Il jeta un coup d'œil à Charpentier dans son fauteuil roulant.

— Blessé ?

— Non. Il souffre d'une affection semblable à la maladie de Parkinson, je crois, répondit Beauvoir. Certains jours, il arrive à marcher à l'aide de cannes, mais, la plupart du temps, il se déplace en fauteuil. C'est plus rapide et plus facile.

— Vous avez travaillé avec lui, à la Sûreté ?

— Non. Il n'y est pas resté longtemps. Il a démissionné pour fonder sa propre entreprise. Il travaille comme expert-conseil. Il doit être très bon, réfléchit Beauvoir, sinon M. Gamache ne l'aurait pas fait venir.

— Il a l'air terrorisé.

— C'est son expression habituelle.

— Comment un homme en état de terreur permanente peut-il enseigner les techniques et les stratégies d'attaque ?

— Qui connaît mieux les avions que les personnes qui ont peur de voler ? demanda Beauvoir, satisfait de voir le front du commissaire adjoint se plisser.

— J'aimerais bien voir ça de mes propres yeux, dit Gamache. Je rentrerai ce soir et j'apporterai l'original de la carte.

Gamache raccrocha et se tourna de nouveau vers la table.

— Mes excuses.

— Tout va bien à la maison ? demanda Lacoste.

— Oui, oui.

— On a trouvé une carte ?

Les yeux se braquèrent sur M. Charpentier. Lorsqu'il avait pris la parole, la sueur accumulée dans son col avait débordé sur sa chemise trempée.

On eût dit que les mots lui avaient été arrachés.

Juste à ce moment, Gélinas se pencha vers l'avant, comme si quelqu'un avait frappé le dos de sa chaise.

— Un instant. Vous êtes H. E. Charpentier ?

M. Charpentier l'ignora et continua de fixer Gamache, qui hocha la tête.

— En réalité, on a découvert la carte il y a des mois, dans le mur d'une vieille bâtisse d'un village des Cantons-de-l'Est, expliqua Gamache. Celui où j'habite, en l'occurrence. Et voilà qu'on a retrouvé une représentation de la carte sur un vitrail de la chapelle.

— Vraiment ? fit Lacoste, qui connaissait bien l'église et le vitrail commémoratif. C'est étrange. La carte qu'on a découverte…

— Dans le mur, oui, l'interrompit Gamache.

Une autre goutte bien dodue se fraya un chemin sur la joue de Charpentier. Et s'engouffra dans la crevasse de son sourire.

— C'est ce Charpentier-là ? chuchota Gélinas à l'oreille de Beauvoir, qui confirma d'un signe de tête. Mais c'est un reclus. Doux Jésus, je l'ai engagé comme tacticien-conseil. Il refuse même de parler au téléphone. Il communique seulement par courriel. Je l'imaginais plus vieux. Et plus gros.

Charpentier rapprocha très légèrement son fauteuil de la table de conférence. Parce qu'il n'avait pas bien entendu ce que disait Gélinas ou parce que ses propos lui étaient indifférents.

— C'est intéressant. On trouve parfois des cartes importantes dans des greniers ou au fond de vieux secrétaires. Vous dites que celle-ci était dans un mur ?

— Je ne crois pas qu'elle possède de valeur historique ni même monétaire, répondit Gamache. Un simple objet de curiosité.

— Histoire curieuse, en effet, fit Charpentier en promenant son regard de Gamache à Lacoste.

— Oui. Bon, enchaîna Gamache. Et si nous revenions à nos moutons ?

— Où est-elle, en ce moment ? demanda Charpentier.

— Qui donc ?

— La carte.

— J'ai l'original, répondit Gamache qui, tout en s'efforçant à la patience, tentait de changer de sujet. Je vous la montrerai plus tard, si vous êtes intéressé.

— Vous avez parlé de l'"original". Il en existe des copies ?

— Désolé, monsieur, fit Gamache, mais quelle importance ?

— Justement, voilà la question, répliqua Charpentier en posant sur le commandant un regard déconcertant.

Décidément, la carte avait ouvert les vannes.

— Pour vous aussi, ça a de l'importance. Sinon, vous n'y auriez pas consacré tout ce temps au téléphone.

— Peut-être pourrions-nous y revenir plus tard, proposa Gamache.

— Volontiers.

Charpentier recula.

— Mais nous n'avons pas encore terminé, déclara Gélinas. Nous avons d'autres questions.

— Non, fit le jeune homme. Toutes les questions pertinentes ont déjà été posées. Et je n'ai rien à apporter à l'enquête. Dans le cas contraire, je vous le dirais. Poursuivre, ce serait une perte de temps.

Beauvoir, qui avait déjà du respect pour ce singulier personnage, se prit pour lui d'une certaine affection.

Charpentier resta là, baignant dans les liquides qu'exsudait son corps. Décharné. Le teint cireux. Totalement déplacé parmi ces membres de l'élite policière. Sans s'en rendre compte.

À ses yeux, Charpentier était, dans cette pièce, la seule incarnation de la normalité.

Malgré son désaccord, Beauvoir admira son attitude.

— Une dernière question, fit Gamache. Ensuite, je vous ferai voir la carte.

Le tacticien esquissa un très léger sourire, comme s'il approuvait le recours au bon vieux principe du donnant, donnant.

— Que pensiez-vous de Serge Leduc ?

— Je le trouvais stupide. Fait pour vendre des chaussures.

Le commissaire adjoint s'esclaffa, mais s'interrompit en voyant le regard que Charpentier posait sur lui.

— Vous n'êtes pas d'accord ?

— Non, non. Rien à voir. C'était juste très drôle, comme affirmation.

— Ah bon ? M. Leduc aurait fait un très bon vendeur de chaussures. De luxe. Il aurait réussi à convaincre ses clients d'acheter des articles qui finiraient par leur faire du mal. Au prix fort. C'était un sadique.

— Il aurait pu être à la tête d'un réseau de corruption ?

— Jamais. Il se serait fait prendre tout de suite. Il était incapable d'être deux ou trois pas en avant des autres. C'est une qualité dont un vendeur de chaussures peut très bien se passer.

— Ironique, vraiment, constata Lacoste.

Seul Gamache comprit l'allusion et sourit.

— Contrairement au directeur général de l'école de la Sûreté, poursuivit Charpentier en fixant Gamache.

— Où devrions-nous chercher son assassin, à votre avis ? demanda Lacoste.

— Matthieu 10, 36, répondit Charpentier après un moment de réflexion. Oui. Je commencerais par là. On peut y aller, maintenant ?

— Rendez-vous chez moi dans quinze minutes, proposa Gamache.

— Drôle de bonhomme, dit Lacoste lorsque la porte fut refermée.

— C'est un génie, dit l'officier de la GRC. Et un drôle de bonhomme, en effet.

Il s'arrêta pour réfléchir.

— Un type comme lui pourrait causer beaucoup de dommages, non ?

— Vous croyez qu'il a quelque chose à voir avec la mort de Leduc ? demanda l'inspectrice-chef Lacoste.

— Ou avec le stratagème de corruption. Ou les deux. Pas vous ?

Il se tourna vers Gamache.

— N'est-ce pas pour cette raison que vous l'avez recruté ? Un professeur qui n'enseigne pas vraiment ? Un brillant tacticien ? Pour pouvoir l'observer ? Vous avez réuni tous les suspects : Leduc, Brébeuf, Charpentier. Et vous avez suivi l'évolution de la situation. Seulement, vous avez commis une erreur. Une erreur qu'on vous a déjà reprochée par le passé, d'après ce que je me suis laissé dire. Vous vous êtes cru plus fin qu'eux. Que lui. Vous vous êtes cru capable de rester maître du jeu. C'était impossible. Les choses ont vite dégénéré, commandant. Et ce type est au courant. Sa remarque au sujet de la planification ? Ce n'était pas une simple observation. C'était une plaisanteric. Il s'est payé votre tête.

Gamache se leva.

— Possible, dit-il en se dirigeant vers la porte. L'avenir le dira.

— L'avenir a déjà parlé. Vous ne l'avez donc pas entendu ? Au cas où ce détail vous aurait échappé, il a laissé tomber un cadavre sur votre tentative grandiose, monsieur Gamache. Et si vous ne reprenez pas bientôt les choses en main, il y en aura d'autres.

Quand le commandant fut sorti, Paul Gélinas se tourna vers Lacoste et Beauvoir.

— Charpentier a cité la Bible ?

— Matthieu 10, 36, répondit Lacoste. À l'époque où il était chef de la section des homicides, c'était l'une des premières leçons que Gamache donnait à ses agents.

— "Et l'homme aura pour ennemis les gens de sa maison", récita Beauvoir.

Gélinas hocha la tête.

— Et H. E. Charpentier commencerait à chercher l'assassin dans cette maison-ci.

— Ça me paraissait pourtant évident, dit Lacoste en se levant.

— La maison est plus qu'une maison, déclara Gélinas. Cette citation laisse entendre une grande intimité. On a affaire à quelqu'un de proche. De très proche.

22

— Hum, fit Charpentier en examinant la carte encadrée.

Gamache l'avait décrochée du mur et tendue au professeur.

— Hum ? répéta Armand. Vous pourriez vous montrer un peu plus précis ? C'est une carte importante ?

— Aucunement, répondit Charpentier sans la quitter des yeux.

— Je dois y aller, dit Gamache en consultant sa montre.

Il était presque dix-neuf heures.

— Je serai de retour demain matin. L'inspectrice-chef Lacoste et quelques membres de son équipe resteront sur place. L'inspecteur Beauvoir aussi. Ils auront les résultats des expertises médicolégales demain matin.

Gamache tendit la main, mais Charpentier semblait réticent à l'idée de se séparer de la carte.

— Je vous accompagne, dit-il.

— Pourquoi ? demanda Gamache. Je ne voudrais surtout pas paraître impoli, mais je me demande à quoi bon.

— Je collectionne les cartes. Celle-ci est curieuse.

Vous dites que le dessin figure aussi sur un vitrail dans votre village ?

— Oui.

— J'aimerais la voir.

— Mais vous avez vous-même dit que cette carte n'avait aucune importance.

— C'est la vérité. Mais elle en a pour vous, répondit Charpentier. En tant que carte ou pour d'autres raisons ?

Gamache soupesa ses options en examinant le jeune homme dégoulinant de sueur.

— Prenez quelques affaires, dit-il enfin, et retrouvez-moi devant la porte principale dans quinze minutes.

Une fois Charpentier parti, Gamache prit la carte. La vitre était poisseuse. Il la retourna et, avec beaucoup, beaucoup de soin, la détacha du cadre.

Arrivés à Three Pines peu après vingt heures trente, ils se rendirent directement à l'église Saint-Thomas, encore illuminée.

Huit personnes se retournèrent à leur entrée. Quatre villageoises et les quatre étudiants. Affluence que tout pasteur eût enviée.

— Armand, fit Reine-Marie en s'avançant pour l'accueillir.

Elle se tourna ensuite vers l'homme maigre qui, en appui sur ses cannes, se tenait à côté de lui. Armand l'avait prévenue qu'ils auraient un invité pour la nuit, mais il ne lui avait pas donné de détails.

Si les humains étaient surtout constitués d'eau, ce jeune homme était plus humain que la plupart.

— Je vous présente Hugo Charpentier, dit Gamache. Membre de notre personnel.

— Vous êtes un de nos professeurs, dit Jacques Laurin. Tactiques de pointe.

— Et vous, vous devriez faire plus attention en classe, monsieur Laurin. Si ma mémoire est bonne, vous avez été abattu lors de deux exercices tactiques et pris en otage lors du troisième. Celui de l'usine. Vous avez échoué.

Huifen s'efforça de réprimer un sourire, tandis qu'Amelia et Nathaniel regardaient Jacques avec intérêt. L'étoile de l'enfant chéri de l'école non seulement ternie, mais éteinte. Morte.

Hugo Charpentier se tourna vers le commandant.

Gamache soutint son regard, sachant avec exactitude ce que pensait le tacticien.

Quatre étudiants. Non pas à l'école de police, mais bien dans une petite église à des kilomètres de là. Il n'aurait pas été exagéré d'affirmer qu'ils y étaient cachés, peut-être sans le savoir.

— M. Charpentier collectionne les cartes, expliqua Armand. Je me suis dit qu'il pourrait nous éclairer. Ou plutôt, c'est lui qui s'est dit capable de nous aider.

Chemin faisant, Hugo Charpentier n'avait rien dit sur la carte. En réalité, il n'avait pas desserré les dents. Ils avaient roulé en silence. Armand ne s'en était pas offusqué. Il avait besoin de temps pour réfléchir.

— Là-bas, fit Reine-Marie en montrant le vitrail. Comment ce détail a-t-il pu nous échapper ?

— C'était voulu, répondit Charpentier. Regardez son visage.

Deux des soldats, représentés de profil, avançaient. Le troisième, cependant, regardait droit devant lui. Vers eux.

— Voilà tout ce que vous deviez voir, dit-il en agitant une de ses cannes. L'expression de son visage est si frappante que le reste est effacé… eh bien… de la carte.

— Vous pensez qu'elle a été cachée à dessein ? demanda Myrna.

— Détournement d'attention, répondit Huifen.

Elle venait justement de lire quelque chose à ce sujet dans son manuel de tactique. Œuvre d'un certain H. E. Charpentier.

— C'est voulu, reprit Charpentier. Mais l'objectif était-il de la cacher ? J'ai du mal à imaginer qu'on se donne la peine d'inscrire ce détail pour ensuite en détourner l'attention.

— Pourquoi ne pas avoir simplement omis la carte, vous voulez dire ? demanda Reine-Marie.

— Ou encore l'avoir mise en évidence ? renchérit Myrna.

— Ce n'est peut-être pas important, risqua Clara. Un détail, justement. Comme les boutons et la boue et le revolver dans son étui. Simple moyen d'accentuer l'effet d'exactitude.

— D'exactitude ? répéta Ruth. Une carte avec un bonhomme de neige ? Contre qui les membres du Corps expéditionnaire canadien se battaient-ils, à ton avis ? L'abominable Hun des neiges ?

Gamache sortit l'original et Charpentier le lui prit sans demander la permission. Compara cette carte à celle du vitrail.

C'était la même.

D'autres copies se trouvaient sur les bancs, au même titre que des restes de rosbif, de camembert et de roquette servis sur de la baguette. Du poulet, du pesto et des dés de pomme sur le pain multigrain de Sarah, frais et moelleux. Sans oublier les bouteilles de bière et de boissons gazeuses.

Peu après leur établissement à Three Pines, Armand et Reine-Marie avaient été surpris de constater que les villageois allaient parfois pique-niquer dans l'église. Surpris et, admettait Gamache, un brin choqués.

Au bout de quelques mois, Reine-Marie avait demandé :

— Qui a dit qu'il était interdit de manger et de boire dans une église ?

Ils avaient donc tenté l'expérience. C'était bizarre, au début. Comme si Dieu risquait de se vexer en voyant des gens casser la croûte sous son toit. Jusqu'à ce qu'ils comprennent que le sacrilège était de laisser la chapelle à l'abandon, et non d'y manger, d'y parler et d'y rire.

— Comment avez-vous fait le rapprochement ? demanda Gamache à Amelia.

— Comment avez-vous pu ne pas le faire ? lança-t-elle en guise de réponse.

Clara allait s'insurger, puis elle se ravisa. La question était pertinente. Comment avaient-ils pu passer à côté d'une évidence pareille ? S'étaient-ils laissé obnubiler par le visage du soldat au point de reléguer tout le reste à l'arrière-plan, comme l'avait affirmé le jeune professeur ?

Une question encore plus déconcertante se posait : ce détournement d'attention était-il volontaire ?

— Je la regardais, dit Amelia en désignant Ruth. Elle radotait à propos de je ne sais plus quoi…

— Je parlais de la véritable nature de l'être humain et de sa place dans l'univers, expliqua Ruth à Charpentier.

Elle semblait admirer les deux cannes du jeune homme, elle qui n'en avait qu'une.

— Le sens de la vie, en somme.

— Bien sûr, dit Charpentier.

— … et, expliqua Amelia, j'ai laissé mon attention dériver jusqu'au vitrail. C'est à ce moment que j'ai vu.

— On peut aller ailleurs ? demanda Jacques. J'ai mal au cul.

— Et moi, j'ai une épine dans le mien, répliqua Myrna en fixant son invité d'un air entendu.

— Allons-y, dit Clara. Je suis fatiguée et Leo a besoin de sortir.

Le petit lion dormait sur ses genoux, tandis qu'Henri et Gracie roupillaient sous le banc de Reine-Marie.

Dehors, Amelia entendit les deux femmes dire d'une voix suppliante dans l'obscurité :

— Fais pipi. Fais caca.

Elle attendait dans la rue. Dos à la chapelle. Dos au vitrail.

— Fais pipi. Fais caca.

Quand on lui avait demandé comment elle avait reconnu la carte, elle n'avait pas dit toute la vérité. Tandis que tous les autres étaient attirés par le visage du jeune soldat, elle avait été repoussée par lui.

Par sa terreur.

Mais ce qui lui avait donné la chair de poule et l'avait forcée à se détourner, c'était surtout le pardon qu'elle avait lu sur son visage juvénile.

Contrairement aux autres, elle avait donc été libre – ou contrainte – de regarder d'autres parties du vitrail.

C'est alors qu'elle avait vu la carte.

Ses besoins terminés, Leo fut saisi par Clara, qui tendit à Amelia un petit sac tout chaud.

— Allez, on rentre.

À la maison, Armand indiqua à Hugo Charpentier sa chambre au rez-de-chaussée, ainsi que la douche, tandis que lui-même allait se changer et que Reine-Marie, mettant la bouilloire sur le feu, se hâtait de préparer le repas.

Vingt minutes plus tard, Charpentier ressortit, vêtu d'une robe de chambre, en frottant ses cheveux brun terne. Il sentait le savon.

Gamache était dans le salon, devant le feu. Leur repas, du saumon poché et des asperges, était posé sur des tables pliantes.

— Vous m'attendiez ? demanda Charpentier. Où est Mme Gamache ?

— Je lui ai proposé de se joindre à nous, mais elle a préféré prendre un plateau dans la chambre pour nous permettre de parler.

— Nous avons donc beaucoup de choses à discuter ?

— Je pense que oui. Pas vous ? Du vin ?

— S'il vous plaît, patron.

Ils étaient peu nombreux, ceux à qui Hugo Charpentier donnait du "patron", mais Gamache faisait partie du nombre.

Celui-ci versa un verre de blanc pour chacun.

— Que font ces étudiants ici ? demanda Charpentier.

Voilà la question qu'attendait Armand Gamache.

— C'étaient des proches de M. Leduc. Mme Cloutier et M. Laurin terminent cette année et ont été parmi ses protégés pendant presque trois ans.

— Vous craignez l'infection ? risqua Charpentier. Qu'ils aient été exposés de trop près et pendant trop longtemps à la peste qu'était Leduc ?

Gamache ne nia pas.

— Les deux autres sont des recrues. Les plus récents protégés de Leduc.

— Pourquoi les a-t-il choisis ?

— Je ne sais pas. Nous ne le saurons peut-être jamais.

— Oh, nous avons bien notre petite idée là-dessus, non ? M. Smythe est anglophone, gay et trop désireux de plaire. Combinaison désastreuse aux mains d'un type comme Leduc. Et l'autre, la Gothique, Mme Choquet. Il suffit d'un seul coup d'œil pour constater l'étendue de ses blessures. Un homme comme Leduc sait s'infiltrer dans ce genre de plaie.

Le tacticien étudia Gamache.

— La question, commandant, est de savoir si vous les avez emmenés ici pour leur propre bien ou pour protéger les autres étudiants. Qui avez-vous introduit dans votre village ? Des victimes éventuelles ou l'assassin ?

— Récemment, à l'occasion d'une de mes soirées, je leur ai donné comme exercice d'enquêter sur la carte, dit Gamache, préférant ne pas répondre directement à la question. Histoire d'affiner leurs méthodes. Ce matin, je leur ai appris qu'on avait trouvé une copie de la carte dans la table de chevet de Leduc et que ce qui avait débuté comme un simple devoir faisait désormais partie d'une enquête pour meurtre.

— Futé. Vous aviez le prétexte tout trouvé pour les emmener ici et leur donner l'impression d'avoir à mener à bien une tâche importante.

— Ce n'était pas qu'un prétexte.

— Que voulez-vous dire ?

— On a effectivement trouvé une copie dans la table de chevet de Leduc.

Hugo Charpentier le fixait. Il n'était pas facile de surprendre un homme dont la spécialité consiste à envisager toutes les possibilités d'un coup, mais cette révélation y parvint.

— Comment a-t-elle abouti là ?

Gamache secoua la tête.

— À qui appartenait-elle ? À un des étudiants ? Forcément. Mais lequel ?

— Mme Choquet n'a plus la sienne.

La tête de Charpentier dodelinait à la façon des figurines qu'on voit sur le tableau de bord de certaines voitures.

— La table de chevet, dit-il enfin.

— Oui, admit Gamache. Ce détail m'a troublé, moi aussi. La carte était rangée, mais pas cachée.

— Ce n'est pas ce que cherchait le tueur, dit Charpentier. Elle n'avait donc de sens que pour Leduc.

— Mais en quoi pouvait-elle bien l'intéresser ?

Ils la regardèrent tous deux. Dans la lueur pâlissante du feu de foyer, elle avait pris une teinte légèrement rosée.

— Il y a une autre possibilité, dit Gamache.

— Que le tueur l'ait mise à cet endroit dans l'intention d'incriminer un des étudiants, dit Charpentier. La carte de Mme Choquet a disparu ? Dans ce cas, c'est elle, la prochaine victime. Il laissera croire à un suicide. Une recrue troublée et vulnérable, après avoir tué son professeur, s'ôte la vie en sentant l'étau se refermer sur elle.

Le scénario ne suscita aucune surprise chez Gamache. Il l'avait envisagé, lui aussi.

Voilà à quoi il avait songé au cours des quelques minutes qu'il avait passées seul en compagnie du cadavre de Leduc.

Que signifiait la carte ? Où risquait-elle de les conduire ? Que fallait-il faire à son sujet ?

La seule solution consistait à conduire les quatre étudiants en lieu sûr. Rapidement. Discrètement. Avant que le meurtrier puisse exécuter la deuxième partie de son plan.

— Évidemment, il est possible que le meurtrier ait choisi la carte au hasard dans les affaires de la jeune femme, dit Charpentier en réfléchissant tout haut. Il est possible que la sienne ait été la plus facile à subtiliser. Il avait juste besoin d'une copie, peu lui importait laquelle. Il lui fallait un bouc émissaire. Un étudiant attaché au cadavre, en quelque sorte. Le suicide de cette jeune femme aurait pour effet de clore le dossier. À moins, bien entendu…

— Oui, je sais.

L'autre possibilité que Gamache avait envisagée pendant son tête-à-tête avec le mort.

— À moins que ce soit elle qui ait tué Leduc.

— Ou un des trois autres, ajouta Charpentier. Après tout, ils savaient qu'elle avait une carte en sa possession. Qui, mieux que l'un d'eux, pour l'incriminer ? Et vous les avez emmenés ici ? Ensemble ?

— Au moins, ils logent tous à des endroits différents.

Charpentier hocha la tête.

— Sage précaution. Il devient plus difficile de placer un oreiller sur le visage d'un ou une camarade.

Le professeur saisit la carte.

— On peut deviner ce qu'elle faisait dans la table de chevet d'un mort. Elle avait pour but de laisser croire à la culpabilité d'un étudiant.

Il la scruta avec intensité.

— Mais que fais-tu dans un vitrail ? demanda-t-il en s'adressant directement à l'objet.

Charpentier attendit, comme si le bonhomme de neige, la vache ou l'un des pins allait lui répondre.

Puis il sourit et la tendit à Gamache.

— Je crois savoir.

— Elle vous a soufflé la réponse ?

— En un sens. Vous n'auriez pas de la tisane, par hasard ? Ça m'aide à dormir.

Pendant que Gamache allait mettre la bouilloire sur le feu, Charpentier lança dans son dos :

— Camomille, si vous en avez.

— Nous en avons.

On entendit l'eau frémir au fond de la bouilloire, puis le silence se fit. Charpentier en profita pour poser une question.

— Vous avez bien dit que vous leur aviez confié cette tâche pendant une de vos soirées ? Je croyais que les finissants comptaient parmi les partisans de Leduc ?

— C'est exact, répondit Gamache de la cuisine. Il leur donnait la consigne d'y assister afin de se mettre dans mes bonnes grâces et de lui faire rapport.

Gamache se pencha par la porte de la cuisine et se fendit d'un sourire.

— Je suis plus futé que j'en ai l'air.

— Dieu merci, dit Charpentier.

Gamache apporta leurs tasses et un pot de miel à la lavande de la région.

Charpentier mit sa cuillère dans le thé et fixa les yeux intelligents de son hôte.

— Vous étiez sur le point de me dire ce que faisait la carte dans la sacoche du garçon, lui rappela Gamache.

— Oui. Les cartes sont magiques.

S'il n'avait pas déjà eu toute l'attention du commandant, c'était désormais chose faite. Gamache baissa sa tasse et le dévisagea.

— Magiques ?

— Oui. Elles sont devenues si banales que nous avons tendance à l'oublier. Elles nous transportent ailleurs. Elles illuminent notre univers. Les premières cartes étaient celles des cieux, vous savez. Ce que les anciens pouvaient voir. Là où habitaient leurs dieux. Toutes les cultures ont cartographié les étoiles. Ensuite, elles ont baissé les yeux. Sur le monde qui les entourait.

— Pourquoi ?

— Ahhh, monsieur ! s'écria Charpentier en approuvant et avec un enthousiasme grandissant. Pourquoi, en effet ? Et comment ? Ça nous paraît facile, aujourd'hui, mais songez à la première personne qui a compris comment rendre en deux dimensions ce qui en avait trois. Comment dessine-t-on le temps et l'espace ? Pourquoi se donner tant de peine ? Ils avaient d'autres chats à fouetter, après tout. Pourquoi a-t-on créé des cartes ?

— Par nécessité ?

— Oui, et d'où vient cette nécessité ?

Gamache réfléchit un moment.

— La survie ?

— Exactement. Les cartes leur donnaient la possibilité de maîtriser leur environnement, pour la toute première fois. Elles indiquaient comment se déplacer sur le territoire. Ça paraît tout simple, mais, il y a des millénaires, cette activité exigeait sans doute le déploiement de trésors d'imagination et d'imagerie. Quand on dessine une carte, on donne l'illusion de voir le monde d'en haut. Selon le point de vue d'un oiseau. D'un dieu. Imaginez que vous soyez le premier à y avoir songé. À comprendre une perspective que vous n'avez jamais vue. Et à la représenter. C'est incroyable. Et songez à l'avantage qu'un tel objet vous confère.

Gamache n'avait jamais considéré ces questions, mais il comprenait mieux à présent le culte que vouait le maître tacticien aux cartes. À titre d'armes tactiques, elles étaient révolutionnaires, inégalables. Elles conféraient un avantage insurmontable.

Elles étaient donc bel et bien magiques.

— Ils pouvaient planifier, élaborer des stratégies, enchaîna Charpentier. Ils pouvaient voir l'avenir. Là où ils allaient. Et ce qu'ils y trouveraient. La tribu, la nation, la mission dotée des cartes les plus précises l'emportait.

— C'est pour cette raison que vous êtes devenu tacticien ?

— Tout a débuté par les cartes, en effet. J'étais un enfant maladroit, confessa-t-il, comme si cela faisait le moindre doute. Je trouvais le monde chaotique. Troublant. Mais les cartes m'apportaient l'ordre. Et la beauté. Je suis amoureux des cartes.

L'affirmation ne semblait pas exagérée. Avec affection, il regarda le papier posé sur la table. Un nouvel ami.

— Le mot "mappemonde" est particulièrement intéressant. De *mappa mundi*. En latin, *mappa* veut dire "serviette". *Mundi*, c'est le monde, naturellement. N'est-ce pas merveilleux ? Une serviette avec le monde dessus. Le banal et le sublime, réunis dans le même objet.

Il prononça les mots comme s'ils étaient effectivement magiques. Et dans le visage inondé de sueur du jeune homme, Gamache vit le monde s'ouvrir pour un garçon malheureux.

Mappemonde.

— Les moines ont réalisé quelques-unes des premières cartes de l'Europe, précisa-t-il. Ils recueillaient des informations auprès des marins et des marchands. On évoque parfois la mappemonde de Beatus, du nom d'un moine du VIIIe siècle à qui on doit certaines des plus anciennes. Elles étaient destinées à ses travaux sur l'Apocalypse.

— Pas encore ça, bredouilla Gamache.

Charpentier lui jeta un coup d'œil avant de revenir au papier posé sur la table.

— Toute carte a une finalité, murmura-t-il. Quelle est donc la tienne ?

— Des idées ?

— Je peux vous donner une opinion éclairée, fondée sur des années consacrées à l'étude des cartes et des tactiques, fit Charpentier.

— Bien, répondit Gamache. Je m'en satisferai.

— C'est l'œuvre d'un cartographe et non d'un artiste du dimanche. Je dirais qu'elle a sans doute été réalisée par un professionnel.

— Qu'est-ce qui vous a mis la puce à l'oreille ? demanda Gamache. La vache ou la pyramide ?

— Ni l'une ni l'autre, répondit Charpentier, insensible à l'humour. On le voit aux courbes de niveau.

Il montra les fines lignes indiquant le relief. Les collines et les vallées.

— Je pense qu'un examen approfondi révélerait qu'elles sont d'une très grande précision.

— Pas tout à fait. La vache a été secourue et le bonhomme de neige a fondu il y a une centaine d'années. Et je peux vous garantir qu'il n'y a pas de pyramide dans les environs.

Il désigna le triangle dans le coin supérieur droit.

— C'est ce qui rend cette carte particulièrement intéressante, dit Charpentier. Les vieilles cartes révèlent l'histoire. De la colonisation, du commerce, de la conquête. Celle-ci semble rendre compte d'une histoire très personnelle. C'est une carte destinée à une personne. À une fin particulière.

— Laquelle ? demanda de nouveau Gamache, sans attendre de réponse.

Seulement, cette fois, il en obtint une.

— Je pense qu'il s'agit d'une carte liée à une course d'orientation.

— Vous voulez parler du sport ?

— Ce n'était pas un sport, au début, expliqua Charpentier. Le soldat représenté sur le vitrail a participé à la Première Guerre mondiale, n'est-ce pas ? On a conçu les courses d'orientation comme outil de formation pour aider les hommes à retrouver leur chemin sur le champ de bataille.

— Il s'agit donc d'un champ de bataille ? demanda Gamache, lui-même en voie de s'égarer.

— Bien sûr que non. On a affaire à un bonhomme de neige qui tient un bâton de hockey. On est assez loin d'Ypres. C'est ici. Vous vouliez savoir pourquoi cette carte a été réalisée ?

En arrière-plan, le feu crachotait, les dernières braises s'éteignant peu à peu. Henri ronflait aux pieds de Gamache et la petite Gracie avait cessé de gémir.

Gamache hocha la tête.

— Elle a été faite pour ce jeune soldat. À titre d'aide-mémoire, répondit Charpentier. Pour lui rappeler son chez-lui.

Armand considéra les trois jeunes pins enjoués.

— Pour le ramener à la maison, ajouta Charpentier.

Ça n'avait pas marché. Les cartes, savait Gamache, n'étaient pas toutes magiques.

23

Myrna se redressa dans son lit. Réveillée par ce qu'elle prit pour un coup de feu. Encore abrutie de sommeil, elle tendit l'oreille, presque certaine d'avoir rêvé.

Puis le bruit retentit de nouveau. Pas un coup de feu unique, cette fois-là, mais bien une rafale. Plus de doute possible. C'était un tir d'arme automatique.

Il y eut des cris. Des hurlements.

Repoussant la couette, elle courut jusqu'à la porte de sa chambre et l'ouvrit. Au même moment, les brumes du rêve se dissipèrent et elle sut ce qu'elle allait trouver.

Jacques Laurin, assis devant l'ordinateur portable, le visage uniquement éclairé par les images qui vacillaient à l'écran.

Il était deux heures du matin et Jacques avait enfin suivi les conseils de Myrna et cherché "Armand Gamache" dans Google.

Il avait découvert le lien vers la vidéo.

D'autres cris, des ordres. Maîtrisés, énergiques. La voix se faisait entendre malgré la panique, malgré les coups de feu, tandis que les agents de la Sûreté s'engageaient de plus en plus profondément dans l'usine abandonnée. Repoussant les tireurs. Les affrontant.

Sauf que les tireurs étaient partout, encerclaient les agents.

Une embuscade, une boucherie.

Pressés par l'homme qui criait des ordres, donnait des signaux vifs et précis, ils avançaient.

Huifen Cloutier se redressa dans son lit.

C'était son premier moment de répit depuis la mort de M. Leduc. Le meurtre du Duc.

C'était ainsi qu'on se souviendrait de lui, savait-elle. L'homme oblitéré par le meurtre. Serge Leduc n'existait plus. Il n'avait jamais existé. Il n'avait fait que mourir.

Elle prit la carte sur ses genoux et la fixa.

Le visage de Laurin blêmit.

Il savait à quoi il avait affaire. À l'exercice tactique, à la simulation dans l'usine. L'exercice où il avait été tué deux fois et pris en otage une troisième. Celui où ils ne gagnaient jamais.

Sauf que ce n'était pas un exercice. C'était la réalité.

La vidéo avait été produite à l'aide d'images captées par les caméras dont les agents étaient équipés. Le point de vue changeait. Les images tanguaient, sautaient. Pendant qu'ils couraient. S'accroupissaient derrière des colonnes de béton qui volaient en éclats sous l'assaut des balles.

Mais elles étaient claires. Comme l'était l'expression des agents. Déterminés. Résolus. Ils avançaient. Au moment même où ils tombaient.

Allongée dans son lit, Amelia fixait le plafond.

La couette la tenait au chaud, malgré l'air glacé qui entrait par la fenêtre. Les draps avaient un léger parfum de lavande, assez pour avoir un effet calmant.

Et lentement, lentement, son esprit s'apaisa. Cessa de bourdonner. Cessa de s'inquiéter. Elle inspirait le parfum de la lavande, exhalait son angoisse.

Le Duc était mort. Qu'il repose en paix. Peut-être pourrait-elle enfin en faire autant.

Les sons étaient encore plus bouleversants que les images. Jacques grimaça, tandis que les balles volaient en tous sens. Les murs, les sols. Les agents. Les bruits étaient beaucoup plus forts que pendant l'exercice effectué à l'école de police. Il avait l'esprit engourdi, submergé par le vacarme, le chaos, les cris, les explosions, les gémissements de douleur. Ses mains se cramponnaient aux accoudoirs de la chaise, les serraient fort.

Ses sens se fermaient un à un.

À l'écran, un agent en tenue tactique avançait. Puis il s'immobilisa brusquement. Se redressa. Parodie grotesque d'un mouvement de ballet, il pivota avec grâce sur lui-même. Et tomba.

— Jean-Guy ! appela une voix.

Jacques vit quelqu'un entraîner M. Beauvoir à l'écart, où il serait en sécurité. Puis la caméra s'alluma et il reconnut le commandant Gamache, absolument concentré. Évaluant en un éclair l'état du blessé, au milieu des tirs croisés.

Beauvoir leva les yeux sur Gamache, qui s'efforçait d'étancher le sang. Beauvoir était silencieux, mais ses yeux, sous l'effet de la terreur, étaient exorbités. Suppliants.

— Il faut que j'y aille, dit Gamache en mettant entre les mains de son cadet un pansement compressif qu'il avait posé sur la blessure.

Gamache marqua une courte pause. Puis, se penchant, il embrassa l'homme sur le front.

Sur le seuil, Ruth Zardo épiait le garçon couché dans le lit.

Il dormait profondément, avec abandon. Elle écouta le rythme de sa respiration, puis elle referma la porte et descendit au rez-de-chaussée.

La vieille poète ne dormait presque plus. Ne semblait pas en avoir besoin. Ce dont elle avait besoin, c'était du temps. Elle voyait le rivage, droit devant. Encore relativement loin, croyait-elle, mais visible à présent.

Le garçon avait laissé sa copie de la carte dans la cuisine. Ruth se prépara une tisane à la camomille et s'assit à sa place habituelle, à côté de Rose qui dormait sur son lit de chiffons, près du poêle.

Dans son sommeil, Rose marmottait :

— *Fuck, fuck, fuck.*

Ruth examina la carte. Elle avait cru qu'elle lui inspirerait un poème. Question de déverser ses sentiments sur le papier. Comme l'avait si manifestement fait l'auteur de la carte.

Elle comprit que c'était inutile. La carte disait tout.

Les courbes de niveau. Les routes et les rivières. La vache échouée, le bonhomme de neige ivre de joie.

Les trois pins, petits mais pleins de vie.

Et les taches. De boue. Ou de sang.

Oui, la carte disait tout.

Elle leva les yeux. Vers le ciel, mais pas jusqu'au ciel. Ses pensées s'arrêtèrent à l'étage de sa maison. Où un jeune homme, bien qu'ayant trouvé le matin même le cadavre d'un de ses professeurs, dormait comme une souche.

Le genre d'événement qui marque une personne. Envahit ses heures de veille et de sommeil.

Et pourtant, le jeune Nathaniel dormait, apparemment indifférent.

Le cœur de Jacques Laurin bondissait dans sa poitrine, ses tempes et sa gorge.

Les tireurs étaient morts. Les agents de la Sûreté, morts ou blessés. Fait incroyable, quelques-uns s'en étaient tirés indemnes. Grâce au calme et aux tactiques improvisées par le commandant. Qui, après les avoir guidés dans l'usine et avoir accompli l'impossible, gisait sans connaissance sur le sol en béton. Des ambulanciers s'affairaient autour de lui. Du sang s'écoulait de sa tête.

Une agente, agenouillée près de lui, tenait sa main ensanglantée.

Laurin éteignit l'ordinateur et repoussa sa chaise.

24

— Café ?

Le maire Florent indiqua la cafetière aux deux enquêteurs.

Paul Gélinas, qui avait troqué l'uniforme de la GRC contre une tenue civile, secoua la tête. Lacoste, elle, fit signe que oui.

Le bureau du maire à l'hôtel de ville était saturé de l'odeur du café rance et légèrement brûlé. Elle soupçonnait la cafetière en verre, tachée par des décennies de caféine, de passer la journée sur le réchaud. Faute de mieux, l'homme pouvait offrir du café à ses concitoyens.

À sept heures, par un froid matin de mars, ce n'était pas rien.

À la demande de Lacoste, il ajouta du lait et du sucre et lui tendit la tasse.

Le bureau n'avait pas pour but d'impressionner les visiteurs. Autrefois, peut-être. Sur les murs, les panneaux en bois stratifié se décollaient par endroits et on voyait plus d'une tache sombre sur les carreaux insonorisants du plafond. La moquette avait connu des jours meilleurs et Dieu seul savait de quoi elle avait été témoin.

Et pourtant, la pièce, avec ses chaises aux revêtements dépareillés et sa table de travail récupérée dans un pensionnat religieux, soupçonnait Lacoste, conservait un aspect joyeux. Les murs étaient tapissés de photos d'équipes sportives locales. Des athlètes souriants brandissaient des fanions proclamant qu'ils avaient terminé au troisième, au deuxième ou au cinquième rang d'un tournoi.

Parmi ces jeunes athlètes figurait le maire lui-même. Souriant fièrement sur chaque photo.

Certaines avaient beaucoup pâli. En suivant leur progression sur les murs, on constatait que le maire avait pris du ventre, que ses cheveux s'étaient clairsemés. Qu'ils avaient grisonné.

Bon nombre de ces garçons et filles avaient leurs propres enfants, à présent.

Sur la table de travail se trouvaient des photos plus petites, bien encadrées, de la famille du maire. Enfants, petits-enfants. Serrant dans leurs bras des chats, des chiens et même un cheval.

Le maire s'assit et se pencha vers eux, le front soucieux.

Il ne ressemblait pas du tout à l'image que l'inspectrice-chef Lacoste s'était faite de lui. Suivant la description de M. Gamache, elle s'attendait à trouver un grand maigre, sec et nerveux, usé par les déceptions, les inquiétudes et le vent du nord.

En examinant les yeux doux et pleins d'espoir du maire, pareils à ceux de son grand-père, elle se rendit compte que M. Gamache ne l'avait jamais décrit physiquement. Il s'était contenté de dire que l'homme avait un sens aigu du bien et du mal. Et qu'il était rancunier.

Elle avait elle-même rempli les blancs.

Il avait aussi précisé qu'il l'aimait bien, cet homme. Et Lacoste voyait pourquoi. Le maire lui plaisait à elle aussi. À côté d'elle, l'officier de la GRC, se détendant, croisa les jambes.

Le maire Florent avait très bien pu tuer Serge Leduc, mais il ne semblait représenter une menace pour personne d'autre.

Isabelle Lacoste utilisa une méthode qu'elle employait rarement.

— Avez-vous tué Serge Leduc, monsieur le maire ?

Surtout parce qu'elle donnait rarement de bons résultats.

Sous l'effet de la surprise, il haussa ses sourcils gris et broussailleux, et le commissaire adjoint Gélinas se tourna vers elle.

Puis le maire éclata de rire. Ni longtemps ni très fort, mais avec un amusement sincère.

— J'imagine sans mal ce qui a pu vous donner une idée pareille, ma chère.

Rares étaient ceux qui pouvaient se permettre de donner du "ma chère" à l'inspectrice-chef Lacoste. Dans ce cas particulier, elle ne ressentit pas la moindre irritation. De toute évidence, l'homme n'avait eu aucune intention de la rabaisser.

— J'aurais formulé la même hypothèse, poursuivit-il. À votre place. Excusez-moi. Je ne devrais pas rire. Vous ne plaisantiez pas. Un homme a été tué et je devrais être triste. Bouleversé. Or je ne le suis pas.

Le maire entremêla ses doigts. Son regard aimable s'était durci.

— Je détestais Serge Leduc. Si j'avais eu des propensions au meurtre, il aurait été le premier sur ma liste de candidats. Si quelqu'un méritait d'être assassiné, c'était bien lui. Je vais à la messe tous les dimanches. Il m'arrive aussi d'y aller en semaine afin de prier pour un concitoyen en difficulté. Et je prie toujours pour Serge Leduc.

— Pour le salut de son âme ? fit Gélinas.

— Pour sa mort.

— Vous le haïssiez à ce point ? demanda Lacoste.

Le maire Florent se rencogna sur sa chaise et resta un moment immobile. Dans le silence, Isabelle Lacoste crut reconnaître au loin les cris joyeux d'enfants qui jouaient.

— Si vous êtes ici, c'est parce que vous connaissez déjà l'histoire. Parce que le commandant Gamache vous a parlé de ce qui nous est arrivé à cause de votre école de police.

Lacoste fut sur le point de préciser que ce n'était pas "son" école de police, mais elle se ravisa. Elle avait compris.

— Je ne vais pas répéter tous les détails, mais je vous rappelle qu'il s'agit d'une petite collectivité. Nous n'avons pas grand-chose. Nos enfants sont notre richesse. Nous avons travaillé pendant des années pour recueillir les fonds nécessaires à la construction d'un centre où ils pourraient jouer, se réunir au sein de clubs sociaux et pratiquer des sports toute l'année. Grandir forts et en bonne santé. Après quoi, ils s'en iraient presque sûrement. Nous n'avons plus grand-chose à offrir à nos jeunes. Mais nous voulions leur assurer une enfance digne de ce nom.

Dépêcher dans le monde de jeunes personnes solides et heureuses. Serge Leduc nous a tout enlevé. Aurais-je pu le tuer ? Oui. L'ai-je fait ? Non.

Il avait tremblé en parlant. De rage contenue.

"Il y a ici une bombe, songea Lacoste. Dans une enveloppe de chair. Humaine, d'accord. Et, à ce titre, encore plus susceptible d'exploser."

— Je crois comprendre qu'avec le commandant Gamache vous avez mis au point un programme qui permet aux enfants d'utiliser les installations de l'école, dit Lacoste. C'est déjà un progrès, non ?

— Vous croyez ?

Le maire posa sur elle ses yeux rusés et elle soutint son regard des siens, tout aussi pénétrants.

— Où étiez-vous il y a deux nuits, monsieur ?

Il tira son agenda vers lui et le feuilleta.

— Ce soir-là, j'ai assisté à un souper organisé par les Lions. Ça s'est terminé vers vingt et une heures.

Il sourit de nouveau et leva les yeux sur eux.

— Nous nous faisons vieux. Neuf heures, c'est la limite.

Lacoste lui rendit son sourire en espérant qu'elle n'aurait pas à arrêter cet homme, en priant pour que ce ne soit pas nécessaire.

Dieu, elle le savait, exauçait parfois les prières. Il avait exaucé celle du maire, par exemple.

— Après, je suis rentré chez moi. Ma femme y était, avec les membres de son club de bridge. Elles ont cessé de jouer après une dernière partie. À dix heures, nous dormions.

— Quel âge a votre femme ? demanda Paul Gélinas.

Le maire parut surpris par la question, mais pas contrarié.

— Un an de moins que moi. Soixante-douze ans, donc.

— Elle porte une prothèse auditive ? demanda Gélinas.

— Deux. Et oui, elle les enlève pour dormir.

Il regarda tour à tour ses interlocuteurs.

— Et oui, je suppose que j'aurais pu sortir sans qu'elle s'en aperçoive. Je souffre parfois d'insomnie. Je descends à la cuisine et je travaille un peu. À ma connaissance, Marie ne se doute de rien. J'essaie de ne pas la déranger.

Il se comportait, comprit l'inspectrice-chef Lacoste, en homme qui n'a rien à cacher. Ou rien à perdre.

— Vous mettez au point des logiciels, dit-elle.

Le maire hocha la tête.

— De quelle nature ?

— Surtout des programmes destinés à des compagnies d'assurances. Des tableaux actuariels. Vous seriez étonnée par la quantité de variables qui doivent être prises en compte.

— Vous vous occupez de logiciels de sécurité ? demanda Lacoste.

— Non. C'est une spécialité.

— Les informations sur lesquelles vous travaillez pour le compte des compagnies d'assurances sont confidentielles, dit Gélinas. Privées.

— Au plus haut point, confirma le maire Florent.

— Vous vous arrangez pour qu'elles soient inviolables ?

— Non. Je me charge uniquement de la programmation. Quelqu'un d'autre s'occupe de la sécurité. Pourquoi ? Ah, je vois.

Il étudia les deux policiers. Clairement, il ne s'amusait plus.

— Vous vous interrogez sur le système de sécurité de l'école et vous vous demandez si j'aurais pu m'y introduire. Possible, mais j'en doute. Je suis persuadé qu'il s'agit d'un système très perfectionné. Vous pouvez jeter un coup d'œil dans mon ordinateur et voir à quoi je m'occupe. Pour les sites pornos, adressez-vous à ma femme.

La remarque fit sourire même le commissaire adjoint Gélinas.

— Vous devez exceller dans votre domaine, dit l'inspectrice-chef Lacoste.

Le maire regarda autour de lui.

— Vous trouvez que ce bureau respire la réussite, vous ? Si j'étais aussi doué que vous le pensez, je serais à Toronto ou à Montréal, non ?

— À mon avis, c'est le bureau d'un homme accompli, dit Lacoste.

Le maire Florent soutint son regard.

— Merci.

Les enquêteurs se levèrent et serrèrent la main du maire, qui leur donna l'assurance qu'ils seraient toujours les bienvenus. Pendant qu'ils suivaient le couloir aux murs éraflés qui conduisait à la porte et à la brillante matinée de mars, Lacoste dit à Gélinas :

— Les tableaux actuariels servent à prédire…

— … le moment de la mort d'une personne.

À l'école de police, les cours avaient repris. Jean-Guy Beauvoir y avait veillé, sur l'ordre du commandant Gamache. Pour assurer le maintien de la structure et de la discipline, bien sûr, mais aussi pour empêcher les étudiants de mener leurs propres enquêtes. Beauvoir en avait surpris plus d'un à fouiner dans les couloirs, à proximité de l'appartement du Duc. Il en avait vu qui traînaient près de la porte de son bureau ou prélevaient des empreintes sur la poignée, comme si les enquêteurs avaient pu oublier de le faire.

Il en avait trouvé dans la salle des poids et haltères, où Leduc s'entraînait, qui examinaient les casiers, à la recherche d'indices. Même si, forcément, ils n'avaient aucune idée de ce qu'ils cherchaient.

C'était naturel et, à la limite, attendrissant, mais aussi irritant au possible. C'était l'inconvénient d'avoir un immeuble qui abritait plein d'enquêteurs en herbe. Et un meurtrier.

Après le début des cours de huit heures, l'inspecteur Beauvoir décrocha le téléphone. La réponse à son courriel n'était pas arrivée.

Il composa la longue série de chiffres et entendit une sonnerie inhabituelle. Deux pulsations au lieu de la pulsation unique qui lui était familière.

— McDermot and Ryan, lança une voix enjouée, comme si l'entreprise vendait des oursons en peluche ou des fleurs et non des armes.

— *Yes*, fit Jean-Guy en s'efforçant de maîtriser son accent québécois. Je vous appelle du Canada. Je fais partie de la Sûreté du Québec et nous enquêtons sur un meurtre.

— *One moment, please.*

“En attente ? songea-t-il. Elle m’a mis en attente ? Se peut-il que plusieurs policiers des quatre coins du monde aient téléphoné au même moment ?”

Il y avait peut-être un service chargé de ces questions.

Jean-Guy soupira et écouta de la musique classique. Au bout d’un moment, une voix beaucoup moins enjouée se fit entendre.

— Inspecteur Beauvoir ?

— *Yes.*

— Je m’appelle Elizabeth Coldbrook. Je suis la vice-présidente aux relations publiques de McDermot. J’ai reçu votre message électronique et j’étais justement en train de vous répondre. Désolée d’avoir mis tout ce temps, mais je voulais être sûre de ce que j’avançais.

Sa voix était brusque et Beauvoir, sans savoir pourquoi, eut le sentiment d’avoir fait quelque chose de mal. Il avait souvent cette impression quand il s’adressait à des Parisiens ou à des Londoniens.

— Vous m’enverrez quand même votre réponse ? Il nous faut une trace écrite. Mais j’aimerais qu’on se parle un moment, si vous n’y voyez pas d’inconvénient.

— Bien sûr. Quel tragique événement. Dans votre message, vous faites allusion à un décès. Accidentel ?

— Non. Il s’agit d’un acte délibéré. Un coup, un seul, en pleine tempe.

— Ahhh, fit-elle avec tristesse, mais sans surprise.

“Vous fabriquez des armes de poing, songea Beauvoir. À quoi servent-elles, à votre avis ?”

Il demanda plutôt :

— Vous avez trouvé quelque chose ?

— Oui. Nous avons ici un bon de commande pour un McDermot MR VI, calibre .45. Serge Leduc est passé le prendre le 21 septembre 2011.

— Passé le prendre ? En Angleterre ?

— Non. Nous avons un distributeur dans le Vermont. Je vous ferai suivre le numéro du bon de commande et toutes les informations pertinentes.

Elle semblait moins brusque. Ou alors il s'habituait à son ton.

Elle se montrait serviable. "Sans doute a-t-elle l'habitude de parler d'armes à feu à des policiers", se dit Beauvoir.

— *Please*. C'est une arme populaire ?

— Plus tellement. Quelques forces de police l'utilisent encore, bien que, naturellement, elles se tournent de plus en plus vers les pistolets automatiques.

— Vous en fabriquez aussi ?

— Oui. L'arme qui vous intéresse, le McDermot de calibre .45, est de conception très ancienne. Un six-coups.

— Comme au temps du Far West ?

Elle rit de façon semi-automatique.

— Oui, je suppose. Colt s'est inspiré du nôtre pour son modèle. C'est du moins ce que nous nous plaisons à croire. Le McDermot a connu son apogée pendant la Grande Guerre. Nous en avons également fourni beaucoup pendant la Seconde Guerre mondiale, puis la demande a chuté.

— Pourquoi commander une telle arme aujourd'hui ?

— Elles sont très populaires auprès des collectionneurs. Votre homme était collectionneur ?

— *No*. Il était professeur à l'école où on forme les policiers, ici, au Québec.

— Il s'intéressait aux armes, alors ?

— Oui, mais aux armes modernes. Pas aux antiquités.

— Ce revolver a beau être antique, il remplit bien son rôle.

— Tuer, vous voulez dire ?

Il y eut un silence.

— Pas nécessairement.

Beauvoir laissa les mots en suspens, et le silence s'étira.

— Oui, parfois, bien sûr. On peut aussi s'en servir pour prévenir un bain de sang. Nous ne vendons pas d'armes de poing au Canada. Elles y sont interdites, vous le savez mieux que moi. C'est pour cette raison que M. Leduc est passé par les États-Unis. J'ignore comment il lui a fait franchir la frontière.

— Ce n'est pas très difficile.

La frontière était plus poreuse qu'on voulait bien l'admettre.

— Avez-vous une idée de ce qui a pu le décider pour ce modèle en particulier, lui qui n'était pas collectionneur ? demanda Beauvoir.

— Eh bien… C'est du solide et l'effet de recul est beaucoup moins prononcé qu'avec d'autres revolvers. C'est aussi une arme très précise.

— Dans ce cas particulier, la précision n'a pas joué un très grand rôle, dit Beauvoir. Et l'homme n'était pas en route vers les tranchées. Pourquoi choisir un six-coups quand on peut opter pour une arme automatique ?

En esprit, il la vit presque hausser les épaules. Pas par manque d'intérêt, mais bien parce qu'elle n'en savait pas plus que lui.

Beauvoir décida d'adopter une autre approche.

— Pourquoi a-t-il commandé une arme en Angleterre plutôt que d'acheter un Colt ? Vous me dites que les deux se ressemblent.

— L'histoire. Et la qualité. Notre marque est prisée par les amateurs d'armes à feu.

— Mais les Colt ou les Smith & Wesson sont de bonne qualité et coûtent moins cher, *no* ? Et ils sont fabriqués à côté, aux États-Unis.

— Il est vrai qu'ils coûtent moins cher.

— Mais ces entreprises ne fabriquent peut-être pas de silencieux, dit Beauvoir.

— Nous non plus.

— Vous faites erreur. Ce revolver en avait un. Je l'ai mentionné dans mon message.

— J'ai cru qu'il s'agissait d'une faute de frappe ou d'une erreur de votre part.

— Vous avez cru que je ne savais pas ce qu'était un silencieux ? demanda-t-il.

— Seulement parce que c'est insensé, répondit-elle. Il n'y a pas de silencieux pour les revolvers. Ces mécanismes sont inefficaces.

— Celui-là a bien fonctionné.

On eût dit qu'un de ces dispositifs s'était fixé à Mme Coldbrook. À la longue, le silence devint inconfortable.

— Qui a fabriqué le silencieux ? demanda Beauvoir.

— Je ne sais pas.

— Si ce n'est pas McDermot, qui ? insista-t-il. Que dites-vous aux clients qui en demandent un ?

— Nous les orientons vers le service des armes automatiques. Il n'y a pas de silencieux pour les revolvers.

Le ton impérieux était de retour, façon *Les Dents de la mer*. Puis la voix se radoucit.

— Les suicides sont tragiques. Notre société les prend très à cœur. Comme moi, d'ailleurs.

Il la crut, sans savoir pourquoi. Combien de coups de fil par mois, par semaine ou par jour cette femme recevait-elle de la part de policiers avec un cadavre comme toile de fond ?

— Il ne s'agit pas d'un suicide, déclara Beauvoir.

Sans savoir si c'était pire ou non.

— Vous avez dit que la précision n'avait pas joué un grand rôle. J'ai cru que…

Elle marqua une pause.

— Un meurtre ?

— Oui. Une balle, une seule, en pleine tempe, répéta-t-il.

Le silence se prolongea. S'étira. S'étira encore. Mais il n'était pas vide. Il entendait la femme réfléchir, peser le pour et le contre, à l'autre bout du fil, de l'autre côté des mers.

— À quoi pensez-vous, madame Coldbrook ?

— Je réfléchissais à la conception de l'arme et à ses usages. Je me demandais pourquoi quelqu'un aurait tenu à s'en procurer une. En particulier un non-collectionneur. Pourquoi un revolver ?

On aurait dit une affirmation plutôt qu'une question.

— À votre avis ? demanda-t-il.

En arrière-plan, il entendit quelqu'un frapper à une porte et dire quelques mots.

— Comment voulez-vous que je le sache ? répondit-elle. Nous nous contentons de fabriquer les armes. Comme votre National Rifle Association se plaît à le répéter, ce ne sont pas les armes qui tuent. Ce sont les gens.

— Je suis québécois, madame. Canadien. La NRA n'a rien à faire avec moi.

— Et McDermot and Ryan n'a rien à faire avec la mort de cet homme. Je suis désolée de ce qui s'est produit. Sincèrement désolée. Un coup de revolver en pleine tempe. Pauvre homme. Je suis sûre que vous découvrirez le coupable. Je vous envoie un message électronique avec toutes les informations dont je dispose et j'y attacherai le bon de commande.

Il allait la remercier, mais il se rendit compte qu'elle avait déjà raccroché.

Le courriel d'Elizabeth Coldbrook arriva quelques minutes plus tard avec une description sommaire et convenue du McDermot MR VI de calibre .45 ainsi que des détails sur la commande de Leduc.

Au bas de la lettre d'accompagnement figurait son nom. Elizabeth Coldbrook-Clairton. Quelque chose clochait. Un examen plus attentif révéla que la police du mot Clairton était légèrement différente. À peine. Peut-être même n'avait-elle rien remarqué. Ce détail n'échappa toutefois pas à Beauvoir.

Puis il entendit un tintement. Le rapport médicolégal venait d'atterrir dans sa boîte aux lettres.

— Vous pouvez rester au village, si le cœur vous en dit, proposa Gamache en enfilant son manteau d'hiver. Rien ne vous oblige à rentrer à l'école avec moi.

— Vous préféreriez que je reste ? demanda Charpentier en tirant sur une de ses bottes. Vous voulez que je reste ? Vous n'essaieriez pas de vous débarrasser de moi, par hasard ?

Il avait prononcé les mots en souriant, mais la question traduisait un léger agacement.

— Moi ? demanda Gamache en souriant à son tour.

Puis son ton changea.

— À vous de choisir, Hugo, dit-il d'une voix grave. Et quand je voudrai quelque chose, je vous le dirai sans détour.

— Qui d'autre sait qu'ils sont ici, patron ?

— Les étudiants ? C'est une question difficile.

Les deux hommes dirent au revoir à Mme Gamache et, dans la neige et la boue, marchèrent avec lenteur jusqu'au gîte, où le commandant avait demandé aux étudiants de l'attendre.

Charpentier balançait ses cannes devant lui et propulsait son corps à leur suite, suivant l'espèce de démarche sautillante qu'il avait perfectionnée.

— Il a fallu mettre au courant leurs camarades de classe et leurs enseignants, expliqua Gamache. Je leur ai dit qu'ils étaient rentrés à la maison.

— Sans préciser laquelle.

Gamache s'immobilisa dans l'escalier du gîte et se retourna.

— Personne ne doit savoir que ces étudiants sont ici. Vous comprenez ?

Charpentier hocha la tête. Gamache, cependant, vit bien qu'il considérait toute cette affaire comme un jeu. Pour le tacticien, il s'agissait d'un casse-tête dans lequel les étudiants étaient des pièces et non des personnes.

— Mais vous m'avez laissé vous accompagner, dit Charpentier, dont le nez rougissait à vue d'œil dans le froid vif de mars. Vous me les avez laissé voir. Pourquoi ?

“S'il se met à transpirer, songea Gamache, il risque de se transformer en sculpture de glace.”

— Parce que je vous crois capable de m'aider.

Charpentier hocha la tête.

— Oui. Je l'ai déjà fait, d'ailleurs.

Les hommes gravirent les marches, Gamache derrière Charpentier, au cas où il glisserait et perdrait l'équilibre. Celui-ci s'arrêta en haut. Marcher l'épuisait, et monter des escaliers, plus encore.

— Seriez-vous en train de me manipuler, commandant ?

Ses mots avaient formé de petites bouffées de vapeur dans l'air de la fin d'hiver.

— Comment ?

— Vous aviez besoin de moi ici ou vous avez voulu m'éloigner de l'école ?

— Vous vous y connaissez en cartes. Celle que nous avons découverte pourrait se révéler importante.

— En effet. Mais hier soir, à l'école, vous ne sembliez pas du tout convaincu de mon utilité. Vous ne saviez même pas que je collectionnais les cartes. Pourtant, vous m'avez laissé vous accompagner. Vous m'avez laissé voir les étudiants que vous avez escamotés.

Gamache se fendit d'un large sourire. Son visage se creusa de rides profondes. Il se pencha si près que le jeune homme détecta l'odeur du dentifrice à la menthe et de l'eau de Cologne au bois de santal. Avec un soupçon d'eau de rose.

— Rappelez-vous mon entretien téléphonique avec Mme Gamache, pendant notre rencontre à l'école, hier. Pensez-vous que j'étais obligé de mentionner la carte à haute voix ?

Charpentier écarquilla les yeux.

— Vous m'avez appâté ?

— Je vous connais mieux que vous le pensez.

Les odeurs rassurantes de l'homme furent emportées par la brise glaciale qui s'était immiscée entre eux.

Et Hugo Charpentier se mit à transpirer à profusion.

— Je pense qu'il vaut mieux entrer, dit Gamache. Pas vous ? Ils nous attendent.

25

Les étudiants attendaient effectivement le commandant Gamache et M. Charpentier dans la salle à manger du gîte.

Clara et Myrna, qui avaient décidé d'accompagner leurs invités, s'étaient installées à une autre table. Assises près du foyer, elles finissaient leur pain doré accompagné de bacon et arrosé de sirop d'érable quand Gamache s'arrêta leur dire bonjour. Et s'informer :

— C'était comment ?

— La nuit dernière ? demanda Myrna. Aussitôt rentrée, je me suis glissée sous les draps. Lui aussi, je pense. Je vais vérifier les siens pour voir s'il a fait des trous dedans pour les yeux. Et s'il a apporté son chapeau pointu.

Armand sourit et grimaça en même temps.

— Je suis désolé.

— Amelia est une gentille fille, dit Clara. Debout aux premières lueurs de l'aube. Elle a fait son lit et de menus travaux ménagers avant mon réveil. Quand je me suis levée, elle avait déjà préparé le café.

— Ah bon ? s'écrièrent Armand et Myrna à l'unisson.

— Non, bien sûr que non, répondit sèchement Clara. Elle m'a dit d'aller me faire foutre quand j'ai frappé à sa porte, il y a une demi-heure. Ensuite, elle a réclamé du café. C'est comme vivre avec un carcajou. Parlant de carcajou, comment va Gracie ?

Armand esquissa un mince sourire.

— Bien.

Il partit retrouver Charpentier et les étudiants. Ceux-ci finissaient leur déjeuner et Gabri apporta un café au lait aux deux hommes.

— Vous voulez manger quelque chose ? J'ai des crêpes aux bleuets, du pain doré et des œufs Gabri.

— Des œufs Gabri ? répéta Gamache. C'est nouveau.

— J'ajoute des zestes de citron à la sauce hollandaise.

Armand réfléchit un moment, puis sourit.

— Une touche un peu folle ?

— La touche d'une folle, oui, confirma Gabri en s'inclinant avec beaucoup de dignité.

— Alors va pour les œufs Gabri, s'il vous plaît, dit Armand.

— Et pour monsieur ? demanda Gabri à Charpentier.

Celui-ci commanda des crêpes avec des saucisses et du sirop.

— M. Charpentier et moi rentrons à l'école, dit Gamache aux étudiants.

En face de lui, Charpentier haussa très légèrement les sourcils.

— À mon retour, ce soir, je veux un compte rendu de vos découvertes au sujet de la carte.

— Voyons donc, s'écria Jacques. Elle est sans importance, cette carte, et vous le savez très bien. Je veux rentrer à l'école. Vous n'avez pas le droit de nous garder ici.

Il posa un regard sombre sur Gamache, et les autres étudiants promenèrent leurs yeux de l'un à l'autre. Jacques n'avait jamais compté parmi les partisans du commandant, mais son mépris semblait avoir atteint des sommets – ou des profondeurs – inégalés.

Même Gabri, qui apportait une petite assiette de fromages à Clara et à Myrna, s'immobilisa et jeta un coup d'œil de ce côté. Les femmes aussi.

Myrna, perplexe, inclina légèrement la tête.

— Vous avez peut-être raison, dit Gamache en posant sa tasse. La carte ne veut peut-être rien dire. Mais il se peut aussi que vous vous trompiez.

— "Ne croyez pas tout ce que vous pensez", récita Amelia.

— Tu es de son côté maintenant ? demanda Jacques.

— Côté ? répéta Amelia. Il n'y a pas de côté qui tienne.

— Ne te fais pas d'illusions, répliqua Jacques. On doit toujours prendre parti.

— Ça suffit, ordonna Gamache.

Il avait monté le ton pour la toute première fois. Aussitôt, les yeux se tournèrent vers lui.

— J'en ai plein le dos de vos enfantillages. Finies, les jérémiades. Vous n'êtes plus dans une cour de récréation. Vous étudiez à l'école de police. Vous avez été conscrits pour prendre part à une enquête pour meurtre. Vous avez une idée du nombre d'étudiants qui aimeraient être à votre place ? Et vous osez rouspéter ? Vous voulez vous en aller ? Récupérer vos billes et rentrer à la maison ? Parce qu'on ne vous a pas fourni une pièce à conviction dégoulinant de sang ? Comment savez-vous si un élément de preuve est important ou non ? Je n'en sais rien, et vous encore moins.

Il les dévisagea tour à tour et ils baissèrent les yeux. Jacques y compris.

Près de l'âtre, Myrna et Clara échangèrent un regard.

Phénomène rare, la voix d'Armand trahissait la colère. Mais les deux femmes détectèrent aussi autre chose, en filigrane. Gamache craignait que ces étudiants ne prennent pas la situation assez au sérieux. Erreur qui risquait de leur valoir non seulement un échec scolaire, mais aussi du plomb dans la tête. Au sens propre. Quelqu'un avait commis un meurtre et tuerait de nouveau, au besoin.

— Vous n'avez pas le luxe de choisir vos affectations ni vos collègues. Je suis votre commandant et je vous ai donné l'ordre de travailler ensemble sur cette carte. Pas de débat, pas de discussion. Un meurtrier se nourrit du chaos, de la division et de la diversion. Des querelles intestines, en somme. Il vous distrait, sape votre énergie. Vous devez apprendre à collaborer. Avec tout le monde. Sans exception.

Son regard passa de l'un à l'autre.

— Tout le monde, vous m'entendez ? Vos vies en dépendront. Vous croyez que les garçons représentés sur le vitrail se chamaillaient entre eux dans les tranchées ?

— "Et si une maison est divisée contre elle-même, cette maison ne peut subsister", récita Charpentier. Pas besoin d'être un brillant tacticien pour le comprendre.

— Non, balbutia Jacques. Il suffit d'être un maître du cliché.

— Et vous vous demandez pourquoi je vis en reclus ? lança Charpentier à Gamache.

— Certains jours, je le conçois très bien, répondit celui-ci.

— La maison est tombée de toute manière, insista Jacques. Ils sont tous morts, ces soldats. Ensemble, peut-être. Mais morts quand même. Les taches qu'on voit sur cette maudite carte ? C'est du sang, pas de la boue.

Une copie reposait sur la table et il la poussa vers le commandant avec une telle force qu'un verre se renversa. De l'eau se répandit, menaçant d'atteindre Gamache.

Tandis que les autres s'écartaient, celui-ci resta là où il était. Il toisait le garçon.

Jacques, bouleversé, semblait au bord des larmes. Il fixait le visage du commandant. Il étudia la profonde cicatrice sur sa tempe. Trouva ses yeux. Et soutint son regard.

— Ils sont morts, murmura-t-il.

— Oui, plusieurs sont morts, dit Gamache en examinant le jeune homme.

Ensuite, il avança la main et repoussa la carte. Loin de l'eau répandue sur la table. En sécurité, près de l'étudiant.

Gabri arriva avec leurs déjeuners et épongea avant de repartir, non sans avoir au préalable lancé à Gamache un regard interrogateur.

Celui-ci se tourna vers Charpentier.

— Répétez-leur ce que vous m'avez dit.

— Je crois, commença le professeur en désignant le document, qu'il s'agit d'une ancienne carte d'orientation.

— Une quoi ? demanda Amelia.

— Une carte d'orientation, comme pour les courses, répondit Nathaniel. C'est un sport.

— Comme le curling est un sport ? demanda Amelia.

— Le curling est un sport génial, répliqua Huifen. Tu y as déjà joué ?

— Pas besoin de…

— Pour l'amour du ciel, s'impatienta Gamache, voulez-vous bien écouter le professeur ?

— Les courses d'orientation sont une méthode d'entraînement déguisée en sport, expliqua Charpentier.

— Quel genre d'entraînement ? demanda Huifen.

— Pour la guerre. Pendant la guerre des Boers et la Première Guerre mondiale, on s'en est servi pour apprendre aux officiers à retrouver leur chemin sur le champ de bataille. D'où la présence d'objets qui ne figurent pas sur d'autres cartes. Un rocher, une clôture, un arbre de forme bizarre, une maison abandonnée. Mais on y retrouve aussi des courbes de niveau, comme sur une carte topographique.

Il tapota la carte posée sur la table.

— L'auteur de ce document savait faire des cartes et connaissait les courses d'orientation, alors au stade embryonnaire.

— C'était sans doute quelqu'un de la région, dit Nathaniel.

— Vous pensez que c'est le soldat lui-même qui l'a réalisée ? demanda Amelia.

— Possible, répondit Charpentier.

— Mais ? fit Huifen, à qui la légère hésitation du professeur n'avait pas échappé.

— Mais on a affaire à l'œuvre d'un cartographe chevronné. Le soldat n'était qu'un garçon. Il n'aurait pas eu le temps de perfectionner son art. Pas à ce point.

— C'est son père qui l'a produite, dit Jacques qui, pendant l'échange, n'avait pas quitté la carte des yeux. Pour qu'il l'emporte avec lui.

— Pour lui rappeler la maison, ajouta Nathaniel.

— Pour le ramener à la maison, précisa Jacques.

Charpentier jeta un coup d'œil à Gamache, qui hocha la tête.

— Nous sommes du même avis.

— Par où commencer ? demanda Huifen.

— Nous nous débrouillerons tout seuls, dit Jacques. Nous n'avons pas besoin de leur aide.

— Mais…

— Vous demanderez de l'aide, monsieur, dit Gamache. Et vous accepterez celle qu'on vous offre.

— Pourquoi ? demanda Jacques. J'ai vu de mes yeux ce qui arrive à ceux qui suivent vos ordres.

Armand Gamache posa son couteau et sa fourchette avec lenteur et un soin étudié, puis lança au jeune homme un regard si intense que celui-ci se mit à trembler. Les autres étudiants, et même Charpentier, s'éloignèrent de la table.

— Vous trouverez à l'hôtel de ville de Saint-Rémy des registres faisant état des transactions immobilières, déclara Gamache calmement, froidement. Datant de cent ans et plus. On saura vous dire à qui appartenait le bistro, à l'époque où il servait encore de résidence privée. C'est par là qu'il faut commencer.

Nathaniel nota, mais Jacques, lui, continua de regarder dans la mire.

Le commandant Gamache se leva. Tous l'imitèrent. Jacques aussi, mais avec lenteur.

— Je serai de retour à dix-neuf heures. Vous me ferez alors rapport de vos observations.

— Oui, monsieur, répondirent les trois étudiants.

Gamache se tourna vers Jacques, qui récita à son tour :

— Oui, monsieur.

— Bon, dit Gamache en s'avançant vers Myrna. Je peux vous dire un mot ?

Celle-ci le suivit dans le salon avec l'impression d'avoir été convoquée dans le bureau du directeur de l'école.

— Il a trouvé la vidéo, admit-elle avant qu'Armand ait pu poser la question.

Devant le silence de l'homme, elle ajouta :

— Je lui ai peut-être suggéré de faire une petite recherche dans Google.

— Pourquoi ?

— Pourquoi ? Parce que, manifestement, il croit dur comme fer à tout ce que ce Leduc a raconté à votre sujet. Comment peut-il apprendre s'il ne connaît pas la vérité ? Il y a un meurtrier en liberté. Ce garçon doit éviter de se laisser distraire.

— Personne n'a besoin de voir cette vidéo.

— Écoutez, Armand. Je sais que la présence de ce document sur internet vous déplaît, mais on n'y peut rien. Alors autant qu'il serve. Si la vidéo a permis à ce jeune homme de démêler le vrai du faux, il en sortira peut-être quelque chose de bon.

— Jacques a changé d'avis, vous pensez ? demanda Armand.

Myrna jeta un coup d'œil dans la salle à manger. Et secoua la tête.

— Je crois qu'il s'agit d'autre chose, dit-elle. J'ai vu son visage pendant qu'il assistait au raid. Il était en état de choc. Mais pas au sens habituel du terme. On aurait dit qu'il était entré dans l'écran. Pour vivre l'expérience, en temps réel. Une telle empathie, c'est rare. On aurait dit qu'il y était.

Voyant le visage d'Armand, elle ajouta :

— Ou presque.

Gamache jeta un coup d'œil dans la salle à manger avant de se tourner vers Myrna.

— Il les a tous vus, dit Armand. Réal, Étienne et Sarah.

Il avait récité les noms des morts, comme Ruth la veille.

Myrna hocha la tête.

— Et Jean-Guy. Puis vous. Je pense qu'il a compris pour la première fois ce que veut dire être un agent de la Sûreté. Le Duc… C'est bien ainsi qu'on le surnommait, non ?

Gamache acquiesça.

— Le Duc les a sans doute gavés de récits de pouvoir et de gloire dans lesquels la violence est héroïque et caricaturale, façon dessins animés, comme dans les vieux films de guerre ou les westerns. La mort est bien propre et, de toute façon, ce sont les ennemis qui meurent, jamais les vôtres. Et ils l'adoraient, Leduc, justement pour cette raison. La vidéo montre la réalité dans toute son horreur. Je pense que le garçon est terrifié. D'où sa haine pour vous.

Gamache se rendit compte qu'il s'était trompé. Il avait craint que le jeune Laurin ne prenne pas la situation assez au sérieux, alors que, en réalité, il était paralysé par la peur.

Jacques se posait la question qu'ils finissaient tous par se poser. Face au danger, avancerait-il ou prendrait-il ses jambes à son cou ?

— Il est temps qu'il sache ce qu'on attend de lui, dit-il. Qu'ils le sachent tous.

Puis il sourit. Rapidement, fugitivement. Sincèrement.

— C'est une idée séduisante, Myrna. Que du bon sorte de tout ceci. Que des morts servent à sauver des vies. Celle de Jacques en particulier, s'il décide d'abandonner.

— Vous pensez qu'il le fera ?

— Je pense qu'il aurait peut-être intérêt à le faire.

— Ne va-t-il pas mourir au moment convenu, malgré tout ? demanda-t-elle. Dans son lit, dans sa voiture ou dans un échange de coups de feu ?

— Le destin ? fit Gamache. Vous n'allez tout de même pas recommencer.

Ils avaient souvent eu cette discussion. Le moment était toutefois mal choisi.

Les deux hommes partirent, ainsi que Clara et Myrna, tandis que les étudiants restèrent derrière.

Huifen, après tout, avait de la vaisselle à laver. À contrecœur, Amelia accepta de lui donner un coup de main. Puis Nathaniel se joignit à elles. Enfin, Jacques entra dans la cuisine. Prenant le linge de Nathaniel, il s'en servit comme d'un fouet sur la recrue et saisit une assiette à essuyer.

Nathaniel rit, conscient qu'il s'agissait d'une plaisanterie. Et pourtant, le geste avait eu quelque chose de malicieux, au même titre que la douleur qu'il avait provoquée.

26

— Il aurait pu commettre le meurtre, dit Isabelle Lacoste.

Ils s'étaient réunis dans la salle de conférences de l'école de la Sûreté. Gamache, Charpentier, Beauvoir et Gélinas écoutaient Lacoste rendre compte de leur entretien matinal avec le maire.

La lumière entrait à flots par la fenêtre panoramique et, dehors, la neige fondait sous le soleil étincelant.

— Il avait le mobile et la possibilité d'agir. Peut-être même le savoir-faire nécessaire pour désactiver le système d'alarme.

— Sauf qu'on ne sait pas si cette désactivation a été volontaire ou le résultat d'une panne, rappela Beauvoir.

— Qu'avez-vous pensé du maire Florent ? demanda Gamache.

— Il m'a beaucoup plu. C'est un homme intéressant. Il respire la bonhommie. La bonne humeur. Mais il a admis volontiers, presque gaiement, qu'il aurait pu quitter sa maison, venir ici en voiture, tuer Leduc et rentrer chez lui sans que personne remarque son absence.

— Mais quand vous lui avez demandé s'il avait tué

Leduc, il a répondu non, souligna Gélinas. Ce n'est donc pas lui le coupable.

— Pas encore ça ? demanda Gamache.

— Et toujours sans résultat, hein ? ajouta Beauvoir.

Elle secoua la tête et sourit.

— Un de ces jours, ça va marcher et nous pourrons tous rentrer de bonne heure.

— Le maire a toutefois admis qu'il détestait cet homme, dit Gélinas en observant et en enviant un peu l'aisance et la familiarité qui s'étaient créées entre ces gens-là.

Il dut se rappeler à l'ordre : il avait pour mandat de les juger et non de s'unir à eux.

— Il a utilisé le mot "détester". Et il priait pour que Leduc meure.

— Si tous ceux qu'on demande à Dieu de faire crever mouraient, les rues seraient jonchées de cadavres, laissa tomber Beauvoir.

— Non, répliqua Gélinas. C'est une chose que de souhaiter la mort de quelqu'un, mais, pour un homme croyant, prier dans une église pour qu'un de ses semblables passe de vie à trépas, c'en est une autre. On ne parle pas ici d'un être cher malade et en proie à d'atroces souffrances, mais au contraire d'un homme vigoureux qui pourrait, voire qui devrait, vivre quarante années de plus. Prier pour la mort d'un tel homme, c'est une autre paire de manches. On parle d'une haine qui fait fi de la morale, de l'éthique et de la croyance. Une haine viscérale.

Gamache écouta Gélinas en se demandant s'il était lui-même croyant.

— Vous pensez donc que le maire Florent est un fanatique religieux et que Dieu est son complice ? demanda Beauvoir.

— À vous entendre, on pourrait presque croire qu'il s'agit d'une hypothèse farfelue, déclara Gélinas avec un sourire rusé. Il a beau être croyant, je pense que, s'il a tué Leduc, c'est par haine pour cet homme et non par amour pour Dieu. J'ai appris à ne jamais sous-estimer la haine. Elle s'accompagne d'une forme de folie.

— Nous avons le rapport médicolégal, dit Beauvoir en tapotant l'écran de sa tablette.

Quel soulagement que d'enquêter sur un meurtre dans un lieu doté d'une connexion internet haut débit ! Le rapport s'afficha sur l'écran de tous les participants.

Quel soulagement aussi que de traiter des faits plutôt que des spéculations !

— La balle que nous avons extirpée du mur est bien celle qui a tué Leduc. Elle a été tirée par le revolver trouvé sur place. Le McDermot de calibre .45. Pas de surprise.

— Si, il y a une surprise, dit Gélinas. Je ne suis pas spécialisé dans les homicides, mais je crois savoir que la plupart des meurtriers emportent l'arme du crime avec eux. Pour la faire disparaître. En l'absence d'une arme, les enquêteurs disposent d'un élément de moins.

— C'est vrai pour les amateurs, dit Charpentier.

Jusque-là sec comme l'os et silencieux, il se mit à transpirer par tous les pores de la peau au moment où il ouvrit la bouche.

— Les professionnels savent que l'arme, dès qu'un crime est commis, cesse d'être un fusil, un couteau ou un gourdin et devient un nœud coulant. Elle s'accroche au meurtrier. Il se croit malin en l'emportant avec lui, mais il est plus difficile de s'en débarrasser qu'on l'imagine parfois. Plus longtemps il la garde en sa possession, plus le nœud se resserre, et plus la chute est terrible.

Charpentier fit comme s'il tenait un bout de corde et tira dessus avec une violence si brusque et un ravissement si manifeste que les autres restèrent songeurs. Pendant que, ruisselant de sueur dans la lumière du matin, il discourait sur une exécution, cet homme tranquille avait connu une sorte d'extase.

Gamache se pencha vers lui, ses yeux réfléchis donnant l'impression de s'aiguiser. Et il comprit à quoi son ancien élève lui faisait penser. Son corps élancé, tendu, c'était la corde, et sa tête disproportionnée, le nœud coulant.

Si Gamache était un explorateur et Beauvoir un chasseur, Charpentier, lui, semblait être un bourreau-né.

Et Gélinas ? Gamache pivota vers le haut gradé de la GRC. Qu'était-il donc ?

— Les amateurs paniquent et partent avec l'arme, confirma Beauvoir. Leduc a été tué par une personne qui savait ce qu'elle faisait ou qui, à tout le moins, avait bien planifié son crime.

— Mais pourquoi un revolver ? demanda Gélinas. Pourquoi Leduc en avait-il un en sa possession et pourquoi le meurtrier a-t-il utilisé cette arme-là plutôt qu'un pistolet automatique ?

— Le revolver avait l'avantage d'être sur place, répondit Gamache. Impossible de s'en servir pour remonter jusqu'au meurtrier. Et il avait un autre avantage.

— Lequel ? demanda Lacoste.

Beauvoir, souriant, s'était penché vers l'avant.

— Nous en parlons. Nous devons nous interroger à son sujet. Le revolver est un objet de curiosité. Dans le contexte d'une enquête, les objets de curiosité prennent du temps et monopolisent de l'énergie.

— Vous pensez que le revolver est à la fois l'arme du crime et un leurre ? fit Lacoste.

— Un Leurre avec un grand L, répondit Beauvoir. Un détail si bizarre que nous devons nous y intéresser, au risque de passer à côté d'autre chose.

— L'hypothèse vaut d'être considérée, dit Gamache.

— Trêve de spéculations, trancha Lacoste. Poursuivons. Je constate que nous disposons d'un rapport préliminaire sur les traces d'ADN prélevées sur la scène du crime.

— Il y en a plusieurs, répondit Beauvoir en revenant à son écran. Il faudra du temps pour les traiter toutes.

— Pas mal d'empreintes digitales aussi, constata Gélinas en avançant dans le rapport. Et pas seulement dans le salon.

— C'est vrai, acquiesça Beauvoir en tapotant de nouveau sur l'écran de sa tablette.

Un schéma de la chambre de Leduc apparut à l'écran. C'était un plan d'intérieur indiquant l'emplacement des meubles et du corps. Un autre tapotement et des points apparurent sur l'image. Si nombreux qu'ils oblitéraient presque tout le reste.

— Les points rouges indiquent les empreintes de Leduc, expliqua Beauvoir avant d'appuyer sur une touche. Ils disparurent, laissant place aux noirs, beaucoup plus espacés.

— Comme vous le voyez, les autres empreintes se

concentrent dans le salon, mais on en a relevé quelques-unes dans la salle de bains et un plus petit nombre dans la chambre.

— Elles ont été identifiées ? demanda Lacoste.

— Pas toutes, mais presque. Il s'agit dans la plupart des cas de celles de Michel Brébeuf.

— Hum, fit Gamache en se penchant vers son écran et en portant une main à son visage. On peut isoler ses empreintes à lui ?

Beauvoir reprit son manège et l'image se transforma de nouveau. Les points se trouvaient dans le salon, dans la salle de bains. Dans la chambre.

Gamache les étudia.

Gélinas cliqua sur une icône et, sur son écran, le rapport remplaça le plan d'intérieur. À ses yeux, les images électroniques étaient d'une utilité limitée. Elles vous aidaient à visualiser certains éléments, mais elles risquaient aussi de vous induire en erreur. L'information était à la fois trop abondante et trop restreinte.

Il préférait lire le rapport.

— Je constate qu'on trouve les empreintes d'autres professeurs, en plus de celles de Brébeuf, dit-il. Celles de M. Godbout, par exemple. Tout indique que ces trois-là ont passé beaucoup de temps ensemble.

— En effet, confirma Beauvoir. Évidemment, on ne peut pas savoir si les empreintes ont été laissées en même temps ou séparément.

— À quelle fréquence fait-on le ménage des appartements ? demanda l'officier de la GRC.

— Une fois par semaine, répondit Beauvoir. Celui de Leduc a été nettoyé trois jours avant le meurtre.

— Mais ce nettoyage n'a pas effacé toutes les empreintes, précisa Gamache. Certaines sont peut-être plus anciennes.

— J'imagine sans mal Leduc et Godbout ensemble, dit Gélinas. Mais que vient faire Michel Brébeuf dans le portrait ? Franchement, je ne le vois pas en train de regarder un match et de descendre quelques bières avec Leduc.

Gamache sourit à cette idée : Brébeuf le raffiné et Leduc le voyou décompressant ensemble. Puis il se souvint de la soirée qu'il avait donnée chez lui au début du trimestre. Reine-Marie, les étudiants. Le feu allumé, les verres distribués. La tempête de neige qui martelait les vitres. À quelques pas de l'endroit où ils étaient assis.

Première réunion officieuse avec les étudiants. Seulement deux mois s'étaient écoulés depuis. On aurait pourtant dit une éternité.

Michel Brébeuf était arrivé en retard et, pour un peu, Serge Leduc se serait agenouillé devant lui. Visiblement, il reconnaissait l'homme et l'admirait, malgré la disgrâce de Brébeuf, ou peut-être en raison d'elle.

Jean-Guy Beauvoir avait pour sa part redouté la formation d'une alliance impie. Et il avait peut-être vu juste.

— Ils semblaient en bons termes, dit Gamache, même si je doute qu'ils aient été amis. Je lui en toucherai un mot.

— Il vaut peut-être mieux que je m'en charge, dit Gélinas.

Le sous-entendu sautait aux yeux. Gamache haussa les sourcils, mais il ne pouvait pas décemment dire non.

C'était, après tout, la raison même de la présence d'une tierce partie : assurer la tenue d'une enquête juste et équitable. Et il était de notoriété publique que Gamache et Brébeuf avaient été liés de près, d'abord comme amis et collègues, puis comme ennemis presque mortels.

— Avec votre permission, j'aimerais assister à la rencontre, dit Gamache.

Voyant l'hésitation de Gélinas, il ajouta :

— J'ai l'avantage de bien le connaître.

Gélinas signifia son accord d'un mouvement sec de la tête.

Beauvoir et Lacoste échangèrent quelques regards. Puis cette dernière reprit les choses en main.

— Des empreintes du maire ? demanda-t-elle.

— Non, aucune.

— À qui donc ces empreintes-là appartiennent-elles ? fit-elle en montrant les points non identifiés dans la salle de bains et la chambre.

— On ne le sait pas encore pour certaines, répondit Beauvoir. Mais à des étudiants pour la plupart.

— Dans la salle de bains et la chambre d'un professeur ? s'étonna Gélinas. Ce serait incongru, non ?

— J'ai encouragé les professeurs à frayer avec les étudiants sans formalités, dit Gamache.

— Et certains seraient-ils allés très loin ?

— C'est une question pertinente, hélas, répondit Gamache. Dans mes directives, je recommandais des rencontres en groupe.

— Vous redoutiez les comportements déplacés ?

— Ça me semblait sage, répondit le commandant. Pour la protection des uns et des autres.

— Et les professeurs ont donné suite ? demanda Gélinas.

— Oui, fit Beauvoir. La plupart d'entre eux rencontraient des étudiants une fois par semaine. Mon groupe se réunissait chez moi les mercredis soir. Nous discutions en mangeant des sandwichs et en buvant de la bière.

— Une forme de mentorat ? demanda Gélinas.

— En principe, confirma Gamache.

— Les étudiants choisissaient leur professeur ou on leur en assignait un ?

— Ils choisissaient.

— Et certains ont opté pour Serge Leduc ? s'étonna Gélinas en examinant les points noirs sur l'écran de Lacoste.

Il releva les yeux. Incrédule.

— Je m'y attendais, admit le commandant Gamache. Les étudiants de troisième année en particulier le considéraient comme leur leader.

— C'était une brute et non un leader, dit Gélinas. Ils auraient dû sauter sur l'occasion pour échapper à son emprise, non ?

— Quand ils ont commencé à intervenir dans des affaires de maltraitance infantile, expliqua Lacoste, les policiers ont mis au point un test très simple. Souvent, il était évident que la victime était maltraitée, mais on n'arrivait pas à déterminer si c'était par la mère ou le père. Alors on mettait l'enfant d'un côté de la pièce et les parents de l'autre. Puis on attendait de voir vers qui il allait courir. L'autre était manifestement le coupable.

— Revenons au vif du sujet, voulez-vous ? proposa Gélinas.

— Ils ont mis un certain temps à comprendre qu'ils s'étaient trompés, poursuivit tranquillement Lacoste. L'enfant courait vers le parent qui le maltraitait.

La révélation, suspendue dans la pièce, à la manière d'un spectre, se nicha confortablement parmi les photos d'un mort.

— Comment est-ce possible ? demanda Gélinas. L'enfant ne devrait-il pas plutôt fuir comme la peste le parent qui lui fait du mal ?

— On pourrait le croire. Seulement, l'enfant maltraité cherche désespérément à plaire à l'agresseur. Il veut l'apaiser. Il apprend, très tôt et très vite, que, dans le cas contraire, il y a un prix à payer. Aucun enfant ne court le risque de mécontenter le parent qui le maltraite.

Gélinas se tourna vers Gamache.

— C'est ce qui est arrivé avec Leduc ?

— Je le crois. Il est certain que quelques étudiants ont été attirés par Leduc parce qu'ils sont taillés dans la même étoffe. Il leur servait de passeport pour la cruauté. D'autres sont allés vers lui parce qu'ils avaient peur.

— Sauf que ce sont des adultes, pas des enfants, raisonna Gélinas.

— De jeunes adultes, répliqua Gamache. Et l'âge n'y est pour rien. On observe le même phénomène chez les adultes. Des personnes qui se fendent en quatre pour plaire à une personnalité dominatrice, voire écrasante. À la maison. Au travail. Dans des équipes sportives. Les forces armées et, à coup sûr, les services de police. Une personnalité forte, souvent brutale, se hisse au pouvoir. On la suit par peur et non par respect ou par loyauté.

— Et dans un cercle fermé comme une école, cette personnalité devient un modèle, ajouta Lacoste.

— Et vous y avez mis le holà à votre arrivée, dit Gélinas à Gamache. Vous avez destitué le Duc. Et tenté d'inculquer aux étudiants les valeurs de la police : *Service, intégrité, justice.*

En citant la devise de la Sûreté, il s'était efforcé de ne pas donner l'impression de se moquer. Ni des mots ni du commandant.

— Oui, confirma Gamache. Exactement.

L'officier avait rencontré peu de personnes qui connaissaient cette devise et moins encore qui y croyaient. Mais il connaissait l'histoire personnelle de Gamache et savait que ce dernier avait une définition toute personnelle de ces trois notions.

La devise de la Gendarmerie royale du Canada était plus prosaïque.

Maintiens le droit. Defend the law.

Chez Paul Gélinas, cette devise suscitait un certain malaise. Il savait que le droit n'était pas toujours synonyme de justice. En revanche, le droit avait l'avantage d'être relativement clair. Tandis que la justice pouvait être parfois plus fluide, situationnelle. Une question d'interprétation. Et de perception.

Il baissa les yeux sur Serge Leduc.

Son meurtrier avait contrevenu au droit. Mais avait-il servi la justice ? Peut-être.

— Quand vous êtes entré en fonction, commandant, Leduc a cessé d'être le professeur : il est devenu la leçon, déclara Charpentier. Les étudiants ont appris qu'un tyran finit toujours par tomber.

— Certains l'ont quand même choisi comme mentor, souligna Gélinas. Difficile d'y voir une preuve de progrès dans leur apprentissage.

— Ces choses-là prennent du temps, admit Gamache. Leur monde est sens dessus dessous. Certains ont sans doute cru que le changement serait provisoire. Que je ne tiendrais pas le coup pendant plus d'un trimestre et que, par la suite, Leduc remonterait sur le trône. Sincèrement, j'ai été surpris par le petit nombre d'étudiants qui se sont rangés de son côté.

— Ils ont été plus nombreux à prendre votre parti ?

Gamache sourit.

— Le nouveau shérif en ville ? Non. Presque aucun, en fait. Se rallier à moi aurait été un pas trop radical, un signe clair de déloyauté. Mais ils étaient de plus en plus nombreux à assister à mes soirées. En particulier des étudiants de première année. Certains à mon invitation.

— Lesquels ? demanda Gélinas. Les plus prometteurs ?

Gamache sourit de nouveau.

— Le dessus du panier… ou de la portée, en quelque sorte ?

Gélinas inclina légèrement la tête en entendant l'expression.

— Et si nous revenions au rapport médicolégal ? insista Lacoste en consultant sa montre.

— Bien sûr, fit Gélinas. Désolé.

Ils posèrent de nouveau les yeux sur leurs écrans et Beauvoir les aida à interpréter les résultats.

— Comme vous pouvez le constater, on trouve les empreintes de certains étudiants dans la salle de bains de Leduc. Y compris celles des étudiants du village. Rien là d'étonnant, je pense. Nous savions qu'ils étaient au nombre de ses protégés. Mais celles de l'un d'eux ont été relevées sur la commode et le coffret qui contenait l'arme.

Il appuya sur une touche et un unique point resta en place.

— Les étudiants du village ? demanda Gélinas en promenant son regard de Beauvoir à Lacoste. Vous voulez parler de Saint-Alphonse ? Il y a ici des étudiants des environs immédiats ?

Beauvoir lança à Gamache un coup d'œil légèrement contrit.

— Les empreintes de qui ? demanda Gamache.

— Choquet.

Gamache fronça les sourcils.

— Et sur l'arme ? demanda Lacoste.

— Floues, hélas, mais on a relevé les empreintes partielles de quelques personnes. Nous avons également reçu le rapport de la légiste. Rien d'inhabituel chez Leduc. C'était un homme de quarante-six ans en bonne santé. Pas de trace d'activités sexuelles récentes. Il avait mangé et bu du scotch.

— Ivre ? demanda Gélinas.

— Non. Et pas d'ecchymoses ni de lésions indiquant qu'il aurait tenté de se défendre.

— Il est donc resté là, debout, pendant que quelqu'un lui braquait un revolver sur la tempe ? fit Lacoste.

Elle parcourut les visages des hommes réunis autour de la table. Tous s'efforçaient d'imaginer comment une telle scène avait pu se produire. En particulier dans le cas d'un type comme Leduc, réputé pour sa combativité.

L'officier de la GRC se pencha et secoua la tête.

— Non. C'est insensé. De toute évidence, un détail nous échappe. Les empreintes partielles relevées sur l'arme… Se pourrait-il que Leduc l'ait fait circuler parmi ses invités ? Jusqu'au moment où elle avait fini dans les mains de son meurtrier ?

— Qui l'aurait abattu devant une foule de témoins ? fit Lacoste.

— Que faut-il penser, alors ? demanda Gélinas.

— Je vais vous le dire, moi, répondit Beauvoir. Je pense que, pour une raison ou une autre, Leduc était fier de ce revolver et qu'il prenait plaisir à le montrer à ses visiteurs. Il le sortait de son coffret et le leur tendait. Il avait peut-être concocté une histoire à propos des faits d'armes héroïques d'un parent depuis longtemps perdu de vue. D'où la présence de toutes ces empreintes.

— Vous avez lu la note de bas de page de la police scientifique ? demanda Gélinas.

Gamache l'avait lue ainsi que, constata-t-il, Beauvoir et Lacoste. Même s'ils avaient décidé de la passer sous silence.

— Il s'agit de l'extrapolation d'empreintes partielles prélevées sur l'arme, poursuivit l'officier de la GRC. Irrecevables, mais révélatrices. À qui sont-elles ? Je constate que celles de Choquet sont du nombre.

— Des empreintes partielles. Trop floues pour qu'on s'y fie formellement. Nous ne les prenons pas au sérieux, dit Lacoste. C'est un jeu de devinettes plus que de la science. La situation est déjà assez compliquée. Nous devons nous en tenir aux faits.

— Je suis d'accord, dit Gélinas en laissant tomber cette idée.

Mais pas avant d'avoir jeté un coup d'œil à Gamache, qui soutint son regard.

Dans la note de bas de page en question, on notait en pourcentage la probabilité que telles ou telles empreintes appartiennent à une personne donnée. Logiquement, le candidat le plus probable était Leduc lui-même. À côté de celui d'Amelia Choquet, un autre nom, celui d'un homme, apparaissait. Fait plus surprenant, il y avait quarante pour cent de chances pour qu'au moins une des empreintes appartienne à Michel Brébeuf.

Un certain nombre de noms figuraient dans le rapport. Selon les extrapolations faites par ordinateur, il était possible, bien que peu probable, que Richard Nixon ait manipulé le revolver. C'est à cause d'affirmations de ce genre que les enquêteurs avaient tendance à ne pas accorder trop d'importance à ces résultats. De la même façon, ils ne tinrent pas compte de la possibilité, infime il est vrai, que Julia Child ait commis le meurtre.

Un nom, toutefois, ressortait du lot.

Selon les projections, il était probable à quarante-cinq pour cent qu'au moins une série d'empreintes appartienne à Armand Gamache.

Gélinas leva les yeux sur le commandant, tandis que Lacoste et Beauvoir détournaient le regard. Seul Charpentier prit la parole dans un torrent de sueur.

— Comment vos empreintes ont-elles atterri sur l'arme du crime ?

Armand Gamache le gratifia d'un sourire froid, crispé.

— Empreintes partielles, rappela Beauvoir à Charpentier et à tous ceux qui, dans cette pièce, avaient des soupçons.

— Vous avez manipulé cette arme ? demanda Lacoste à Gamache.

— Non.

— Bien. Enchaînons, je vous prie.

— Je me suis entretenu avec la responsable des relations publiques chez le fabricant de l'arme, dit Beauvoir dans l'intention de changer de sujet. McDermot and Ryan. Une dénommée Elizabeth Coldbrook, établie, commença-t-il avant de consulter ses notes, à Dartmouth, en Angleterre.

Il leur fit suivre une copie du message de la femme ainsi que les pièces jointes.

Ils examinèrent le reçu, qui figurait à la deuxième page.

— Je constate que, selon Mme Coldbrook-Clairton, le silencieux n'a pas été fabriqué par sa société, dit Lacoste.

— Je la crois, répondit Beauvoir. Elle n'avait aucune raison de mentir et ce serait de toute façon facile à prouver. Nous essayons d'établir l'origine du silencieux. Après avoir lu mon courriel, Mme Coldbrook-Clairton était convaincue qu'il s'agissait d'un suicide. Elle a été bouleversée d'apprendre que nous avions plutôt affaire à un meurtre.

— Elle devrait pourtant avoir l'habitude, dit Gélinas. À quoi servent les armes de poing, sinon ?

— Avait-elle une idée de ce qui a pu pousser Leduc à commander un revolver plutôt qu'une arme automatique, par exemple ? demanda Gamache.

— Elle a affirmé que les collectionneurs appréciaient beaucoup ce type d'arme. Quand je lui ai dit que notre victime ne correspondait pas à ce profil, elle a été prise de court.

Lacoste hocha la tête et leva les yeux en entendant Gamache se racler la gorge.

Le commandant étudiait toujours la première page. Puis il regarda Isabelle au-dessus de ses lunettes de lecture. Les ayant retirées, il s'en servit pour montrer un paragraphe.

— Ceci est intéressant.

Ils consultèrent de nouveau leurs écrans.

— En quoi est-ce intéressant ? demanda l'inspectrice-chef Lacoste. C'est un texte promotionnel standard faisant l'historique de ce modèle.

— Oui. Le McDermot de calibre .45 s'est imposé pendant la Première Guerre mondiale, dit Gamache. Dans les tranchées.

— Oui, confirma Lacoste. Et alors ?

— Ce n'est sans doute rien, admit Gamache. Mais vous savez qu'on a trouvé une copie de la carte que Leduc avait dans sa table de chevet sur le vitrail de Three Pines. Celui où figurent des soldats de la Première Guerre mondiale. Le soldat avait la carte en sa possession et aussi un revolver. Un McDermot, je dirais.

— Pardon ? dit Gélinas. Je ne vous suis pas.

— Vous croyez qu'il y a un lien entre les deux ? demanda Beauvoir.

— Un instant ! s'écria Gélinas en brandissant la main. Une carte ?

— Oui. Il y a quelques mois, expliqua Gamache, on a découvert une vieille carte dans un mur du bistro de Three Pines. Nous en avons parlé pendant la réunion d'hier.

— Je m'en souviens. Mais vous n'avez pas précisé qu'on en avait trouvé une copie dans la table de chevet de Leduc.

— C'est dans le rapport, dit Lacoste.

Gélinas se tourna vers elle.

— Il y a beaucoup d'éléments dans ce rapport. Certains ont plus de poids que d'autres. D'où l'importance du contexte, non ?

On aurait dit qu'il semonçait un étudiant peu doué. Il revint vers Gamache.

— Vous m'avez caché cette information.

— Nous vous en parlons maintenant, dit Gamache. Il y a deux ou trois semaines, bien avant tout ceci, j'ai décidé d'utiliser cette carte comme outil de formation. J'ai invité quelques étudiants à enquêter sur elle et je leur ai remis à chacun une copie.

— Et l'une d'elles s'est retrouvée dans la table de chevet de la victime ? demanda Gélinas. Comment a-t-elle atterri là ?

— Justement, on ne sait pas, dit Lacoste.

— Quelles empreintes digitales a-t-on retrouvées dessus ? insista Gélinas en cherchant la donnée dans le rapport.

— Il y en a trois séries, répondit Beauvoir sans avoir à consulter son iPad.

Il avait lu le rapport dans la matinée, tout de suite après l'avoir reçu. S'il contenait peu d'éléments mémorables, quelques faits sautaient aux yeux. Notamment celui-ci.

— Celles de Leduc, de Choquet et du commandant Gamache.

— M. Gamache a fait les copies et les a distribuées, continua Lacoste. Il est donc naturel que ses empreintes y figurent. Par ailleurs, la copie de Choquet est introuvable.

— Dans ce cas, il s'agit de la sienne, conclut Gélinas. Qui est ce Choquet ? Il me semble que le nom de ce garçon revient souvent.

— C'est une jeune femme, corrigea Gamache. Amelia Choquet. Une étudiante de première année.

Gélinas revint au début du rapport.

— Je constate que son nom figure sur la liste des personnes dont les empreintes étaient sur le coffret de l'arme et peut-être sur le revolver lui-même.

— Aux côtés de celles de Nelson Mandela, souligna Lacoste.

— Quand même, nous devrions lui parler, dit Gélinas. Vous pouvez la convoquer ?

— Elle n'est pas dans l'immeuble, répondit l'inspectrice-chef Lacoste.

— Où est-elle, alors ?

Lacoste se tourna vers Gamache, qui répondit :

— À Three Pines. J'y ai fait conduire Mme Choquet et trois autres étudiants, le jour du meurtre.

Gélinas, bouche bée, fixait Gamache. Incapable d'assimiler toute l'information.

— Vous avez quoi ? haleta-t-il. Ce sont eux, vos fameux "étudiants du village" ? Il ne s'agissait pas de Saint-Alphonse, mais du village où vous habitez ? Qui sont-ils ?

— Les étudiants les plus proches de M. Leduc, répondit Gamache. Amelia Choquet et Nathaniel Smythe sont des recrues…

— Smythe ? Celui qui a découvert le cadavre ? demanda Gélinas.

— Oui. Et deux étudiants de troisième année. Laurin et Cloutier.

— Et vous étiez au courant ? lança Gélinas en regardant les autres, un à un.

Lorsque même Charpentier hocha la tête, Gélinas s'emporta.

— Tous, sauf moi ? Pourquoi ? À quoi jouez-vous, au juste ?

Il visait directement Gamache, à présent.

— Vous avez une idée de la gravité de vos actions ? Vous retenez des preuves, vous cachez des témoins. Seigneur, à quoi jouez-vous ?

— Je les ai emmenés là-bas pour les protéger et non pour les cacher. Et l'inspectrice-chef chargée de l'enquête sait exactement où ils sont. Mais il est essentiel que, en dehors de cette salle, personne ne le sache.

— Eh bien, une des personnes ici présentes ne se doutait de rien, dit Gélinas, de plus en plus furieux. Vous n'aviez aucun droit, aucune autorité pour agir de la sorte. Vous entravez une enquête.

— J'avais toute l'autorité, tous les droits nécessaires. C'est moi qui commande, ici. Les étudiants relèvent de moi. Je suis responsable de leur formation et de leur sécurité.

— Non mais, vous entendez-vous ? demanda Gélinas en se rapprochant de lui. Vous ne valez pas mieux que Leduc. Vous considérez l'école de police comme votre État-nation personnel. Nous ne sommes pas au Vatican et vous n'êtes pas le pape. Vous vous comportez en être tout-puissant. Infaillible. Eh bien, vous avez commis une erreur très grave.

— Pas nécessairement, dit Charpentier. D'un point de vue tactique, ça se j…

— Moins il y aura de personnes qui savent où sont les étudiants, mieux ça vaudra, dit Gamache en coupant la parole au tacticien.

— Mieux pour qui ? demanda Gélinas. Pas pour moi. Pas pour l'enquête. Mieux pour vous, peut-être.

— Où voulez-vous en venir ? se récria Beauvoir.

— Qui a laissé des empreintes sur l'arme de Leduc ? fit Gélinas.

— Des empreintes partielles, rappela Beauvoir.

— Et sur la carte ? Et qui est resté seul avec le cadavre et a refusé toute autre compagnie jusqu'à l'arrivée de la police ? poursuivit Gélinas. Pendant combien de temps ? Dix minutes ? Vingt ? Largement assez pour tout mettre en scène, tout manipuler. Et l'une des premières choses que vous faites, monsieur, c'est de réunir des suspects importants, y compris celui qui a trouvé le corps, et de les éloigner. C'est pour cette raison que vous avez quitté l'école après le meurtre, n'est-ce pas ? Pour emmener les étudiants au village ?

— Je suis allé m'assurer qu'ils étaient en sécurité, en effet, dit Gamache.

— En sécurité ? Courraient-ils ici plus de danger que les autres étudiants ? Pourquoi eux ?

— Comme je l'ai déjà indiqué, ils étaient les plus proches de Leduc, expliqua Gamache, dont la voix tremblait légèrement en raison des efforts qu'il déployait pour garder son sang-froid. Les empreintes ne suffisent pas à vous convaincre ? Ils bénéficiaient d'un accès extraordinaire à cet homme. Et lui à eux. Ils sont les plus susceptibles de savoir quelque chose. Ils devaient être protégés.

— Ils n'ont qu'un moyen d'assurer leur protection, déclara Gélinas. Nous dire tout ce qu'ils savent. Et s'ils savent quelque chose, c'est peut-être, voire sans doute, parce qu'un d'eux a fait le coup. A tué Serge Leduc. Y avez-vous songé, votre sainteté ?

— Je vous interdis de m'appeler ainsi, répondit Gamache. Bien sûr que j'y ai pensé. Raison de plus pour les isoler, vous ne pensez pas ?

— Ou de les cacher, insista Gélinas. Pour les empêcher de nous dire, à moi ou à d'autres, qui les a poussés à tuer Leduc.

Gélinas regardait Gamache d'un air sombre.

— Vous laissez entendre que c'est M. Gamache qui est responsable du meurtre ? demanda Lacoste, qui tentait de maîtriser sa propre colère. Que c'est lui qui a persuadé un ou plusieurs étudiants d'assassiner un professeur ?

— Je me contente d'interpréter les preuves, répondit Gélinas. Ses propres actions l'affirment haut et fort. C'est comme si vous me suppliiez de porter mes soupçons sur vous.

— Je n'ai pas tué Serge Leduc, dit Gamache. Et vous le savez très bien.

— Vous avez demandé ma participation, monsieur, à première vue pour assurer une enquête équitable et approfondie…

— Quoi ? s'écria Lacoste en regardant Gamache, éberluée.

Charpentier se cala sur sa chaise et observa la scène. Il ne transpirait plus.

— Je commence à me demander si vous ne m'avez pas choisi parce que vous croyiez que, après des années d'absence, je serais rouillé, continua Gélinas. Que je me laisserais mener par le bout du nez. Que je tomberais peut-être même sous votre coupe, comme les étudiants. Que je serais flatté de mériter l'attention du grand homme. C'est bien ça ?

— Si j'ai sollicité votre présence, monsieur le commissaire adjoint, c'est parce que je vous admire et que je savais que vous vous montreriez rigoureux et juste, répondit Gamache. Et que vous verriez clair dans les faits. Que vous défendriez le droit.

— Oh, je vois, fit Gélinas en désignant la tablette et le rapport médicolégal. Il s'agit d'une tentative pour brouiller les cartes et non de preuves de votre culpabilité ? Êtes-vous en train de nous dire que vous êtes victime d'un coup monté ?

— Pourquoi y a-t-il des empreintes sur le revolver ? demanda Gamache. Vous ne trouvez pas extrêmement bizarre que le tueur ait songé à laisser tomber l'arme, mais pas à l'essuyer ni à porter des gants ? Si j'avais tué Leduc, vous ne pensez pas que j'aurais au moins pris ces deux précautions ?

— Vous pensez donc qu'il s'agit d'une mise en scène ?

— Je crois qu'il faut envisager cette possibilité.

— Qui mieux que l'ancien chef de la section des homicides de la Sûreté pour l'orchestrer, alors ? L'homme qui en sait plus que quiconque sur le meurtre ? J'aimerais vous soumettre une question.

Quittant Gamache des yeux, le commissaire adjoint Gélinas se tourna vers les autres.

— Se pourrait-il, commença-t-il en brandissant la main pour couper court aux protestations de Beauvoir, qu'il ait tué Serge Leduc pour protéger les étudiants ? Il a cru déceler des abus. Pas uniquement des punitions inacceptables infligées à certains d'entre eux, mais quelque chose de systématique, de ciblé et de destructeur. La violence affective, psychologique, physique et peut-être sexuelle dont certains étaient victimes. Il n'avait pas de preuves. Il a invité ceux qui lui semblaient courir les risques les plus grands à ses petites soirées dans l'espoir de gagner leur confiance. Il les a chargés d'enquêter sur la carte afin de créer des liens avec eux. Pourtant, ils retournaient sans cesse vers Leduc. Celui qui les maltraitait. Il n'y avait qu'une seule façon de les sauver. Eux et tous les autres.

Beauvoir et Lacoste restaient silencieux. Imaginant le scénario.

— Croyez-vous M. Gamache capable de commettre un meurtre pour sauver de jeunes vies ?

Visiblement, Lacoste et Beauvoir voulaient tout nier. Défendre Gamache. Mais il était tout aussi évident qu'ils pouvaient l'imaginer en train d'agir de la sorte. Si Armand Gamache en venait à commettre un meurtre, ce serait pour sauver d'autres vies.

— Il est aussi le seul d'entre nous qui n'avait nul besoin de le tuer, dit Charpentier, calmement.

Tous les yeux se rivèrent sur lui.

— Expliquez-vous, ordonna Gélinas.

— Il est le commandant. Lui seul pouvait se débarrasser de Leduc en le congédiant.

Beauvoir hocha la tête en signe d'approbation et se tourna vers l'officier de la GRC. Attendant sa réplique.

— Et refiler le problème à quelqu'un d'autre ? fit Gélinas. Le commandant lui-même a dit qu'il n'aurait jamais envisagé une telle possibilité.

— Vous savez bien qu'il n'est coupable de rien, dit Beauvoir. Vous faites le jeu du meurtrier, rien de plus. C'est une chasse aux sorcières. Une chasse à la baleine.

— "Tout ce qui tourmente et torture, déclama Gélinas en foudroyant Gamache du regard, tout le subtil démoniaque de la vie et de la pensée, oui, tout le mal et tout le mauvais, pour ce fou d'Achab, se trouvait personnifié visiblement et devenait affrontable…

— … en Moby Dick", dit Charpentier, complétant la citation. Vous avez un peu modifié le passage, mais, en gros, c'est ça. Je fais lire le roman à mes étudiants. C'est un portrait de l'obsession. Des forces qui peuvent pousser un homme à la folie. Je constate que vous connaissez.

— Mais ce n'était pas une baleine, continua Gélinas sans quitter Gamache des yeux. Pour vous, monsieur, le mal était incarné par un homme. Serge Leduc. Tel Achab, vous deviez l'arrêter.

Gamache ne broncha pas. Sans nier ni acquiescer.

Devant son silence, Gélinas poursuivit.

— Le dessus de la portée. Vos propres mots… Votre femme avait le premier choix et elle a pris l'avorton. Vous faisiez pareil. Vous recueilliez les avortons et les invitiez à vos soirées. Chez vous. Comme elle l'a fait avec Gracie. Vous voulez les sauver. Quitte, parfois, à les soustraire au danger. Quitte, parfois, à supprimer le danger.

Armand Gamache prit une profonde inspiration et examina la photo de l'homme qu'il en était venu à haïr. Mort à présent. Il se tourna vers Gélinas.

— Je ne suis pas Achab. Et Leduc n'était pas ma baleine. Oui, j'en connais un bout sur le meurtre. Assez pour ne pas en commettre.

Il tapota le creux de sa main avec ses lunettes. En considérant Paul Gélinas.

— Je viens d'expliquer aux étudiants que le meurtrier a intérêt à créer le chaos. À nous monter les uns contre les autres. Voire à nous forcer à nous soupçonner réciproquement.

— Possible, mais vous, monsieur Charpentier, vous souvenez-vous de ce que vous avez répondu quand, pas plus tard qu'hier soir, on vous a demandé où vous commenceriez à chercher le meurtrier ?

Charpentier hésitait, dégoulinant de sueur. Il se tourna vers Gamache, qui hocha la tête de façon presque imperceptible.

— Matthieu 10, 36.

— Oui, confirma Gélinas en se tournant vers Gamache. Vous connaissez le verset ?

— Je l'ai enseigné à tous les agents de la Sûreté, dit Gamache. J'ai demandé à Michel Brébeuf d'en faire le pivot de son cours.

— "Et l'homme aura pour ennemis les gens de sa maison", dit Gélinas. Judicieux conseil. Vous aviez raison, professeur. C'est là que je chercherais le meurtrier, moi aussi. Dans votre maison.

— Ce n'est pas lui, dit Lacoste. Vous le savez. Pourquoi vous acharnez-vous ?

— Parce que vous ne le ferez pas, vous.

Et, pendant un moment, il donna l'impression d'avoir une baleine dans sa ligne de mire.

27

— Ouais, c'est en plein ce que c'est, dit la jeune femme en s'essuyant les mains sur son tablier. Une carte de course d'orientation. Mais elle est vieille, hein ? Où vous avez trouvé ça ?

Elle regarda tour à tour la longiligne Chinoise vêtue avec simplicité et la Gothique. Drôle de paire.

— On l'a découverte dans un mur pendant des rénovations, répondit Amelia. Que peux-tu nous dire à son sujet ?

La jeune femme sembla surprise.

— Rien, sauf ce que je vous ai déjà dit. J'ai vu des cartes comme celle-là dans des livres d'histoire sur les courses d'orientation, mais jamais en vrai. C'est génial, non ?

Amelia se demanda si elle savait ce que voulait dire "génial".

Par-dessus son épaule, leur interlocutrice jeta un coup d'œil à la longue file de clients qui attendaient leur café et leurs beignes. Et à son superviseur paniqué, qui lui lançait des regards mauvais.

"Je suis en pause", articula-t-elle silencieusement avant de tourner le dos au jeune boutonneux, ses yeux aimantés une fois de plus par la carte. Celle-ci avait quelque chose d'irrésistible. Sa simplicité, peut-être. La joie débridée qu'elle traduisait, peut-être. Ou alors c'était la vache.

— Une idée de son auteur ? demanda Huifen.

— Nan. Aucune. Elle a été faite à la main. Pas étonnant. À l'époque, les amateurs de courses d'orientation ne couraient pas les rues, si j'ose dire.

"Contrairement à ici et maintenant", songea Amelia.

— Qu'entend-on par "course d'orientation", d'abord ? lança-t-elle.

Comme Huifen, elle avait fait quelques recherches en ligne, mais cette fille, directrice du club local, composé d'elle, de son frère et de deux cousins, saurait peut-être leur apprendre des choses qu'ignorait Wikipédia.

— C'est un peu comme une chasse au trésor, répondit la fille. Au lieu d'indices écrits et d'énigmes à résoudre, nous utilisons une boussole et une carte. Certains endroits sont marqués et le but est de les atteindre le plus vite possible. On les appelle "points de contrôle".

— D'où l'idée de course ? fit Huifen.

— Oui. Ce qui est amusant, c'est que la ligne droite n'est pas toujours le chemin le plus rapide. On doit déterminer le meilleur itinéraire. Et puis on court.

Amelia se demanda si la jeune fille savait ce que voulait dire "amusant".

— Vous devez être en forme, dit Huifen.

— On l'est. On court à fond, et pas toujours sur des routes ni même dans des sentiers. C'est du cross-country. Dans des champs et des forêts, sur des collines, à travers des rivières. C'est fou. L'adrénaline coule à flots.

Amelia songea qu'elle avait en revanche une bonne compréhension du mot “fou”.

— Que se passe-t-il quand vous arrivez à… un point de contrôle ? demanda Huifen.

— Il y a un petit drapeau et un poinçon. C'est la preuve qu'on est passés par là. Ensuite, on fonce vers le suivant. Je me demande bien pourquoi ce sport n'est pas plus populaire.

Amelia avait sa petite idée là-dessus. Par contre, on disait qu'une version virtuelle de ce sport gagnait en popularité.

— Tu connais l'histoire de la course d'orientation dans la région ? demanda Huifen. Qui a commencé ? Qui a pratiqué ce sport en premier ?

— Pas vraiment, répondit l'autre en secouant la tête. C'était avant la Première Guerre mondiale, en tout cas. Quelque chose à voir avec l'entraînement des soldats. Ça plaît bien aux garçons. Ils font semblant d'être sur le champ de bataille. Mais je ne sais rien de ce qui s'est passé au niveau local. Le mouvement disparaît, puis renaît de ses cendres.

Elle contempla la carte avec nostalgie.

— Magnifique, non ? Son auteur devait vraiment aimer la course d'orientation. Mais, vous savez, elle est un peu bizarre. Il y a des points de repère saisonniers. Et que fait là cette pyramide, par exemple ?

Elle montrait le quadrant supérieur droit de la carte.

Amelia y jeta à son tour un coup d'œil. De tous les détails singuliers que comportait la carte, c'était en effet le plus étrange. Le reste s'expliquait, mais la pyramide résistait à l'analyse.

— C'est un symbole utilisé dans le sport ? demanda-t-elle.

La fille secoua la tête.

— Pas à ma connaissance. Qu'est-ce qu'il y a, par là ? Rien ?

Huifen téléchargea une carte sur son iPhone. Elles se serrèrent autour de l'appareil et Huifen agrandissait, puis réduisait l'image.

Sans surprise, pas la moindre pyramide en vue. En fait, il n'y avait rien du tout. Que de la forêt.

— C'est peut-être une tente, risqua Amelia.

— Ou une colline. Une montagne, ajouta la fille en se prenant au jeu.

Huifen secoua la tête en examinant son téléphone.

— Non. Ah, c'est peut-être une blague entre initiés, comme le bonhomme de neige et la vache.

— Sûrement, acquiesça Amelia.

Elle porta à ses lèvres la lourde tasse blanche. Un café Tim Hortons, "deux crèmes, deux sucres". La boisson ne goûtait pas du tout le café. Elle rappelait plutôt les friandises prisées par les enfants. C'était sucré, riche. Jetant un coup d'œil de l'autre côté de la table, elle put presque voir son père. Il avait l'habitude de l'emmener chez Timmy, comme il disait, après sa leçon de patinage artistique. Lui avec ses allures d'ours mal léché, elle dans son costume rose à paillettes. Bien sage.

Il lui faisait prendre une gorgée de son "deux crèmes, deux sucres". "Surtout, pas un mot à ta mère", répétait-il chaque fois.

Elle avait tenu parole. Fidèlement. C'était un secret qu'elle conservait encore à ce jour.

La fille n'avait rien à ajouter et sa pause était terminée. Elle retourna derrière le comptoir et Amelia la vit courir entre un client, la cafetière et le présentoir où les beignes s'alignaient.

Huifen montra sa bouche et Amelia se servit d'une serviette en papier mince pour essuyer la confiture de fraises et le sucre en poudre sur la sienne.

Assises à leur table inondée de soleil, elles examinèrent le stationnement du Tim Hortons de Cowansville. Le soleil se réfléchissait sur la glace, la neige et les flaques, qu'il magnifiait. Dehors, le monde, couleur argent, or et diamant, scintillait ; à l'intérieur, le restaurant sentait la levure, le sucre et le café, goûtait l'enfance sans tache.

— Qu'est-ce qu'on fait, maintenant ? demanda Amelia.

— M. Charpentier a dit que la carte était l'œuvre d'un initié, répondit Huifen.

— Un cartographe, fit Amelia. Je me demande qui cartographiait la région, à cette époque. Vers 1900.

— Il y avait forcément quelqu'un, dit Huifen.

Les deux jeunes femmes se regardèrent.

On comptait sur les cartes, sans jamais songer à ceux qui avaient arpenté le territoire, étudié la moindre colline, la moindre rivière.

— Il y a un service gouvernemental de cartographie ? demanda Huifen en sortant de nouveau son téléphone.

Amelia l'imita.

C'était la boussole de leur génération, l'instrument grâce auquel les jeunes s'orientaient dans le monde.

Elles cliquaient en silence, engagées dans une course officieuse vers la réponse.

— Il y a la Commission géologique, dit Amelia. On y fait des cartes.

— C'est fédéral, répliqua Huifen. Creuse encore.

Amelia obéit et, une minute plus tard, elle leva les yeux.

— La Commission de toponymie du Québec ?

Huifen hocha la tête.

— Notre prochain arrêt, je crois. Un de ses bureaux se trouve justement ici, à Cowansville.

— Mais on dit que le service de toponymie date seulement des années 1970.

— Continue de lire.

Amelia s'exécuta.

— Oh, fit-elle.

— Oh, répéta Huifen. En route.

Elles plièrent la carte et sortirent en saluant la jeune femme qui, derrière le comptoir, allait avec grâce et célérité d'une tâche à l'autre.

Huifen prit le volant, tandis qu'Amelia entrait dans le GPS les coordonnées de l'immeuble gouvernemental en lui demandant de choisir le trajet le plus court.

Bien que superficielles, leurs recherches leur avaient permis d'établir quelques faits. Si la Commission de toponymie avait été créée en 1977, des employés des gouvernements successifs avaient eu pour tâche, depuis 1912, de cartographier et de nommer les villes, les villages, les montagnes, les lacs et les rivières du Québec.

— Vous voulez savoir qui était propriétaire de l'immeuble au début des années 1900 ? demanda le secrétaire de Saint-Rémy.

Les deux jeunes hommes hochèrent la tête.

— Pourquoi ?

Nathaniel, voyant que la question avait froissé Jacques, s'empressa de répondre.

— C'est pour un projet scolaire, dit-il. Sur l'histoire de la région. Ce sont des archives publiques, non ?

Le secrétaire en convint.

— Mais bonne chance pour y trouver ce que vous voulez.

— Pourquoi ?

— Nos registres fonciers remontent à deux cents ans, au moins. Tout n'est pas informatisé.

— Où sont-ils, alors ? demanda Nathaniel.

— Sur des fiches. Au sous-sol.

— Évidemment, dit Jacques.

Le secrétaire ouvrit la porte en bois et alluma. Une unique ampoule sale, suspendue à un câble assez vétuste pour être suspect, éclairait la cage d'escalier.

— Gardez vos manteaux, conseilla le secrétaire.

— Il fait froid, en bas ? fit Nathaniel.

— Entre autres choses. Et des gants ne seraient pas de trop non plus.

Il grimaça et, pour un peu, se serait signé en voyant les deux jeunes hommes s'engager sur les marches en bois.

Debout sur le sol en terre battue, ils balayèrent de leur visage des toiles d'araignée peut-être imaginaires. Des rangées de classeurs gris acier tapissaient les murs en parpaing. C'est dans l'un d'eux qu'ils trouveraient la fiche indiquant à qui appartenait le bistro, du temps où il était encore une résidence privée.

Et qui avait créé la carte avant de l'emmurer.

— Merde, fit Jacques à la vue de la multitude de classeurs.

— Vous vous êtes trompées d'endroit, dit la réceptionniste.

C'était une femme d'âge mûr, fatiguée. Les seuls citoyens à qui elle avait affaire étaient là pour se plaindre. Ils semblaient la tenir pour personnellement responsable de leurs comptes de taxe foncière, des nids-de-poule et des pannes de courant. Une femme l'avait engueulée pendant vingt minutes parce que son enfant avait la rougeole.

— Nous voulons savoir qui a réalisé ceci, expliqua Huifen en faisait glisser la carte vers la femme lasse derrière son comptoir usé.

— Et moi, je veux que vous me compreniez, énonça-t-elle en la repoussant avec lenteur. Je. M'en. Fous.

— La Commission de toponymie a bien un bureau ici, non ? demanda Amelia.

La réceptionniste la toisa d'un air dégoûté avant de se tourner vers la moins désagréable des deux. La Chinoise.

— La Commission nomme des lieux, expliqua-t-elle. Elle ne les cartographie pas.

— Mais elle l'a déjà fait, hein ? insista Amelia.

La femme refusait désormais de regarder de son côté.

— Pourrions-nous quand même dire un mot au responsable ? dit Huifen en gratifiant d'un large sourire la réceptionniste, pourtant insensible à la bonne humeur.

— Puisque vous le demandez si gentiment.

— Ouais, dit Amelia. C'est ça.

La femme décrocha le combiné et appuya violemment sur une touche.

— On te demande. Non, ce n'est pas une blague. Une Chinoise. Arrête de rire. C'est vrai.

Elle raccrocha, désigna d'un geste la salle d'attente et se retourna vers sa table de travail.

— Je suis devenue la femme invisible, constata Amelia pendant qu'elles s'installaient.

— C'est nouveau, pour toi, non ? fit Huifen.

Amelia sourit.

Après quelques minutes d'attente, Huifen se tourna vers elle.

— Pourquoi t'es-tu inscrite à l'école de police ? Tu ne cadres pas du tout dans les rangs.

— Et toi, la Chinoise ?

Huifen sourit à son tour.

— Ah, mais Chinoise avec revolver être partout chez elle.

Amelia s'esclaffa et la réceptionniste posa sur elles un regard réprobateur.

— Je ne me souviens même pas, avoua Amelia. Je devais être bourrée ou défoncée.

La propriétaire, ses grosses cuisses écartées, une cigarette pendant mollement au bout de ses doigts jaunis. Et, sur l'écran du téléviseur, une femme bien habillée, féminine et sûre d'elle.

Amelia, en cet instant, avait eu, sous ses yeux, les deux avenirs qui s'offraient à elle.

— J'étais sûre qu'on ne m'admettrait pas, avoua-t-elle. Tu as raison : je jure dans le décor. Partout. Alors autant là qu'ailleurs.

— Jurer dans le décor, à l'école, ce n'est pas une si mauvaise idée, dit Huifen. Mais pourquoi ne m'as-tu pas écoutée ?

— Quoi ? Quand ? Je t'écoute, là.

— Pas maintenant. Je veux parler de la première réception chez le commandant. Je t'ai dit de rester loin de lui.

— Je ne savais pas si tu voulais parler du commandant ou de Leduc.

— Eh bien, là, tu sais.

Amelia hocha la tête. Elle aurait donné cher pour avoir su alors ce qu'elle savait désormais.

— Tu as une idée de qui l'a tué ? demanda-t-elle à Huifen.

— Le Duc ? Aucune.

— Pourtant, tu le connaissais bien.

— Qu'est-ce qui te fait croire ça ?

— Vous étiez à tu et à toi.

— À tu et à toi ? Avec le Duc ? s'étonna Huifen. Personne n'était proche de lui. Comme toi, nous nous contentions d'obéir aux ordres. Tu as déjà été seule avec lui ?

— Non.

La Gothique s'empourpra et Huifen sut qu'elle avait menti. Elle hésita, puis toucha la main d'Amelia. Doucement. Comme un papillon de nuit qui se serait posé avant de s'envoler aussitôt.

Au même moment, la réceptionniste se leva et jeta un coup d'œil de leur côté. Ayant surpris le geste, elle secoua la tête. C'était encore pire qu'elle l'avait craint.

— Il va vous recevoir maintenant. Au bout du couloir, première porte à droite.

— Merde, répéta Jacques.

Penché sur le tiroir ouvert, il jeta un coup d'œil à la longue rangée de classeurs qui s'enfonçait dans les ténèbres.

— Comment allons-nous trouver les registres qui concernent cette propriété ? Ils sont classés par ordre alphabétique et non chronologique. De la tabarnac de folie.

Nathaniel ne pouvait pas lui donner tort.

Comble de malheur, le canton ne considérait pas le village de Three Pines comme une entité distincte. On n'y trouvait aucune référence.

Pire, Jacques devenait nerveux. S'ennuyait ferme. S'impatientait. Et Nathaniel savait ce qui s'annonçait. Lorsqu'il aurait fini de s'en prendre au système de classement, il chercherait une autre cible.

— Tu as raison, dit Nathaniel. Mais, puisqu'ils sont par ordre alphabétique, on pourrait chercher le nom des garçons jusqu'à en trouver un qui corresponde à quelque chose.

Il sortit son iPhone et, après quelques tapotements, arriva aux photos qu'il avait prises du vitrail commémoratif de la chapelle et des noms inscrits en dessous.

— Le garçon du vitrail doit être du nombre. Si on cherche les noms de famille, on a des chances de tomber sur quelqu'un qui vivait dans cet immeuble en 1914. Bonne idée.

Jacques hocha la tête, ne se rendant pas compte – ou refusant d'admettre – que l'idée n'était pas de lui. Jusque-là, il n'avait eu conscience que de l'obscurité et du froid. S'était demandé ce qui se cachait dans les coins. Ce qui pendait au-dessus de leurs têtes. Comment sortir de ce trou en cas d'incendie. Ou de tremblement de terre. Et si une araignée énorme vivait là, à l'abri, depuis des années…

Quelque chose effleura son visage et il s'écarta brusquement en agitant follement les bras pour se protéger. Puis, enfilant sa tuque et ses gants, il se remit au travail, à contrecœur.

Plus loin, Nathaniel, tête nue, était penché sur les fiches, que ses doigts parcouraient prestement, presque frénétiquement.

M. Bergeron, responsable de la toponymie pour la région, était un homme chauve, méticuleux et desséché. Son bureau était pareillement chauve et méticuleux. On n'y voyait aucun article personnel, hormis une plaque en plexiglas poussiéreuse le remerciant de ses trente années au service du Québec. Une carte détaillée de la région occupait tout le mur derrière lui.

Les doigts du petit homme sec s'agrippèrent au bord de sa table de travail, telles les serres d'un minuscule oiseau, et il s'avança dans son fauteuil.

Il laissa entendre un soupir et jeta un coup d'œil à la carte, à la Chinoise et à la Gothique.

— Une Turcotte, dit-il en soupirant de nouveau. Où l'avez-vous trouvée ?

— Dans un mur, à Three Pines, répondit Huifen.

— Où ça ?

— Au village, précisa Amelia.

Il sembla un moment égaré, puis ses yeux revinrent vers la carte.

— Turcotte, fit Huifen. C'est le nom de l'auteur ?

— Oui, oui, répondit M. Bergeron d'un ton rêveur.

— Comment le savez-vous ? demanda Amelia.

La réaction de cet homme l'amusait et l'agaçait en même temps. Il semblait perdu dans la contemplation de la carte, mais aussi perdu à l'intérieur d'elle. Comme si, tombé entre de délicates courbes de niveau, il y était retenu prisonnier. Pour son plus grand bonheur.

— C'est pourtant évident, non ? répliqua-t-il avec l'assurance d'un spécialiste surpris de constater tant d'ignorance. Je peux y toucher ?

Les jeunes femmes hochèrent la tête, sans mentionner que, quelques minutes plus tôt, un beigne fourré à la confiture de fraises y avait touché.

Il avança la main, laissa son doigt délicat planer au-dessus du papier, comme s'il avait des chances d'insuffler la vie à la carte, tel l'Adam de Michel-Ange dans la chapelle Sixtine.

Quand son doigt se posa enfin, le geste fut si léger, si intime, qu'Amelia détourna les yeux.

Sur le point de lui confier qu'il s'agissait d'une photocopie et non de l'original, elle se ravisa. Cet homme était parfaitement au courant. Et il était malgré tout fasciné.

— Turcotte était cartographe ? demanda Huifen.

— Pas seulement cartographe. Antony Turcotte a été le père de toutes les cartes modernes du Québec. Il a créé un service provincial voué à la cartographie et à la dénomination. Au début des années 1900. Un géant. Il a pris conscience du lien entre les gens et l'endroit où ils habitent, lien qui va beaucoup plus loin que le territoire. Notre histoire, notre cuisine, nos chansons et nos récits sont issus de l'endroit où nous vivons. Il a voulu en témoigner. Il a rendu aux habitants leur patrimoine.

M. Bergeron avait employé un vieux mot populaire pour désigner les occupants du Québec. Les habitants. Dans la mesure où il faisait naître des images de bûcherons rustauds, il était devenu, avec le temps, presque injurieux.

Mais cet homme, M. Bergeron, avait utilisé le mot correctement. Les habitants avaient cultivé la terre. Ils l'avaient défrichée, l'avaient exploitée, y avaient construit leurs maisons et fondé leurs petites entreprises. Ils avaient vécu de la terre et aimé la terre. Ils y étaient nés et y avaient été inhumés.

Sans les habitants, le Québec n'aurait pas pris naissance.

M. Bergeron avait eu recours à un autre mot lourd de sens pour les Québécois en parlant de leur patrimoine. Leur langue, leur culture, leur héritage. Leur territoire.

— Il vivait à Montréal, mais il a décidé de s'établir ici, dans les Cantons-de-l'Est, expliqua Bergeron. Il a créé des bureaux de cartographie aux quatre coins de la province, mais il a choisi de cartographier cette région lui-même. Je pense qu'il est tombé amoureux des Cantons-de-l'Est et de leur histoire.

— Leur géographie, vous voulez dire ? demanda Amelia.

— Ce n'est pas la même chose ? répondit le fonctionnaire d'âge mûr en la regardant. Antony Turcotte savait qu'on ne peut séparer l'histoire de la géographie.

— Moi, je peux, glissa Amelia. Mes professeurs aussi.

— Dans ce cas, ce sont des idiots.

La déclaration, énoncée simplement, fut d'autant plus percutante.

— L'histoire d'un lieu est tributaire de sa géographie. Si le terrain est montagneux, par exemple, il est plus difficile à conquérir. Les habitants sont plus indépendants, mais aussi plus isolés. Il est entouré d'eau ? Dans ce cas, il est sans doute plus cosmopolite.

— Mais plus facile à conquérir, comme le montre l'exemple de Venise, dit Amelia, ayant compris où l'homme voulait en venir.

— Oui, acquiesça-t-il en regardant la Gothique avec approbation. Venise a renoncé à se défendre et a décidé d'ouvrir ses portes à tout venant. C'est ainsi que la ville est devenue un centre du commerce, du savoir, de l'art et de la musique. En raison de sa situation géographique, elle a fait figure de porte d'entrée. C'est la géographie qui fait de vous un conquérant ou un conquis.

— On pense aux Romains, dit Amelia. Et, plus tard, aux Britanniques.

— Oui, exactement, fit M. Bergeron, un peu surexcité à présent. La Grande-Bretagne a été envahie à répétition jusqu'au jour où elle s'est aperçue que sa faiblesse faisait aussi sa force. Elle a dominé les mers et donc le monde. Rien de tout cela n'aurait été possible si elle n'avait pas été une nation insulaire.

— La géographie, c'est l'histoire, déclara Amelia, fascinée par cette idée.

Elle aimait l'histoire, mais elle n'avait jamais accordé la moindre importance à la géographie.

— Mais qu'est-ce que ça signifie pour le Québec ? demanda Huifen.

— Coincé entre deux forces écrasantes ? fit M. Bergeron. Les Américains au sud, les Britanniques à l'est et à l'ouest ? Pas de défense possible, du point de vue militaire. Mais une façon de défendre le patrimoine consistait à cartographier et à nommer le territoire.

— Et à le revendiquer, ajouta Huifen.

— Il existe des cartes plus anciennes, évidemment. Parmi les plus célèbres, celles de Champlain de la Nouvelle-France et celles de David Thompson. Antony Turcotte est moins connu, mais plus apprécié parce qu'il n'a travaillé ni pour les gouvernements, ni pour la conquête, ni pour le commerce. Ses cartes, il les a faites pour le peuple.

Il contempla celle qu'il avait sous les yeux, comme si le papier était l'homme lui-même.

— On n'a pas affaire ici à une de ses cartes officielles, dit-il en faisant planer sa main sur le document. On dirait plutôt qu'il l'a faite pour s'amuser. On jurerait une carte de course d'orientation.

— C'est aussi notre avis, confirma Huifen. Vous vous y connaissez en course d'orientation ?

— Bien sûr. Seulement, cette carte-ci est différente des autres. Même des plus anciennes.

— En quoi ?

— Eh bien, prenez ce bonhomme de neige, par exemple, dit M. Bergeron, qui sourit en l'examinant. On dirait une sorte d'objet hybride. Une vraie carte indiquant la topographie, mais sans noms de lieux, et une carte de course d'orientation montrant les structures créées par l'homme, comme les murs de pierre et les moulins. Il y a aussi de petites touches fantaisistes, comme ces trois pins qu'on dirait en train de jouer. Turcotte l'a sans doute fabriquée pour son propre plaisir.

M. Bergeron se pencha encore un peu plus, dans l'espoir, eût-on dit, que le papier lui parlerait à l'oreille.

— Peut-être aussi l'a-t-il faite pour son fils, dit Huifen en posant son iPhone sur la table de travail. Nous croyons que c'est lui.

Le garçon du vitrail donna l'impression d'entrer dans la carte.

M. Bergeron se concentra sur l'appareil.

— Remarquable expression. D'où vient cette image ?

— Elle fait partie d'un vitrail, d'un vitrail commémoratif, à la mémoire des victimes de la Première Guerre mondiale, expliqua Amelia.

M. Bergeron grogna.

— Pauvre garçon.

Puis il leva les yeux.

— Qu'est-ce qui vous fait croire qu'il s'agit du fils Turcotte ?

Huifen agrandit l'image et Bergeron écarquilla les yeux en voyant la carte sortir de la sacoche du soldat.

— Mais c'est extraordinaire ! s'écria-t-il avant de secouer la tête. Quand on pense à toutes les vies perdues pour quelques centimètres de terrain.

Il fit tss-tss pour signifier sa désapprobation de la guerre et du massacre des jeunes.

Amelia se leva et s'avança jusqu'à l'énorme carte derrière lui. Du bout du doigt, elle suivit les routes et les rivières, s'attarda dans une vallée.

— Il n'y a pas de Three Pines, dit-elle en se retournant.

— Impossible, fit Huifen en s'approchant à son tour. Je peux comprendre que le GPS et les cartes commerciales l'aient oublié, mais il s'agit d'une carte officielle, non ?

M. Bergeron se tourna face à la carte.

— Si un endroit n'est pas là, c'est qu'il n'existe pas.

— Bien sûr que le village existe, nous y habitons en ce moment, lança Huifen, sonnée. Cette carte est inexacte.

— Impossible, répondit Bergeron. C'est Turcotte lui-même qui l'a réalisée. Nous sommes partis de ses travaux. Nous avons ajouté de nouvelles routes et de nouveaux lieux, mais en conservant ses relevés initiaux. Ce village lui a peut-être échappé. Il doit être très petit. Pour ma part, je n'en ai jamais entendu parler.

— Turcotte lui-même y vivait, protesta Amelia. Pourquoi aurait-il effacé son propre village de la carte officielle ?

— Nous nous trompons peut-être, dit Huifen. Peut-être n'habitait-il pas du tout là, après tout. Il a pu réaliser cette carte et en faire cadeau à quelqu'un d'autre. Quelqu'un du village.

— Comment expliquer son apparition sur le vitrail de Three Pines, dans ce cas ? répliqua Amelia. Non. Cette carte est l'œuvre d'une personne qui habitait dans le village et qui, en plus, l'aimait.

— Alors pourquoi l'a-t-il escamotée ? demanda Huifen en se tournant vers Bergeron. Que savez-vous sur lui ?

— Pas grand-chose, en réalité. Je crois que peu de gens l'ont rencontré.

— C'est inhabituel ? demanda Amelia.

Bergeron sourit.

— Peu de gens me rencontrent, moi. La Société de cartographie du Québec a tenté de produire une biographie de Turcotte pour *L'Encyclopédie canadienne*. Laissez-moi la trouver.

Il tira un épais volume d'une tablette. Après avoir essuyé la poussière, il repéra une page et tendit le livre à Huifen.

— "Antony Turcotte, cartographe, lut-elle. Né à LaSalle en 1862. Mort en 1919."

— Mais pas à Three Pines, poursuivit Amelia en lisant par-dessus l'épaule d'Huifen. On dit ici qu'il est enterré à un endroit appelé Roof Trusses. Roof Trusses ?

Elle se tourna vers M. Bergeron, qui sourit.

— J'ai bien peur que oui. La grande erreur de Turcotte. Dans le monde de la toponymie, elle est devenue légendaire.

— C'est lui qui a donné ce nom à un village ?

— C'est inexplicable. À vrai dire, on a bien une idée. À l'entrée du village, il y avait une petite entreprise qui fabriquait des…

— … fermes de toit ?

— Oui, ces structures en bois qui retiennent les toits. Parce que Turcotte maîtrisait assez mal l'anglais, nous pensons qu'il a pris l'enseigne pour le nom du village.

— Il ne s'est jamais expliqué ?

— On ne lui a jamais posé la question. Il a livré sa carte avec les noms de lieux, mais il s'agit d'un minuscule village. On a mis des années à constater l'erreur.

— Comment savez-vous qu'il n'en a pas fait d'autres ? demanda Huifen.

M. Bergeron eut l'air offensé et même légèrement déboussolé. Comme si l'idée qu'Antony Turcotte ait pu errer une fois de plus était inconcevable.

— Il était humain, après tout, insista-t-elle.

Malgré la mythologie qui semblait s'être construite autour de lui, au cours des années subséquentes…

— Antony Turcotte n'a pas commis d'autres erreurs et il a décidé d'assumer pour l'éternité la seule qu'il ait faite en se faisant enterrer à cet endroit, déclara Bergeron d'une voix sèche.

Amelia s'apprêtait à souligner que Turcotte avait oublié le village de Three Pines sur sa carte, mais elle se ravisa. Elle commençait à se douter qu'il ne s'agissait pas du tout d'une erreur.

— Dans sa biographie, il n'est pas fait mention d'une femme ou d'enfants, souligna Huifen.

— Non. On n'a trouvé aucune documentation à ce sujet. Mais on ne doit pas en conclure qu'ils n'ont jamais existé. Seulement que les documents ont été perdus. Vous le voyez, on n'a pas pu découvrir grand-chose.

L'entrée de l'encyclopédie était pour le moins avare de détails.

— Vous pouvez nous indiquer Roof Trusses sur la carte ? demanda Huifen.

M. Bergeron prit un air penaud.

— Je crains que non.

— Ne me dites pas…, commença Huifen.

— Le village n'existe plus, expliqua Bergeron. Lorsqu'on a pris connaissance de l'erreur, on lui a donné un nouveau nom, choisi par les villageois. Mais alors il a disparu, lui aussi.

— Disparu ? répéta Amelia.

— Ça n'a rien d'inédit, expliqua Bergeron. Des villages se créent autour d'une industrie unique. Quand elle meurt, le village meurt aussi.

“Et Roof Trusses, comme Three Pines, songea Amelia, ne représente même pas un tout petit point sur une carte.”

Jacques referma le tiroir du classeur avec une telle violence que Nathaniel faillit faire une syncope.

Les mains tremblantes, la respiration courte et saccadée, les pupilles dilatées, celui-ci baissa la tête, mais pas avant d'avoir vu Jacques se tourner et contempler la longue, longue rangée de classeurs. Et se focaliser. Sur lui.

Le plus jeune des deux étudiants se remit à l'étude des fiches, les parcourut avec désespoir, à l'affût de la réponse. Jacques fonçait vers lui, d'un air résolu. À bout de patience, il avait trouvé une cible.

“S'il vous plaît. Oh, s'il vous plaît”, implora Nathaniel, les doigts fiévreux. Ayant quitté les fiches des yeux, il attendait la bourrade, le coup de poing, la gifle. Le mot dur. Ou pire encore.

Jacques s'immobilisa tout près de lui. Un bourdonnement familier l'avait arrêté dans ses pas. Et, tel le chien de Pavlov, il n'avait pu s'empêcher de réagir, de sortir son iPhone.

L'écran éclaira son visage.

— Où sont les T ? demanda-t-il.

— Ici, répondit Nathaniel en se hâtant vers un autre classeur, un peu plus loin. Pourquoi ?

Jacques ne répondit pas. Il ouvrit le tiroir et fit défiler les dossiers en balbutiant :

— Turcotte, Turcotte. Tiens, en voici un. Non, ce n'est pas lui.

Quelques minutes plus tard, il fit un pas en arrière, trop perplexe pour être contrarié. Du moins dans l'immédiat.

Le téléphone d'Huifen émit un bip.

— Jacques vient de texter du bureau d'enregistrement. Rien sur Antony Turcotte.

Amelia tapota à quelques reprises sur l'écran de son appareil et le vitrail commémoratif apparut de nouveau. Faisant défiler les images, elle relut les noms.

— Pas de Turcotte ici non plus, dit-elle.

— Vous êtes sûr que cette carte est l'œuvre d'Antony Turcotte ? demanda Huifen.

— Certain, répondit M. Bergeron.

— Comment se fait-il que nous ne le retrouvions pas, alors ? insista Huifen.

"Et pourquoi, songea Amelia, tout ce qui concerne Antony Turcotte disparaît-il à mesure ?"

28

— Salut, Armand, lança Michel Brébeuf en se levant derrière sa table de travail. Pardon. Je voulais dire "commandant".

On sentait un certain froid dans l'air.

Il tendit la main avec une courtoisie exagérée et Gamache la serra avant de lui présenter le commissaire adjoint Gélinas.

— De la GRC, commenta Brébeuf en désignant la petite épinglette que Gélinas portait au revers de son veston. Je vous ai aperçu dans les couloirs. Vous êtes là pour garantir l'équité de l'enquête ?

Lorsque Gélinas hocha la tête, Brébeuf se tourna vers Gamache.

— Toujours le droit chemin, à ce que je constate.

Le froid était devenu mordant.

— Nous espérons que tu le suivras aussi, dit Gamache, qui vit le sourire de Brébeuf s'estomper peu à peu. Tu permets ?

Sans attendre sa réponse, les deux hommes s'assirent. Gamache croisa les jambes, prit ses aises.

— Nous avons quelques questions à te poser, Michel.

— On m'a déjà interrogé, mais je serai heureux de

vous aider une fois de plus. Vous vous approchez de l'assassin de Leduc ?

— Laborieusement, disons, répondit Gamache.

Il se tourna vers Gélinas, qui avait observé l'échange avec intérêt.

En disant qu'il y avait de l'animosité entre les deux hommes, on aurait commis un grossier euphémisme. L'air, saturé de soufre, était presque irrespirable. La plupart de ces exhalaisons venaient de Brébeuf, mais Gamache n'était pas en reste. Elles se cachaient derrière un mince et fragile vernis de civilité. Mais les relents d'une relation qui pourrissait depuis des lustres s'insinuaient dans les fissures.

Si l'officier de la GRC avait songé que ces deux-là avaient pu conspirer pour tuer Serge Leduc, il changea aussitôt d'avis. Ils auraient été incapables de préparer un gâteau ensemble, et encore moins de planifier et de commettre un meurtre.

— Vous connaissiez bien Serge Leduc ? demanda Gélinas.

— J'avais entendu parler de lui, évidemment. J'étais encore à la tête de la Sûreté lorsqu'il a été muté ici. À titre d'adjoint du vieil imbécile qui commandait officiellement, même si Leduc tirait toutes les ficelles.

— Vous étiez un haut gradé, à l'époque, dit Gélinas. Directeur.

Michel Brébeuf acquiesça d'un geste bref de la tête.

— Vous ne vous en souvenez pas, fit Gélinas, mais nous nous sommes déjà rencontrés. Il y a des années, à l'occasion d'une réception consulaire.

— Vraiment ?

Il avait posé la question poliment, mais il était évident que Brébeuf ne se souvenait de rien et qu'il n'avait aucune envie de sonder sa mémoire. Paul Gélinas n'avait été qu'un invité parmi d'autres. Michel Brébeuf, en revanche, était toujours mémorable. Un homme de petite taille qui prenait beaucoup de place, non pas parce qu'il l'exigeait, mais bien parce qu'il irradiait l'autorité.

Involontairement – mais peut-être pas, au fond –, il devenait, partout où il allait, le centre d'attention.

Gélinas connaissait une seule autre personne capable, de façon immédiate et naturelle, de monopoliser une salle tout entière, et cette personne se trouvait à côté de lui. Armand Gamache possédait toutefois une autre qualité dont Brébeuf semblait dépourvu.

Il avait la faculté de disparaître à volonté. Et, en ce moment, il choisit de s'effacer.

Armand Gamache resta tranquillement assis.

Il faisait comme un vide dans la pièce.

À certains égards, c'était plus déconcertant que l'énergie frémissante dégagée par l'homme installé de l'autre côté de la table de travail.

— Donc, vous le connaissiez ? recommença Gélinas.

— Serge Leduc ? Nous nous étions croisés à quelques reprises dans des réceptions officielles. Des cérémonies de collation de grades et des défilés. En général, il se trouvait sur le terrain d'entraînement avec les étudiants et moi sur l'estrade.

Rappel peu subtil de leurs positions respectives.

— Et vous avez renoué quand vous avez accepté de venir ici comme professeur ? Ce qui vous a permis de raviver la flamme, en quelque sorte.

— Vous posez une question tendancieuse, dit Brébeuf avec un amusement que démentaient ses yeux gris hiver.

“Des yeux, se dit Gélinas, semblables à la gadoue dans la rue. Ni eau ni neige. Une sorte d'état intermédiaire. Des yeux de mars.”

— Il n'y avait rien à raviver. Nous n'étions pas des intimes, mais il est vrai que nous avons appris à nous connaître un peu après avoir été, un brin abruptement, réunis ici.

— À vous entendre, on pourrait croire que vous étiez prisonniers.

— Vraiment ? Telle n'était pas mon intention.

— Jusqu'à quel point vous êtes-vous rapproché de Leduc au cours des derniers mois ?

Brébeuf considéra Gélinas, qui put presque lire dans ses pensées. “Il se demande ce que nous avons découvert. Il sait que les résultats sont arrivés, les empreintes digitales comme l'ADN. Il sait pertinemment quelles mesures nous prenons, selon quel ordre. Il nous précède d'un pas.”

— Je lui ai rendu visite à quelques reprises.

— Et lui, il est venu vous voir chez vous ?

La question prit Brébeuf par surprise. Il haussa légèrement les sourcils.

— Non.

— De quoi vous entreteniez-vous, à l'occasion de ces rencontres ?

— Nous échangions des récits de guerre.

— Vous a-t-il parlé de la fraude, du trucage des contrats et de ses comptes bancaires à numéro au Luxembourg ? demanda Gélinas.

Il perçut un léger mouvement sur sa gauche. Là où se trouvait Gamache.

“Il n'approuve pas que je discute avec Brébeuf des activités criminelles de Leduc”, se dit Gélinas. Mais il était trop tard et l'officier de la GRC avait agi délibérément afin de mesurer la réaction de Brébeuf.

— Il a fait allusion à quelques irrégularités de sa part, répondit Brébeuf. Question de jouer à armes égales. Il était évidemment au courant de mon histoire.

— Il tenait à ce que vous sachiez qu'il ne vous jugeait pas ? demanda Gélinas.

Il vit Brébeuf se hérisser.

— Croyez-moi, monsieur le commissaire adjoint, le jugement de Serge Leduc ne m'importait absolument pas.

— Et pourtant, tout indique que vous aviez beaucoup en commun. Vous avez tous deux été des dirigeants de la Sûreté. Vous vous êtes tous deux rendus coupables d'abus de pouvoir, vous vous êtes fait prendre la main dans le sac et vous avez fini par être expulsés de la Sûreté pour cause d'activités criminelles. Des amis haut placés vous ont à tous deux évité un procès. Dans votre cas, M. Gamache ; dans celui de M. Leduc, le directeur général. Et vous vous êtes tous deux retrouvés ici, à l'école de police.

— Vous êtes venu pour m'insulter ou pour me demander mon aide ?

— Je me contente de relever les points communs dans vos curriculums vitæ respectifs, répondit Gélinas. Rien de plus.

— Il y a peut-être des “points communs”, comme vous dites, mais je n'avais rien en commun avec lui, dit Brébeuf. D'ailleurs, le mot le décrit à merveille. Il était commun. Un morceau de charbon qui se prenait pour un diamant. Un abruti avec un grand bureau.

— Que faisiez-vous dans son salon, dans ce cas ? Dans sa salle de bains ? Et dans sa chambre ? demanda Gélinas d'un ton nettement moins cordial.

Sans ménagement, il poussa une copie du rapport médicolégal de l'autre côté de la table de travail.

— Que font vos empreintes sur l'arme du crime ?

Tout près de lui, Gamache s'agita de nouveau, mais il s'apaisa aussitôt.

Brébeuf saisit le document et le parcourut d'un œil exercé d'enquêteur chevronné. Il alla droit à l'essentiel.

Son visage, d'abord sombre, se détendit un peu. À cet instant, Gélinas comprit pourquoi Gamache avait réagi, subtilement il est vrai, quand il avait remis le rapport à Brébeuf.

Oui, le document révélait que Michel Brébeuf avait pu manipuler le revolver. Mais il montrait en même temps qu'il était plus probable que Gamache l'ait fait.

— Vous savez aussi bien que moi, dit Brébeuf en rendant la page à Gélinas, qu'il s'agit de simples suppositions. Irrecevables.

— Vous niez donc ?

— Bien sûr que je nie. Je ne savais pas que Leduc avait une arme, même si j'aurais dû m'en douter. Il faut être idiot pour en avoir une dans son appartement à l'école. Cela dit, je ne me serais pas attendu à une arme pareille. Un revolver ? C'est à n'y rien comprendre, non ?

La question s'adressait à Armand Gamache.

— Je me serais plutôt attendu à un lance-missiles, déclara Gamache.

Et Brébeuf éclata de rire.

Dans ce bref instant, dans ce rire naturel, Gélinas détecta autre chose. Ces deux-là avaient autrefois été bons amis. Et ils auraient formé une équipe redoutable si l'un n'avait pas fait un pas en arrière et l'autre vers le haut.

L'atmosphère, après cet instant de connivence entre les deux hommes, sembla transformée.

Michel Brébeuf devint silencieux, contemplatif.

— Vous voulez savoir pourquoi il nous arrivait de casser la croûte et de prendre un verre ensemble ? demanda-t-il enfin.

Sa voix devint plus grave, s'adoucit.

Paul Gélinas hocha la tête et jeta un coup d'œil à Gamache, qui n'avait pas bronché. Il épiait toujours Brébeuf de ses yeux inquisiteurs, attentifs.

— J'allais le voir parce que je me sentais seul, expliqua Brébeuf. J'étais entouré de gens, mais personne n'avait envie de frayer avec moi. C'est compréhensible. Je suis le seul responsable de mes malheurs et je suis venu ici dans l'intention de me racheter. Je savais qu'il ne serait pas de tout repos de passer mes journées à parler aux étudiants de troisième année de la corruption et des tentations auxquelles j'avais été soumis. De tout ce qui peut aller de travers quand on a du pouvoir et une arme à feu, sans d'autres limites que celles qu'on s'impose à soi-même. Se faire dire que le pouvoir corrompt, c'est une chose, ajouta Brébeuf en se tournant vers Gamache. Mais tu avais vu juste : il est beaucoup plus efficace d'en avoir la preuve sous les yeux. Je leur ai parlé de ce que j'avais fait. Au début, les abus étaient tout petits, voire insignifiants. Puis les choses ont pris de l'ampleur. Je leur ai parlé du danger des mauvaises fréquentations. J'ai consacré tout un cours à la notion de pomme pourrie. Et admis que j'en avais été une. Au début de chacun de mes cours, j'écrivais le verset 10, 36 de saint Matthieu en haut du tableau noir, et je le laissais là. C'était humiliant, mais nécessaire.

Il avait parlé doucement, sans quitter Armand des yeux.

— Moi qui croyais que j'allais vivre les pires moments en classe, je me trompais. Le plus difficile, c'était le soir. J'entendais des rires, de la musique. Je savais que tu discutais avec tes étudiants, au bout du couloir. Et moi, je restais là, seul, dans l'espoir que quelqu'un passerait me voir.

Paul Gélinas eut le sentiment de s'être volatilisé, d'avoir été englouti, enseveli. D'être un alpiniste coincé dans l'avalanche que formaient les rapports entre ces deux-là.

— Je rendais parfois visite à Serge Leduc parce qu'il était le seul à sourire en me voyant.

— C'est toi qui l'as tué, Michel ? demanda Armand tout doucement.

— Tu tirerais une balle dans ton radeau de sauvetage, toi ? répondit Brébeuf. Non, je ne l'ai pas tué. Je ne l'aimais pas et je n'avais aucun respect pour lui. D'ailleurs, je ne m'aime pas non plus et je n'ai aucun respect pour moi-même… Je ne lui ai pas tiré dessus pour autant.

— Vous avez une idée de l'identité du coupable ? demanda Gélinas en essayant tant bien que mal de reprendre sa place dans l'interrogatoire.

— J'aimerais bien pouvoir vous dire que c'est un professeur qui a fait le coup, et non un étudiant, mais j'en suis incapable, répondit Brébeuf. Les étudiants ne sont plus comme autrefois. Ils sont vulgaires, grossiers. Prenez cette recrue, la fille aux tatouages et aux perçages. Sa façon de s'exprimer… De s'adresser aux professeurs… C'est révoltant. Qu'est-ce qu'elle fiche ici ? Un des choix de Leduc, sans doute ?

— Un des miens, en fait, dit Gamache. Amelia Choquet est première de sa classe. Elle lit le latin et le grec ancien. Et elle jure comme les criminels qu'elle va un jour coffrer. Tandis que toi, Michel, qui es le portrait de la distinction, tu as contrevenu à toutes les lois que tu t'étais engagé à faire respecter.

Brébeuf inspira profondément. Pour reprendre contenance ou se blinder en prévision de l'attaque imminente.

La fine glace sur laquelle les deux hommes évoluaient jusque-là avait cédé, fracassée par Gamache.

Pendant un moment, le monde cessa de tourner.

Puis Michel Brébeuf sourit.

— J'étais le plus haut gradé, Armand, mais tu as toujours été un meilleur homme que moi, n'est-ce pas ? Tu trouves un tel réconfort dans cette certitude ! Sans parler du plaisir que tu prends à me le répéter sans cesse.

Il se pencha sur la table de travail.

— Eh bien, va te faire foutre.

Il avait prononcé les mots avec un singulier mélange d'humour et de colère. "Plaisante-t-il, se demanda Gélinas, ou vient-il de proférer une véritable insulte ?"

Il se tourna vers Gamache. Ce dernier avait arqué les sourcils, mais il souriait, lui aussi. Et Gélinas comprit à quel point ces deux hommes se connaissaient. Malgré la malveillance, il existait entre eux une forme de complicité. D'intimité.

Ce lien n'avait pu se créer qu'au fil des ans. Mais la haine soude aussi sûrement, aussi fortement, que l'amour.

Paul Gélinas prit note de jeter un coup d'œil à leurs passés respectifs.

Il les connaissait sur le plan professionnel. Il était temps de sonder leur vie privée.

— Le meurtre de Serge Leduc ne s'est pas produit par hasard, dit Brébeuf. Dans le cas contraire, vous tiendriez déjà le coupable. Non. C'était prémédité. Il prenait plaisir à tourmenter des gens. En particulier ceux qui étaient sans défense. De toute évidence, il s'est trompé de cible.

— Tu penses que Leduc a blessé et humilié quelqu'un au point que cette personne a voulu se venger ? fit Gamache.

— Oui. Et je vois bien que c'est aussi ton avis. Et vous, monsieur le commissaire adjoint ?

— Je réserve mon jugement. Vous vous y connaissez tous deux bien mieux que moi en matière de meurtre.

— Il veut parler des meurtres ou des enquêtes pour meurtre, Armand ? demanda Michel au moment où ils se levaient tous les trois.

— Je pense que M. Gélinas a pesé ses mots, répondit Gamache.

— Dans ce cas, je pense que tu es dans le pétrin, dit Brébeuf.

Il rit. Avec un plaisir manifeste.

Paul Gélinas marcha dans le couloir, en proie à une légère nausée. Les émotions volatiles de Brébeuf lui avaient donné le mal de mer.

Ni lui ni Gamache ne se retournèrent, mais ils sentaient les yeux de Brébeuf dans leurs dos. Puis ils entendirent la porte du bureau se refermer doucement avec un déclic.

— Vous étiez amis ? demanda Gélinas.

— Les meilleurs amis du monde, répondit Gamache. Il a déjà été un homme bon.

— Qu'est-il arrivé ?

— Je ne sais pas.

— Vous pensez qu'il l'est encore ? demanda Gélinas devant l'escalier.

Gamache s'immobilisa sur la première marche. La cage d'escalier, devant la fenêtre haute de trois étages qui encadrait la plaine où la neige fondait, était inondée de lumière.

La rumeur d'étudiants qui jouaient des coudes se répercutait sur les murs, et leurs pas résonnaient sur le marbre des marches, un étage plus bas.

Et Armand se souvint de l'époque où Michel et lui gravissaient deux à deux les marches rayées d'un vieil escalier en acajou. En retard pour un cours. Une fois de plus. À cause d'une découverte qu'ils venaient de faire. Une trappe. L'accès au grenier. Un os d'origine humaine. Ou peut-être simplement celui d'une poule.

Le pauvre professeur de pathologie, le docteur Nadeau. Armand sourit légèrement au souvenir de cet homme stressé, dérangé une fois de plus par les deux étudiants qui avaient trouvé un os, ou un poil, d'origine humaine. Qui, après tout, appartenait peut-être à une souris.

Chaque fois, le même verdict. Non humain.

Michel et Armand avaient élaboré leur propre théorie. Ils avaient effectivement découvert les restes d'une victime, et le docteur Nadeau était le meurtrier. Il se protégeait. Ils n'y croyaient pas, bien entendu, mais c'était devenu une blague récurrente entre eux. Au même titre que les objets de plus en plus farfelus qu'ils soumettaient à l'analyse du pauvre homme.

— Gamache ? fit l'officier de la GRC. Vous croyez que Brébeuf est encore un homme bon, au fond ?

— Je ne l'aurais pas invité à venir ici si je n'étais pas persuadé qu'il y a encore du bon en lui, répondit Gamache, au milieu des lointains éclats de rire répercutés par le verre et le béton.

— Regrettez-vous cette décision ? Pensez-vous qu'il a tué Leduc ? demanda Gélinas.

— Il n'y a pas si longtemps, vous m'accusiez. C'est à son tour, maintenant ?

Il descendait les marches, la main sur la rampe. Il s'arrêta sur le palier pour laisser défiler des étudiants qui se précipitaient vers leurs salles de classe. Ils s'immobilisèrent le temps de saluer leurs supérieurs avant de reprendre leur course folle, deux marches à la fois.

— Dans les cas d'homicide, j'en suis venu à comprendre qu'il est utile et même nécessaire de soupçonner tout le monde, répondit Gamache après le passage de la cavalcade. Mais il vaut mieux garder ses soupçons pour soi. Question de préserver sa crédibilité.

— Merci pour le conseil. Par chance, dans le domaine des homicides, je n'ai aucune crédibilité.

La remarque arracha à Gamache un large sourire.

— En fait, j'ai cru que vous aviez agi ensemble, avoua Gélinas, tandis qu'ils poursuivaient leur descente.

— Que nous l'avions tué à deux ? Mais pourquoi, au nom du ciel ?

— Pour vous débarrasser d'un problème. Vous-même souhaitiez la mort de Leduc, pour le bien des étudiants, sans pouvoir vous résoudre à passer à l'acte. Vous connaissiez un homme capable de le faire. Un type qui vous devait une faveur. D'où la présence de Brébeuf à l'école. Une leçon de choses pour les étudiants, peut-être, mais surtout un instrument entre vos mains. Pour éliminer un homme que vous ne pouviez pas vous contenter de congédier. L'idée et la planification étaient de vous ; Brébeuf s'est contenté d'appuyer sur la détente. Une ultime et spectaculaire façon de lui faire payer le tort qu'il vous avait causé.

— Et maintenant ?

— J'ai changé d'avis.

— Et pourtant, vous m'avez demandé à l'instant si je crois que c'est lui qui a tué Leduc.

— Je vous ai demandé si c'est ce que vous croyiez. Je n'ai pas dit que c'était mon impression.

— Vous vouliez voir si j'allais vous le jeter en pâture pour sauver ma peau ?

Gélinas resta silencieux. L'autre avait vu juste. Il avait en effet fourni à Gamache une occasion de condamner Michel Brébeuf. Le commandant n'avait pas mordu à l'hameçon.

— Dans cette école, Brébeuf est la seule personne qui avait intérêt à ce que la victime reste en vie, ajouta Gélinas. J'ai dit qu'il ne fallait jamais sous-estimer le pouvoir de la haine, mais, depuis la mort de ma femme, j'ai appris une autre leçon.

Gamache s'arrêta sur le palier pour accorder toute son attention à Paul Gélinas.

— Il ne faut jamais sous-estimer le pouvoir de la solitude, déclara l'homme de la police montée. Brébeuf n'aurait jamais abattu la seule personne disposée à le fréquenter. Avec plaisir, par-dessus le marché. Comment a-t-il appelé Leduc, déjà ?

— Son radeau de sauvetage. Et maintenant ? Vous vous sentez encore seul ?

— Je parlais de Brébeuf.

— Oui.

Il garda le silence pour indiquer à Gélinas qu'il était disposé à l'écouter. L'officier de la GRC n'ajouta rien, mais ses lèvres se comprimèrent, et Gamache se détourna pour accorder à l'homme un semblant d'intimité.

Par la fenêtre, il aperçut, au-delà d'un champ enneigé qui scintillait sous le soleil, une patinoire où les enfants du village jouaient une partie de hockey improvisée. Une des dernières de la saison. Même de loin, Gamache distinguait les flaques, là où la glace avait commencé à fondre. Bientôt, la patinoire disparaîtrait et l'herbe se prêterait à un autre jeu.

On aurait moins dit une fenêtre qu'un portail s'ouvrant sur un autre lieu, un autre temps. À des millions de kilomètres d'eux.

— Je me souviens d'avoir joué sur le lac au bord duquel se trouvait notre chalet dans les Laurentides, dit Gélinas d'une voix à peine audible. Quand j'étais enfant.

"Quand j'étais enfant", songea Gamache. Phrase lourde de conséquences. "Quand j'étais enfant."

Les deux hommes observèrent le match en silence.

— Ils pourraient utiliser la patinoire intérieure de l'école, dit Gélinas en faisant un geste vers l'aréna. Mais ils préfèrent peut-être jouer dehors.

— Ce n'est pas ce que vous auriez choisi, vous ?

Gélinas sourit et secoua la tête.

— Non. Donnez-moi un aréna bien chauffé et, après la partie, le chocolat chaud bouillant du distributeur, dit-il. Le paradis sur terre.

— Le maire leur interdit de fréquenter l'école, dit Gamache.

Il vit un des joueurs s'échapper et un autre le plaquer dans le banc de neige qui bordait la surface glacée. Des flocons s'envolèrent et les garçons se relevèrent, couverts de neige, le visage tout rouge, hilares.

— Ils vont revenir, prédit Gélinas. Donnez-leur du temps.

Les enfants patinaient d'un bout à l'autre, à la poursuite de la rondelle. Ils portaient des tuques bleu et rouge à pompon et des chandails des Canadiens de Montréal. Impossible de distinguer entre eux les joueurs des deux équipes. Pourtant, eux semblaient savoir qui était qui. D'instinct.

Ils savaient qui était de leur côté.

“Depuis quand est-il si difficile de démêler les alliés des ennemis ?” se demanda Gamache.

29

— Je regrette, mais il n'y a pas de Mme Clairton ici, dit l'agréable jeune femme à l'autre bout du fil.

— J'ai dit "Clairton", répéta Isabelle Lacoste.

— Oui. Non. Exactement. Clairton.

Lacoste fixa le téléphone. Elle avait redouté cet appel, pressentant une impasse comme celle-ci. La femme au lourd accent britannique s'efforçant de comprendre la femme à l'accent québécois.

Parlant l'une et l'autre un anglais apparemment incompréhensible.

C'était d'autant plus contrariant que Beauvoir, qui avait appris son anglais approximatif dans les rues de l'est de Montréal, n'avait aucune difficulté à se faire comprendre. Et à comprendre ce qu'on lui disait. Tandis qu'elle, qui avait étudié cette langue, peinait toujours à se faire entendre.

Elle baissa les yeux sur le courriel envoyé par la représentante du fabricant de l'arme, McDermot and Ryan, au Royaume-Uni.

Elle avait bel et bien signé "Elizabeth Coldbrook-Clairton".

— Je suis bien chez McDermot and Ryan ? demanda Lacoste.

— Non, vous êtes chez McDermot and Ryan.

La réponse, totalement prévisible, arracha un soupir à Lacoste.

— Bon, eh bien, au revoir alors, lança la jeune femme enjouée.

— Attendez, dit Lacoste. Coldbrook ? Vous avez bien chez vous une Elizabeth Coldbrook ?

Il y eut un long silence, si long que Lacoste se demanda si la réceptionniste avait raccroché. Une voix se fit enfin entendre.

— Non, mais nous avons bien une Elizabeth Coldbrook.

— Oui, oui, fit Lacoste, consciente du désespoir que trahissait sa voix.

— Ne quittez pas, je vous prie.

Quelques secondes plus tard, une autre voix, plus efficace mais moins enjouée, lança :

— Comment puis-je vous aider ?

— Elizabeth Coldbrook-Clairton ?

Il y eut une légère hésitation.

— Elizabeth Coldbrook, oui. Qui est à l'appareil ?

— Je m'appelle Isabelle Lacoste. J'enquête sur la mort d'un professeur, ici au Québec. Au Canada.

— Oui. J'ai parlé à votre supérieur, ce matin.

— En fait, la supérieure, c'est moi. Inspectrice-chef Lacoste de la Sûreté du Québec. Vous avez discuté avec l'inspecteur Beauvoir.

Son interlocutrice rit.

— Oh, je vous demande pardon. Je devrais pourtant être à l'abri de ce genre de préjugé, moi qui suis dans les relations publiques depuis des années et à la tête de mon propre service. Désolée.

Elle avait prononcé le dernier mot en français.

— Vous parlez français ? demanda Lacoste en anglais.

— En effet. Votre anglais est nettement meilleur que mon français, mais nous pouvons changer de langue, si vous voulez.

Bizarrement, Lacoste comprenait parfaitement cette femme. Peut-être ses intonations saccadées se rapprochaient-elles davantage de l'accent américain dont elle avait l'habitude au Canada.

— L'anglais me va très bien, dit-elle. J'aimerais vous envoyer la photo d'un revolver.

Elle appuya sur une touche de son téléphone.

— Je l'ai déjà vue. Votre collègue me l'a envoyée par courrier électronique, ce matin, dit Elizabeth Coldbrook. Oh, un instant. Ce n'est pas la même image. De quoi s'agit-il ?

— De l'agrandissement d'un détail. Tiré d'un vitrail.

Lacoste envoya une autre image et elle entendit un déclic. Mme Coldbrook venait de l'ouvrir.

— Je vois. Un vitrail commémoratif. C'est saisissant.

— Oui. Pouvez-vous identifier l'arme de poing du soldat ?

— Oui. C'est une des nôtres. Aucun doute possible. Le style est facilement reconnaissable. McDermot, calibre .45. Cette arme faisait partie de l'équipement des membres du Corps expéditionnaire britannique pendant la Première Guerre mondiale.

— Ce soldat est canadien, dit Lacoste.

— Je crois savoir qu'ils ont aussi été nombreux à utiliser cette arme. Les officiers, en tout cas. Mais il a l'air si jeune…

Les deux femmes, mère l'une et l'autre, examinèrent le garçon avec sa carabine, son revolver et son expression empreinte de frayeur, de détermination et d'indulgence.

— C'est le même modèle, mais pas l'arme qui a servi au crime sur lequel vous enquêtez, dit Mme Coldbrook. Le revolver était neuf. Vendu à l'homme quelques années plus tôt seulement.

— Oui, je comprends.

— Vous pensez qu'il existe un lien entre l'homme qui a été tué et un soldat de la Première Guerre mondiale ?

— Nous vérifions simplement quelques détails.

— Je vois. Eh bien, si je peux vous être de nouveau…

— Merci. Une dernière chose. Simple curiosité. Vous appelez-vous Elizabeth Coldbrook, Clairton ou Coldbrook-Clairton ? Pour notre rapport, vous comprenez.

— Elizabeth Coldbrook ira très bien.

— Oui, sauf que votre message électronique est signé Elizabeth Coldbrook-Clairton. Et je remarque que le mot "Clairton" est dans une police de caractères différente. Il y a une raison ?

— C'est une erreur.

L'inspectrice-chef Lacoste laissa la déclaration en suspens. "Comment peut-on se tromper dans son propre nom ?" se demanda-t-elle. Une faute de frappe, passe encore. Sous l'effet de la nervosité, sa meilleure amie, sur son premier permis de conduire, avait signé Lousie plutôt que Louise. Étourderie qui l'avait hantée bien au-delà de la date d'expiration du document, ses copines la ressuscitant chaque fois qu'elles avaient un peu bu.

Peut-être Mme Coldbrook avait-elle récemment divorcé. Et repris son nom de jeune fille. D'où la disparition du trait d'union et l'erreur, dans tous les sens du terme. Sans parler de la circonspection avec laquelle elle avait répondu à la question.

— Merci pour votre temps, dit Lacoste.

— J'espère que vous réussirez à faire la lumière sur cette malheureuse affaire, dit Mme Coldbrook avant de raccrocher.

Isabelle déposa le combiné. La conversation avait suscité en elle un malaise. Mme Coldbrook s'était montrée polie et serviable ; elle avait répondu aux questions. Mais quelque chose ne collait pas.

Elle comprit seulement dans l'après-midi, pendant que Beauvoir et elle faisaient route vers Three Pines.

Si Mme Coldbrook avait autrefois utilisé le nom de son mari, le nom composé, la réceptionniste l'aurait forcément reconnu.

— Sauf si elle est nouvelle, risqua Jean-Guy lorsque Isabelle lui fit part de son raisonnement. Celle à qui j'ai parlé avait l'air toute jeune.

— C'est vrai.

Il était seulement dix-huit heures trente, mais déjà le soleil frôlait l'horizon. Après avoir quitté l'autoroute pour s'engager dans des routes secondaires, Beauvoir reprit la parole.

— Vous n'êtes toujours pas convaincue ?

— Si sa séparation ou son divorce est si récent qu'elle a signé de cette façon par erreur, la réceptionniste est forcément toute nouvelle. Pourtant, elle m'a donné l'impression d'être jeune, mais expérimentée.

— Comment le savez-vous ? Vous avez compris ce qu'elle racontait ?

— Son ton m'a suffi, répondit Lacoste en feignant d'être sur la défensive.

— Je ne vois pas en quoi c'est important, confessa Beauvoir. Le nom qu'elle utilise, et même le revolver, la carte et le vitrail.

— Moi non plus, convint Lacoste. Et, si ce n'était d'un détail, tout ça serait effectivement sans importance.

— Serge Leduc avait une copie de la carte dans son tiroir.

— Et le soldat l'avait dans sa sacoche.

— Et ils ont tous deux connu une mort violente. Mais pas à cause de la carte.

— Pas le garçon, en tout cas, acquiesça Lacoste. Mais pourquoi Leduc avait-il ce document en sa possession ? Pourquoi a-t-il tenu à l'avoir si près de lui ? Pas dans sa table de travail ni dans son bureau, mais dans sa table de chevet. Vous gardez quoi dans la vôtre ?

— C'est un peu personnel.

— Laissez-moi deviner, dit Lacoste après un moment de réflexion. Des menthes. Quelques vieux préservatifs que vous ne vous donnez pas la peine de jeter. Non, attendez. Vous les gardez parce qu'ils vous rappellent votre folle jeunesse. Quoi d'autre ? Des brochures des AA et une photo de vous et d'Annie. Nooon ! Une échographie montrant le bébé. Si vous vous réveillez au milieu de la nuit et que vous êtes incapable de vous rendormir, vous pouvez l'admirer.

Jean-Guy regardait droit devant lui. Il avait le sentiment qu'Isabelle avait fouillé bien au-delà de son tiroir, en plein dans son intimité.

— À mon tour, fit-il. Vous aveeez…

Il réfléchit pendant un kilomètre. Après la transition de l'asphalte au gravier, la route était devenue cahoteuse, les bosses et les trous printaniers de plus en plus nombreux et sournois.

— Des kleenex usagés dont vous vous êtes servie pour essuyer le nez de vos enfants quand, la nuit, ils sont venus pleurer dans vos bras. Vous avez aussi des bouts de papier couverts de gribouillis indéchiffrables que vous ne vous résignez pas à jeter au cas où il y aurait une note importante. Un mélange de réflexions sur une affaire et de craintes incohérentes au sujet des enfants, sans doute. Oh, et le mot que Robert vous a laissé la première fois qu'il vous a appelée "mon amour". Oh, et un cigare.

— Un cigare ?

— Simple supposition. C'est votre genre, il me semble.

— Trou de cul.

— Mais je vois ce que vous voulez dire, dit Jean-Guy en s'engageant sur une petite route presque invisible. On garde tout un bric-à-brac dans notre table de chevet, mais surtout des articles auxquels on tient beaucoup.

— Des articles à tout le moins intimes, confirma Isabelle. La carte n'était pas comme vos préservatifs, rangés là et oubliés. Le Duc ne s'est pas contenté de la conserver, il l'a gardée tout près. Mais à l'abri des regards. Pourquoi ?

Beauvoir s'efforça d'imaginer Serge Leduc, incapable de dormir. Il allume la lampe, ouvre le tiroir et sort la vieille carte. Comme lui l'avait fait avec le cliché de l'échographie. Jean-Guy devait avouer qu'il tentait encore d'y repérer les bras et les jambes, la tête, le cœur délicat du bébé.

Leduc avait-il fixé la carte dans l'espoir d'en percer le mystère ? Lui procurait-elle du réconfort pendant les longues nuits d'hiver ?

Beauvoir avait de la difficulté à imaginer Leduc chercher du réconfort. Et à plus forte raison à en trouver dans la drôle de petite carte.

— Elle n'était peut-être pas importante pour lui personnellement, risqua-t-il. On garde parfois des objets à cet endroit pour empêcher les autres de les voir.

— Mais la carte n'a rien de secret ni de honteux, répliqua Lacoste. M. Gamache a accroché l'original encadré sur un mur de son appartement. Il en a donné des copies à des étudiants.

— Oui, mais Serge Leduc ne voulait pas qu'on sache qu'il avait mis la main sur l'une d'elles.

— Retour à la case départ, dit-elle en levant les mains et en les laissant tomber sur ses genoux en signe d'exaspération. Pourquoi en avait-il une en sa possession ?

Elle vit le visage de Jean-Guy se durcir.

— Qu'est-ce qui ne va pas ? À quoi venez-vous de penser ?

— C'est vraisemblablement Amelia Choquet qui lui a donné la carte.

— En effet.

— D'accord. Retenons ce scénario. Il la range ensuite dans sa table de chevet. Quelle est la conclusion naturelle ? À quoi avez-vous pensé, Isabelle, la première fois que vous avez entendu cette histoire ?

— Je me suis demandé si le professeur avait posé ses pattes sur l'étudiante en même temps que sur la carte. Si on l'avait découverte dans son bureau, nous aurions réagi autrement, mais la table de chevet… Ça change tout.

— Oui, acquiesça Beauvoir. C'est aussi ce que je pense. Ce que supposerait n'importe qui. Que Leduc et Choquet entretenaient une relation. Intime, sexuelle. Et que la carte était une sorte de récompense, de talisman. Une preuve de sa conquête.

— Une entaille à son ceinturon, dit Lacoste avec dégoût.

— Possible, dit Beauvoir. Mais pas nécessairement.

— Choquet, c'est l'excentrique, non ?

— Ça, c'est le moins qu'on puisse dire. Cheveux noirs hérissés. Peau d'une blancheur surnaturelle. Arcades sourcilières, oreilles, lèvres, langue et nez percés.

— Sans parler des tatouages, fit Lacoste. Je l'ai vue, cette jeune femme. Elle est loin de l'image que les parents se font des étudiants de l'école de police. Que pensez-vous d'elle ? Elle serait capable d'un truc pareil ?

Question gravissime qui exigea un moment de réflexion.

— Absolument, dit-il aussitôt. Elle est futée et en colère.

— Mais est-elle intelligente ?

Cette fois, Jean-Guy réfléchit. C'était l'ingrédient indispensable au crime parfait. Le meurtre exigeait uniquement de la rage et une arme. C'était à la portée du premier imbécile venu, en somme. Mais il fallait de l'intelligence pour déjouer les plus fins limiers de la nation.

Amelia était-elle intelligente ? Plus que futée, donc. Et plus que rusée. L'intelligence était un mélange de tout cela, avec une certaine dose de fourberie.

— Je ne sais pas si elle est intelligente. Elle a une sorte d'innocence.

Il fut lui-même déconcerté par cette réponse, car c'était la vérité.

— C'est sans doute ce qui explique sa colère, dit Lacoste. Les innocents sont souvent mécontents de constater que le monde n'est pas à la hauteur de leurs attentes. Mais ça ne les disculpe pas.

Jean-Guy hocha la tête.

— J'ai discuté avec ses professeurs, cet après-midi. Elle vient en classe, s'assoit au fond, intervient rarement. Quand on l'interroge, ses réponses sont presque toujours perspicaces, originales. Franchement, elle intimide la plupart de ses professeurs, qui ne l'aiment pas beaucoup.

— Elle les intimide par son apparence et son comportement ou pour la simple et bonne raison qu'elle est manifestement plus intelligente qu'eux ?

— Un peu des trois, sans doute. Le moins qu'on puisse dire, c'est qu'elle est anticonformiste.

— Et son uniforme ?

Question judicieuse. Bon nombre d'étudiants de première année, peu habitués aux uniformes, les retouchaient dans l'espoir de les rendre plus personnels, plus élégants. Par le passé, Leduc imposait des sanctions aux coupables, mais le commandant Gamache avait choisi une autre approche. À la grande surprise des professeurs aguerris, le commandant tolérait les touches personnelles.

— C'est un manque de respect ! s'était écrié Godbout.

— En quoi ? avait demandé Gamache.

La question en avait bouché un coin au professeur, mais Leduc, de sa voix traînante, avait déclaré :

— Parce qu'il ne s'agit pas que d'un uniforme. C'est un symbole de l'établissement. Auriez-vous autorisé les agents de la Sûreté à teindre leurs uniformes, à porter des macarons ornés de binettes ou à utiliser leur cravate pour retenir leur pantalon ?

— Jamais, admit Gamache. Des agents qui auraient cherché à le faire ne seraient pas à leur place chez nous. Vous avez raison : l'uniforme est le symbole de l'institution. Et s'ils ont si peu de respect pour cette dernière, ils n'ont qu'à s'en aller. C'est ici, à l'école de police, qu'on gagne le respect des futurs agents. Nous ne l'enseignons pas. Nous ne l'imposons pas. Nous le façonnons, nous y travaillons. Nous demandons à ces jeunes hommes et femmes d'être disposés à mourir dans cet uniforme. Le moins que nous puissions faire, c'est de mériter ce sacrifice. Pour le moment, qu'ils portent leur uniforme à l'envers, si ça leur chante. S'ils le font encore à la fin de l'année, nous saurons que nous avons mal travaillé.

— Je parie que ça leur a cloué le bec, dit Lacoste après que Beauvoir eut raconté l'anecdote.

— Oui, mais, à mon avis, ça n'a servi qu'à les convaincre que le commandant était mou.

— Et l'uniforme de Choquet ?

— Impeccable. Absolument irréprochable.

— D'où vient-elle ? Vous avez une idée de ses antécédents ?

— De Montréal. Elle habitait une pension d'Hochelaga-Maisonneuve. Selon les notes que M. Gamache a annexées à sa demande, elle s'est peut-être prostituée et droguée. Il ne l'affirme pas en toutes lettres, mais, quand on le connaît, on peut lire entre les lignes.

— Une putain toxicomane ? fit Lacoste. Parfait.

Et pourtant, la surprise n'était pas totale. S'ils jetaient un coup d'œil dans la table de chevet de Gamache, soupçonnait-elle, ils découvriraient toutes sortes d'âmes en peine qu'il y avait rangées pour assurer leur protection. Et peut-être aussi une miche de pain.

— Au secondaire, ses résultats étaient mitigés. Elle a eu son diplôme par la peau des dents, mais elle excellait en histoire, en langues et en littérature. De façon erratique.

— Elle ne faisait que ce qui l'intéressait, en somme, constata Lacoste. Paresseuse ?

— On dirait, oui. Pas très motivée, en tout cas.

— Qu'est-ce qui a bien pu pousser une jeune femme avec un tel profil à poser sa candidature à l'école de la Sûreté ? demanda Lacoste.

— Une gageure, peut-être ? Une plaisanterie ? Et quand elle a été acceptée, elle a décidé de tenter le coup.

— Elle est du genre à plaisanter, vous trouvez ?

— Non.

Il roula en silence en pensant à la fille sombre au visage blême. À la fille contradictoire.

— Elle donne l'impression de savoir se défendre, lança Lacoste. De ne pas être le genre de jeune femme dont Leduc aurait pu profiter.

Beauvoir ouvrit la bouche dans l'intention de parler, prit une inspiration, puis se ravisa.

— Allez, l'encouragea Isabelle. Dites-la, votre idée.

Les phares éclairaient les bancs de neige de part et d'autre de la route, ainsi que les arbres sans feuilles, sans vie.

— Imaginez-vous à dix-neuf ou vingt ans, dit-il, vivant dans la rue. Vous vous prostituez. Vous vous abrutissez de drogues. Rien à espérer de l'avenir. À dix-neuf ans, vous savez que votre situation est sans issue. Que faites-vous ?

Les deux agents contemplaient les ombres tordues et grotesques des arbres nus, précipitées dans la neige par les phares impitoyables.

— Vous vous tirez une balle dans la tête ? Vous risquez l'overdose ? Ou vous sautez dans le radeau de la dernière chance ?

— Vous pensez que l'école de police est son radeau de sauvetage ?

— Je ne sais pas. Je devine. Mais je pense que M. Gamache l'a cru et qu'il est allé la chercher dans son petit bateau à rames. Leduc avait rejeté sa candidature, vous savez.

— J'aurais pourtant cru qu'une candidate aussi amochée aurait plu à Leduc.

— Je pense qu'il préférait les casser lui-même.

— Maudit Leduc, lança Lacoste. Il connaissait ses antécédents et savait qu'elle n'aurait d'autre choix que de se soumettre et de se taire. Vous pensez qu'elle l'a tué ? Qu'elle en a eu assez et qu'elle l'a abattu avec son propre revolver ?

— Possible, admit Beauvoir.

— Mais ?

— Je pense que Leduc avait autre chose en tête que les gratifications sexuelles. Je pense qu'il était encore plus tordu.

— Je vous écoute, dit Lacoste.

— Qui représentait la plus grande menace pour Serge Leduc ?

— Facile. M. Gamache.

— Exactement. Il savait que M. Gamache était sur ses talons. Il a dû sentir qu'il se rapprochait. Et il risquait beaucoup plus que son poste. Si ce n'était que ça, Gamache aurait pu le renvoyer des mois plus tôt. Non, dès que Gamache aurait la preuve de ses activités illicites, Leduc serait arrêté. Et cette fois, il n'y aurait personne pour lui sauver la mise. Il était aux abois.

— Oui, fit Lacoste.

La suite logique de ce raisonnement ne lui plaisait pas du tout.

— Leduc avait à sa disposition deux moyens de stopper Gamache : le tuer ou miner sa crédibilité.

Isabelle, son esprit emballé, voyait le scénario se déployer devant elle.

— La carte, dit-elle. Leduc ne l'a pas prise pour lui-même. Il avait l'intention de la cacher dans la table de chevet de Gamache pour laisser croire qu'il couchait avec une étudiante. Amelia Choquet.

— La carte n'aurait peut-être pas constitué une preuve suffisante, mais elle aurait suscité des soupçons, des rumeurs.

— Elle aurait eu beau nier, personne ne l'aurait crue, dit Lacoste. Son passé de prostitution aurait refait surface. Et M. Gamache était au courant.

— Une étudiante au départ rejetée, mais que Gamache avait acceptée. Une jeune femme qui, de l'avis général, n'avait rien à faire à l'école de police. On aurait trouvé ça suspect.

— Ça l'est déjà, affirma Lacoste. Sauf que quiconque connaît M. Gamache n'y aurait jamais cru.

— C'est vrai, mais qui le connaît, à l'école ? Les étudiants ? Leurs parents ? Les autres professeurs ? Déjà, on se méfiait de lui à cause de tous les changements qu'il avait apportés. Les rumeurs sont difficiles à étayer, mais encore plus difficiles à réfuter. Nous savons tous les deux que la diffamation est facile. Il suffit d'une simple allusion. Un mot bien choisi chuchoté dans la bonne oreille.

— Comme une balle dans la tête, dit tout bas Lacoste en imaginant la campagne de commérages. L'assassinat de la réputation d'un homme…

— Et une fois que les médias et le grand public auraient eu vent de l'affaire…, commença Jean-Guy.

— Sauf que M. Gamache ne se serait pas laissé démonter par si peu, dit Lacoste. Il a vu pire. Ses proches sauraient la vérité.

— Là n'est pas la question. Le but de Leduc était de porter atteinte à la réputation du commandant, dit Beauvoir. Après, on aurait vu dans les accusations portées contre Leduc une tentative désespérée de la part d'un homme piégé.

— Leduc disposait d'un autre moyen d'interrompre l'enquête de M. Gamache, dit Lacoste. Un moyen plus sûr que le chantage ou la diffamation. Si M. Gamache avait des preuves contre lui, des accusations seraient portées, d'une manière ou d'une autre. Peu importe l'opinion qu'on avait de Gamache. Les preuves contre Leduc auraient été suffisantes. Non. Leduc devait stopper l'enquête complètement. Et comment aurait-il pu y arriver ?

Beauvoir gardait le silence. Il avait envisagé cette possibilité, lui aussi, mais il avait préféré ne rien dire. Il aurait pourtant dû savoir qu'Isabelle Lacoste y songerait aussi. À moins qu'elle ait eu autre chose en tête.

— Plus tôt ce mois-ci, M. Gamache a dit qu'il avait cru être suivi jusqu'à Three Pines, dit Lacoste.

Beauvoir eut l'impression de se flétrir légèrement.

— Supposons que Leduc ait été au volant, dit-elle. Supposons qu'il ait suivi Gamache, et la carte.

— Jusqu'au village, dit Beauvoir.

— Jusqu'à la solution à son problème.

Ils restèrent silencieux, en proie à de sombres pensées.

— Vous ne pensez tout de même pas…, commença Lacoste.

— … que Gélinas a vu juste ? compléta Beauvoir. Que M. Gamache a tué Serge Leduc ? Non.

Jean-Guy secoua la tête d'un air décidé.

— Il ne tuerait jamais un homme sans arme, surtout pas à l'école. Non. C'est ridicule.

— Supposons par contre que Leduc ait découvert où Gamache vivait. Il disposait de la carte pour rebrousser chemin. Il avait donc la possibilité de retourner à Three Pines à sa guise.

Beauvoir regardait droit devant lui, comme s'il portait des œillères.

Isabelle Lacoste, cependant, s'avança plus avant dans un territoire où Beauvoir aurait préféré ne pas s'aventurer. Plus profondément dans les ténèbres.

— Supposons que Leduc ait su que Gamache était sur le point de le dénoncer. Supposons qu'ils se soient rencontrés plus tard chez Leduc et que Leduc ait proféré des menaces à l'endroit de Mme Gamache. Ou…

— … d'Annie.

La seule idée qu'on puisse s'en prendre à sa femme enceinte plongea Jean-Guy dans la fureur.

Et il comprit que le scénario imaginé par Lacoste était plausible. Pas probable. Mais plausible. Tout juste plausible.

Parce qu'il se voyait très bien agir de la même manière.

— Je ne crois pas que M. Gamache ait tué Leduc, dit-il. Mais si, dans un moment de folie, il l'avait fait pour protéger sa famille, il l'avouerait.

Isabelle Lacoste hocha la tête. Elle était plutôt d'accord. Mais comment prévoir la réaction de quiconque devant une telle situation ? Gélinas avait eu raison sur un point. Si quelqu'un pouvait trafiquer une scène de crime et était capable de brouiller les pistes, c'était Armand Gamache.

— Il y a un autre détail qui cloche, Jean-Guy.

Quand elle l'appelait par son prénom, c'était du sérieux. Du confidentiel.

— Oui ?

— Pendant notre rencontre de ce matin, le commissaire adjoint Gélinas a dit que M. Gamache avait expressément demandé son affectation au dossier.

Beauvoir avait oublié ce détail, noyé dans un flot d'informations.

— Je croyais que c'était vous qui aviez fait la demande, dit-il.

— Oui, moi aussi. Mais M. Gamache l'a admis. Il a même ajouté qu'il avait été motivé par son admiration pour Gélinas.

— Il a agi dans votre dos ? fit Beauvoir. Il s'est arrangé pour que ce soit le commissaire adjoint de la GRC qui agisse à titre d'observateur indépendant ?

— Oui.

— Mais pourquoi ?

Tant d'agissements actuels de son beau-père semblaient contraires à sa nature. Le meurtre pouvait-il en faire partie ?

— Ça sent mauvais, tout ça, Jean-Guy.

Beauvoir garda le silence. Il ne voulait pas acquiescer, mais il était incapable de signifier son désaccord.

Devant eux, le monde s'abolit. Les ombres déformées, les bancs de neige et même la route. Ne restaient que les étoiles et le ciel nocturne. Et, pendant un instant de vertige, ils eurent l'impression de flotter en apesanteur, par-delà les limites du monde.

Puis le nez de la voiture s'inclina et, surgissant de nulle part, apparut le joli petit village de Three Pines.

30

— Comment appelle-t-on un groupe d'étudiants de l'école de la Sûreté ? demanda Myrna en désignant, à l'autre bout du bistro bondé, les quatre apprentis policiers en train de boire du coca et de dévorer à belles dents la montagne de frites posée au centre de la table.

— Que veux-tu dire ?

Ruth avait parlé dans son verre, ses mots assourdis par une brume de scotch.

— Par exemple, on parle d'une meute d'hyènes, déclara Myrna en regardant les étudiants s'empiffrer.

— Une portée de chiots, dit Olivier en posant deux autres ballons de rouge sur leur table, voisine de l'âtre. Ces verres sont pour Clara et Reine-Marie. Pas touche, ajouta-t-il en regardant d'un œil torve Ruth, qui le lui rendit bien. Elles ont presque fini de promener les chiens et je les attends d'une minute à l'autre.

— Les "chiens" ? On peut dire que tu es optimiste, toi, mon beau, s'écria Gabri.

Les Gamache avaient Gracie depuis deux ou trois jours et elle n'avait toujours pas l'air d'un chiot. Elle ne ressemblait pas à grand-chose, à vrai dire. Sauf à elle-même.

Gabri prit un bout de baguette tartiné de vieux stilton et d'un peu de gelée de poivron rouge et évita de justesse Rose, qui avait décidé de lui donner un coup de bec chaque fois qu'il portait de la nourriture ou un verre à sa bouche.

— Une nuée de papillons, dit Myrna.

— Un confit de canard, fit Gabri en foudroyant Rose du regard.

— Je vois, fit Ruth en posant son verre et en saisissant un des ballons de vin rouge. Tu as enfin réussi à dire quelque chose qui m'intéresse.

— Je vais pouvoir mourir heureuse, affirma Myrna.

Ruth l'observa avec intérêt et sembla déçue de ne pas la voir s'effondrer sur le coup.

— Alors comment appelle-t-on un groupe d'étudiants de l'école de la Sûreté ? répéta Myrna.

— Une déception ? risqua Ruth. Non, attendez. Ça, ce sont les enfants. Des étudiants ? Quel nom donne-t-on à une flopée d'entre eux ?

— Bonjour, lança Reine-Marie au moment où Clara et elle se joignaient aux autres. Une flopée de quoi ?

Myrna expliqua, puis les pria de bien vouloir l'excuser. Elle revint quelques instants plus tard avec un volumineux ouvrage de référence qu'elle était passée prendre à la librairie. Elle se laissa lourdement tomber sur le canapé et, du coup, faillit catapulter Ruth dans les airs.

— J'ai toujours cru que Ruth finirait en tache sur le mur, dit Gabri à Clara. Mais au plafond ? Je n'y avais jamais pensé.

Il se tourna vers Myrna.

— Je te donne cinq dollars pour recommencer. On

pourrait peut-être en faire un jeu à la prochaine fête foraine. Le prix serait un canard empaillé.

— Homo, marmotta Ruth en essuyant le vin tombé sur les plumes de Rose.

— Chameau, répliqua Gabri.

— Vous les connaissez, ces gens-là ? demanda Clara à Reine-Marie.

— Je ne les ai jamais vus de ma vie, répondit-elle en s'asseyant sur l'accoudoir du fauteuil et en tendant à Clara le dernier ballon de vin.

— Et dire, fit Clara, que nous aurions pu boire un verre tranquillement dans mon atelier.

En fait, c'était le projet initial. Henri, Gracie et Leo auraient joué ensemble, et Reine-Marie aurait examiné le contenu d'une boîte d'archives de la société historique pendant que Clara aurait peint.

Jusqu'à ce que, en arrivant, Reine-Marie voie ce qu'était devenu le portrait de Clara.

Il s'agissait toujours d'un autoportrait. Pourtant, il s'était produit quelque chose. L'œuvre avait changé, évolué. Mais pas au sens darwinien. Impossible d'y voir le moindre signe de progrès de l'espèce, dut s'avouer Reine-Marie.

Pour la première fois depuis qu'elle connaissait Clara et qu'elle admirait ses portraits extraordinaires, Reine-Marie eut le cœur serré à la pensée que son amie avait perdu la main.

Pendant quelques minutes, elles étaient restées en silence dans l'atelier. Clara peignait. Henri, épuisé par les deux chiots, s'était hissé sur le canapé et avait posé sa tête sur les genoux de Reine-Marie. Elle massait ses oreilles extravagantes et, ensemble, ils regardaient les deux chiots s'amuser.

L'autoportrait de Clara n'avait plus rien en commun avec Clara. Ce qui avait été brillant était tordu, désormais. Le nez de travers, l'expression de la bouche étrange, les yeux fous.

On y lisait de la cruauté. Une volonté de faire du mal. À leur façon de regarder Reine-Marie, on aurait dit qu'ils cherchaient une victime. Elle jeta un coup d'œil dans le miroir appuyé sur le fauteuil et se demanda ce qu'y avait vu Clara pour produire une chose pareille.

— Qu'en pensez-vous ? demanda Clara avant de glisser le pinceau entre ses dents, comme un mors, pour mieux admirer son travail.

Selon Clara, le portrait avait débuté par une boule dans sa gorge. Pourtant, c'était Reine-Marie qui avait la nausée.

— Brillant, déclara-t-elle. C'est pour une exposition ou pour vous ?

— Pour moi, répondit Clara en descendant de son tabouret.

“Dieu merci”, songea Reine-Marie en se disant que l'art est un processus. Elle le répéta pour mieux s'en convaincre. L'art est un processus.

L'art est un processus.

— Faisons un saut au bistro, proposa-t-elle en s'extirpant du canapé, incapable de regarder le travail de Clara. Armand est en route et il s'arrêtera probablement voir si j'y suis.

— Sait-il même qu'il a une maison dans le village ? demanda Clara en posant son pinceau et en s'essuyant les mains.

Reine-Marie rit et ramassa la petite boîte de photographies d'époque qu'elle avait eu l'intention d'étudier.

— Il est convaincu que notre maison n'est qu'une aile du bistro.

— Il n'est pas loin de la vérité, fit Clara.

Pendant que Clara se débarbouillait, Reine-Marie ramena Henri et Gracie à la maison, puis retrouva son amie devant le bistro.

Par la fenêtre, elles pouvaient voir les quatre étudiants se goinfrer de frites et discuter en gesticulant, la carte posée entre eux sur la table. On aurait dit des généraux se disputant au sujet d'un plan de bataille.

Des généraux très jeunes avec un plan des plus singuliers.

— Armand vous a-t-il dit pourquoi il a chargé les étudiants d'enquêter sur cette carte ? demanda Clara.

— Non. Au début, c'était une aventure, je pense. Un exercice. Après le meurtre, c'est devenu autre chose.

— Mais quoi ? insista Clara. Je ne vois pas le rapport entre la carte et le meurtre de ce professeur.

— Moi non plus, avoua Reine-Marie. Et je ne suis pas certaine qu'Armand le voie non plus. Il n'y en a peut-être pas.

— C'est drôle, mais quand Armand s'en mêle, on en trouve, des rapports. Au moins, ça occupe les étudiants. On ne les a pas vus de la journée.

Les deux femmes continuèrent d'épier les étudiants par les fenêtres. Mais Reine-Marie s'aperçut que Clara n'avait d'yeux que pour un d'entre eux. Une, en fait. Elle l'examinait. Avec beaucoup d'attention.

— C'est un fardeau, Clara ? L'héberger, je veux dire ?

— Amelia ?

Clara resta silencieuse pendant un moment. À étudier la fille.

— Je me demandais quel âge elle a.

— Armand le saurait, lui. Dix-neuf, vingt ans, je dirais.

— Sous certains éclairages, elle a l'air très jeune. Sa peau, peut-être. Puis elle tourne la tête et son expression se transforme. Elle est comme un prisme.

Sentant la fraîcheur de ce soir de mars, les deux femmes rejoignirent les autres devant le feu de foyer.

— Une colonie de pingouins ? fit Gabri en jetant un coup d'œil au gros livre ouvert sur les genoux de Myrna.

— Une misère, dit Ruth.

— Pardon ? dit Reine-Marie.

— Les étudiants, répondit Ruth en inclinant son verre de vin vers les quatre jeunes, qui discutaient avec animation. Une misère d'apprentis policiers.

— Je pense qu'on parle plutôt d'une misère de poètes, dit Gabri.

— Tiens, oui, c'est vrai.

— Qu'allons-nous lui dire ? demanda Huifen en prenant une autre frite.

Pourtant, elle avait la sensation d'être gavée, presque nauséeuse. Une frite de trop, petit Jésus.

— Presque dix-neuf heures. Il sera là d'une minute à l'autre. Merde.

Des phares s'encadrèrent dans la fenêtre.

— Justement, le voici.

La lumière éclaira leurs visages, et Reine-Marie, quelques tables plus loin, vit ce qu'avait voulu dire Clara. Le visage d'Huifen trahissait l'angoisse. Visiblement, Nathaniel avait peur. Jacques, sur la défensive, peaufinait ses excuses.

Mais Amelia semblait résignée. Comme si elle savait ce qui se préparait. Comme si elle attendait ce moment depuis longtemps. Depuis sa naissance, en fait. Peut-être même depuis plus longtemps.

Elle avait l'air vieille. Et très, très jeune.

Elle ressemblait un peu au garçon du vitrail. Et elle ressemblait un peu au portrait que peignait Clara. Reine-Marie, stupéfaite, se tourna vers son amie.

Jean-Guy et Isabelle sortirent de la voiture. La neige, fondante dans la journée, gelait de nouveau, au fur et à mesure que descendaient le soleil et la température.

— La sève va couler, dit Jean-Guy en frappant ses gants l'un contre l'autre.

Il se tourna vers le haut de la colline, où des phares étaient apparus, brillants comme des yeux.

— Une bonne année pour le sirop d'érable, dit Isabelle. Nous emmenons les enfants à la cabane à sucre en fin de semaine.

Jean-Guy éprouva un élan de pur bonheur, semblable à un souffle sur son visage. Dans un an, Annie et lui emmèneraient leur enfant à la cabane pour l'orgie annuelle de sucre. À bord d'un traîneau tiré par des chevaux, ils iraient jusqu'à une bâtisse en bois rond, loin dans les bois. Là, ils écouteraient des airs joués par des violoneux, regarderaient des gens danser, mangeraient des œufs, du bacon, des fèves au lard et de la tire d'érable, sucrée et collante, à partir de sève qu'on fait bouillir et qu'on verse sur la neige pour la transformer en une sorte de caramel. Puis qu'on enroule autour d'un bâton, à la façon d'une sucette.

Exactement comme il l'avait fait, enfant. C'était une tradition, un élément de leur patrimoine. Qu'ils transmettraient à leur enfant. Leur fils ou leur fille, à Annie et lui.

Il jeta un coup d'œil au bistro et vit les étudiants, fils et filles de quelqu'un, qui les regardaient.

Et il éprouva un impérieux besoin de les protéger.

— Il est là, dit Isabelle.

En se retournant, Jean-Guy constata qu'une voiture s'était garée derrière la leur.

Le commissaire adjoint Gélinas et Armand Gamache en sortirent. Gélinas se dirigea vers eux, faisant crisser la glace et la neige sous ses semelles. Mais Gamache s'était immobilisé pour pencher la tête vers l'arrière et contempler le ciel nocturne.

Puis il baissa les yeux et les posa sur Jean-Guy.

Et, en cet instant, Jean-Guy comprit comment l'inspecteur-chef Gamache s'était senti, pendant toutes ces années, comme chef de la section des homicides. Responsable de jeunes agents.

Et il en avait perdu quelques-uns, jusqu'au jour où les pertes étaient devenues trop lourdes. Jusqu'au jour où son cœur avait été brisé en mille morceaux, impossibles à recoller. C'était alors qu'il était venu ici. Pour trouver la paix.

Mais M. Gamache avait troqué sa paix contre la sécurité des étudiants. Il avait quitté le village pour remettre l'école de police sur les rails, afin que les jeunes agents de la nouvelle génération vivent assez longtemps pour repousser une mèche grise de leur visage. Et prendre un jour leur retraite, trouver la paix et savourer la compagnie de leurs petits-enfants.

Jean-Guy Beauvoir vit Armand Gamache s'approcher et il éprouva un impérieux besoin de le protéger.

Aussitôt, il baissa les yeux et fixa ses pieds. Le temps de maîtriser ses émotions.

"Les hormones, songea-t-il. Satanée grossesse."

Chemin faisant, Gamache et Gélinas avaient d'abord parlé de la pluie et du beau temps, puis ils avaient sombré dans le silence, chacun perdu dans ses pensées.

Paul Gélinas n'aurait su dire ce qui se passait dans la tête de Gamache. Quant à lui, il était surtout préoccupé par ses découvertes. Et leur signification. Leur pertinence, leur utilité.

Gélinas avait consacré l'après-midi à des recherches sur Michel Brébeuf et Armand Gamache. C'était comme l'archéologie : avec des fouilles et de la poussière. De la casse.

Il avait supposé que Brébeuf et Gamache s'étaient rencontrés à l'école de police, à titre de camarades de chambrée, mais, en réalité, ils étaient amis depuis l'enfance. Voisins, ils avaient grandi dans les rues de Montréal, avaient fréquenté la même maternelle, joué dans les mêmes équipes sportives, étaient sortis ensemble avec des filles, avaient assisté à des soirées dansantes. Ils avaient vagabondé en Europe pendant six mois avant d'entrer à l'école de police. Ensemble.

Ils n'avaient été séparés que lorsque Armand Gamache étudiait l'histoire à Cambridge. D'où sa maîtrise de l'anglais. Brébeuf, lui, était resté derrière et s'était inscrit à l'université Laval, à Québec.

Chacun avait été le garçon d'honneur au mariage de l'autre et parrain d'un de ses enfants.

Au sein de la Sûreté, Michel Brébeuf avait excellé et s'était rapidement hissé au grade de directeur. Promis au poste de directeur général.

Armand Gamache, lui, avait bientôt hérité du titre de chef de la section des homicides. Il avait fait de ce service l'un des plus réputés du pays.

Puis sa progression s'était enrayée, tandis que l'ascension de son ami se poursuivait.

Armand n'avait toutefois manifesté aucune trace d'envie. Ils étaient restés des amis très proches et des collaborateurs assidus.

Ils avaient vécu l'un à côté de l'autre. Jusqu'au jour où, sur le plan personnel et professionnel, ils étaient entrés en collision. Leur relation avait piqué du nez. Vite.

Armand Gamache avait eu vent d'anomalies au sein de la Sûreté. Les scandales étaient inévitables, bien sûr, au même titre que les abus de pouvoir. Mais, par le passé, les cadres supérieurs, y compris Brébeuf, y avaient vite mis fin.

C'était différent, cette fois. Une corruption si énorme qu'elle était presque invisible, d'une ampleur qui dépassait l'entendement.

D'abord, Gamache avait accordé peu de crédit aux rumeurs. Elles étaient parvenues à ses oreilles par des canaux détournés. Des gens qui avaient intérêt à salir la Sûreté.

Mais certains faits s'étaient confirmés, et il avait commencé à enquêter discrètement.

Tout avait débuté dans le Nord. Parmi les Cris et les Inuits. Des régions éloignées, presque impénétrables. Non sans raison, savait Gamache.

Malgré tous ses efforts, il avait été incapable d'établir si les rumeurs étaient fondées.

Jusqu'au jour où il avait rencontré une aînée de la nation crie, assise sur un banc devant le Château Frontenac, à Québec. Pendant des mois, sa communauté avait recueilli des fonds pour l'envoyer dans le Sud discuter avec les dirigeants. Leur parler des passages à tabac et des meurtres. Des disparitions. Ils étaient si désespérés qu'ils avaient fini par courir le risque de s'adresser aux autorités blanches.

Personne ne l'avait écoutée. Personne ne l'avait même laissée franchir le seuil de la porte.

Elle s'était donc assise. Épuisée, affamée, désargentée et désespérée.

Jusqu'au moment où l'homme imposant, aux yeux très doux, était venu s'asseoir à côté d'elle sur le banc. Et lui avait demandé si elle avait besoin d'aide.

Elle lui avait tout raconté. Absolument tout. Sans savoir qui il était. Mais elle n'avait pas le choix. Il était l'ultime refuge, l'ultime oreille, l'ultime espoir.

Il l'avait écoutée. Et il l'avait crue.

Et c'est ainsi qu'avait débuté une bataille qui s'était étendue sur des années et avait conduit Armand Gamache à la porte de l'homme en qui il avait le plus confiance.

Michel Brébeuf.

La pourriture était encore plus profonde qu'il l'avait craint et le dénouement s'était révélé catastrophique. Moins, cependant, que s'il n'était pas intervenu.

Brébeuf avait été banni et Gamache avait démissionné. Il avait perdu son poste et avait bien failli perdre la vie.

Et, savait Gélinas, ce n'était pas terminé.

Le ménage de la Sûreté avait été fait, mais il restait l'école de police. Où la cruauté et la corruption prenaient naissance.

La corrosion au sein de la Sûreté et les événements subséquents étaient connus de tous. Les médias les avaient couverts avec leur propre brutalité.

Ce qui intéressait Gélinas, désormais, c'était l'inconnu. La vie intime des hommes.

Cet après-midi-là, il avait creusé et creusé. Et il avait déterré des faits compromettants.

Malgré sa vénalité professionnelle, Michel Brébeuf menait une vie en apparence rangée. Marié. Père de trois enfants. Membre de clubs philanthropiques.

Brébeuf était un mari, un père et un grand-père modèles. Mais sa vie familiale avait volé en éclats dès que ses fautes professionnelles avaient été exposées au grand jour. Sa femme l'avait quitté et ses enfants ne lui avaient toujours pas pardonné de s'être égaré.

Mais les faits compromettants mis au jour par l'officier de la GRC provenaient d'une autre source.

Ils concernaient Gamache et non Brébeuf.

Gélinas les avait déterrés en creusant dans la vie personnelle d'Armand Gamache. Quelques lignes dans un document depuis longtemps oublié. Les mots s'étaient déroulés et reformés. Avaient jailli de la page. Fait irruption dans le présent.

Atterri dans les mains de l'homme chargé de garantir l'impartialité de l'enquête.

— Une assemblée de babouins, lut Myrna dans son livre de référence.

Elle sourit et, amusée, secoua la tête, puis, levant les yeux, vit arriver Armand et les autres.

Reine-Marie se leva pour accueillir son mari.

— Nous jouons à un jeu, expliqua-t-elle. Trouver des noms collectifs s'appliquant à des groupements d'animaux.

— Nous avons commencé en en cherchant un pour un groupe d'étudiants de la Sûreté, ajouta Myrna en gesticulant de leur côté.

— Pour ma part, je songe à une morosité d'étudiants, dit Ruth.

Paul Gélinas se massa le front et sourit largement. C'était sa première visite au bistro et il sembla ébahi par les poutres, les cheminées en pierre des champs et les larges lattes du plancher. Et aussi par la vieille femme et son canard.

Puis ses yeux se posèrent sur les étudiants.

Amelia Choquet ne passait pas inaperçue. Impossible de la manquer.

Gélinas la regarda fixement et vit qu'elle regardait aussi fixement. Un point derrière lui. Sa bouche entrouverte laissait voir le bijou qui lui transperçait la langue.

Il se retourna et découvrit celle qui fascinait la Gothique.

Isabelle Lacoste. Le pôle contraire d'Amelia Choquet.

— De là, nous sommes passés aux animaux, précisa Myrna.

— Un parlement de hiboux ? risqua Gélinas. Ce genre de choses ?

— Exactement, répondit Clara. Bravo. Vous êtes conscrit dans mon équipe.

— Il y a des équipes ? s'étonna Gabri en s'écartant de Ruth.

— Qui êtes-vous ? demanda Ruth.

Elle dévisageait Gélinas en plissant les yeux.

Gamache présenta le commissaire adjoint Gélinas de la GRC.

— Bonjour, dit-il en tendant la main à Ruth.

Elle le gratifia d'un doigt d'honneur avant de placer son majeur à l'horizontale.

— Et celui-là, c'est pour votre cheval.

— Ne vous approchez pas trop, conseilla Gabri à Gélinas. Si elle vous mord, vous risquez d'attraper la rage.

Gélinas retira sa main.

— Le seul que je connais, c'est une échouerie de phoques, dit Lacoste.

— Là, c'est de l'invention pure et simple, dit Beauvoir.

— Puisque vous soulevez la question…, dit Myrna en consultant son livre.

— C'est ridicule, trancha Beauvoir.

Il chercha du regard les étudiants, au fond du bistro bondé.

— Échouerie, échec… Une bande de ratés, voilà ce qu'ils sont, affirma Ruth avec conviction.

Gamache laissa entendre un son guttural, quelque part entre l'amusement et l'incrédulité.

31

— Bonjour, dit Lacoste en s'approchant de la table des étudiants.

Ils se levèrent tous les quatre. Elle se présenta à ceux qui ne la connaissaient pas encore.

— Inspectrice-chef Lacoste. Je dirige l'enquête sur le meurtre de Serge Leduc.

Pour Amelia, c'était comme voir une pièce de théâtre. Ou la revoir.

La cheffe de la section des homicides était là, petite, maîtresse d'elle-même, en pantalon, chandail et foulard de soie, et trois hommes imposants se tenaient respectueusement derrière elle.

— Je vous présente le commissaire adjoint Gélinas, de la GRC, dit Lacoste.

Gélinas inclina la tête.

— Et vous connaissez déjà le commandant Gamache et l'inspecteur Beauvoir.

Quatre hauts gradés. Quatre étudiants. Comme dans ces clichés "avant et après".

Olivier avait tiré une autre table et ils s'assirent, les inspecteurs répartis en éventail d'un côté et les étudiants de l'autre. S'épiant mutuellement.

— Qu'avez-vous appris au sujet de la carte ? demanda Gamache.

— Rien, répondit Jacques.

— C'est faux, se récria Nathaniel. Nous avons découvert pas mal de choses.

— Mais rien de très utile.

Cette fois, personne ne le contredit.

Ils firent part de ce qu'ils avaient appris au sujet d'Antony Turcotte, le cartographe. En parlant, ils fixaient une copie de la carte qu'il avait réalisée, installés non loin du mur où elle était restée cachée pendant presque cent ans.

Elle portait encore la tache de confiture de fraises. Sans parler de la légère couche de sucre en poudre. On eût dit une goutte de sang sur la neige.

— C'est bien, dit Lacoste avec sincérité. Vous avez identifié son auteur et confirmé qu'il s'agissait sans doute d'une carte destinée à une course d'orientation.

— Peut-être, sachant que la guerre était imminente, s'en est-il servi pour entraîner son fils, dit Beauvoir en se demandant comment un père aurait pu agir de la sorte.

À l'approche d'une guerre, comment un père se sentait-il ?

Et il sut ce qu'il ferait, lui. Il cacherait son enfant ou le préparerait.

Jean-Guy baissa les yeux sur la carte et se rendit compte qu'il ne s'agissait pas d'une carte, après tout. Du moins pas de celle d'un territoire. C'était la carte de l'amour d'un homme pour son enfant.

— Mais il y a un problème, dit Huifen.

— Il y a toujours un problème, confirma le commandant Gamache.

— Il n'y a pas de titre attestant qu'il possédait cette bâtisse. Ni aucune autre, d'ailleurs.

— Il était peut-être locataire, risqua Beauvoir.

— Possible, concéda Jacques. Mais nous n'avons trouvé aucune trace d'Antony Turcotte. Il ne figure dans aucun registre.

— Il y a une entrée à son nom dans *L'Encyclopédie canadienne*, dit Amelia Choquet d'une voix qui, pour la première fois depuis que Gamache la connaissait, dénotait l'enthousiasme.

Elle tendit la photocopie à Lacoste.

— Merci, dit-elle avant de la passer aux autres. Selon ce document, M. Turcotte a fini par s'installer dans un village appelé Roof Trusses et il y serait mort.

— Roof Trusses ? s'écrièrent les trois agents à l'unisson.

— Qu'est-ce qu'ils ont dit ? demanda Ruth.

— J'ai dû mal entendre, répondit Gabri. J'ai compris "Roof Trusses".

— Oh oui, je connais, dit Ruth. C'est à quelques kilomètres d'ici.

— Fermes de toit ? fit Gabri. Ça se trouve juste à côté de Bardeaux d'asphalte, non ?

— Ignorez-le, conseilla Olivier. Il aime juste prononcer le mot "asphalte".

— Jamais entendu parler, avoua Clara en se tournant vers Myrna et Reine-Marie, qui secouèrent la tête.

— Parce que seuls les vieux anglophones connaissent cet endroit, dit Ruth. Il y a belle lurette que la Commission de toponymie a changé son nom en Notre-Dame-de-Douleur.

— Notre-Dame-de-Douleur ? s'écria Myrna. Tu veux rire ? Qui donnerait un nom pareil à un village ?

— Notre-Dame-de-Souffrance ? proposa Reine-Marie. Notre-Dame-du-Chagrin ?

Ce n'était pas tellement mieux.

— Petit Jésus, fit Gabri. Vous imaginez un peu les affiches touristiques ?

— Roof Trusses ? répéta Beauvoir. Qui donnerait un nom pareil à un village ?

— Antony Turcotte, à ce qu'il paraît, répondit Huifen. La grosse bêtise qu'il a commise en cartographiant et en nommant la région.

Elle expliqua.

— Vous y êtes allés ? demanda Gamache.

Il y eut un moment de silence, qu'aucun des étudiants n'avait particulièrement envie de rompre.

— Le type de la toponymie a dit que le village était mort, dit Huifen.

— Cela vaudrait peut-être la peine d'y aller, dit Lacoste. Juste pour voir.

— Voir quoi ? demanda Jacques, qui eut droit à un des regards cinglants de l'inspectrice-chef.

— Nous n'en savons rien, n'est-ce pas ? À quoi servent les enquêtes, sinon à enquêter ?

Amelia hocha la tête, comme si elle venait d'entendre une perle de sagesse séculaire.

— Si Turcotte a fait ceci pour son fils, dit Gamache

en touchant le bord de la carte, il s'ensuit logiquement que le soldat s'appelle Turcotte.

— C'est un autre problème, avoua Huifen. Il n'y a pas de Turcotte sur la liste commémorative.

— Il a peut-être survécu, risqua Nathaniel.

Nathaniel avait passé tellement de temps à fixer le jeune soldat que son sort lui tenait à cœur. Le garçon serait mort, à présent, bien sûr. Mais peut-être de vieillesse, dans son lit.

— Vous y croyez ? demanda Amelia à l'inspectrice-chef Lacoste.

— Et toi ? répliqua Isabelle.

Amelia secoua la tête.

— Qui qu'il soit, il n'est pas rentré à la maison.

— Qu'est-ce qui te fait croire ça ?

— Son visage, répondit Amelia. Avec une expression pareille, personne ne peut survivre.

— Il n'a peut-être jamais existé. C'est peut-être un portrait composite de tous les jeunes hommes qui ont été tués, dit Beauvoir.

— La tombe du soldat inconnu dans un vitrail ? fit Gamache, qui considéra la possibilité. Une image qui représente toutes les souffrances. Possible. Sauf qu'il semble si vrai. Si vivant. Je dirais qu'il a existé. Brièvement.

— Qu'est-ce qu'ils racontent, maintenant ? demanda Ruth.

— Ils parlent du soldat du vitrail, répondit Reine-Marie. Ils pensent qu'il s'appelait peut-être Turcotte.

Ruth secoua la tête.

— Saint-Cyr, Soucy, Turner. Pas de Turcotte sur le mur.

— Il est là quelque part, dit Gamache. Un des noms correspond à ce garçon.

Une fois de plus, Huifen sortit son téléphone et afficha la photo de la liste.

Ils se penchèrent pour lire. Comme si le jeune soldat perdu allait se manifester.

— Il est là quelque part, dit Ruth. Peut-être pas sous le nom de Turcotte, mais il fait partie du nombre. Étienne Adair, Teddy Adams, Marc Beaulieu…

"They were our children", songea Jean-Guy.

— Bert Marshall, Denis Perron, Giddy Poirier…

— Nous allons devoir vous interroger un à un, dit Gélinas. À commencer par toi, je crois.

Il se tourna vers Amelia.

— Joe Valois, Norm Valois, Pierre Valois.

Ils écoutaient Ruth. Lire les noms gravés dans le bois était une chose, les entendre réciter en était une autre.

La voix de la vieille poète tintait comme un glas. Pendant qu'ils cherchaient un seul garçon parmi les morts.

— Il y a une pièce fermée de ce côté, dit Gamache, qui se leva en même temps que les autres.

— Merci, dit Gélinas. Nous n'aurons plus besoin de vous, commandant.

— Pardon ? fit Gamache.

— Nous nous débrouillerons très bien sans vous.

— Je n'en doute pas un seul instant, mais je tiens à être présent pendant l'interrogatoire des étudiants.

Ceux-ci, comme Lacoste et Beauvoir d'ailleurs, regardèrent tour à tour Gamache et Gélinas. Ils assistaient à un affrontement entre les deux hommes. Chacun affichait une expression agréable, mais résolue.

— J'insiste, dit Gamache.

— Pour quels motifs ?

— *In loco parentis*, dit Gamache.

— Qu'est-ce qu'ils ont dit ? demanda Ruth.

Autour d'eux, les conversations se poursuivaient, interrompues de loin en loin par des éclats de rire.

— Je pense qu'Armand a dit à l'autre qu'il était fou, dit Clara. *Loco*.

— Entre parenthèses, ajouta Gabri.

— Pourquoi "entre parenthèses" ? demanda Ruth.

— *In loco parentis*, corrigea Reine-Marie. À la place des parents.

— Vous remplacez leurs parents ? fit Gélinas, mi-amusé, mi-incrédule. Son père à elle ?

— Tous leurs parents, répondit Gamache. Ces étudiants m'ont été confiés.

— Je ne suis plus une enfant, lança sèchement Amelia.

— Je ne voulais pas me montrer condescendant…

— Mon œil ! s'écria Amelia. C'est justement ce que veut dire *in loco parentis*.

— Nous pouvons faire venir son père, si vous préférez, commandant, proposa Gélinas. Si ça peut vous faire plaisir… Il pourrait sans doute être ici dans l'heure.

— Non, dit Amelia.

Si Gamache ne parla pas, il eut l'air saisi. Brièvement. Comme si on l'avait giflé.

À l'autre bout de la pièce, Reine-Marie le remarqua et se demanda si elle était la seule.

— Il ne faut pas en vouloir à M. Gamache, dit Gélinas à Amelia. C'est plus fort que lui. S'il est un peu surprotecteur, c'est, je pense, à cause de son passé. Il ne veut pas que d'autres souffrent comme lui a souffert.

— Que voulez-vous dire ? demanda Huifen.

— Ça suffit, commissaire, dit Gamache.

— Ses parents ont été tués par un conducteur en état d'ébriété quand il était enfant. Le chauffard était juste un peu plus jeune que vous l'êtes aujourd'hui, raconta Gélinas aux étudiants. Vous aviez quel âge ? demanda-t-il à Gamache qui, contenant à peine son indignation, le regardait d'un œil mauvais. Huit, neuf ans ?

— Pourquoi parler de ça ? demanda Beauvoir. Ça n'a rien à voir avec l'enquête.

— Vous en êtes sûr ? répondit Gélinas, qui fixa silencieusement Gamache pendant un long moment avant de poursuivre. Les étudiants doivent à tout le moins savoir que nous avons des fardeaux à porter. Vous n'êtes pas de cet avis, commandant ? Certains sont si lourds que nous les traînons pendant toute notre vie. Ils nous empoisonnent l'existence ou nous donnent des forces. Ils nous rendent amers ou nous enseignent la compassion. Ils nous poussent parfois à faire des choses dont nous ne nous serions jamais crus capables. Des exploits remarquables, comme devenir inspecteur-chef et commandant. Ou des choses horribles. Des actes sombres, ignobles. Il n'y a peut-être pas que Michel Brébeuf qui soit une leçon de choses. Vous auriez peut-être vous-même deux ou trois choses à apprendre à ces jeunes gens, monsieur Gamache.

À présent, tout le bistro épiait la scène et tendait l'oreille.

— Un malaise d'étudiants, dit Ruth.

Elle avait mis dans le mille. Sauf que les étudiants n'étaient pas les seuls à se tortiller. Tous les clients frétillaient sur leur chaise, tandis que Gamache, lui, restait parfaitement immobile.

— Comme vous le voyez, continua Paul Gélinas en se tournant vers les étudiants, vous n'êtes pas les seuls à avoir eu une enfance malheureuse. Certains sont battus. D'autres sont victimes d'intimidation. Ou de négligence. D'autres encore attendent en vain le retour de leur père et de leur mère.

Il considérait Gamache, à la façon d'un spécimen de laboratoire.

— Imaginez un peu les effets d'un tel drame sur un enfant. Et pourtant, il trouve la force de s'en sortir.

Gélinas revint vers les étudiants.

— Et vous pouvez en faire autant.

Reine-Marie se dirigea vers son mari, lui prit la main.

— Ça suffit, monsieur, dit-elle.

— Madame, dit l'officier de la GRC en s'inclinant légèrement, je n'ai pas de mauvaises intentions. Seulement, je tiens à ce que ces jeunes gens sachent que tout le monde a sa croix à porter et qu'on ne doit pas s'en servir pour justifier sa propre brutalité.

— Il a raison, dit Armand d'un ton âpre et glacial. Nous faisons tous des choix.

Il s'était adressé à Gélinas, qui bougea les épaules, comme si on lui avait enfoncé un minuscule objet pointu entre les omoplates.

— Bon, fit celui-ci d'un air décidé. Il s'agit d'une enquête de police. L'inspectrice-chef Lacoste a eu la gentillesse de vous inclure jusque-là…

— Et je ne vois aucune raison d'exclure le commandant Gamache à ce stade-ci, dit Lacoste.

— Eh bien, je ne suis pas d'accord. À titre d'observateur indépendant, je suis d'avis qu'il est temps qu'il se retire. Vous n'auriez autorisé personne d'autre que lui à participer à l'enquête. Nous devons traiter M. Gamache comme n'importe quel autre suspect.

— Suspect ? s'écria Reine-Marie.

Un murmure de surprise parcourut le bistro.

— Eh bien, oui, évidemment. Votre mari n'est pas au-dessus des lois. Il n'est pas au-dessus de tout soupçon.

— Tout va bien, dit Armand en serrant la main de Reine-Marie. Une fois de plus, le commissaire adjoint Gélinas a raison.

Il s'éloigna d'un pas de Gélinas. Des étudiants. De Lacoste et de Beauvoir.

Devant la porte de la pièce privée, Beauvoir vit Gamache qui les regardait fixement. Non, pas eux, comprit Jean-Guy.

Il regardait Amelia Choquet.

Beauvoir jeta un coup d'œil à Reine-Marie, qui elle-même épiait son mari.

Avec perplexité.

Sous les yeux de Beauvoir, Amelia entra dans la pièce. Et il se demanda quel genre de relations elle avait avec le commandant pour que ce dernier l'observe ainsi.

Une idée lui vint. Une idée inopportune. Une idée indigne.

Beauvoir referma la porte, laissant à l'extérieur l'homme et la pensée.

Mais le portail était ouvert et l'idée perfide s'était glissée dans l'entrebâillement.

In loco parentis. Seulement à leur place, vraiment ?

32

— Tu connaissais bien M. Leduc ? demanda Isabelle Lacoste.

Elle avait placé Amelia à sa droite et les deux hommes au bout de la table, à droite de l'étudiante. Ainsi, la tête d'Amelia était tournée vers elle, et uniquement vers elle.

Lacoste avait adopté cette méthode dès le début de sa carrière au sein de la section des homicides. Si de nombreux collègues masculins préféraient intimider les suspects en s'y mettant à deux ou à trois et en lançant des questions de tous les côtés dans l'intention de les déstabiliser, Isabelle faisait le contraire.

Elle créait une atmosphère d'une extrême intimité. Voire de conspiration. Isabelle Lacoste n'avait pas été étonnée de constater qu'elle obtenait de très bons résultats avec les femmes qu'elle interrogeait. La surprise était venue de ses succès auprès des hommes.

Blindés en prévision d'une attaque en règle, ils étaient sans défense contre une conversation menée sur un ton doux, presque amical.

— Pas très bien, répondit Amelia. M. Leduc enseignait la prévention de la criminalité.

— C'est un cours que je détestais, moi. Je voulais entendre parler d'armes à feu et de tactiques, dit Lacoste en riant. C'était un bon professeur ?

— Pas vraiment. Je pense que ce n'était pas son cours préféré. C'est lui qui dirigeait l'école de police, non ?

— Officiellement, non. En pratique, oui. Jusqu'à l'arrivée de M. Gamache.

Amelia hocha la tête.

Isabelle Lacoste l'observait attentivement. Elle voyait très bien ce qu'avait voulu dire Beauvoir. L'étudiante Choquet ne passerait inaperçue nulle part, et moins encore à l'école de la Sûreté. Elle tranchait. Se retranchait, aussi.

Lacoste examina les perçages. Les anneaux et les clous, semblables à des balles de revolver. Une fille percée, rapiécée. Comme l'Homme de fer-blanc dans *Le Magicien d'Oz*. À la recherche d'un cœur.

Sous ses vêtements, on devinait des bouts de tatouages.

Les yeux qui la fixaient étaient brillants, inquisiteurs. Une braise ardente. Et pas de fumée sans feu, n'est-ce pas ?

"Voici une jeune femme d'une intelligence et d'une intensité peu communes, songea Lacoste. Une fille qui ne craint pas d'afficher sa différence. Ce qui ne veut pas dire qu'elle n'a pas peur de quelque chose."

Comme nous tous, savait Isabelle. Peut-être que cette jeune étudiante redoutait avant tout d'être comme les autres.

"Quel isolement !" se dit Lacoste. Nous cherchons tous consolation quelque part. Dans l'amitié, la famille et les croyances, pour certains. Dans les drogues, l'alcool, la boustifaille, le jeu ou les bonnes actions. D'autres dans les aventures d'un soir. Déguisées en contact humain, mais toujours plus proches de la haine que de l'affection. Et, *a fortiori*, de l'amour.

De l'autre côté d'Amelia, Gélinas ouvrit la bouche, mais, après un regard éviscérant de Lacoste, la referma aussi sec.

Jean-Guy Beauvoir pinça les lèvres pour réprimer un sourire. Ayant reçu plus que sa part de regards de cette nature, il constata avec plaisir qu'il n'était pas le seul visé.

— Tu l'aimais bien, le Duc ? demanda Lacoste.

— Je ne le connaissais pas.

— Je ne te connais pas, mais je t'aime bien. J'aime bien ton courage.

C'était la vérité. Isabelle Lacoste avait une bonne idée du courage dont Amelia Choquet avait besoin pour affronter chaque jour. Seule.

Amelia écarquilla les yeux et ses petits poings se serrèrent. Mais elle ne dit rien.

Et Isabelle se demanda si quelqu'un, n'importe qui, avait déjà dit à Amelia qu'il l'aimait bien.

Elle se demanda aussi comment elle ferait pour percer les défenses de cette fille sur ses gardes.

— *Vous, choses vides à qui le monde échoit, / Bulles d'air issues du souffle des rois*, se surprit-elle à réciter en voyant Amelia incliner la tête. *Emportées par la marée de l'État, / Fétu soumis à votre sort ingrat.*

Derrière Amelia, Lacoste vit l'expression des deux hommes osciller entre le désespoir et l'incrédulité.

— Qu'est-ce que c'est ? demanda Amelia.

— Un poème satirique de Jonathan Swift, répondit Lacoste.

Beauvoir leva les yeux au ciel.

— Consacré à la mort d'un duc. Je crois comprendre que tu aimes la poésie ?

Amelia hocha la tête et répéta :

— *Fétu soumis à votre sort ingrat.*

— S'il y avait une chose vide dans ce monde, c'était bien Serge Leduc. Le Duc, dit Lacoste. Quel était son sort ?

— Mourir assassiné, je suppose.

— Mais par qui ?

— Moi, vous pensez ? demanda Amelia.

— Tes empreintes sont sur la carte qu'on a trouvée dans sa table de chevet. C'était la tienne, n'est-ce pas ?

— Je ne sais pas, admit Amelia. J'imagine que oui. C'est la seule qui manque. Mais je ne la lui ai pas donnée.

— Quelle était la nature de ta relation avec Serge Leduc ? répéta Lacoste.

— Il voulait me baiser.

— Il a eu ce qu'il voulait ?

— Non. Je lui ai dit que je lui couperais la queue et que je la lui enfoncerais dans la gorge.

Ce fut au tour des hommes d'écarquiller les yeux.

— Qu'est-ce qu'il a répondu ?

— Il a menacé de me renvoyer.

— Et s'il avait réussi ? demanda Isabelle d'une voix ferme ne laissant rien voir de son indignation.

— Je serais morte, répondit Amelia.

Isabelle Lacoste s'efforça de rester calme. De ne pas proférer des formules de réconfort convenues. De ne pas diminuer la gravité des derniers mots de la jeune femme en affirmant qu'elle exagérait sûrement.

Parce que Amelia Choquet n'exagérait pas. Elle aurait quitté l'école de police pour retourner dans la rue. Sans espoir, cette fois. Et elle serait effectivement morte.

— C'est toi qui l'as tué, Amelia ? Pour l'empêcher de t'expulser ? Pour sauver ta peau ?

La jeune femme regarda Isabelle. La femme qu'elle voulait devenir, qu'elle espérait devenir. Qu'elle aurait pu devenir. Mais c'était exclu. Elle le savait désormais.

Elle secoua la tête. Quand elle reprit la parole, ce fut d'une voix claire, sûre d'elle.

— Je ne l'ai pas tué.

— On a aussi trouvé tes empreintes sur le coffret dans lequel il gardait son arme, dit Lacoste. Et sur l'arme elle-même.

Amelia se contenta de la fixer.

— Si je l'avais tué, j'aurais effacé mes empreintes. Je suis assez futée pour ça.

— Sans doute, acquiesça Lacoste. Mais nous ne sommes pas à la recherche d'une personne exceptionnellement stupide, n'est-ce pas ?

Cette fois, Amelia se tut.

— Tu n'as même pas l'air surprise que tes empreintes soient sur l'arme. Je me trompe ?

Amelia secoua la tête sans dire un mot.

— Quelle est la nature de ta relation avec le commandant Gamache ?

"Elle l'a donc remarquée", songea Jean-Guy.

L'expression de M. Gamache quand ils avaient emmené Amelia.

— Je n'ai pas de relation avec lui.

— Pourquoi te protège-t-il, alors ? insista Lacoste.

Au bout de la table, Gélinas se tortilla sur sa chaise, prêt à intervenir, jusqu'à ce que Lacoste lui intime de nouveau le silence d'un regard.

— Il ne me protège pas, répondit Amelia. Pas plus que les autres.

— Si, pourtant, dit Gélinas en se décidant enfin à ignorer l'inspectrice-chef Lacoste. C'est lui qui t'a fait admettre à l'école. Tu avais été refusée et il a renversé la décision.

— C'est vrai ? demanda Amelia en se tournant vers l'officier de la GRC.

Rompant le lien savamment tissé par Lacoste.

— Le Duc m'a dit que le commandant Gamache avait rejeté ma candidature et que c'est lui qui était intervenu. Et qu'il pouvait changer d'avis.

— Eh bien, il a menti, dit Gélinas. C'était M. Gamache. Pourquoi le commandant a-t-il fait une chose pareille ? En particulier pour une fille qui, pardonne-moi ma franchise, n'est pas du tout à sa place à l'école de police.

Isabelle Lacoste regarda fixement Gélinas. Abasourdie par sa brutalité désinvolte.

Gélinas avait fait fi de ses préférences et détruit l'atmosphère qu'elle avait réussi à créer entre Amelia et elle, alors que l'interrogatoire avançait très bien. Dans quel but ? Craignait-il qu'Amelia soit sur le point de révéler quelque chose d'important ?

En même temps, Lacoste devait admettre que l'officier de la GRC n'avait pas tort. La question était légitime. Pourquoi le commandant Gamache avait-il renversé la décision de son prédécesseur et admis la Gothique à l'école de la Sûreté ?

La réponse à cette question préoccupait Isabelle Lacoste, de plus en plus.

33

— À quoi penses-tu ? demanda Reine-Marie.

Ils avaient quitté le bistro et s'étaient rendus à l'église Saint-Thomas, attirés par le silence et la paix.

Elle s'assit à côté d'Armand sur le banc. Il regardait droit devant lui et, bien qu'il ait les yeux ouverts, elle eut l'impression qu'il priait.

Elle se rendit compte que sa question était imprécise. Ce qu'elle voulait savoir, c'était comment il se sentait.

Armand prit une profonde inspiration et exhala avec force. Comme s'il avait longtemps retenu son souffle.

— Je me rappelais avoir attendu mon père et ma mère. Agenouillé sur le canapé, les bras sur le dossier. Je regardais par la fenêtre. *Batman* jouait à la télévision. J'entends encore la musique du générique.

Pendant qu'il fredonnait l'air tout doucement – da-da, da-da, da-da, da-da –, Reine-Marie l'imagina petit garçon. Qui attendait le retour de son père et de sa mère chaque fois qu'ils sortaient.

Qui se réveillait quand ils entraient dans sa chambre sur la pointe des pieds pour lui souhaiter bonne nuit en l'embrassant.

Qui trouvait toujours dans le réfrigérateur une gâterie emballée dans une sculpture complexe en papier d'aluminium. Il avait cru que c'était sa mère qui fabriquait ces cadeaux à son intention. Et quand, plus tard, il avait compris que c'était plutôt un inconnu du restaurant qui réalisait les cygnes, les paniers et les bateaux, Armand s'était accroché à la certitude que c'était sa mère qui les créait. Pour lui.

Pour ce qu'en savait Reine-Marie, il en était encore convaincu.

— "Batman", chanta Armand à voix basse. J'ai vu les phares de la voiture, mais je savais que ce n'était pas les bons. Il était trop tôt. Et les phares avaient quelque chose de différent. Et puis j'ai vu les deux hommes dans l'entrée, mais je n'avais pas peur. Je croyais que c'étaient de simples visiteurs.

Reine-Marie lui prit la main. Elle avait déjà entendu ce récit. Une fois. Une seule. Au début de leurs fréquentations, quand il avait été sûr de l'aimer, sûr qu'elle l'aimait en retour. Il avait tenu à ce qu'elle sache.

Il parlait assez souvent de ses parents, relatait des anecdotes de vacances, des anniversaires. Depuis qu'ils se connaissaient, c'était seulement la deuxième fois qu'il évoquait leur mort devant elle.

Des rides apparurent autour de ses yeux et de sa bouche.

— J'étais énervé à l'idée de rencontrer des inconnus. On a sonné, ma grand-mère est sortie de la cuisine et a ouvert la porte.

Les rides s'effacèrent. Et, pendant un instant, Reine-Marie vit le visage lisse d'un enfant de neuf ans. En pyjama. Debout sur le canapé.

— Elle s'est tournée vers moi. En voyant son visage, j'ai compris. Ils étaient partis.

Ils restèrent un moment en silence, sans même le tic-tac d'une horloge pour marquer le passage du temps. Quelques secondes, peut-être une minute. Une heure. Des décennies.

— Ma grand-mère m'a consolé de son mieux, mais elle avait son propre chagrin. C'est Michel qui m'a accompagné. Il ne m'a pas quitté d'une semelle. Après leurs funérailles, il m'a entraîné dehors pour jouer au roi de la montagne.

Armand sourit.

— C'était notre jeu favori. Il gagnait toujours. "Je suis le roi de la montagne et tu es un pauvre manant", chanta-t-il à voix basse. J'avais de la difficulté à marcher, à parler. Pendant des semaines, je me suis traîné avec peine. Et Michel ne m'a jamais quitté. Il ne m'a jamais abandonné au profit d'amis plus amusants. Il aurait pu. Il me manque. Et mes parents me manquent.

Reine-Marie lui serra fortement la main.

— Paul Gélinas n'aurait pas dû en parler. C'était cruel.

— Cette histoire date de presque cinquante ans.

— C'était inutile, ajouta-t-elle.

Elle se demanda ce qui avait poussé Gélinas à parler aux étudiants de la mort des parents d'Armand.

— Je pensais à mon père et à ma mère, sans me rendre compte qu'ils me manquaient à ce point. Je m'interrogeais sur les parents de ces garçons, sur leurs émotions. Perdre son père ou sa mère, c'est une chose, mais… tu imagines ?

Il marqua une pause, le temps de se ressaisir et de proférer l'impensable.

— Perdre Daniel. Ou Annie ?

Il jeta un coup d'œil aux garçons du vitrail.

— Tu as remarqué leurs prénoms ? Rob et non Robert. Bert et non Albert. Il y en a même un qui s'appelle Giddy. Leurs vrais noms, ceux que leurs parents criaient à l'heure du souper. Ceux que leurs amis hurlaient pendant les parties de hockey. Certains, perdus. Portés disparus. Tombés par-dessus bord, volatilisés. Pour toujours. Et jamais leurs parents n'ont su ce qui leur était arrivé. Ils ont attendu, jusqu'à la fin de leurs jours.

Il prit une autre profonde inspiration.

— La perte de papa et maman a été dévastatrice, mais je me disais justement que j'avais de la chance de savoir ce qui leur était arrivé. J'ai pu cesser d'attendre. C'est un luxe dont ces parents ont été privés.

Reine-Marie baissa les yeux sur la grande main de son mari et mobilisa son courage pour lui poser la question.

— Armand ?

— Oui.

— Qui est cette étudiante ? Cette Amelia ? Il y a quelque chose de particulier entre vous, n'est-ce pas ?

Le cœur de Reine-Marie se mit à battre follement. Mais elle avait franchi le point de non-retour. Il fallait avancer.

Armand la regarda avec une tristesse telle qu'elle regretta d'avoir soulevé la question. Plus pour son bien à lui, mais pour le sien à elle.

Armand n'aurait jamais… Amelia n'était tout de même pas…

— Patron ?

Reine-Marie eut l'impression d'avoir échappé à l'échafaud, mais elle n'était pas reconnaissante pour autant. Quand retrouverait-elle le courage d'aborder ce sujet ?

Elle éprouva un élan de rage incandescente.

— Désolé de vous interrompre, dit Olivier.

Il distinguait l'arrière de leurs têtes, mais ni l'un ni l'autre ne se retourna. Il hésita dans l'allée.

Reine-Marie détacha les yeux du visage de son mari et compta.

— Un, deux, trois…

Jusqu'à ce qu'elle soit capable de regarder Olivier sans lui crier de ficher le camp.

— … quatre, cinq…

Olivier s'arrêta quelques bancs plus loin. Incertain de la conduite à tenir. Ils ne s'étaient toujours pas retournés. Ne l'avaient pas salué.

— Ça va ? demanda-t-il en se penchant vers l'avant.

Ils étaient si immobiles qu'on aurait dit des statues de cire.

— Ça va bien, répondit Reine-Marie.

Et, pour la toute première fois, elle se rendit compte que le titre du recueil de poèmes de Ruth, *Je vais BIEN*, n'était pas qu'une plaisanterie.

— Vous êtes sûre ? demanda-t-il en s'avançant.

Armand se tourna et lui sourit.

— Nous parlions des soldats.

Olivier jeta un coup d'œil au vitrail, puis il s'assit de l'autre côté de l'allée.

— Je me suis demandé si je faisais bien de vous suivre, mais, bon, c'était bizarre. Au bistro. Le traitement que vous a réservé ce policier de la GRC. Ses propos.

Armand haussa un sourcil et sourit de nouveau.

— J'ai déjà été traité beaucoup plus mal. Ce n'est rien. La culture policière, vous comprenez…

— C'était plus que ça, dit Olivier. Et je pense que vous le savez. Vous êtes un des suspects. C'est lui-même qui l'a dit.

— Son travail l'oblige à soupçonner tout le monde. Mais je ne me fais pas de souci.

— Vous avez tort, dit Olivier. Il a l'intention de prouver que vous avez tué cet homme. Je l'ai vu dans son visage.

Gamache secoua la tête.

— Quoi qu'il en pense, il n'y a pas de preuve. Et d'ailleurs, ce n'est pas moi qui ai fait le coup.

— Parce qu'on n'a jamais arrêté des innocents, peut-être ? demanda Olivier. Des innocents n'ont jamais été jugés ni condamnés ? C'est du jamais vu ?

Il foudroya Gamache du regard.

— Vous devriez trembler, monsieur. Il faudrait être fou pour ne pas avoir peur.

— Armand ? fit Reine-Marie. C'est une possibilité ? Gélinas pourrait t'arrêter ?

— J'en doute.

— Tu en doutes ? s'écria Reine-Marie. Tu en doutes ! C'est donc envisageable ? Il te croit capable d'avoir abattu un homme ?

— Oui, dit Olivier. Je l'ai déjà vu, cet air. Sur le visage de votre mari, juste avant l'arrestation.

— Nous devons faire quelque chose, dit Reine-Marie en regardant autour d'elle, comme si la chapelle recelait des preuves de l'innocence de son mari.

— Vous voilà, fit la voix familière de Jean-Guy de la porte. Nous avons interrogé les étudiants et…

— Tu crois qu'Armand a tué ce professeur ? demanda Reine-Marie en se levant et en se tournant vers son gendre.

Ce dernier s'arrêta.

— Non, bien sûr que non.

Lacoste était entrée derrière lui et Reine-Marie la vit détourner les yeux, éviter son regard.

— Et vous, Isabelle ?

Reine-Marie était lancée, à présent. Elle frappait à la porte. Réclamait la vérité. Exigeait de connaître les alliés et les ennemis.

Une autre guerre mondiale. Son monde à elle. Sa guerre.

— Je ne pense pas que M. Gamache ait tué Serge Leduc, dit Isabelle.

— Reine-Marie, dit Armand.

En se levant, il prit sa femme par la taille.

Elle se dégagea.

— Mais vous n'en êtes pas certaine, Isabelle ?

Les deux femmes se dévisageaient.

— Vous devez savoir une chose, madame. J'ai tenu la main de votre mari pendant qu'il agonisait. Sur le sol de cette usine. Je ne vous en ai jamais parlé. Il était inutile que je vous en parle. Votre mari se savait en train de mourir. Moi aussi. Il avait peine à respirer, mais il a réussi à dire quelque chose.

— Isabelle…, commença Gamache.

— J'ai dû me pencher pour entendre, poursuivit Lacoste. Il a chuchoté : "Reine-Marie." Et j'ai compris qu'il voulait que je vous dise combien il vous aimait.

Pour toujours. Pour l'éternité. Je n'ai jamais eu à vous répéter ses mots. Jusqu'à aujourd'hui. Armand Gamache serait incapable de tuer quelqu'un, pour toutes sortes de raisons. Et notamment pour ne pas vous faire du mal, Reine-Marie.

Celle-ci porta la main à sa bouche et ferma les yeux. Elle resta là pendant une seconde, une minute. Des années.

Puis elle baissa la main et chercha celle de son mari, son havre. C'est à ce moment qu'elle remarqua le regard qu'échangèrent Lacoste et Beauvoir.

Armand l'embrassa et chuchota quelques mots à son oreille. Des mots qui la firent sourire. Puis il désigna le banc à l'avant de la chapelle. Pendant que les enquêteurs y prenaient place, Olivier et Reine-Marie s'assirent au fond.

— Vos interrogatoires ont donné des résultats ? demanda Gamache.

— Pas grand-chose, répondit Lacoste. Mais Mme Choquet n'a pas semblé étonnée que ses empreintes se trouvent sur l'arme du meurtre.

— Simple extrapolation, lui rappela Gamache.

— Je ne lui ai pas parlé de ça.

— Elle a fourni des explications ?

— Non. Elle a dit que Leduc avait menacé de l'expulser si elle refusait de coucher avec lui.

— Elle l'a fait ? demanda Gamache.

— Elle affirme que non, mais elle a l'habitude d'accorder des faveurs sexuelles pour obtenir ce qu'elle veut.

Gamache hocha sèchement la tête.

— Je n'ai pas eu l'occasion de vous en parler, continua Lacoste, mais j'ai téléphoné au Royaume-Uni et j'ai discuté avec la représentante du fabricant de l'arme, celle que Jean-Guy avait déjà interrogée.

— Mme Coldbrook-Clairton ? fit Gamache.

Lacoste rit.

— J'ai eu cette conversation avec Jean-Guy pendant le trajet. Pas Clairton. Coldbrook tout court.

— Alors pourquoi…, commença Gamache.

— … a-t-elle signé Clairton ? demanda Lacoste. Bonne question. Elle prétend que c'est une erreur.

— Bizarre, fit Gamache en fronçant les sourcils. Mais elle a confirmé que le revolver qui a tué Leduc et celui du vitrail sont des McDermot de calibre .45 ?

— Il a dit Clairton ? demanda Olivier, assis au fond avec Reine-Marie. Il y a une ville de ce nom en Pennsylvanie.

— Comment le savez-vous, mon beau ? demanda Reine-Marie.

— Je ne sais pas comment je le sais, répondit Olivier en fronçant les sourcils d'un air concentré. Je le sais, c'est tout.

— Cette connaissance est peut-être innée, dit Reine-Marie avec un sourire.

— Ce serait dommage. Il y a tant d'autres choses dont j'aimerais avoir une connaissance innée. La conversion des degrés Fahrenheit en degrés Celsius, le sens de la vie ou le juste prix d'un croissant.

— Vous les faites payer ! s'écria Reine-Marie avec une surprise exagérée. Ruth jure pourtant qu'ils sont gratuits.

— Oui. Comme le scotch.

— Elle a confirmé que les armes correspondent, dit Jean-Guy. Mais je ne vois pas en quoi c'est pertinent.

— Moi non plus, confessa Gamache.

Il se tourna vers le vitrail. Au fil des ans, il l'avait si souvent contemplé qu'il avait l'impression de connaître chacun des panneaux. Et pourtant, il y découvrait chaque fois un élément nouveau. Comme si, à la faveur de la nuit, son auteur s'était glissé dans la chapelle pour ajouter un détail.

Qu'après toutes ces années il n'ait pas remarqué la carte qui dépassait de la sacoche du garçon… Il n'en revenait pas.

Gamache se rendit compte que, à force de scruter un garçon, il avait négligé les deux autres.

Il les examina de plus près. Contrairement au soldat qui regardait l'observateur, les deux autres étaient de profil. Ils avançaient. La main de l'un frôlait le bras de celui qui le précédait. Pour le réconforter, et non pour le retenir.

On leur avait consacré moins d'efforts. Leurs visages semblaient identiques, comme s'ils étaient un seul et même garçon, doté de la même expression.

Pas de pardon, chez eux. Que de la peur.

Et pourtant, ils avançaient.

Les yeux de Gamache se posèrent sur les mains du troisième. L'une tenait une carabine. Avec l'autre, il semblait montrer quelque chose du doigt, d'un geste désinvolte. Non pas devant, mais bien derrière.

— Vous voulez que je vous dise quelque chose de bizarre ? demanda Reine-Marie.

— Je connais déjà quelqu'un de bizarre, répondit Olivier.

— Je continue de trier les archives de la société historique de Saint-Rémy. Les lettres, les documents et les photos datent parfois de centaines d'années. Sauf les clichés, évidemment. Même si certains d'entre eux sont très vieux aussi. Fascinants.

— C'est étrange, en effet, dit Olivier.

— Non, pas ça, dit-elle en riant et en lui donnant une légère bourrade. Je viens de me rendre compte que je n'ai rien trouvé sur la Première Guerre mondiale. La Seconde, oui. Toutes sortes de photos et de lettres de soldats. Mais sur la Grande Guerre, rien. Avec les bons documents, j'aurais peut-être réussi à le repérer, ce garçon. À les repérer tous les trois, en fait. Je n'aurais eu qu'à comparer les visages du vitrail à ceux des photographies d'archives.

— Comment expliquer que tous ces documents soient absents ? demanda Olivier. Il devrait y en avoir, non ?

— Il reste peut-être quelques boîtes dans le sous-sol de la société historique, mais je croyais avoir fait un ménage plutôt exhaustif. Demain, je vais vérifier à nouveau.

— Vous pourriez demander à Ruth. Je suis pas mal sûr qu'elle était déjà une vieille poète ivrogne à l'époque de la Grande Guerre.

— Oui, mais dans quel camp ? demanda Reine-Marie.

Elle se leva, en même temps qu'Armand et les autres.

— Je ne sais pas pour vous, dit-elle, mais j'ai faim. Vous êtes les bienvenus chez nous. Nous avons des tas de restes. Je vais peut-être même regarder un film. J'ai besoin de me distraire.

Après qu'ils furent sortis, Armand s'arrêta pour examiner une dernière fois le vitrail et le garçon. Il montrait quelque chose du doigt. Gamache suivit du regard la direction qu'il indiquait, mais il ne vit rien. Qu'un oiseau dans le ciel sombre.

— Armand ? lança Reine-Marie du parvis.

— J'arrive, dit-il en éteignant les lumières.

34

C'était indéniablement gênant.

Jean-Guy et Isabelle étaient rentrés à l'école de police, tandis que Paul Gélinas avait demandé à passer la nuit chez les Gamache. Reine-Marie était sur le point de l'envoyer promener, mais Armand s'était interposé en vitesse en affirmant qu'ils seraient ravis de l'accueillir.

— Tu as bien dit "ravis" ? fit-elle quand ils furent seuls dans la cuisine.

— Oui. Ça va être épatant, tu ne crois pas ?

— Je pense que tu es dans les patates.

Il sourit avant de lui chuchoter à l'oreille :

— Il était sûr que nous allions refuser. Tu n'as pas remarqué son malaise ?

— Non, j'étais absorbée par le mien, répondit-elle sur le même ton.

Afin de se distancier de Gélinas ou, à tout le moins, d'installer une sorte de filtre entre eux, Reine-Marie s'était rendue au bistro pour inviter leurs amis à souper.

— Qu'allons-nous leur servir ? demanda Armand.

Reine-Marie jeta un coup d'œil au seau de croquettes pour chiens.

— Ne me dis pas que…, commença Armand.

Reine-Marie rit.

— Non. Ruth n'y verrait que du feu, mais, pour les autres, c'est moins sûr.

— C'est tout ce qui te retient de servir de la nourriture pour chiens à nos invités ?

— À votre place, monsieur, j'éviterais de me montrer trop critique. À qui la faute, si on a des invités ? "Ravis", tu parles.

Elle secoua la tête.

— Mais je regardais Gracie et je me disais justement qu'elle a besoin de sortir.

— Je m'en occupe, proposa Armand.

Devant la porte, il lança un regard sévère à sa femme.

— Pas de croquettes. Promis… Probablement, ajouta-t-elle juste assez fort pour qu'il l'entende.

Souriant, Armand sortit Gracie de son panier, lui passa la laisse et évita de justesse de lui piler dessus lorsqu'elle se glissa sous son pied. Henri les accompagna.

Le berger et Armand flanquant la petite créature, ils marchèrent dans la cour arrière. Henri creusait dans les plaques de neige à la recherche d'herbes, et Gracie l'imitait.

— J'espère que les propos que j'ai tenus au bistro ne vous ont pas offensé, dit une voix.

Armand, regardant autour de lui, vit Paul Gélinas sur la terrasse.

— Surpris, assurément, répondit Armand.

Il hésita.

— Pourquoi avoir mêlé mon père et ma mère à cette affaire ?

Il faisait nuit noire. La seule clarté provenait de la maison. Gélinas était une silhouette sombre découpée par la lumière du salon. Par la porte à doubles battants, Armand voyait Myrna et Clara en pleine discussion. Clara gesticulait pour souligner son argument. Gabri écoutait ou, plus vraisemblablement, cherchait l'occasion de placer un mot. Ruth, affalée sur le canapé, était invisible. Rose et Olivier regardaient par la fenêtre.

— Je pense que vous le savez.

Gélinas descendit de la terrasse et rejoignit son hôte.

Le visage de Gamache se voyait nettement dans la clarté qui émanait de sa maison. L'officier de la GRC en distinguait les moindres contours.

On tira faiblement sur la laisse. Gracie souhaitait rejoindre Henri.

Gélinas emboîta le pas à Gamache.

— Chercheriez-vous à m'entraîner hors des sentiers battus, monsieur ?

Gamache grogna, modérément amusé.

— Moi ? Vous égarer ? Sur ce plan, vous vous débrouillez très bien tout seul.

— Je me serais engagé dans des ruelles glauques ? Vous avez sans doute raison, mais c'est là qu'on trouve les criminels, non ?

Gamache s'arrêta et se tourna vers son invité.

— Et vous pensez que je suis un criminel ?

— Je doute que vous voyiez les choses de cette façon. Par définition, le criminel est celui qui commet un crime. J'ai l'impression que, à vos yeux, le meurtre de Serge Leduc n'en était pas un.

— Qu'est-ce que c'était, alors ?

— Une conséquence. Une circonstance heureuse.

— Heureuse ?

— Le mot n'est peut-être pas bien choisi. Une circonstance favorable, disons. L'occasion s'est présentée et vous l'avez saisie au vol.

— Et pourquoi est-ce que j'aurais fait une chose pareille ? demanda Gamache.

— Nous aboutissons tous un jour à la croisée des chemins, répondit Gélinas, soudain grave. Certains plus vite que d'autres. Poussés par quelque événement terrible. Dans votre cas, la mort de vos parents. Dans le mien, le décès de ma femme. Face à une situation aussi dramatique, certains changent de cap et s'aigrissent. Ils veulent que d'autres souffrent comme eux-mêmes ont souffert. D'autres, cependant, choisissent une voie plus difficile. Ils deviennent compatissants et aimables, tolèrent avec une grande patience les imperfections de leurs semblables. Ils souhaitent épargner à d'autres la souffrance qu'ils ont eux-mêmes endurée.

— Oui, dit Gamache, intrigué par le tour que prenait la conversation.

— La difficulté, c'est de distinguer les uns des autres, poursuivit Gélinas. On peut projeter une impression loin de sa véritable nature. Dire une chose et penser exactement le contraire. La plupart des authentiques monstres que j'ai rencontrés se donnaient des airs de sainteté. Pas le choix, d'ailleurs. Autrement, on les aurait arrêtés des années plus tôt.

— C'est une confession ? demanda Gamache.

Un rire fusa dans l'obscurité.

— J'en espérais une de votre part, monsieur. Ça me faciliterait la tâche. Ça faciliterait les choses pour votre famille. Finie, la comédie. Nous savons tous deux ce qui s'est passé et pourquoi.

Gamache lança un regard sombre à Gélinas.

— Si vous avez l'intention de m'arrêter, faites-le maintenant. Mais je vous interdis d'entraîner ma famille dans cette affaire.

— Il est déjà trop tard, non ? Votre famille est déjà mouillée jusqu'au cou. Je sais qui est Amelia Choquet.

— Vous ne savez absolument rien.

— Je sais tout.

Gamache fit un pas vers l'autre, mais il s'arrêta.

Gélinas ne broncha pas. Il resta bien droit, avec un air de défi.

— Une autre circonstance heureuse ? murmura Gélinas. Vais-je, comment dit-on… manger des pissenlits par la racine, ici, dans votre jardin, monsieur ? Est-ce qu'on s'habitue à tuer ?

— Le souper doit être prêt, lança Gamache, pour éviter de dire ce qu'il pensait réellement.

Il s'écarta de l'officier de la GRC.

— Nous devrions rentrer. Henri, Gracie, venez !

Il saisit le chiot et mit le cap vers la maison, le berger bondissant à leur suite. Par la fenêtre de la cuisine, Armand vit Reine-Marie aller et venir. Repousser ses cheveux. Se parler à voix basse, comme chaque fois qu'elle cuisinait pour de nombreux convives.

Et il eut très envie de lui raconter une chose qu'il gardait pour lui depuis des mois. Quand il était tombé pour la première fois sur le nom d'Amelia Choquet.

— J'ai dormi longtemps ? demanda Ruth à Myrna en baissant les yeux sur son assiette.

— Disons que le règne de Victoria est terminé, au cas où tu te poserais la question, répondit Myrna.

— Ce qui est bien, c'est que nous avons une nouvelle reine, enchaîna Olivier en jetant à Gabri un regard plein de sous-entendus.

— Je ne suis pas sourd, tu sais, dit Gabri. Tu as de vilains préjugés. Oooh, des crumpets !

— Quelle heure est-il ? insista Ruth.

Chacun avait devant lui une omelette à l'estragon farcie de camembert coulant.

Sur la table en pin se trouvaient un plateau rempli de tranches de bacon de dos et un panier de crumpets bien dorés dont les moindres trous étaient saturés de beurre.

— C'est l'heure du déjeuner ? s'étonna Ruth, plus déboussolée encore qu'à l'ordinaire.

— Du souper, dit Reine-Marie. Désolée, c'est tout ce que nous avions.

— C'est délicieux, déclara Myrna en se servant trois tranches de bacon fumé à l'érable.

— De quoi être "ravis", diraient certains, fit Reine-Marie qui sourit en croisant le regard d'Armand.

Ils savaient tous pourquoi ils étaient là, à l'exception peut-être de Ruth. Ils servaient de boucliers humains, faisaient écran entre les Gamache et l'officier de la GRC.

Et pourtant, ils remarquèrent qu'Armand avait choisi de s'asseoir juste en face de ce dernier.

"Peut-être, se dit Clara, pour montrer qu'il n'est pas intimidé."

“Peut-être, se dit Myrna, pour le mettre à l’abri des regards malveillants de Reine-Marie.”

“Peut-être, se dit Olivier, pour avoir son accusateur à l’œil.”

“Peut-être, se dit Ruth, parce que le mal est, comme l’a écrit Auden, *peu spectaculaire et toujours humain.*”

— *Et il partage notre lit*, murmura-t-elle, *et mange à notre table.*

Gamache, assis à côté de la vieille poète, se tourna vers elle.

— *Et chaque jour nous sommes exposés à la Bonté*, murmura-t-il à son tour. *Même dans les salons, au milieu des ratés.*

Elle soutint son regard, tandis que, autour d’eux, les conversations allaient bon train.

— Vous connaissez la fin ? demanda-t-elle doucement.

— Ça ? chuchota-t-il en désignant Gélinas d’un geste du menton.

— Non, crétin, le poème.

Grimaçant, il réfléchit un moment.

— *Le Mal est désarmé comme un amant*, récita-t-il d’une voix entrecoupée à cause des efforts qu’il faisait pour se souvenir. *Et il doit semer la discorde et réussir…*

— *Et tous deux sont ouvertement détruits devant nos yeux.*

Ruth avait fini le poème.

— Voilà comment ça se termine, dit-elle.

Il y eut un long silence au cours duquel ils se dévisagèrent mutuellement.

— Je sais ce que je fais, dit-il.

— Et moi, je reconnais une épitaphe quand j’en vois une.

— Vous avez dit que les étudiants formaient une bande de ratés. C'est vraiment ce que vous croyez ?

— Pour eux, je ne suis pas sûre, répondit Ruth. Mais vous… Pas de doute possible. Du bacon ?

Gamache prit le plateau, qui était vide. Elle ne proposait pas, elle réclamait.

— J'ai une question pour vous, Ruth, fit Reine-Marie, de l'autre bout de la table. Dans les archives, je ne trouve rien au sujet de la Première Guerre mondiale. Vous avez une idée d'où sont passés tous ces documents ? Il devrait pourtant y en avoir des tonnes.

— Pourquoi le monde entier pense-t-il que je sais tout ?

— Grossière erreur, dit Gabri.

— En tout cas, je connaissais Roof Trusses. Contrairement à vous tous.

— Que pouvez-vous nous dire à ce sujet ? demanda Paul Gélinas.

Ruth l'ignora superbement, se contentant de le traiter de "tête de nœud" entre ses dents. Myrna s'empressa de combler le silence soudain caverneux.

— Si vous ne trouvez pas Roof Trusses, c'est parce que, il y a un certain temps déjà, le village a changé de nom.

— Comment s'appelle-t-il désormais ?

— Notre-Dame-de-Douleur.

— Notre-Dame-de-Douleur ? répéta Gélinas.

Armand se cala sur sa chaise.

— C'est un nom lourd à porter.

— Il n'est plus là, ajouta Ruth. Il est mort.

— Pas étonnant, avec un nom pareil, dit Gabri.

— Vous pourriez nous le montrer sur une carte ? demanda Gamache.

— Distraite, Miss Marple ? demanda Ruth. Je viens de dire qu'il n'existe plus.

— Merci pour la précision, répliqua Armand avec une courtoisie exagérée. J'avais compris, même si je suis lent. Vous pouvez nous montrer l'endroit où le village se situait autrefois ?

— Oui, je suppose.

— Et si nous en revenions aux archives, suggéra Reine-Marie. Vous avez une idée de l'endroit où sont passés les documents de la Première Guerre mondiale ?

— Vous savez quoi, énonça Myrna avec lenteur, j'ai ma petite idée là-dessus. La société historique a organisé une rétrospective spéciale à la Légion de Saint-Rémy, il y a quelques années, non ?

— Bien sûr, dit Clara. En 2014, pour marquer le centenaire du début de la guerre.

— Où sont passés les documents ? demanda Olivier.

— *Damnatio memoriae*, dit Reine-Marie.

Comme Three Pines. Comme Roof Trusses et Notre-Dame-de-Douleur, la guerre qui devait mettre fin à toutes les guerres avait été évacuée des mémoires.

Après le repas, Armand et Reine-Marie raccompagnèrent Ruth chez elle. Olivier et Gabri s'étaient proposés, mais les Gamache avaient besoin de respirer un peu d'air frais et de s'éloigner de Paul Gélinas. Ils espéraient le trouver endormi à leur retour.

Assis sur le canapé du salon de Ruth, Nathaniel lisait. En les entendant entrer, il bondit comme si on lui avait botté le derrière.

— Monsieur, dit-il.

— Pas la peine de m'appeler "monsieur", dit Ruth. Assis.

Nathaniel obéit.

— Pas toi, eux, dit-elle en montrant Armand et Reine-Marie, qui s'exécutèrent promptement.

Reine-Marie se tourna vers Nathaniel.

— Qu'est-ce que tu lis ?

— Un livre que j'ai trouvé sur la table.

Il le leur montra.

— Nous avons le même, constata Armand.

— Exactement le même, ajouta Reine-Marie. En fait, c'est le nôtre.

— Oh.

— Venez ici, ordonna Ruth de la cuisine.

Ils se levèrent tous.

Elle avait déniché une vieille carte de la région, qu'elle étendit sur sa table en plastique blanc. Comme toujours, un carnet de notes couvert de ses pattes de mouche était ouvert à côté d'une tasse de thé dans laquelle du lait caillait.

Armand reconnut la tasse. Elle était à eux.

Ruth était partisane du précyclage. Une forme plus évoluée de recyclage. Elle prenait des objets avant que leurs propriétaires s'en débarrassent.

— Nous cherchons Roof Trusses, expliqua Armand à Nathaniel, qui étudiait la carte avec une gravité presque douloureuse.

— Nous avons déjà essayé de trouver le village, vous vous souvenez ? lança l'étudiant en levant les yeux. Il n'est pas là.

— Pourquoi tu ne m'as pas posé la question ? demanda Ruth.

— Quoi ? Je… Hum…

— L'avenir de la Sûreté ? fit Ruth à l'intention d'Armand.

— S'il ne vous a pas posé la question, Ruth, dit Reine-Marie gentiment, patiemment, c'est parce qu'il vous prend pour une vieille folle.

— C'est faux, se récria Nathaniel, qui s'empourpra avant de blêmir.

Ruth resta là, des plumes de canard sur son chandail peluché, tandis que Rose, dans son nid de flanelle près du poêle, proférait des obscénités.

Et Ruth éclata de rire. Elle dut prendre la main de Reine-Marie pour se calmer.

Nathaniel fit un pas de côté et se réfugia derrière le commandant. À présent, elle avait vraiment l'air d'une vieille folle.

— Eh bien, je suppose que tu as raison, dit Ruth en recouvrant peu à peu son calme. Mais je suis heureuse. Et toi ?

Le jeune homme, littéralement caché derrière Gamache, rougit de nouveau.

— Vous êtes heureuse, Ruth ? demanda Reine-Marie en posant la main sur son bras frêle.

— Oui.

— Je suis enchantée de l'entendre. C'était…

— Roof Trusses, rappela Armand.

Il voyait bien que les deux femmes s'apprêtaient à discuter de la condition humaine et de la nature du bonheur. Une conversation qu'il aurait normalement aimé entendre, mais ce n'était pas le moment.

— Ici.

Le doigt noueux de Ruth se posa sur la carte, indiquant un point situé à une dizaine de kilomètres de Three Pines.

— Roof Trusses était là. Mais il y a longtemps déjà, le village est devenu Notre-Dame-de-Douleur.

Nathaniel prit quelques notes avant d'examiner la carte de plus près.

— Il n'y a rien, à cet endroit. Vous indiquez un champ.

Il posa sur Ruth un regard sombre. Elle le lui rendit.

— Et maintenant, monsieur Smythe, vous allez avoir droit à une autre leçon, déclara le commandant. Qui croire ? Mme Zardo dit-elle la vérité ou se paie-t-elle votre tête ?

— Oui, je te fais peut-être marcher, pauvre cloche, convint Ruth.

— Comment savoir ? demanda Nathaniel à Gamache.

— On ne peut pas être sûr. On peut enseigner à recueillir des faits, des preuves, mais les meilleurs enquêteurs apprennent à se fier à une chose dont on nous dit très tôt qu'elle est inutile. Voire dangereuse. L'instinct. On se sert de sa tête, de son cœur et de ses tripes. De tout l'animal, comme un bon chasseur. Alors, que vous dit votre instinct à propos de Mme Zardo ? Dit-elle la vérité ?

Nathaniel se tourna vers Ruth, qui l'observait avec un certain intérêt.

— Je pense que oui. En tout cas, c'est ce qu'elle croit. Demain, j'irai voir par moi-même.

D'un hochement de tête, Gamache approuva la distinction entre vérité et fait.

— Vous permettez ?

L'étudiant montrait la carte. Ruth grogna.

Armand vit le garçon plier le vieux document avec soin. Quand il se pencha, ses cheveux roux effleurèrent son front pâle. La rougeur facile, la peau lisse, parfaite. La timidité.

Et Armand songea à la conversation qu'il avait eue avec Gélinas dans le jardin.

Gamache savait que Gélinas faisait fausse route. Les vrais criminels, les pires criminels, ne se trouvaient pas dans les ruelles glauques. Ils étaient assis dans nos cuisines, à nos tables.

Peu spectaculaires et toujours humains.

35

— Je vous jure que ça devrait être ici.

Nathaniel Smythe regardait autour de lui, presque frénétique à présent, grimaçant à peine lorsque le grésil lui cinglait le visage. La carte qu'il avait empruntée à Mme Zardo était devenue une masse détrempée dans ses mains.

Les trois autres s'étaient détournés : le mélange de pluie, de neige et de glace ne martelait plus que le dos de leurs manteaux et de leurs capuches. Le vacarme des éléments noyait les protestations de Nathaniel, qui se transformaient rapidement en gémissements.

— Il n'y a rien ici, décréta Jacques. Gamache s'est foutu de toi.

Il avait les épaules voûtées, le menton pressé contre la poitrine. De derrière, on aurait dit un vieillard tout courbé. Son manteau d'hiver lui arrivait aux hanches. Plus une veste de ski qu'un vêtement adapté au contexte : contempler des champs gris et la forêt, debout au bord d'une route boueuse à moitié gelée, pendant une tempête de grésil.

Le pantalon de Jacques était trempé de part en part. Les jambes engourdies, il grelottait sans pouvoir s'arrêter.

Le regard de Nathaniel alla de lui aux deux jeunes femmes, mais elles tournaient elles aussi le dos à la pluie, à la neige et à l'étudiant qui les avait entraînées jusque-là en prétendant avoir découvert l'emplacement de Roof Trusses.

Nathaniel fit un tour complet sur lui-même en plissant les yeux pour se protéger du grésil. Il balaya les champs et l'horizon du regard. Désolation.

Aucun signe du village. Aucun signe de vie.

— Venez ! cria Jacques en retournant vers la voiture.

Huifen et Amelia lui emboîtèrent le pas. Obstiné, Nathaniel resta immobile jusqu'à ce que la voiture se mette en marche. Effrayé à l'idée d'être abandonné, il courut vers elle. Il grimpa sur la banquette arrière à côté d'Amelia, qui serrait ses bras contre elle, le nez dans son blouson mouillé.

Notre-Dame-de-Fureur.

Le chauffage était réglé au maximum et la voiture bondée sentait la laine mouillée.

— Quelle perte de temps ! fit Jacques derrière le volant, ses mains tremblantes tendues vers la bouche de chaleur.

— Mais elle a dit que c'était ici, dit Nathaniel.

— Elle ? Je croyais que c'était Gamache.

— C'est lui qui a suggéré que nous menions l'enquête, mais l'information est venue de la femme chez qui j'habite.

— J'ai dû rater le cours où on enseigne qu'il faut croire les vieilles ivrognes sur parole, dit Jacques.

Huifen grogna, amusée. Ou encore parce qu'elle avait attrapé une pneumonie.

De retour à Three Pines, ils se changèrent. Quand Nathaniel redescendit dans le salon de Ruth, avec des vêtements chauds et secs, il trouva Amelia aux côtés de la vieille poète.

Elles posèrent sur lui leurs yeux perçants, inquisiteurs, et il eut l'impression d'avoir atterri dans un conte des frères Grimm. Ces récits, il ne le savait que trop, se terminaient rarement bien pour les garçons-fées aux cheveux rouge vif, dotés d'un sourire qu'ils espéraient attachant, mais qui leur donnait plutôt l'air du repas du soir.

— J'ai perdu votre carte, dit-il.

— Ça ne fait rien, répondit Ruth en se levant. Je n'ai plus besoin de carte.

— Il n'y avait rien, là-bas, ajouta-t-il.

Il se rendit compte qu'il avait échoué au test du commandant. Son instinct l'avait trahi. Cette femme n'était pas digne de confiance. Elle était conforme à l'impression qu'elle dégageait, en fin de compte. Une vieille folle qui buvait trop.

— Rien que vous ayez pu voir, en tout cas, dit Ruth.

— Qu'est-ce qu'il reste, sinon ? demanda-t-il.

— Viens, ordonna Amelia en se levant à son tour.

Il la suivit dehors, mais, au lieu d'aller se réfugier avec les autres au bistro, elle s'installa au volant de la voiture.

Quelques minutes plus tard, ils étaient de retour à l'endroit qu'ils venaient de quitter.

Rien n'avait changé, si ce n'est qu'il semblait encore plus désolé.

— J'ai demandé à Mme Zardo de répéter ce qu'elle t'avait raconté, et elle a expliqué que le village se situait bel et bien ici, expliqua Amelia.

— Je vous l'avais pourtant dit, répliqua-t-il.

— J'ai aussi passé un coup de fil au type de la toponymie. Il m'a fourni les coordonnées sur la carte. C'est ici.

Le grésil martelait le pare-brise et glissait sur la vitre, formant un amas de gadoue à la base des essuie-glaces.

— Il a vérifié et a confirmé que Roof Trusses était devenu Notre-Dame-de-Douleur dans les années 1920.

— Pourquoi ?

— Roof Trusses, c'était manifestement une erreur, répondit-elle. C'est lui-même qui l'a dit. Le village n'aurait jamais dû s'appeler comme ça.

— Je sais, mais pourquoi Notre-Dame-de-Douleur ?

— Je lui ai posé la question, mais il ne le savait pas. Le nom de l'église, probablement.

— Notre-Dame-de-Grâce, je connais. Notre-Dame-de-Paris et Notre-Dame-de-la-Merci aussi. Et…

— Bon, bon, j'ai compris. Notre-Dame-de-Douleur est inhabituel…

— Unique.

— Peut-être. Mais il n'y a rien de mal à être unique, non ?

Ils se regardèrent. La fille qui tenait par-dessus tout à être différente et le garçon qui voulait par-dessus tout ressembler à tout le monde.

— Je suppose que non, concéda-t-il sans conviction.

— Le nom a étonné M. Toponymie, admit Amelia. Mais ce ne sont pas les noms bizarres qui manquent. Prends Saint-Louis-du-Ha ! Ha !, par exemple.

— Il y a vraiment un village qui s'appelle comme ça ?

— Oui. Avec un point d'exclamation après chacun des "Ha".

— Tu rigoles.

— J'ai l'air de rigoler ?

— Non, mais tu en as la chanson. Ha ! Ha !

En voyant les commissures des lèvres de la jeune femme se retrousser subtilement, il eut la sensation d'avoir remporté une victoire.

— Par comparaison, les habitants de Notre-Dame-de-Douleur ont eu de la chance, non ? Ils auraient pu avoir pire.

— Ils ont eu pire. Roof Trusses.

Il était impressionné par la ténacité de la jeune femme. Elle n'avait pas lâché le morceau, contrairement aux autres. Contrairement à lui.

Mais à quoi bon ? Si le village s'était trouvé là, autrefois, il n'en restait plus rien.

Assis côte à côte, ils regardaient droit devant eux par le pare-brise qui s'embuait lentement.

— Il a disparu.

— Tu passes à côté de la question. Il a disparu, mais il était ici. Et je gage que certaines personnes sont restées derrière. C'est toujours le cas. En route.

Elle sortit de la voiture avant qu'il puisse souligner que personne n'était resté derrière. Personne de vivant, en tout cas.

C'est alors qu'il comprit ce qu'avait voulu dire Amelia. Et Mme Zardo aussi.

Ils étaient six pieds sous terre. Ceux qui restaient étaient justement des restes.

Notre-Dame-de-Douleur, né Roof Trusses, était devenu un village fantôme.

Au bout de presque une heure, trempés et glacés jusqu'aux os, ils finirent par découvrir le cimetière. Il avait été envahi par la forêt, particulièrement dense dans ce secteur. Les pierres tombales s'étaient enfoncées dans le sol et renversées, mais la plupart étaient encore lisibles. Leur créateur avait gravé des lettres profondes dans le granit local.

Amelia et Nathaniel ne remarquèrent que le grésil s'était transformé en neige qu'après avoir examiné chacune des pierres qu'ils avaient repérées.

Ils se regardèrent alors, d'énormes flocons de neige printanière voltigeant entre eux.

Le silence n'était brisé que par le tapotement familier de la neige qui tombait. Sur eux. Sur les arbres. Sur le sol.

Et ils entendirent un autre bruit. Pif, paf, pof.

Des timbales.

La forêt jouait de la musique pour eux.

Une heure plus tard, ils entrèrent dans le bistro et tendirent à Olivier deux seaux en métal.

Il les considéra avec méfiance avant de se fendre d'un sourire.

— Des seaux à sève. Où les avez-vous trouvés ?

Il les posa par terre pour mieux les admirer.

— On n'en trouve plus, des originaux comme ceux-là. Et ils sont pleins, en plus.

— Nous avons transvidé la plupart des autres seaux dans ces deux-là, expliqua Nathaniel.

— Il nous a semblé dommage de laisser la sève se perdre, ajouta Amelia. Les seaux se trouvaient dans la forêt de Roof Trusses.

— Vous avez trouvé le village ?

Ils hochèrent la tête.

Derrière Olivier, Ruth, près du feu, leva la main. Quand les étudiants la saluèrent, elle brandit le majeur.

— Sait-elle ce que le geste veut dire ? demanda Nathaniel à Olivier.

Olivier rit.

— Tu peux y compter. Et toi ?

— Eh bien, ça veut dire…

— Ça veut dire qu'elle vous aime bien, dit Olivier.

Jacques et Huifen étaient assis à la table qui leur était désormais attribuée, devant des chocolats chauds et une copie de la carte. Ils saluèrent les deux recrues.

Nathaniel et Amelia passèrent devant eux avec un bonjour amical et rejoignirent Ruth.

— Je vous inviterais bien à vous asseoir, déclara celle-ci, mais je n'en ai pas envie.

Nathaniel souleva la main et déplia lentement son majeur. Il n'avait encore jamais fait un doigt d'honneur. Il en avait eu envie, très, très souvent. Sans jamais s'y résoudre. Voilà qu'il venait de le faire pour la toute première fois, et que sa cible était une vieille femme.

Pas de quoi être fier. Pourtant, il l'était. Entre deux vagues de terreur.

Rose, blottie sur les genoux de Ruth, marmotta :

— *Fuck, fuck, fuck.*

Et Ruth éclata de rire.

— Bah, que le diable l'emporte. Asseyez-vous. Mais, surtout, ne commandez rien.

Ils retirèrent leurs manteaux et les accrochèrent à des clous plantés près de la cheminée, puis ils rapprochèrent leurs chaises de la source de chaleur. Ruth se pencha vers eux pour mieux les examiner. Trempés jusqu'aux os, glacés jusqu'à la moelle. Mais heureux.

— Vous avez trouvé Roof Trusses ?

Ils hochèrent la tête.

— Mais avez-vous trouvé la tombe ?

Sur les talons de Reine-Marie, Clara et Myrna entrèrent dans les bureaux de la société historique de Saint-Rémy. La secrétaire l'avait confirmé : on avait organisé une rétrospective très réussie sur la participation de la région à la Grande Guerre.

— Peut-être, dans ce cas, sauriez-vous me dire où sont passés les documents ?

— Nous vous les avons remis, non ? demanda la vieille bénévole.

— Vous m'avez remis de nombreuses boîtes, confirma Reine-Marie. Et je les ai presque toutes examinées, mais je ne trouve absolument rien qui se rapporte à la Première Guerre mondiale.

— Vous êtes sûre ?

Manifestement, la femme soupçonnait Reine-Marie d'avoir volé ou perdu les documents. Légèrement sur la défensive, celle-ci se rendit compte qu'elle avait presque sûrement fait la même tête lorsque des chercheurs avaient prétendu ne pas avoir des documents qu'elle croyait pourtant leur avoir remis.

Elle scruta le visage courtois mais méfiant de la femme. Et sourit.

— Je sais que ça peut paraître incroyable, mais j'ai bien regardé, et il n'y a absolument rien.

— Hum, fit la femme en se calant sur sa chaise en plastique. Où sont-ils, dans ce cas ?

Pendant qu'elle réfléchissait et que Reine-Marie attendait, Clara et Myrna tuèrent le temps en déambulant dans la vaste pièce qui, derrière le bureau de la secrétaire, accueillait l'exposition permanente. Elle était remplie de vêtements, de photographies et de cartes.

— Celle-ci est signée, dit Clara. Turcotte.

— Et datée. 1919.

On y voyait clairement Saint-Rémy, prospère petite ville forestière, Williamsburg, et même Roof Trusses. Avant que le village soit rebaptisé Notre-Dame-de-Douleur.

Aucune trace de Three Pines, cependant.

— Pourquoi ? demanda Clara.

Myrna n'avait pas de réponse. Elle se dirigea plutôt vers un mannequin vêtu d'une robe de mariée en dentelle. La taille du mannequin n'était pas plus grosse que l'avant-bras de Myrna.

— Les gens étaient plus petits, à l'époque, expliqua-t-elle à Clara. Manque de nourriture.

— Manque de croissants.

— Comment ont-ils fait pour survivre ? demanda Myrna en secouant la tête.

— L'esprit des pionniers, répondit Clara.

— C'est bon, dit Reine-Marie du bureau de la secrétaire. On y va.

— Où ça ? demandèrent Clara et Myrna en pressant le pas.

— À la Légion. C'est là que l'exposition a été présentée. La secrétaire pense que les artefacts ont été rangés dans des boîtes, descendus au sous-sol et oubliés.

— Ironique, déclara Myrna.

Le commandant Gamache passa le plus clair de la journée dans son bureau de l'école de police. La porte fermée, sinon verrouillée.

Le message était clair.

Laissez-moi tranquille.

Beauvoir en était incapable.

Pour la énième fois, il se campa devant la porte close et la fixa.

— Il est à l'intérieur ? demanda-t-il pour la énième fois à l'adjointe du commandant, assise à sa table de travail.

— Oui, répondit Mme Marcoux. Il y a passé la journée.

— Qu'est-ce qu'il fait ?

Elle regarda Beauvoir d'un air à la fois incrédule et amusé. Tout en sachant qu'elle ne le lui dirait pas, même si elle était au courant, il n'avait pu s'empêcher de poser la question.

Il s'approcha de la porte. On n'entendait rien.

Dans les yeux de Mme Marcoux, l'amusement céda la place à la désapprobation.

— Il a demandé qu'on ne le dérange pas. Vous avez trouvé l'assassin de M. Leduc ?

— Pas encore, mais…

— Dans ce cas, vous avez autre chose à faire, non ?

Ce n'était pas une question.

À la fin de la journée, Jean-Guy revint dans l'espoir que l'adjointe serait partie, mais elle était encore à son poste.

Beauvoir lui sourit, passa devant elle et cogna. Puis il entra. Au moment même où elle se levait et lançait :

— Arrêtez !

Armand Gamache leva les yeux d'un air courroucé, sa main se posant instinctivement sur l'écran de son ordinateur portable.

Il le referma lentement sans quitter Jean-Guy Beauvoir du regard. Geste de la main qui fit à celui-ci l'effet d'une gifle en plein visage.

Les deux hommes se regardèrent, puis les yeux de Jean-Guy se posèrent sur le mince appareil.

— Désolée, monsieur, dit son adjointe qui, dans l'entrebâillement de la porte, regardait l'intrus d'un air mauvais.

— Ne vous en faites pas, madame Marcoux, dit Gamache en se levant. Vous pouvez nous laisser. J'ai terminé, de toute façon. Merci d'être restée si tard.

Mme Marcoux hésita.

— Tout va bien, Chantal.

Avec un dernier regard sévère pour Beauvoir, elle s'effaça en refermant doucement la porte derrière elle, tandis que les deux hommes se dévisageaient.

— Nous avons trouvé des informations sur le silencieux, dit Beauvoir. Il a été fabriqué par une compagnie du Tennessee, spécialisée dans les armes faites sur mesure. On a une commande au nom de Leduc. Il a dû lui faire franchir la frontière en douce.

Gamache laissa entendre un son de désapprobation, mais ne parut pas surpris. Il désigna le coin salon de son bureau. Loin, remarqua Beauvoir, de sa table de travail. De l'ordinateur à l'écran rabattu.

— C'est pour me dire ça que tu es entré ? demanda Gamache en s'asseyant et en retirant ses lunettes de lecture.

Beauvoir s'installa en face de lui et se pencha vers l'avant.

— La plaisanterie a assez duré, patron. Que se passe-t-il ? Qu'avez-vous manigancé ici, toute la journée ?

— Ici, dans *mon* bureau, tu veux dire ?

La voix de Gamache, normalement posée, trahissait une certaine irritation.

— Qu'est-ce que tu veux, Jean-Guy ?

Devant une question pourtant très simple, Beauvoir se sentit accablé.

Il voulait savoir pourquoi M. Gamache s'était terré toute la journée.

Il voulait savoir pourquoi il avait rabattu l'écran de son ordinateur. Qu'y avait-il sur celui-ci ?

Il voulait savoir pourquoi il avait emmené les étudiants à Three Pines. La vraie raison.

Il voulait savoir pourquoi les empreintes de Gamache se trouvaient sur l'arme du crime.

Il voulait savoir pourquoi Gamache avait demandé que Paul Gélinas soit associé à l'enquête et, du coup, avait menti à l'inspectrice-chef Lacoste, comme à lui du reste.

Il voulait savoir qui était vraiment Amelia Choquet.

Et il voulait savoir qui avait tué Serge Leduc puisque, dans la faible lueur du crépuscule, il se rendit compte que M. Gamache connaissait peut-être la réponse.

Mais Jean-Guy Beauvoir resta là sans rien dire. Fixant le visage familier, l'homme familier. En voie de devenir un inconnu.

— Je veux que vous me laissiez entrer dans la confidence.

Les yeux de Jean-Guy se détournèrent lentement de ceux de Gamache pour se poser sur la table de travail et l'ordinateur toujours fermé.

— Pourquoi Paul Gélinas me soupçonne-t-il d'avoir tué Serge Leduc ? demanda Gamache.

— C'est parti des empreintes, je crois.

Gamache hocha la tête.

— Comment se sont-elles retrouvées sur l'arme du crime ?

Beauvoir sentit une boule se former dans son estomac.

— Je ne sais pas, répondit-il de façon presque inaudible. Ce sont seulement des empreintes partielles. Pas les vôtres, de toute évidence.

— Oh, ce sont bien les miennes.

Cette fois, le silence fut total. Hormis le tintement dans les oreilles de Beauvoir, qui sentit son sang déserter ses extrémités et affluer vers son cœur. Battre en retraite. Fuir. Lui laissant une sensation de vertige.

— Que me dites-vous, au juste ?

— Toi comme moi, nous savons que les empreintes partielles sont irrecevables, dit Gamache. Nous affirmons ne pas les prendre au sérieux. La vérité, c'est que nous y attachons de l'importance. À juste titre, d'ailleurs. Combien de fois nous ont-elles conduits au meurtrier ?

— Souvent, reconnut Jean-Guy.

— Et c'est ce qui va se produire, encore une fois.

— Vous n'êtes tout de même pas en train de vous…

— Confesser ? Non. Je n'ai jamais touché cette arme. Je ne savais même pas que Leduc l'avait en sa possession. Dans le cas contraire, je n'aurais pas toléré sa présence.

— Les empreintes partielles de Brébeuf sont aussi dessus. Voulez-vous dire que c'est lui qui a tiré ? Mais non, il aurait essuyé l'arme. Comme vous, d'ailleurs. Amelia Choquet ? On a relevé ses empreintes sur l'arme, sur l'étui et sur la carte. C'est elle qui l'a tué ?

Dans le silence qui s'ensuivit, il posa une autre question.

— Qui est-elle ?

— Je ne peux pas te le dire.

— Qui est-elle ? répéta Beauvoir avec plus d'insistance. Il existe un lien entre vous deux, n'est-ce pas ? C'est pour cette raison que vous avez renversé la décision initiale et que vous l'avez admise à l'école. Paul Gélinas a vu juste.

— Oui. Mais je dois d'abord parler à Mme Gamache.

— Est-elle…

— Je ne t'en dirai pas plus, Jean-Guy. Et si je suis allé si loin, c'est uniquement parce que j'ai confiance en toi.

— Mais pas assez pour me dire la vérité.

— C'est la vérité. Je ne peux pas t'en dire plus pour le moment. Tu dois me faire confiance.

Gamache se leva et Jean-Guy l'imita. Ils se dirigèrent vers la porte.

— Vous savez qui a tué le Duc ? demanda Beauvoir.

— Je pense que oui, mais je n'ai pas de preuve.

— Alors racontez-moi.

— Impossible. Mais je peux te dire que la clé réside dans les empreintes prélevées sur le revolver.

Beauvoir s'arrêta devant la porte. Son pied empêchait Gamache de la refermer.

— Le commissaire adjoint Gélinas projette de vous arrêter pour meurtre, n'est-ce pas ?

— Je pense que oui.

— Pourtant, vous ne semblez pas préoccupé.

— On peut être préoccupé sans pousser les hauts cris. Mais je ne suis pas paniqué. Il a ses projets et j'ai les miens.

— Vous devez regretter de l'avoir invité à prendre part à l'enquête, dit Jean-Guy. Qu'est-ce qui vous a pris ? Vous avez agi dans le dos d'Isabelle. À l'époque où vous étiez inspecteur-chef, vous n'auriez jamais toléré une ingérence pareille. Et pourtant, vous…

Gamache semblait fatigué, à présent. Il croisa le regard de Beauvoir. Au début, Jean-Guy crut que M. Gamache se demandait s'il devait tout lui avouer, mais c'était autre chose.

M. Gamache s'accrochait aux yeux de Jean-Guy, tel un marin qui se cramponne à des débris flottant sur l'eau pendant un gros grain.

Tel un homme tombé par-dessus bord.

— L'occasion était trop belle, dit-il. Le commissaire adjoint de la GRC en visite à Montréal… Je n'ai eu d'autre choix que de le faire inviter.

— Vous auriez pu passer par Lacoste.

— Oui, mais je doute qu'il serait venu à sa demande. Il ne la connaît pas.

— Il ne vous connaît pas non plus. Sinon, il ne vous soupçonnerait pas de meurtre.

— Tu as les mêmes soupçons, n'est-ce pas ?

— C'est faux, répondit sèchement Beauvoir.

Ils savaient tous deux que c'était une demi-vérité, sinon un mensonge.

— Gélinas retourne-t-il à Three Pines, ce soir ?

— Oui. Je l'ai invité de nouveau.

— Pourquoi ?

— Pour qu'il puisse m'avoir à l'œil, répondit Gamache en souriant. Et pour que je puisse l'avoir à l'œil.

— Vous voulez que je vous accompagne ? Je pourrais passer la nuit là-bas, moi aussi.

— Non. Rentre auprès d'Annie. Je lui ai parlé cet après-midi. Elle a l'air bien.

Armand Gamache offrit sa main au jeune homme. Le geste paraissait exagérément cérémonieux.

Jean-Guy la saisit.

— Ne crois pas tout ce que tu penses, dit Gamache avant de libérer la main de Beauvoir et d'ouvrir la porte. Pema Chödrön. Nonne bouddhiste.

— Bien sûr, dit Beauvoir en poussant un long soupir, tandis que la porte se refermait derrière lui.

Il se retrouva nez à nez avec Chantal Marcoux, debout près de sa table de travail, vêtue d'un long manteau de drap. Elle se coiffait d'un bonnet de laine.

D'un geste, elle l'invita à sortir dans le couloir.

Pendant qu'il marchait dans un sens et elle dans l'autre, Beauvoir se demanda ce que Mme Marcoux avait entendu. Et si elle avait été l'adjointe de Serge Leduc avant le putsch et l'entrée en scène du commandant Gamache.

36

— C'était donc Roof Trusses, en fin de compte, dit Jacques après que Nathaniel et Amelia se furent joints à eux à leur table attitrée du bistro. Pourtant, on n'aurait jamais dit que ce trou merdique avait existé.

— C'est vrai, acquiesça Amelia. Ce n'était pas évident. Il a fallu chercher.

Elle lança un regard incendiaire à Jacques avant d'accepter le riche chocolat chaud garni de crème fouettée que lui tendait Olivier.

— Merci.

Légèrement décontenancé par cette marque de bienséance, Olivier sourit.

— De rien.

— Après tout, vous avez seulement trouvé deux seaux de sirop d'érable, continua Jacques en poussant sa tasse vide vers Olivier, qui l'emporta. La belle affaire…

— Deux seaux de sève, corrigea Nathaniel.

Huifen avait observé les deux recrues pendant leur conversation avec la vieille poète. Même si elle ne pouvait rien entendre, elle s'était rendu compte qu'ils avaient eu droit à toute l'attention de la vieille folle.

Ils avaient trouvé plus que de la sève.

— Qu'avez-vous découvert ? demanda-t-elle.

— Qu'est-ce que ça peut te foutre ? répondit Amelia.

— Ce que ça peut me foutre ? répéta Huifen. Nous n'étions pas là, mais nous travaillons ensemble.

— Non, fit Nathaniel. Vous m'avez abandonné au bord de la route. Vous êtes montés dans la voiture et vous étiez sur le point de partir sans moi.

— C'est faux, répliqua Jacques. J'ai mis le contact pour avoir un peu de chaleur et t'obliger à te grouiller.

— Je ne me traînais pas les pieds. Je cherchais encore Roof Trusses, paresseux de mes deux.

— Toi, espèce de petit merdeux ! s'écria Jacques en se penchant vers Nathaniel, qui s'esquiva.

Huifen interrompit Jacques en posant une main sur son bras.

Amelia remarqua le geste subtil et s'interrogea une fois de plus sur le pouvoir qu'exerçait la petite femme sur le colosse. Quelle était l'étendue de cette influence ? Elle avait la capacité de le freiner. Pouvait-elle aussi le pousser à agir ?

— Tu as peur d'admettre que tu t'es trompé, dit Amelia.

— Je n'ai peur de rien, dit Jacques. Combien de fois est-ce qu'il faudra que j'en donne la preuve ?

— Oh, tu as peur maintenant, déclara Huifen tout doucement. Et tu avais peur à ces moments-là aussi. Comme nous tous.

Les rires, la chaude atmosphère du bistro s'évanouirent d'un coup. Les quatre jeunes s'épiaient réciproquement.

Puis un bang les ramena dans le présent. La porte venait de se refermer.

Le commandant Gamache et le commissaire adjoint Gélinas étaient entrés.

Ils secouèrent leurs pieds, balayèrent la neige accumulée sur leurs manteaux et frappèrent leurs chapeaux sur leurs jambes. Gigue propre au Québec, apprise dès le berceau.

Au crépuscule, la neige, de nouveau transformée en grésil, martelait les fenêtres du bistro, s'accumulait sur les meneaux.

Gamache retira son manteau mouillé et, après l'avoir accroché sur une patère, parcourut le bistro des yeux. Il se frotta les mains, prit note des feux qui crépitaient dans les âtres aux deux bouts de la salle aux poutres apparentes. Malgré le mauvais temps, le bistro était bondé. Mais quelques habitués manquaient à l'appel.

Il avait laissé Reine-Marie, Clara, Myrna, Ruth et Gabri devant une belle flambée dans son salon. Là, ils buvaient du vin rouge en examinant le contenu des nombreuses boîtes trouvées dans le sous-sol de la Légion royale canadienne.

— Regardez ! s'était écriée Clara en brandissant une photo. On voit ma maison en arrière-plan.

Elle leur fit voir le cliché montrant deux jeunes hommes équipés de bandes molletières. Leurs uniformes étaient trop ajustés et leurs sourires, savait Clara, trop grands.

Ils étaient dans le parc du village et, entre eux, se tenait une paysanne en habits du dimanche, gauche, timide et débordante de fierté, flanquée de ses deux robustes rejetons, leurs bras posés sur ses épaules dodues.

— Regardez les pins, dit Gabri. Ils ne sont pas plus hauts que les garçons.

En route vers la maison des Gamache, ils étaient passés devant les mêmes arbres. À présent, ils dominaient le village, forts et droits, en pleine croissance.

— Je croyais qu'ils étaient là depuis des siècles, dit Myrna. Comme Ruth.

— C'est exact, dit la vieille poète. Depuis toujours, il y a trois pins dans le parc du village.

Elle avait parlé avec une telle autorité que Myrna se demanda si Ruth n'avait pas effectivement quelques centaines d'années. Germée. Marinée. Comme un vieux navet.

— Les pins des origines étaient peut-être morts, dit Clara. Voit-on un de ces garçons sur le vitrail ?

Elle fit circuler la photo.

— Difficile à dire, commenta Myrna. Le sujet principal n'est pas là, mais les deux autres sont présentés de profil.

— Il y a un nom ? demanda Gabri.

Ruth retourna la photo.

— Joe et Norm Valois, lut-elle.

Les autres se tournèrent vers elle, véritable encyclopédie de la perdition.

Ruth hocha la tête.

— Il y a un troisième Valois sur le mur. Pierre. Un autre frère, sans doute.

— Oh mon Dieu, soupira Reine-Marie en détournant les yeux, incapable de soutenir le regard de Mme Valois.

— Je me demande si c'est Pierre, le photographe, fit Gabri. Ou le père.

Clara reprit la photo. Pierre était-il le cadet ou l'aîné ? S'était-il enrôlé plus tard afin de retrouver ses frères ?

Était-il déjà de l'autre côté des mers ? Avaient-ils été réunis avant de mourir ? La plupart des garçons joignaient le même régiment, parfois la même unité. Et finissaient dans les mêmes batailles.

Ypres, Vimy, la Flandre, la Somme, Passchendaele. Noms à présent familiers qu'ignoraient les trois sujets de la photo.

Clara scruta l'image, la scruta encore. Les jeunes hommes et les jeunes arbres et sa maison, inchangée, en arrière-plan.

Avaient-ils grandi dans sa maison ? Était-ce là qu'on avait livré les télégrammes ? S'étaient-ils envolés des mains de la mère pour atterrir sur le sol en pierre des champs ? Où ils s'étaient empilés. Tempête de chagrin.

"Nous sommes au regret de vous informer…"

Est-ce pour cette raison que sa maison lui avait toujours semblé si réconfortante ? Elle avait l'habitude de consoler les inconsolables.

Clara posa la photo à côté d'elle sur le canapé et recommença à trier le contenu des boîtes, à la recherche des garçons du vitrail.

D'innombrables clichés montraient des champs et de la boue, là où des villages belges et français avaient été anéantis. Il n'en restait qu'une motte de gazon dans le paysage.

Avant de partir pour le bistro, Armand, qui s'était changé, demanda :

— Je peux donner un coup de main ?

Il s'était adressé à Reine-Marie, mais elle était silencieuse, absorbée par la boîte à chaussures posée sur ses genoux. Il se pencha et vit ce qu'elle renfermait.

Des télégrammes.

— Regardez, fit Gabri, rompant le silence.

Il tenait une boussole, qu'il tournait dans tous les sens.

— Je n'ai jamais su me servir de ces machins-là.

— Un garçon égaré, aucun doute là-dessus, déclara Myrna.

Et Ruth grogna, parce que la remarque l'avait amusée ou parce qu'elle avait une fois de plus une olive coincée dans la narine.

— Vous devriez faire de la course d'orientation, dit Gamache en acceptant la boussole.

— Je suis très satisfait de mon orientation, merci quand même, déclara Gabri.

La vitre était cassée, mais l'aiguille, lorsque Armand tourna l'appareil, indiqua le nord magnétique.

— Quand vous aurez fini de jouer, Clouseau, allez voir vos jeunes protégés, dit Ruth. Ils sont au bistro. Ils veulent vous parler.

— On y va ? demanda Gamache à Gélinas.

Celui-ci hocha la tête.

— Un scotch paisible devant le feu ? Comment refuser ?

Au bistro, Gamache, par gestes, commanda deux scotchs à Olivier, puis Gélinas et lui se faufilèrent parmi les tables jusqu'aux étudiants. Ces derniers se levèrent et le commandant leur fit signe de se rasseoir.

— Ruth a dit que vous vouliez me parler, commença Gamache en lissant ses cheveux, ébouriffés par son chapeau, avant de s'asseoir. Quelque chose ne va pas ?

Les quatre jeunes semblaient bouleversés. Deux d'entre eux avaient le teint blafard, les autres le visage empourpré.

— Nous nous disputions, dit Huifen. Rien de neuf sous le soleil.

— À quel propos ? demanda Gélinas en prenant place à son tour.

— Ces deux-là ont découvert Roof Trusses, Notre-Dame-de-Douleur ou je ne sais trop quoi, expliqua Huifen, tandis que nous avions abandonné.

— Et alors ? demanda Jacques. Il n'y a que de la neige, là-bas. Et du sirop d'érable.

— De la sève, corrigea Nathaniel. Et il y avait quelque chose, là-bas.

— Qu'avez-vous trouvé ? demanda Gamache en remerciant Olivier pour les scotchs.

— Le cimetière.

Nathaniel avait la voix enthousiaste et les yeux brillants.

— Il est envahi par la végétation, dit Amelia. Mais il est encore là.

— Et ? demanda Gamache.

Nathaniel secoua la tête.

— Pas d'Antony Turcotte.

— Pas de Turcotte du tout, ajouta Amelia.

Gamache se cala sur sa chaise, surpris. Perplexe.

— L'homme de la toponymie n'a-t-il pas dit que Turcotte était enterré à cet endroit ?

— Oui. Même que l'information figure dans *L'Encyclopédie canadienne*.

Gamache se pencha de nouveau vers l'avant et, accoudé sur la table, joignit les mains et posa le menton dessus. Il regarda l'obscurité, les flocons qui cinglaient rageusement la vitre.

— La pierre tombale aurait-elle pu être renversée ou ensevelie ? demanda-t-il.

— Possible, admit Amelia. Mais ce n'est pas un grand cimetière et la plupart des pierres étaient assez faciles à repérer. Enfin, rien ne nous empêche d'y retourner demain.

— À quoi bon ? demanda Jacques. Vous ne voyez pas qu'il nous fait perdre notre temps ? Qu'est-ce que ça peut changer ? D'ailleurs, il ne fait plus partie de l'enquête.

— Et vous n'êtes pas des agents de la Sûreté, rétorqua Gamache d'un ton sec. Vous êtes des étudiants et je suis votre commandant. Vous ferez ce que je vous dis. Je suis à bout de patience avec vous, jeune homme. Si je tolère votre insubordination, c'est uniquement parce que je crois que quelqu'un vous a inculqué des idées erronées. Vous a mis toutes sortes de faussetés dans la tête.

— Et vous vous êtes donné pour tâche de me rééduquer. C'est ça ? demanda Jacques.

— En fait, oui. Vous serez bientôt diplômé. Et alors quoi ?

— Je serai un agent de la Sûreté.

— Vraiment ? La situation a évolué à l'école de police, mais vous n'avez pas évolué avec elle. Vous êtes figé. Gelé. Peut-être même pétrifié.

Gamache baissa la voix, mais les autres personnes assises autour de la table pouvaient quand même l'entendre.

— Le moment est venu de décider si vous allez avancer ou pas, Jacques.

— Vous n'avez aucune idée de qui je suis, de ce que j'ai fait, siffla Jacques.

— Qu'avez-vous fait ? demanda Gamache en soutenant le regard du jeune homme. Dites-le-moi maintenant.

Huifen tendit la main. Un effleurement, une mise en garde. Une fois de plus. Le geste, bien que subtil, n'échappa pas à Gamache.

Jacques aurait peut-être parlé enfin, mais le moment était passé.

Gamache foudroya Huifen du regard avant de se tourner vers Nathaniel et Amelia.

— Beau travail, vous deux.

— Que devrions-nous faire maintenant ? demanda Nathaniel.

— Venez manger avec nous, dit Gamache en se levant. Vous devez avoir faim.

— Nous aussi ? demanda Huifen en se levant en même temps que Jacques.

Le commandant les dévisagea un moment avant de hocher brusquement la tête. Il se dirigea ensuite vers le long bar en bois pour régler l'addition des étudiants et inviter Olivier à se joindre à eux.

— Ça va ? demanda Annie.

Ils regardaient les nouvelles, assis sur le canapé, et Jean-Guy massait les pieds enflés de sa femme. Annie voyait bien qu'il avait la tête ailleurs.

— Je réfléchissais, c'est tout.

— À quoi ?

Il hésita, préférant ne pas troubler Annie avec des idées qui lui semblaient tantôt délirantes, tantôt parfaitement plausibles.

— Tu penses que ton père aurait pu…

— Oui ?

Elle prit une énorme bouchée de l'éclair qu'elle s'offrait comme hors-d'œuvre. Son regard perdu dans les yeux candides de sa femme, Jean-Guy se dit qu'il divaguait. Jamais Armand Gamache n'aurait…

— Rien.

— Qu'est-ce qu'il y a ? demanda-t-elle en posant l'éclair dans l'assiette. Dis-moi. Papa a des ennuis ? Quelque chose ne va pas ?

Voilà, il avait réussi à l'inquiéter. Elle ne le lâcherait plus, à présent.

— Un haut gradé de la GRC s'est joint à l'enquête à titre d'observateur et il semble croire que ton père…

— … est pour quelque chose dans le meurtre ? demanda Annie.

— Euh, non, pas exactement, c'est juste que… eh bien…

Elle posa les pieds par terre. Annie, l'avocate, venait d'entrer en scène.

— Il y a des preuves ? demanda-t-elle.

Jean-Guy soupira.

— Circonstancielles, au mieux.

— Et au pire ?

— Des empreintes digitales.

Annie haussa les sourcils. C'était inattendu.

— Où ça ?

— Sur l'arme du crime.

— Doux Jésus. C'était un revolver, non ?

— Ton père affirme qu'il n'y a jamais touché, qu'il ne savait même pas que Leduc l'avait en sa possession.

— Il ne l'aurait jamais permis, dit-elle en plissant les yeux sous l'effet de la concentration.

— C'est ce qu'il a dit. Ce sont des empreintes partielles. Les siennes, celles d'une étudiante et celles de Michel Brébeuf.

— Partielles ? répéta-t-elle, son visage se détendant. En général, elles ne sont pas admissibles. De toute évidence, ce ne sont pas les siennes.

— Cet après-midi, il m'a dit le contraire.

— Attends, dit-elle en se penchant vers son mari. Il dit qu'il n'a pas touché l'arme, mais aussi que ses empreintes sont dessus ? C'est insensé.

— Je sais. Et il a ajouté que la solution résidait dans ces empreintes.

— Les autres, alors. Celles d'oncle Michel et de l'étudiante, fit Annie. C'est sûrement ce qu'il voulait dire. Qui est-elle ?

— Amelia Choquet.

Il observa sa femme, qui ne réagit pas du tout à la mention du nom. Jean-Guy débattit de ce qu'il allait dire ensuite et Annie s'en aperçut.

— Tu me caches quelque chose. Quoi encore ?

— Il semble y avoir un lien entre eux.

— Entre mon père et Michel Brébeuf ? Oui, bien sûr. Tu es au courant.

— Non, entre Amelia Choquet et ton père.

— Que veux-tu insinuer ? demanda-t-elle avec circonspection.

— Je ne sais pas. Je me demandais juste si le nom signifiait quelque chose pour toi.

— Il devrait ? Allez, Jean-Guy, vide ton sac.

Il soupira en se demandant quels dommages il risquait de causer.

— Tu penses que ton père aurait pu avoir une aventure ?

La question atterrit sur Annie telle une enclume sur un chat de dessins animés. Elle semblait éberluée. Pour un peu, il aurait vu des étoiles et de petits oiseaux tourner autour de la tête de sa femme.

Bouche bée, Annie le fixait.

— Bien sûr que non, finit-elle par lâcher.

— De nombreux hommes le font, dit-il avec douceur. Loin de chez eux. Soumis à la tentation. Dans un moment d'égarement…

— Mon père est aussi humain qu'un autre, et il a ses points faibles, dit Annie. Mais pas ça. Jamais. Il n'aurait jamais, au grand jamais, trahi ma mère. Il l'aime.

— Je suis d'accord. Mais je devais poser la question.

Il prit la main d'Annie et fit distraitement tourner son alliance sur l'annulaire.

— Je t'ai fait du mal ?

— Je t'en veux d'avoir songé à poser la question. Si tu en es là, toi, c'est à se demander ce que pensent les autres. Ce type de la GRC, par exemple. Il ne connaît pas papa, hein ?

— Non. Mais il loge chez tes parents à Three Pines.

— Va là-bas, Jean-Guy. Reste avec papa. Empêche-le de faire des bêtises.

— De tuer quelqu'un et d'avoir une aventure, par exemple ?

— Hum. Sur ce plan, il semble que ce soit trop tard, dit-elle avec un sourire triste.

— Je le lui ai proposé, mais il a dit que je devais demeurer près de toi.

— Je m'en sortirai très bien. Le bébé ne sera pas là avant des semaines.

Il se leva et l'aida à s'extirper du canapé.

— En fait, tu veux que je m'en aille pour finir la boîte d'éclairs toute seule, hein ?

— En fait, j'attends le livreur de pizza d'une minute à l'autre. Je préfère qu'il ne te trouve pas ici. Il est très jaloux.

— Remplacé par un pepperoni. Ma mère m'avait prévenu.

— Gloria Steinem aussi.

37

— *Mary Poppins*, fit Clara. Parfait.

Elle poussa un soupir de soulagement en se laissant tomber sur le canapé au moment où Armand, ouvrant l'armoire, révélait le téléviseur.

Ils avaient mangé. Le pâté chinois de Myrna. Du pain à l'ail croustillant et aromatique apporté par Clara. Un énorme gâteau au chocolat que Gabri, sachant qu'ils allaient travailler pendant le souper, avait préparé dans l'après-midi.

La tâche avait été plus pénible que prévu. Ils s'étaient tellement concentrés sur le mystère des garçons du vitrail que pas un seul d'entre eux n'avait songé au contenu réel de ces boîtes, oubliées dans le sous-sol de la Légion.

Ultimes souvenirs de tant de jeunes hommes. La Grande Guerre avait rasé la fine fleur de l'Europe et emporté les fleurs sauvages du Canada. Une génération de jeunes hommes, effacée d'un coup. Tout ce qui restait d'elle, d'eux, croupissait dans de vieilles boîtes poussiéreuses, au fond d'un sous-sol.

L'une des lettres renfermait un coquelicot. Aplati. Fragile, mais toujours d'un rouge vif. Cueilli un matin, juste avant une bataille dans un coin de la Belgique désormais connu sous le nom de Flanders Fields. Champs d'honneur.

Les amis avaient alors renoncé. Incapables de poursuivre.

Reine-Marie, Clara, Myrna, Ruth et Gabri avaient déposé les boîtes et trouvé refuge dans la cuisine, où les autres avaient préparé le repas. Ils avaient mangé, la mine sombre, jusqu'au moment où ils avaient vu les jeunes s'empiffrer comme s'ils n'avaient encore jamais vu de nourriture. D'énormes bouchées de pâté chinois s'engouffraient dans des puits apparemment sans fond.

Ils s'étaient tous resservis. Comme les villageois avaient perdu l'appétit, il en restait amplement.

Même Ruth avait souri devant ce spectacle. À moins qu'elle ait eu des gaz.

— Du gâteau au chocolat ? proposa Gabri.

Les mots magiques restaurèrent l'appétit des villageois, qui passèrent au salon avec du café et de grandes parts de gâteau moelleux.

— *Mary Poppins* ? proposa Reine-Marie.

— *Mary Poppins*, fit Clara. Parfait.

— Les filles regardent le film à chacune de leurs visites, expliqua Reine-Marie en tendant le disque à son mari.

— Les filles ? répéta Huifen.

— Nos petites-filles, expliqua Reine-Marie. Florence et Zora.

— Zorro ? fit Jacques avec une expression sérieuse.

Un regard sévère de Gamache eut vite fait de le remettre à sa place.

— Zora, corrigea le commandant. D'après ma grand-mère.

— Mais pas vraiment votre grand-mère, dit Gélinas. N'était-elle pas une PD de la Seconde Guerre mondiale ?

Gamache le dévisagea. Le message, une fois de plus, était limpide. Paul Gélinas avait bien fait son travail. Et la famille sur laquelle il avait travaillé était celle d'Armand Gamache.

— PD ? fit Nathaniel.

— Personnes déplacées, répondit Myrna. Des personnes sans foyer ni famille. Dont bon nombre étaient sorties des camps de concentration. Libérées, mais n'ayant nulle part où aller.

— Mon père a parrainé Zora, et c'est ce qui lui a permis de venir au Canada, expliqua Armand.

Autant ne rien leur cacher à ce propos. Après tout, ce n'était pas un secret. D'ailleurs, les informations ne resteraient pas longtemps confidentielles. Gélinas y veillerait.

— Elle est venue habiter avec nous, ajouta Gamache en allumant le récepteur et le lecteur de DVD. Nous sommes devenus sa famille.

— Et elle est devenue la vôtre, dit Gélinas. Après la mort de vos parents.

Gamache fit face à Gélinas.

— Oui.

— Zora, dit Reine-Marie avec affection. Le nom signifie “l'aube”. Le commencement de la lumière.

— Et c'est en plein ce qu'elle a été, dit Armand. Bon, nous sommes bien sûrs de vouloir regarder *Mary Poppins* ? Nous avons aussi *Cendrillon* et *La Petite Sirène*.

— Je n'ai jamais vu *Mary Poppins*, dit Amelia. Et vous ?

Les autres étudiants secouèrent la tête.

— *Supercalifragilisticexpialidocious ?* fit Myrna. Vous n'avez jamais vu *Mary Poppins* ?

— Voilà qui est parfaitement atroce, enchaîna Clara. D'accord, Armand. On y va.

— Sans moi, fit Olivier. Elle me donne la chair de poule, cette gouvernante.

Lorsque le plan d'ensemble de Londres en 1910 apparut à l'écran, Olivier disparut dans la cuisine. Quelques minutes plus tard, Armand vint y préparer plus de café. Il trouva Olivier assis dans un fauteuil, près du poêle. Le petit téléviseur était allumé et il portait des écouteurs.

— Qu'est-ce que vous regardez ?

Olivier sursauta.

Il retira les écouteurs.

— Seigneur Dieu, Armand, vous avez failli me tuer.

— Désolé. Qu'est-ce qui joue ?

Derrière le fauteuil d'Olivier, il vit un très jeune Robert De Niro dans un bar en compagnie de Christopher Walken.

— *Voyage au bout de l'enfer*.

— Vous voulez rire ? s'écria Armand. *Mary Poppins* vous fait peur, mais pas *Voyage au bout de l'enfer* ?

Olivier sourit.

— Le mot "Clairton" m'a rappelé à quel point ce film est génial.

— Pourquoi ?

— Hum, je pense que c'est en raison du lien entre…

— Non, pourquoi Clairton, je veux dire ?

— C'est le nom de la ville d'où viennent les personnages principaux. La voici, justement.

Il montra l'écran, où défilaient des images d'une ville sidérurgique de la Pennsylvanie.

— Je vous laisse regarder en paix.

Olivier vit Armand retourner dans le salon et le monde de Mary Poppins, où le père chantait *Je vis et mène une vie aisée.*

Sur l'écran d'Olivier, Robert De Niro, dans un bar, menaçait de s'en prendre à un béret vert.

Les essuie-glaces de Jean-Guy peinaient à repousser le grésil.

Il aimait conduire. C'était pour lui l'occasion d'écouter de la musique et de réfléchir. En ce moment, il songeait à ces fameuses empreintes et à la flagrante contradiction révélée par les propos de son beau-père.

Les empreintes étaient les siennes. Mais il n'avait jamais touché l'arme.

La clé du crime résidait dans ces empreintes.

Voulait-il parler d'Amelia Choquet ?

Malgré les protestations d'Annie et sa propre intuition, Jean-Guy avait encore quelques doutes. Se pourrait-il que la Gothique soit la fille de Gamache ? Elle ne ressemblait ni à Annie ni à son frère, Daniel. Mais peut-être se laissait-il distraire par l'apparence de la jeune femme. Les tatouages et les perçages voilant celle qu'elle était vraiment.

Se pourrait-il qu'Amelia, qui, peut-être pas par coïncidence, portait le même prénom que la mère de Gamache, soit le fruit d'un écart de conduite passager survenu une vingtaine d'années plus tôt ?

Mais s'il savait à qui il avait affaire, pourquoi Gamache l'aurait-il admise au sein de l'école de police ?

Peut-être n'avait-il appris l'existence d'Amelia qu'après avoir vu sa demande d'admission, le nom de sa mère biologique et sa date de naissance. Vu le nom. Et fait le rapprochement.

Il avait voulu voir la fille.

Et, après le crime, il avait voulu la protéger. La fille qu'il avait eue sans le savoir.

Gamache la croyait-il coupable d'avoir tué Serge Leduc ? Embrouillait-il l'enquête à dessein dans le but de la protéger, par exemple en admettant que les empreintes étaient les siennes quand, en réalité, elles ne l'étaient pas ?

Détournement d'attention. Une autre baleine.

“Toute vérité frappée de malice…”

Les essuie-glaces écartaient le grésil, dégageant le pare-brise. Malgré la giboulée, Jean-Guy avait l'impression d'y voir plus clair. De se rapprocher.

Et s'il adoptait un autre angle d'approche ? Supposons que Gamache dise vrai. Les empreintes étaient à lui, bien qu'il n'ait jamais touché l'arme. Comment l'expliquer ?

Zip, zip, zip.

Jean-Guy y était presque, la réponse était à portée de main, droit devant, dans les ténèbres.

Zip, zip… Il ralentit et entra dans une station-service. Il resta là, dans la voiture à l'arrêt, le grésil martelant le toit et le pare-brise embué.

Si M. Gamache n'avait pas touché l'arme, mais que ses empreintes y étaient, c'est que quelqu'un les y avait mises. Cette personne possédait des compétences et des connaissances telles que même les spécialistes du laboratoire de la Sûreté n'y avaient vu que du feu.

Si le corps professoral de l'école de police regorgeait de sommités dans leur domaine, de futurs agents et d'experts de passage, rares étaient ceux qui pouvaient accomplir un exploit pareil.

Il fallait non seulement beaucoup d'habiletés, mais aussi des connaissances de pointe en sciences judiciaires. Ce projet ne s'était pas matérialisé du jour au lendemain. Il s'était échafaudé sur des mois.

Il avait requis de la patience, de l'opportunisme et des nerfs d'acier. Seul un tacticien de premier plan pouvait introduire de fausses preuves de cette façon. À l'école de police, une seule personne en était capable. Une personne que Gamache avait lui-même recrutée.

Hugo Charpentier.

Zip, zip, zip.

Armand posa sa main sur celle de Reine-Marie qui, pendant le film, n'avait pas lâché la boîte à chaussures.

Au moment où Mary Poppins glissait sur la rampe d'escalier, au grand étonnement des enfants de la famille Banks, Armand se pencha et dit :

— Je m'en occupe.

— Non, c'est à moi de le faire.

— Non, à moi.

La poigne de Reine-Marie se relâcha et ses mains laissèrent aller la vieille boîte en carton.

Armand se faufila entre les étudiants affalés sur le sol, les yeux rivés sur l'écran. Dans la cuisine, il se servit un autre café et s'assit à la table.

Au fond, les pieds sur un pouf, Olivier regardait son film.

Prenant une profonde inspiration, Armand baissa les yeux sur la boîte renfermant les télégrammes et songea au nombre de fois où il avait lui-même été le porteur de la mauvaise nouvelle.

Les fois où la porte s'était ouverte et qu'il avait vu les visages chargés d'espoir, puis perplexes, puis effrayés, de parents, de conjoints, de frères et de sœurs ou d'enfants.

À qui il avait dû rendre compte des événements.

Depuis les trente dernières années, il se souvenait de chacune de ces fois. Il n'avait qu'à fermer les paupières pour voir ces visages, ces yeux qui le suppliaient de dire que ce n'était pas vrai. Pour sentir leurs mains agripper son bras, au moment où ils tombaient. Des mères, des pères, des conjoints effondrés par terre. Au moment où il les tenait et les laissait descendre doucement. Jusqu'au sol.

Et il restait avec eux jusqu'à ce qu'ils soient en mesure de se relever. Singulière résurrection qui les laissait transformés à jamais.

Accompagné par Mary Poppins, qui interprétait une chanson dans laquelle il était question d'un morceau de sucre qui "aide la médecine à couler", il ouvrit la boîte. Et se mit à lire les télégrammes. À la recherche d'un nom. Turcotte.

Il crut pouvoir faire vite, se contenter de parcourir les noms. C'était inconcevable. Il se surprit à lire chacun. Ils étaient d'une dévastatrice similitude. De toute évidence, les commandants étaient dépassés par le nombre de messages à écrire. Au bout d'un moment, les télégrammes étaient pour ainsi dire des notations sténographiques, des gribouillis qui, cent ans après les faits, avaient un sens dans la mesure où les noms de lieux étaient connus, mais qui, au moment de leur livraison, avaient dû être pratiquement incompréhensibles. Leur enfant, parti pour toujours. Dans un champ étranger, un lieu inimaginable.

Les pires cas, peut-être, étaient les disparitions, les présumés morts. Ceux qu'on avait perdus et jamais, jamais retrouvés.

Ils étaient nombreux. Très nombreux.

Mais aucun n'avait pour nom Turcotte.

Avait-il survécu ?

Instinctivement, Gamache savait que le jeune soldat du vitrail, le garçon à la carte, n'était pas rentré à la maison.

Il remit le couvercle et resta assis là, la main sur la boîte.

Il jeta un coup d'œil à Olivier et au téléviseur qui jouait en sourdine.

En arrière-plan, Bert, le ramoneur, mettait en garde les petits Banks : la maladie dont était atteint oncle Albert était grave et contagieuse.

Pris de fou rire, ce dernier, incapable de se retenir, finit par éclater.

C'est bon de rire, chanta longuement oncle Albert, avec force.

Au même moment, sur l'écran d'Olivier, Robert De Niro, crasseux et émacié, fit tourner le barillet de son revolver et posa le canon sur sa tempe. Il avait les yeux déments, la bouche ouverte sur un cri, sans doute, mais Armand n'entendait que le rire pétillant d'oncle Albert, dans la pièce voisine.

De Niro appuya sur la détente.

Armand se cala sur sa chaise, les yeux déments, la bouche ouverte, le souffle court.

Fixant l'arme dans la main de De Niro.

Un revolver. Un revolver.

S'appuyant sur la chaise, Armand se leva avec lenteur. Et promena son regard du film d'Olivier jusqu'au salon, de l'autre côté de la porte. Jusqu'à Jacques, Huifen et Nathaniel. Et Amelia. Qui riaient avec oncle Albert.

Et il comprit.

38

Après le film, les invités prirent congé. Gélinas s'attarda pour siroter un dernier verre auprès du feu, puis il alla se coucher, tandis que Reine-Marie et Armand faisaient la vaisselle.

— C'était dur ? demanda-t-elle.

Elle attribuait la pâleur d'Armand au contenu de la boîte à chaussures, toujours posée sur la table de la cuisine. Elle se trompait.

— Tant de jeunes vies perdues, dit-il. *L'enfer où s'en vont rire et jeunesse.*

— Armand ? fit-elle.

Rarement l'avait-elle vu aussi bouleversé.

— Désolé. Je pensais seulement à ce qu'on leur avait fait faire.

Elle crut qu'il voulait parler des garçons du vitrail. Elle se trompait.

— Tu as trouvé les jeunes Turcotte ? demanda-t-elle.

Il prit une profonde inspiration et se secoua.

— Non. Ces télégrammes-là se sont peut-être perdus. En réalité, il est surprenant qu'on en ait conservé autant.

Il la regarda avec un sourire forcé.

— Le film t'a plu ?

— J'ai dû le voir cent fois, mais j'y prends encore du plaisir.

Elle fredonna *Laissons-le s'envoler* en lui tendant des assiettes chaudes à essuyer.

— Tu viens ? demanda-t-elle une fois que la cuisine fut nettoyée et rangée.

— Non, je pense que je vais veiller encore un peu.

Elle l'embrassa.

— Ça va ?

Il hocha la tête.

— Ne tarde pas trop.

Reine-Marie monta se coucher, tandis qu'Armand s'installait devant le foyer, la tête d'Henri sur les genoux.

Leur maison grinçait et puis tout était de nouveau silencieux, exception faite du crépitement du grésil sur les vitres. Il avait simplement besoin de quelques instants de solitude. Pour réfléchir.

Ensuite, Armand se leva et commença à éteindre les lumières. Approchant de la porte de devant pour la verrouiller, il vit la poignée tourner. Il était minuit. Tout le monde était rentré. Tout le monde était au lit.

Gamache fit signe à Henri de se mettre près de lui, puis ils se rangèrent tous deux derrière la porte qui s'ouvrait lentement. Les oreilles d'Henri étaient dressées. Prenant une attitude menaçante, il se mit à gronder.

Mais il se positionna légèrement derrière Gamache. Juste au cas.

Un geste d'Armand fit taire l'animal, qui demeurait pourtant aux aguets. Prêt à s'enfuir à tout moment.

Gamache regarda la porte s'ouvrir. L'esprit affolé, il se souvint de la voiture immobilisée au sommet de la colline, d'où elle avait dominé le village. Avant de se retirer. De reculer. Dans l'attente, peut-être, d'une occasion plus favorable.

"Comme maintenant", songea-t-il.

L'intrus était presque certainement armé, mais pas Gamache. Il bénéficiait cependant de l'effet de surprise. Et il fut lui-même surpris de voir qui venait d'entrer.

— Qu'est-ce que tu fais là ?

— Merde, Armand, vous avez failli me faire mourir !

Henri poussa un petit jappement de plaisir… et de soulagement. La queue frétillante, il promena son regard de Jean-Guy Beauvoir au bol de gâteries posé près de la porte. Bref, un chien avec une idée en tête. Une grosse, en l'occurrence. Une seule.

Pendant que Jean-Guy donnait un biscuit à Henri, Armand suspendit le manteau de son gendre en songeant que c'était la toute première fois que Jean-Guy l'appelait "Armand". Depuis le mariage, il l'avait plusieurs fois invité à le faire dans l'intimité, mais le jeune homme n'avait jamais pu s'y résoudre. En guise de compromis, il avait opté pour "patron".

Le choc lui avait toutefois arraché un "Armand".

— Qu'est-ce que tu fais là ? Annie va bien ?

— Si elle allait mal, j'aurais téléphoné, souligna Jean-Guy. Au lieu de prendre la route par une maudite nuit de merde comme celle-là. Excusez ma franchise.

Il retira ses bottes et enfila les pantoufles qu'il laissait près de la porte.

— Que se passe-t-il, alors ? Non pas que je sois fâché de te voir, remarque.

— C'est Annie qui m'envoie.

— Pour quoi faire ?

— Je lui ai parlé des soupçons de Gélinas et elle s'inquiète.

Armand était sur le point de demander à Jean-Guy pourquoi il avait fait une chose pareille quand il se rappela qu'il avait lui-même tout raconté à Reine-Marie. Presque tout.

Et, à présent, Jean-Guy avait fait de sa femme sa propre confidente. Difficile pour Gamache de protester, malgré l'envie qu'il en avait.

En examinant le visage familier, celui de l'homme à qui il confierait sa vie sans hésiter, Armand éprouva un élan de soulagement et fut reconnaissant à Annie de le lui avoir envoyé.

— Où est Gélinas ? demanda Beauvoir.

— Au lit. Il dort, répondit Armand. Tu as faim ?

— Je suis affamé, avoua Jean-Guy.

Dans la cuisine, Beauvoir se dirigea vers la cage dans le coin.

— Gracie s'acclimate ?

Il se pencha et se redressa aussitôt après avoir vu la créature qui dormait là.

— Les dragons existent donc vraiment ? fit-il.

— C'est un chiot, répondit Gamache, sans conviction, en mettant une généreuse portion de pâté chinois dans le micro-ondes.

— Un singe ? risqua Jean-Guy.

Armand refusa de répondre. Le four émit un bip, l'assiette fut servie, un coca fut versé, et les deux hommes s'assirent à la table en pin.

Jean-Guy prit une longue gorgée et une énorme bouchée de pâté chinois, puis regarda son beau-père en face.

— Il s'est passé quelque chose, patron, non ?

— Je crois avoir découvert le mobile du crime, Jean-Guy.

Beauvoir déposa sa fourchette.

— D'abord, il faut que tu rappelles cette femme, chez McDermot and Ryan, et que tu l'interroges sur son nom.

— Coldbrook ?

— Clairton. Demande-lui pourquoi elle a ajouté ce nom dans sa correspondance. La vraie raison. Et pourquoi elle a pris une police de caractères différente. Insiste, Jean-Guy. Si elle refuse de répondre, dis *Voyage au bout de l'enfer*. Ou *Deer Hunter*, si tu préfères.

— Voyons, patron. Vous devez me donner plus que ça.

— Impossible. Il faut que ça vienne d'elle. Ne lui tends pas la perche. Garde ces mots pour toi et ne les prononce qu'en cas d'absolue nécessité.

— D'accord, patron, dit Beauvoir en consultant sa montre. Il est cinq heures du matin, au Royaume-Uni. Trop tôt.

Il scruta son beau-père. Ses traits tirés.

— Mais je peux lui laisser un message, lui demander de me rappeler tout de suite en arrivant.

Armand Gamache hocha la tête.

— Merci.

Beauvoir termina son pâté chinois, tandis que Gamache lui taillait une énorme part du gâteau au chocolat de Gabri.

Il ne la donna toutefois pas à Jean-Guy. Il la posa sur la table, face à lui-même.

— À ton tour.

— Que voulez-vous dire ?

— Tu as découvert quelque chose, n'est-ce pas ?

Beauvoir, qui avait reluqué le gâteau, leva les yeux sur son beau-père.

— Vous gardez le dessert en otage ?

— Oui.

— Vous êtes un homme d'une cruauté sans nom.

— Et toi, tu possèdes des informations dont j'ai besoin.

— Moins des informations que des réflexions. Vous avez dit que la clé du meurtre réside dans les empreintes. Vous avez ajouté que celles qui ont été relevées sur le revolver étaient bien les vôtres, mais que vous ne l'aviez pas touché. Il reste donc deux possibilités. Ou bien vous mentez. Ou bien vous dites la vérité, auquel cas quelqu'un a déposé vos empreintes sur l'arme. Ce n'est pas à la portée du premier venu. Surtout que le travail a été fait avec subtilité. On n'a pas affaire à de grosses maudites empreintes qui sautent aux yeux. Elles sont un peu floues. Assez précises pour être identifiables, mais pas plus. Je n'ai pas les compétences pour accomplir un exploit pareil, et je doute que vous les ayez.

Son beau-père secoua la tête.

— Un homme les possède, par contre, continua Jean-Guy. Un ex-agent de la Sûreté que vous avez vous-même recruté, puis fait venir à l'école de police à titre de professeur invité. Pour donner des cours de tactiques. Un homme qui utilise Machiavel comme matériel pédagogique. Un spécialiste des manipulations. Hugo Charpentier.

— Oui, dit Gamache en poussant le gâteau de l'autre

côté de la vieille table en pin. Hugo est assurément capable d'un exploit pareil.

— Mais pourquoi aurait-il tué Serge Leduc ?

— Excellente question.

— Physiquement, il n'était pas de taille. Leduc aurait pu l'assommer d'un regard. Sauf si l'état de Charpentier est moins critique qu'il le laisse entendre.

— C'est exclu, répondit Gamache. J'ai vu son dossier médical. En fait, il est plus malade qu'il le laisse voir.

Jean-Guy s'attaqua au gâteau au chocolat, absorbé dans ses pensées.

— On a peut-être affaire à un homme qui n'a plus rien à perdre, dans ce cas. Et nous savons tous deux qu'un tel homme peut se révéler dangereux. Mme Coldbrook sera-t-elle en mesure de nous dire pourquoi Leduc a été tué ?

— Je pense qu'elle a plus d'informations – ou de soupçons – qu'elle veut bien le dire.

Quand le téléphone sonna, trois heures plus tard, Armand était encore debout. Assis dans la cuisine, près du poêle à bois. Avec une seule lampe allumée. Il regardait droit devant lui.

Sur ses genoux se trouvait une boîte. Elle ne venait pas du sous-sol de la Légion royale canadienne.

Il l'avait plutôt prise dans son propre sous-sol.

Il n'y eut pas de deuxième sonnerie. Jean-Guy avait manifestement décroché.

Quelques minutes plus tard, Armand entendit dans l'escalier des pas étouffés et rapides. Des pieds chaussés de pantoufles qui se hâtaient.

Jean-Guy mit un moment à découvrir Armand. Il avait jeté un coup d'œil dans la chambre avant de descendre regarder dans le bureau. Apercevant enfin la faible lueur dans la cuisine, il fonça de ce côté.

Gamache avait posé la boîte par terre et, à l'arrivée de Jean-Guy, il la glissait entre le fauteuil et le mur. Machinalement, ce dernier prit note du geste, mais il était trop obnubilé par ce qu'il venait de découvrir pour poser des questions.

Il était campé dans l'entrebâillement de la porte, les yeux exorbités.

Armand se leva et se retourna. Les deux hommes se faisaient face.

— Elle a confirmé ?

Jean-Guy hocha la tête, à peine capable de respirer et, à plus forte raison, de parler.

Armand eut à son tour un geste sec de la tête. C'était donc vrai.

Il se laissa tomber dans son fauteuil et son regard se perdit dans le vide. Dans la nuit qui se découpait par la fenêtre.

— Comment avez-vous deviné ? demanda doucement Jean-Guy en s'asseyant dans le fauteuil opposé.

— Le revolver, répondit Gamache. Un type comme Leduc n'avait aucune raison de posséder une arme comme celle-là. Elle avait sûrement un rôle à jouer. Une raison d'être. Hier soir, pendant que les autres étaient plongés dans *Mary Poppins*, Olivier est venu ici et il a regardé *Voyage au bout de l'enfer*.

Armand se concentra de nouveau sur Jean-Guy.

— Tu as vu le film ?

— Non.

— Moi non plus. C'est pour cette raison que je n'ai pas compris ce que voulait dire le mot "Clairton", qu'elle avait ajouté à son nom de famille. Il n'a de sens que pour quiconque a vu *Voyage au bout de l'enfer* et se rappelle cette scène. Tu as dû mentionner le titre du film à Mme Coldbrook ?

— Oui. Je lui ai parlé de Clairton, mais elle a répété qu'il s'agissait d'une erreur. C'est seulement quand j'ai évoqué *Voyage au bout de l'enfer* qu'elle a craché le morceau.

Leur conversation restait gravée dans sa mémoire, en lettres de feu.

— Pardon ? avait demandé Mme Coldbrook.

— *Voyage au bout de l'enfer*, avait répété Beauvoir. Le film.

Il avait prié pour qu'elle ne lui demande pas pourquoi il posait la question, car il n'en avait pas la moindre idée.

— Dans ce cas, vous connaissez la scène. Celle du revolver. Ce qu'on force Robert De Niro à faire.

— Oui, avait menti Beauvoir.

Il y eut un long silence.

— Quand avez-vous compris ? demanda-t-il.

— Pas tout de suite. Pas après votre message électronique ni le début de notre conversation. Et je ne suis encore sûre de rien.

— Mais vous avez eu des soupçons. Assez, en tout cas, pour nous envoyer cet indice. Vous vouliez que je vous pose la question. Eh bien, je vous la pose.

— Dites-moi d'abord une chose, inspecteur. A-t-on fait faire un étui spécial pour le revolver ?

Ce fut au tour de Beauvoir d'observer un moment de silence.

— Oui, admit-il enfin.

— Dans ce cas, c'est presque certain.

Il entendit le long soupir qu'elle poussa en Angleterre.

— Nous recevons beaucoup de coups de fil de la part de services de police nous informant que nos armes de poing ont servi à commettre des crimes. Dans la plupart des cas, il s'agit d'actes de violence commis dans les rues, liés notamment aux gangs. De nos jours, les revolvers ne sont pas monnaie courante, mais ils ne sont pas rares non plus. C'est seulement quand vous avez précisé qu'il était étrange que la victime possède une telle arme et qu'elle avait été tuée d'une seule balle à la tempe que…

— … vous avez compris, compléta Beauvoir.

— Que je me suis doutée de quelque chose. Je me suis dit qu'il s'agissait d'une piste que vous auriez intérêt à considérer.

— Pourquoi ne pas m'en avoir parlé au téléphone ? demanda-t-il. Pourquoi un indice aussi vague ?

— Notre société a pour politique de ne pas admettre que nos armes servent à des pratiques aussi cruelles. Je risquais de perdre mon poste. Mais je tenais à ce que vous le sachiez. Je me rends bien compte que ce n'est pas le plus clair des indices, mais je ne pouvais pas faire mieux. J'ai compté que cette scène vous serait familière.

— Je ne la connaissais pas, mais, hier soir, j'ai vu un collègue. C'est lui qui a fait le rapprochement. Pourquoi cette question à propos d'un étui ?

— D'après ce que je comprends, on déploie tout un rituel. On fait fabriquer un étui spécial. On crée une sorte de cérémonie.

Il percevait le dégoût dans la voix de la femme.

— Je fais peut-être fausse route, dit-elle.

— Mais vous ne croyez pas vous tromper, n'est-ce pas ?

Beauvoir était encore perdu, mais une réponse se profilait dans les confins de son esprit. Une idée aberrante. Une idée terrible, monstrueuse. Elle se tapissait, faisait les cent pas, juste au-delà de sa raison.

Et, après ce qu'ajouta Mme Coldbrook, elle franchit le seuil, se fraya un chemin jusqu'à l'avant-plan de ses pensées.

— On ne peut utiliser qu'un revolver. Il n'y a pas de jeu sans un barillet qui tourne. Vous pensez qu'il est mort en jouant ?

Le jeu.

Le sang déserta les extrémités de Beauvoir, si vite qu'il faillit laisser tomber le combiné.

Le jeu.

Ils savaient désormais ce que fabriquait Leduc avec ce revolver.

Dans l'unique source de lumière, Jean-Guy observa son beau-père.

Gamache, qui fixait le sol, secoua lentement la tête.

— Vous ne pouviez pas savoir, patron. Ce manège durait peut-être depuis des années.

Le voyant grimacer, Jean-Guy regretta aussitôt sa remarque.

Puis, levant les yeux, Gamache croisa le regard de Jean-Guy.

— Tu imagines ? demanda-t-il doucement. Leur terreur ? Et personne n'a rien fait pour l'arrêter. Je n'ai rien fait pour l'arrêter, moi.

— Vous ne saviez pas.

— J'aurais pu le congédier. J'aurais dû le congédier. Je l'ai gardé pour l'avoir à l'œil et recueillir de nouvelles preuves de sa corruption. À force de regarder de ce côté, j'ai raté l'activité la plus abjecte de Leduc.

— Personne n'a rien vu.

— Oh, quelqu'un a vu quelque chose ! s'écria Gamache, laissant libre cours à sa fureur.

Il parvint à la maîtriser, mais la rage couvait sous sa peau. Qui vira au rouge.

— Vous avez raison, acquiesça Jean-Guy. Quelqu'un a vu ce qu'il trafiquait. A plaqué une arme sur la tempe de Leduc et a appuyé sur la détente.

Il surprit une expression sur le visage de son aîné. Un instant primitif, primaire, sauvage. De satisfaction. Fugace.

— C'était ça, le mobile ?

— Oui, répondit Gamache. Je crois.

Mme Coldbrook avait demandé si Leduc était mort en jouant. Non. Il n'avait jamais joué. Pourtant, il y avait laissé sa peau. Il avait été assassiné. Exécuté. Pas pendant le jeu, mais à cause du jeu.

— Le tueur a tenté de vous incriminer, dit Beauvoir. En mettant vos empreintes sur le revolver. En laissant croire que vous aviez abattu Leduc. C'était Charpentier, n'est-ce pas ?

Gamache consulta l'horloge de la cuisine. Trois heures trente.

— Nous devons dormir un peu, dit-il. Une grosse journée nous attend.

Pour Jean-Guy, cependant, le sommeil se révéla insaisissable. Il passa le reste de la nuit à fixer le plafond. Gamache lui avait demandé d'imaginer la sensation. Il s'efforça de comprendre ce qu'avaient ressenti les étudiants, qui n'étaient pas que des étudiants, du reste. C'étaient aussi des filles et des fils. Les enfants de quelqu'un.

Il tenta d'imaginer son propre enfant dans la même situation. Sans que personne intervienne. Sans que personne lui vienne en aide. Et Jean-Guy comprit l'expression sauvage qu'il avait surprise sur le visage de son beau-père.

Il se souvint alors d'un autre détail. Le mouvement subtil du pied de Gamache, qui avait glissé un objet entre le fauteuil et le mur.

Incapable de fermer l'œil, Jean-Guy se leva et, sur la pointe des pieds, descendit dans la cuisine. Allumant la lampe, il trouva la boîte et la tint en contemplant le couvercle. Dessus, il y avait des empreintes. Une seule et unique série d'empreintes.

Celles de Gamache.

Il continua de fixer la boîte à chaussures. Elle ne venait pas de la société historique. Il le savait. Celle-ci était de nature confidentielle et personnelle.

Et elle contenait la réponse à de nombreuses questions.

Lentement, il se pencha pour la remettre à sa place.

Puis, se retournant, il faillit tomber dans les pommes. Dans l'entrebâillement de la porte se tenait Gamache.

— Ne t'ai-je jamais dit qu'il ne faut pas allumer pour procéder à une fouille clandestine ?

— J'ai dû rater ce cours-là.

Gamache sourit. Puis il s'avança et s'arrêta devant Jean-Guy. Ses yeux allèrent de la boîte à l'homme.

— Merci.

— Je n'aurais même pas dû envisager d'y jeter un coup d'œil, dit Jean-Guy. Désolé.

— Pas du tout. L'être humain est curieux de nature. Tu as fait preuve d'une maîtrise surhumaine en remettant la boîte à sa place. Merci d'avoir respecté mon intimité.

Armand Gamache passa ensuite devant Jean-Guy, prit la vieille boîte et la tendit à son gendre.

Sans un mot, il remonta à l'étage, tandis que Jean-Guy, revenant vers le fauteuil, soulevait le couvercle.

39

Armand Gamache regarda les étudiants, un à un.

D'abord Nathaniel, puis Huifen, puis Jacques. Ses yeux se posèrent enfin sur Amelia.

— Je sais, dit-il avec douceur.

Jacques tourna légèrement la tête en plissant les yeux.

— Vous savez quoi ?

— Ce qui se passait chez Leduc.

Il y eut un silence. Les étudiants se regardèrent mutuellement, puis, spontanément, ils se tournèrent vers Huifen.

— Quoi ? demanda-t-elle sur un ton de défi.

Jean-Guy Beauvoir était là, quelques bancs plus loin. Dès l'aube, Armand et lui avaient emmené les étudiants à la chapelle. Ils devaient leur parler en privé. En terrain neutre. Dans le calme.

— Je savais que Serge Leduc était corrompu, poursuivit Gamache. J'ai interrompu ma retraite dans l'intention de faire le ménage à l'école de police. Et ça ne s'arrêtait pas à la corruption. La qualité des nouveaux agents admis au sein de la Sûreté prouvait que quelque chose clochait à l'école. Ils maîtrisaient les techniques policières, mais ils étaient cruels. Pas tous, évidemment, mais en nombre suffisant pour signaler un problème. Plus que suffisant, je dirais. La méthode de recrutement ou la formation laissait à désirer. Les deux, peut-être.

Le commandant Gamache les observait en parlant. Eux l'observaient aussi.

Si Gamache et Beauvoir s'attendaient à ce qu'ils craquent et révèlent tout, ils se trompaient. La conspiration du silence était si profondément ancrée en eux qu'elle était quasi inébranlable.

— Dans un premier temps, j'ai congédié presque tous les professeurs et je les ai remplacés par des candidats de mon choix. Des agents possédant une expérience concrète des enquêtes. Des hommes et des femmes intègres. Et conscients des tentations dont s'accompagne le pouvoir. Voilà les principales menaces qui pèsent sur les agents de la Sûreté. Les blessures qu'ils s'infligent à eux-mêmes.

Jean-Guy entendait leur respiration, à présent. Au moins un des étudiants était sur le point de faire de l'hyperventilation.

Mais ils restaient immobiles. Et silencieux.

— Pourtant, j'ai gardé Serge Leduc, le Duc, en poste.

— Pourquoi ? demanda Nathaniel.

Levant les yeux sur le jeune homme à la peau pâle, Gamache s'efforça de reprendre son souffle. Puis il contempla ses mains, serrées l'une contre l'autre.

Serge Leduc avait causé de graves dommages. Mais lui aussi.

S'il voulait que les étudiants disent la vérité, il devait prêcher par l'exemple.

— Je ne savais pas, dit-il en revenant aux yeux froids du jeune homme. Je le considérais comme une brute, un sadique. Un corrompu. J'ai cru que je réussirais à réunir assez de preuves contre lui pour le faire incarcérer et l'empêcher de recommencer le même manège ailleurs. Je me croyais capable de le contenir. Je croyais que, avec moi sur les lieux, il mettrait un terme à ses transgressions.

— Ne croyez pas tout ce que vous pensez, bredouilla Amelia.

Gamache hocha la tête.

— Elles n'ont pas pris fin. Jamais je n'aurais pu imaginer qu'il soit aussi tordu.

— Quand avez-vous compris ? demanda Huifen.

— Hier soir, pendant le film.

— *Mary Poppins* ? s'étonna-t-elle en se disant qu'elle avait dû rater une scène.

— *Voyage au bout de l'enfer*. Le film qu'Olivier regardait.

Il se pencha vers eux.

— Je vais vous obtenir de l'aide.

— Nous n'avons pas besoin de votre aide, répondit Jacques d'un ton cassant. Nous allons bien.

Gamache prit un moment de réflexion.

— Vous savez d'où ça vient ? demanda-t-il en faisant glisser ses doigts sur la profonde cicatrice qui lui barrait la tempe.

Trois des étudiants secouèrent la tête. Jacques, lui, continua de fixer le commandant d'un air mauvais.

— J'ai dirigé un raid dans une usine. Un jeune agent, à peine plus âgé que vous, était retenu en otage, et le temps nous manquait. Nous avons recueilli le plus d'informations possible sur le terrain et les ravisseurs. Leur nombre, l'arsenal à leur disposition, le positionnement des tireurs. Et nous sommes entrés. L'inspecteur Beauvoir a été grièvement blessé. D'une balle à l'abdomen.

Les étudiants se tournèrent tous vers l'inspecteur Beauvoir.

— Trois agents ont perdu la vie, continua Gamache. J'ai assisté à leurs funérailles. Défilé derrière leurs cercueils. J'ai passé un moment avec les mères, les pères, les maris, les femmes et les enfants. Et puis je suis allé en thérapie. Parce que j'étais brisé. Je consulte encore quelqu'un quand je me sens dépassé par les événements. C'est humain. Notre humanité, justement, nous permet d'attraper des criminels. C'est grâce à elle que nous nous soucions des autres et qu'il nous arrive de souffrir sans perdre une goutte de sang. Chaque matin, à la vue de cette cicatrice, ajouta-t-il sans la toucher cette fois, je pense à la douleur. À la mienne. À la leur, surtout. Mais elle me rappelle avant tout la guérison. La bonté qui nous entoure. *Et chaque jour nous sommes exposés à la Bonté. Même dans les salons, au milieu des ratés.* Il est tellement facile de s'enliser dans la cruauté du monde. C'est naturel. Mais, pour guérir, on doit aussi savoir reconnaître la bonté.

— Nous n'y sommes pour rien, lança Jacques.

— Ce n'est pas ce que je veux dire. Et je pense que vous le savez.

— Pourquoi devrions-nous vous faire confiance ? demanda Jacques. Trois agents sont morts à cause de vous. J'ai vu la bande vidéo. J'ai vu ce qui est arrivé. Et j'ai aussi constaté qu'on a fait de vous un héros.

Gamache crispa les mâchoires, ses muscles agités de spasmes.

Beauvoir gigota, mais ne dit rien.

— C'est un piège, dit Jacques aux autres. Il essaie de nous faire avouer des choses qui nous discréditeront. Nous devons nous serrer les coudes. Ne lui dites rien.

— Rien ne vous oblige à vous confier à moi, confirma Gamache. C'est comme vous voulez.

Il s'arrêta, leur laissa le temps de réfléchir.

— Quand est-ce que tout a débuté ?

Il avait adressé la question à Jacques et à Huifen. Qui restèrent muets.

Il se tourna ensuite vers les deux autres.

Nathaniel ouvrit la bouche, mais, à un son produit par Huifen, il la referma. Ce fut Amelia qui finit par prendre la parole.

— Quand j'ai refusé de coucher avec lui, il a décidé de me baiser par tous les autres moyens possibles, se hâta-t-elle de dire avant de changer d'idée. Si je refusais, il me ferait mettre à la porte. Il a dit que vous n'aviez jamais voulu de moi à l'école et qu'il avait dû se battre pour me garder. Si je refusais, il vous laisserait m'expulser.

Gamache écouta et hocha la tête.

— Vous l'avez cru, évidemment. Pourquoi ne l'auriez-vous pas cru ?

— Je ne le croyais pas, répliqua Amelia. Je savais que c'était un minable. Et vous sembliez si…, commença-t-elle en cherchant le mot. Si bon.

Ils se regardèrent pendant un moment d'intimité presque pénible. Jean-Guy eut l'impression qu'il aurait dû détourner les yeux, mais il n'en fit rien.

Il savait ce que contenait cette boîte. Et ce que signifiait le regard de Gamache. Et il savait aussi qu'Amelia

Choquet n'avait presque certainement aucune idée de celle qu'elle était.

De celui qu'Armand Gamache était.

— Mais je ne vous ai pas cru capable de lui tenir tête, admit-elle. Je ne pouvais pas courir ce risque. Vous l'aviez gardé, après tout.

Il s'agissait non pas d'un coup mortel, mais d'une simple explication. Jean-Guy, cependant, vit quelle hémorragie interne ces mots avaient causée. Gamache était réduit au silence.

— Nous avions confiance en vous, monsieur, dit Huifen. Nous avons cru que ça s'arrêterait, après votre arrivée, mais la situation a empiré.

Jean-Guy avait le sentiment d'entendre le cœur de Gamache battre dans sa poitrine, s'attendait à le voir exploser d'un instant à l'autre.

— J'ai commis une terrible erreur, dit le commandant. Et vous avez tous payé un lourd prix. Je vais faire l'impossible pour me racheter.

Et puis on entendit un autre son. Totalement inattendu.

Un rire.

— Le Duc avait raison, dit Jacques. Vous êtes un faible.

Un grognement méprisant succéda au rire.

— Leduc m'a rendu plus fort. À mon arrivée, j'étais encore un enfant. Mou, gâté. Il m'a endurci. Il a fait de moi un agent de la Sûreté. Il a dit que je n'aurais plus jamais peur de rien et il avait raison. Il choisissait les agents les plus prometteurs et les blindait.

— Tu as tort, dit Huifen. Il choisissait ceux qui le menaçaient. Les plus indépendants d'esprit. Ceux qui avaient assez de cran pour s'opposer à ses enseignements.

Tu te souviens de celui que tu étais en arrivant à l'école ? Moi, oui. Tu n'étais ni mou ni gâté. Leduc t'a dit que tu l'étais, mais c'était faux. Tu étais drôle, intelligent, enthousiaste. Et tu voulais apporter une contribution, faire du bien.

— J'étais un enfant.

— Tu étais bon, insista Huifen. Regarde-toi, maintenant. Regarde-moi. Il nous a choisis. Et il nous a brisés.

— Je ne suis pas brisé, dit Jacques. Je suis plus fort que jamais.

— "Les choses sont plus solides à l'endroit où elles ont été cassées", récita Amelia. N'est-ce pas, monsieur ? Vous avez écrit cette phrase au tableau noir, la première semaine.

— Oui, pourvu qu'on leur laisse le temps de se réparer, confirma Gamache.

— Trois ans.

Ils se tournèrent vers Huifen. Elle avait prononcé les mots sur un ton neutre. Soumis un rapport à son commandant.

— Tout a commencé dès le premier mois. On ne savait jamais quand l'appel viendrait. Nous devions nous rendre chez Leduc. Nous étions parfois seuls avec lui, mais, le plus souvent, il y avait d'autres personnes.

— Que se passait-il ? demanda Gamache.

Visiblement, il ne voulait rien entendre, mais il n'avait pas le choix.

— Il sortait son revolver, expliqua-t-elle. Il avait élaboré tout un rituel. Il posait l'arme sur un plateau où était gravée la devise de la Sûreté. Il chargeait l'un de nous de l'apporter au salon.

— C'était un honneur, marmotta Nathaniel.

— L'honneur le plus grand était réservé à l'étudiant choisi pour apporter le plateau suivant, enchaîna Huifen. Celui sur lequel se trouvait la balle.

— On tirait au sort, expliqua Nathaniel. Celui qui obtenait la plus longue paille l'emportait.

Il fut pris d'un fou rire irrépressible. Il semblait au bord de l'hystérie. Amelia lui toucha le bras. Le rasséréna.

— J'ai gagné, poursuivit-il d'une voix à peine audible. Trois fois.

Il se redressa et regarda Gamache droit dans les yeux. D'un air de défi.

— Trois fois, j'ai dû insérer cette balle dans la chambre. Et faire tourner le barillet…

Quand Nathaniel se révéla incapable de poursuivre, Huifen prit le relais.

— Et soulever le revolver, fit-elle en posant l'index sur sa tempe comme s'il s'agissait d'une arme de poing.

Ce fut à son tour de ne plus pouvoir parler et à Amelia de continuer.

— Et appuyer sur la détente, dit-elle doucement.

— Trois fois, murmura Nathaniel.

— Deux fois, dit Amelia en soulevant le menton, les lèvres pincées.

Huifen et Jacques ne dirent rien. Horrifié, Gamache comprit qu'ils avaient perdu le compte.

— Vous avez été très courageux, dit Gamache en soutenant leurs regards avec un brin de folie dans les yeux.

— Si j'étais brave, déclara Nathaniel, j'aurais refusé de jouer.

Gamache secoua la tête avec véhémence.

— Non. Vous n'aviez pas le choix. Assis ici, dans la sécurité de cette chapelle, vous pensez que oui, mais c'est faux. Le lâche, c'était Serge Leduc.

— La dernière fois, dit Nathaniel en fixant Gamache, les yeux grands ouverts et des larmes ruisselant sur ses joues, j'ai prié pour que le coup parte. J'ai mouillé mon pantalon.

On l'entendait à peine.

Armand Gamache se leva et attira le jeune contre lui, le serra fort pendant qu'il sanglotait.

Brisé. Mais, à présent, peut-être, en voie de guérir.

Un léger bruit se fit entendre derrière Beauvoir et, en se retournant, il vit Paul Gélinas refermer la porte de la chapelle.

L'agent de la GRC se porta à la hauteur de Beauvoir.

— Il les faisait jouer à la roulette russe ? demanda Gélinas.

— C'était un monstre, répondit Beauvoir.

Gélinas hocha la tête.

— Quelqu'un l'a enfin arrêté. Et nous savons maintenant pourquoi. Voilà le morceau du casse-tête qui nous manquait. Le mobile. Serge Leduc a été abattu d'une balle au cerveau. Et nous savons que le meurtrier est ici, entre ces murs. Qu'importe si la victime méritait son sort : un meurtre est un meurtre.

Paul Gélinas eut au moins la décence de sembler attristé à l'idée d'arrêter une personne qui avait fait passer un monstre de vie à trépas.

— C'était peut-être de la légitime défense, dit Beauvoir. Ou encore un accident. Il est possible que Leduc ait tiré lui-même.

— Il était du genre à courir un tel risque, vous pensez ? À plaquer une arme sur sa tempe et à appuyer sur la détente, comme il a obligé ces étudiants à le faire ? À jouer à la roulette russe ?

— Non, admit Beauvoir.

— Non. Et il n'avait pas de résidus de tir sur les mains. Quelqu'un lui a tiré dessus. Quelqu'un qui connaissait l'existence du revolver et du jeu. Et a voulu y mettre un terme.

— Le commandant n'était pas au courant.

— Il a peut-être découvert le pot aux roses le soir même, dit Gélinas. Il s'est rendu chez Leduc dans l'intention de l'affronter. Et il l'a tué.

Gélinas se leva, se signa et se pencha pour parler à l'oreille de Beauvoir.

— Par égard pour M. Gamache, je ne vais pas l'arrêter ici. Disons qu'il s'agit de son sanctuaire. Nous rentrons à l'école de police ce matin. Soyez prêt. Je vais obtenir un mandat d'arrestation. Puis je viendrai le chercher.

— Vous commettez une erreur, dit Beauvoir. Ce n'est pas lui qui a tué Leduc.

— Vous trouvez vraiment qu'il a l'air d'un homme qui n'a pas des idées de meurtre ?

D'un geste, il désigna le commandant Gamache, à l'avant de la chapelle, entouré par les étudiants.

L'officier de la GRC se redressa.

— Votre beau-père aime la poésie. La mort du Duc s'est révélée presque poétique, non ? Sachant ce que nous savons maintenant. Une balle au cerveau. *Fétu soumis à votre sort ingrat.*

Jean-Guy, qui observait les étudiants et Armand à l'avant de la chapelle, entendit la porte se refermer avec un déclic.

Les événements passés n'avaient rien de poétique. Pas plus, du reste, que ceux qui s'annonçaient.

40

Debout au fond de la salle, le commandant Gamache assista à la fin du cours d'Hugo Charpentier.

Il s'adressait à des étudiants de troisième année, ceux qui, possédant déjà les bases, étaient passés au niveau supérieur, critique.

Tactiques de pointe.

Gamache vit Charpentier, qui suait à profusion, expliquer qu'il ne fallait pas ramener les tactiques au simple fait de s'assurer le meilleur angle de tir.

— Si c'est ce que vous faites, dit-il, vous avez déjà échoué. Un bon tacticien en arrive rarement là. Il s'agit plutôt de manipuler, d'anticiper. De surpasser votre adversaire du point de vue intellectuel. De prévoir ses mouvements avant même qu'il bouge. Et de les circonscrire. Il s'agit de le guider, de le forcer à faire ce que vous voulez, sans qu'il s'en aperçoive. Que votre adversaire soit un caïd de la mafia, un banquier ou un tueur en série.

Se tournant vers le vaste tableau noir, Charpentier écrivit : "Votre cerveau est votre meilleure arme."

Il se tourna de nouveau vers les étudiants.

— N'importe quel idiot peut se servir d'une arme. Se

servir de sa tête, en revanche, exige des habiletés, de la patience et beaucoup de sang-froid.

Une main se leva.

— Oui, Montreaux ?

— Est-ce un idiot qui a tué Leduc ?

— Vous soulevez une question intéressante. Qu'en pensez-vous ?

— Je pense que le tueur n'était pas un parfait idiot. Sinon, les enquêteurs l'auraient déjà arrêté.

— Bonne observation, admit Charpentier. Je m'efforce de faire de vous des agents de la Sûreté, et non des tueurs. Les meurtriers, naturellement, doivent se servir d'une arme. Mais ceux qui s'en sortent le mieux commencent par utiliser leurs neurones.

— À votre avis, c'est ce qu'a fait le meurtrier de Serge Leduc, monsieur Charpentier ?

Les étudiants se retournèrent, surpris par la voix venue du fond de la salle.

Hugo Charpentier sourit.

— Oui, commandant. À mon avis, tout a débuté par une idée qui a donné naissance à un plan. Et ce plan, à maturité, s'est soldé par une action. Une bonne action.

— Bonne ?

— Peut-être pas au sens judiciaire ou moral, répondit Charpentier, mais il a respecté les critères.

— Les critères de quoi, au juste ? D'un bon tacticien ? demanda Gamache, qui se tenait toujours derrière les étudiants.

— D'un grand tacticien.

— À quel point de vue ?

— Je veux parler de la simplicité du crime. De l'apparente simplicité de la scène de crime.

— Apparente ?

— Eh bien, oui. Un examen minutieux révèle l'organisation en profondeur des preuves. Que l'assassin a disposées avec soin, couche après couche.

— Dans le but de détourner l'attention ?

— De l'attirer, au contraire. À la façon d'un chien de berger qui vous mordille les talons, inspecteur-chef.

— Commandant, désormais, lui rappela Gamache.

— Autrefois chef de la section des homicides…

Charpentier laissa les mots en suspens.

— Et autrefois grand tacticien…, répliqua Gamache. Je peux vous dire un mot ?

Charpentier consulta l'horloge au-dessus de la porte.

— Demain, nous ferons un nouveau test sur le terrain, rappela-t-il aux étudiants en circulant parmi eux dans son fauteuil roulant. Retour dans l'usine. Tout recours à la violence doit être mesuré. Servez-vous de vos notions tactiques et surtout de votre capacité de réflexion, même au milieu des balles. Aussitôt que la situation sombre dans le chaos, dans la panique, vous êtes condamné. Vous êtes mort. Maîtrisez-vous et vous maîtriserez la situation. Je suis bien obligé de constater que, jusqu'à maintenant, vous avez échoué à tous les coups. J'en suis stupéfait. Vous vous êtes chaque fois fait descendre. Nous avons passé en revue les lacunes de vos dernières tentatives. Il vous reste une journée pour élaborer un meilleur plan. Vous pouvez disposer.

— Oui, monsieur, répondirent les étudiants d'une seule voix, tandis que les pieds de leurs chaises raclaient bruyamment le sol.

Les étudiants, cependant, ne voulaient pas s'en aller. Ils s'attardèrent, tandis que Charpentier s'avançait vers Gamache, attendant de voir ce que les deux hommes se diraient.

— Ouste, fit Charpentier.

Ils obéirent.

Armand Gamache et Hugo Charpentier restèrent seuls.

— Où est le commandant Gamache ? demanda Gélinas en entrant dans la salle de conférences de l'école de police.

— Il avait du travail, répondit Lacoste. Il sera bientôt de retour.

— Dites-moi où il est, je vous prie.

Paul Gélinas se tenait bien droit, son attitude et son ton cérémonieux. Derrière lui se campaient deux jeunes colosses de la Sûreté. Des diplômés de fraîche date. Leur suffisance, sinon leur jeune âge, renseigna Lacoste sur ce plan.

Quittant sa chaise au bout de la table de conférence, elle s'approcha de l'officier de la GRC.

— Je peux vous aider ?

— Vous savez ce qui m'amène, répondit-il, non sans affabilité. J'ai préféré ne pas humilier M. Gamache devant ses amis et sa famille.

— Il ne se laisse pas facilement humilier, répondit Lacoste.

Pourtant, elle avait blêmi et sentait un picotement dans ses mains. Comme chaque fois qu'elle s'aventurait en terrain dangereux.

— J'ai attendu qu'il ait quitté Three Pines, dit Gélinas. Par respect professionnel. Et parce qu'il a rendu au monde un fier service.

— En tuant Serge Leduc ? demanda-t-elle.

— Oui.

— Vous venez arrêter M. Gamache ?

— Oui.

Puis il baissa le ton pour éviter que les agents campés derrière lui n'entendent la suite.

— Et si vous ne me dites pas où il est, je vais devoir vous faire arrêter, vous aussi, inspectrice-chef.

Isabelle Lacoste hocha lentement la tête et avança la lèvre supérieure, perdue dans ses pensées. Puis elle retourna à sa place, saisit son ordinateur portable, appuya sur quelques touches et revint vers lui.

— Avant de partir à son rendez-vous, ce matin, M. Gamache est passé me voir pour s'excuser d'avoir agi dans mon dos en vous invitant à prendre part à l'enquête.

— Vous n'étiez pas au courant ?

— Non. Il s'est adressé à la directrice générale Brunel, qui a pris les dispositions nécessaires. M. Gamache m'a tout expliqué par la suite. Il avait appris que vous étiez en visite au quartier général de la GRC à Montréal et l'occasion lui a semblé trop belle.

— Pour me confier un mandat d'observateur indépendant.

— Pour nous avoir à l'œil, oui. Mais surtout pour vous avoir à l'œil, vous.

— Pardon ?

Lacoste tourna l'ordinateur vers lui et les yeux de

Gélinas s'agrandirent, juste un peu, et ses lèvres se comprimèrent, juste un peu.

Il recula d'un tout petit pas, prit ses distances d'elle et du portable.

— Dites au commandant Gamache de passer me voir dès son retour. Je serai chez moi. Il a beaucoup d'explications à fournir.

— Vous aussi, monsieur.

Lentement, elle referma l'écran de l'ordinateur.

— Depuis quand étiez-vous au courant ? demanda Gamache à Charpentier.

Il s'était assis et les deux hommes se regardaient droit dans les yeux.

— Depuis peu. En fait, je ne sais rien, encore aujourd'hui, hormis ce que j'ai réussi à déduire.

— Deviner, vous voulez dire ?

Il vit le jeune homme en sueur esquisser un sourire.

— Vos actions, monsieur, n'avaient aucun sens, répondit Charpentier. En particulier au sujet du commissaire adjoint Gélinas. Jusqu'à ce que je prenne en compte une possibilité. Qui est devenue une probabilité. Et, à terme, une certitude. Tout s'est alors éclairé d'un coup.

— Je vous écoute.

— Serge Leduc était pourri, corrompu. Il était beaucoup plus que ça, naturellement, mais concentrons-nous sur ce que vous saviez en arrivant.

Gamache hocha la tête.

— Leduc a profité de la construction de l'école pour détourner des millions à son profit. Il a accepté des pots-de-vin et des dessous-de-table de la part des entrepreneurs, dit Charpentier. De sorte que les normes de construction n'ont peut-être pas été respectées.

— Oui, nous faisons inspecter l'immeuble, dit Gamache.

— Très bonne idée. Mais vous aviez un gros problème sur les bras. Vous disposiez d'une tonne de documents compromettants, mais l'arme du crime, si j'ose dire, vous faisait défaut. Vous deviez trouver des preuves irréfutables. Vous deviez trouver l'argent.

— Il est vrai qu'il aurait aidé notre cause.

— Il vous aurait permis de coincer Leduc. Et il le savait. Au début, il a pu croire que vous aviez accepté de diriger l'école de police pour y rétablir l'ordre…

— C'était ma principale motivation, soit dit en toute justice.

— Oui, mais, en même temps, vous vous étiez donné pour tâche de recueillir assez de preuves pour faire arrêter Leduc. Le mettre hors d'état de nuire. Leduc n'a pas tardé à comprendre vos intentions.

— Je l'ai prévenu moi-même.

— C'est ainsi qu'a débuté une sorte de jeu du chat et de la souris, continua Charpentier. Leduc était futé, mais pas brillant. Contre vous, il n'était pas à la hauteur, et il en était conscient. Il a dû sentir votre souffle dans son cou. Désespéré, il a commis une grosse erreur.

— Il a communiqué avec son complice, dit Gamache en épiant Charpentier. Son complice éminemment silencieux. Le véritable architecte de tout ce stratagème. L'homme qui savait où et comment dissimuler le magot.

Ce fut au tour de Charpentier d'observer Gamache attentivement.

— Alors je me suis posé la question, enchaîna Gamache. Où est-il, ce complice ? Où a-t-il été, pendant tout ce temps ? À l'école de police ? Peu probable. À la Sûreté ? Possible, mais, là encore, peu probable. On avait éliminé la pourriture. Alors où ? Une seule réponse s'imposait. Loin. À l'abri des soupçons.

— Oui.

Charpentier sourit et fit avancer et reculer son fauteuil de quelques centimètres. Par agitation. Ou par excitation.

— Mais dès qu'il a contrevenu à la règle cardinale en communiquant avec ce complice, il y a quelques mois, Leduc lui-même est devenu la cible, dit Gamache. Un problème à supprimer. Son complice est revenu et a pris tout le monde par surprise en acceptant un poste.

Charpentier immobilisa son fauteuil.

— Où est Jacques ? demanda Huifen.

— Je ne sais pas, répondit Nathaniel.

Il se tourna vers Amelia, qui fronça les sourcils et haussa les épaules.

— Il n'était pas avec toi en classe ? demanda-t-elle.

Les quatre étudiants étaient rentrés à l'école de police en voiture, après leur conversation avec Gamache dans la chapelle.

— Le commandant Gamache est venu parler avec Charpentier et nous avons terminé de bonne heure. Je devais retrouver Jacques ici. Il n'est pas venu ?

Huifen balaya la salle d'études des yeux. Assis aux longues tables, quelques apprentis policiers lisaient ou tapaient sur leur tablette. Aucune trace de Jacques, cependant.

— Il sera bientôt là, dit Amelia. Ne t'inquiète pas.

— Pourquoi Gamache est-il venu voir Charpentier ? demanda Huifen. De quoi voulait-il lui parler ? De nous ?

— Pourquoi lui parlerait-il de nous ? demanda Amelia.

Huifen s'assit et se releva aussitôt.

— Qu'est-ce qu'il y a ? demanda Amelia.

À la vue du visage d'Huifen, elle se leva à son tour. Nathaniel aussi.

— Qu'est-ce qui ne va pas ? demanda-t-il.

— Vous en savez plus long que vous le dites, déclara Gamache.

— Ça vaut mieux que d'en savoir moins, non ? demanda Charpentier.

— Le moment est venu de tout me raconter, Hugo.

Le jeune professeur hocha la tête.

— Je suis d'accord. J'ai commencé à me demander ce que vous saviez vraiment quand vous avez omis de parler des quatre étudiants au commissaire adjoint Gélinas. Vous avez dit à l'inspecteur Beauvoir et à l'inspectrice-chef Lacoste qu'ils avaient été emmenés à Three Pines, mais pas à lui. Pour moi, il y avait une seule explication possible. Vous vous méfiiez de lui. Et pourtant, il était là à votre invitation. Pour arriver à vos fins, vous aviez même agi à l'insu de Lacoste. Ça ne vous ressemblait pas. Je me suis dit que vous deviez avoir de très bonnes raisons. Vous avez cru que le commissaire adjoint Gélinas était le complice de Leduc. Son complice très silencieux, son complice très supérieur.

— Bien joué, concéda Gamache. Vous en savez beaucoup. C'est étonnant.

— Pas vraiment étonnant. Vous devriez me connaître, à présent, monsieur. C'est vous qui m'avez recruté.

— Et c'est Michel Brébeuf qui vous a formé.

— À votre suggestion.

— Oui. Nous avons tous nos points forts et nos points faibles. Michel a une grande qualité : c'est un maître tacticien. Talent qui lui a permis d'échapper aux soupçons pendant très longtemps. Et il vous a formé. Bien formé.

Soudain, Charpentier sembla sur ses gardes.

— Il y a, bien sûr, une autre possibilité, dit Gamache. Pourquoi ai-je nommément invité le commissaire adjoint Gélinas à titre d'observateur indépendant ? Certes, je le soupçonnais d'être…

— Mais peut-être pas, au fond, dit Charpentier en voyant où Gamache voulait en venir. Peut-être Gélinas n'était-il pas celui que vous aviez à l'œil. Une baleine de plus, en somme. Une manœuvre de diversion ambitieuse, mais un peu grossière. Si quelqu'un avait des soupçons, vous vouliez qu'ils se reportent sur le haut gradé de la GRC. Un homme qui avait passé du temps en Europe. Qui avait eu accès à des comptes bancaires secrets en Suisse. Votre véritable cible, croyant que vous vous concentriez sur Gélinas, baisserait sa garde.

— Vous me croyez donc capable de tels calculs ?

— Je sais que vous l'êtes, patron. Je vous ai vu à l'œuvre dans le nid de vipères de la Sûreté. On ne survit pas aussi longtemps que vous sans une bonne dose de ruse.

— Vous êtes bien placé pour le savoir, dit Gamache.

Et Charpentier s'empourpra légèrement, ne sachant trop s'il s'agissait d'un compliment ou d'une accusation.

— Mais j'ai démissionné, lui rappela Gamache. Vous vous souvenez ? Épuisement professionnel.

— Et là, vous êtes de retour. Vous renaissez de vos cendres. Assoiffé de vengeance.

— Non, dit Gamache en secouant la tête. Pas de vengeance. Jamais.

— *Service, intégrité, justice*, récita Charpentier. Malgré ce qui vous est arrivé ?

— À cause de ce qui m'est arrivé. On y croit ou on n'y croit pas, non ?

— Que faites-vous ici ? demanda Charpentier.

— Dans cette pièce ? Je suis simplement venu vous parler.

Hugo Charpentier jeta un coup d'œil à la porte et s'extirpa avec effort de son fauteuil roulant.

— Que se passe-t-il, là-bas ?

— Rien qui vous concerne, Hugo. Rasseyez-vous, je vous prie.

Charpentier jeta un autre coup d'œil à la porte et obéit.

— Encore un détournement d'attention, monsieur ?

— Tout dépend de la direction prise, dit Gamache. Je ne suis pas là pour vous parler de la corruption de Serge Leduc. Je suis là pour vous parler de son meurtre.

— Les deux sont liés, non ?

— La corruption de Serge Leduc allait bien au-delà de la déontologie. Bien au-delà de l'argent. Il était corrompu, tordu, perverti jusqu'au plus profond de son être.

Gamache, se penchant, envahit la bulle de Charpentier. Et chuchota :

— *Il les fit pleurer avant de mourir.* Quelqu'un savait. Et ce quelqu'un l'a tué pour cette raison.

— Vous pensez que le commandant va en parler à tout le monde ? demanda Huifen. De ce que nous avons fait, je veux dire ?

— Qu'est-ce que ça changerait ? répliqua Amelia.

— Pour toi, rien, peut-être, fit Huifen. On te considère déjà comme une marginale. Mais, pour Jacques, c'est différent.

— Pourquoi ?

— Tu ne comprends pas, dit Huifen. Tu ne peux pas comprendre. Tout ce qui compte pour lui, c'est qu'on l'admire. Qu'on le considère comme un leader fort. Un héros.

— Le président des étudiants, dit Nathaniel.

— Oui. Si les autres venaient à savoir que nous avons accepté le jeu de Leduc, il serait humilié. Personne ne comprendrait. On nous prendrait pour des faibles, des idiots. On nous regarderait comme des bêtes de cirque. Jacques préférerait encore crever.

— Tu plaisantes ? demanda Nathaniel. C'est une simple figure de style ?

— Leduc, ce salaud, avait vu clair en Jacques, dit Huifen en sortant à grands pas de la salle d'études. Il a alimenté ce besoin chez Jacques et l'a retourné contre lui. Jusqu'à ce que Jacques accepte de faire n'importe quoi pour rester sur ce piédestal. Les quatre volontés de Leduc, en somme.

— Tu le détestais ? fit Amelia en courant presque pour ne pas se laisser distancer. Leduc, je veux dire ?

— Bien sûr que oui. Comme toi. Les sentiments de Jacques étaient plus ambigus.

Nathaniel les rattrapa et, en les saisissant par le bras, les força à s'arrêter. Les couloirs grouillaient d'étudiants qui allaient d'une salle de classe à la suivante.

— Comment ? Dis-nous.

— C'était facile à voir, non ? demanda Huifen. Jacques et le Duc étaient proches.

— Oui, nous sommes au courant.

— Non, je veux dire très proches. Comme père et fils. Jacques croyait dur comme fer tout ce que le Duc lui racontait. Il acceptait tout ce qu'il disait, tout ce qu'il faisait, croyait Leduc quand il lui disait que c'était pour son bien. Il avait une confiance aveugle en lui.

— Quel genre de père traite son fils de cette façon ? demanda Nathaniel.

— L'obliger à mettre un revolver sur sa tempe et à appuyer sur la détente ? demanda Huifen. Pour Leduc, il n'a jamais été question d'amour. Tout ce qui l'intéressait, c'était le pouvoir. Vous y avez eu droit pendant quelques mois. Jacques, trois ans.

— Comme toi, souligna Amelia.

— Croyez-moi, je suis détraquée, mais moins que Jacques. J'ai toujours considéré le Duc comme un cinglé, rien de plus. J'étais coincée. Jacques, lui, était là par choix. Pas au début, mais, dès la deuxième année, Leduc pouvait lui faire faire n'importe quoi. S'il avait ordonné à Jacques de tuer un autre étudiant, il l'aurait probablement fait.

— Tu crois vraiment ça ? demanda Amelia.

Huifen pinça les lèvres et hocha la tête.

— Et maintenant que le Duc n'est plus là ? insista Amelia.

Mais elle connaissait déjà la réponse.

Jacques était sans direction, sans gouvernail. Plus personne ne tenait la barre. Et Jacques était perdu.

— J'aurais tellement aimé que vous le connaissiez avant. Il était…

Huifen chercha le bon mot.

— Brillant. Intelligent et drôle. Gentil. Un leader naturel. Le Duc l'a compris et s'est arrangé pour le détruire. Parce qu'il le pouvait.

Huifen avait parlé avec tant de venin que les deux autres échangèrent des regards.

41

— Entre donc, dit Brébeuf en s'écartant pour laisser passer le visiteur.

— Tu n'as pas l'air étonné de me voir, Michel, dit Gamache.

Il était venu tout de suite après avoir discuté avec Charpentier, le protégé de Michel Brébeuf et peut-être sa plus belle réussite.

— Je ne t'attendais pas, mais je ne suis pas vraiment surpris non plus, dit Brébeuf en désignant le salon.

Armand Gamache parcourut la petite pièce des yeux, notant rapidement les détails. Michel était arrivé à l'école de police depuis des mois. Pourtant, c'était la première fois qu'Armand mettait les pieds dans son appartement.

Il fut étonné par le nombre d'objets qu'il reconnaissait. Des photos de famille encadrées. Deux tableaux autrefois accrochés chez les Brébeuf.

Michel avait aussi apporté son fauteuil favori. Qu'il proposa à Armand. Celui-ci s'y installa et Brébeuf s'assit en face.

— Qu'est-ce que je peux faire pour toi, Armand ?

— Tu dois bien te douter que j'ai fini par comprendre.

— Ah, soupira Brébeuf. C'est donc ça.

Il parvint à esquisser un petit sourire un brin mélancolique et étudia son invité.

— Il se peut que je t'aie toujours sous-estimé, Armand. Je t'aimais et je t'admirais, mais une partie de moi t'a peut-être toujours considéré comme un petit garçon. C'est drôle, non ? Après tout ce que nous avons traversé ensemble… Je t'ai vu partir pour Cambridge, te marier, avoir des enfants, te hisser jusqu'aux plus hauts échelons de la Sûreté et, malgré tout, tu as toujours été pour moi le garçon qui a perdu ses parents. Le garçon que je devais protéger.

— Tu m'as trahi, Michel. Il y a des années. J'ai failli me faire tuer à cause de toi.

— Ce n'était pas mon intention.

— Ah bon ? Le maître tacticien n'aurait rien vu venir ?

— J'ai commis une erreur, admit Brébeuf.

— Et tuer Leduc, c'était aussi une erreur ?

Brébeuf secoua lentement la tête sans jamais détacher les yeux de ceux d'Armand.

— Non. Tout le contraire. J'ai su que ce dénouement était inévitable dès mon arrivée, ou presque. Quand j'ai compris deux choses.

— Oui ?

Gamache avait conscience d'être manipulé, mené en bateau. Guidé ou égaré, aurait dit Charpentier. Mais il fallait qu'il sache.

— Serge Leduc était stupide, dit Brébeuf. Un homme motivé par un ego démesuré. Mais il était puissant, il faut bien le reconnaître. Et doté d'une personnalité charismatique. Stupidité et puissance forment une combinaison dangereuse, comme nous l'avons constaté à maintes reprises, n'est-ce pas, Armand ? En particulier pour les personnes jeunes et vulnérables. S'il n'avait pas joint les rangs de la Sûreté et abouti ici, il aurait fait un bon gourou. D'ailleurs, il avait fait de l'école une sorte de secte.

Gamache tendait l'oreille, mais sans hocher la tête. Sans approuver ni désapprouver. Il s'efforçait de se dissocier de Brébeuf, tout en l'écoutant attentivement.

— Après cette réception organisée chez toi, le soir de mon arrivée, Serge Leduc a décidé de faire de moi son meilleur ami. Il a cru que nous étions unis par notre haine pour toi, que c'était un trait que nous avions en commun. Il ne se doutait pas de la profondeur de mon affection pour toi.

Michel Brébeuf posa sur Gamache un regard d'une tendresse sans fard.

“Mais, se demanda Armand, que cache cette tendresse ? Qu'est-ce qui grouille et agite la queue dans ces profondeurs ?”

— Et pourtant, tu as passé pas mal de temps avec Leduc. Parce que tu te sentais seul. C'est toi-même qui l'as dit.

— En partie, admit Brébeuf. Et j'ai peut-être aussi été séduit par le respect qu'il me manifestait. Ça ne m'était pas arrivé depuis très longtemps.

Brébeuf eut le sourire espiègle si familier. Cet homme était la personne que Gamache connaissait depuis le plus longtemps. Cette personne qu'il avait aimée, enfant et homme, pendant des décennies.

Et, malgré tout ce qui s'était passé entre eux, il sentait toujours cet élan. Comme si Michel s'était mêlé à son

ADN. Les événements de l'enfance s'y étaient en quelque sorte greffés. Les pertes, mais aussi les rires et l'hilarité, la liberté exubérante, l'amitié. L'amitié. Des frères d'armes. À l'assaut du château.

Pour un peu, il aurait pleuré à la vue de ce sourire.

— Que s'est-il passé, Michel ?

— Le premier soir, Leduc m'a invité chez lui. Après quelques verres de trop, il a sorti son revolver.

En réalité, Armand l'interrogeait sur leur amitié. Sur le lieu et le moment où Michel lui avait tourné le dos. Les causes de sa désaffection. Le moment où, du haut des remparts, il était tombé dans les ténèbres.

Il avait eu droit à une réponse toute différente.

— Il m'a parlé de ce qu'il faisait avec cette arme, dit Michel. J'ai honte de beaucoup de choses que j'ai faites. Des choses qui ne peuvent pas être pardonnées et ne doivent pas l'être. Mais la confession de Leduc, ce soir-là, m'a choqué et écœuré, moi qui en ai tant vu… C'est tout dire.

Le regard de Brébeuf dériva vers la porte, derrière Gamache et au-dessus de sa tête. Ses yeux se posèrent sur un objet et Michel sourit soudain, comme s'il venait d'avoir une surprise agréable. Il le montra d'un geste.

Armand essaya de se retenir, mais sa tête se retourna, ses yeux se levèrent.

Au-dessus de la porte était accroché un petit cadre. Qui contenait ce qui aurait pu passer pour une rose stylisée. Ce n'en était pas une.

Gamache reconnut aussitôt l'objet. Il en avait fait cadeau à Michel des années, des décennies plus tôt.

À l'époque où c'était son bien le plus cher.

Un mouchoir. Que la mère d'Armand avait offert à son mari pour Noël.

Il se souvenait de l'avoir vue broder les initiales, HG, dans le coin de chaque mouchoir. Zora lui avait proposé un coup de main. Sa mère l'avait remerciée, mais elle avait refusé son aide. Elle tenait à le faire elle-même. Pas parce que c'était facile, tout au contraire. Elle n'était pas naturellement douée pour la broderie. Les initiales HG étaient donc un peu déformées. Elles n'avaient de sens que pour qui connaissait leur histoire.

Dans certains cas, on lisait quelque chose comme H6. Dans d'autres, on aurait plutôt dit #Q. Sur certains mouchoirs, on voyait de petits points rouges. Du sang, là où Amelia s'était piqué le doigt.

Mais tous disaient la même chose, à condition de savoir les décoder.

HG, Honoré Gamache, était aimé. Par Amelia.

Son père avait eu un de ces mouchoirs dans sa poche à chaque jour de sa vie.

Le lendemain du jour où ils étaient morts, Armand était entré dans leur chambre. Leur parfum, leur présence étaient presque insupportables. Les vêtements. Le livre. Le signet. Le réveille-matin, qui faisait encore tic-tac. Ce détail lui avait semblé étrange. Il aurait pourtant dû s'arrêter, non ?

Et là, sur la commode, un mouchoir propre, prêt pour une journée qui ne viendrait jamais.

Il l'avait glissé dans sa poche. Et gardé sur lui en permanence.

Jusqu'au jour où, pendant qu'ils jouaient au roi du château, Michel était tombé et s'était ouvert le genou.

Armand avait sorti le mouchoir de sa poche et l'avait pressé sur la blessure. Quand la plaie avait cessé de saigner, il avait regardé le genou, puis Michel, qui essuyait ses larmes avec la manche de son chandail.

Prenant son canif, Armand avait fait une toute petite entaille sur son doigt, et Michel, le souffle coupé, ses sanglots oubliés, avait vu Armand essuyer son doigt avec le mouchoir imbibé de sang.

Ce jour-là, ils étaient devenus plus que des frères d'armes.

— Frères de sang, avait déclaré Armand en offrant le mouchoir à Michel.

Qui l'avait accepté. Et conservé. Pendant toutes ces années.

Et à présent, toute une vie plus tard, il était revenu, ce mouchoir. La *mappa mundi* d'Armand. La carte de son monde. Le banal et le sublime, fusionnés.

Le sang avait formé une sorte de motif de rose qui empiétait sur le monogramme dans le coin.

Armand détourna les yeux et croisa le regard de Michel.

— Je suis bien des choses, déclara Michel. Mais je ne suis pas un assassin.

— Qui a tué Serge Leduc, dans ce cas ?

Devant la fenêtre, Paul Gélinas contemplait les champs. Quelques mois plus tôt, à Paris, il avait eu le jardin des Tuileries sous les yeux. Il avait admiré les ruines médiévales du Luxembourg. Il s'était tenu sur le pont des Soupirs, à Venise.

À présent, il balayait du regard cette plaine sans fin, sans vie.

— “Laissons-le s’envoler”, chantonna-t-il tout bas.

En lui montrant son ordinateur, Lacoste lui avait montré son destin. Son avenir stérile.

Et, en ce moment, il attendait qu’on cogne à la porte.

— Je n’ai rien fait, dit Huifen en se hâtant dans le couloir. J’aurais dû, mais… C’est pour Jacques que je m’inquiète.

— Qu’est-ce qu’il a fait ? demanda Nathaniel en courant à côté d’elle.

— C’est ce qu’il s’apprête à faire qui me préoccupe.

— Où allons-nous ? demanda Amelia. Attends. On doit mettre au point un plan. On ne peut pas juste le chercher comme ça, au hasard.

— J’ai un plan, dit Huifen en regardant droit devant elle.

Elle courait presque.

— Je crois savoir où il est.

— Où ça ?

— L’usine. La réplique.

— Merde, murmura Amelia.

Mais Huifen avait sans doute raison.

Où l’enfant chéri de l’école de police avait-il pu trouver refuge, sinon dans le lieu qui l’avait vaincu ? Qui avait mis en lumière ses lacunes, ses défauts ?

Où il avait été tué. À répétition.

Une mort de plus ne changerait pas grand-chose.

— Merde, bredouilla Nathaniel.

Ils pressèrent le pas.

— Dis-moi, lança Armand.

Comme à l'époque où, dormant chez l'un ou chez l'autre, ils se racontaient des histoires de fantômes pour se donner de grosses frayeurs, Michel entreprit son ultime récit.

Le bonhomme Sept-Heures existait-il pour de vrai ? Était-il avec eux dans la pièce ? Non pas caché sous le lit ni dans le placard, mais assis bien en vue ? Peu spectaculaire et toujours humain.

— Le premier soir, quand il m'a invité chez lui, Leduc m'a parlé en termes peu élogieux de la nouvelle cohorte d'étudiants. Il a ajouté qu'il savait comment les réformer. Au bout de quelques verres, il est allé dans sa chambre et il est revenu avec un plateau. Il le tenait de façon solennelle, cérémonieuse. Comme s'il s'apprêtait à décerner des médailles.

En pensée, Gamache vit Leduc, petit et puissant, traverser la chambre, le plateau brandi au bout de ses bras courts. Faisant une offrande à son héros. Certain que Michel Brébeuf, plus que quiconque, saurait apprécier ce qu'il avait fait. Ce qu'il faisait.

— Je n'en suis pas revenu, avoua Michel. Un vieux revolver. Puis je me suis rendu compte qu'il n'était pas vraiment vieux. Le style, oui. Un classique. L'arme elle-même était relativement nouvelle. Je l'ai prise.

Il fit semblant d'en éprouver le poids dans sa main.

— Je n'en avais encore jamais tenu. Toi ?

— Maintenant, oui. Mais pas avant.

Avant qu'une balle soit logée dans le cerveau de Leduc.

— À côté, nos pistolets de service semblent un peu dérisoires. Même s'ils sont en fait plus efficaces.

— Tout dépend de l'effet recherché, observa Armand.

— C'est vrai. Et le revolver répondait parfaitement aux besoins de Leduc. Il m'a parlé de la première fois qu'il l'avait mis entre les mains d'un étudiant. Il avait l'arme en sa possession depuis un an, mais il n'avait jamais pu s'y résoudre. Pas parce qu'il savait que c'était mal, s'est-il empressé de préciser, mais bien parce qu'il avait peur d'être dénoncé. Mais il a compris qu'il devait préparer le terrain. Repérer le bon candidat. Pas un faible, comme tu pourrais l'imaginer. Ceux-là, il les avait déjà à sa merci. Non. Il a choisi les plus forts. Ceux qui ne se soumettaient pas à sa volonté.

Brébeuf réfléchit un moment, plongé dans les souvenirs de cette soirée-là.

— Je ne voyais pas du tout de quoi il voulait parler. Il s'en est aperçu. Alors il a craché le morceau. Il forçait des étudiants à jouer à la roulette russe avec ce revolver.

Il regarda sa main, comme si l'arme s'y trouvait toujours. Puis il leva les yeux.

— Ce soir-là, après avoir parlé avec Leduc, je suis venu chez toi. Dans l'intention de tout te raconter.

— Qu'est-ce qui t'en a empêché ?

— Notre discussion… J'ai cru que tu étais déjà au courant. Quand je t'ai demandé ce que tu comptais faire à propos de Leduc, tu m'as répondu de me mêler de mes affaires et que tu t'occuperais des tiennes. J'ai cru que tu savais tout. Et que tu comptais intervenir.

Armand secoua la tête.

— J'ai appris la vérité seulement hier soir. J'aurais dû comprendre bien avant, mais, franchement, je n'ai jamais imaginé qu'on puisse traiter des étudiants de cette manière. Même pas un sadique comme Leduc. Mais ça explique le revolver et le silencieux qu'il a fait faire sur mesure. Sans parler de l'étui.

— Insérer une balle et faire tourner le barillet, dit Michel. Il n'y a qu'avec un revolver qu'on peut faire un truc pareil. Quand ce misérable avorton m'a avoué ce qu'il faisait, sans s'arrêter de sourire, j'ai compris pourquoi tu étais là.

— Moi ? demanda Armand, surpris par le tour que prenait la conversation.

— J'ai su ce que tu mijotais. Tu étais venu à l'école de police dans l'intention de régler son cas à Serge Leduc. Tu avais congédié tous les autres professeurs corrompus, mais tu l'avais gardé, lui. Je me suis demandé pourquoi. Parce que, pour lui, tu avais quelque chose d'autre en tête. Une solution plus permanente. Afin qu'il ne torture plus jamais personne.

— Mais je viens de te dire que je n'étais pas au courant pour la roulette russe, dit Armand. Crois bien que je le regrette. Je regrette que les étudiants aient dû subir des mois de ce régime, tandis que je restais là à ne rien faire.

— Tu aurais fini par le découvrir. Tu creusais. Tentais de trouver des preuves contre lui. Et quand, au-delà de la corruption, tu aurais fini par mettre au jour la véritable horreur… Qu'aurais-tu fait ?

Armand garda le silence.

— Tu te serais expliqué avec lui et, ensuite, je pense que tu l'aurais tué. Tu n'aurais pas eu le choix. Pour sauver les étudiants.

— J'aurais pu l'arrêter.

— Pour quel motif ? Il n'aurait jamais rien admis. Et ces pauvres étudiants étaient si déboussolés, si désorientés, qu'ils ne savaient plus démêler le vrai du faux. Jamais ils n'auraient avoué avoir joué à la roulette russe. Pas tant que le Duc vivait.

Il observait Armand, assistant au combat qu'il se livrait à lui-même. Brébeuf parla doucement. Calmement. Comme dans un murmure.

— Il devait mourir. Il devait être tué. Tu aurais cherché une autre solution, comme moi. Sauf qu'il n'y en avait pas. Un soir, tu lui aurais rendu visite. Tu aurais demandé à voir le revolver. Tu l'aurais pris, puis, sous ses yeux mystifiés, tu l'aurais chargé. Il t'aurait expliqué que, en principe, il fallait mettre une seule balle. Et puis tu aurais appuyé le canon sur sa tempe. Lorsqu'il aurait compris et qu'il aurait commencé à te supplier de lui laisser la vie sauve, tu aurais appuyé sur la détente.

Les deux hommes se dévisageaient. Le récit avait bien tenu son rôle. Il les avait horrifiés l'un et l'autre.

— Mais le pire restait à venir, Armand. Abattre un homme sans arme, l'exécuter, t'aurait tué. Tu aurais commis l'acte, tu te serais damné pour sauver les étudiants. Je ne pouvais pas le permettre. Alors je l'ai fait à ta place. Je te devais bien ça.

Le commandant adjoint Gélinas entendit des pas résonner dans le couloir avant qu'on frappe à sa porte.

Saisissant son pistolet, il se campa au milieu de la chambre qui lui avait été attribuée. Une chambre de professeur débutant, lui avait expliqué Gamache. En guise d'excuse. Un lit, un séjour, une kitchenette ne formant qu'une seule pièce.

En l'occurrence, les besoins de Gélinas étaient fort simples. En Europe, il avait eu droit à des repas fins et à des hôtels luxueux, mais, sans sa femme pour lui tenir compagnie, ces plaisirs lui avaient semblé superficiels et fugaces.

Il s'était rendu compte qu'il avait uniquement besoin d'un lit, d'une petite bibliothèque et d'un endroit où mettre la photo d'Hélène, à présent posée à plat sur la table.

Elle l'avait poussé à être un meilleur homme qu'il ne l'était en réalité et il se demanda si elle l'avait su. Su qui il était vraiment, sous le vernis d'intégrité qu'il portait comme un uniforme.

Après la mort d'Hélène, il ne lui avait plus semblé utile de continuer. Débarrassé des contraintes, il était libre, désormais. Et perdu.

Et voici que, debout au centre de la petite pièce, il brandissait son arme.

— Commissaire adjoint Gélinas ? lança la voix d'Isabelle Lacoste.

— Entrez.

Elle ouvrit et s'immobilisa. Elle réfléchit un instant avant de se retourner et de dire quelques mots aux agents qui se tenaient derrière elle.

Puis elle entra seule et referma.

— Donnez-moi votre arme, dit-elle en tendant la main.

— Je pense qu'il a une arme, dit Huifen à Nathaniel et à Amelia lorsqu'ils atteignirent la réplique de l'usine.

— Quoi ?

— Comment ?

— Le Duc la lui a offerte pour son anniversaire.

Les recrues fixèrent Huifen.

— Et tu étais au courant ? demanda Amelia.

— J'ai deviné, oui. Je n'ai pas trouvé ça bizarre. À l'époque.

Amelia comprenait. Ce qui paraissait incroyable à présent avait pu sembler normal autrefois. Leduc avait le don de créer un monde à part, doté de ses propres règles, de sa propre gravité. Rien ne paraissait bizarre puisque c'est lui qui définissait la normalité.

— Pourquoi tu n'as rien dit à Gamache ? Après la mort du Duc ?

— Je n'ai pas voulu mettre Jacques dans le pétrin. Après la mort du Duc, j'ai demandé à Jacques s'il avait une arme. Il a répondu que non. J'ai voulu le croire.

— Mais nous devons supposer qu'il est armé, dit Amelia.

Arrivés dans le secteur où se tenaient les entraînements tactiques, ils regardèrent la porte close de l'usine.

— On ne devrait pas plutôt aller chercher un professeur ? demanda Nathaniel en balayant des yeux le couloir désert.

— Pendant que Jacques passe à l'acte ? répondit Huifen. Vas-y, si tu veux.

— Risque-t-il de s'en servir contre nous ? demanda Nathaniel. De nous tirer dessus ?

— C'est important ? demanda Huifen.

— Un peu, quand même, répliqua Nathaniel.

— Non. Ce que je te demande, dit-elle en désignant la porte, c'est si ça t'empêcherait d'entrer.

Il réfléchit un instant, puis secoua la tête.

Huifen se tourna vers Amelia, qui secoua la tête à son tour et fixa la porte.

Quatre mois plus tôt, elle échangeait des pipes contre de la drogue.

Quatre mois plus tôt, Nathaniel travaillait comme serveur dans un restaurant du Vieux-Montréal en échange de pourboires.

Quatre mois plus tôt, Huifen avait plaqué un revolver sur sa tempe.

Elle tendit la main vers la poignée, tandis que les deux autres se rangeaient de chaque côté.

Puis elle ouvrit la porte et ils avancèrent.

— Donne-moi l'arme.

Brébeuf s'était dirigé vers son bar, où il leur servit deux généreuses rasades de scotch. Quand il se retourna, il tenait un verre dans une main et un pistolet dans l'autre. L'arme pendait mollement le long de son corps, comme une vulgaire serviette ou un bâtonnet à cocktail.

En le voyant, Armand se leva lentement.

— C'est à mon tour, maintenant ? Tu vas me descendre ?

— Comme quand nous jouions aux soldats en courant sur le mont Royal ?

— Je croyais que nous étions du même côté, dit Gamache. À l'époque. Donne-moi l'arme.

— Je vais te donner le verre. Tu risques d'en avoir besoin.

Au centre de la pièce, Gélinas mettait Lacoste en joue.

— Le complice de Serge Leduc, c'était vous, n'est-ce pas ?

C'était moins une question qu'une affirmation. Elle avait parlé d'une voix posée, calme, sur le ton de la conversation, ou peu s'en fallait. Cependant, la rougeur de ses joues trahissait une vive émotion.

— C'était un crétin, dit-il.

Inutile de nier, désormais.

— Mais idéalement placé.

— Pour truquer des contrats. Vous avez dû engranger des millions.

Il hocha la tête en signe d'assentiment.

— L'argent est sur un compte bancaire au Luxembourg. J'ai commis une erreur en parlant à Gamache, n'est-ce pas ? J'ai fait allusion au Luxembourg. Je me suis tout de suite rendu compte que j'avais proféré une stupidité. C'était trop précis. Et trop vrai. Je me suis demandé s'il avait saisi ce détail.

— Il a bien entendu. Mais ça n'a fait que confirmer ses soupçons.

— Leduc m'a contacté, en proie à la panique, pour me dire que Gamache était arrivé et qu'il enquêtait sur les contrats truqués. J'ai paniqué, moi aussi. Je savais que Leduc n'était pas de taille contre Gamache. Alors je suis revenu.

— Dans l'intention de tuer Leduc.

— Peut-être. Je ne sais pas.

L'arme pendait le long de son corps, à présent. Il s'y agrippait avec force.

— Mais je ne l'ai pas fait. Gamache m'a pris de vitesse.

— Non, ce n'est pas M. Gamache qui a tiré, dit Lacoste.

— Alors qui ? demanda Gélinas.

Une fois de plus, Lacoste tendit la main. Elle était aussi ferme que son regard.

— Comme vous le savez, deux agents armés de la Sûreté attendent derrière cette porte. C'est fini. Vous êtes coupable de vol, mais pas de meurtre. Donnez-moi votre arme, s'il vous plaît.

Et il obtempéra.

42

Les étudiants coururent en silence dans l'usine. Gravirent les marches deux à deux. Jetèrent un coup d'œil dans des pièces vides, s'enfonçant de plus en plus profondément.

À force d'échouer dans ses tentatives de libérer l'otage et de capturer les tireurs embusqués, Huifen avait fini par mémoriser le plan de l'usine.

Elle n'avait encore jamais été à la tête de la mission. Chaque fois, on avait misé sur Jacques. Et chaque fois, le dénouement s'était révélé catastrophique pour la Sûreté. L'otage mourait. Des agents étaient fauchés. C'était une mission impossible, ils en étaient conscients. Mais Leduc leur avait répété, avait surtout répété à Jacques, qu'ils étaient capables de tout.

À chacun de ses échecs, Jacques avait fait rapport au Duc, qui avait produit le revolver. Il s'agissait non pas d'une punition, expliquait Leduc, mais d'une conséquence. D'un outil pédagogique. Pour leur bien à tous.

À présent, c'était au tour d'Huifen de commander sa petite troupe. Comme ses signes de la main déconcertaient les recrues, elle les simplifia, les rendit plus clairs. Ils progressaient avec précaution et rapidité.

Elle s'arrêta enfin et ils tinrent un conciliabule.

— Je ne crois pas qu'il soit ici, dit-elle en parcourant les environs du regard.

— Où est-il, alors ? demanda Amelia.

— Tu ne devrais pas être là, dit Jean-Guy en entrant lentement dans la pièce.

Il se rendait à l'appartement du commandant dans l'espoir de l'y trouver quand il avait remarqué que le sceau posé sur la porte de Leduc avait été brisé.

Du bout du pied, il avait ouvert avec prudence. Son pistolet dans son étui.

Au centre de la pièce se tenait Jacques Laurin. Une arme à la main.

— Le nombre d'heures que j'ai passées ici…, dit Jacques.

Il regardait autour de lui, presque avec désinvolture, comme s'il ne voyait ni le sceau ni les marqueurs indiquant l'emplacement des preuves. Les taches de sang.

— Je m'asseyais là, fit-il en agitant le pistolet. Et le Duc là. Seulement tous les deux. C'est lui qui m'en a fait cadeau. Pour mon anniversaire.

Beauvoir jeta un coup d'œil à l'arme automatique. Identique à celle qu'il portait à la ceinture. Fournie par la police.

— Il disait que je ferais un grand policier. Que je dirigerais un jour la Sûreté. Et qu'il m'aiderait à y parvenir. Qu'il serait mon mentor, mon protecteur. Il disait que tous les grands hommes ont besoin d'un protecteur.

— Mais pas toi, hein ? dit Jean-Guy en refermant la porte derrière lui. Tu avais besoin d'autre chose. De quelqu'un qui veuille sincèrement ton bien. Et tu as cru trouver cette personne en M. Leduc.

— Je l'ai trouvée, cette personne, cracha Jacques. Il voulait mon bien.

— Mais alors le commandant Gamache est arrivé et le monde a commencé à basculer, dit Jean-Guy sans bouger. Je comprends.

— Vous ne comprenez rien du tout.

— Si, je comprends. La même chose m'est arrivée quand j'ai rencontré M. Gamache. Je croyais tout savoir du monde. Puis je me suis mis à douter de tout ce que je savais et je l'ai haï à mort.

Beauvoir ne quittait pas Jacques des yeux. Le jeune homme regardait par la fenêtre.

— Puis la haine s'est transformée, continua Beauvoir, comme s'il lui racontait une fable, une histoire pour l'aider à s'endormir. Je me suis mis à détester les gens en qui j'avais confiance. Ceux qui m'avaient laissé croire que le monde était plein de méchants et que brutalité rimait avec force. J'avais appris à cogner d'abord, vite et fort.

— Il voulait mon bien, répéta Jacques tout doucement.

— M. Leduc t'a intimé l'ordre d'assister aux soirées du commandant. Et de lui rapporter tes observations. Mais alors tu as fait une découverte inattendue. Les gens n'étaient pas tous si méchants, en fin de compte.

Jacques conservait une attitude de défi.

— Ton monde était sens dessus dessous, continua Beauvoir. Il était plus beau et en même temps plus effrayant qu'on te l'avait laissé croire. Soudain, tu ne savais plus quoi faire. Qui croire. Vers qui te tourner.

C'est terrorisant. Être perdu est beaucoup plus difficile que de suivre le mauvais chemin. C'est pour cette raison que tant de gens refusent de s'en écarter. Nous sommes allés trop loin. C'est du moins ce que nous croyons. Nous sommes fatigués et déboussolés et effrayés. Et nous pensons qu'il est impossible de faire marche arrière. J'en sais quelque chose.

Jacques ne bougeait pas, ne donnait même pas l'impression d'entendre.

Beauvoir chercha quelque chose à dire, n'importe quoi pour ramener le garçon.

— Tu as vu la vidéo ? demanda-t-il.

Jacques eut un mouvement subtil, mais il garda le silence.

— Le commandant Gamache ne parle de cette journée-là à personne, sauf aux membres de sa famille et à ses amis les plus proches. Et encore, très rarement. Mais il t'en a parlé à toi. Il a rouvert cette blessure. Pour toi.

Jean-Guy Beauvoir observa le jeune homme qui, des années durant, avait souffert aux mains d'un fou furieux et ne savait même plus reconnaître la bonté. Jour après jour, Jacques n'avait eu devant les yeux qu'un lieu de désolation.

— Quand on nous tire dessus, nous ripostons, dit Jean-Guy.

Jacques, cette fois, hocha la tête.

— Mais, quand quelqu'un se montre aimable, nous lui rendons la politesse. C'est important de le faire, dit Beauvoir avec douceur.

Et avec prudence, beaucoup de prudence, question de ne pas effaroucher le jeune homme.

— J'ai mis beaucoup de temps à y parvenir. La haine que je vouais à M. Gamache, puis aux autres, s'est transformée de nouveau. J'ai commencé à me détester moi-même.

— Ça vous arrive encore ? demanda Jacques en se détournant enfin de la fenêtre, du paysage de désolation. De vous détester ?

— Non. Mais j'ai eu besoin de temps et de beaucoup d'aide. Le monde est cruel, Jacques, mais aussi rempli de bonté. Plus qu'on peut l'imaginer. Tu veux que je te dise ? La bonté l'emporte sur la cruauté. À la longue. C'est vrai. Crois-moi.

Il tendit la main au jeune homme. Jacques la fixa.

— Crois-moi, murmura Jean-Guy.

Et Jacques le crut.

— Comment as-tu su que c'était moi ?

— Les empreintes, répondit Gamache.

— Sans blague ? grogna Brébeuf.

— Je savais que ce n'étaient pas les miennes, mais, pourtant, elles étaient là. C'est donc que quelqu'un les y avait mises. Peu de gens sont capables de reproduire des empreintes, assez bien pour tromper les techniciens de la police scientifique par-dessus le marché. Hugo Charpentier est une de ces personnes. Son mentor en était une autre. Toi. Tu as dû brouiller toutes les empreintes, y compris celles de Leduc, et ne laisser que des empreintes partielles. Y compris les tiennes. Jolie trouvaille. Il fallait que les enquêteurs se démènent un peu. C'est la marque d'un grand tacticien. Il suggère. Il ne dirige pas, il guide. Par-derrière.

Michel Brébeuf n'infirma rien. C'était à son tour d'observer le silence.

Ils avaient repris leur place, le pistolet à côté de Brébeuf sur le fauteuil. Un grand verre de scotch, intouché, était posé devant chacun des hommes.

— Ce que tu dis, c'est que tu as tué Serge Leduc pour m'éviter de le faire. Une faveur, en somme.

— Plutôt une réparation, dit Brébeuf.

— Ce qui ne t'a pas empêché de mettre mes empreintes partielles sur l'arme du crime. De m'incriminer.

— Non. Jamais. Si j'ai utilisé les tiennes, c'est parce que tu es au-dessus de tout soupçon.

— Et pourtant, je fais partie des suspects.

Pour la première fois, Brébeuf semblait décontenancé.

— Oui. C'est ce que j'ai constaté. Cet officier de la GRC, Gélinas… Mais tes proches, évidemment, n'en croient pas un mot.

— N'en sois pas si sûr, dit Gamache. Je me suis rendu compte que le piédestal n'était pas si haut que ça, finalement. Une belle leçon d'humilité…

Brébeuf gloussa.

— Bienvenue sur le plancher des vaches, Armand. C'est un peu salissant, ici-bas.

— Et la carte, Michel ? Celle qu'on a retrouvée dans le tiroir de Leduc ? Mes empreintes sont dessus et elle représente mon village. C'est toi qui l'as mise là, n'est-ce pas ? Une autre façon de "guider" les enquêteurs.

— Mais pas en les conduisant vers toi.

Gamache étudia Brébeuf, sonda les coins, les recoins et les crevasses de son visage. La géographie et l'histoire créées par le temps, l'inquiétude et la solitude. Par trop d'alcool et trop peu de paix.

Et, enfin, il découvrit la vérité.

— Le premier soir, tu as fait deux découvertes. C'est toi-même qui l'as dit. La première, c'était la roulette russe. Et la deuxième ?

Brébeuf soutint le regard d'Armand Gamache. Parcourut les routes qui essaimaient à partir de ses yeux et de sa bouche. Certaines tracées par le stress et le chagrin, mais la plupart par le rire. Le contentement. Les moments passés à sourire au coin du feu en compagnie de ses proches et de ses amis.

Ce visage aurait pu être le sien. Si, au carrefour, il avait pris à gauche plutôt qu'à droite. Si, au lieu de faire un pas de côté, il avait décidé d'avancer. S'il avait fermé la porte au lieu de l'ouvrir.

Michel Brébeuf haïssait Armand depuis longtemps. Mais il l'aimait depuis plus longtemps encore.

— Je pense que tu le sais, dit Michel.

— Dis-moi.

— Amelia Choquet.

Et voilà enfin. Elle était là, entre eux.

— En évoquant la lamentable nouvelle cohorte d'étudiants, Leduc l'a mentionnée. Le nom m'était familier, mais je n'ai pas tout de suite fait le rapprochement. Quand Leduc m'a dit qu'il avait rejeté sa candidature, mais que tu avais renversé sa décision, la lumière s'est faite dans mon esprit. J'ai compris qui elle était et pourquoi elle était là.

— Pourquoi donc ?

— *Service, intégrité, justice*. On venait de te fournir sur un plateau d'argent le moyen d'obtenir que justice soit faite.

— Tu penses que j'avais l'intention de lui faire du mal ?

— Ce n'est pas le cas ? Pourquoi l'emmener ici, sinon ? Pourquoi accepter une fille qui n'est visiblement pas faite pour le travail policier ?

— Et pourquoi pas ? Parce qu'elle est différente ? Non, Michel. Je n'avais pour objectif ni la vengeance ni même la justice. Je ne voulais pas lui faire du mal. Je voulais la sauver.

Michel le dévisagea. Déconcerté. Plongé dans l'incompréhension.

— Et me sauver moi aussi, avoua Armand. La seule façon de me libérer, c'était de faire quelque chose de bien et non de perpétuer le mal. Je ne dis pas que j'ai trouvé ça facile. Si tu savais combien de fois j'ai remis son dossier dans la pile des candidatures rejetées… Sachant ce qu'un refus signifierait pour elle. Une vie de désespoir. On finirait par découvrir Amelia Choquet dans une ruelle, un caniveau ou une pension. Morte.

Armand contempla ses mains, la minuscule cicatrice sur un de ses doigts.

— Tu as fait ça pour la sauver ? fit Michel, interloqué. Elle ?

— Oui. Et tu sais quoi, Michel ? C'est une jeune femme brillante, absolument remarquable. Elle va finir à la tête de la Sûreté.

Michel fixait toujours son interlocuteur.

Gamache se pencha.

— Tu as mis ses empreintes partielles sur l'arme du crime, sachant qu'elle ferait une suspecte idéale. Tu as volé sa copie de la carte et tu l'as mise dans la table de chevet de Leduc. C'est pour cette raison, entre autres, que j'ai su que c'était toi. La mise en scène était si parfaite. Subtile, allusive. Rien qui accuse explicitement la jeune femme. Quelques miettes de pain dispersées dans une forêt de preuves. Qui toutes conduisaient à Amelia Choquet. Avec moi comme escale. Mais, tôt ou tard, on aurait fini par remonter jusqu'à elle.

Michel Brébeuf tendit la main vers l'arme, la serra lentement dans son poing.

— Tel était ton plan. Qu'elle soit inculpée et déclarée coupable du meurtre de Serge Leduc.

— Je l'ai fait pour te dispenser de le faire.

Il se mit debout et brandit le pistolet.

Armand se leva à son tour et tendit la main.

— Ton arme, Michel, s'il te plaît.

Brébeuf recula d'un pas et, resserrant sa poigne, appuya le canon sur sa tempe.

— Non, dit Gamache en s'efforçant d'étouffer la panique dans sa voix, de réintroduire la raison dans une situation qui dégénérait rapidement.

L'expression de Michel était identique à celle qu'il avait eue lorsque Armand avait pressé son mouchoir sur son genou en sang. Le portrait même de la douleur.

Et, une fois de plus, Armand chercha désespérément à étancher la plaie.

Sa main, toujours tendue, avait commencé à trembler légèrement et il fit de gros efforts pour la stabiliser.

— Tu te souviens des funérailles de mes parents ? De la réception organisée chez nous, ensuite ? Des petits fours et du silence ? Les adultes allaient et venaient comme des zombis. Ils m'évitaient parce qu'ils n'avaient rien à me dire.

Il parlait vite, avec urgence, tentait de créer un pont, avec ses mots, dans l'espoir de ramener Michel.

— Je restais là, seul. Tu es venu t'asseoir à côté de moi et tu m'as chuchoté quelque chose à l'oreille. Pour que personne n'entende. Tu te souviens de ce que tu m'as dit ?

L'arme s'abaissa presque imperceptiblement.

— Sale petit manant, chuchota Michel.

Armand hocha la tête.

— Tu m'as fait sourire. Je pensais que je n'allais plus jamais sourire, mais tu m'as prouvé le contraire. Tu m'as rendu l'espoir.

L'arme descendit encore un peu.

— En ce moment, je sais que tout te semble sans espoir, dit Armand. Sans issue. Je comprends. Tu le sais.

Michel hocha la tête.

— Mais ça ira mieux. Même cette fois. Promis.

— Un soir, je t'ai suivi, tu sais, dit Michel. Jusqu'au village.

— C'était toi ?

— Je voulais savoir où tu habitais.

Il marqua une pause.

— C'était si paisible. Je suis resté dans ma voiture. Mort d'envie de descendre te retrouver. D'acheter une petite maison et de prendre un verre chaque soir dans cette brasserie. De m'inscrire à un club de lecture, peut-être.

C'était la pire histoire de fantômes de toutes. Celle d'une vie fantôme, une vie qui aurait pu exister.

— Je vais mourir en prison. De vieillesse. Tu le sais. Sinon, un soir, je serai battu à mort. Par quelqu'un qui m'aura reconnu. En quoi est-ce que ça vaut mieux que de mourir ici ?

Le pistolet remonta et, cette fois, Armand brandit les deux mains. Visant non plus l'arme, mais bien l'homme, juste hors d'atteinte.

— Donne-moi la main, supplia-t-il. Tout va bien. Tout ira bien. Viens avec moi. S'il te plaît, Michel.

Michel baissa les yeux sur les mains tendues d'Armand, puis, croisant son regard, il posa le pistolet sur sa tempe.

— Pour l'amour du ciel, chuchota Armand. Ne fais pas ça. Je t'en supplie. S'il te plaît.

Il sonda les confins de son esprit à la recherche de quelque chose à dire. Pour arrêter le geste.

— Tu me condamnerais à revoir cette scène jusqu'à la fin de mes jours ?

— Alors tourne-toi, Armand.

Le coup de feu fit sursauter Jean-Guy Beauvoir.

Jacques et lui s'étaient rendus chez le commandant, où l'étudiant s'était aspergé le visage d'eau froide. Beauvoir en avait profité pour mettre l'arme en sécurité et leur servir à chacun un verre de coca. Ils venaient de s'asseoir quand le bruit avait retenti.

— Reste là.

Jean-Guy fonça dans le couloir, où la détonation résonnait encore. Il freina en glissant devant l'appartement de Brébeuf et ouvrit la porte.

Armand Gamache se tenait au centre de la petite pièce. Le visage éclaboussé de sang. Une silhouette désarticulée à ses pieds. Gamache avait fermé les yeux. Mais trop tard.

Il n'avait pas tourné le dos à Michel.

43

Un hurlement déchira l'air, aussitôt suivi d'un juron et d'une voix familière.

— Faites-le taire, pour l'amour du ciel !

— C'est sûrement parce qu'il a soif, dit Clara. Il me fait penser à toi quand tu as besoin d'un petit remontant.

— Doux Jésus, fit Myrna, assise sur le premier banc, en se retournant. J'aurais pourtant juré que c'était Ruth.

Un autre hurlement retentit.

— Nan, fit Myrna. C'est trop mélodieux.

Ruth gloussa.

— Je ne dirais pas non à un verre de *Liebfraumilch*, moi.

— Chuuut, fit le reste de l'assemblée.

— Moi, me taire ? Adressez-vous plutôt à ce bébé.

Elle brandit Rose, son prolongement, vers l'autel.

C'était une douce matinée de la fin du printemps, et le Tout-Three Pines s'était réuni dans l'église Saint-Thomas.

À l'avant, Armand faisait face à l'assemblée.

Daniel et Roslyn étaient venus de Paris en compagnie de leurs filles, Florence et Zora.

Les membres de la famille de Jean-Guy se serraient sur le premier banc.

Derrière eux s'entassaient leurs amis, assis ou debout. Et, tout au fond, se tenaient les quatre étudiants.

Jacques, Huifen, Nathaniel et Amelia.

À l'école de police, la cérémonie de remise des diplômes avait eu lieu la veille. Étant donné les événements du trimestre, l'occasion avait été encore plus solennelle que d'habitude.

Lorsque le commandant Gamache entra dans l'auditorium et s'avança seul sur la scène, les étudiants, graves, bien droits et silencieux, se levèrent d'un bloc.

Gamache agrippa le lutrin et les admira, tous vêtus de leur tenue de cérémonie. Ceux qui entreraient au service de la Sûreté après avoir reçu leur diplôme tout autant que ceux qui seraient de retour à l'école l'année suivante.

Les uniformes étaient repassés à la perfection, sans un faux pli, les boutons polis, les jeunes visages propres et lisses.

Il les regarda en silence et ils le regardèrent aussi. Le spectre des tragédies occupait l'espace entre eux. Remplissait la salle. Assombrissait le passé, ternissait le présent et éclipsait leur avenir prometteur.

Et il sourit.

Le visage d'Armand Gamache se fendit d'un sourire rayonnant.

Il sourit, sourit encore. D'abord quelques-uns, puis tous lui rendirent son sourire. Les étudiants et leur commandant se sourirent réciproquement. Jusqu'à ce que les ténèbres soient chassées. Il prit enfin la parole.

— "Les choses sont plus solides à l'endroit où elles ont été cassées", déclara le commandant Gamache de sa voix grave, calme et assurée.

Les mots se gravèrent en chacun des étudiants, en chacun des pères et des mères. En chacun des membres de leur famille. En chacun de leurs amis. Et ils comblèrent le vide.

Gamache évoqua ensuite les événements. Les événements fracassants. Et la guérison.

Il termina son allocution sur ces mots :

— Nous sommes tous marqués, brisés et imparfaits. Nous commettons des erreurs. Nous faisons des choses que nous regrettons profondément. Nous sommes soumis à la tentation et il nous arrive d'y céder. Non pas parce que nous sommes mauvais ou faibles, mais bien parce que nous sommes humains. À maints égards, nous sommes défaillants. Mais sachez ceci.

Pendant un moment, il observa un silence total, le vaste auditorium plongé dans une parfaite immobilité.

— Il y a toujours un chemin de retour. À condition d'avoir le courage de le chercher et de l'emprunter. "Je m'excuse. Je me suis trompé. Je ne sais pas."

Il marqua une nouvelle pause.

— "J'ai besoin d'aide." Ce sont les panneaux indicateurs. Les points cardinaux.

Et alors il sourit de nouveau, ses rides profondes, ses yeux brillants.

— Vous êtes extraordinaires et je suis très fier de chacun de vous. Je serai honoré de servir avec vous.

Après un court moment de silence, les acclamations fusèrent. Vigoureuses, vibrantes, joyeuses. Les étudiants lancèrent leurs casquettes dans les airs et échangèrent des embrassades, tandis qu'Armand restait derrière le lutrin. Souriant.

Sous leur siège, les diplômés trouvèrent un paquet, emballé dans du papier kraft tout simple. Il contenait deux livres : *Pensées* de Marc Aurèle et *Je vais BIEN* de Ruth Zardo. Cadeaux du commandant et de son épouse.

Après la cérémonie, les étudiants s'avancèrent, impatients de présenter le commandant à leurs parents.

Campé à côté de lui, ne le lâchant pas d'une semelle, Jean-Guy parcourait la foule des yeux. Jusqu'à ce qu'il finisse par les apercevoir.

Beauvoir s'avança, mais une main se posa sur son avant-bras.

— Vous êtes sûr ? demanda Jean-Guy.

— Certain.

Gamache, cependant, ne semblait pas aussi convaincu qu'il le disait. Il avait le teint blafard, mais les joues rouges, son corps soumis à des forces contraires. Engagé dans une guerre qui n'avait de civile que le nom.

Les deux hommes virent Amelia Choquet se frayer un chemin dans la foule.

— Je peux encore les intercepter, chuchota Jean-Guy avec insistance. Vous n'avez qu'un mot à dire.

Les yeux exorbités, Gamache gardait le silence. Beauvoir perçut le tremblement de sa main droite.

— Commandant Gamache, commença Amelia, j'aimerais vous présenter mon père.

L'homme à la silhouette délicate avait une dizaine d'années de plus que Gamache.

M. Choquet l'étudia pendant un instant avant de lui tendre la main.

— Vous avez changé la vie de ma fille. Et vous l'avez rendue à sa famille. Merci.

Il y eut un très bref silence au cours duquel Armand regarda la main tendue, puis sonda les yeux de l'homme.

— Je vous en prie, monsieur.

Et Armand Gamache serra la main de M. Choquet.

Et c'était au tour d'Armand de se tenir près de Jean-Guy, tandis qu'Annie et Reine-Marie avaient pris place de l'autre côté des fonts baptismaux, le pasteur campé entre eux.

En l'occurrence, il s'agissait de Gabri, qui s'était autoproclamé "pasteur" pour l'occasion.

Arborant l'aube qu'il revêtait pour chanter dans la chorale, il tenait dans ses bras le bébé d'Annie et de Jean-Guy.

— S'il vous plaît, mon Dieu, entendit-on Olivier prier avec ferveur. Faites qu'il ne soulève pas le bébé en entonnant *L'Histoire de la vie*. Je Vous en supplie.

Dans les bras de Gabri, le bébé laissa entendre un vagissement retentissant.

— Peuh, ce n'est rien, chuchota Jean-Guy à Armand. Vous devriez l'entendre la nuit.

— J'ai eu droit à un avant-goût. Qui a duré toute la nuit.

Jean-Guy sourit fièrement.

Soulevant le bébé, Gabri le présenta à l'assemblée.

— Chantons.

— Oh non, murmura Olivier.

Et Gabri, de sa riche voix de ténor, entonna *L'Histoire de la vie*, son chant aussitôt repris par le chœur et l'assemblée, puis par Olivier, d'une voix forte et pleine.

Jean-Guy regarda son fils et éprouva un nouvel élan d'amour qui le laissa à la fois sans force et puissant. Il jeta un coup d'œil à son beau-père et se rendit compte qu'Armand avait cessé de chanter et que, bouche bée, il regardait droit devant lui.

— Qu'est-ce qu'il y a ? lui demanda Jean-Guy à voix basse en suivant son regard jusqu'au fond de la chapelle. Les étudiants ?

Armand secoua la tête.

— Non. Je te raconterai plus tard.

— Lequel d'entre vous répondra de cet enfant, se lèvera s'il a besoin d'aide ? demanda Gabri, une fois le chant terminé.

Olivier et Clara se mirent debout.

— Pourquoi ils ne m'ont pas demandé ? fit une voix grincheuse.

— Peut-être parce que tu tiens à peine sur tes jambes, dit Myrna.

— Vous pouvez parler, toi et ton gros…

Le mot de Ruth se perdit dans le grognement qu'elle produisit en se levant tant bien que mal. Myrna était sur le point de lui ordonner de se rasseoir quand quelque chose dans l'attitude de la vieille femme l'arrêta. Ruth se tenait bien droite. Le visage projeté vers l'avant. Résolue. Même Rose avait adopté une posture empreinte de dignité, ce qui, pour une cane, n'était pas une mince affaire.

Myrna se leva.

Puis M. Béliveau, l'épicier, l'imita. Ensuite, ce fut au tour de Sarah. De Dominique, de Marc et du saint trou de cul. Puis de Billy Williams, de Gilles Sandon, d'Isabelle Lacoste, d'Adam Cohen, d'Yvette Nichol et des Brunel.

Jacques, Huifen, Nathaniel et Amelia s'avancèrent.

Toute la congrégation se leva.

Jean-Guy prit son bébé dans ses bras et le tourna face aux hommes et aux femmes et aux enfants qui seraient ses parrains et marraines.

Et il chuchota :

— Puisses-tu être un homme courageux dans un pays courageux, Honoré.

— Que regardiez-vous ? demanda Jean-Guy à Armand.

Dans le parc du village, les deux hommes mangeaient un hamburger près du barbecue géant installé par Gabri.

On avait dressé une longue table sur laquelle s'entassaient des salades, des petits pains frais et des fromages. De l'autre côté se trouvait une autre table, celle-là débordant de gâteaux, de tartes et de pâtisseries. On y voyait des biscuits, des brownies, des bonbons et des enfants.

La petite Zora, en proie à une excitation presque irrépressible, heurta les jambes de son grand-père et tomba à la renverse dans l'herbe tendre. Étonnée, elle leva les yeux sur lui.

Armand tendit son assiette à Jean-Guy et souleva l'enfant dans ses bras. Il lui bécota les joues et les larmes de la petite se muèrent en éclats de rire. Bientôt, elle était repartie.

On avait installé le bar sur la galerie de Ruth, où la vieille poète était assise sur une chaise berçante, Rose sur ses genoux, sa canne sur les bras à la façon d'un fusil. Les quatre étudiants, une bière à la main, étaient en pleine conversation.

— De quoi parlez-vous ? demanda Clara en se servant un gin tonic.

— Ruth dit qu'elle veut donner un nom à sa maison, expliqua Nathaniel. Elle m'a chargé d'en trouver un.

— Ah bon ? s'étonna Myrna. C'est elle qui te l'a demandé ?

— Ordonné, en fait, admit-il. Je ne dois pas lui arriver avec un nom de merde.

— Et alors ? demanda Clara.

— Nous avons retenu deux possibilités, répondit Huifen. La Maison aux roses, dit-elle en montrant les églantiers qui entouraient la galerie de Ruth. Et le Puits du désespoir.

— Vous n'oserez pas, dit Clara en riant.

Myrna et elle traversèrent le chemin de terre et s'avancèrent vers Reine-Marie et Annie, qui tenait Honoré dans ses bras. Elles bavardaient avec Gabri.

— Magnifique cérémonie, mon beau, dit Annie en l'embrassant sur les joues.

— Merci. J'ai été un peu pris de court quand tout le monde s'est levé.

— Tu t'en es bien tiré en entonnant *Hakuna matata*. Dans la traduction de Louis Segond, si je ne m'abuse.

Gabri se pencha pour s'adresser à Honoré.

— On doit toujours avoir une chanson dans son cœur.

— Et un éclair à la main, dit Myrna en soulevant le sien.

— Sages conseils, acquiesça Annie.

Elle vit son mari et son père retourner vers la chapelle, de l'autre côté du parc.

Ils suivirent les deux hommes et les rejoignirent une fois de plus devant le vitrail.

Reine-Marie glissa sa main dans celle d'Armand et la retira aussitôt.

— Tu es tout collant.

— Zora, expliqua-t-il.

— Bien sûr, ironisa Reine-Marie. Qu'est-ce que tu regardes ?

Armand contemplait le vitrail, mais pas le garçon sur lequel ils s'étaient toujours concentrés. Il s'attardait plutôt à l'un des deux autres.

— Il montre quelque chose du doigt, dit Armand.

— Hum, fit Jean-Guy en se rapprochant. Vous avez raison.

— Mais quoi ? demanda Reine-Marie. Ceci, peut-être ?

Suivant la direction indiquée par le doigt, elle vit un oiseau dans le ciel, au-dessus du champ de bataille.

— Ou encore l'arbre, dit Annie.

Un unique conifère calciné se tenait de guingois dans la boue.

— J'ai remarqué le geste il y a un certain temps déjà, dit Armand, mais j'ai cru que c'était une licence artistique. Pendant le baptême, à l'avant de l'église, j'ai compris ce que le soldat voulait nous montrer. Pas son monde à lui, mais le nôtre.

Il se retourna et les autres l'imitèrent.

— Ceci.

Il ne leur dit pas que Michel Brébeuf avait eu le même geste avant de mourir. Qu'il avait montré, au-dessus de la porte de sa chambre à l'école de police, la rose qui n'en était pas une.

Armand mit la main dans sa poche, sentit le tissu et suivit les lettres du bout du doigt, tandis que les autres regardaient au-dessus de la porte de l'église la rosace stylisée qu'ils avaient déjà vue des centaines de fois.

Ils regardèrent, regardèrent encore.

Jusqu'à ce qu'enfin…

— Mon Dieu, murmura Reine-Marie. Ce n'est pas une simple rosace. C'est une rose des vents.

Elle se tourna vers le soldat.

— Il montre une boussole.

Ils s'approchèrent jusqu'à ce qu'Armand les invite plutôt à s'éloigner.

— On voit mieux de l'avant. C'est pour cette raison que personne n'a jamais rien remarqué. Nous étions trop proches. J'ai seulement compris pendant le baptême, quand j'étais là.

Il monta sur l'estrade, suivi des autres.

Le soleil radieux de juin entrait à flots, filtré par les centaines de petits morceaux de verre teintés de rouge, de rose et de vert. Il frappait le vieux sol en pin de l'église en plein centre de l'allée, créant le motif gai et complexe d'une rose aux multiples pétales. Avec des pointes presque indiscernables.

Les quatre points cardinaux.

— Mais elle est de travers, dit Annie.

— Non, dit Jean-Guy. Elle est inclinée.

— Elle montre une direction, dit Reine-Marie en regardant Armand. On doit la suivre.

— Oui, mais pas aujourd'hui, répondit-il en prenant le petit Honoré dans ses bras.

Le lendemain matin, un petit groupe partit en expédition. Jacques tenait la vieille carte, l'originale, tandis qu'Armand manipulait la boussole récupérée dans la boîte d'objets rapportés de la guerre.

Les quatre étudiants étaient de la partie, ainsi que Clara, Myrna, Olivier et Gabri. Ruth avait décidé de rester chez elle.

— Je pense qu'elle brode le nom de sa maison sur un coussin, expliqua Nathaniel à Clara.

— Lequel ? La Maison aux roses ou le Puits du désespoir ?

— Un BIEN beau gâchis, dit Amelia.

Clara rit.

La petite troupe franchit des ruisseaux, traversa des forêts et des champs. Elle passa devant le rocher de Larsen, où une vache s'était autrefois échouée avant d'être secourue.

Les participants enjambèrent un muret en pierre des champs et s'arrêtèrent pour boire au croisement de deux chemins de terre, là où un bonhomme de neige avait célébré une victoire du Club de hockey canadien.

— Vous avez remarqué qu'il ne se contente pas de célébrer ? dit Huifen en imitant le bonhomme de neige. Il montre la voie.

Elle avait raison. Il indiquait la direction à suivre.

— Vous n'avez pas encore accepté d'affectation, dit le commandant Gamache à Jacques, au milieu d'un champ envahi par de hautes fleurs sauvages.

— Non. J'ai discuté avec l'inspecteur Beauvoir et je crois que je vais prendre un peu de temps pour décider de la suite.

— Des idées ?

— L'inspecteur et moi avons envisagé certaines possibilités. Je songe à aller travailler en Haïti comme bénévole. Et vous ?

— Moi ?

— Lors de la remise des diplômes, vous avez terminé votre discours en disant que vous seriez honoré de servir avec nous. Qu'avez-vous voulu dire ?

Armand jeta un coup d'œil à la boussole pour s'assurer qu'ils gardaient bien le cap. Les autres s'étaient rangés derrière eux, en éventail. Profitant des fleurs sauvages, du vert nouveau et vif des arbres, du bourdonnement des abeilles à peine nées.

Gamache se tourna vers Jacques et sourit.

— Vous verrez.

Derrière lui, Armand aperçut Amelia et lui fit signe de s'approcher.

— Tenez, dit-il. Prenez-la.

Il lui tendit la boussole.

— Mais je ne sais pas m'en servir.

— Je vais vous apprendre.

Et c'est ce qu'il fit. Nathaniel et Huifen rejoignirent les deux autres, puis Armand se rangea à côté de Reine-Marie, laissant les quatre jeunes marcher devant.

Ils n'auraient pas gagné de course. Ils s'égarèrent à quelques reprises et durent attendre qu'Amelia se réoriente, mais ils finirent par arriver là où, de toute façon, ils étaient certains d'aboutir.

La pyramide peinte sur la carte. Laquelle était non pas une pyramide, mais bien une ferme de toit.

Leur expédition se termina au cimetière, envahi par les hémérocalles et les rosiers rugueux.

C'est Nathaniel qui fit la découverte.

Il s'était agenouillé devant une pierre tombale, et ses bras, égratignés à force d'écarter des roses, saignaient.

— Regardez.

Là, gravée dans le granit, se trouvait une autre rose des vents. Et un drapeau.

— Un point de contrôle, dit Huifen à voix basse. Pour la course d'orientation.

— Le dernier, dit Jacques.

C'était terminé. Ils avaient enfin trouvé Antony Turcotte.

Les jeunes grattèrent le lichen et la terre qui recouvraient la pierre.

— Pas possible, dit Nathaniel en s'asseyant sur ses talons.

— Quoi donc ? demanda Gamache.

Nathaniel se releva en secouant la tête, tandis que les autres étudiants restaient agenouillés autour de la pierre.

— Nous nous sommes trompés, dit Jacques.

— Ce n'est pas la bonne ? demanda Beauvoir.

— C'est la bonne pierre, répondit Amelia. Mais il y a erreur sur la personne.

Sous la rose et le drapeau figurait le nom

Marie Valois
Décédée le 5 septembre 1919
Mère aimante de Pierre, Joseph et Normand
Notre-Dame-de-Douleur

— Ce n'était pas le père, constata Reine-Marie en baissant les yeux sur la pierre. La mère, Notre-Dame-de-Douleur.

Ils avaient pris place sous les parasols aux couleurs de Cinzano de la terrasse du bistro, des verres de bière et de limonade devant eux.

De retour à Three Pines, les étudiants avaient foncé de nouveau au bureau d'enregistrement. Avec un nouveau nom. Et une nouvelle mission. Et ils étaient rentrés après avoir trouvé les informations dont ils avaient besoin.

Assis, les dossiers posés devant eux, trépignant, ils n'attendaient plus que Clara et Myrna.

Myrna savait où trouver Clara. Là où elle était en permanence, ces jours-là.

Dans son atelier, en train de peindre.

— Ils sont de retour, dit Myrna.

— J'ai presque terminé.

— Prends ton temps, proposa Myrna.

Elle se rendit dans la cuisine, où elle cueillit un biscuit.

— Là, fit Clara en se levant de son tabouret et en prenant un peu de recul pour mieux voir. Je pense que j'ai enfin terminé. Qu'est-ce que tu en penses ?

Myrna avait redouté ce moment, cette question.

Elle se retourna pour jeter un coup d'œil. Et le biscuit s'arrêta à mi-chemin.

— Mais ce n'est pas toi.

Le visage d'une femme occupait toute la toile. Regardant droit devant elle. Affrontant le monde. Avec des perçages et des tatouages. Marquée. Effrayée.

— C'est l'étudiante. Amelia.

— Oui.

— Mais pas uniquement, dit Myrna en s'approchant du portrait avant de se tourner vers son amie. C'est aussi le garçon. Le soldat.

Clara hocha la tête.

Elle avait peint la force de la jeunesse. Fragilisée, affaiblie par la peur. Par la stupidité des vieux, leur cruauté et leurs décisions.

Le garçon avait peur de mourir. Et Amelia avait peur de vivre.

Mais il y avait autre chose dans ce regard. Dans ces yeux.

Le pardon.

Il faisait chaud et les étudiants burent avidement leur limonade.

Huifen baissa les yeux sur son carnet.

Dans deux semaines, elle rejoindrait le détachement de la Sûreté à Gaspé, où elle deviendrait la plus jeune agente. Pour l'heure, cependant, elle devait clore sa dernière mission et sa première enquête.

— Marie Turcotte a épousé Frederick Valois en 1893.

Ils habitaient à Montréal et ils ont eu trois fils. Pierre, l'aîné, et les jumeaux, Joseph et Normand.

Reine-Marie avait posé la vieille photo sur la table, à côté de la carte. Pendant le rapport d'Huifen, ils observèrent Joe et Norm dans leurs uniformes. Enlaçant leur mère, ils souriaient devant l'objectif, la maison de Clara en arrière-plan.

Une autre photo reposait sur les genoux de Reine-Marie. Elle l'avait trouvée dans les archives, l'après-midi même, à leur retour du cimetière.

— Turcotte ? demanda Jean-Guy. Antony Turcotte était son frère ? Son père ?

— Un peu de patience, dit Nathaniel.

— D'après les renseignements obtenus au bureau d'enregistrement, M. Valois était cartographe, expliqua Amelia, reprenant le fil du récit. Pas particulièrement brillant, mais compétent. Assez pour nourrir sa famille. Il réalisait surtout des cartes pour des compagnies minières. Jusqu'au jour où il est tombé du haut d'une falaise.

— Il a été…, commença Reine-Marie.

— Tué ? compléta Jacques. Oui. Un autre document que nous avons réussi à exhumer montre que Marie Valois est devenue locataire ici.

— Ma maison ? demanda Clara.

— Non, ici, comme dans ici, précisa Nathaniel. Le bistro, même si, à l'époque, il s'agissait d'une résidence privée appartenant à un certain M. Béliveau.

— Je savais bien qu'il était plus vieux que moi, dit Ruth.

— Il ne s'agit peut-être pas du M. Béliveau d'aujourd'hui, risqua Myrna.

— Je vais voir s'il est là, dit Armand en se levant.

Il traversa la terrasse et, en passant devant la boulangerie pour se rendre chez l'épicier, consulta sa montre.

Il était plus de dix-huit heures. C'était une soirée douce et immobile. Les pivoines et les roses de vieux jardins embaumaient l'air. Le soleil, encore haut dans le ciel, ne se coucherait que dans quelques heures.

Il revint accompagné du vieil épicier.

— Vous avez des questions sur la famille Valois ? demanda-t-il.

Armand lui indiqua sa chaise et M. Béliveau, s'inclinant légèrement, s'assit.

— Vous les connaissiez ? demanda Nathaniel.

Le visage plutôt sombre de l'homme s'éclaira d'un large sourire.

— Je suis vieux, mais quand même pas à ce point.

— Qu'est-ce que je te disais ? chuchota Myrna à Ruth.

— Mon grand-père, lui, a bien connu la famille. C'est lui qui possédait cette bâtisse, à l'époque, et l'a louée à Mme Valois. Elle était veuve, si mes souvenirs sont bons.

— Oui, avec trois fils, précisa Huifen. Pour que votre grand-père vous en parle, elle devait être particulièrement mémorable, cette femme.

— Pas du tout, répondit M. Béliveau. Et les garçons non plus. Des enfants comme les autres. Ce qui est remarquable, c'est leur destin. Ils sont morts tous les trois. Le même jour. Pendant la bataille de la Somme. Mon grand-père disait qu'il pouvait encore entendre Marie Valois hurler sa douleur, des années plus tard. "C'est seulement le vent qui siffle dans les pins", lui répétait ma grand-mère. Lui n'en démordait pas.

Reine-Marie jeta un coup d'œil à Armand. Combien de fois avaient-ils entendu ce hurlement dans la forêt ?

— Pourquoi ne nous avoir rien dit ? demanda Huifen.

— Parce que vous me parliez d'Antony Turcotte, répondit M. Béliveau. Et non de Mme Valois. Je n'ai jamais entendu parler de ce Turcotte.

— D'où sort-il, alors ? demanda Gabri.

— Après la mort de ses fils, Marie Valois est partie vivre à Roof Trusses, expliqua Jacques. Elle est morte peu de temps après la guerre.

— La grippe espagnole, sans doute, conjectura Myrna. À en juger par la date sur la pierre tombale. La maladie a fait des millions de victimes en 1919.

— Pourquoi a-t-elle quitté Three Pines ? demanda Gabri.

— On voit bien que vous n'avez pas eu d'enfants, dit Reine-Marie.

— Ça ne l'empêche pas d'être un enfant de…, commença Ruth.

— Chut, malheureuse, fit Jean-Guy, qui tenait le petit Honoré, dont les pieds ballaient. Pas devant le bébé.

— Elle n'est pas partie, dit M. Béliveau.

Toutes les têtes se tournèrent vers lui.

— Pardon ? fit Clara.

— Mme Valois n'a pas quitté Three Pines. Ce n'était pas son intention. Pas pour toujours, en tout cas. Elle a continué de louer la bâtisse de mon grand-père.

— Mais… Roof Trusses ? demanda Olivier sans trop savoir comment formuler la question.

— Elle a voulu partir, expliqua M. Béliveau. Mais pendant un moment seulement. Je pense qu'elle trouvait trop pénible de rester ici. Elle a toujours eu l'intention de revenir. C'était son chez-elle. Elle a laissé la plupart de ses affaires ici.

— Y compris ceci, dit Myrna en brandissant la carte, restée sur la table.

— Mais si tous les garçons ont été tués, comment la carte a-t-elle été rendue à leur mère ? demanda Clara.

— Elle ne l'a pas été, répondit Armand, puisqu'elle n'a jamais quitté Three Pines. Elle a été réalisée après que les trois garçons eurent été portés disparus. Avant le départ de Marie pour Roof Trusses. Au cas.

— Au cas ? demanda Jacques.

— Au cas où ils ne seraient pas morts, en fin de compte, répondit Reine-Marie.

— Tout le village est un vaste exercice d'orientation, dit Jean-Guy. La carte, le vitrail, la rose des vents…

— Elle a fait pour chacun d'eux une carte qu'ils ont apportée outre-mer, ajouta Armand. Pour qu'ils retrouvent le chemin de la maison. Et une autre pour qu'ils la retrouvent, elle.

— Vous voulez dire qu'elle a commandé ces cartes ? fit Huifen. C'est Antony Turcotte qui les a réalisées. L'homme du bureau de toponymie est catégorique. C'était sûrement son père, ou encore un frère ou un oncle.

— Non, dit Gamache. Je veux dire que c'est elle qui les a faites.

Les étudiants, déroutés, le dévisagèrent avant d'échanger un regard.

— Marie Valois était Antony Turcotte, déclara Gamache. Quand elle a commencé à réaliser des cartes, elle s'est servie de son nom de jeune fille.

— Je ne comprends pas, avoua Huifen.

— Tant mieux pour toi, dit Myrna qui, elle, comprenait parfaitement. Il y a une centaine d'années, on n'encourageait pas les femmes à occuper un emploi et encore moins à exercer une profession.

— Souvent, elles prenaient le nom d'un homme, enchaîna Clara. C'était le cas des femmes peintres. Des écrivaines et des poètes. Elle a peut-être appris à faire des cartes en observant son mari et elle s'est rendu compte qu'elle était beaucoup plus douée que lui.

— Elle n'aurait pas été la première à avoir plus de talent que son mari, mais à devoir le cacher, dit Myrna. Les hommes s'attribuaient souvent les œuvres de leur femme.

Huifen semblait perplexe. À ses yeux, c'était inconcevable. De l'histoire ancienne.

— Vous pensez donc que toutes ces cartes…, commença Huifen.

— … sont l'œuvre de Marie Valois, compléta Gamache. Oui.

Amelia hochait la tête.

— M. Toponymie a dit que personne n'avait jamais rencontré Antony Turcotte. Tout se faisait par la poste. Personne ne s'est jamais douté de rien.

— Que c'est triste, dit Reine-Marie. Après avoir cartographié et nommé tous ces villages, Marie Valois a fini par en avoir un qui soit nommé d'après elle. Pas pour son travail de cartographe, mais à cause de l'énormité de son chagrin.

— Notre-Dame-de-Douleur, dit Armand.

Ils regardèrent la photo de la femme aux allures de paysanne. Elle souriait, flanquée de ses fils de grande taille.

— Mais si vous avez raison, fit Olivier, comment expliquer qu'elle ait omis Three Pines sur toutes les cartes du Québec ?

Reine-Marie produisit alors une petite photo sépia. Plus vieille encore que celle qui se trouvait déjà sur la table.

Ils se penchèrent et virent trois garçons qui souriaient largement, des enfants, crottés, leurs bottes posées sur des pelles. Devant chacun d'eux se trouvait un jeune arbre.

— Ils ont planté les pins, murmura Olivier.

Il n'avait pas eu l'intention de chuchoter.

— Les autres avaient été aplatis par une terrible tempête, expliqua M. Béliveau. Deux étaient tombés, l'autre était mal en point. L'arrière-grand-père de Gilles Sandon les a coupés. On s'en est servi pour faire les planchers du bistro et de la librairie. D'après mon grand-père, les villageois avaient été dévastés par cette perte. Un matin, au réveil, ils ont trouvé ces trois jeunes arbres dans le parc. Sans jamais savoir qui les avait plantés.

Tous se tournèrent vers les pins, au fond du parc. Forts et droits, grandissant toujours.

— Je pense que le souvenir était simplement trop douloureux, dit Reine-Marie. Que la perte de ses fils était encore trop récente. Mme Valois a donc retiré le village de la carte avant de l'envoyer au service de toponymie. Une décision de dernière minute, peut-être. Effacer le village pour effacer son chagrin.

— Mais, comme l'a dit M. Béliveau, ajouta Armand, elle avait toujours eu l'intention d'y revenir. De rentrer à Three Pines. Et de remettre le village sur la carte, en quelque sorte.

— Pourquoi ne l'a-t-elle pas fait, alors ? demanda Gabri.

— Elle est morte avant, répondit Reine-Marie.

— De la grippe, ajouta Myrna.

"De chagrin", songea Reine-Marie. Qui entendit un petit gémissement venu de la forêt, pendant que les trois pins du parc, leurs branches s'entremêlant, se balançant, semblaient jouer.

— *Velut arbor aevo*, dit Amelia.

— "Comme un arbre au fil du temps", traduisit Armand.

Le lendemain matin, Armand et Reine-Marie se levèrent au moment où une douce lueur bleue colorait le ciel. C'était une aube fraîche et agréable. De la rosée tombait goutte à goutte des manteaux de Notre-Dame, des roses et des lys. Avec Gracie en laisse et Henri qui courait librement, ils traversèrent le village jusqu'aux trois pins.

— Prêt ? demanda Reine-Marie.

— Pas tout à fait, répondit Armand en s'asseyant sur le banc.

Il se leva en même temps que le soleil.

Il s'avança jusqu'aux pins et choisit l'endroit. Il posa son pied sur la pelle.

— Je peux vous donner un coup de main ? demanda une voix familière.

En se retournant, Armand aperçut Jean-Guy, les yeux un peu troubles après une nuit passée à réconforter son fils en pleurs.

Honoré était dans ses bras. Endormi, maintenant que papa était réveillé.

Armand sourit.

— Merci, mais non. Je dois m'en occuper moi-même.

Parce que c'était difficile, justement.

Le soleil monta dans le ciel ; le trou, lui, se creusait. S'arrêtant enfin, Armand prit la boîte qu'il avait trop longtemps gardée dans son sous-sol.

L'ouvrant, Armand vit une fois de plus le rapport de police. Celui où figuraient les noms de ses parents. Honoré et Amelia Gamache. Tués. Par un chauffard en état d'ébriété.

Armand glissa la main dans sa poche et en sortit le mouchoir. Après avoir suivi les lettres brodées du bout du doigt avec la cicatrice, il le mit dans la boîte.

Il remit le couvercle en place et descendit doucement la boîte dans le trou.

Le rapport contenait un autre nom. Celui du garçon.

Robert Choquet.

Le jeune homme, âgé de seize ans à peine, avait eu droit à une condamnation avec sursis. Et avait vécu sa vie. Il s'était marié et avait fondé une famille.

Il avait eu une fille.

Qu'il avait nommée Amelia.

REMERCIEMENTS

Si j'ai pu écrire ce livre, c'est uniquement grâce à l'extrême gentillesse, à la patience et à l'aide de nos amis et de nos voisins. C'est à eux que je dois dire merci en premier.

Michael est atteint de démence. La maladie a progressé, envahi notre vie, piétinant ses facultés de parler, de marcher, de se souvenir des événements et des gens.

La démence est une maraudeuse, une voleuse. Cependant, tous les trous qu'elle a creusés ont été comblés par nos amis. Qui nous ont fourni aide pratique et soutien affectif.

Tout n'est pas noir. Loin, loin de là. Tout est plus clair et plus simple lorsqu'on vit dans le moment présent et qu'on a conscience de ce qui compte vraiment. La bonté. La compagnie. Les soins empreints de bienveillance. Nous rions beaucoup, et Dieu sait que ce ne sont pas les occasions de rire qui manquent. Les moments de paix et de contentement profonds non plus.

Je n'ai jamais connu d'homme plus courageux que Michael. Quand le diagnostic est tombé, il m'a dit qu'il voulait vivre sa maladie ouvertement. En parler aux autres. Ne pas se cacher, ne pas vivre dans la honte. Dans la crainte d'être jugé, ostracisé, gêné.

Michael a accueilli la démence avec humour. Avec gratitude pour tout ce qu'il a. Maintenant qu'il ne peut presque plus parler, il sourit tout le temps, même quand il dort. Il aime les massages, les bons petits plats et les amis. Il aime Bishop, notre golden. Et il m'aime, moi. J'en ai chaque jour la preuve.

Depuis que le diagnostic est tombé, Michael et moi bénéficions d'une bienveillance dont nous ne soupçonnions même pas l'existence. De la part d'amis. D'inconnus. Mais aussi de collègues. D'éditeurs, de réviseurs et d'attachés de presse. De libraires et de bibliothécaires. Et de lecteurs.

Comme vous.

Vous imaginez sans mal que, dans un tel contexte, j'aurais été incapable d'écrire un livre sans aide. Physique et affective.

Au premier rang de ceux et celles qui ont rendu possible *Un outrage mortel* en me soulageant de tant d'autres obligations vient mon adjointe et grande amie, Lise Desrosiers.

Franchement, Lise, je ne sais pas ce que je ferais sans toi. Je t'aime.

Merci aussi à son mari, Del, d'être venu quand tout partait à vau-l'eau. Merci à Kirk et à Walter, nos premiers amis ici et les piliers de notre vie. Combien de fois m'avez-vous remonté le moral et avez-vous soulevé Michael, au sens propre, quand il était tombé ? La force de vos dos n'a d'égale que la bonté de vos cœurs.

Merci à Pat et à Tony, dont la profonde bienveillance ne s'est jamais démentie, eux qui nous accompagnent depuis des années. Merci de vous être occupés de Bishop ! Merci à Linda Lyall, qui administre le site web, envoie l'infolettre et s'occupe de tant d'autres choses.

Merci à Andrew Martin, mon éditeur américain chez Minotaur Books, d'avoir éliminé la date de tombée du livre et de ne pas m'avoir forcée à écrire. Ou à partir en tournée. D'avoir compris et de ne jamais avoir oublié de saluer son ami,

Michael. Merci, Andy. Merci à Hope Dellon, mon exceptionnelle réviseuse, d'être une si bonne amie et d'avoir souvent écrit seulement pour prendre de nos nouvelles. Et d'avoir amélioré ce livre grâce à ses notes et à sa perspicacité.

Merci à Sarah Melnyk, mon attachée de presse, d'avoir tenu le monde à l'écart et de n'avoir rien exigé de trop compliqué pour Michael et moi. Merci à Paul Hochman, qui a construit le bistro virtuel du site de Minotaur et qui sait par expérience ce que nous vivons.

Merci, au Canada, à Jamie Broadhurst d'être un ami d'abord et un collègue ensuite.

Merci à mon éditeur au Royaume-Uni, Little, Brown and Company, ainsi qu'à David Shelley et à Lucy Malagoni.

Merci à Louise Loiselle, de Flammarion Québec, de s'être effacée pour mieux réapparaître. Et aux traducteurs Lori Saint-Martin et Paul Gagné qui, par leur talent, me permettent d'être lue par les gens de la province où je vis, dans mon propre pays, ce qui revêt un sens profond pour moi.

Merci à mon agente, Teresa Chris, d'avoir commencé et terminé chaque conversation en me parlant de Michael.

Merci aux incroyables soignants de Michael, Kim, Rose et Daniel. Sans vous, notre vie s'effondrerait. Comment Michael et moi pourrions-nous vous remercier pour vos soins et votre gentillesse ? Votre capacité à le traiter comme un frère, un père, un ami bien-aimé ? Soyez bénis.

Merci à la docteure Dominique Giannangelo de toujours avoir du temps à nous consacrer, en personne et au téléphone. D'être toujours pondérée, calme et compatissante.

Merci à Tony Duarte, Ken Prehogan et Hilary Book. Incidemment, Hilary a également fourni quelques conseils juridiques relativement au roman. Merci, Hilary !

Il serait impossible d'énumérer tous les amis et voisins qui nous ont soutenus, mais je me permets d'en mentionner quelques-uns. Lucy et Danny, David et Linda, Joan, Cotton, Wilder, Cheryl, Deanna. La sœur de Michael, Carol, à Londres. Richard Oliver. Rosemary, Rocky et Honora. Et notre superbe, notre magnifique nouveau village de Knowlton. Merci, mes amis.

Merci aux fils de Michael, Michael et Victor, qui téléphonent et passent nous voir chaque fois qu'ils le peuvent. Leur père n'est plus en mesure de leur dire qu'il les aime, mais ils n'ont qu'à regarder ses yeux pour se savoir et se sentir aimés.

Merci aux membres de ma famille, qui nous rendent visite et nous écrivent, Rob et Audi, Sarah, Adam, Kim, Mary, Charlie et Roslyn.

Chaque soir, en bordant Michael, je me penche pour lui chuchoter à l'oreille qu'il est un homme extraordinaire. Beau, aimable et généreux. Brillant et courageux. Je lui répète que je suis fière d'être sa femme.

Qu'il est en sécurité. Qu'il est aimé.

Puis, au cours de la dernière année, grâce à tous ceux que j'ai mentionnés et à d'autres dont je n'ai pas parlé, j'ai pu me rendre au salon et m'asseoir devant mon ordinateur portable. Et passer un moment en compagnie de mes autres amis. Armand, Reine-Marie, Clara, Myrna, Gabri, Ruth et tutti quanti.

J'ai écrit *Un outrage mortel* dans la paix d'esprit qui accompagne la certitude d'être en sécurité et aimée. Et entourée.

Noli timere, cher ami.

DU MÊME AUTEUR

Les Enquêtes de l'inspecteur-chef Armand Gamache

NATURE MORTE, Actes Sud, 2011 ; Babel noir n° 64.

SOUS LA GLACE, Actes Sud, 2011 ; Babel noir n° 90.

LE MOIS LE PLUS CRUEL, Actes Sud, 2012 ; Babel noir n° 112.

DÉFENSE DE TUER, Actes Sud, 2013 ; Babel noir n° 138.

RÉVÉLATION BRUTALE, Actes Sud, 2014 ; Babel noir n° 161.

ENTERREZ VOS MORTS, Actes Sud, 2015 ; Babel noir n° 193.

UNE ILLUSION D'OPTIQUE, Actes Sud, 2016 ; Babel noir n° 211.

LE BEAU MYSTÈRE, Actes Sud, 2017 ; Babel noir n° 233.

LA FAILLE EN TOUTE CHOSE, Actes Sud, 2018 ; Babel noir n° 244.

UN LONG RETOUR, Actes Sud, 2019 ; Babel noir n° 263.

LA NATURE DE LA BÊTE, Actes Sud, 2020 ; Babel noir n° 284.

UN OUTRAGE MORTEL, Actes Sud, 2021 ; Babel noir n° 302.

MAISONS DE VERRE, Actes Sud, 2023.

ÉTAT DE TERREUR, avec Hillary Rodham Clinton, Actes Sud, 2022.

OUVRAGE RÉALISÉ
PAR SOFT OFFICE
REPRODUIT ET ACHEVÉ D'IMPRIMER
EN DÉCEMBRE 2023
PAR NORMANDIE ROTO IMPRESSION S.A.S.
À LONRAI
POUR LE COMPTE DES ÉDITIONS
ACTES SUD
LE MÉJAN
PLACE NINA-BERBEROVA
13200 ARLES

DÉPÔT LÉGAL
1re ÉDITION : JANVIER 2024
N° impr. : 2304257
(Imprimé en France)